福建師範大學文學院百年學術論叢　第一輯

福建文學發展史

陳慶元　著

總序

閩水泱泱，閩學悠永。百年老校福建師範大學之文學院，發祥於前清帝師陳寶琛創辦的福建優級師範學堂國文科，後又匯聚福建協和大學、華南女子文理學院等校的學術資源，可謂源遠流長，底蘊博厚。葉聖陶、郭紹虞、董作賓、章靳以、胡山源、嚴叔夏、黃壽祺、俞元桂等往賢，曾相繼執教我院，為學科創立與發展作出突出貢獻，留下彌足珍貴的學術傳統，潤澤和激勵一代又一代學人茁壯成長。時至今日，我院備具中國語言文學、戲劇與影視學兩個一級學科博士學位授權點及博士後科研流動站，中國現當代文學國家重點學科，中國語言文學國家文科基礎學科人才培養和科學研究基地，擁有上百名專任教師，三十多位教授和博士生指導教師，兩千餘名本科生和碩士博士研究生，實已發展為大陸文史研究與教育的重鎮。

閩臺隔海相望，地緣相近，血緣相親，文緣相承，近年兩岸關係和平發展進程中緣情淳深，學術文化交流益顯大有作為。正是順應這一時代潮流，我院和臺灣高校交往密切，同仁間互動頻繁，時常合作舉辦專題研討及訪學活動，茲今我院不但新招臺籍博士研究生四十多人，尚與相關大學聯合培養文化產業管理專業本科生。學術者，天下之公器也。適惟我院學術成果豐厚，就中歷久彌新者頗多，因與臺北萬卷樓圖書股份有限公司總經理梁錦興先生協力策畫，隆重推出《福建師範大學文學院百年學術論叢》（第一輯），以饗讀者，以見兩岸人文交流之暉光。

茲編所收十種專著，撰者年輩不一，領域有別，然其術業皆有專攻，悉屬學術史上富有開拓性的研究成果。如一代易學宗師黃壽祺先生及其高足張善文教授的《周易譯注》，集今注、語譯和論析於一體，考辨精審，義理弘深，公認為當今易學研究之經典名著。俞元桂先生主編的《中國現代散文史》，被譽為現代散文史的奠基之作，北京大學王瑤先生曾稱「此書體大思精，論述謹嚴，足見用力之勤，其有助於文化積累，蓋可斷言」。穆克宏先生的《六朝文學研究》，專注於《昭明文選》及《文心雕龍》之索隱抉微，頗得乾嘉樸學之精髓。陳一琴、孫紹振二位先生合撰的《聚訟詩話詞話》，圍繞主題，或爬梳剔抉而評騭舊學，或推陳出新以會通今古，堪稱珠聯璧合，相得益彰。《月迷津渡》一書，孫先生從個案入手，以微觀分析古典詩詞，在文本闡釋上獨具匠心，無論審美、審醜與審智，悉左右逢源，自成機杼。姚春樹先生的《中國近現代雜文史》，系統梳理當時雜文的歷史淵源、發展脈絡和演變規律，深入闡發雜文藝術的特性與功能，給予後來者良多啟迪。齊裕焜先生的《中國古代小說演變史》，突破原有小說史論的體例，揭示不同類型小說自身的發展規律及其與社會生活的種種關聯，給人耳目一新之感。陳慶元先生的《福建文學發展史》，從中國文學史的大背景出發，拓展和發掘出八閩文學乃至閩臺文學源流的豐厚蘊藏。南帆先生的《後革命的轉移》，以話語分析透視文學的演變，熔作家、作品辨析與文學史論為一爐，極顯當代文學理論之穿透力。馬重奇先生的《漢語音韻與方言史論集》，則彙集作者在漢語音韻學、閩南方言及閩臺方言比較研究中的代表論說，以見兩岸語緣之深廣。

可以說，此番在臺北重刊學術精品十種，既是我院文史研究實績的初次展示，又是兩岸學人同心戮力的學術創舉。各書作者對原著細謹修訂，責任編輯對書稿精心核校，均體現敬文崇學的專業理念，以及為促進兩岸學術文化交流的誠篤精神！對此我感佩於心，謹向作者、編輯和萬卷樓圖書公司致以崇高敬意和誠摯謝忱！並企盼讀者同仁對我院學術成果予以客觀檢視和批評指正。我深信，兩岸的中華文化傳人，以其同種同文的民族自尊心、自信心和傳承文化的責任心，必將進一步交流互動，昭發德音，化成人文，為促進中華文化復興繁榮而共同努力！

汪文頂

謹撰於福州倉山

二〇一四年十二月二十七日

目次

緒論

近年來，各種文學史的撰寫方興未艾，除了文學通史和斷代文學史，還出現了分體文學史（如《中國散文史》、《中國古代小說演變史》等）和斷代分體文學史（如《唐宋詞史》、《清詩史》等），甚至還有分體分題材文學史（如《中國山水詩史》和《中國諷刺小說史》等）。與此同時，我們當然不應忽略正在異軍突起的「另一族」──區域文學史。囿於筆者所見，區域性的文學史，已經問世的至少有《東北文學史》、《山西文學史》、《臺灣文學史》、《上海近代文學史》和《江蘇新文學史》等。而且有跡象表明，這類文學史還將陸續出現。

區域文學史的猛然殺出，似乎給文學史論家來個措手不及。近年來，關於如何建構和撰寫文學史的討論，雖然還不能說取得了輝煌的成績，但至少是造了聲勢，有了相當的影響，對各種文學史的建構與撰寫起了應有的推進作用，不承認這一點就無異於抹煞文學史論家所付出的辛勞。但是，我們又不得不承認，隨著一部又一部區域性地方文學史的呱呱墜地，區域文學史建構方面的理論就明顯落後了。

區域作為一個概念的出現，恐怕與人類俱來。原始人的群體，其活動也有一定的區域範圍，因此原始人也會有區域這麼一個概念。而現代地理學所講的區域，則是一個必須得到歷史認同的概念。就中國這樣一個地域遼闊的大國來說，既有「北方」、「南方」、「東部沿海　」、「西部內陸」這樣很大的區域概念，也有東北、華北、華東、華南，或東南沿海、江浙、兩廣、兩湖、雲貴這樣的大概念。其次是省的概念。小一點的區域概念，如浙東、浙西、閩南、閩北，更小的則有縣、鄉、村等。區域的概念，往往和區政的劃分有關。就中國的情況看，區政有其歷史的穩定性，區域的概念也有相對的穩定性。目前我國一級區政中的主體——省，至少也有七百多年的歷史，而其省界的格局七百多年來大體也沒有太大的變動。即便是清光緒年間建省的臺灣，十多年前建省的海南，在建省前也是得到歷史認同的一個區域，如臺灣府、海南行政區，他們由府、由行政區升格為省，並不是地域的變更，而只是區政的升格而已。至於他們原先所從屬的福建省和廣東省，地域雖然縮減了，但福建和廣東作為一級區政並沒有變。

一部中國的歷史，是一部幅員廣大、民族眾多的中華民族的發展史。但也由於中國幅員廣大、民族眾多，各個地區的發展也有其不平衡性，也有其特點或規律。例如以黃河為母體的中原地區，在上古時期，整個區域無論是政治、經濟還是文化都相對發達。而到了南宋，特別是明清，東南沿海的經濟、文化的發展超過了中原。同樣都是江南，浙江和江西存在差異；同樣是沿海，福建和廣東情形不同。從歷史科學來說，於是出現了以研究區域歷史為對象的地方史學，地理學也出現了區域地理學、區域經濟學的分支，文化史家更把中國文化劃為若干文化區來加以研究。同樣，區域文學史作為中國文學史的分支或者叫分課題，它的出現，完全也是符合邏輯的，當然也是科學的。

只要有作家，只要有文學，文學作品都得或多或少、或深或淺地打上地域的印記，古今中外，概莫能外。區域文學，是客觀存在的。產生於西元前十一世紀至前六世紀的《詩經》，其〈國風〉區分至十五國之多。十五〈國風〉，就是十五個地方土調，十五個區域的文學。產生於西元前四至前三世紀的新詩體《楚辭》則明顯帶有荊楚的地方特色，是荊楚的區域文學。從大的區域範圍來看，學術界無不認為前者代表上古時期北方的詩歌，後者則代表南方。

無論是《詩經》還是《楚辭》，都有大量風土民俗的描寫。而早在西漢時期，史學家司馬遷就指出，不同的地區，風土民俗往往不盡相同。《史記》〈貨殖列傳〉卷末生動細緻地敘述了各地五花八門的民風習尚，並指出民風習俗與各地的地理環境關係密切，其敘關中云：

> 關中自汧、雍以東至河、華，膏壤沃野千里，自虞夏之貢以為上田，而公劉適邠，大王、王季在岐，文王在豐，武王治鎬，故其民猶有先王之遺風，好稼穡，殖五穀，地重，重為邪。及秦文、德、繆居雍，隙隴蜀之貨物而多賈。獻公徙櫟邑，櫟邑北卻戎翟，東通三晉，亦多大賈。孝、昭治咸陽，因以漢都，長安諸陵，四方輻湊並至而會，地小人眾，故其民益玩巧而事末也。

關中的自然地理環境，是黃河穿流其間，華山聳立，膏壤沃野千里，北有戎翟，東通三晉，西接隴蜀。就人文地理環境來說，歷史上從公劉到周文王、周武王以及戰國時秦諸王，直到西漢都在這一帶建都邑，咸陽、長安分別成了秦漢時期的政治中心。從經濟地理環境看，這裡適宜農業生產，而秦漢以來商業又有很大發展。關中的地理環境，決定這裡的人民有先王重視農業生產的遺風，其民風也像關中的土地一樣重厚，不為邪惡，而秦漢以來，咸陽、長安成了都會，「地小人眾」、「其民益玩巧而事末」，京畿一帶的風氣已經沒有從前那樣淳厚了。

《史記》〈貨殖列傳〉又云：「中山地薄人眾，猶有沙丘紂淫地餘民，民俗懁急，仰機利而食。丈夫相聚遊戲，悲歌慷慨。」已初步涉及文藝的風格與風土民俗的關係。較之於《史記》〈貨殖列傳〉，《漢書》〈地理志〉更應引起文學史論家的重視。班固不僅更加深入細緻地描述風俗與地理環境之間的關係，而且注意到了文學作品的產生與地理環境的關係：

> 故秦地於〈禹貢〉時跨雍、梁二州，《詩》〈風〉兼秦、豳兩

> 國，昔后稷封斄，公劉處豳。大王徙郊，文王作酆，武王治鎬，其民有先王遺風，好稼穡，務本業，故〈豳詩〉言農桑衣食之本甚備。有鄠、杜竹林，南山檀柘，號稱陸海，為九州膏腴。

這段話前面還有兩小段分別介紹秦地的自然環境及秦國發展的歷史，我們沒有摘引。〈豳詩〉，即〈豳風〉〈七月〉，詩描寫了農夫一年十二個月的農桑勞動及艱苦的生活。在班固看來，〈七月〉的出現與秦地的地理環境及當地好農務本的民風有關。

班固又說：

> 天水、隴西，山多林木，民以板為室屋。及安定、北地、上郡、西河，皆迫近戎狄，修習戰備，高上氣力，以射獵為先，故〈秦詩〉曰「在其板屋」；又曰「王於興師，修我甲兵，與子偕行」。及〈車轔〉、〈駟驖〉、〈小戎〉之篇，皆言車馬田狩之事。

天水、隴西這些地方也屬秦地，但比較偏遠，民風則與關中不同。「在其板屋」句，見〈秦風〉〈小戎〉，「王於興師」三句出〈秦風〉〈無衣〉。〈小戎〉等五首詩或寫軍戎，或言武備，或述田狩，因天水等地迫近戎狄，人民不能不修習戰備，崇尚武事；其地又多山林，民以射狩為先，而不以好農為本，所以作品所表現的也就不出車馬田獵之事了。班固這類論述在《漢書》〈地理志〉中還有多處，有的還相當精彩。他說，河內本殷舊都，殷滅後分為三國，即《詩經》〈國風〉中的邶、鄘、衛三國。因為是一分為三，所以三國之詩所描寫的某些環境相類，〈邶風〉〈凱風〉曰「在浚之下」，〈鄘風〉〈干旄〉曰「在浚之郊」；〈邶風〉〈泉水〉曰「亦流於淇」，〈鄘風〉〈桑中〉曰「送我淇上」；〈鄘風〉〈柏舟〉曰「在彼河中」，〈衛風〉〈淇奧〉曰

「瞻彼淇奧」,〈衛風〉〈碩人〉曰「河水洋洋」。陳國其俗好祭祀,信巫鬼,故〈陳風〉中的〈宛丘〉和〈東門之枌〉盡描寫些祭祀時的巫鬼舞蹈場面。當然,班固某些闡析,也有不盡令人信服或失之於牽強處。例如,他認為〈鄭風〉中的〈出其東門〉、〈溱洧〉等詩,與鄭國的「淫俗」有關,而這種淫俗,則是因「土狹而險,山居谷汲」,造成「男女亟聚會」所導致的。

班固的《漢書》〈地理志〉又說,楚地「信巫鬼,重淫祀」,但他沒有進一步論述楚辭的產生與這一民風習俗的關係,倒是《隋書》〈地理志〉注意到了這一點:「大抵荊州率敬鬼,尤重祠祀之事,昔屈原為制〈九歌〉,蓋由此也。」不過,班固卻注意到漢興之後壽春成了楚辭創作和整理的一個中心這樣的事實:「淮南王安亦都壽春,招致賓客著書……故世傳《楚辭》。」郢都被秦所破後,楚遷至壽春,故壽春有荊楚習尚《楚辭》的遺風,淮南王劉安在這裡招致賓客,創作《楚辭》,最後編輯成《楚辭》一書也就不奇怪了。

某一地區的民風習尚不僅會影響到作品所表現的內容,有時還影響到作品的風格,司馬遷早就說過中山之地「悲歌慷慨」的話。班固《漢書》〈地理志〉云:「初太公治齊,修道術,尊賢智,賞有功,故至今其土多好經術,矜功名,舒緩闊達而足智。」又云:「〈齊詩〉曰:『子之營兮,遭我虖嶩之間兮。』又曰:『竢我於著乎而。』此亦其舒緩之體也。」所引二詩,見〈齊風〉〈營〉和〈齊風〉〈著〉。後人論齊地文風,遂有「齊體」或「齊氣」之稱。曹丕《典論》〈論文〉云:「王粲長於辭賦,徐幹時有齊氣,然粲之匹也。」李善注:「言齊俗文體舒緩,而徐幹亦有斯累。」李善還引《漢書》〈地理志〉文為證。六臣注:「齊俗文體舒緩,言徐幹文章時有緩氣。」

班固之後一些正史的〈地理志〉,例如《南齊書》〈州郡志〉、《隋書》〈地理志〉、《宋史》〈地理志〉也都論及地理環境與民風習俗的關係,但卻沒有或極少涉及與文學的關係;即使是與民風習俗的關係的論述，總體水平也未能超過《漢書》〈地理志〉。

明代出現了較多以區域為主要特徵的詩歌流派。胡應麟《詩藪》續編卷一就提到明初五個區域的詩派，即吳詩派、越詩派、閩詩派、嶺南詩派和江右詩派。像閩詩派和嶺南詩派，幾乎與明代相始終，甚至清初一段時間，仍不絕如縷。對於這種文學現象，明、清兩代的文學評論家或文學史家已有所注意；而這種注意，通常是從區域性文獻資料的積累開始的。明、清兩代，區域性的文學總集的編纂取得了很大成績。以閩地為例，明代袁表、馬熒編輯了《閩中十子集》三十卷，曹學佺編輯了《福建集》九十六卷，鄧原岳和徐熥分別編選了明代福州一府的詩集《閩中正聲》和《晉安風雅》，鄭岳編了莆田歷代詩文總集《莆陽文獻》，何炯編了泉州歷代詩文總集《清源文獻》。到了清代，這樣的總集就更多了，像鄭杰輯、郭柏蒼補的《全閩明詩傳》多達五十五卷，二十八冊。除了詩文，還有葉申薌編輯的《閩詞綜》。區域性的詩話也隨之出現了，清乾隆間鄭方坤編輯了《全閩詩話》，鄭王臣著有專論莆田歷代詩的《蘭陔詩話》。嘉慶、道光間梁章鉅著有《東南嶠外詩話》(專論明代閩詩)、《南浦詩話》、《長樂詩話》(分別論浦城、長樂二縣歷代詩)。儘管這些總集和詩話多偏重於資料的搜集，理論上的建樹成績不一定很大，但編者和作者在收集、整理、排比資料的過程中無疑要接觸到某一區域的文學發展史，有的人還對此作了很有益的探討。徐熥〈晉安風雅序〉云:「閩中僻在海濱，周秦始入〈職方〉。風雅之道，唐代始聞，然詩人不少。概見趙宋，尊崇儒術，理學風隆，吾鄉多譚性命，稍溺比興之旨。元季毋論已。明興二百餘年，八體四聲，物色昭代，鬱鬱彬彬，猗歟盛矣。」這是對福州一府於明及明以前詩歌發展史的概述。徐熥這篇〈序〉還把明代福州詩歌發展分為明初「十子」時期，成化、弘治時期，正德、嘉靖時期和萬曆時期，並指出各期的代表詩人和主要特色。〈晉安風雅序〉粗略地勾勒了晉安一地明代詩歌的發展史。梁章鉅的《南浦詩話》所論列的地域範圍就更小了，其〈例言〉云：「浦邑自兩宋時文物之盛，頡頏中州，入元而風氣稍替，然仲宏一老，猶堪雄長東南。」而入明之後，「寥寥無考」。指出浦城一邑歷代詩盛衰革替的現象。浦城宋朝出了五十九位詩人，而章德象以下的章氏一族就占十五人之多。梁章鉅對區域文學史的研究更深入到家族詩歌史的領域。

如果說徐熥、梁章鉅等人對區域文學史的研究還只是停留在對文學現象的描述的話，那麼，晚近以來劉師培的《南北文學不同論》和汪國垣的《近代詩派與地域》對區域文學和區域文學史的發展就開始著眼於規律性的探討了。劉師培論南北文學不同，其出發點一是聲音，二是水土。他既論述了南北文學的不同點，又指出南北文學的相互滲透、交融。《南北文學不同論》所論是大區域，且不談。汪國垣以為：「夫文學轉變，罔不與時代為因緣」；「詩之內質外形，皆隨時代心境而生變化。」這是很有見地的。另一方面，他又認為文學、特別是文學流派與地域有著密不可分的聯繫：

> 夫民亟五常之性，秉水土之情，風俗因是而成，聲音本之而異，則隨地以繫人，因人而繫派。溯淵源於既往，昭軌轍於方來，庶無尤焉。況正變十五，已肇〈國風〉；分野十二，備存班〈志〉。觀俗審化，斯析類之尤雅者乎！

汪國垣此論，無疑受到班固《漢書》〈地理志〉啟發，但他在論述詩人、詩派與地域的關係有著比較嚴密的邏輯性：

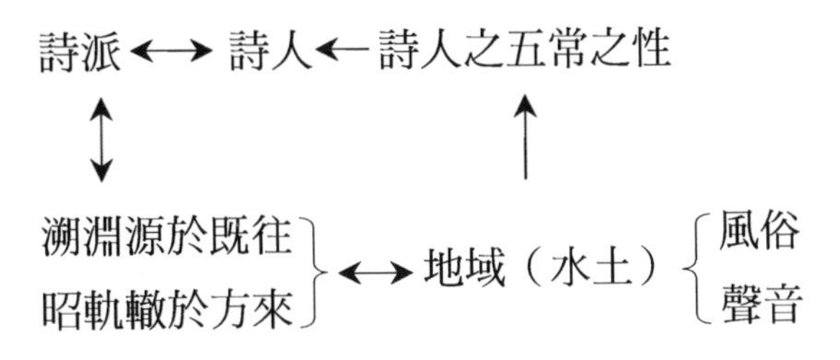

詩歌固然不能不與時代為因緣，但詩人「五常之性」所繫之水土以及與水土密不可分的民風習俗、方言方音又潛在著經得起時間洗禮的相對穩定性，這樣就造成以區域為幟別的詩歌流派發生、存在和延續的可能性；在汪國垣看來，水土起了「溯淵源」、「昭軌轍」的紐帶作用。

汪國垣認為近代（同光以來）詩家「可以地域系者約可以分為六派」：一、湖湘派，二、閩贛派，三、河北派，四、江左派，五、嶺南派，六、西蜀派。以「湖湘派」為例，作者先介紹湖湘的自然地理環境：「荊楚地勢在古為南服，在今為中樞，其地襟江帶湖，五溪盤亙，洞庭、雲夢蕩漾。」次敘風尚：「其間兼以俗尚鬼神，沙岸叢祠，遍於州郡。」次敘人之五性與風尚的關係：「人富幽渺之思，文有綿遠之韻，非惟宅處是邦者蔚為高文，即異地僑居亦多與其山川相發越。觀於賈傅之賦〈鵩鳥〉、弔〈湘累〉，即其證也。李商隱詩云：『湘淚淺深滋竹色，楚歌重疊怨蘭叢。』又陳師道詩云：『九十九岡風俗厚，人人已握靈蛇珠。』細玩此詩，江漢英靈豈其遠。」再次，溯湖湘派淵源於既往：「荊楚文學遠肇〈二南〉，屈、宋承風，光照環宇。楚聲流播，至炎漢而弗衰，下逮宋、齊，西聲歌曲譜入清商，極少年行樂之情，寫水鄉離別之苦，遠紹〈風〉、〈騷〉，近開唐體，淵源一派，灼然可尋。」最後，昭軌轍於方來：「故向來湖湘詩人，即以善敘歡情、精曉音律見長，卓然復古，不肯與世推移，有一唱三嘆之音，具竟體芳馨之致，即近代之湘楚詩人，舉莫能外也。」在這樣的前提下，汪國垣才具體論述以王闓運為首的近代湖湘詩派的特色、諸家的長短。其餘五派的論述程序也都與湖湘相類。汪國垣此篇，言之成理，持之有據，儘管對個別詩派的議論稍有勉強，但總的說來，十分精彩，令人耳目一新。如果說中國也有以區域為幟別的文學史的話，《近代詩派與地域》，便是第一部簡明的六區域近代詩歌史。

自汪國垣《近代詩派與地域》問世，至今已經有六十年了，這期間區域文學的研究又有新發展。詞學大師唐圭璋對兩宋詞家占籍的研究[1]，文化地理學家陳正祥對唐代詩人、北宋詞人和宋代詩人地域分布的研究[2]，都令人矚目。近年來各種區域文學史的出現，更向文學史論家提出嚴正的挑戰。如何建構區域文學史，已經成了文學史論家不能迴避的課題。當然，區域文學史的建構，不能、也不應只有一種模式。區域文學史的建構，有些理論性的問題需要探討。

首先，區域文學是整個中國文學的一個組成部分，而區域文學史則是整個中國文學史的分支。研究區域文學，無疑必須將其置於整個中國文學這樣一個大背景來進行；研究區域文學史，也必須將其置於整個中國文學發展史的進程中來進行。區域文學的發展固有其特殊性，但它不可能、也不會背離中國文學史發展的總規律。區域文學和整個中國文學、區域文學史和整個中國文學史，是局部和整體的關係。建構區域文學史，不是分解或分割中國文學史。正如研究中國文化把中國分為若干文化區，對文化區的研究只能使中華民族的文化更為豐富多彩一樣，區域文學史的建構，不僅能推動和促進整個中國文學史的研究向更深入、更廣泛的方面發展，而且必定能使中國歷代文學顯現出絢麗多姿的本來面目，從而體現中國文學的豐富性和多樣性。

當然，我們在強調局部與全體這種關係時，不是說區域文學史只是中國文學史在地域範圍的縮小；不是說只是對與本區域有關的文學現象作更深更細的闡述、對本區域的作家作些更全面更深入的論述而已；也不是說，區域文學史是對中國文學史來不及論列的作家增加一些篇幅而已。相反，區域文學史的建構，非常強調它的地域特殊性，非常強調它自身的發展規律。

如果區域文學史沒有它的地域的特殊性或者叫地方性，那麼也就成不了區域文學史了。一部區域文學史，如果沒能體現或不能很好體現地域的特殊性或地方性，那麼這部文學史就是一部失敗或不成功的

1　《詞學論叢》〈兩宋詞人占籍考〉。
2　《中國文化地理》〈中國文化中心的遷移〉。

區域文學史。區域文學的發展，既受到整個中國文學發展史的制約，也受到其所在區域地理環境的某些制約。地理環境是指生物或人類賴以生存和發展的地球表層。它包括自然環境（自然地理環境）、經濟環境（經濟地理環境）和文化環境。人類產生之前，自然環境就已經存在了。在人類早期活動中，自然環境對人類起了極大的約束作用；但自從人類產生，也就開始或多或少在改造自然環境，隨著人類生產力的發展，經濟環境和文化環境逐漸形成，自然環境、經濟環境和文化環境三者之間在結構上是相互聯繫，相互重疊的。特別到了近代，三者有時就更難分開了。研究區域文學和區域文學史，不能脫離區域的地理環境。西方有些地理學家過分強調地理環境對社會發展的作用，甚至把地理環境視為社會發展的決定因素；前蘇聯有些地理學家，則否認人類社會的發展和地理環境之間的相互聯繫，把自然和經濟、自然和人文要素割裂開來，這種觀點在我國長期盛行，擁有市場。以上兩種觀點，對區域文學史的建構都是有害的。正確或比較正確地對待地理環境（即人地觀）的前提應該是：在承認不是地理環境而是生產方式決定社會發展的同時，又看到地理環境又通過生產力影響人類社會的發展。同樣道理，文學的發展，並非由地理環境決定的，但地理環境在一定條件下，也會影響該區域的文學發展。

下面我們以福建這一區域文學的發展，簡要談談地理環境在一定條件下對該區域的文學發展的影響。上古時期，當黃河流域已經產生了《詩經》，甚至到長江流域產生《楚辭》之時，這裡還是蠻荒之地。西漢時期，四川開始出現了司馬相如、揚雄這樣重要的作家，甚至到了東晉時期武夷山脈西北側的柴桑出現了陶淵明這樣的大詩人，福建還沒有作品流傳下來的作家和詩人產生，只有一些流傳在口頭的民間故事。如果從地理條件來探討，一是福建這個地方遠離中華民族文化發源母體黃河流域，兩漢時期距離政治文化中心長安、洛陽同樣也十分遙遠。再加上福建三面是山，東臨大海，進出福建的道路險峻

（高山、湍流），部分限制了中原先進文化的輻射。漢代福建人口十分稀少，每平方公里的人口密度少於一人，並不高出西南的雲貴多少。在這種環境下，文學的發展落後實屬必然。福建區域文學的發展有三次契機，而三次契機地理條件也都起了某些作用。一次是西晉末年永嘉南渡，中原士人避亂入閩者有陳、鄭、林、黃等八姓。東晉南朝建都建康（今南京），福建和政治文化中心的距離大大縮短，中央政府委派入閩的官員，其中不少人本身就是文學家或詩人，例如范壕（范雲之祖）、謝颺（謝莊之子）、虞愿、江淹、王德元、王僧孺、范縝、到溉、江洪、徐悱等。虞愿於宋泰始七年（471）為晉安（今福州）太守，在郡立學堂，教授生徒。江淹於宋元徽二年至四年（474-476）為吳興（今浦城）令，寫下了許多優美詩文。他們對閩地的教化和文學的發展無疑起了推動作用。第二次是唐代安史之亂和晚唐五代的戰亂，由於福建遠離主要戰場，成了避亂者的理想之地，秦系、姜公輔、韓偓、周樸等相繼入閩，與本地作家聯手，又一次推動這一地區的文學發展。第三次是南宋，其時建都臨安（今杭州），原來與漢唐北宋的政治文化中心相距一兩個月甚至幾個月的路程，一下子縮短為十幾天。福建即便不是「王畿」，和浙江也只是毗鄰。福建區域文學有兩個特別發達的時期，南宋即為其一（另一是近代）。兩宋閩籍詞人一百一十一人（僅次於浙江、江西），而南宋占其大半。福建環山面海，歷史上改朝換代之際，福建往往成為抗拒新朝的據地（如宋末、明末）；而當新朝軍隊越過武夷山脈入閩時，這裡的人民就免不了慘遭殺戮的厄運（如元初、清初），因此這裡宋、明兩代的遺民文學特別發達。福建東臨大海，在生產力較低的情況下，它是對外交往的阻隔；隨著生產力的發展，特別是航海技術的發達，不利條件變成有利條件，像泉州等地不僅在宋元時已成了我國商貿的重要城市，也逐漸成了思想文化最為開放的城市之一。明代著名思想家、文學批評家李贄就誕生在泉州。李贄寫的一系列讚頌遠涉重洋的商賈[3]，肯定「海盜」林道乾的散文[4]，絕不可能出自對海洋沒有一點了解的內地文人之手。被稱為放眼世界第一個中國人的林則徐，大量介紹、宣傳西方文學思想和西方文學的嚴復、林紓都是福州人。明清二代冊封琉球都從福建長樂開洋，閩籍詩人有些作品即記其事，清初林麟焻就作有《琉球竹枝詞》四十首。明嘉靖中葉之後，倭寇不斷騷擾閩浙沿海，閩浙不僅出現抗倭英雄兼詩人張經、戚繼光，還湧現一大批抗倭詩文。晚明荷蘭侵略者開始在福建沿海滋事並竊據臺灣，其時出現了盧若騰的反殖詩作〈南洋賊〉和鄭成功的〈復臺詩〉。鴉片戰爭爆發後，閩粵首當其衝，經受了反抗侵略戰爭的洗禮。一八八四年中法馬尾海戰，就發生在與福州近在咫尺的閩江口。近代閩籍愛國文學家和詩人輩出，其中不僅有梁章鉅、張際亮、林則徐、林昌彝、魏子安，甚至還有同光派的中堅沈瑜慶等。臺灣與福建僅隔一水，明清移居臺灣的三分之二是泉州、漳州一帶的福建人；臺灣作家許多人的「根」就在福建。明末連江人陳第泛海入臺，寫下我國文學史上第一篇臺遊記《東番記》。入清以後，臺灣文學的發展更與福建有千絲萬縷的聯繫。福建的民間信仰也有其獨特之處，例如對天妃的崇拜。天妃傳說是宋代莆田人，自幼能保護海船航行，化險為夷，後人在湄州灣為其立祠。明清閩、臺沿海許多地方都建有天妃宮或媽祖廟。元代洪希文所作〈題聖墩宮湄洲嶼〉，便頗具地方特色。如果我們完全拋開地理環境對文學的影響來談福建區域文學、建構福建區域文學史，那麼，福建的區域文學和區域文學史勢必失去其個性，失去其地方特色。

區域文學史的發展，不能背離中國文學史的總規律，但某一區域文學的發展也有自己比較特殊的規律性。區域文學史的建構，非常重視這種特殊的規律性。就文體而言，文學史上有所謂「一代有一代文

3　〔明〕李贄《焚書》〈又與焦弱侯〉。

4　〔明〕李贄《焚書》〈因記往事〉。

學」之說，如漢賦、六朝文、唐詩、宋詞、元曲、明清小說。福建漢魏六朝沒有自己的文學家，沒有形成文字的閩籍作家的作品，所以也就無漢賦、六朝文可言。散曲產生並流行於元代北方，終元一朝，除一兩個歌妓有過個別作品外，沒有任何閩籍文士的作品傳世。小說方面，除了近代魏子安的《花月痕》在文學史上稍有地位和名氣，閩人所作不僅十分有限，且不登「大雅之堂」。究其不發達的原因，或許與閩地方言（中國七大方言區，閩居其二；即使閩方言，福州、莆田、閩南、閩西、閩北也是五花八門，並不相通）有關。小說畢竟屬於俗文學，中國的語文本來就存在語與文不相一致的特點，再加上複雜的方言，希望小說在古代閩地擁有太多的讀者並不現實。福建區域文學史的發展，也有自身的規律。中國古代詩歌的發展，經歷了《詩經》、楚辭、漢魏古體、齊梁新變體、唐代近體諸階段。而福建區域詩歌的發展始於唐，它一開始就進入近體的階段。宋代嚴羽論詩極推盛唐，元代楊載倡復古推崇唐詩，明初林鴻、高棅為首的「十子」更是不遺餘力鼓吹盛唐。同樣都是復古，前後「七子」宗唐而上溯漢魏，而「十子」則不越盛唐藩籬。終明一代，閩中詩派宗唐從不中斷。明季曹學佺復振閩中風雅，儘管他與竟陵派鍾、譚游，但其士風始終不變。清初福州張遠，於唐取法杜、韓，於宋取法蘇軾，別樹一幟，三百年閩中詩風才為之一變。近代同光派陳寶琛、鄭孝胥、陳衍等形成閩派，閩派與同光派中的贛派如陳三立等雖然都借徑宋詩，但觀點和風格不盡一致，汪國垣將閩贛歸為一派，如果從借徑宋詩這一點來說是無可非議的，但一定要從地域因素（兩省毗鄰）找原因，就比較勉強，因為閩贛地理條件相差較大。論贛派上溯到宋代江西派黃山谷固無不可，論閩派上溯黃山谷則是有點不倫，因為宋代閩人嚴羽對江西派極為不滿，一部《滄浪詩話》主要是為江西派而發。近代閩詩取徑宋詩，可從閩詩自身發展找原因。明季閩中詩人如陳第，對

「十子」派就很不滿，公開宣稱，不怕別人說他的詩是學宋[5]。從南明的黃道周，清初的李世熊、張遠、中經乾隆間的鄭方坤、鄭方城弟兄，一直至嘉慶、道光間的林昌彝，變唐為宋，似也有脈絡可尋。福建的文學批評比較發達，也值得研究。所以我們說，區域文學史的建構，尋討和發現該區域文學發展的規律也是不容迴避的重要課題。

區域與區域間文學的相互作用和影響，外區籍作家對本區文學發展的作用和影響，本區籍作家對外區（甚至全國）文學發展的作用和影響，在建構區域文學史時也必須加以注意。唐前福建地區沒有自己的作家，是入閩的外區籍文學家首先揭開福建區域文學史的第一頁。南朝劉宋時的江淹是第一位為福建區域文學史留下較多較好作品的作家，開創之功不可沒。在建構福建區域文學史時應給他留下較重要的篇幅。唐德宗建中（780-783）中，常衮為福建觀察史，「為設鄉校，使作文章，親加講導，與為客主鈞禮，觀燕饗與焉，由是俗一變，歲貢士與內州等」（《新唐書》本傳）。福建區域文學史上第一個重要的文學家和詩人歐陽詹就是受到常衮獎掖才走向全國的。福建區域文學史的建構當然不能忘記這位文采贍蔚的唐相。南宋福建理學大興，江西籍理學家朱熹上承閩人李侗，下啟黃幹、真德秀，對福建理學家詩文發展的作用和影響舉足輕重。排斥朱熹去談宋代福建理學家的詩文成就無異於天方夜譚。同樣道理，在建構湖北區域文學史、尤其在論述公安、竟陵文學時也不能忘記閩人李贄。這樣的例子實在太多了。還有一種情況，就是籍貫在本區域的文學家或詩人，但生長於他地，或生長於本地而長期生活在他地，其作品既無關於本地的人與事，其理論建樹有限，或對本地文學創作不產生什麼作用和影響，在建構本區域的文學史時似不必給以太多的重視，甚至不必論列。

5　〔明〕王士性《五岳游草》〈出塞詠跋〉。

第一章
唐前福建文學的準備時期

福建被確立為相當於省級行政建制，遲至南朝陳永定（557-559）間。《周禮》〈夏官〉:「職方氏掌天下之圖，以掌天下之地，辨其邦國、都、鄙、四夷、八蠻、七閩、九貉、五戎、六狄之人民。」後人認為，「閩為蠻之別種，而七乃周所服之國數」[1]。秦始皇二十六年（前221）之前，七閩之地由其君長掌持；秦始皇廢百越君長，置三十六郡，其地即為閩中郡。漢高帝五年（前202），封無諸於此，為閩越國。漢武帝建元六年（前135）封無諸孫丑為繇王，又封餘善為東越王，故又有東越之名：東漢獻帝建安（196-220）始有侯官、建安等五縣。吳永安三年（260）置建安郡於建安，晉太康三年（282）以侯官為晉安郡，俱隸揚州；元康元年（291）隸江州。梁天監（502-519）析晉安郡地，置南安郡，普通六年（525），晉安等三郡俱屬東揚州。直至陳永安初建立閩州。在建立閩州之前，今天屬於福建這一廣大區域儘管行政隸屬幾經變更，但大體是一個相對穩定的地域，是古代閩越族聚集棲身之地。

唐前福建文化相對落後於中原地區和長江中下游地區。當西元前十至西元前五世紀漢水以北流域已創作出《詩經》不朽篇章的時候，當西元前三世紀荊楚地區出現了像屈原這樣偉大詩人的時候，古老的閩越族還居住在山中，由各自的首領和君長所領轄。漢初，雖然建立了閩越國，但古老的閩越族「以其阻悍，數反覆」(《淳熙三山志》卷

---

1 〔清〕李光坡《周禮述注》，卷十八。

一）之故，兩次被迫大規模遷徙。一次是在建元三年（前138），其時閩越君搖為東海王，治東甌（今浙江溫州），舉國徙江淮。這次所遷移雖以東甌為主，隨從東海王搖的閩越族更不在少數。另一次是元封元年（前110），「遷其民江淮間，遂虛其地」，倖免的少數居民則「竄山谷」（同上引）。這樣，本來人數就不太多的閩越族，人數就更加稀少了。中國地域廣袤，各地的經濟、文化發展存在不平衡性，漢初對閩越族所採取的政策，沒能在根本上改變閩越族文化落後的面貌。

自孫吳建立建安郡之後，至兩晉南朝，有三次規模不等的人口遷徙入閩。第一次是孫吳時期。孫吳有意識將謫遷之徒徙於建安，並將他們集中起來，利用其地近海之便造船。《淳熙三山志》卷一：「吳景帝時置曲那都尉，領謫徒建船於此（原注：舊記：開元寺東直巷，吳時都尉營，號船場）。」[2]在謫徙人員中，不乏中、高級官員：

吳主乃免（會稽太守郭）誕死，送付建安作船。

（吳主）因發怒，收（中書令張）尚。公卿已下百餘人，詣宮叩頭，請尚罪，得減死，送建安作船，尋就殺之。

這兩則材料均見《資治通鑑》卷八十。謫徙建安，還有東吳丞相陸遜的族子陸凱一家：

初，晧常銜凱數犯顏忤旨，加何定譖構非一，既以重臣，難繩以法，又陸抗時為大將在疆場，故以計容忍。抗卒後，竟徙凱家於建安。（《三國志》〈吳書〉〈陸凱傳〉）

2　「那」當作「郍」。〔宋〕司馬光《資治通鑑》卷八十，胡三省注引宋白曰：「又立曲郍都尉，主謫徙之人作舟船」。

陸凱官至左丞相，是孫吳時著名的將領、文學家。同時遷往建安的有陸凱之子偏將軍陸禕，凱侄柴桑督、揚武將軍陸式。孫吳把建安當作謫徙的基地[3]，客觀上，長江中下流地區比較先進的文化也被帶到這個區域來了。

第二次，西晉末年，中原喪亂，中原士人紛紛南渡，其中部分士人入閩。《淳熙三山志》卷二十六：「爰自永嘉之末，南渡率入閩，陳、鄭、林、黃、詹、何、丘、胡，昔實先之。」[4]陳、鄭諸姓，固非瑯琊王氏、陳郡陽夏謝氏可比；王、謝等大族依靠他們的門望及在東晉王朝的重要地位，率先占據了建康、京口、吳及會稽等交通便利、土地肥沃之區。陳、鄭諸姓來到比較偏僻但還不是十分邊遠的閩地，並在這裡生息下來是完全可能的。福建第一個有姓名可考的詩人鄭露就是入閩鄭氏的後人[5]。陳、鄭諸姓雖不一定是世族望族，但他們受到中原文化氛圍的薰陶，文化層次較閩越土族高則是可以肯定的。

第三次，梁武帝太清二、三年（548、549）避侯景之亂入閩。《陳書》〈世祖紀〉：「（天嘉六年）三月乙未，詔侯景以來遭亂移在建安、晉安、義安郡者，並許還本土。」可見侯景之亂移居閩地的人士不少。從侯景之亂到天嘉六年（565），已將近二十年，肯定有不少人因原居住地的田舍已經無存並且在閩地紮了根，不一定北還了。一般說來，避侯景亂而入閩的士大夫，多數都曾受過較高的文化教育，在社會上有比較高的地位，所以才引起陳世祖的重視。

---

3 〔晉〕陳壽撰，〔南朝宋〕裴松之注《三國志》〈吳書〉〈孫晧傳〉：「（徐）紹行到濡須，召還殺之，徙其家屬建安。」同傳注引《吳錄》：「晧以諸父與（太子）和相連及者，家屬皆徙東冶。」

4 〔宋〕陳振孫《直齋書錄解題》引《閩中記》：林、黃、陳、鄭四姓先入閩。〔光緒〕《金門志》卷二：「晉，中原多故，難民逃居者六姓（蘇、陳、吳、蔡、呂、顏）。」

5 詳第二章第一節。

從孫吳到梁朝末年，長江中下游和中原士人三次較大規模的入閩，不僅促使了閩地戶籍人口的增加，而且帶來了比較高的文化。《後漢書》〈東夷列傳〉載道：「秦併六國，其淮、泗夷皆散為民戶。」就是說，秦始皇統一中國後淮河、泗水一帶的土族便被同化了，從此「淮、泗夷」也就不復存在，孫吳、東晉、南朝均建都建業（建康），即今南京，隨著政治中心的南移，閩地距離京都的絕對距離大大縮短了，這無疑給士人移入閩地提供了較為便利的條件。隨著士人的移閩，閩越族也同秦末的淮、泗夷一樣被強大的中原文化所同化，儘管在漫長的歷史長河中這一地區還保留著自己某些獨特的東西，例如某些民間信仰、習俗等，但卻從總體上認可了構成中原文化最基本的因素，例如文字、禮樂等。也正是在這種文化的倡導和培養下，福建開始孕育了自己的書面形式的文學。

當閩地還在受到中原文化滋潤、並且開始孕育自己的詩人和作家的時候，一批宦遊閩地的詩人和作家（如江淹、江洪、蕭子范等）已率先揭開了福建地方文學史的第一頁。他們不僅用自己的筆寫下一批至今仍有生命力的作用，而且興學校、辦教育，為日後福建出現自己的作家作出了努力和貢獻。

第一節　見於文字記載的傳說

早在西元三世紀，江南已出現了文學家陸機、陸雲（吳郡吳縣華亭、即今上海松江人）。四世紀，在武夷山西北側的潯陽柴桑（今江西九江）便出現了像陶淵明這樣的大詩人。到了五世紀，與福建毗鄰的兩浙則湧現沈約、孔稚圭、丘遲等一大批作家。不僅是秦漢，甚至到了三國晉南朝，閩地還沒有自己的作家出現。不過，在這漫長的歲月中，閩地也流傳著一些值得注意的傳說。

一　關於「大母」（太姥）

《淳熙三山志》卷三十五引王烈《蟠桃記》：

> 堯時有老母以藍練為業，家於路旁，往來者不吝給之。有道士嘗就求漿，母飲以醪，道士奇之，乃授以九轉丹砂之法，服之。七月七日乘九色龍而仙，因相傳呼為大母。山下有龍墩。今烏桕葉落溪中，色皆秀碧。俗云：仙母歸即取水以染其色。漢武帝命東方朔授天下名山，文乃改「母」為「姥」。

《八閩通志》卷八漳浦縣「大武山」條引《圖經》：

> 山有太武夫人壇。記云：「大武夫人者，閩中未有生人時，其神始拓土以居民。」舊亦名大母山。

大武山即太武山；太武山又名南太武山，似與金門縣的太武山加以區別。金門的太武山是島中的主山，「海上人別呼為仙山」（〔光緒〕《金門志》卷二）。

二　關於「武夷君」

《史記》〈封禪書〉載，有人上書漢武帝，言「古者天子常以春解祠」，祠「武夷君用乾魚」。《太平御覽》卷四十七「武夷山」條：「傳云：昔有神人武夷君居此，故因名之。又《坤元錄》云：建陽縣上百餘里有仙人葬山，亦神仙所居之地。」宋祝穆《武夷山記》曾詳細記載武夷君的活動：

> 幔亭峰在大王峰後。古記云：
>
> 秦始皇二年八月十五日武夷君與皇太姥、魏王子騫輩置酒會鄉人於峰頂，召男女二千餘人，虹橋跨空，魚貫而上。設彩屋幔亭，可數百間，飾以明珠寶玉。中設一牀，謂之玉皇座，西為太姥、魏真人座，東為武夷君座，悉施紅雲裀、紫霞褥，金盂貯花，異香氤靄。
>
> 初，鄉人至幔亭，外聞鼓聲。少頃，空中有贊者呼鄉人為曾孫，使男女東西依次進。拜畢，真人抗聲言汝等曾孫安好，遂命男女以東西坐。又亭之東西有青綾，幛幄內各設牀，陳樂具。又聞贊者命鼓師張安陵打引鼓，趙元奇拍付鼓，劉小禽坎鈴鼓，曾小童擺鼗鼓，高智滿振曹鼓，高子春持短鼓，管師鮑公希吹橫笛，板師何鳳兒拊節板，於是東幄奏賓雲左仙之曲。次命弦師董嬌娘彈坎篌，謝英妃撫長琴，呂何香戛圓鼓，管師黃次姑彈箄篥，秀淡鳴洞簫，宋小娥運居巢，金師羅妙容揮鐃鈸，於是西幄奏賓雲右仙之曲。乃命行酒，其食品皆非人世所有，酒數行，命歌師彭令昭唱〈人間可哀曲〉。曲云：「天上人間兮會何稀，日落西山兮夕鳥飛。百年一瞬兮事與願違，天宮咫尺兮恨不相隨。」歌罷，彩雲四合，環佩車馬之音亙空而至。又聞贊者云：「曾孫可再拜為別。」
>
> 既下山，風雨暴至，虹輴飛斷，回顧山頂，寂無一物，但蔥翠峭拔如初耳。鄉人感幸，因相與立祠於山下，號「同亭」云。

祝穆原籍安徽歙縣，隨父遷崇安（今武夷山），其曾祖為朱熹外大父。穆雖為宋人，但此記所引用材料為「古記」。武夷君宴飲鄉人的故事比較古老，有唐李商隱〈題武夷〉詩為證：「只得流霞泛一杯，空中簫鼓當時回。武夷洞裡生毛竹，老盡曾孫更不來。」

這兩則傳說，為我們留下閩越族早在遠古和近古生活狀況的片鱗隻爪。有研究者認為，大母（太姥）就是「閩中人類的始祖母」[6]，她與《詩經》〈大雅〉〈生民〉「厥初生民，時維姜嫄」中的周始祖姜嫄相類。大母（太姥）的傳說流傳的地域，北自閩浙邊界，南至閩粵邊界，說明閩越族和中原的周民族一樣，都曾經經歷過母系氏族的社會。不過，在流傳的過程中，像上文所引《蟠桃記》已摻雜仙道的成分了。武夷君的傳說也相當古老，祀武夷君以乾魚並非始自漢武帝，「古者天子」早已有之。《太平御覽》卷四十七「闌干山」條引《建安記》:「闌干山南與武夷山相對，半岩有石室，可容六千人。岩口有木欄干，飛閣棧道，遠望石室中隱隱有床帳、案几之屬。岩石間悉生古柏，懸棺仙葬，多類武夷。」經碳十四測定，殘留至今的懸棺距今約三千八百多年，相當於夏代晚期。據朱熹推測，漢代所祀的武夷君，是居住在武夷山一帶閩越族的一位君長，「沒而傳以為仙」[7]。穴居崖葬，是這支古老民族的習俗。武夷君大約是一位曾經造福於這一民族並且深受族人尊敬和愛戴的君長。他死了，人們卻認定他成了仙。成了仙的武夷君也仍然不忘鄉人，故又有宴飲鄉人於幔亭的美麗傳說。然而，「天上人間」，「恨不相隨」，鄉人永遠追懷著他。

三　關於「李寄斬蛇」

干寶（？-336），字令升，新蔡（今屬河南）人，其《搜神記》記載了一則十分感人的故事:「東越閩中，有庸嶺，高數十里。其西北隰中，有大蛇，長七八丈，大十餘圍，土俗常病。東治都尉及屬城長吏，多有死者。祭以牛羊，故不得禍。」然而，這條大蛇還不滿足，每年還要官吏送一名十二、三歲的少女供牠吞噉。連續數年，已

6　朱維幹《福建史稿》，第一編第一章第二節。

7　朱熹《晦庵先生朱文公文集》卷七十六〈武夷圖序〉。

有九個少女葬身其腹。這一年，怎麼募索也找不到合適的人選。將樂縣李誕家，生有六女，李寄最小，她自告奮勇，以為「賣寄之身，可得少錢，以供父母」，而父母始終不忍心這樣做。於是，李寄私下潛行，找了一把好劍及一條好狗，設計引蛇出洞，將蛇砍死。「寄入視穴，得其九女髑髏，悉舉出，咤言曰：『汝曹怯弱，為蛇所食，甚可哀愍。』於是寄女緩步而歸。」

四　關於「白水素女」（田螺姑娘）

舊題晉陶潛所撰的《搜神後記》載道：

> 晉安侯官人謝端，少喪父母，無有親屬，為鄰人所養。至年十七八，恭謹自守，不履非法。始出居，未有妻，鄰人共愍念之，規為娶婦，未得。
>
> 端夜臥早起，躬耕力作，不捨晝夜。後於邑下得一大螺，如三升壺。以為異物，取以歸，貯甕中，畜之十數日。端每早至野，還，見其戶中有飯飲湯火，如有人為者。端謂鄰人為之惠也，數日如此，便往謝鄰人。鄰人曰：「吾初不為是，何見謝也。」端又以鄰人不喻其意，然數爾如此，後更實問，鄰人笑曰：「卿已自取婦，密著室中炊爨，而言吾為之炊耶？」端默然心疑，不知其故。
>
> 後以雞鳴出去，平早潛歸，於籬外竊窺其家中，見一少女，從瓮中出，至灶下燃火。端便入門，逕至甕所視螺，但見殼。乃至竈下問之曰：「新婦從何所來，而相為炊？」女大惶惑，欲還甕中，不能得去，答曰：「我天漢中白水素女也。天帝哀卿少孤，恭慎自守，故使我權為守舍炊烹。十年之中，使卿居富得婦，自當還去。而卿無故竊相窺掩。吾形已見，不宜復留，

當相委去。雖然，爾後自當少差。勤於田作，漁採治生。留此殼去，以貯米穀，常可不乏。」端請留，終不肯。時天忽風雨，翕然而去。

閩中十二、三歲的少女李寄，不僅德性孝親，而且敢於向邪惡勢力挑戰，膽大而機智，既保全了自己，又為閩中人民除害。〈李寄斬蛇〉的傳說，其意義則超越鬥蛇斬蛇之外，它表現了閩中人民戰勝自然、不向邪惡勢力低頭的大無畏氣概。〈白水素女〉則寫了侯官人謝端的本分守己、恭謹善良，意外地得到白水素女的幫助；白水素女樂於助人的精神深受閩中人民的欽敬。這兩則傳說雖然不出於同一個作者的手筆，但所描繪的閩中人民的性格卻可以互補。

〈李寄斬蛇〉講的是漢朝的事[8]，可見故事流傳很久，直到晉朝才有人用文字將它記錄下來。兩則故事所敘都是閩人閩事，而都由閩籍以外的作家將它們寫下，可見故事流傳十分廣泛，甚至遠至文化相當發達的中原地區。〈李寄斬蛇〉和〈白水素女〉，在魏晉南北朝的筆記小說中都屬於優秀篇章，它們故事情節比較曲折、比較完整，所塑造的人物形象也較為豐滿，文字也生動優美，已初步具有短篇小說的雛形，這固與干寶等文學家的修養有關，不過，我們還必須注意到這樣一種事實，即同在一部《搜神記》或《搜神後記》中，諸多的故事水平極為參差，有的甚至只有三言兩語，相當單薄，我們推想，這很可能與故事原本的素材有關；素材過於簡略，作家難於加工創造。我們推想，這兩個故事在未經干寶等人加工之前，內容必定已經較為豐富、較為生動了；進一步推想，在這一時期閩中人民口頭創作和想像能力都已經達到比較高的水平。〈李寄斬蛇〉、〈白水素女〉的故事流傳到閩地以外的區域去，並經干寶等人的加工修飾終於得以傳世，干

8　文中出現「都尉」一詞。漢武帝時設立冶縣，屬會稽南部都尉；光武帝時又分冶縣為東南二部都尉。

寶等人功不可沒。與此同時，我們卻不能不感到缺憾，假如其時閩中有了自己的文字作家，那麼必定會有更多的美麗動人的故事被記載流傳後世。

除了上述故事以外，南平的雙劍化龍故事也很有名。《晉書》〈張華傳〉載雷煥為豫章豐城令，得龍泉、太阿雙劍，一遺華，一自佩。張華被誅，劍失所在。煥卒，子雷華為州從事，持劍經延平津，「劍忽於腰間躍出墜水。使人沒水取之，不見劍，但見兩龍各長數丈，蟠縈有文章」。延平津後又稱劍津，為歷代詩人詞客憑弔流連之地。宋辛棄疾〈水龍吟〉〈過南劍雙溪樓〉「人言此地，夜深長見，斗牛光炎」，所用即此典。

第二節　江淹等文人入閩及其創作

較大規模的士人入閩，主要有孫吳時期、西晉末年和梁武帝太清年間三次。除此之外，還有各種原因入閩的。傅都，宋始興公、中書監、尚書令傅亮之子。傅亮為劉宋時文學家、詩人，詩被鍾嶸的《詩品》列於下品。傅亮於元嘉三年（426）被殺，傅都奔建安。傅都是避禍入閩的。袁昂（461-540），冠軍將軍、雍州刺史袁顗之子。顗舉兵奉晉安王子勛，事敗誅死。昂時年五歲，乳媼攜抱匿於廬山，會赦得出，猶徙晉安。昂能文，今存其文多篇，他是被迫徙閩。《陳書》〈顧野王傳〉:「野王幼好學。七歲讀《五經》，略知大旨。九歲能屬文，嘗製〈日賦〉，領軍朱異見而奇之。年十二，隨父之建安，撰〈建安地記〉二篇。」顧野王著有《玉篇》、《輿地志》共計數百卷，他是隨父入閩。在南朝時尤其值得重視的，是一大批文人相繼入閩為宦，〔民國〕《福建通志》列舉這一時期的名宦多達四十二人。在宦閩的文人中，相當一部分很有文采，有些人甚至就是當時有名望的文學家或詩人。下面我們著重介紹一下江淹入閩時期的創作活動。

江淹（444-505），字文通，濟陽考城（今河南蘭考）人，歷仕宋、齊、梁三代，官至金紫光祿大夫，封醴陵侯，有《江醴陵集》傳世。他是齊梁之際重要文學家之一，詩被列入《詩品》中品。江淹出身比較低微，祖父和父親都只做過縣令一類的官員。他從小「勵志篤學」(《文選》〈恨賦〉李善注引劉璠《梁典》)，而且天資敏捷，六歲便能做詩。十三歲喪父後，便「博覽群書」，「精於文章」(〈自序傳〉)，誦詠達二十萬言之多，打下了深厚的文學基礎。二十歲，便以《五經》傳授劉宋始安王劉子真，被辟為幕僚。始安王薨後，轉到建平王劉景素門下。江淹隨景素鎮荊州，後又隨鎮京口，為鎮軍參軍事，領東海郡丞。劉景素日夜與心腹密謀反叛朝廷，江淹知禍機將發，口諫詩諷；劉景素便藉口將他黜為建安郡吳興（今福建浦城）令。元徽四年（476）秋七月景素反，同月伏誅、江淹才得以還京。江淹任吳興令的時間在元徽二年（474）至四年（476），前後三年。「北地三變露，南檐再逢霜」(〈還故園〉)，他離開浦城大約在白露後，霜降前。

江淹入閩的作品，初步考訂，至少有：

賦五篇：〈赤虹賦〉、〈麗色賦〉、〈待罪江南思北歸賦〉、〈青苔賦〉、〈蓮花賦〉。

頌十五篇：〈草木頌〉并序。

騷體詩十篇：〈山中楚辭〉、〈雜三言〉各五篇。

五言詩三篇：〈渡泉嶠出諸山之頂〉、〈遷陽亭〉、〈遊黃檗山〉。

箋一篇：〈被黜為吳興令辭箋詣建平王〉。

此外，五言詩〈還故鄉〉一篇，寫在離吳興任赴京之際。〈恨賦〉、〈別賦〉二名篇，從情調來判斷，有可能也寫在貶黜期間[9]。

9　曹道衡先生《江淹作品寫作年代考》，收入《中古文學史論文集續編》(臺北市：文津出版社，1994年)。認為〈恨賦〉「作於建安吳興時期似無疑」；〈別賦〉的寫作時間，在〈青苔賦〉之後，但「也不會在離開建安吳興之後」。

江淹入閩的作品，大致可分為兩類。一類是抒發情志之作。江淹留情仕宦，被貶黜到閩中山區，難免有「轉命溝間，待殞岩下」的嗟嘆，因而，他訪仙問道，尋求精神上的寄託。然而，他更以楚騷中的美人香草自況，表達一種孤芳自賞、人莫余知的情感及仰望廷闕的「葵藿志」。江淹又取閩中草木十五種，「各為一頌，以寫勞魂」(〈草木頌序〉)，有更深遠的寄託。「金荊嘉樹，涵露宅仙。媠節詎及，幽意誰傳？」江淹很想讓人知道他的抱負。棕櫚，「不華不褥」；杉木，「獨立青崖」，不與閑花野草為伍，聳入雲表；檉樹，挺拔峰頂，俯笑荊棘陋木，「碧葉庵藹」；楊梅，「涵英糅丹」，希望「委君玉盤」；石榴，「芬披山海，奇麗不移」；藿香，「攝靈百仞，養氣青氛」。種種形象，大都是詩人的自我寫照，從中很能窺探出江淹的志向。

另一類是描繪閩山閩水之作。這些作品很能捕捉中古時期閩中山水的特徵，也是福建文學史上最早描寫閩地的完整篇章[10]，有的還堪稱中國詩歌史上的優秀詩篇，頗值得珍視。〈遊黃檗山〉是這類作品的代表。

> 長望竟何極？閩雲連越邊。南州饒奇怪，赤縣多靈仙。金峰各虧日，銅石共臨天。陽岫照鸞采，陰溪噴龍泉。殘杌千代木，廧崒萬古煙。禽鳴丹壁上，猿嘯青崖間。秦皇慕隱淪，漢武願長年。皆負雄豪威，棄劍為名山。況我葵藿志，松木横眼前。所若同遠好，臨風載悠然。

〔光緒〕《浦城縣志》卷三：「黃檗山在畢嶺裡，距城九十里，來自藤岡，下為燒香尖，大龍、正幹，於此北去。江淹詩云：『閩雲連

---

10 〔淳熙〕《三山志》卷三十九載有晉郭璞〈遷州記〉和〈遷城詩〉，清初周亮工《書影》已辨其非。

城邊』，即此（原注：據嘉慶舊志）。」或以為黃檗為福建閩清之山，誤[11]。

一個在長江流域長大的年輕文人，突然來到當時尚未被大多數人所認識的閩中，恰如西晉末年南渡的士人，入山陰道，一時應接不暇。因此，江淹發出了「何其異也」(〈自序傳〉) 的讚嘆。這裡有蔽日遮天的崇山峻嶺，有搜食跳躍的飢猿，有冬榮的異花，有長年布滿青苔的石磴，還有橫跨巒峰斑斕繽紛的彩虹。多麼新鮮有趣！武夷君、魏真人、延平津、李寄斬蛇、赤松子採藥……各種各樣神奇的傳說，都給幽森的山區郡縣蒙上一層神秘的色彩，引人遐想。江淹寫山，寫得頗森峻。本詩之外，〈渡泉嶠出諸山之頂〉云：「岑崟蔽日月，左右信艱哉！萬壑共馳騖，百谷爭往來。鷹隼既厲翼，蛟魚亦曝鰓。崩壁疊枕臥，嶄石屢盤回。伏波未能鑿，樓船不敢開。」幽森如此！險峻如此！除非「咸巫採藥」，「群帝上下」，誰不「斂意」(〈赤虹賦序〉)？而詩人則悠悠然遊黃檗，渡泉嶠，觀壑谷，「馳騖」「往來」，融匯在閩中大自然的懷抱，無怪乎寫得如此得心應手，活靈活現！江淹寫水，也能捉住閩水的特徵：「百年積流水，千歲生青苔。」(〈渡泉嶠出諸山之頂〉)「下視雄虹照，俯看彩霞明。」(〈遷陽亭〉) 由於山壁陡峭，日光罕至，居高臨下，幽深莫測，千年古潭猶如一泓長滿青苔、永不流動的綠水。而一旦山泉出谷，水流平川，則又平緩清澈如明鏡，山花雜樹，彩虹晚霞，人面衣裙，一一可鑒。武夷山一帶的山水，在江淹筆下生色生輝：「紅壁千里，青崖百仞。」彩虹「映青蔥而結樹，昏青苔於丹渚。」(〈赤虹賦〉)「累青彬於澗構，積紅石於林欄，雲八重兮七色，山十影兮九形。」(〈雜三言五首〉「構象臺」)「赬峰兮若虹，黛樹兮如畫；暮雲兮千里，朝霞兮千尺。」

11 詳拙著《中古文學論稿》所載〈江淹入閩之作考論〉(天津市：天津人民出版社，1992年)。

(〈雜三言五首〉〈悅曲池〉)非執生花之筆親涉其境，誰能畫出這一幅幅絢麗多姿的碧水丹山的圖畫！

除了江淹，入閩的重要文人還有：劉宋時大詩人謝莊長子謝颺，泰始五年（469）為晉安太守。虞愿，泰始七年（471）為晉安太守；愿著有《五經論問》、《會稽記》及文翰數十篇。和南齊大詩人謝朓有過唱和的詩人王秀之，建元元年為晉安太守。何胤，南齊建元（479-482）間為建安太守；胤能詩，有《易》、《禮》、《毛詩》論著數十卷。詩人王思遠，南齊永明間（483-493）為建安內史。和謝朓、王融有過唱和的詩人王德元，永明十年（492）為晉安太守。和謝朓、王融有過唱和的詩人、譜牒家王僧孺，永明十一年（493）為晉安郡丞。寫過著名的《神滅論》的哲學家、文學家范縝，梁天監元年（502）為晉安太守。與齊梁之際大文學家任昉有過贈答的詩人到溉，天監五、六年（506、507）間為建安太守。被列入《詩品》的梁建陽令江洪。蕭洽，天監十一年（512）稍後為建安內史；洽曾撰同泰、大愛敬寺剎下銘及〈當塗堰碑〉，文辭贍美。蕭機，天監十七年（518）為晉安太守，「所著詩賦數千言，世祖集而序之」(《梁書》〈太祖五王傳〉)。蕭子範，天監十七年（518）前後為建安太守，子范撰有《千字文》，其〈建安城門峽賦〉，是較早描寫閩地的文學作品之一，所描繪的閩北山水形勢十分生動。徐悱，梁大通二年（528）為晉安太守，他寫的〈酬到長史溉登琅邪城詩〉被登入《文選》。由北魏奔梁的羊侃，中大通六年（534）為晉安太守；侃雅愛文史，博涉書記。謝嘏，梁陳間詩人，太清二年（548）為建安太守。陳書法家蕭乾，永定間（557-559）為建安太守。

江淹等入閩文人寫下的作品流傳至今雖然不很多，但他們的入閩及其創作的意義卻不容忽視。首先，由於他們親身的勘踏，終於揭開不甚為世人所了解的閩中之地的神秘面紗。西晉張協〈雜詩十首〉其五云：「昔我資章甫，聊以適諸越。行行入幽荒，歐駱從祝發。」其八云：「閩越衣文蛇，胡馬願度燕。土風安所習，由來有固然。」張協這樣的描繪，固有借以抒發情志的用意，但客觀上仍給人閩越尚未開化、愚昧落後的感覺。劉宋時謝靈運〈還舊園作見顏范二中書〉也說：「閩中安可處？日夜念歸旋。」這裡的「閩中」，兼閩、越二地而言之，何焯《義門讀書記》〈文選〉卷二曰：閩中，「猶言蠻中也」。江淹受到前人各種言論的影響，被黜閩中，不免也「涕下若屑」(〈被黜為吳興令箋辭建平王〉)，非常痛苦，而當他一腳踏進地處東南的閩地，便不禁為「碧水丹山，珍木靈草」所驚嘆，以至不覺「行路之遠」(〈自序傳〉)。春蘭秋菊之時，他常悠然獨往，日夕忘歸，放浪於山水之間。江淹性雖文雅，本不甚以著述為懷，入閩之後，則「頗善文章」，以其生花之筆，極力讚頌謳歌閩山閩水，還閩中山水秀麗迷人的本來面目。《南史》〈王裕之附王秀之傳〉載，秀之為晉平（即晉安）太守，稱此郡為「沃壤」、「珍阜」。這是有史記載以來較早意識到閩地是富饒之區的入閩官員。這一看法，無疑增強了閩人的自信心。

其次，入閩文人還在閩地辦學校招收生徒。《南齊書》〈良政虞願傳〉：「出為晉平太守，在郡不治生產。前政與民交關，質錄其兒婦，願遣人於道奪取將還。在郡立學堂教授。郡舊出髯蛇膽，可為藥，有餉願蛇者，願不忍殺……海邊有越王石，常隱雲霧。相傳云：『清廉太守乃得見。』願往觀視，清澈無隱蔽。後琅邪王秀之為郡，與朝士書曰：『此郡承虞公之後，善政猶存，遺風易遵，差得無事。』」虞願在郡立學堂教授生徒，這是閩地立學堂較早的記載。興教化，立學堂，文化教育的積累，無疑是區域人才產生的一個非常重要的條件。唐前漫長文化積累的過程，也是福建作家和詩人孕育的過程。

再次，江淹等入閩文人及其創作，對福建文化產生了深遠的影響。浦城有南浦溪，我們還沒有充分的理由來證明它得名於江淹〈別賦〉的「送君南浦，傷如之何」，因為《楚辭》早有「子交手兮東行，送美人兮南浦」之句。但宋時建於南浦溪側的綠波亭、建於縣西上相里的碧草亭確得名於〈別賦〉的「春草碧色，春水綠波」[12]。綠波亭，《浦城縣志》仍見記載。浦城又有夢筆山，「相傳梁江淹為吳興令，夢神人授筆於此，故名。又以山在環嶂之間，挺然孤立，名孤山。」(《八閩通志》卷六)[13]。江淹的「碧水丹山，珍草靈木」(〈自序傳〉),《太平御覽》卷四十七以為寫的就是孤山的勝景[14]。清梁章鉅嘉慶間撰《南浦詩話》八卷，前七卷錄唐至明浦城詩人九十四家，卷八為宦遊詩人，錄有關江淹詩話數則，以見一邑歷代詩歌創作之有自，實為有見。

---

12 詳〔明〕黃仲昭修纂《八閩通志》卷七十二（福州市：福建人民出版社，1990年）。

13 〔明〕黃仲昭修纂《八閩通志》，卷七十二，頁121。校注：「梁普通六年，江淹任吳興令。」（福州市：福建人民出版社，1990年）此說誤。說明已詳上。

14 江淹〈赤虹賦序〉：「東南嶠外，爰有九石之山。乃紅壁千里，青崿百仞；苔滑臨水，石險帶溪。」九石山在浦城縣水北街，南浦溪流經此山。筆者作為閩江第一漂文化考察學術顧問實地考察過該山，山係紅色砂巖構成。

第二章
唐五代福建文學的生發時期

李唐王朝建立後的三百年間，福建這一區域先是建立都督府，後升為節度使，又改置都團練觀察處置使。所屬的州數，終唐一代，也由福、泉、建三州，增加到福、泉、建、汀、漳五州[1]。五代閩王時，領福、泉、建、汀、漳、鏞（今將樂）、鐔（今南平）七州。唐建中年間（780-783），福建戶籍達九萬三千五百三十五戶，人口五十三萬七千四百七十二人。所屬二十三縣，戶籍在三千戶以上的有十二個，在六千戶以上的有十個[2]。《淳熙三山志》卷三十三：「始州戶籍衰少，耘鋤所至，甫邇城邑，穹林巨澗，茂林深翳，小離人跡，皆虎豹猿猱之墟。」唐前人口稀少，四處荒涼的景象，到了唐朝中葉已經大有改變。

整個唐代文學的發展繁榮，除了社會的相對穩定、經濟的發展，當然還與文學本身發展的規律有關。唐初沈佺期、宋之問在齊梁新體詩的基礎上確立了格律詩的基本形式，使詩歌具有明顯的節奏美和回環美。詩，成了唐代文學的基本形式。唐代中葉後，以詩賦取士，客觀上也刺激了詩賦尤其是律詩和律賦的發展。唐五代福建文學的產生和發展，無疑受到整個唐代政治、經濟和文化大背景的制約和影響，但是，這一區域文學的發生和發展與區域的政治、經濟、文化也有著不可忽視的聯繫。同樣是經濟發展，中原和長江中下流地區是在有相當基礎的經濟上（如南朝時江南的大莊園經濟）的發展，而福建則是在驅趕虎豹猿猱、從岩居穴處走下來（如汀、漳二州）的基礎上來加

1　潮州有一個時期也歸閩，溫州也短暫屬閩；漳州則曾屬嶺南道。

2　朱維幹據杜佑《通典》統計，詳《福建史稿》第七章。

以發展。相對地說，福建這一時期經濟的發展比中原或長江中下游地區要艱苦得多。但是，福建也有比其他地區有利的條件，那就是社會的長期穩定。終唐一代，只有上元元年至大曆六年（760-771）的十二年時間福建置有節度使，也就是說武人治閩的時間短到可以忽略不計。當北方安祿山、史思明叛亂的時候，當藩鎮割據和唐末社會大動亂的時候，福建相對來說社會仍然比較穩定，經濟以至文化仍然持續發展。天寶末，徐夤的先祖徐務避亂入閩，居莆田崇仁里徐村[3]。貞元十九年（803），福建觀察使柳冕奏置萬安牧馬監（在今金門），從牧馬監陳淵來閩者十二姓[4]。〔寶祐〕《仙溪志》卷一：「置縣之始，人煙稀疏。五季干戈，北方避地者多居於此。」安史之亂、唐末動亂，中原人士紛紛避地社會比較穩定的福建。中原人口大量遷徙入閩，對福建經濟和文化的發展也起了不小的作用。總之，到了中晚唐福建和其他經濟、文化比較發達地區的差距大大縮小了。唐文宗開成三年（838），侯官蕭膺、晉江陳蝦等四閩人同時登第，傳為美談，以至朝士有詩云：「幾人天上爭仙桂，一歲江南折四枝。」「閩中自是號為文儒之鄉。」（《八閩通志》卷六十二）就是說，從此閩地再也不是從前人們印象中的蠻地蠻邦了，它與文化發達的區域從此有了並駕齊驅的資格。

文化教育的積累，無疑是某一區域產生人才（包括文學家和詩人）的重要條件之一。唐五代福建在文化上與發達地區縮短距離，與在這一時期大興學校有關。漳州一帶開發較晚，「茲鎮地極七閩，境連百粵，左衽居椎髻之半，可耕乃火田之餘」，光州人陳元光代父為將之後。於永淳二年（683），上〈請建州縣表〉有云：「其本則在創州縣，其要則在興庠序。」垂拱四年（688），元光除漳州刺史，元光

---

3 詳〔明〕何喬遠《閩書》，〔清〕鄭方坤《五代詩話》卷六引。

4 〔光緒〕《金門志》：「蔡、許、翁、李、張、黃、王、呂、劉、洪、林、蕭。」〔清〕林焜熿總修《金門志》，卷二。

認為，建立州縣的目的在於興建學校以化民俗。元和十一年（816），龍溪人周匡物終於成了這個地區的第一個進士。匡物也是詩人，有詩傳世。大曆七年（772），李椅為福、建、泉、汀、漳五州軍事領觀察處置都防禦等使，「成公（李椅）之始至也，未及下車，禮先聖先師，退而嘆：『堂堂湫狹，校學荒墜，懼鼓篋之道寢、〈子衿〉之詩作。我是以易其地，大其制，新其棟宇，盛其俎豆。俎豆既修，乃以《五經》訓民。考校必精，弦誦必時。』於是一年人知敬學，二年學者功倍，三年而生徒祁祁。賢不肖競勸，家有洙泗，戶有鄒魯，儒風濟濟被於庶政。」（獨狐及〈福州都督府新學碑銘序〉）十年（775）[5]，椅薨於位，閩人立祠祀之。德宗建中（780-783），曾為相的常袞為福建觀察史，「袞至，為設鄉校，使作為文章，親加講導，與為客主鈞禮，觀遊燕饗與焉，由是俗一變，歲貢士與內州等。」（《新唐書》〈常袞傳〉）歐陽詹是直接受到常袞教晦的閩中士子之一，他在〈與王式書〉一文中回憶說：「至建中初，因當道廉察故相國常公、本州將故中書舍人薛（播）公南澗之談、西湖之禮……群公激勵轉加。」種種激勵，也是他後來奮力拚搏、考取進士的原因之一。此外，福建團練觀察處置使李貽孫，泉州刺史薛播、席相，建安刺史李頻等也都比較重視文化教育，受到閩人的敬重。

當然，福建文化和文學的發展更取決於閩地士子的努力。貞元七年（791）進士及第的林藻，早年便立下雄心壯志，「慨然欲自奮發於閭里間，其言曰：『張九齡生於韶陽，陳子昂出於蜀郡，彼何人？』乃與歐陽詹刻意攻文」（《八閩通志》卷七十二）。藻與弟蘊早年自莆田北螺移居府城東北興教里之澄渚，號「讀書草堂」，誓志學文，凡

5　〈福州都督府新學碑銘序〉：「大曆十年歲在甲寅，秋九月公薨於位。」甲寅為九年，十年為丙辰。「十年歲在甲寅」，二者必有一誤。〈序〉中雖有「比屋為儒，俊選如林」之語，但又有「縵胡之纓，化為青衿」輕蔑閩人之辭。莆田人林藻頗不能接受。

十年。藻與蘊經浦城泗洲嶺，題姓字於其上，聲言不折桂枝不歸。後兄弟皆登第，藻題詩其上，云：「長記嶺頭題姓字，不穿楊葉不言歸。而今折得兩枝桂，又向嶺頭連影飛。」後人遂名其嶺為「桂枝嶺」。貞元八年（792）進士及第的歐陽詹早年在泉州清源山與道士虹岩逸人住在一起，「勤勤懇懇」（〈與王式書〉），讀書三年之久。又移居莆田，與林藻兄弟為鄰，苦讀五年。最後，赴數千里之外的京城應試，「五試於禮部，方售鄉貢進士」（〈上鄭相公書〉）。又據《八閩通志》卷四十五載，莆田有北岩精舍，陳嶠、許龜圖、黃彥修在此讀書達五年；東峰書堂，黃滔與陳蔚、黃楷、歐陽碣葺齋讀書十年。陳嶠、黃滔先後進士及第；滔還是比較著名的文學家和詩人。成都距長安較閩地近，「而每歲隨計者少」；閩地距長安遠，貢士較多。《北夢瑣言》至有「龍門一半在閩川」之語，這是對唐代閩川士子所作努力的充分肯定。

出於各種原因來到閩地的詩人和作家，對唐五代福建文學的發展也起了一定的促進和推動作用。中晚唐之後來到福建的秦系、韓泰、李頻、周樸、韓偓、崔道融等都是有一定影響的詩人。

在福建文學發展的歷程中，唐初終於有了自己第一個詩人鄭露，中唐時期有了第一個走向全國的文學家歐陽詹，晚唐五代出現了翁承贊、黃滔、徐夤等作家和詩人群體。王棨、黃滔、徐夤的律賦在賦史上有著比較重要的地位；其中徐夤的作品還傳至渤海國，為其國人所珍重。中唐時期的林諝寫下了福建較早的方志《閩中記》，晚唐時黃樸為閩中士子寫下第一部傳記文學《閩川名士傳》[6]。黃滔不僅開啟了閩中文學批評的風氣，他所編撰的《泉山秀句》三十卷，《新唐書》〈藝文志〉云：「編閩人詩，自武德盡天祐。」為閩人選閩詩之始。

6 《閩中記》、《閩川名士傳》今佚。《閩川名士傳》有陳慶元輯佚本，詳《文獻》，2003年第3期。《淳熙三山志》、《寶祐仙溪志》、《太平廣記》、《能改齋漫錄》、《說郛》等保存了部分佚文。

唐五代福建籍詩人可考的有大幾十人，在《全唐詩》及其《外編》、《補編》二千多個詩人中並不是一個大的數目。《泉山秀句》今已失傳，考唐元兢〈古今詩人秀句序〉[7]，所謂「秀句」就是佳句，將近三百年的時間，閩人詩中的佳句就多達三十卷，可見創作還是比較興盛的。但是，我們也應該看到，和文化比較發達的地區比較，福建在唐五代產生的作家、詩人及其作品還不那麼多，更重要的是，也沒有出現第一、二流，哪怕是在文學史上地位和影響都比較重大的作家和詩人。整個唐五代時期，福建文學還只是處在產生和發展的時期。

第一節　第一個詩人鄭露和第一個進士詩人薛令之

黃滔的《泉山秀句》編閩人詩，自武德始，止於天祐。武德是唐高祖李淵的年號，這部佳句集肯定還有唐初閩詩人的作品。唐初就有福建詩人產生這是無可懷疑的。可惜集子已經失傳，無從知道唐初福建詩人的詳細情況。至於誰是福建的第一個詩人，我們只能從流傳下來的文獻來考察——這位詩人就是莆田的鄭露。

《全唐詩》卷八百八十七錄鄭露〈徹雲澗〉詩一首。詩云：

延綿不可窮，寒光徹雲際。落石早雷鳴，濺空春如雨。

詩人小傳云：「字思（按：據《八閩通志》卷七十一，《閩書》卷一〇五，當作恩）叟，號南湖，莆田人，太府卿。」檢《八閩通志》卷十二莆田「九座山」條：「徹雲澗。（九座）院西三十步，有大澗出於窮山，群石叢萃堆積，水下激石，其聲錚然如鐘磬環佩。」下即引此詩（文字稍異）而作佚名氏作。今從《全唐詩》。此詩屬於古絕，聲調韻腳都不甚講究，但摹寫還比較生動。

7　載〔日〕僧遍照金剛《文鏡秘府論》南卷。

鄭露，一說是梁、陳間人，一說生於隋季。《八閩通志》卷七十一存其二說：

> 鄭露，字恩叟。莆田人。梁、陳時卜居南山，與群從莊、淑構書堂於其間，號「南湖三先生」。郡人業儒自露始。（按：宋葉適志鄭耕老墓，劉克莊志鄭浚甫墓，及國朝方時舉《人物志》〈鄭濟傳〉俱稱露為太府卿。又按《方輿勝覽》及《莆陽舊志》皆以露為梁、陳時人，而鄭氏子孫又謂露實生於隋季，至唐官太府卿。蓋其祖昭自梁時入莆，已尚《詩》、《書》，至露而始著。故推本言梁時也。）

《八閩通志》的修纂者黃昭仲似較傾向於露為梁、陳間人。同書卷四十五「鄭氏湖山書堂」條云：「在府城西南鳳凰山下。梁、陳間邑儒鄭露讀書於此，另『南湖先生』，後以其地施為金仙院，今廣化寺講堂是也。」卷七十九「靈岩廣化寺」條云：「梁、陳間邑儒鄭露家焉，俄有神人鶴髮麻衣，夕見於堂，請易為佛剎，露拜而諾之。永定二年為金仙院。……黃滔有《靈岩寺碑》。」然檢滔〈莆山靈岩寺碑銘〉，云：「梁、陳間邑儒滎陽鄭生家之，生嚴乎一堂，架以詩書。」只稱「鄭生」而不言其名。《閩書》卷一〇五說鄭露陳時構書堂湖上。陳永定二年（558），設使其時露十八、九歲，到唐高祖武德元年（618），已經八十歲左右，再任太府卿可能性不大。但不管鄭露生於梁季活到唐初也好，生於隋季入唐為太府卿也好，他畢竟是今天有文獻可徵的第一位福建詩人。他的詩在唐代的詩王國中，雖然不那麼純熟，但終歸跨出了自己的步伐。

隋煬帝大業二年（606）設置進士科，作為取士的科目。唐代取士雖然多了幾個科目，但應試者卻集中在明經和進士兩科。應考的人很多，而得第者則寥寥。「進士大抵千人，得第者百一二；明經倍之，得第者十一二」（杜佑《通典》卷十五）。然而，一旦進士及第，「大者登臺閣，小者仕郡縣。資身奉家，各得其足」（同上引沈既濟文，下引同）。士人都將得第作為取祿位和立身之本。因此，「父教其子，兄教其弟，無所易業」。「五尺童子恥不言文墨」。閩地的士人當然也不甘落後。大概是閩地文化基礎比較薄弱的原因，唐興八十多年沒有人能獲得這份殊榮。到了中宗神龍二年（706），才有長溪（今福安）人薛令之及第[8]。

唐玄宗開元中，薛令之為左補闕兼東宮侍讀，時宮潦清淡，累年不遷，令之頗感不滿，題〈自悼〉詩於壁：

> 朝日上團團，照見先生盤。盤中何所有？苜蓿長闌干。飯澀匙難綰，羹稀箸易寬。只可謀朝夕，何由保歲寒。

玄宗幸東宮，見此詩，索筆題云：「若嫌松桂寒，任逐桑榆間。」加以督責。令之遂棄官，徒步歸鄉里。其性格的桀驁不羈，從《新唐書》將他附於「四明狂客」、詩人賀知章傳便可知一二。令之歸鄉後，玄宗聞其貧，命有司資其歲賦，令之量受之，不肯多取。肅宗即位後，以東宮舊恩召令之，前此，令之已經辭世了。肅宗嘉其廉，敕其鄉曰「廉村」，水曰「廉溪」。後人有詩云：「不是先生清節在，此溪何以得廉名。」宋嘉祐間長溪令周尹還在令之的墓所建亭立碑。足見後人對他的崇敬。至於詩中的「苜蓿」，便成了後代詩文形容士子官卑家貧的熟典。蘇軾〈和子由柳湖久涸忽有水，開元寺山茶舊無花，今歲盛開二首〉其二云：「羞對先生苜蓿盤。」即用此典，對子由為學官位低祿微鳴不平。

〈自悼〉詩之外，薛令之還存詩三首。〈靈巖寺〉云：「草堂棲在

8　據晚唐五代人黃璞〈閩川名士傳〉，《太平廣記》卷四九四引。

靈山谷，勤苦詩書向燈燭。柴門半掩寂無人，惟有白雲相伴宿。」燈下苦讀，惟有白雲相伴，可能作於及第之前。而〈太姥山〉一詩，則是現存閩地詩人描繪福建壯麗河山的第一首詩，當然也是寫太姥山的第一首詩。詩云：

> 揚舲窮海島，選勝訪神仙。鬼斧巧開鑿，仙蹤常往還。東甌冥漠外，南越渺茫間。為問容成子，刀圭乞駐顏。

短短八句詩，不僅寫了太姥山關於神仙的傳說，描繪了山勢，還表現了作者隱居不仕的思想。「東甌」二句尤其能狀太姥山磅礴、傲睨東南的氣勢，滄海的冥漠、渺茫襯托山勢的傲立高峻。

薛令之有《明月先生集》，已佚。

在福建文學發展史上，薛令之是第一個進士詩人。我們強調薛令之是閩地破天荒的第一個進士，是因為進士及第在唐代文人的社會生活中太重要了，有多少士子為了博取這一功名，達到如狂如痴的地步。金榜題名之時，不僅意味著將來能奪得較高的祿位，而且標誌著文章將受到社會的承認。沈既濟云：「永隆中（680-681）始以文章選士，及永淳（682-683）之後，太后君臨天下二十餘年，當時公卿百辟無不以文章達。」（《通典》卷十五，下引同）士子應試，必須學會做好文章，一旦及第，進士的名號又能為你播揚文章聲名，「進士為士林華選，四方觀聽，希其風采。每歲得第之人，不浹辰而周聞天下」。我們無拔高進士及第在唐代文學發展史上所起的作用之意，因為像李白、杜甫這樣偉大的詩人就不曾中過進士，而他們的詩篇仍然「光芒日月長」。這是一方面。另一方面，「閩越遐阻，僻在一隅，憑山負海」（《通典》卷一八二），福建當時尚未為世人所認識，福建士子的文章詩篇尚未得到世人的承認，在這種情況下，薛令之的進士及第的意義已遠遠超越功名利祿的本身。按照唐人的社會心理來分析，薛令之的及第無異向世人宣稱閩中士子也能做文章，也富有文采這樣一種事實。又由於整個社會對進士及第的熱衷，薛令之及第後，閩人能文的消息必然也會不脛而走，「不浹辰而周聞天下」。由此看來，作為詩人的薛令之的進士及第，其意義就非同一般了。

第二節　第一個走向全國的文學家歐陽詹

從唐中宗神龍間薛令之中了進士，至德宗貞元初林蘊、林藻、歐陽詹等相繼及第，其間大約有八十年的時間。這一時期可供研究的文獻很少，從現存材料看，福建的文學活動顯得比較沉寂。據《慶元臨汀志》〈郡縣題名〉，莆田人林披在天寶、至德中曾為臨汀（今長汀）令，以治行遷別駕。同書引《莆陽志》所載〈林氏續慶圖〉云：「披年二十，以經業擢第，授臨汀郡曹掾。郡多山鬼，披著《無鬼論》，廉使李承昭器之，奏授臨汀別駕知州事。」據此，我們知道林披明經及第，且能文。林披官至檢校太子詹事兼蘇州別駕。又據陳振孫《直齋書錄解題》記載，林披之祖為瀛州刺史、父為饒陽郡守。

林披有子九人，其中八人為刺史、一人為司馬，時號「九牧林氏」[9]。披子藻、蘊兄弟貞元間相繼折桂。貞元四年（788），林蘊明經及第；七年（791），林藻擢進士第。貞元間閩人及進士第的還有：八年（792），歐陽詹。十三年（797），陳詡。十五年（799），邵楚萇。十八年（802），許稷。林藻、林蘊均有集，宋代尚存。《新唐書》〈藝文志〉著錄歐陽詹《歐陽行周集》十卷（今存），陳詡《詩集》十卷（今佚）。邵楚萇和許稷都有詩傳世。楚萇登第為校書郎，時馬侍中燧有木香亭，亭極侈麗，楚萇作〈馬侍中亭子歌〉以諷。馬甚愧，「遂

9　《八閩通志》卷七十一：「（披）子葦等八人又皆仕為刺史、司馬、長史，號『九牧林氏』。」此從《直齋書錄解題》。

毀其亭，由是詩名益振」（鄭方坤《全閩詩話》卷一引《閩書》）。

德宗貞元間二十來年的時間，是福建文學發展的重要時期。除了歷史上文化教育的積累外，與大曆、建中以來閩地大興教化有十分密切的關聯。大曆七年（772），李椅為加御史大夫持節都督福、建、泉、汀、漳五州軍事觀察處置都防禦等使，下車伊始，立即整頓學校。建中元年（780），常袞以故相為福州觀察使。韓愈〈歐陽生哀辭〉指出常袞推動福建教化所起的重要作用：「袞以文辭進，有名於時，又作大官，臨莅其民，鄉縣小民有能誦書作文辭者，袞親與之為客主之禮，觀遊宴饗，必召與之。時未幾，皆化翕然。」歐陽詹就是受常袞獎掖激勵終成進士和文學家的。韓愈還說：「閩越地肥衍，有山泉禽魚之樂；雖有長材秀民通文書吏事與上國齒者，未嘗肯出仕。」歐陽詹成年後，仍「以為地分遐陋，進取必無遠大」，其志不過是在鄉曲讀讀書，「事親敬長」，「睦友與人」而已。常袞引導歐陽詹等人跨出鄉里，走向京師，交結天下文士。閩川士子不僅到中央和外地做官，而且開闊了眼界，在與天下文友的交流過程中得到提高。

差不多與常袞帥閩的同時，薛播來到泉州任刺史；在薛播之後，席相又為泉州刺史，姜公輔為州別駕。歐陽詹出仕前，薛播曾親臨他的「寂寂衡門」，歐陽詹因此而作了一篇〈薛舍人使君觀察、韓判官侍御許雨晴到所居既霽先呈即事〉的詩。貞元九年（793），席相在泉州東門外設宴歡送八名將前往京師赴考的士子，已及第的歐陽詹作了〈泉州刺史席公宴邑中赴舉秀才於東湖序〉以記其事。李椅等人的相繼入閩，客觀上為貞元間閩地文學的發展創造了條件。

貞元間，歐陽詹是一位成就最突出的福建文學家。詹，字行周，晉江人。主要活動年代在德宗建中、貞元時期，他活到貞元十五年（799）以後[10]，至少四十多歲[11]。詹上幾輩人都在閩越作官，至州佐

10 〈同州韓城縣西尉廳壁記〉作於貞元十五年十月。

11 〈上鄭相公書〉有「某今四十年有加矣」之語。

縣令。歐陽詹少年時常自處，不太與其他小孩玩耍，愛在河濱山畔採心獨娛，「常執卷一編，忘歸於其間。逮風月清暉，或暮而尚留，窅不能釋」。「隨人而問章句，忽有一言契於心，移日自得，長吟高嘯，不知其所止」（李貽孫〈故四門助教歐陽詹文集序〉）。往後，歐陽詹又在泉州清源山、南安高蓋山、莆田福平山下靈岩讀書，其中在清源山三年，靈岩五年。在莆田與林藻兄弟為鄰。詹在出仕前，操筆屬詞，其言多秀，已振發於鄉里。建中、貞元間，韓愈常常在閭巷間聽到歐陽詹的名字，「詹之稱於江南也久」（韓愈〈歐陽生哀辭〉）。貞元三年，韓愈到京師應試，歐陽詹的名字已聞名長安，以至當時有「甌閩之鄉不知有他人」之說（〈故四門助教歐陽詹文集序〉）。常袞蒞閩，最賞識的士子也是歐陽詹。歐陽詹應舉並不一帆風順，他「五試於禮部，方售鄉貢進士；四試於吏部，始授四門助教」（〈上鄭相公書〉）。歐陽詹當年辭親遠遊，「越三江逾五嶺，望堯旌而求試」，目標是「呈功取爵，建德揚名」（〈出門賦〉）。不期經過幾番周折，才授四門助教這樣一個低職。他說：「不仕則已，仕則冀就高衢遠途，展其素蓄，垂名於後代，播美於當時。」然而，「限以四考，格以五選，十年方易一官。」等到稍有出頭之日，必在三十年後，那時自己已經七十多歲了。「孰知存亡哉！其或素蓄當在重泉之下矣」（〈上鄭相公書〉）。歐陽詹來不及等到考、選易官的這一天，就卒於四門助教任上了。

歐陽詹和韓愈有很深的交誼。歐陽詹在貞元三年（787）赴京應舉之前，韓愈已知其文名。貞元八年，他們又同榜中了進士，賈稜第一，歐陽詹第三。這一榜多天下孤雋傑出之士，如韓愈、李觀等，號「龍虎榜」。貞元十五年，詹已為國子監四門助教，韓愈時為徐州從事朝正於京師，歐陽詹率其徒伏闕下，推舉韓愈為博士。不果。韓愈作〈駑驥贈歐陽詹〉詩，有句云：「駑駘誠齷齪，市者何其稠。」又云：「騏驥生絕域，自矜無匹儔。牽驅入市門，行者不為留。」又云：「人皆劣騏驥，共以駑駘優。」藉駑駘與騏驥的用與不用，抨擊朝廷與社會不懂得愛惜人材，抒發鬱悶不得志之情。歐陽詹作〈答韓十八駑驥吟〉，詩云：

> 故人舒其憤，作示〈駑驥〉篇。駑以易售陳，驥以難知言。委屈感既深，咨嗟詞亦殷。伊情有遠瀾，余志遊其源。室有周孔堂，道適堯舜門。調雅聲寡同，途遐勢難翻。顧茲萬恨來，假彼二物云。賤貴而貴賤，世人良共然。芭蕉一葉妖，茙葵一花妍，異無材實資，手植階墀前。楩楠十圍瑰，松柏百尺堅。罔念樑棟功，野長丘墟邊。傷哉昌黎韓，焉得不迍邅？上帝本厚生，大君方建元。實將庇群氓，庶此規崇軒。班爾圖永安，掄擇其精專。君看廣廈中，豈有庭前萱！

韓愈將歐陽詹視為知己，其詩終篇云：「寄詩同心子，為我商聲謳。」歐陽詹此詩與之產生強烈共鳴，他說，沒有材實之資的芭蕉、茙葵以其妖妍而受人賞愛，而瑰堅的楩楠、松柏，即使有樑棟功，卻被棄置丘墟野外。作為當時社會的一種普遍現象，韓愈迍邅不得意，也就沒有什麼奇怪了。歐陽詹卒後，韓愈的大弟子李翱為之作傳，韓愈則作〈歐陽生哀辭〉以弔之。韓愈回憶起他們的友情，說：「同考試登第，始相識。自後詹歸閩中，余或在京師他處，不見詹久者惟詹歸閩中時為然，其他時與詹離率不歷歲，移時則必合，合必兩忘其所趨，久然後去。故余與詹相知為深。」

韓愈極力推崇歐陽詹，一是行為品行方面：「詹事父母盡孝道，仁於妻子，於朋友義以誠。氣醇以方，容貌嶷嶷然」(〈歐陽生哀辭〉)；另一則是「其志在古文耳」(〈題哀辭後〉)。我們知道，韓愈是唐代古文運動的倡導者和實踐者的代表人物。貞元八年，韓愈在〈爭臣論〉中首次提出「修其辭以明其道」的主張。韓愈認為，文章的首要功能是發明古道，即周公、孔孟之道；在重古道的同時應當「通其辭」，即注意文體和文風。韓愈倡導以與駢文相對的散體古文來發明古道。〈題哀辭後〉一文在指出歐陽詹「志在古文」後，緊接著說：「愈之為古文，豈獨取句讀不類於今者也？思古人而不得見，學古道則欲兼通其辭；通其辭者，本志乎古道者也。」這雖然是韓愈的主張，但韓愈又說，只有這樣來理解歐陽詹的文章，「則其知歐陽生也無惑焉」。這說明歐陽詹所作的文章，是合乎韓愈所提倡的古文標準的。

大中六年（852），李貽孫為福建觀察使，訪歐陽詹孫澥得詹遺文，作〈故四門助教歐陽詹文集序〉，高度評價歐陽詹的古文：「君之文新，無所襲，才未嘗困。精於理，故言多周詳；切於情，故敘事重複，宜其司當代文柄，以變風雅。」指出歐陽詹文的三個特點，即觀點新，不因襲前人；說理精闢，論證周詳；感情深切，敘事往復詳盡。

《韓非子》中有一則故事，說卞和先後向楚懷王和楚平王獻璞，兩位國君不識寶而刖其足，「世皆有二君不識寶之議」。歐陽詹不同意這一看法，他在〈刖卞和述〉一文中說道：

> 若見二君之意，後世議者脫未之思焉。
>
> 夫國之安危，人之邪正，如影與響繫乎後，躬於則從，而於易則從而易。珠玉者，勞之母，財之蠹，侈之本，害之圃。國君好之，下必從之。則將有不耕而搜山，不藝而攻石，背義而忘仁，輕穀而賤帛，耕之隳，藝之墮，穀之散，帛之耗，義之虧，仁之挫，則國從而喪矣。古人有言曰：不貴難得之貨，使民不為盜。又曰：大寶曰位。二君所言卞氏之璞非寶者，蓋寶此者也。不然，玉之與石，猶菽比麥，雖至愚昧，亦或辨之，況二君乎？縱時狐疑，忍愛玉人須臾之功，不試琢磨於一石，而忽先王之法，輕絕人之四體歟？甚不然矣！實將抑奇玩，卻無益，翦奢靡之萌，啟淳龐之跡。

楚國二君並非不識璞，而是有意不好之，不把璞當成寶。因為國君如果好珠玉，把荊山之玉當成寶，那麼舉國上下將「不耕而搜山，不藝而攻石」，最終導致國家淪喪。刖是一種重刑；刖卞和，實則是為了達到「翦奢靡之萌，啟淳龐之跡」。這種議論，為前人所未發。歐陽詹這樣來分析問題，提出見解，使人聯想到嵇康的〈管蔡論〉。一向公認管叔和蔡叔是壞人，嵇康卻說管蔡是忠臣，他們懷疑周公，是因為相距太遠，消息不靈。魯迅稱〈管蔡論〉「思想新穎」，「與古時舊說反對」(《而已集》〈魏晉風度及文章與藥及酒之關係〉)。歐陽詹的這篇〈刖卞和述〉見解新，不因襲前人，頗得稽康立論的風格。

〈刖卞和述〉取材於古，〈弔九江驛碑材文〉則取材於今。九江驛碑之材，原是顏真卿所建的九江祖亭碑。這塊碑石原產湖州，但湖州沒有相稱的地方可以立碑，後來顏輾轉毗陵、丹陽、建業，仍無所稱立，最後才選中江州立為祖亭碑。「公文為天下最，書為天下最，斯亭之地亦天下最，庶資三善，加以斯碑之奇」，萬古流傳必然無疑。不期後來一個典州之吏，卻取此碑剗去真卿之文，置己之文，狀其修坯末績以成九江驛碑。文章最後指出，這塊碑材「與有道而黥，無罪而刖，投四裔禦魑魅何以別邪」？〈刖卞和述〉、〈弔九江驛碑文〉都屬於雜文的性質。唐代古文家，如韓愈、柳宗元等都擅長於雜文，他們善於從一物的遭遇、一事的曲折變化中抽繹出精闢的觀點；而取材的對象往往寫起來又比較生動，因此也更有感染力。歐陽詹這類文章也是如此。歐陽詹的論文，還有一類是夾敘夾議的，例如〈送李孝廉及第東歸序〉、〈泉州六曹新都堂記〉等。至於〈懷州應宏詞試片言折獄論〉、〈自明誠論〉等，則是純粹的議論文。這些文章也都精於說理，議論周詳。

歐陽詹的記敘文也有一定數量。〈與王式書〉、〈送張尚書書〉、〈上鄭相公書〉等書信，均希望當道加以提攜重用，往往復復，辭情懇切。〈上鄭相公書〉敘說自己遠遊為宦，「匪徒利斗粟，希片帛，救寒暑，給朝夕」而已，是為了有所建樹，垂名於後代。五試於禮部，四試於吏部，方授四門助教。由於考課制度不合理，升遷不易；又由於四門助教不過是冗官而已，難有作為，而且「朝無一命之親，路無回眸之舊」，因此只能寄希望於「舉善不遺於微陋，使能必盡其材器」的宰相。韓愈說歐陽詹文「善自道」(〈歐陽生哀辭〉)，當指歐陽詹善於表現自己的思想情感方面。

唐代的古文家雖然把發明古道、亦即闡發弘揚儒家思想學說作為自己的宗旨，但是，他們的代表人物韓愈、柳宗元卻在中國思想發展史上占有重要的地位。歐陽詹當然不可能與韓、柳相攀並，不過他的文章也有一些很值得重視的東西。《論語》〈顏淵〉:「子曰:『片言可以折獄者，其由也與？』」歐陽詹〈懷州應宏詞試片言折獄論〉認為:「夫子之言，蓋有激於季路。」他說:「片之為言，偏也。偏言，一家之詞也。偏詞，雖君子不信之，矧非君子乎！」假如夫子認為片言可以折獄，無異於說「一言可以喪邦」。因此，「夫子之言非於季路，賢者審之。片言不可以折獄，必然之理也」。論述不僅深刻，而且使人信服。〈東風二章序〉歌頌相國東都守董晉鏟除「矜功多悖」的「凶渠」,「黎氓以蘇」，反映作家反對方鎮驕橫跋扈，希望國家統一、社會安定、人民安居的思想。

較之於文，歐陽詹的詩並不那麼突出。但歐陽詹那些描寫閩山閩水風物以及記載閩人活動的詩篇很值得重視。歐陽詹非常熱愛自己的家鄉，他離家應舉時，便已「心眷眷以纏綿，淚浪浪而共流」(〈出門賦〉)，在一系列的文章中，都反覆表達了他對故鄉深切的懷念之情。及第後，所作的〈二公亭〉對泉州的景物更有大段的描寫。他的詩，〈建溪行待陳詡〉、〈永安寺照上人房〉(永安寺在建甌，見《建甌縣志》卷七)、〈題梨嶺〉、〈宿建溪中宵即事〉、〈題延平劍潭〉、〈晚泊漳州營頭亭〉等，都是直接寫閩地的作品。〈晚泊漳州營頭亭〉云：

> 回峰疊嶂繞庭隅，散點煙霞勝畫圖。日暮華軒卷長箔，太清雲上對蓬壺。

景物蕭疏淡遠，不失一首較好的七絕。閩人描寫漳州的山水詩，此篇或為最早。

記載閩人在閩地以外活動的詩，也有好幾篇。〈玩月〉詩序云：「貞元十二年，甌閩君子陳可封遊在秦，寓於永崇里華陽觀。予與鄉人安陽邵楚萇、濟南林蘊、潁川陳詡，亦旅長安。秋八月十五夜，詣陳之居，修厥玩事。」這裡「安陽」、「濟南」、「潁川」分別是邵、林、陳的郡望。此篇記敘閩人八月十五於京城賞月事。〈蜀門與林蘊分路後，屢有山川似閩中，因寄林蘊，蘊亦閩人也〉、〈與洪孺卿自梁州，回途中經駱谷，見野果有閩中懸壺子，即同採摘，因呈之，洪亦閩人〉、〈與林蘊同之蜀，途次嘉陵江，認得越鳥聲，呈林，林亦閩中人也〉，再三指出林蘊等是閩人，蜀中的懸壺子、越鳥似閩，不僅寫出了閩人的萬里鄉情，而且記敘了閩人的行蹤。在詩題中反覆說明某人是鄉人，這在唐詩中並不多見，這或許與閩地唐時外出遊宦人數還不多，因此尤其珍重鄉誼有關。

歐陽詹集中載有〈初發太原，途中寄太原所思〉詩：

> 驅馬覺漸遠，回頭長路塵。高塵已不見，況復城中人。去意自未甘，居情諒猶辛。五原東北晉，千里西南秦。一屨不出門，一車無停輪。流萍與繫匏，早晚期相親。

詩最早見於黃璞《閩川名士傳》(《太平廣記》卷二七四引)。黃璞云：「貞元年，(詹)登進士第，畢關試，薄遊太原，於樂籍中因有所悅，情甚相得。及歸，乃與之盟曰：『至都，當相迎耳。』即灑泣而別，仍贈之詩云云。尋除國子四門助教，住京。籍中者思之不已，經年得疾且甚，乃危妝引髻，刃而匣之，顧謂女弟曰：『吾其死矣！苟歐陽生使至，可以是為信。』又遺之詩曰：『自從別後減容光，半是思郎半恨郎。欲識舊時雲髻樣，為奴開取縷金箱。』絕筆而逝。及詹使至，女弟如言。遥持歸京，具白其事，詹啟函閱之，又見其詩，一慟而卒。」後來，孟簡賦詩哭之，其序以為官妓與歐陽詹先後為情而死，有類於古樂府〈華山畿〉和〈孔雀東南飛〉。到了宋代，葛立方便出來批評歐陽詹的行為，並說韓愈〈歐陽生哀辭〉稱讚詹「慈孝最隆」是為賢者護短（詳《韻語陽秋》卷十九），陳振孫《直齋書錄解題》則力辨其事之誣。《四庫全書總目》卷一五〇經過一番考證後說：「不可謂竟無其事。蓋唐宋官妓，士大夫往往狎遊，不以為訝。見於諸家詩集者甚多，亦其時風氣使然，固不必獎其風流，亦不必諱為瑕垢也。」這一說法似較可取。如果從文學的角度來審視，此詩能直寫性靈，一唱三嘆，纏綿往復，應該還是一首較好的情詩，是閩中現存最早且比較好的情詩。

李貽孫〈故四門助教歐陽詹文集序〉云：「韓侍郎愈、李校書觀洎君，並數百歲傑出人，到於今伏之。」《四庫全書總目》認為詹文實與李觀不相上下，而不可與韓愈比並，「然詹之文實有古格，在當時纂組排偶者上」。綜觀歐陽詹的文學成就，他在唐代是有一定地位和影響的一個文學家；而在福建文學發展史上，則是第一個走向全國的文學家。

首先，歐陽詹靠自己的刻苦勤奮，早年名聲已大振甌閩。〈故四門助教歐陽詹文集序〉介紹說，詹早歲「操筆屬詞，其言秀而多思，率人所未言者，君道之甚易。由是振發於鄉里之間。建中、貞元時，文詞崛興，遂大振耀，甌越之鄉不知有他人也。」其次，歐陽詹受到常袞的獎掖、激勵，出仕前已名重江淮、遠達京師。李貽孫又說：「故相常袞來為福之觀察使，有文章高名，又性頗嗜誘進後生，推拔於寒素中，惟恐不及。至之日，比君為芝英，每有一作，屢加賞進，遊娛燕饗，必召同席。」「君之聲漸騰於江淮，且達於京師矣。」第三，貞元八年，歐陽詹進士及第，同榜韓愈、李觀等皆天下傑出之士，加上歐陽詹本人又是古文運動的積極參與者，他的古文在當時及身後的一段時間聲名之高，幾與韓愈等，李貽孫至有「司當代文柄」之譽。他歿後，又得到大文學家韓愈及李翱的張揚鼓吹，李貽孫為之編文集作序。客觀地說，歐陽詹在貞元、大曆間文壇占有一席比較重要的地位。在福建文學史上，歐陽詹是第一位有文集傳世的作家。第四，歐陽詹和許多閩中士子一樣，早年都眷戀家鄉，他們雖然才幹並不比中原、江淮人差，但不願走出閩地，遠仕他方。歐陽詹經過痛苦的抉擇之後，終於克服了應舉出仕與眷鄉戀家的矛盾，跨越閩嶺，經過六年的奮鬥中了進士。歐陽詹的足跡留在江淮、留在華北、留在荊楚，遠達巴蜀秦中，以至塞外，其〈塞上行〉云：「聞說胡兵欲到秋，昨來投筆到營州。」並在京師任職多年。歐陽詹走出閩地，眼界為之一新。視野開闊，見到了閩地不能見到的事物，聽到了閩地不可能聽到或不可能及時聽到的消息，廣交了閩地不能交結的文友，參與了在閩地不可能參與的範圍廣泛的文學活動，呼吸了新鮮空氣，增長了見識，提高了文學創作的水平。遊宦中原，固不自歐陽詹始，但他的出閩及取得的文學成就，則說明閩人從此不再固守藩籬、以桑梓為羈絆，閩中文士從此開始了全國性的文學活動。

歐陽詹中舉及取得的文學成就，對當時閩中士子就有較大的影響。泉州人徐晦落第後，歐陽詹作了一首〈徐十八晦落第〉詩激勵他，中有句云：「徐生異凡鳥，安得非時鳴。」又云：「懿哉蒼梧鳳，終見排雲徵。」後來，徐晦終於考上了。據《閩川名士傳》載（《八閩通志》卷八十六引），四門助教歐陽詹與舍人陳詡、校書郎卲楚萇、侍御林藻等閩川及第之士在京師宴飲聚會，「詹以稷為鄉人親故」，特許「挾策入關」的莆田人許稷與會，稷受到激勵，「深入終南山，隱學三年，出就府薦，遂擢第」。許稷也是唐代詩人，《全唐詩》

載其詩二首，另有佚詩〈遊九鯉湖〉、〈江南春〉，刻於泉州清源山賜恩岩[12]。

歐陽詹去世後，他青少年讀書的房舍，如泉州城北龜岩的歐陽書室，莆田福平山下靈岩的歐陽詹草堂都成了人們記念和憑弔的地方，甚至還建起祠堂來祭祀。南安的高蓋山，詹母葬於其下，詹作〈拜母氏墳〉詩，云：「高蓋山前日影微，黃昏歸鳥傍林飛。墳前滴酒空垂淚，不見丁寧道早歸。」後人因呼此山為詩山。歐陽詹對福建文學的發展影響極其深遠，清人陳遷鶴說：「公為閩文祖，後起者皆其屬孫；公為閩文師，後起者皆其子弟。」(〈歐陽行周集序〉) 充分地肯定了歐陽詹在福建文學發展史上的地位。

第三節　王棨等晚唐五代律賦家

賦作為一種文體，如果以荀卿的〈賦篇〉作為最早的賦的話，那麼，中間經歷了漢代的大賦、漢末和魏晉南北朝的抒情小賦，南北朝末期至唐初的駢賦這麼幾個階段，發展到唐代中期，律賦便產生了。律賦的產生，與唐代中葉以後以詩賦應試有極為密切的聯繫。為了適應考試的需要，律賦的體製不能太長，而且加以限韻，一開頭則必須點題。士子為了應付考試，平常無疑做大量的練習，人們稱練習寫這種體試的律賦為「私試」。唐代的律賦，到了貞元、元和間而大盛，至晚唐則別開生面[13]。

早在貞元間，閩人的律賦就作得不錯。據《閩川名士傳》載[14]，

---

12 詳莊炳章《泉州摩崖詩刻》頁39、40（福州市：福建人民出版社，1991年）。《八閩通志》：「（許稷）工詩歌，嘗為《江南春》三首，詞甚綺麗。」〔明〕黃仲昭修纂：《八閩通志》卷七十二（福州市：福建人民出版社，1990年）。然石刻僅存一首。

13 此用馬積高說，詳馬積高《賦史》第八章（上海市：上海古籍出版社，1987年）。

14 〔明〕陶宗儀纂《說郛》卷五十八引（宛委山堂本）。

七年（791），試〈珠還合浦賦〉，林藻賦成憑几假寐，夢人謂之曰：「君賦甚佳，但恨未敘珠來去之意耳。」藻悟，增曰：「珠之去兮，山無色兮，氛露冥冥；海無光兮，空水浩浩。珠之來兮，川有媚兮，祥風習習；地有閏兮，生物振振。」主考杜黃裳評曰：「唯林生敘珠來去之意，若有神助。」其年林藻及第。八年，試〈明水賦〉及〈御溝新柳〉詩，陸贄主考，二十三人及第，歐陽詹第二。會昌三年（843）及第的林滋，亦長於賦，嘗為〈邊城曉角賦〉，有云：「回出探之師，半依空磧；立不牧之馬，盡在平蕪。」受到時人激賞。林滋，閩縣人。他的同鄉鄭諴文筆峭絕，詹雄詩格高壯，時稱諴文、滋賦、雄詩為「閩中三絕」[15]。

王棨，福唐（今福清）人，字輔文[16]，咸通三年（862）進士，復中宏詞科。「風姿雅茂，舉措端詳，時賢仰風，盛稱人瑞。成名歸覲，廉使杜公宣猷請署團練巡官，景慕意深，將有瑤席之選。公辭以舊與同年陳郎中翬有要約，就陳氏婚好，時益以誠信奇之」（黃璞《王郎中傳》）。官太常博士、水部郎中。黃巢入京，棨不知所之，或云歸終於鄉里。王棨的律賦早就見重於當時，陳黯〈送王棨序〉云：「輔文早歲業儒，而深於詞賦，其體物諷調與相如、揚雄之流異代而同工也。」有律賦集名《麟角集》，蓋取《顏氏家訓》「學如牛毛，成如麟角」之義。唐人以賦自為一集且流傳至今者，僅有王棨此集，故尤受文學史家重視。集中共錄律賦四十五篇。

李調元《賦話》〈新話〉卷一，在論述中晚唐律賦的嬗變時說：「《文苑英華》所載律賦至多者莫如王起，其次則李程、謝觀，大約私試所作而播於行卷者，命題皆冠冕正大。逮乎晚季，好尚新奇，始有〈館娃宮〉、〈景陽井〉及〈駕經馬嵬坡〉、〈觀燈西涼府〉之類，爭妍鬥巧，章句益工。」王起的〈南蠻北狄同日朝見〉、〈禋六宗賦〉、

15 〔明〕黃仲昭修纂《八閩通志》卷六十二（福州市：福建人民出版社，1990年）。
16 據〔唐〕陳黯〈送王棨序〉。〔唐〕黃璞〈王郎中傳〉作「輔之」。

〈庭燎賦〉等，李程的〈漢文帝罷露臺賦〉、〈太學釋奠觀古樂賦〉等，謝觀的〈初雷啟蟄賦〉、〈周公朝諸侯於明堂賦〉等，都是些命題「冠冕正大」的律賦。王起、李程皆貞元間進士。李調元所舉晚季〈館娃宮〉等三賦，皆莆田人黃滔所作，〈觀燈西涼府〉則王棨所作[17]。黃滔舉進士要比王棨晚三十多年，其主要活動年代當在晚唐五代之際，王棨賦名甚盛時黃滔剛剛遊京師[18]。王棨的律賦是由貞元、元和間命題的「冠冕正大」轉變到晚季「好尚新奇」的關鍵。

據黃璞〈王郎中傳〉記載，王棨「十九年內三捷」，所試賦題分別為〈倒載干戈賦〉、〈三箭定天山賦〉和〈玉不去身賦〉，都是「冠冕正大」的題目，除這三篇外，〈手署三劍錫名臣賦〉、〈耀德不觀兵賦〉等也都屬此類。王棨這類賦，藝術成就很高，李調元評其〈沛父老留漢高賦〉云：「以題之曲折，為文之波傑，指點生動，不寂不喧，此妙為王郎所獨擅。」（《賦話》〈新話〉卷三）王棨律賦的主要成就還不在於這些繼承前人題目正大這一方面，而在於另闢蹊徑，意匠獨造，而對晚唐賦風的轉變起重大影響的另一部分作品上。在王棨的筆下，律賦再也不是僅僅為博取功名的工具而已，而成為一種運用自如的抒情工具。「朝日耀而爭鮮，嵐光欲拆；秋風擊而不落，秀色長濃。懿乎嶷若削成，端然傑起。雖千尋之上，猶一朵之孤峙。」〈芙蓉峰賦〉寫出作家對南岳的熱愛之情。〈貧賦〉云：「有宏節先生棲遲上京，每入樵蘇之給，長甘藜藿之羹。或載渴以載飢，未嘗挫念；雖無衣而無褐，終自怡情。其居也，滿榻凝塵，侵階碧草。衡門度日以常掩，環堵終年而不掃。荒涼三徑，重開蔣詡之蹤；寂寞一瓢，深味顏回之道。」表達了君子固窮卻能安貧樂道的思想。〈涼風

17 〈觀燈西涼府〉全稱為〈玄宗幸西涼府觀燈賦〉。

18 《四庫全書》本《黃御史集》所附黃滔二十世孫黃崇翰〈考年〉，滔生於庚申（840）前一二年，卒於辛未（911）後數年。滔〈華嚴寺碑銘〉云：「愚冠叩師關。」則滔在西元八六〇年前後入京，而王棨在及第（862）前賦名已甚。

至賦〉云：「飄爽氣以極目，厲秋聲而盈耳。恨添壯士，朝晴而易水寒生；愁殺騷人，落日而洞庭波起。但遠戍煙薄，遙村杵頻，磨玉蟾而月色初瑩，泛瑤瑟而商弦乍新。虛檻清冷，頗愜開襟之子；衡門淒緊，偏憐無褐之人。」通過涼風至景物淒緊的描寫，襯托出壯士、騷人、思婦、無褐之人愁、恨和淒冷的心境。〈夢為魚賦〉取莊生化蝶之意，曲折表達「塵世多故」的忘生之樂，〈秋夜七里灘聞漁歌賦〉寫鄉愁，〈離人怨長夜賦〉抒離恨，〈白雲樓賦〉繪私家樓閣之美，〈玄宗幸西涼府觀燈賦〉虛構明皇元夕乘虛宸遊於西涼。王棨的律賦拓展了題材，開拓了晚唐律賦的領域，使律賦擺脫了「冠冕正大」——歌頌帝德、敘述禮典、附會祥瑞以及描寫高雅事物的羈絆，成為一種不受約束、能隨意抒寫情懷及描繪山川風物的文體。王棨對晚唐律賦的貢獻和影響是巨大的。

王棨〈江南春賦〉一出，就受到時人的稱讚[19]，黃璞認為「托意奇巧」(〈王郎中傳〉)。〈江南春賦〉是他的代表作，全文如下：

> 麗日遲遲，江南春兮春已歸。分中元之節候，為下國之芳菲。煙冪歷以堪悲，六朝故地；景蔥籠而正媚，二月晴暉。誰謂建業氣偏，句吳地僻。年來而和煦先遍，寒少而萌芽易坼。誠知青律，吹南北以無殊；爭奈洪流，亙東西而是隔。當使蘭澤先暖，蘋洲草晴。薄霧輕籠於鐘阜，和風微扇於臺城。有地皆秀，無枝不榮。遠客堪迷，朱雀之航頭柳色；離人莫聽，烏衣之巷內鶯聲。於時衡嶽雁過，吳宮燕至。高低兮梅嶺殘白，邐迤兮楓林列翠。幾多嫩綠，猶開玉樹之庭；無限飄紅，競落金蓮之地。別有鷗嶼殘照，漁家晚煙；潮浪渡口，蘆筍沙邊。野葳蕤而繡合，山明媚以屏連。蝶影爭飛，昔日吳娃之徑；楊花

19 詳〔唐〕陳黯〈送王棨序〉。

> 亂撲，當年桃葉之船。物盛一隅，芳連千里。門喧妍於兩岸，恨風霜於積水。冪冪而雲低茂苑，謝客吟多；萋萋而草夾秦淮，王孫思起。或有惜嘉節，縱良遊，蘭橈錦纜以盈水，舞袖歌聲而滿樓。誰見其曉色東皋，處處農人之苦；夕陽南陌，家家蠶婦之愁。悲夫！豔逸無窮，歡娱有極。齊東昏醉之而失位，陳後主迷之而喪國。今日並為天下春，無江南兮江北。

這篇律賦有兩個明顯的特色。首先是構思之奇。賦有兩條線索，一明一暗。明的一條線索是頌揚江南春色之美，「尤妙於『有地皆秀，無枝不榮』，字字寫盡江南春色，為一篇之筋節。」(《賦話》〈新話〉卷二)，結二句由自然界的春天推及唐王朝的天下春，天下大一統的局面。暗的一條線索，指出這裡是「六朝故地」、「昔日吳娃之徑」，歷史上幾多帝王在這裡失位喪國。在蘭橈錦纜、舞袖歌聲的背後，處處有農人之苦，蠶婦之愁。此賦作於咸通二年（861）[20]，此時距黃巢起義只有十五年時間，唐王朝已危機四伏，王棨此賦似有借古以慨嘆時局之意。這樣的寫法在律賦中是別開生面的。其次，是行文的流麗，句法的處處變化，用典的巧密。律賦不能不多用典，但典故如果選擇不當，則易失之生澀，而此篇所用多興象華妙，顯得自然純熟。律賦又多用四六句式，由於句式的固定，又易流於呆板，此篇則在不變中求變，儘量講究句法的變化。李調元特拈出賦中若干警句，指出，「此為律賦正楷」(同上引)。篇中「玉樹之庭」、「金蓮之地」的描寫，看似無心，但聯繫篇末陳後主喪國、東昏侯失位，又頗有意，由此可見安排的巧密。《四庫全書總目》卷一五一，說《麟角集》中雖多佳作，然「科舉之文，無關著述」，不僅否定了王棨律賦的社會意

20 〔唐〕陳黯〈送王郎中序〉說，王棨去歲出新試相示，某間有〈江南春賦〉，「今歲果擢上第」。棨及第在咸通三年（862），上一年則為咸通二年。

義，又抹煞了它的文學價值，是不公正的。

李調元稱王棨、黃滔為晚唐律賦之「兩雄」(《賦話》〈新話〉卷四)。黃滔，莆田人，字文江。關於他的生平事蹟，我們將在下一節介紹。他主要的活動年代較王棨晚三十多年。如果說，王棨命題「正大」以外的律賦，還只是在現實題材中插入些古人古事並藉以寄慨、抒寫哀怨的話，那麼，黃滔則直接取用歷史題材來抒寫懷抱了。〈景陽井賦〉寫陳後主亡於隋朝事，有云:「猶驚鼎沸於餘湧，更吊山崩於疊甃。荒涼四面，花朝而不見朱欄；滴瀝千尋，雨夜而空啼碧溜。」〈水殿賦〉寫隋帝南幸江都而不返，有云:「駕作禍殃，樹為罪咎。穿河彰沒地之象，泛水示沉泉之醜。血化兆庶，財殫萬有。」〈館娃宮賦〉寫吳王惑於西施而亡國，有云:「舞榭歌臺，朝為宮而暮為沼；英風霸業，古人失而今人驚。」此賦篇末，揭示了黃滔取材古事所作諸賦的宗旨:「彼雕墻峻宇之君，宜鑒邱墟於茂草。」王棨的賦，還有明媚風物的描繪，還有天下春的盼頭，到了黃滔筆下，更多的是煙草、苔蘚、蕪城、西日等等衰敗景物的描寫。唐王朝已到了末日，無限淒涼悲哀之情躍然紙上。

黃滔的〈明皇回駕經馬嵬賦〉，取材唐玄宗、楊玉環故事，有云:「褒雲萬重，斷腸新出於啼猿；秦樹千層，比翼不如於飛鳥。」又云:「六馬歸秦，卻經過於此地；九泉隔越，幾淒惻乎平生。」結云:「起兵雖自於青娥，斯亦聖唐之數」李調元一方面讚賞說:「『歸秦』、『隔越』是借對法，皆極華瞻風雅。」一方面又不同意這種失卻典重雅正的題材，以為「此等題指斥先朝頗嫌輕薄」。其實，黃滔此類賦的意義就在於敢於突出開元、長慶間律賦制題取材的藩籬，使得律賦也能像詩那樣取材自由靈活，像詩那樣諷諭針砭時事，像詩那樣隨心所欲地抒寫情懷。李調元似又注意到黃滔的律賦與詩的相通之處，所以又不能不承認:「唐人詠馬嵬詩甚多，文江更演為賦耳。(此篇)芊眠淒戾，不減〈長恨歌〉、〈連宮詞〉。」(《賦話》〈新話〉卷四）洪邁評〈馬嵬〉等歷史題材諸賦，以為「雄新雋永，使人讀之廢卷太息，如身生是時，目攝其故。為文若是，其亦可貴」(〈黃御史集序〉)。

黃滔律賦，多警句、麗句。曾為《黃御史集》作序的宋人洪邁，其《容齋四筆》卷七「黃文江賦」條就列舉以古事為題的律賦「有情致」者數十聯，除上文已引者外，尚有〈明皇回駕經馬嵬坡賦〉云：「日慘風悲，到玉顏之死處；花愁露泣，認朱臉之啼痕。」「羽衛參差，擁翠華而不發；天顏愴恨，覺紅袖以難留。」「神山表態，忽零落以無歸；雨露成波，已沾濡而不及。」〈景陽井賦〉云：「理昧納隍，處窮泉而詎得；誠乖馭朽，攀素綆以胡顏。」「青銅有恨，也從零落於秋風；碧浪無情，寧解流傳於夜壑。」「莫可追尋，玉樹之歌聲邈矣；最堪惆悵，金瓶之咽處依然。」〈館娃宮賦〉云：「花顏縹緲，欺樹裡之春風；銀焰熒煌，卻城頭之曙色。」「恨留山鳥，啼百卉之春紅；愁寄壟雲，鎖四天之暮碧。」「遺堵塵空，幾踐群遊之鹿；滄洲月在，寧銷怒觸之濤？」〈陳皇后因賦復寵賦〉云：「已為無雨之期，空懸夢寐；終自淩雲之制，能致煙霄。」〈秋色賦〉云：「空三楚之暮天，樓中歷歷；滿六朝之故地，草際悠悠。」等。李調元則特別喜歡黃滔的〈漢宮人誦〈洞簫賦〉賦〉，以為「最多麗句，傳在人口，如：『十二瓊樓，不唱鸞歌於夜月；三千玉貌，皆吟鳳藻於春風。』又如：『如燕人人，卻以詞鋒而厲吻；雕龍字字，爰於禁署而飛聲。』又如：『一千餘字之珠璣，不逢漢帝；三十六宮之牙齒，豈啟秦娥。』皆極清新雋永。按：文江律賦，美不勝收，此篇尤勝。句調之新異，字法之尖穎，開後人多少法門」(《賦話》〈新話〉卷四)。可見對後代律賦影響之大。

關於王棨和黃滔律賦的風格，李調元指出：「晚唐賦較前人更為巧密，王輔文、黃文江，一時之瑜亮也。文江戛戛獨造，不肯一字猶人；輔文則錦心繡口，□韻嫣然，更有漸近自然之妙。湯惠休云：顏光祿如縷金錯采，謝康樂如初日芙蓉。藉以品藻二人，確不可易。」（《賦話》〈新話〉卷二）二人同中有異，文江漸近自然，似更得賞愛。蓋文江晚出，在吸收前人律賦技巧的基礎上加以錘煉，顯得更為純熟、純青。

《容齋四筆》卷七又說：「晚唐士人作律賦，多以古事為題，寓悲傷之旨，如吳融、徐寅諸人是也。」徐夤[21]，字昭夢，也是莆田人，乾寧元年（894）進士。生平事蹟也將在下一節介紹。徐夤賦今存四十多篇，絕大部分是律賦，以古事為題的有十來篇。〈江令歸金陵賦〉寫江總為陳後主狎客，「位失家亡，君移國徙」。〈勾踐進西施賦〉，揭示吳亡的原因，「殺忠賢而受佳麗，欲弗敗其難哉」！〈過驪山賦〉寫秦亡漢興，朝代更迭，有云：「周衰則避債登臺，秦暴則焚書建國。貴螻蟻於人命，法豺狼於帝德。」「軹道一朝璽獻，漢家之主；驪山三月火燒，秦帝之陵。今則草接平原，煙蒙翠嶺。想秦史以神竦，弔秦陵而恨永。華清宮觀鎖雲霓，作皇唐之勝景。」所寫都是改朝換代事，王朝末路，日暮淒涼，寄寓極深的悲慨。

徐夤還有幾篇律賦的題目，是從人們的生活經驗中抽繹出來的，如〈寒賦〉和〈人生幾何賦〉，題目比較抽象。寒，本來是一種自然現象，對人來說則是生理上對外界氣溫的感受，而作者卻賦於它另外的、亦即社會屬性的意義。賦分別寫了王者之寒、戰士之寒、農夫之寒和儒者之寒。其寫農夫之寒云：「草荒而耒耜無力，地冷而身心將悴；賦役斯迫，鋤耰何利！凍體斯露，疏蓑莫庇。」農夫的疾苦，具有很強的社會意義。作者還寫了「萬里辭親，求名進身」的儒者，他們「賀清平於四塞，冒霜霰於三秦。北戶無席，冬衣有鶉」。最後

21 夤，一作寅。作者〈渤海賓貢高元固先輩閩中相訪云：本國人寫得夤……賦，家皆以金書列為屏障，因而有贈〉、〈尚書榮拜恩命夤疾中輒課惡詩二首以申攀贊〉、〈尚書會仙亭詠薔薇，夤坐中聯四韻，晚歸補輯所聯因成一篇〉及〈傷進士謝庭誥〉原注：「與夤不相上下」，均作夤。黃滔〈酬徐正字夤〉亦作夤。作夤近是。

說：「儒者之寒，命還於宗伯。」頗能狀寒士的心態。〈人生幾何賦〉云：「吾欲挹玄酒於東溟，舉嘉餚於西岳。命北帝以指榮枯，召南華而講清濁。飲大道以醉平生，冀陶陶而返樸。」希望避世而歸真返璞，這是一方面。另一方面：「六國戰而謾為流血，三神山而杳隔鯨波。」「七十戰爭如虎豹，竟到烏江；三千賓客如鴛鴻，難尋朱履。」「香閣之羅紈未脫，已別承恩；春風之桃李方開，早聞移主。」這樣的描寫，似又寄寓了世亂和易代的悲哀情感。此類賦，似較王棨和黃滔更具特色。

徐夤有一首〈渤海賓貢高元固先輩閩中相訪〉云：本國人寫得夤〈斬蛇劍〉、〈御溝水〉、〈人生幾何〉賦，家皆以金書列為屏障，因而有贈〉詩，可見徐夤的律賦當時流播極廣，很受人喜愛。該詩有云：「折桂何年下月中，閩山來問我雕蟲。肯銷金翠書屏上，誰把芻蕘過日東。」徐夤本人也是很自負的。

從德宗貞元間到昭宗乾寧初，從唐代中期到晚季，其間不過百來年的時間，閩籍作家的律賦得到長足發展，並且湧現了王棨、黃滔等全國第一流的律賦作家，影響相當廣泛深遠。這不僅說明這一期間閩人已開始像其他發達地區一樣重視教化，重視科舉，而且說明作為區域性的福建文學完全有可能趕上全國文學發展的步伐，並隨著全國文學的發展而發展，甚至有可能在某一領域（例如某種文體）處在相對領先的地位。律賦作為一種文體，在唐代文學中它的地位固然不能與詩相提並論，但它畢竟是唐代文學的一個組成部分。王棨等人律賦的長足發展及其在全國處於比較領先的地位，是福建文學發展史上閃耀著光芒的重要一頁。

第四節　黃滔和唐末五代之際詩壇

唐末五代之際的閩中詩壇，大約是指黃巢起義（875）至閩王王審知去世（925）五十年左右的詩壇。這期間，雖有黃巢起義軍的入閩。有王潮的攻泉州，王潮、王審知的圍福州，但大抵福建還比較安定，特別是王潮、王審知相繼為觀察使，王審知被封為瑯琊王、閩王之後，更成為全國相對最為安定的地區之一，故入閩文士有「安莫安於閩越，誠莫誠於我公」（黃滔〈丈人金身碑〉）之語，史傳也有「每以節儉自處，選任良吏，省刑惜費，輕傜薄斂，與民休息，三十年間，一境晏然」（《舊五代史》〈王審知傳〉）的評價。王審知還比較注意文化教育，「建學四門，以教閩士之秀者」（《新五代史》〈王審知傳〉）。對於閩籍詩人、作家，王審知多加以重用，他以翁承贊為相，徐夤掌書記，陳嶠為侍御，黃滔為節度推官。所有這些，都為唐末五代之際閩中詩歌創作的發展提供了條件。此外，閩籍以外的詩人或避地來閩，或依附王氏來閩，與閩中詩人有更多切磋交流的機會，也是這一時期詩歌發展不可忽視的一個原因。

唐末五代之際閩中詩壇較之貞元、長慶間有如下幾個明顯的特點：

首先，這是閩中詩人輩出的時期。僖宗朝，陳黯（？-877）[22]和陳陶（約812-約885）是兩位年紀較大的隱士。黯，字希孺，南安人，十歲能詩，十三歲袖詩一通，謁清源牧，備受讚賞，由是聲名大振於州里，十七歲為詞賦，作〈蘇武謁漢武帝陵廟賦〉，為作者推服。黃滔為其內侄，集其遺稿，分為五卷，並為之作序，云：「其詩篇、詞賦、檄皆精而切故。」（〈穎川陳先生集序〉）《八閩通志》卷七同安「嘉禾嶼」條：「唐文士陳黯累科不第，遂隱居讀書於此。」故名所居之山為「場老山」。嘉禾嶼即今廈門島。陳黯當是較早到廈門的一位詩人。據黃滔之序，當時又有同郡王肱、蕭樞，同邑林顥，漳浦赫連滔，福州陳蔉、陳發、詹雄與黯「名價相上下」，時稱「八

22 陳黯卒年據黃滔〈穎川陳先生集序〉推算。

賢」。陳陶，劍浦（今南平）人[23]，唐末隱居南昌（今屬江西）西山。陶以「可憐無定河邊骨，猶是春閨夢裡人」（〈隴西行四首〉其二）留名文學史。其摹狀閩中風物的詩篇，亦多佳作。〈上建溪〉云：「雲樹杳冥通上界，峰巒回合下閩川。侵星愁過蛟龍國，採碧時逢婺女船。」〈泉州刺桐花詠兼呈趙使君〉云：「海曲春深滿郡霞，越人多種刺桐花。可憐虎竹西樓色，錦帳三千阿母家。」又云：「猗猗小艷夾通衢，晴日薰風笑越姝。」〈投贈福建桂常侍二首〉其二云：「匝地歌鐘鏡海隅，城池鞅掌舊名都。」無不清新可誦。至於中科第且比較重要的詩人，則有乾符二年（875），林嵩。嵩，字隆神，長溪（今福安）人，撰有〈太姥山記〉、〈《周樸詩集》序〉，今存詩一首。光啟四年（888），陳嶠。嶠（825-899）[24]，字延封，莆田人，當時以〈申秦賦〉擅名，詩僅存殘句。大順元年（890），張鎣。鎣，連江人。《八閩通志》卷六十二載其少時詩：「一箭不中鵠，五湖歸釣魚。時來鱗羽化，平地上雲衢。」[25]大順三年（891），黃璞、陳鼎。璞，原居侯官，後遷莆田。字紹山（一字德溫），滔之從兄。《新唐書》〈藝文志〉著錄其《霧居子》（今佚），又有《閩川名士傳》一卷。詩今佚。黃滔〈寄從兄璞〉云：「新詩說人盡。」可證璞亦有詩名。陳鼎（？-901）[26]，福清人，黃滔稱其詩文「近孟浩然」（〈祭陳先輩〉）。景福二年（893），鄭良士。良士（856-930）[27]，字君夢，仙遊人，曾獻詩五百篇，授國子四門博士。「天復元年，棄官歸隱於白岩故墅（今拱橋

23 關於陳陶的籍貫，或以為嶺南人或鄱陽人。陶〈投贈福建路羅中丞〉云：「未聞建水窺龍劍，應喜家山接女星。」〈寄兵部任畹郎中〉云：「常思劍浦越清塵，荳蔻花紅十二春。」〈鄱陽秋夕〉云：「憶昔鄱陽旅遊日。」當以劍浦為是。

24 陳嶠生卒年據黃滔〈司直陳公墓誌銘〉推算。

25 〔宋〕梁克家纂修：《淳熙三山志》，卷二。〔清〕聖祖仁皇帝御定：《全唐詩》，卷七五九，僅引上二句。

26 陳鼎卒年據黃滔〈祭陳鼎〉推算。

27 鄭良士生卒年據〔宋〕趙與泌、〔宋〕黃巖孫纂修〔寶祐〕《仙溪志》卷四。

西），與泉州刺史王延彬、秘書陳乘、正字徐寅輩更相唱和。」有《白岩集》十卷，今佚。其子元弼等八人，「俱博讀文典、墳典，文采華艷」，時人稱為「鄭家八虎」（〔寶祐〕《仙溪志》卷四）。乾寧元年（894），徐夤、陳乘。徐夤和下一二年的黃滔、翁承贊下文將重點論述介紹。陳乘，仙遊人，曾與鄭良士等唱和，已如前述。乾寧二年（895），黃滔、黃詵。詵為璞之子。乾寧三年（896），翁承贊。承贊有兩個弟弟，也先後及第。翁成裕，承贊次弟，見《八閩通志》卷四十五，而同書卷四十六誤為福清人。承贊有〈寄舍弟承裕員外〉詩。《八閩通志》同卷，光化三年（900）進士，然又引《莆陽志》:「承裕於是年明經釋褐」。天祐三年（906），翁襲明，承贊三弟，原名承檢。承贊有〈喜弟承檢登科〉詩。黃滔〈送外甥翁襲明赴舉序〉稱其以「詞學擅州里」。沒有科名而有詩傳世的，有陳貺（福州人），曾獻〈景陽臺懷古詩〉於南唐主。江為（建陽人），其詩常為後世詩話及筆記家所稱引。顏仁郁（泉州人），「有詩百篇，宛轉回曲，歷道人情，邑人途歌巷唱之，號『顏長官詩』」（《五代詩話》卷六引《十國春秋》）。

其次，唐末五代之際的重要的閩詩人多有自己的個性。黃滔集中，記敘抒寫應舉、及第以及酬唱的詩占比較大的比重，「其詩清淳豐潤，若與人對語，和氣鬱鬱，有貞元、長慶風概」（洪邁〈黃御史集序〉）。徐夤詩體物之吟尤多，間有深意；部分詩作借感嘆人生，或借歷史題材以寄慨。夤詩擅長穿插議論，頗耐人深思回味，且尤以七律見長。翁承贊今傳詩以與冊封閩王有關者為多，欣喜得意之狀溢於言表，於晚季五代之際獨標一格。陳陶詩善於言志，寫景清新，七絕〈隴西行四首〉等詠史之作，言簡意賅，頗多佳句，人多爭誦。顏仁郁「詩百篇，皆道民疾苦，皇皇不給之狀」（《五代詩話》引《龍尋稿》），今只存〈農家〉、〈山居〉二篇。前詩云：

> 夜半呼兒趁曉耕，羸牛無力漸艱行。時人不識農家苦，將謂田中谷自生。

惜大多數詩已散佚。江為，《全唐詩》存其八首，寫景詩尤佳，〈岳陽樓〉云：「晚葉紅殘楚，秋江碧入吳。雲中雁來急，天末去帆孤。」〈送客〉云：「天形圍澤國，秋色露人家。水館螢交影，霜洲橘委花。」無不膾炙人口。其殘句「竹影橫斜水清淺，桂香浮動月黃昏」，則為宋林逋「疏影橫斜水清淺，暗香浮動月黃昏」(〈山園小梅〉) 所襲。

詩人的眾多以及詩人作品的個性化，或者說形成各自的風格，應該是區域性詩歌成熟的重要標誌。儘管這一時期的詩人，哪怕是最突出的黃滔、徐夤在整個文學史的地位仍不及羅隱、司空圖，但閩中的詩歌創作已趨於成熟則毫無疑問，這就為兩宋福建區域文學的繁盛奠定了堅實的基礎。

天祐三年（906）七月，鑄丈六金菩薩一尊，次年正月十八設齋，盛況空前。王審知命黃滔撰〈丈六金身碑〉，中有云：「座客有右省常侍隴西公李洵，翰林承旨制誥兵部侍郎昌黎韓公偓，中書舍人瑯琊王公滌，右補闕博陵崔徵君道融，大司農瑯琊王公標，吏部郎中譙國夏侯公淑，司勛員外郎王公拯，刑部員外郎宏農楊公承休，宏文館直學士宏農楊公贊圖，宏文館直學士瑯琊王公倜，集賢殿校理吳郡歸公傳懿。」[28]後人據此碑所載及其時閩中碑銘多出自滔手，推斷黃滔為閩中文壇宗主，故清楊浚〈論次閩詩〉云：「清豐才調本無雙，賓客韓崔氣盡降。大有貞元長慶體，泉山領袖屬文江。」

黃滔（840或稍前-911後數年），字文江，莆田人。少慕歐陽詹、林藻、林蘊之懿，與陳蔚（黯子）、黃楷、歐陽碣築室莆田東峰十

28 《黃御史集》卷八附〈莆陽名公事述〉云：「館閣校勘王倜歸，集賢校理傳懿」，誤將「歸傳懿」之「歸」接於「王倜」名下。

年，咸通壬辰登薦，「咸通乾符之際，豪貴塞龍門之路，平人藝士十攻九敗」(〈莆山靈岩寺碑銘〉)，故滔與陳蔚等不再北上應考，經過二十四年的準備與發奮，至乾寧二年（895）始及第，其年昭宗再試，乃中甲科，為四門博士。庚申（900），輦下交兵，滔離開中原歸閩。次年為閩藩禮置賓幕，薦授御史里行。梁開平二年（908），因老病，可能退居莆中；四年，翁承贊為閩王冊禮使，滔有和承贊詩。王審知據有全閩而終身為節將，得力於黃滔的規正。滔著有《泉山秀句》三十卷及《黃滔集》十五卷。前者已佚，後者宋時已非原貌，經滔後裔黃公度等重輯為《黃御史集》，今本有楊萬里及洪邁序。

由於初場的下第以及二十四年的歲月蹉跎，黃滔有較多的詩是寫其科舉功名過程中的經過與心態的。其〈下第〉詩云：「昨夜孤燈下，闌干泣數行。辭家從早歲，落第在初場。」〈下第出京〉云：「茫茫數年事，今日淚俱流。」〈下第東歸留辭刑部鄭郎中諴〉云：「明日藍田關外路，連天風雨一行人。」無不寫得痛苦辛酸。乾寧二年崔凝考定二十五人，後經御試，僅取黃滔等十五人，實在得之不易，〈放榜日〉一詩無法掩飾他那驚喜和得意的心情：「吾唐取士最堪誇，仙榜標名出曙霞。白馬嘶風三十轡，朱門秉燭一千家。」黃滔在科舉的道路上如此坎坷，所以他對他人的及第也感到欣慰：「今年春已到京華，天與吾曹雪怨嗟。」(〈喜陳先輩及第〉) 又為落第者寄以深切的同情：「為君惆悵惜離京，年少無人有屈名。」(〈送林寬下第東歸〉) 在他及第後，則反覆寫信寄贈同年，讓他們與他分享獲驪探珠的愉悅。

「損生莫若攀丹桂」(〈寓題〉)，在博取科舉功名的艱難歷程中，黃滔「飄泊」(〈別友人〉)、「趨奔」(〈關中言懷〉)，嚐盡了失意、孤獨和愁苦的滋味。在行旅詩中，他反覆抒寫的就是這種情懷。黃滔生當晚季，戰亂不斷，所以他的行旅詩還往往把抒寫旅途的羈愁、孤苦的況味同傷時愍世結合起來，具有明顯的時代特徵：

> 未喫金丹看十洲，乃將身世作仇讎。羈游數地值兵亂，宿在孤城聞雨秋。東越雲山卻思隱，西秦霜霰苦頻留。他人折盡月中桂，惆悵當年江上鷗。(〈旅懷〉)
>
> 重疊愁腸只自知，苦於吞蘗亂於絲。一船風雨分襟處，千里煙波回首時。故國田園經戰後，窮荒日月逼秋期。鳴蟬似會悠揚意，陌上聲聲怨柳衰。(〈旅懷寄友人〉)

這樣的描寫，無疑已經超越通常抒發文人失意、身世之悲的作品，而具有較強的社會意義。如果我們撇開黃滔本人功名的嗟怨不論，而把詩中反映戰亂的詩句摘錄下來，那將發現詩人對時事、對國家、對人民的關注之情是如此的深沉：「大國兵戈日，故鄉飢饉年。」(〈和友人酬寄〉)「望歲心空切，耕夫盡把弓。千家數人在，一稅十年空。」(〈書事〉)「游塞聞兵起，還吳值歲饑。」(〈晚春關中〉) 黃滔似乎已感覺到，文人的命運前途有時是與國家維繫在一起的：「大朝多事還停舉，故國經荒未有家。」(〈別友人〉)

黃滔所處的時代，唐王朝經由風雨飄搖而最終崩潰。詩人所見到的江山，已經不是盛唐時期的明麗和多彩多姿，而是暗淡、陰晦，以至滿目淒涼、衰殺：「破村虹入井，孤館客投魈。」(〈書懷〉)「月晦時風雨，秋深日別離。」(〈入關旅次言懷〉)「殘燭松堂掩，孤峰月狖啼。」(〈憶廬山舊遊〉)「孤煙愁落日，高木病西風。」(〈秋晚山居〉)「關山色死秋深日，鼓角聲沉霜重天。」(〈塞下〉)「經年荒草侵幽徑，幾樹西風鎖弊廬。」(〈客舍秋晚夜懷故山〉)「江山節被雪霜遺，毒草過秋未擬衰。」(〈遊南寓題〉) 所表達的無非危苦之情。危苦，可以說是黃滔詩描繪山川風物的基調，也可以說是黃滔一生對社會生活的感受的基調（中舉的得意時間畢竟比較短暫）。黃滔活了七十多歲，而且生活在閩中的時間相當長，或許是這一原因，他沒能給後人留下描摹閩山閩水的名篇佳作（只有〈故山〉：「衰碧鳴蛩莎有露，濃陰歇鹿竹無煙。水從井底通滄海，山在窗中倚遠天。」等句較為可誦）。理解這一點，那麼對詩人就沒有什麼可以責怪的了。

楊萬里〈《黃御史集》序〉云：「詩至唐而盛，至晚唐而工。蓋當時以此設科取士，士皆爭竭其心思而為之，故其工後無及焉。御史公詩，如〈聞新雁〉：『一聲初觸夢，半白已侵頭。餘燈依古壁，片月下滄洲。』如〈遊東林〉：『寺寒三伏雨，松偃數朝枝。』如〈上李補闕〉：『諫草封山藥，朝衣施衲僧。』如〈退居〉：『青山寒帶雨，古木夜猿啼。』此與韓致光、吳融輩並遊，未知其何人徐行後者也。」〈聞新雁〉，即〈河南府試秋夕聞新雁〉。楊萬里將黃滔詩放在唐詩發展史的背景來考察，指出他的詩與韓偓、吳融相伯仲，其工後來者無以復加。以「工」來評定黃滔詩固然是不錯的，但仔細玩味其詩，似覺得還有所欠缺。試看〈遊東林寺〉全詩：

> 平生愛山水，下馬虎溪時。已到終嫌晚，重遊預作期。寺寒三伏雨，松偃數朝枝。翻譯如曾見，白蓮開舊池。

此詩方回選入《瀛奎律髓》，並評三、四兩句「淡而有味」。何義門亦評云：「次聯頓挫曲折，極饒情味。落句以謝公山水自負，就東林故實收足前四句意，真躍出拘攣外也。落句呼應，神味俱遠。」（《瀛奎律髓匯評》卷四十七）就全詩而言之，黃滔不僅注意到詞句之工，而且寫得平淡自然，神味具足。這或即黃滔詩的根本特色，或即黃滔區別於唐末五代之際的詩人如韓偓、吳融輩的所在。洪邁說，黃滔詩「有貞元、長慶風概」。那麼，什麼是貞元、長慶之風呢？洪邁又說：「貞元、長慶，經術大明，修古彌眾，於時墨儒詞匠所為詩若文，咸矩矱自然，不以雕飾為工。」（〈黃御史集序〉）如果不論明經之術的話，貞元、長慶間詩歌風概，其突出之點便是矩矱自然，不講雕飾。黃滔生當晚季，其詩之工，是時代風氣使然；而其詩工而不雕飾，又能以平淡自然出之，則為其特色而無疑。

洪邁在指出黃滔詩「有貞元、長慶風概」時，又具體論述道：「其詩清淳豐潤，若與人對話，和氣鬱鬱。」這又是黃滔詩的另一特色。試看他的〈下第東歸，留辭刑部鄭郎中諴〉：

> 去違知己住違親，欲發羸蹄進退頻。萬里家山歸養志，數年門館受恩身。鶯聲歷歷秦城曉，柳色依依灞水春。明日藍田關外路，連天風雨一行人。

袁枚《隨園詩話》載前四句（第二句文字稍異），以為一往情深，必士君子中有至性者。鄭諴，亦閩人，年歲較長於滔。從詩中可以看出黃滔在京應舉數年，一直受到他的關照。如今，詩人落第了，是繼續留在京師，還是東歸，內心十分矛盾，進退兩難。去，則違知己如鄭郎中；住，則違鄉中的雙親。詩人是決定東歸了，「鶯聲歷歷」，「柳色依依」，說不盡的眷戀京中知己之情。藍田關外，一別而去，只有自己一人在風雨中踽踽獨行了。真是句句是面對面的辭別語，字字發自至情。當詩人行經安州時，又作〈經安州感故鄭郎中二首〉以寄懷，可謂一唱而三嘆。《黃御史集》中寄贈、送別、酬唱的詩作不少，大多確「若與人對語」，以至情勝。不唯是生者，對於已去世的親友，黃滔也是一往情深的。其〈傷翁外甥〉云：「江頭去時路，歸客幾紛紛。獨在異鄉歿，若為慈母聞。」也是若與之對面而語。附帶說一下，黃滔的幾篇祭文，如〈祭崔補闕道融〉、〈祭陳先輩〉、〈祭林先輩〉、〈祭右省李常侍洵〉，也無不以情勝。故洪邁〈黃御史集序〉以為「悲愴激越，交情之深，不以晝夜死生，亂離契闊為間斷」。

在唐末五代之際的閩中詩壇，黃滔不僅是一位詩歌成就比較突出的詩人，而且是唯一一位具有一定文學見解和詩歌理論的詩人。黃滔繼承韓柳古文運動的傳統，也主張「文本於道」(〈與王雄書〉)。黃滔說他本人「誠可儷偶之辭」，掌握駢體文的技巧，能暢達地用駢文來表達思想，但是他還是認為「儷偶之辭，文家之戲也」。因此他對近期場中「尚辭而鮮質」的駢文律賦頗為不滿，而大力提倡元結、韓愈的文風。詩歌方面，黃滔主張詩人首先應該立行，其次才是立言，而且必須做到言行相符。他說，後世的詩歌還應以「國風王澤」為本，以達到「刺上化下」的目的。所寫的詩假如達不到這一目的，還要你這個詩人做什麼？〈答陳磻隱論詩書〉還對盛唐以後各期的詩歌作了比較精彩的分析：

> 大唐前有李、杜，後有元、白，信若滄溟無際，華岳於天然。……至如〈長恨歌〉云：「遂令天下父母心，不重生男重生女。」此刺以男女不常，陰陽失倫。其意險而奇，其文平而易，所謂言之者無罪，聞之者足以自戒哉。逮賈浪仙之起，諸賢搜九仞之泉，唯掬片冰，傾五音之府，只求孤竹。雖為患多之所少，奈何孤峰絕島，前古之未有。咸通、乾符之際，斯道隙明，鄭、衛之聲鼎沸，號之曰「今體」。才調歌詩，援雅音而聽者懵，語正道而對者睡。噫，王道興衰，幸蜀移洛，兆於斯矣！

黃滔極為推崇李、杜、元、白，甚至將他們比作「滄溟」、「華岳」，並且為受到李飛等人責難的白居易辯白，肯定白居易〈長恨歌〉諷刺的政治作用及其平易的特色。黃滔對晚唐賈島以來琢詞雕句，刻意求工的詩風甚為不滿，認為到了咸通、乾符之際，亦即唐末，鄭、衛之聲鼎沸，詩教淪喪，王道至比淪喪，也就不奇怪了。黃滔對晚唐詩歌風尚的認識甚為有見，表現在他本人的詩歌創作，則為雖工而不見雕琢，雖刻畫而顯自然。黃滔還有一篇〈課虛責有賦〉，是用賦體寫成的文論。該賦繼承了陸機《文賦》、劉勰《文心雕龍》〈神思〉等篇講形象思維和藝術構思的觀點，從而提出「沖和」的主張。黃滔的文論，下啟宋人，在晚唐文人中，起了承先啟後的作用。

總之，無論是詩歌創作的成就，還是詩歌理論所達到的水準，在唐末五代之際閩中的詩壇上，沒有第二個人可以同黃滔相比擬。黃滔作為唐末五代之際閩中詩壇的領袖，當之無愧。黃滔在文學上取得較高成就，後世尊他為莆田文章的初祖。

唐末五代之際另一位有集傳世的詩人是徐夤。夤，字昭夢，也是莆田人。乾寧元年（894）進士。徐夤嘗獻〈遊大梁賦〉於朱溫，中云：「千年大將，感精魄於神交；一眼庸奴，望英風而膽落。」大將軍指韓信，「一眼庸奴」指晉王李克用。克用聞之，大怒。後朱溫受禪，改國號為梁，徐夤再試進士，為第一。朱溫令夤改〈人生幾何賦〉中「三皇五帝，不死何歸」，夤對曰：「臣寧可無官，不可改賦。」遂拂衣歸。朱溫怒而削其名。夤歸閩後，為閩王秘書正字。李存勖（克用子）滅梁建立後唐，曾派使者入閩，想借閩王之手報徐夤指斥其父之仇，賴閩王保護，徐夤才得以不死。後唐莊宗即位在九二三年，徐夤卒於其年之後。徐夤晚年隱於莆田延壽溪，落落不得志，其〈偶題二首〉其二云：「賦就長安振大名，〈斬蛇〉功與樂天爭。歸來延壽溪頭坐，終日無人問一聲。」徐夤又與不忘故國的司空圖、羅隱遙相唱酬，志趣相投。其〈大夫松〉云：「五樹旌封許歲寒，挽柯攀葉也無端。爭如澗底凌霜節，不受秦皇亂世官。」〈明妃〉云：「香魂若得升明月，夜夜還應照漢宮。」〈馬嵬〉云：「張均兄弟皆何在，卻是楊妃死報君。」似有一飯不忘唐之意。徐夤著有《探龍》、《釣磯》二集，《新唐書》〈藝文志〉已不著錄，諸家書目亦不載。收入《四庫全書》的《徐正字詩賦》僅存詩、賦各一卷。然詩多達三百六十八首，為唐五代閩人之冠。

《四庫全書總目》卷一五一，說徐夤詩「體物之詠尤多」，「不出五代之格」。然細讀徐夤詩，有些詠物詩並不纖弱，例如〈鷹〉：

> 害物傷生性豈馴，且宜籠罩待知人。惟擒燕雀啖腥血，卻笑鸞皇啄翠筠。狡兔穴多非爾識，鳴鳩脰短罰君身。豪門不讀詩書者，走馬平原放玩頻。

詩人筆下的這頭鷹，已絲毫沒有杜甫〈畫鷹〉所描繪的那種「思狡兔」、「擊凡鳥」的雄健、威武。這鷹，生性貪婪，害物傷生，專門擒殺弱小的燕雀，卻對狡兔之類無可奈何。牠靠的是不知書的主人的馴養，因此處處取悅於主人，不過是一種玩物而已。唐末五代之際，由藩鎮割據而至稱王者有之，由稱王而至僭號者有之，在這些人的門下，又有多少為他們奔競、傷生害物的鷹犬！至於〈詠錢〉云：「能於禍處翻為福，解向仇家買得恩。」「朝爭暮競歸何處，盡入權門與幸門。」〈水〉云：「莫言通海能通漢，雖解浮舟也覆舟。」〈雨〉云：「陰妖冷孽成何怪，敢蔽高天日月明。」〈燈花〉云：「貪膏附熱多相誤。」這樣來詠物，已不僅僅是「體物」而已，是借物抒懷，借物針砭世事，已屬於「興寄」的範疇。莆田的荔枝、武夷山茶，都極有名。徐夤體物之作〈荔枝二首〉、〈尚書惠蜡麵茶〉，寫的就是這兩種物產。

黃滔善於在他的行旅詩中抒寫其傷時愍世之情，善於通過對外界景物的描寫來表現他的憂患。徐夤則不同，他或者是直面時事，不迴避，也不拐彎抹角來描寫；或者借歷史題材來寄託感慨，其七律尤長於議論。直接寫時事的有〈聞長安庚子歲事〉（庚子年黃巢入京）等以「長安」為題的作品。「賊去兵來歲月長，野蒿空滿壞墻匡」；「殊時異世為儒者，不見文皇與武皇」（〈東京次新安道中〉）。在詩人看來，之所以造成天下大亂、滿目蒿萊不可收拾的局面，是沒有明主，是沒有漢文帝和漢武帝那樣的國君。歷史題材的詩作，多關國家的興衰廢替。即使「偶然前古也填膺」，其基本觀點是：「大道豈全關歷數，雄圖強半屬賢能。」（〈偶題〉）玄宗朝安祿山之亂，「未必蛾眉能破國，千秋休恨馬嵬坡」，根本原因不在楊玉環身上，而在「堂上有兵天不用，幄中無策印空多。原注：楊國忠時兼諸使館三十二印」(〈開元即事〉)。「天」，即玄宗；「幄中無策」，所用非人。不關歷數，玄宗咎由自取。徐夤集中最有特色的是那些感嘆人生的作品。這些作品雖免不了帶上徐夤本人牢落不遇之悲的色彩，但總的來說，較黃滔詩所表現的個人際遇、科舉功名慾望為淡，更帶有亂世間文人迷惘、痛苦、失望的普遍情感，集中〈不把漁竿〉、〈古往今來〉、〈夢斷〉、〈人事〉、〈休說〉等詩題都出自首句、首四字或二字，加上〈寓題〉、〈偶題〉一類詩題，共有二十來首七律。這些詩作可能都是一時興到之作，題目是後擬或後加的。試看：

> 十里煙籠一徑分，故人迢遞久離群。白雲明月皆由我，碧水青山忽贈君。浮世宦名渾似夢，半生勤苦謾為文。北邙坡上青松下，盡是鏘金佩玉墳。(〈十里煙籠〉)

> 人事飄如一炷煙，且須求佛與求仙。豐年甲子春無雨，良夜庚申夏足眠。顏氏豈嫌瓢裡飲，孟光非取鏡中妍。平生生計何為者？三逕蒼苔十畝田。(〈人事〉)

宦名似夢，人事如煙，亂世之中，離群蝸居，對人生世態的感嘆，其精神與〈人生幾何賦〉是相通的。雖以避害求生為目的，而又寫得淒涼悲憤。他既以「鬼神只闞高明裡，倚伏不干棲隱家」(〈招隱〉)、「家無寸帛渾閑事，身似浮雲且自由」(〈嘉運〉) 自慰，又免除不了末路之悲：「末路可能長薄命，修途應合有良時」(〈郊村獨遊〉)；「時來不怕滄溟闊，道大卻憂潢潦深」(〈休說〉)。當時的泉州刺史王延彬很愛他這一類的詩賦，其〈哭徐夤〉詩云：「延壽溪頭嘆逝波，古今人事半銷磨。昔除正字今何在？所謂人生能幾何！」末句嵌〈人生幾何賦〉，十分明顯，而首句暗嵌徐夤〈偶題〉其二（已見前引），次句暗嵌他的〈古往今來〉及〈人事〉二題，聯綴數詩賦題意句意以追弔亡友，可謂是徐夤的知己！

徐夤同鄉，宋劉克莊《後村詩話》曾引〈豐年〉一聯及「身閑不厭常來客，年老偏憐最小兒」（〈北園〉），以為「切律」（《後集》卷一）。《四庫全書總目》又引「月明南浦夢初斷，花落洞庭人未歸」（〈覽柳惲「汀洲採白蘋」之什因成一章〉）；「鶗鴂聲中雙闕雨，牡丹花際六街塵」（〈憶薦福寺南院〉），推為集中佳句。徐夤的七律還善於穿插議論。「七貴竟作長逝客，五侯尋作不歸人」（〈潘丞相舊宅〉）；「豪門有利人爭去，陋巷無權客不來」（〈西寨寓居〉二首其一）；「只聞神鬼害盈滿，不見古今爭賤貧」（〈新葺茆堂〉二首其一）；「眼眾豈能分瑞璧，舌多須信爍良金」（〈綠鬟〉）等，多值得尋索。

翁承贊，字文堯，自號狎鷗公，莆田人。父翁巨隅，官少府監。巨隅曾創漆林書堂，訓督子弟。承贊於乾寧三年（896）進士及第，後再中宏詞科。任京兆府參軍。天祐元年（904），以右拾遺受詔冊王審知為瑯琊王。仕梁[29]，開平四年（910），為閩王冊禮副使，尋擢諫議大夫、福建鹽鐵副使，就加左散騎常侍、御史大夫，留相閩，卒。承贊曾寓居崇安（今武夷山市），卒亦葬崇安。唐末五代之際，翁承贊是閩人仕途最暢達者。有《晝錦集》、《宏詞前後集》，俱不傳；《新唐書》〈藝文志〉著錄其詩一卷。

《唐才子傳》卷十云：「承贊工詩，體貌甚偉，且詼諧，名動公侯。唐人應試，每在八月，諺云：『槐花黃，舉士忙。』承贊〈詠槐花〉云：『雨中妝點望中黃，勾引蟬聲送夕陽。憶得當年隨計吏，馬蹄終日為君忙。』甚為當時傳誦。嘗奉使來福州，見友僧亞齊，贈詩

29 翁承贊有〈甲子歲，銜命到家，至榕城冊封，次日，閩王降旗於新豐市堤餞別〉及〈天祐元年，以右拾遺使冊閩王而作〉詩，甲子年即天祐元年。「閩王」當是後人追改，原應作「瑯琊王」或簡稱「王」。

云：『蕭蕭風雨建陽溪，溪畔維舟見亞齊。一軸新詩劍潭北，十年舊識華山西。吟魂昔向江村老，空性元知世路迷。應笑乘軺青瑣客，此時無暇聽猿啼。』他詩高妙稱是。」

承贊今傳詩三十餘首，以冊封王審知為王的作品為多。明徐𤊹《榕陰新檢》稱其中多佳句，如：「窗含孤岫影，牧臥斷霞陰」（〈題莒潭安閩院〉）；「早涼生戶牖，孤月照關河」（〈晨興〉）；「參差雁陣天初碧，零落漁家蓼欲紅」（〈漢上登舟憶閩〉）；「長淮（《全唐詩》作江）月上魚翻鬣，荒渚（《全唐詩》作圃）人稀獺印蹄」（〈寄舍弟承裕員外〉）；「松都舊（《全唐詩》作多往）日門人種，路是前朝釋子開」（〈題景祥院〉），以為「誠晚唐作手也」。

第五節　流寓入閩的文人及其作品

陳衍〈補訂《閩詩錄》序〉云：「文教之開，吾閩最晚。至唐始有詩人，至唐末五代中土詩人時有流寓入閩者，詩教漸昌。」陳衍指出閩詩到了唐末五代才漸漸昌盛起來，而且這種昌盛與這一時期客籍詩人不時流寓入閩有密切的關係，是有見地的。但是，這段話也有不夠嚴密的地方。首先「時有」中土詩人流寓入閩不始於唐末五代，只不過到了唐末五代之際入閩的客籍詩人較多、較集中而已。其次，客籍詩人流寓入閩固是唐末五代閩詩漸昌的重要原因之一，但還不是最根本的原因，更不是唯一的原因。儘管我們並不完全贊同陳衍的這段話的見解，但本節將要介紹和論述的恰恰也是陳衍所提的流寓入閩文士的情況以及他們的入閩與閩詩發展的關係。

早在唐高宗時期，就有詩人流寓入閩。總章二年（669）朝廷命陳政為嶺南行軍總管，率府兵五千餘人入閩，鎮守綏安（隋廢縣，在今漳浦縣西）。儀鳳二年（677），政病故，子元光代父為將，時年二十一。元光能文，永淳二年（683），撰〈請建州縣表〉。垂拱四年

（688），除漳州刺史，又撰〈漳州刺史謝表〉（《全唐文》卷一六四）。《全唐詩》及《外編》錄其詩七首和〈平潮寇〉殘句。陳元光詩文采略遜。隨同陳政入閩的共有五十八姓，其中不乏較有文采的文士。許天正，汝南人，陳元光副使，博學能文，今存〈和陳元光平潮寇詩〉一首。丁儒，固始人，佐陳政治軍，為郡別駕，今存詩二首。其略云：

> 好鳥鳴簷竹，村黎愛幕臣。土音今聽慣，民俗始知淳。烽滅無傳警，江山已淨塵。天開一歲暖，花發四時春。雜卉三冬綠，嘉禾兩度新。俚歌聲靡曼，秫酒味溫醇。錦苑來丹荔，清波出素鱗。芭蕉金剖潤，龍眼玉生津。蜜取花間露，柑藏樹上珍。醉宜諸蔗瀝，睡穩木棉茵。茉莉香籬落，榕樹浹裡閭。雪霜偏避地，風景獨推閩。（〈歸閒詩二十韻〉）

> 正值嚴冬際，渾如春晝中。泉醴開名郡，江清穩臥龍。天涯寒不至，地角氣偏融。橘列丹青樹，槿抽錦繡叢。秋餘甘菊艷，歲迫麗春紅。麥隴披藍遠，榕莊拔翠雄。減衣遊別塢，赤腳走村童。日出喧烏鵲，沙晴落雁鴻。池澌含晚照，嶺黛徹寒空。（〈冬日到泉郡次九龍江與諸公唱和〉）

從後一詩的詩題看，陳政、陳元光的僚屬能詩的應有一批人。陳政父子入閩的貢獻，不僅僅是在漳州一帶建立州縣，開發這一地區的經濟；陳政父子及其僚屬的詩歌創作還是這一地區現存的最早文學作品[30]。丁儒這兩首詩描寫了漳州一帶的風物民俗，有如一幅幅圖畫；一歲皆暖，花發四時；雖值隆冬，渾如春天。嘉禾、醇酒、素鱗、丹荔、芭蕉、龍眼、柑橘、木棉、茉莉、甘蔗、槿、菊、麥，物產豐富

30 陳政有〈候夜行師七唱〉二首，見《潁川開漳族譜》。

極了。這裡的百姓講的雖然是土話，唱的是俚歌，村童還打著赤腳，而民風淳樸，故曰「風景獨推閩」，「喜作舊鄉鄰」，簡直是「樂不思蜀」了。經過百年左右的薰陶感染，元和間漳州一帶終於出現了本地籍詩人——周匡物和潘存實。

相比於福、建、泉、漳四州，閩西的開發較晚。現存最早描寫汀州的作品，是張九齡（678-740）的〈謝公樓〉詩。九齡，韶州曲江（今屬廣東）人。他是唐玄宗時期的大臣和重要詩人。史傳沒有他入閩的記載，但他既為曲江人，出入嶺南途經汀州（今長汀）也是可能的。《輿地紀勝》卷一三二載其〈謝公樓〉詩云：「謝公樓上好醇酒，三百青蚨買一斗。紅泥乍擘綠蟻浮，玉碗才傾黃蜜剖。」（〔慶元〕《臨汀志》〈亭館〉亦引）詩寫汀州酒醇。至於謝公樓的得名，已不可考。

貞元前後五十年左右，入閩的文人比較集中，比較多，對閩中的教化及文學的發展起了較重要的影響。如前所述，這一時期入閩為觀察使的有李椅、常袞，為泉州刺史的有薛播、席相，為泉州別駕的有姜公輔。在閩期間，他們不但興學校，倡教化，不但親自獎掖、提攜閩中士子如歐陽詹，有的還有作品傳世。常袞〈題漳浦驛〉殘句云：「風候已應同嶺北，雲山仍喜似終南。」此外，貞元十三年（797）著名古文家、韓柳古文運動的先期人物柳冕也入閩為觀察使。史稱冕「博學富文辭」（《新唐書》本傳）。柳冕主張以文明道，達到教化的目的。在閩期間，作〈青帥乞朝覲表〉，新、舊《唐書》均載其大略，《新唐書》本傳評云：「其辭哀切。」柳冕是宋初大詞人柳永的七世祖奧的從季父。元和八年（813），裴次元為福州刺史，於冶山建亭，作〈冶山二十詠〉題於其壁，每詩六句，其〈望京山〉云：「積高依郡城，回拔凌霄漢。」〈天泉池〉云：「魚鱗息枯池，廣之使涵泳。疏鑿得蒙泉，澄明睹明鏡。」見〔淳熙〕《三山志》卷一。《三山志》還錄有詩序及其餘詩題。德宗建中（780-783）初，詩人秦系由剡溪來到南安九日山隱居。系，越州會稽（今浙江紹興）人，天寶末，避亂剡溪，辭薦不赴。《新唐書》本傳云：「南安有九日山，大松百餘章，俗傳東晉時所植，系結廬其上，穴石為硯，注《老子》，彌年不出。刺史薛播數見之，歲時致羊酒，而系未嘗至城門。姜公輔之謫，見系窮日不能去，築室與相近，忘流落之苦。」秦系〈答泉州薛播使君重陽日贈酒〉詩云：「欲強登高無力也，籬邊黃菊為誰開。共知不是潯陽郡，那得王弘送酒來。」系與當時著名詩人錢起、韋應物、劉長卿等有酬唱。秦系五言詩寫得好，時劉長卿號為「五言長城」，權德輿曰：「系用偏師攻之，雖老益壯。」(《新唐書》本傳）韋應物亦深推服秦系五言，其〈答秦十四校書〉云：「知掩山扉三十秋，魚須翠碧棄牀頭。莫道謝公方在郡，五言今日為公休。」宋莆田人劉克莊《後村詩話》〈新集〉卷四曾舉秦系五言「掃地青牛臥，栽松白鶴棲」等大加推崇，以為「清趣翛然」。秦系後度秣陵，年八十餘卒。他在九日山隱居二、三十年，南安人非常懷念他，為他建了子亭，號其山為「高士峰」。宋元以來，閩人在九日山題刻追懷秦系者甚多，淳熙壬子（1252）福州人陳炎子題曰：「隱居在何許，把酒喚英靈。已矣成千古，悠然見一亭。」

貞元前後的詩人顧況、施肩吾，從史傳上已無法考定他們是否到過閩地，但他們各有一首詩應引起重視。顧況，字逋翁，海鹽（今屬浙江）人，至德進士，官至秘書省校書郎，所作〈囝〉一詩，其小序云：「囝，哀閩也。」寫閩童年紀小小便被閩吏絕其陽而轉賣為奴的悲慘遭遇，全詩不著議論，而揭露深刻。詩中「囝」、「郎罷」，都是閩方言，尤有濃郁的地方特色。施肩吾，字希聖，睦州分水（今浙江桐廬）人。元和十年（815）進士。他寫了一首〈島夷行〉，有云：「黑皮少年學採珠，手把生犀照鹹水。」《泉南舊志》引《泉郡志》：「東出海門，舟行二日程，曰澎湖嶼，在巨浸中。環島三十六，如排衙，然昔人多僑寓。其上苫茅為廬，推年大者為長，不蓄妻女，耕漁為業。」認為此詩寫的就是澎湖島。在臺灣建省前，臺灣澎湖在行政劃分上都屬於福建。施肩吾這首詩，是現存第一首描繪臺灣澎湖的詩。

到了晚唐，大和元年（827），張仲方為福建觀察使，作〈題白馬三郎廟〉詩，云：「入門池色淨，登閣雨聲來。」時團練副使李貽孫、團練判官李敬尋、內供奉彭城侍御等人都有和詩。宣宗大中初，詩人李德裕由太尉被貶潮州，途經漳浦，曾作〈次漳浦驛〉詩。李頻，字德新，睦州壽昌（今屬浙江）人，大中八年（854）進士，懿宗時（860-874）曾為建州刺史，「以禮治法下，時更布教條」，「及卒，父老相與扶柩歸葬。立廟梨山，歲祠之」（《八閩通志》卷三十七）。李頻深受建州人民的愛戴，清王士禛《池北偶談》稱「詩人歿而為神，未有如頻之昭昭者」。頻著有《梨岳集》。其〈之任建安渌水亭偶作二首〉其二云：「維舟綠水岸，繞郡白雲峰。將幕（疑作暮）連山起，人家向水重。」綠水亭，在浦城。頻與李群玉、錢起、曹松、方干多有酬唱，卒後曹松作詩弔之。薛逢，字陶臣，蒲州（今山西永濟）人，會昌進士，咸通中（860-874）曾為侯官令，《全唐詩》存其詩一卷。逢曾與僧靈觀遊向陽峰，創亭其側，人書其峰曰「薛老」。周樸有〈薛老峰〉詩。薛逢有〈元日田家〉詩，記閩中民俗，頗生動。晚唐著名詩人李商隱，雖未必到過閩地，但他的〈題武夷〉則是現存描寫武夷山最早的一首詩。

上一節我們引黃滔〈丈六金身碑〉，說唐末五代之際入閩仕閩的文人有十來人。其實，入閩而未仕閩的，有「生於釣臺而長於甌閩」（林嵩〈《周樸詩集》序〉）的周樸，避亂來閩一直生活到閩國建立後的詹敦仁、詹琲父子，先仕閩而後隱居於安溪鳳山的劉乙。此外，還有隨父王審邽入閩而後仕閩為泉州刺史的王延彬。據傳，羅隱也曾入閩，《閩書》云：「若羅裳山之畫馬石，深滬之石壁山書字，及建安書筒灘所載，余初尚未信其果此羅隱與否。及讀楊文敏〈書筒灘記〉，已稍信之，因閱黃滔贈隱詩：『三征不起時賢議，九轉終成道者言。』方知隱學道修真人也。」（《五代詩話》卷六引）羅裳山和深滬都在晉江。黃滔詩見其〈寄羅郎中隱〉。羅隱入閩之說，證據不足。首先，《閩書》的結論為羅隱是「學道修真人」，並沒能確證石上的畫馬、壁上的書字是否出自羅隱之手。其次，所引黃滔詩亦不足證明。第三，也是最重要的，是羅隱集中無片言隻字談及入閩事。第四，不僅是黃滔，同時人如徐夤也有贈羅隱詩，即〈寄兩浙羅書記〉，詩中也不及入閩事。蓋羅隱有道者言行，晚出的方志遂加附會。

周樸，字見素[31]，入閩居安溪，後居福州烏石山，黃巢入閩，被殺。周樸對自己的詩很自負，曾云：「禪是大溈詩是樸，大唐天子只三人。」（〈贈大溈〉）他是唐末著名的苦吟詩人之一。《全唐詩話》載道：「性喜吟詩，尤尚苦澀。每遇景物，搜奇披思，日旰忘返，苟得一聯一句，則忻然自快。」其詩以意精見重當時。歐陽修《六一詩話》云：「唐之晚年，詩人無復李、杜豪放之格，然亦務以精意相高。如周樸者，構思尤艱，每有所得，必極其雕琢。故時人稱樸詩『月鍛季煉，未及成篇，已播人口。』其名重當時如此。」集中佳句，歐陽修亟賞「風暖鳥聲碎，日高花影重」（〈春宮怨〉）[32]；「曉來山鳥鬧，雨過杏花稀」（殘句）。周樸寓居烏石山佛寺，飲食亦仰仗寺僧，集中詩描寫寺塔的較多。〈福州神光寺塔〉云：

> 良匠用材為塔了，神光寺更得高名。風雲會處千尋出（《淳熙三山志》卷三十三作直，《八閩通志》卷七十五作險，均較勝），日月中時八面明。海水旋流倭國野，天文方戴福州城。相輪頂上望浮世，塵裡人心應總平。

塔大中十一年（857）建，七層，咸通九年（868）敕號「神光之

---

31 一作字太樸，今從〔唐〕林嵩〈周樸集序〉。

32 此詩一作杜荀鶴作。《四庫全書總目》卷一九五引吳聿《觀林詩話》，云：「作周樸，實有根據。」

塔」。中二聯寫景遠大雄闊。〈登福州南澗寺〉:「曉日青山當大海，連雲古塹對高樓。」〈升山寺〉:「岩邊折樹泉沖落，頂上浮雲日照開。」〈靈岩廣化寺〉殘句:「白日才離滄海底，海光先照戶窗前。」多與〈福州神光寺塔〉相類。

唐末五代，入閩最重要的詩人要算韓偓了。偓（842-923），字致堯（一作致光），小字冬郎，自號玉樵山人。京兆萬年（今陝西西安東南）人。龍紀元年（889）進士。黃巢入長安，隨昭宗奔鳳翔，官至兵部侍郎、翰林承旨。以不附朱全忠被貶斥。天祐三年（906），韓偓避亂入閩，時已六十五歲。韓偓在閩十餘年，先居福州，因不滿王審知附梁，移居沙縣，後往南安桃林場（今永春），卒於南安龍興寺，葬葵山之麓。韓偓早歲能詩，他的姨父李商隱〈韓冬郎即席為詩相送，一座盡驚，他日余方追吟連宵，侍坐徘徊久之，句有老成之風，因成二絕寄酬兼呈畏之員外〉其一:「十歲裁詩走馬成，冷灰殘燭動離情。桐花萬里丹山路，雛鳳清於老鳳聲。」韓偓為晚唐一大家，今傳《韓翰林集》、《香奩集》。《四庫全書總目》卷一五一云:「忠憤之氣，時時溢於言外，性情既摯，風骨自遒，慷慨激昂，迥異當時靡靡之響。其在晚唐，亦可謂文筆之鳴鳳矣。」近人吳闓生〈韓翰林集跋〉云:「七言律詩，古今工者絕少，自杜公外，唐惟樊南、樊川及致堯三家。」

韓偓入閩詩約百首，佔《韓翰林集》一半左右，究其內容，既有反映時事，又有追懷故國、感慨身世之作，還有描繪閩中風物之什，十分豐富。韓偓作於梁乾化四年（914）的〈見別離者因贈之〉云[33]:

征人草草盡戎裝，征馬蕭蕭立路傍。

---

33 韓偓作品作年，均參考霍松林、鄧小軍〈韓偓年譜〉，分別見於《陝西師大學報》1988年第3期，頁95-103;《陝西師大學報》1988年第4期，頁46-55;《陝西師大學報》1989年第1期，頁116-124。

尊酒闌珊將遠別，秋山迤邐更斜陽。
白髭兄弟中年後，瘴海程途萬里長。
曾向天涯懷此恨，見君嗚咽更淒涼。

韓偓本人飽經亂離之苦，其〈傷亂〉云：「故國幾年猶戰鬥，異鄉終日見旌旗。交親流落身羸病，誰在誰亡兩不知。」由於有切身體會，所以特別催人淚下。這類作品，有杜甫安史之亂時諸作的遺風。韓偓〈自沙縣抵龍溪縣，值泉州軍過後，村落皆空，因有一絕〉[34]，作於開平四年（910），詩云：

水自潺湲日自斜，盡無雞犬有鳴鴉。
千村萬落如寒食，不見人煙空見花。

如果說〈見別離者因贈之〉既有敘事又有直抒胸臆之句，那麼此詩便以純粹的寫景來抒發其世亂的悲情了。太陽西斜，龍溪境內卻無雞犬之聲，有的只是噪鴉；千村萬落無一處舉火，不是寒食節卻如寒食節，到處不見人煙，儘管此時花開得正好，誰又有心思去觀賞呢？沉痛的心情溢於言外。

劉克莊曾說：「及朱三（全忠）篡弒，偓羈旅於閩，時王氏割據，詩文只稱唐朝官職，與淵明稱晉甲子異世同符。」（《後村詩話》〈新集〉卷四）其實，不僅是詩文只稱唐朝官職，詩下也注甲子而不稱新朝年號，以示其終身為唐臣。韓偓追懷故國的詩很多，因為他在昭宗朝頗受重用，然而又受朱全忠的忌恨，最終是國破而自身飄泊流離，所以追懷故國的詩往往又與感慨身世緊密地結合在一起。作於乾化二年（912）的〈安貧〉是他的代表作之一：

34 岑仲勉《讀全唐詩札記》以為「龍溪」當作「尤溪」，霍鄧譜同。

> 手風慵展一行書，眼暗休尋九局圖。窗裡日光飛野馬，案頭筠管長蒲盧。謀身拙為安蛇足，報國危曾捋虎鬚。舉世可能無默識，未知誰擬試齊竽。

詩人此時是既老且病，慵困潦倒，屋裡瀰漫塵埃，連筆管都生出小蟲。他想起了當年曾向昭宗推薦趙崇為相，幾遭朱全忠殺害；還有一次，全忠上殿，朝臣紛紛避席，唯韓偓端坐不動。「安蛇足」，寫其流寓避禍；「捋虎鬚」，表現為國而不避艱危。前者自嘲，後者自負，透露對故國易主的悲憤。題為〈安貧〉，實則詩人心中並不甘寂寞；雖老且病，卻始終不忘故國。黃庭堅將韓偓的遭貶斥與杜甫的流落顛沛、將他的不忘君與杜的忠義之氣相提並論，高度評價此詩：「其詞淒楚，切而不迫。」（《潘子真詩話》，《苕溪漁隱叢話》〈後集〉卷十五引）同年六月，梁帝朱全忠被其子友珪所殺，刃刺其腹出於背，以敗毡裹屍，瘞於寢殿。消息傳到閩中，已經八月，韓偓作〈八月六日作四首〉。第一首哀昭宗，第二首悲哀帝，第三首憫朝士，第四首自傷。用典精當，寄寓深切，情感沉摯，為集中傑出的七律，堪稱詩史。

韓偓入閩詩，專門寫閩中風物的，有〈荔枝三首〉、〈登南神光寺塔院〉（又作〈南登臺僧舍〉、〈題詠登釣龍臺〉）、〈建溪灘波心目驚眩，余平生溺奇境，今則畏怯不暇，因書二十八字〉、〈寒食日沙縣雨中看薔薇〉等，其他詩也間有寫及者。〈登南神光寺塔院〉云：

> 無奈離腸日（一作易）九回，強攄離抱立高臺。中華地向城邊盡，外國雲從島上來。四序有花長見雨，一冬無雪卻聞雷。日（一作南）宮紫氣生冠冕，試望扶桑病眼開。

韓偓從中原來到福州，這裡雖然遠離中原，但事事新奇，雲來海上，海連島國，四序有花，雨水充沛，一冬無雪，雷響寒天。在所有描寫閩中風物的唐人詩歌中，以此篇最具特色，不失為膾炙人口的佳作。

韓偓又有《香奩集》，其詩名常為此集而受到貶損。〈《香奩集》自序〉云：「或天涯逢舊識，或避地遇故人，醉詠之暇，時及拙唱。自爾鳩集，復得百篇。不忍棄捐，隨即編錄。」集中〈無題序〉云：「丙寅（906）九月，在福建寓止」，追憶辛酉年（901）所作〈無題〉詩，並將這組詩編入《香奩集》。可知此集為入閩後所編。又據集中《裊娜》（丁卯年作）、《多情》（庚午年在桃林場作），可知《香奩集》後來又增補了某些入閩後的作品。揣摩〈無題序〉所錄故國舊臣、寫詩者的姓名及官名，及「是歲十月末，余在內直。一旦起兵，隨駕西狩，文稿咸棄，更無孑遺」。編輯這個集子亦寓不忘故國之意。至如〈裊娜〉所云：「此時不敢分明道，風月應知暗斷腸。」又何嘗不是美人香草的筆法？劉克莊一邊說韓偓「與淵明稱晉甲子異世同符。余讀其集而壯其志」（《後村詩話》〈新集〉卷四）；一邊又說韓偓「位望通顯，雖國蹙主辱，而賦詠倡和不輟。存於集者不過留連光景之語，如感時傷事之作，絕未之見」（同上書《續集》卷二）。後人不同意劉克莊的後一評價，清邵堂《論詩六十首》云：「勁節孤忠韓內翰，主憂臣辱恨難支。劉郎（指劉克莊）輕詆《香奩集》，未見傷時感事詩。」清舒位則將韓偓與杜牧相提並論，其〈題韓偓《香奩集》〉云：「似此傷春復傷別，人間不止杜司勛。」韓偓早年寫了很多閨情詩，入閩後則多傷時感事之作，這是詩歌題材的轉變；早期詩以輕艷為主，入閩後以激昂遒勁為主，這是詩風的轉變。流寓入閩，韓偓雖已晚年，但卻是他創作的一個很重要的時期。

詹敦仁，字君澤，唐末避亂隱居於仙遊植德峰下，後隱居小溪場（今安溪）。在流寓入閩的文士中，詹敦仁及其子一直生活到五代晚期。詹敦仁於丙辰十月作〈初建安溪縣記〉，丙辰即周顯宗三年（956），此時距北宋的建立只有五年。敦仁對大唐的覆亡、政權的更迭感到非常悲傷，他先後拒絕了閩王王昶和和南唐清源節度使留從效的徵召。周顯宗初小溪場升為清溪縣，他任縣令的時間也很短，即薦他人代替自己，與兒子詹琲杜門隱居。他生活年代較其他入閩詩人晚，詩中有更多的興亡廢替之嘆：「往來賓主如郵傳，勝負干戈似局棋。」(〈勸王氏入貢，寵予以官，作辭命篇〉)「試問亭前花與柳，幾番衰謝幾番榮。」(〈余遷泉山城，留侯招遊郡圃作此〉)

唐五代三百多年間，流寓入閩文人的原因多種多樣，有隨軍入閩的軍人子弟及其僚屬，如陳元光、丁儒、王延彬等；有遭貶斥的遷客逐臣，如姜公輔、永貞革新失敗後入閩任漳州刺史的韓泰和任汀州刺史的韓曄；有朝廷的命官，如福州刺史裴次元、建州刺史李頻；有入閩隱居的高士，如秦系、詹敦仁；有避亂而入閩的，如周樸、韓偓；有入閩依附王審知的，如崔道融、李洵；有入閩為莆田令、卒於官的孔子四十一代孫孔仲良（其子孫遂散居於民伍之間）；還有路過閩地而留下作品的，如張九齡、李德裕。在入閩的文人中，有的作品流傳下來了，有的作品失傳了。有的擅長詩，有的擅長文，有的二者兼擅。就詩而言，有的長於五言，如秦系；有的長於七言，如韓偓。至於風格，柳冕文古樸，接近韓、柳。周樸苦吟，有類「郊寒島瘦」。韓偓《香奩》似溫庭筠，傷亂離別之作又有杜甫〈三吏〉、〈三別〉之遺風。詹敦仁寫隱居則有陶詩風概。文人入閩，已不侷限於開發較早的建州與福州，他們還比較多地來到泉州和漳州，甚至開發比較晚的汀州也有他們的足跡。

在唐五代這一時期中，閩地的文學，除了王棨、黃滔、徐夤的律賦在全國處在比較領先的地位外，文和詩雖然已有較大的發展，但相對來說還不十分發達。在整個唐五代；入閩的文人也還沒有一個是全國傑出的文學家和詩人，儘管如此，就以閩人中古文成就算是最高的歐陽詹來與流寓入閩的柳冕相比，前者在整個文學史上的地位也不及後者。晚唐五代之際閩中詩壇的佼佼者黃滔、徐夤的成就，也不及流寓入閩的詩人周樸、韓偓，尤其不及韓偓對詩歌發展的貢獻大。創作水平存在著某些差距是客觀存在的，閩籍作家與流寓入閩的作家有一個相互學習、相互影響的問題，但流寓入閩的作家畢竟給閩地帶來了新鮮氣息。他們對唐五代閩地文學創作的「漸昌」，無疑起了推進的作用。

唐五代福建文學發展的過程，也是福建籍文人向中原文化，向外省籍文人、特別是入閩的客籍文人學習的過程。周樸卒於閩，閩人林嵩即為之集子作序；李洵、崔道融也卒於閩，黃滔分別為他們寫了祭文，徐夤還作了〈弔崔補闕〉詩追悼道融。對入閩的文人，閩籍文人對他們的成就是欽佩的。這一點當然十分重要。但在注重這一方面的同時，似也不應忽視閩籍文人與客籍文人在交流過程中的另一方面，即客籍文人也注意到了閩人的文學成就。例如福建觀察使李貽孫入閩後即搜集歐陽詹的遺文，不僅將其編輯成集，而且作了序向社會介紹；徐夤的〈斬蛇劍賦〉等甚至遠播渤海國（今遼東），也是一例。因此，我們還可以說，唐五代福建文學的發展過程，也是福建籍文人與外省籍文人、特別是入閩客籍文人相互交流的過程。

第三章
兩宋福建文學的繁盛時期

唐代，閩中有福、建、泉、汀、漳五州，五代王延政又置鐔州，宋改稱南劍州。宋初，析泉州置興化軍，析建州置邵武軍。南宋初，升建州為建寧府，福建路遂有一府、五州、二軍，因稱「八閩」。唐代設縣二十四，五代王氏增至三十一，宋多達四十一。宋初，閩中的戶口數只有四十六萬餘，到了南宋中晚期則增至一五九萬餘[1]。宋代三百多年，福建比較安定，甚至到了南宋，當江淮成了南北對抗的戰場，當長江中下游成了南宋的前線之時，福建似也沒有受到太大的影響。南宋初年，福建人口有二百八十萬餘人，到了南宋中晚期多達三百二十三萬餘人[2]。宋代的福建，農村依舊保留古樸之風，「閩中深山窮谷，人跡不到，往往有民居，田園水竹，雞犬之音相聞。禮俗淳古，雖斑白未嘗識官府者」（李綱〈桃花行詩序〉）。至於福州這樣的城市，則已發展成為繁華的都市。謝泌〈福州〉詩云：「城裡三山千簇寺，夜間七塔萬枝燈。」李若沖殘句云：「閩川景物清宜畫，蕭寺樓臺麗欲浮。」程師孟〈福州〉詩云：「故國樓臺千佛寺，新城歌舞萬人家。」溫益《詠福州》詩云：「潮回畫楫三千只，春滿紅樓十萬家。」

兩宋時期的福建，在全國的地位大大提高了。福州和泉州，早在仁宗朝，就成了全國二十多個重要的州府中的二個。南宋建都臨安，福建與京城的距離遠比西漢和唐代的長安、東漢的洛陽、北宋的汴梁、六朝的建康近得多了。八閩，實際上是兩浙的比鄰。加上福建比

1　據朱維幹《福建史稿》第九章第十二節。

2　據朱維幹《福建史稿》第九章第十二節。

起江南、兩浙，距金兵所據之地為遠，所以地理位置也就更加重要。隨著福建經濟的發展、地位的提高，這一在唐人還視為瘴癘地的區域，不再僅僅是中央貶謫官員的去處而已。〔淳熙〕《三山志》卷二十指出，來福州為守者「率宰執侍從之臣」，當不是誇大之語。名宦中，任福建安撫使的有張浚、鄭僑、辛棄疾、魏了翁、吳潛、吳淵等。任福州知州的有章岷、程師孟、曾鞏、趙汝愚、曹豳；州通判有陳傅良；簽書判官廳公事有胡銓。寧德縣主簿有陸游。建寧知府有韓元吉、洪邁。建陽知縣有劉克莊。浦城主簿有陳襄。泉州知州有蔡襄、游酢、劉子羽、王十朋、程大昌、葉適、真德秀、游九功。漳州知州有胡銓、廖剛、李彌遜、朱熹。閩人以外，曾鞏是宋六大散文家之一，辛棄疾、陸游分別是宋代第一流的詞家和詩人。宋代的福建，再也不是令人感到畏懼的僻荒未開化的蠻夷之邦了。司馬光送人宦閩詩云：「甌越東南美，田肥果稼饒。」(〈送元侍制出牧福唐〉) 又云：「萬里東甌外，溪山秀出群。鄉人皆嗜學，太守復工文。」(〈送人為閩宰〉) 南宋末年，文天祥入閩並以此作為據點，繼續領導抗元鬥爭。

兩宋時期，閩中州縣普遍建起郡縣學宮。官學之外，私人所辦書院也遍布各地。以閩北為例，著名的就有屏山書院、武夷精舍和考亭書院等十餘所。屏山書院，建炎四年朱熹的入門之師劉子翬建於崇安（今武夷山市）五夫里。武夷精舍，又稱武夷書院或紫陽書院，淳熙十年（1183）大理學家朱熹建於武夷山五曲隱屏峰下，結構宏偉，是我國古代著名的書院之一。宋韓元吉撰有〈武夷精舍記〉。考亭書院，紹熙五年（1194）朱熹建於建陽三桂里考亭玉枕峰之麓，也是著名的書院。官私所辦大量的學校，對培養人材起了很大的、關鍵性的作用。梁克家〔熙淳〕《三山志》卷二十六說，「由太平興國五年至今淳熙八年，凡二百有二年，以科進者一千三百三十有九人」，而「唐迄後唐天二百二十有三年州擢進士者三十六人」，他認為重要的原因之一是與「教化涵養」有關。科名問題比較複雜，例如唐每科取士少而宋取士多，當然影響了兩個朝代絕對數字比較的準確性，但兩宋閩中「教化涵養」程度的提高，培養出比唐代更多的人材則是毋庸置疑的。

程師孟〈入學〉詩有句云：「城裡人家半讀書，學校未嘗虛里巷。」（〔淳熙〕《三山志》卷四引）蘇頌有句云：「弦誦相聞禮義鄉。」（〈送句都官倅建〉）「弦誦多於鄒魯俗。」（〈送黃從政宰晉江〉）劉克莊詩云：「閩人務本亦知書，若不耕樵必業儒。」（〈泉州南郭吟〉）在這種十分重視教育的氛圍下，閩人出現了一族多人能文與早慧的文化現象。梁章鉅《南浦詩話》專載浦城一縣詩，錄兩宋章德象一族達十五人之多。崇安劉韐，韐弟韞，韐子子羽、子翬，子羽子珙，子翬孫坪、曾孫學箕，均有文名。建陽蔡發，發子元定，孫淵、沆、沈，曾孫格、模、杭、權，一族四代九個學者，人稱「蔡氏九儒」。沙縣陳世卿，其子偁，孫瓘，瓘從孫淵，其詩都被選入《宋詩紀事》。連江李撰，撰子彌大、彌遜、彌正，也都能文能詩。至於宋人早慧的現象，陳汝翔撰、趙仁甫訂正、郭柏蔚增訂的《東越文苑》輯錄了十餘條，若加上鄭傑撰、陳衍增訂的《閩詩錄》等，則在二十條以上。蔡伯俙，福清人，大中祥符間僅四歲，應童子科，能詩，詩如宿學。真宗見而異之，賜詩曰：「七閩山水多靈秀，四歲奇童出盛時。家世應傳清白訓，嬰孩自有老成姿。」陳翔，崇安人，七歲，劉子翬命賦〈燈〉詩，應聲曰：「耿耿照幽房，熒熒鶴焰長。昔年江上女，曾到乞餘光。」袁樞，建安人，曾撰《通鑑紀事本末》，七、八歲間題詩於壁間云：「泰山一葉輕，滄浪一滴水，我觀天地間，何啻猶一指。」南宋詞人潘牥，年六、七歲時，嘗和人詩云：「竹才生便直，梅到死猶香。」無不令人驚嘆。女子亦有早慧者，《春渚紀聞》曾載建安暨氏女十歲所作之詩，文繁，不錄。

除了教育之外，與文學發展繁榮有著某種聯繫的一些文化現象也值得注意。首先，兩宋時期閩中的經學、歷史學和自然科學都得到相應的發展，某些方面已在全國處在領先地位。《宋史》〈儒林傳〉為七十七人立傳，錄福清林概、福州陳暘等閩人十五人，約佔四分之一。其中蔡元定、蔡沉、胡安國、胡寅、真德秀等都是宋代著名的學者。史學方面，莆田鄭樵的《通志》、建安袁樞的《通鑑紀事本末》都是不朽的煌煌巨著。自然科學方面，同安人蘇頌所撰《新儀象法要》，建陽人宋慈所撰的《洗冤錄》，對天文律算之學和法醫學的貢獻，都是前無古人的。莆田蔡襄的《茶錄》和《荔枝譜》、建安黃儒的《品茶要錄》、建陽熊蕃的《宣和北苑貢茶錄》，對建茶和閩南荔枝的研究，都達到了很高的水準。其次，道學的興盛。建陽游酢與將樂楊時是程門四大弟子中的兩個。楊時一傳而至南劍羅從彥，二傳而至南劍劍浦李侗，三傳而至朱熹。朱熹的弟子遍於八閩。朱熹自己就是文學家，其門人能詩者，《宋詩紀事》所錄就有十餘家。再次，宋代福建刻書業特別發達，福州、莆田、建陽麻沙等地都有刻書處，而尤以麻沙最著名。建陽麻沙的刻書，在宋代與杭（州）刻、蜀刻齊名，為三大刻書處之一。建陽文人中，著《方輿勝覽》的祝穆、著《詩人玉屑》的魏慶之、注韓柳的魏仲舉，都是書坊中人物。書坊還為游酢、朱熹、蔡元定刻印著作。麻沙的刻書為當時全國之最，圖書流佈很廣，而首先得利的當然是八閩郡縣。朱熹還在建陽建同文書院以貯藏圖書。麻沙書坊的出現，不僅推動了福建的文化教育，而且為文學創作和文學研究提供了某些條件。

兩宋的福建文學，就是在這樣的文化背景下走上繁盛的時期。

整個宋代，福建文學家、詩人、詞人輩出。據厲鶚〈《宋詩紀事》序〉，《宋詩紀事》錄三千八百一十二家詩。假如除去宮掖、閨媛、宦官、道流、釋子、女冠、尼、無名子、妓女、乩仙、女仙、神鬼十二類籍貫較難考訂或本來就無籍貫可言的八百三十五家，餘二千九百七十七家。據筆者初步統計，閩籍詩人多達二百八十五家[3]，佔二千九

3 朱熹籍貫不在福建，未計入。

百七十七家的百分之九點五七，比起唐代閩籍詩人約占《全唐詩》二千二百餘家的百分之三或稍多一點，比重大了一至二倍。唐前已經建縣的浦城，唐五代只出五位詩人，兩宋卻多達五十九人[4]。詞，作為一種新的韻文體式出現在宋代的文壇上，備受文人青睞。唐圭璋先生《詞學論叢》〈兩宋詞人占籍考〉考兩宋詞人計八百七十一家，其中兩浙二百一十六家，江西一百五十八家，閩人一百一十一家。福建籍詞人占總數的百分之十二點七四。宋代是詩歌批評比較興盛的時代，宋人所著詩話約一百三十至一百四十部，而閩人所撰就多達二十五部[5]，占到總數的將近百分之二十。《四庫全書》錄宋人別集三百七十九種，其中可以確定為閩人作的三十八種，占百分之十。

在兩宋的福建文人中，有不少在當時甚至對後代很有影響的名家。楊億詩一改五代以來的鄙蕪氣習，其所倡導的「西崑體」，遂成北宋的第一個詩歌流派。柳永是第一位在中國文學發展史上取得卓著地位的閩中作家，兩宋慢詞，自柳永始。嚴羽的《滄浪詩話》，論詩強調「妙語」和興趣，標榜盛唐，自成體系，不僅是兩宋最重要的文學批評著作，而且在中國文學批評史上有著極重要的地位。南宋詩人蕭德藻，為白石道人姜夔之師，楊萬里序其詩，將他與范成大、尤袤、陸游並稱，惜其《千巖擇稿》已佚。遺民文學家謝翱、鄭思肖，在宋遺民文學中地位卓著，對後世影響很大。在北宋的詩人中，蔡襄、蘇頌、陳襄、鄭俠等，都有各自的風格；兩宋之際，李綱、李彌遜、鄧肅、劉子翬等人的詩在當時影響較大；南宋的張元幹、劉克莊等人的詞都有一定成就。從楊時到朱熹及其門人，福建理學家的詩文自成特色。詞方面，從李綱，中經李彌遜、張元幹、劉學箕、劉克莊

4　據〔清〕梁章鉅《南浦詩話》。梁氏將謝翱列入浦城，不妥。

5　蔡景康〈兩宋時期閩籍詩論家及其詩話（上篇）〉，《三明師專學報》1992年1期。而郭紹虞《宋詩話考》所著錄，宋代詩話有八十八種，羅根澤《兩宋詩話年代存佚殘輯表》有九十五種（據錢仲聯〈宋詩話鳥瞰〉，《古代文學理論研究》叢刊，第三輯）。

至陳人傑，形成了豪放派的閩詞派。陳瓘、蔡伸、呂勝已、鄧肅、黃公度、劉子寰、潘牥、馮取洽、黃昇等，都有詞集傳世。文學批評方面，劉克莊的《後村詩話》、魏慶之的《詩人玉屑》、嚴有翼的《藝苑雌黃》等都是比較重要的著作。宋代，閩中雜文學也取得較高成就。鄭文寶的《南唐近事》，其體近於小說。祝穆的《方輿勝覽》編排雖有類類書，「而詩賦序記，所載獨備，蓋為登臨題詠而設」;「雖無裨於掌故，而有益於文章」。[6]吳處厚的《青箱雜記》、莊季裕的《雞肋篇》、蔡絛的《鐵圍山叢談》、陳善的《捫蝨新話》等筆記，都有一定的文學價值和資料價值。

兩宋的福建文學，作家眾多，名家名作迭出，有些作家和著作，則在某一時期、或在某一領域處於先導地位。兩宋的福建文學，是福建文學發展史上值得驕傲的一頁。

第一節　北宋文壇

一　西昆派領袖：楊億

楊億（974-1021），字大年，浦城人。祖文逸，南唐玉山令，從祖徽之（921-1000），字仲猷，後周顯德二年（955），為左拾遺、右補闕。宋真宗時，為翰林侍讀學士。能詩，有作品傳世。億早慧，七歲能屬文。年十一，太宗聞其名，詔送闕下，試詩賦五篇，下筆立成。又令送中書再試，賦〈喜朝京闕〉詩，云：

> 七閩波渺邈，雙闕氣岧嶢。曉登雲外嶺，夜渡月中潮。頠秉清忠節，終身立聖朝。

---

6 《四庫全書總目》卷六十八。

太宗以為「精爽神助，文字生知」(《宋史》本傳)。即授秘書省正字。淳化三年（992），賜進士及第，為光祿寺丞，太宗曲宴，億嘗賦詩於側，次年，值集賢院。真宗即位初，預修《太宗實錄》。景德二年（1005），與王欽若同總《冊府元龜》事，「其序次體制，皆億所定，群僚分撰篇序，詔經億竄定方用之。三年，召為翰林學士，又同修國史，凡變例多出億手」(《宋史》本傳)。《冊府元龜》成，進秩秘書監。楊億一生著有《括蒼》、《武夷》、《潁陰》等集及《內外制》、《刀筆》共一百九十四卷，傳世僅《武夷新集》二十卷及所編《西崑酬唱集》二卷。

作為詩人，楊億的名字是與《西崑酬唱集》一書緊密聯繫在一起的，其〈《西崑酬唱集》序〉云：

> 予景德中，忝佐修書之任，得接群公之遊。時今紫微錢君希聖（惟演），秘閣劉君子儀，並負懿文，尤精雅道，雕章麗句，膾炙人口。予得以遊其墻藩而咨其模楷。二君成人之美，不我遐棄，博約誘掖，置之同聲。因以歷覽遺編，研味前作，挹其芳潤，發於希慕，更迭唱和，互相切劘……凡五七言律詩二百有五十章，凡屬而和者，又十有五人。析為二卷，取「玉山」策府之名，命之曰《西崑酬唱集》云爾。

此書一出，「後進者爭效之，風雅一變，謂之『崑體』」(歐陽修《六一詩話》)。「西崑體」，實則是產生於真宗朝秘閣諸文士中的一種詩體。「西崑」，古帝王藏書之處。真宗時，楊億等人預修《冊府元龜》，得以出入秘閣，披覽國家藏書，故取「西崑」名其酬唱之集。參與酬唱的詩人都是滿腹經綸的飽學之士，學術層次和文化素養都很高。西崑詩人詩學李商隱，據葛立方《韻語陽秋》卷二載，楊億喜義山詩至愛不釋手，以為「包蘊密致，演繹平暢，味無窮而炙愈出，鎮彌堅而酌不竭」。「西崑體」因具有「雕章麗句」，用事縝密的特點。《西崑酬唱集》錄詩二百五十首，其中楊億七十五首，劉筠七十三首，錢惟演五十四首，李宗諤以下多則七首，少則一首。楊億詩占全書百分之三十。楊億在序中推錢、劉為首，謙稱自己「托驥」、「續貂」，事實上，楊億本人才是西崑詩派的領袖。

宋末元初詩評家方回在〈送羅壽可詩序〉一文中指出：「宋剗五代舊習，詩有白體、崑體、晚唐體。」也就是說，宋初出現的幾種詩體是以改變五代（實際上還可上溯到唐季）舊詩風為目的。陸游《南唐書》〈蒯鰲傳〉稱江南詩風「承晚唐纖麗之弊」，福建籍詩人蘇頌〈小畜外集序〉說唐季五代詩末流「氣格摧弱，淪於鄙俚」。其次，宋初這三種詩體的生發還可以分為兩個階段，前一階段是白體，風靡於太祖、太宗兩期；後一階段是崑體，興盛在真宗朝，晚唐體的出現和崑體差不多同時。白體，即白居易體，其代表詩人是李昉、徐鉉及後起的王禹偁。《蔡寬夫詩話》云：「宋初沿襲五代之餘，士大夫皆宗白樂天詩，故王黃州主盟一時。祥符、天僖之間，楊文公、劉中山、錢思公專喜李義山，故崑體之作，翕然一變。」楊億標榜李商隱、倡導西崑的動機更在於變革白體。這一點，方回說得更明白，他在評楊億〈南朝〉詩時發揮道：「組織華麗，蓋一變晚唐詩體、香山詩體，而效李義山，自楊文公、劉子儀始。」（《瀛奎律髓》卷三）比起鄙俚、淺薄的某些白體詩來，「組織工致，鍛鍊新警，」「音節鏗鏘，詞采精麗」（《四庫全書簡明目錄》卷十九）的崑體無疑更能受人青睞欣賞，「時人爭效之」（《六一詩話》），風行數十年。以至歐陽修、楊堯臣出，宋代詩風又一變時，歐陽修乃「服其工」（《瀛奎律髓》卷三）。

西崑詩體，是中國詩歌史上有爭議的詩體，楊億也是有爭議的詩人。北宋的石介對楊億和西崑體首先發難[7]，猛烈批評，其〈怪說〉云：「刻鎪聖人之經，破碎聖人之言，離析聖人之意，蠹傷聖人之道。」〈與君貺學士書〉云：「變天下正音四十年，眩迷盲惑，天下瞶瞶晦晦，不聞有雅聲。」而到了清代，則有將《西崑酬唱集》奉為「金科玉條」之說（詳錢曾《讀書敏求記》〈西崑酬唱集跋〉）。從詩歌批評史上看，對西崑詩體和楊億詩的批評，不外仍在詩的內容與形式兩個方面。按照石介的看法，西崑體和楊億詩離聖人之經，悖聖人之道，非正音雅聲，這是內容方面。形式上，批評主要集中在使事用典過於繁密，傷於雕琢這一點上。對西崑體和楊億詩的批評，思想內容與形式，既有區別，但又聯繫緊密。平心而論，《西崑酬唱集》中楊億的詩，有少數思想價值不高，用事過多、有獺祭之嫌的作品，例如〈公子〉一類的作品。楊億和西崑體主要詩人，官高位顯，〈公子〉等詩確反映了他們貴遊富足的生活。詩中用事，紀昀認為有「涉裝點」(《瀛奎律髓匯評》卷四十六)。當然，楊億有些詩，內容雖無可取，但藝術技巧純熟，不能不令人刮目相看。試看他的〈淚二首〉其一：

> 錦字停梭掩夜機，白頭吟苦怨新知。誰聞隴水迴腸後，更聽巴猿拭袂時。漢殿微涼金屋閉，魏宮清曉玉壺敧。多情不待悲秋氣，只是傷春鬢已絲。

試比較徐夤的〈淚〉：

> 發事牽情不自由，偶然惆悵即難收。已聞抱玉沾衣濕，見說迷

7　蕭瑞鋒重評〈《西崑酬唱集》中的楊億詩〉認為石介所謂「淫巧侈麗」、「唱淫調哇聲」與楊億詩不甚相符，把「綴風月，弄花草」記在楊億帳上，是張冠李戴。(《文學遺產》1984年第1期)。

> 途滿目流。滴盡綺筵紅燭暗，墜殘妝閣曉花羞。世間何處偏留得，萬點分明湘水頭。

楊億詩雖然通篇用典，但句句與淚綰合，似是信手拈來，不大見雕琢之跡。意精辭切，濃艷典麗卻不失高雅，比徐夤詩無疑高出一籌。

楊億詩的價值還不僅在於〈淚〉這一類作品，而在於那些借詠史以諷時事的作品和抒發憂讒畏禍的詩篇。《瀛奎律髓匯評》卷三「懷古類」錄楊億〈南朝〉、〈漢武〉、〈明皇〉各一首。〈漢武〉云：

> 蓬萊銀闕浪漫漫，弱水回風欲到難。光照竹宮勞夜拜，露溥金掌費朝餐。力通青海求龍種，死諱文成食馬肝。待詔先生齒編貝，那教索米向長安。

方回云：「此詩有說譏武帝求仙，徒費心力，用兵不勝其驕，而於人才之地不加意也。」如果聯繫真宗朝的實際，景德元年（1004），宋與遼訂立屈辱喪權的「澶淵之盟」，真宗在用兵方面則不如漢武帝，而其時真宗的祈求神仙的思想已經擡頭，楊億的委婉而諷是顯而易見的。〈南朝〉用齊東昏侯潘妃步步金蓮事，用陳後主與狎臣歌詠〈玉樹後庭花〉事；〈明皇〉寫唐玄宗縱養安祿山之禍及馬嵬坡失楊玉環。聯繫真宗寵愛劉妃、並幾立劉妃為後，沉湎於酒色，齊代東昏侯、陳後主、唐明皇，不能不成為宋真宗的鑒戒。這些詩，思想和藝術成就都是很高的，以至《古今詩話》評〈漢武〉以為雖「義山不能過」。

楊億雖然官階高顯，但生性「剛介」、「鯁亮」（《宋史》本傳），不苟合，因此常常得罪當道。早在大中祥符二年（1009），御史中丞王嗣宗就在真宗面前告了他一狀，說楊億和錢、劉唱和的〈宣曲〉「述前代掖庭事，事涉浮靡」，因此落下一個「不遵典式者，當加嚴譴（《續資治通鑑長編》）」的警告。《宋史》本傳載：「當時文士，咸賴其題品，或被貶議者，退多怨誹。王欽若驟貴，億素薄其人，欽若銜之，屢抉其失；陳彭年方以文史售進，忌億名出其右，相與毀譽。」《歸田錄》、《湘山野錄》也有楊億為人所譖的載述。《宋史》本傳反覆說楊億請外放，「請歸省」，「請解官」，看來不能不與憂讒畏禍有關。《西崑酬唱集》所收差不多是酬唱之作[8]，唯獨楊億的〈因人話建溪舊居〉例外，可見作者本人對此詩十分重視。詩後四句云「露畹荒涼迷草帶，雨墻陰濕長苔衣。終年已結南枝戀，更羨高鴻避弋飛。」這首詩是楊億《西崑酬唱集》中極少數直抒胸懷的詩篇之一，避禍遠害的思想抒寫得明明白白，王仲犖《西崑酬唱集注》卷下云：「楊億此首，亦有畏懼時事以求乞退之意，時天書已造，而猶未東封。億固尼真宗東封者，故時時畏懼王欽若、丁謂輩之借齮齕之也。」此外，像〈受詔修書述懷三十韻〉云：「一麾終遂志，阮籍去騎驢。」〈直夜〉云：「階前槁葉驚寒雨，天際孤鴻答迥砧。欹枕便成魚鳥夢，豈知名路有機心。」〈偶懷〉云：「燕重銜泥遠，鴻驚避弋高。平生林壑志，誤佩呂虔刀。」〈偶作〉云：「祗羨泥塗龜曳尾，翻嫌霧雨豹成章。」「歸計未成芳節晚，更憂禽鹿頓纓狂。」無不憂慮重重，徬徨無狀。

楊億有些詩，採用比興的手法，來抒發自己的心曲。《西崑酬唱集》中迷離失路、終年結恨的鶴（〈鶴〉），歲寒自立、孤貞耿介的庭樹（〈禁中庭樹〉），似也是詩人自我形象的寫照。楊億寫過一些〈無題〉詩，其中一首云：

> 巫陽歸夢隔千峰，辟惡香銷翠被空。桂魄漸虧愁曉月，蕉心不展怨春風。遙山黯黯眉長斂，一水盈盈語未通。漫托鵾弦傳恨意，雲鬟日夕似飛蓬。

8　錢惟演〈夜意〉，諸本作〈赤日〉，次序在楊億〈赤日〉後，劉筠〈赤日〉前。惟明嘉靖玩珠堂本題作〈夜意〉，無他人同作。

詩寫一女子的思念和愁苦的情狀，究其實質，則承繼了《楚辭》以夫婦喻君臣的手法。「巫陽歸夢」，用宋玉「高唐賦」事，暗點君王。君門九重，難達天聽，或有娥媚相忌，而無由表白，故終日愁心不展，眉山長斂，鬢如飛蓬。這首詩無疑深得李商隱〈無題〉諸詩的藝術精髓，詞藻穠麗精切，詩境虛迷恍惚，卻能曲折地表達深邃的思想情感。

《全宋詩》卷一一五至一二二，錄楊億詩四百九十一首[9]，而《西崑酬唱集》僅七十五首，約占百分之十五。也就是說，楊億大量的詩不出於秘閣酬唱，非嚴格意義上的西崑體。不過，仍應指出的是，楊億不少詩仍與崑體有關聯，即使事用典仍較繁密，部分還是出於酬唱。儘管如此，《西崑酬唱集》以外的作品題材比秘閣酬唱豐富多了，詩人的眼界也比較開闊。一些詩，表現出對時事的直接關心，例如〈聞北師克捷喜而成詠〉、〈鄭工部陝西隨軍轉運〉。前詩有云：「前軍臨瀚海，後騎縛閼氏。薊北胡沙靜，河南露版馳。遼寧諸父老，重睹漢官儀。」後詩寫鄭文寶為陝西隨軍轉運事，《續資治通鑑》真宗咸平五年（1002）：「初，慶州發兵護芻糧詣靈州，殿中丞鄭文寶，素知西邊山川險易，上言必為繼遷所敗。已而轉運使陳緯果沒於賊，賊進陷清遠軍，文寶時居母喪，即命相府召文寶，詢其策略，文寶因獻河西隴右圖，且言靈州可棄。於是遣王超西討，丁未，詔起復文寶為工部員外郎，同勾當陝西隨軍轉運使事。」一些詩，寫於外郡，表現了與民同憂患的思想，如〈中春見雨〉、〈獄多重囚〉、〈民牛多役死〉等。楊億十分熱愛自己的家鄉，《西崑酬唱集》中就有〈懷舊居〉、〈因人話建溪舊居〉等詩，《武夷新集》中有不少送鄉親的詩、懷念鄉國的詩，〈建溪十詠〉最為膾炙人口，第一首〈武夷山〉云：

靈岳標真牒，孤峰入紫氛。藤蘿暗仙穴，猿鳥駭人群。古道千

9 包括《武夷新集》、《西崑酬唱集》中的楊億詩，另從筆記、方志輯得二十多首。

年在，懸流萬壑分。漢壇秋蘚駁，誰祀武夷君？

寫得古淡渾樸，中二聯寫景，全然無秘閣書卷氣，當然更沒有穠艷華麗的藻飾。

楊億詩用典故雖然較多，尤其是在秘閣酬唱的作品更是如此，這除了詩人本身的文化素養以及對李商隱的酷愛和藝術承繼的因素外，還與詩人所處的社會地位和政治環境不無關係。試想，在王嗣宗、王欽若輩千方百計對楊億進行譖毀的情形下，楊億對真宗的諷勸能用直言快語的形式來加以表達嗎？所以借古諷今，多用比興，詩中就不能不反覆使用典故。在某種意義上說，這也是一種策略，一種藝術。

《六一詩話》云：「自《西崑集》出，時人爭效之，詩體一變。」楊億等人的西崑體出現在詩壇，一變宋初的詩風，引出多人的仿效，這本來不是什麼壞事。但由於仿效者千差萬別，文化素養有高下，詩藝有精疏，或失之雕琢太甚，或傷於餖飣獺祭，至「漸失本真」，「於是有優伶撏扯之譏」（《四庫全書總目》卷一八六）。這當然是楊億等人所始料不及的，也不是他們所應負的責任。

「一洗頹唐五季風」（楊浚《論次閩詩》〈楊億〉），楊億的詩一變唐季五代直至宋初白體卑弱平淺的詩風，推動了宋代詩歌的發展。在福建文學發展史上，楊億與秘閣同好的酬唱，首開了閩人唱酬之風，對宋和宋以後閩人的唱和、甚至以唱和為主要形式的詩社的建立不能不起了潛移默化的作用。楊億還是閩人中第一個倡導並建立起詩歌流派的領袖。不可否認，流派的建立，很容易產生門戶之見，特別是末流作家，有時還會走向反面。但是我們又不能不承認，某些有一定生命力的流派，他們往往也都有著特殊或比較特別的藝術成就，人們不能不對他們刮目相看。楊億等人倡導的西崑派是如此，明代王慎中等人所倡導的唐宋派也是如此。至於林鴻等人首倡的明代閩中詩派，近代鄭孝胥、陳衍首創的同光派閩派，文壇也不能不正視他們的存在及其在文學史上的地位。楊億對閩中詩壇的影響也比較大，北宋中後期的閩籍詩人蘇頌《讀楊文公集》云：「瀟瀟建溪遺俗在，至今弦誦滿山川。」可見一斑。

宋初詩人還有鄭文寶。文寶（953-1013），字仲賢，寧化人。他比楊億年長二十多歲，而只比楊早卒八、九年。文寶初仕李煜，宋太平興國八年（983）登進士第，除修武主簿。真宗朝，歷官陝西轉運使、河東轉運使、兵部員外郎。原有集二十卷，已佚，《全宋詩》輯其詩十六首。另有《江表志》三卷、《南唐近事》一卷傳世。後者《四庫全書總目》卷一四〇以為「其體頗類小說」。文寶詩宋初頗負盛名，屢受司馬光、歐陽修的稱讚。鄭文寶對西北地理、軍事非常熟悉，但從現存的詩看，風格卻以輕盈柔軟見長。

鄭文寶詩以絕句最著名。《蔡寬夫詩話》云：「大抵仲賢情致深婉，比當時輩流，能不專使事，而尤長於絕句。」又云：「須在王摩詰伯仲之間，劉禹錫、杜枚之不足多也。」其〈絕句〉（一作〈楊柳枝〉）云：

> 亭亭畫舸繫寒潭，直到行人酒半酣，不管煙波與風雨，載將離恨過江南。

此詩當時傳誦很廣，甚至被題於旅舍壁間。詩後半化抽象的離恨為具體，新鮮深細，後來仿效的作者很多，錢鍾書《宋詩選注》就曾舉周邦彥〈尉遲懷〉：「無情畫舸，都不管、煙波隔前浦，等行人醉擁重衾，載得離恨歸去。」等例加以說明。句法方面，陳衍評云：「此詩首句一頓，下三句連作一氣說，體格獨別。唐人中惟太白『越王勾踐破吳歸』一首，前三句一氣連說，末句一掃而空之。此詩異曲同工，善於變化。」（《宋詩精華錄》卷一）

宋人的詩話，還載述了文寶的不少警句。《六一詩話》稱「水暖凫鷺行哺子，溪深桃李臥開花」一聯，「最為警絕」，「時人莫及」。《詩話總龜》卷十二「警句門」錄〈郊居〉：「百草千花路，斜風細雨天。」〈重經貶所〉：「過關已躍樗蒲馬，誤喘尤驚顧兔屏。」等十聯。

二　慢詞拓展者：柳永

詞，作為一種文學體式，最早產生於民間，中晚唐文人開始染指這一形式，晚唐五代發展很快，溫庭筠、韓偓、韋莊、馮延巳、李璟和李煜都是那個時期的重要詞人。韓偓晚年入閩，王國維輯其《香奩詞》，得十三首。從現存作品看，這些詞的風調都與他的「香奩體」詩相近，恐非入閩後作。閩地有詞傳世的，最早當推福清人陳金鳳。金鳳，唐福建觀察使陳岩女，閩王王審知選為才人。審知子延鈞立，封淑妃，龍啟元年（933）冊為皇后。金鳳今傳〈樂遊曲〉二首。先仕閩、後被宋太祖命為國子博士的徐昌圖今傳詞三首，宋初的楊億今傳詞一首。閩人第一位有詞集（《樂章集》）傳世的詞人是崇安人柳永。

柳永（約987-約1053）[10]，崇安五夫人。柳永的七世祖柳奧隨季父柳冕遊宦入閩（冕入閩在唐德宗貞元十三年），遂占籍福建。柳永的祖父柳崇，五代末季處士。柳永的父親柳宜官戶部侍郎，叔父宏、宣、寘、寀、察都有官職。永，字耆卿，初名三變，排行第七。兄三復、三接都是進士。柳永在福建活動的資料，比較可靠的只有兩條。一條是《嘉靖建寧府志》卷十九存錄的〈題中峰寺〉詩，結云：「旬月經遊殊不厭，欲歸回首更遲回。」另一條是〈巫山一段雲〉（六六

10 關於柳永生卒年，目前尚無定論，這裡採用唐圭璋先生〈柳永事跡新證〉（《文學研究》1957年第3期）。吳熊和先生認為「定柳永生年為雍熙四年（987），似乎稍遲」，「可稍往前推」，吳熊和：《唐宋詞通論》（杭州市：浙江古籍出版社，1989年），第4章第5節。林新樵先生〈柳永詞初探〉以為「當在太宗雍熙元年（984）」。林新樵〈柳永詞初探〉（《文學遺產增刊》第16輯）。吳、林二說，亦可參考。

真遊洞）:「六六真遊洞，三三物外天。」「幾回山腳弄雲濤，彷彿見金鰲。」「六六」、「三三」，指崇安境內的武夷山。武夷山有三十六峰（「六六」）、九曲溪（「三三」）。足見柳永在家鄉建寧府、武夷山遊覽過，而且對家鄉非常熱愛。

柳永在真宗朝已有詞名。他於大中祥符五年（1012）作了〈玉樓春〉，六年作〈巫山一段雲〉五首，天禧元年（1017）作〈御街行〉[11]，作年不可考的肯定還有。柳永仕途不暢，進士下第時曾作〈鶴沖天〉詞，發「黃金榜上，偶失龍頭望」的牢騷，有句云:「忍把浮名，換了淺斟低唱。」沒想到下回應考，已經合格了，仁宗以其曾賦〈鶴沖天〉，「特落之，曰:『且去淺斟低唱，何要浮名！』」輾轉至「景祐元年（1034）方及第，後改名永，方得磨勘轉官」（《能改齋漫錄》卷十六）[12]。釋褐後，他先後任睦州團練推官、餘杭縣令、定海曉峰鹽場監察官、泗州判官，終屯田員外郎，世因稱柳屯田。

柳永對宋詞發展的貢獻，主要表現在對慢詞創作的拓展方面。唐代敦煌曲辭《雲謠集》已收錄有〈內家嬌〉、〈傾杯樂〉、〈鳳歸雲〉等慢詞長調，但整個晚唐五代慢詞卻得不到發展。到了真宗、仁宗朝，柳永出現在詞壇上，才開拓了慢詞的創作，促進慢詞的發展。當然，這裡還應注意到另一個也寫慢詞的作家，那就是張先（990-1078）。但張先比起柳永還要略小幾步，從柳永二十來歲就從事詞創作這一現象看，張先作慢詞的時間不會比柳永早，甚至有可能受到柳永的影響。其次，張先慢詞寫作的數量較柳永少。再次，張先的慢詞成就遠不如柳永，晁補之云:「張子野（先）與耆卿齊名，而時以子野不及耆卿。」（《能改齋漫錄》卷十六）整個的評價，當然包括慢詞在內。

---

11 詳吳熊和先生〈柳永與宋真宗「天書」事件〉，《杭州大學學報》1991年第1期，頁75-82。

12 吳熊和先生認為「定柳永為景祐元年（1034）進士，亦嫌稍遲」。《唐宋詞通論》第4章第5節，杭州市：浙江古籍出版社1989年版。

柳永對慢詞的拓展之功，首先表現在對詞調的創新上，慢詞是伴隨北宋「新聲」竟繁而出現在詞壇的。「新聲」就是流行樂曲。柳永〈木蘭花慢〉云：「風暖繁弦脆管，萬家競奏新聲。」〈長壽樂〉云：「是處樓臺，朱門院落，弦管新聲騰沸。」柳永新創的詞調，就是為了配合這種「新聲」的。《樂章集》首創的詞調就多達百餘。例如〈長相思〉本雙調三十六字，柳永則度為一〇三字。集中的名作，如〈雨霖鈴〉、〈八聲甘州〉、〈望海潮〉等調，也屬首創。至於〈戚氏〉一調，就長達二百一十二字：

> 晚秋天。一霎微雨灑庭軒。檻菊蕭疏，井梧零亂惹殘煙。淒然。望江關。飛雲黯淡夕陽間。當時宋玉悲感，向此臨水與登山。遠道迢遞，行人淒楚，倦聽隴水潺湲。正蟬吟敗葉，蛩響衰草，相應喧喧。
>
> 孤館度日如年。風露漸變，悄悄至更闌。長天淨，絳河清淺，皓月嬋娟。思綿綿。夜永對景，那堪屈指，暗想從前？未名未祿，綺陌紅樓，往往經歲遷延。
>
> 帝里風光好，當年少日，暮宴朝歡。況有狂朋怪侶，遇當歌、對酒競留連。別來迅景如梭，舊遊似夢，煙水程何限！念利名、憔悴長縈絆。追往事、空慘愁顏。漏箭移、稍覺輕寒。漸嗚咽、畫角數聲殘。對閑窗畔，停燈向曉，抱影無眠。

此也是柳永創調。蔡嵩雲云：「第一遍，就庭軒所見，寫到征夫前路。第二遍，就流連夜景，寫到追懷昔遊。第三遍，接寫昔遊經歷，仍落到天涯孤客，竟夜無眠情況。」（《柯亭詞論》）慢詞長調，容量加大了，便於表達更多的生活內容和豐富的情感。就此詞而言，從眼前之景寫到昔日的帝京之遊，又回到旅況滋味。有實寫，有虛筆，融苦、樂、悲於一詞，極盡形容變化之妙。

與大量慢詞詞調的創作相適應的，是柳永對詞的題材的開拓。不錯，柳永出入於秦樓楚館，寫下了不少男女歡戀繾綣的作品，也曾利用慢詞這種較長的篇幅，多變的句式和聲情，更為盡曲地表現情愛這一詞中極為常見的主題。但是，柳永詞在題材方面最突出的成就還不在此，而在於羈旅行役方面。試看他的〈八聲甘州〉：

> 對瀟瀟、暮雨灑江天，一番洗清秋。漸霜風淒緊，關河冷落，殘照當樓。是處紅衰翠減，苒苒物華休。惟有長江水，無語東流。不忍登高臨遠，望故鄉渺邈，歸思難收。嘆年來蹤跡，何事苦淹留？想佳人、妝樓顒望，誤幾回、天際識歸舟？爭知我、倚闌干處，正恁凝愁。

暮雨、江天、霜風、關河、殘照，景色寫得寥廓蒼茫，高遠雄渾，音節悲慷，接著續以衰紅敗綠，無語（即無情）江水，羈旅中的冷落淒涼，失志不平的悲秋情感已在其中。何事淹留，自責甚深，因而想到佳人，進而為佳人設想，「誤幾回」，即溫庭筠〈夢江南〉「過盡千帆皆不是」之意。在已是實寫，在佳人是虛筆，兩面著墨，即梁啟超所謂「照花前後鏡，花面交相映」的筆法（梁令嫻《藝蘅館詞選》乙卷）。詞中一韻中領字的運用，也頗費匠心，如「對瀟瀟暮雨灑江天，一番洗清秋」中的「對」字，以及下文的「漸」、「不忍」、「嘆」、「想」等字，在各自層次中也起了一氣連貫、語意連綿的作用。陳振孫《直齋書錄解題》說柳永詞「形容盡致，尤工於羈旅行役」，依我們看，是與慢詞的詞調、句式、聲調為他提供了形式上的條件分不開的。

陳振孫還指出柳永另有「承平氣象」的一類詞。這類詞以描繪繁華都會為對象，其中以「帝里」風光為多，〈迎新春〉（嶰管變青律）、〈傾杯樂〉（禁漏花深）唱京城元夜「太平朝野多歡」，〈木蘭花慢〉

（拆桐花爛漫）詠京都「傾城」「鬥草踏青」，〈破陣樂〉寫汴梁龍舟「競奪錦標霞爛」的盛況，所用都是慢詞詞調，也都「形容盡致」。描繪繁華都會的慢詞，以描寫錢塘的〈望海潮〉最為膾炙人口：

> 東南形勝，三吳都會，錢塘自古繁華。煙柳畫橋，風簾翠幕，參差十萬人家。雲樹繞堤沙。怒濤卷霜雪，天塹無涯。市列珠璣，戶盈羅綺競豪奢。
> 重湖疊巘清嘉。有三秋桂子，十里荷花。羌管弄晴，菱歌泛夜，嬉嬉釣叟蓮娃。千騎擁高牙。乘醉聽簫鼓，吟賞煙霞。異日圖將好景，歸去鳳池誇。

詞先總敘錢塘形勝，次寫人煙集密、錢塘濤壯觀及士民殷富豪奢。下片突出西湖佳景，荷花桂子，是夏秋風光；羌管菱歌，是晝夜風情；釣叟蓮娃，是湖中人物。重筆濡染，鋪張揚厲，若非慢詞長調，實難表現得如此淋漓盡致。

隨著詞調由「令」向「慢」的轉變，隨著文字的增加和容量的擴展，慢詞在作法上必然不能完全照搬令詞的一套，因為篇幅長了，篇章結構、起合承轉就不能不有更多講究；因為聲情句式更加複雜了，句法也不能不有更多的考慮。李之儀云：「耆卿詞鋪敘展衍，備足無餘。」（〈姑溪詞跋〉）鋪敘手法的運用，則為柳永慢詞最為重要的特色，上引的〈望海潮〉有總敘，有分寫，分寫的方方面面就是鋪敘。鋪敘，按劉勰的說法就是「鋪采摛文」（《文心雕龍》〈詮賦〉），刻意形容描繪。柳永的〈雨霖鈴〉詞寫道：

> 寒蟬淒切。對長亭晚，驟雨初歇。都門帳飲無緒，留戀處、蘭舟催發。執手相看淚眼，竟無語凝噎。念去去、千里煙波，暮靄沉沉楚天闊。

> 多情自古傷離別。更那堪、冷落清秋節！今宵酒醒何處？楊柳岸、曉風殘月。此去經年，應是良辰、好景虛設。便縱有、千種風情，更與何人說。

唐圭璋先生云：「此首寫別情，盡情展衍，備足無餘。」（《唐宋詞簡釋》）江淹〈恨賦〉分別寫富貴、任俠、從軍、絕國、伉儷、方外、狹邪種種之別，是賦體的鋪敘。此詞專就戀人之別加以「展衍」。上片先以寒蟬、驟雨、長亭渲染離別氛圍。次以城外設宴、蘭舟催發敘事交代。再次以執手相看的特寫鏡頭出之，將情感推向高潮。最後將筆宕開，推想別後所歷之境，與開頭照應，又預伏下文抒情。上片作四層鋪敘，換頭嘆重來離別之可哀，接著言當秋而別，推進一層。今宵酒醒二句，繼續展衍，推想酒醒後所歷之境，情景惝恍迷離。最後連用四句放言抒寫別後之悲，餘恨無窮。比起用比興來表現離情的唐五代令詞來，此詞不僅場景層次繁複多了，情感的表現也顯得「備足無餘」。

「凡有井水處即能歌柳詞」（葉夢得《避暑錄話》）。柳永的新聲創調備受市井俗人的歡迎，黃昇云：「長於纖艷之詞，然多近俚俗，故市井之人悅之。」（《唐宋諸賢絕妙詞選》卷五）「俚俗」，當然不能排斥柳詞有庸俗甚至低級而迎合市井趣味的一方，但柳永確也開啟了宋詞俚俗的風氣。和俚詞相對的是雅詞，宋代的文人一般都以「雅」為詞的正宗，而鄙視俗詞，因此柳詞受到了不少批評。當然，柳永也創作了一些水平很高的雅詞，如〈望海潮〉等。但柳詞特別是慢詞，其特色則在俗不傷雅，雅不避俗，雅俗並舉上。〈八聲甘州〉中「想佳人妝樓顒望」，「『佳人妝樓』四句連用，極俗。」（陳廷焯《白雨齋詞話》卷五）但是，「霜風淒緊，關河冷落，殘照當樓」卻頗受蘇軾讚譽，以為「不減唐人高處」（趙令畤《侯鯖錄》卷七引）。〈雨霖鈴〉中「執手相看淚眼」，也是俚俗語，而「千里煙波，暮靄沉沉楚天闊」，「楊柳岸，曉風殘月」，諸景語亦高雅。千百年來，那麼多人喜愛柳詞，正因為雅俗都能共賞。

不錯，柳永慢詞也存在格調不高，內容不夠深厚以及在鋪敘的過程缺乏含蓄蘊藉的毛病，但是，作為北宋慢詞的拓展者，他對後世慢詞的創作和發展影響很大。清宋翔鳳云：「詞自南唐以來，但有小令，慢曲當起於宋仁宗朝。」[13]「耆卿失意無聊，流連坊曲，遂盡收俚俗語言，編入詞中，以便伎人傳習。一時動聽，散播四方，其後東坡、少游、山谷等相繼有作，慢詞遂盛。」(《樂府餘論》) 陳衍云：「耆卿出，始作慢詞，多百十字，詞之規模始大，猶詩之有歌行也。少游繼之，遂有秦柳之稱。」(《石遺室書錄》,《崇安新志》卷十八引) 柳永慢詞的某些缺點，在周邦彥手上得到克服；但邦彥的慢詞則得力於柳永：

> 耆卿寫景無不工，造句不事雕琢。清真效之。故學清真者，不可不讀柳詞。耆卿多平鋪直敘。清真特變其法，一篇之中，回環往復，一唱三嘆。故慢詞始盛於耆卿，大成於清真。(夏敬觀手評《樂章集》，龍榆生《唐宋名家詞選》引)

南宋晚期的吳文英，慢詞學周，實間接得力於柳，蔡嵩云：「夢窗深得清真之妙，其慢詞開合變化，實間接自柳出。」(《柯亭詞論》) 可以說，自柳永出，慢詞便開始與令詞並峙於詞的發展長河上。

柳永為什麼能對慢詞的發展取得這麼大的成就呢？一般認為柳永出生在一個世代重視教育的家庭，這當然是對的。近年，日人井上哲見又補充了一條理由，即北宋初期比較重要的詞人柳永、張先、晏殊、歐陽修，分別是福建、浙江和江西人，這一地區恰好是五代南唐

---

13 慢詞起於仁宗朝的說法不夠準確。詳明詳上。

舊地，而南唐則是五代時期詞最為發達的地區[14]。此外，我們覺得還應補充兩條理由。第一，柳永出身的崇安五夫里，兩宋時文化教育相當發達。除了柳氏一族外，較晚出的還有胡氏和劉氏。胡安國及其子胡宏、胡寅、從子胡憲，都是著名的經學家和理學家，人稱「胡氏四賢」。劉韐是北宋末年名臣，其子子羽、子翬都有詩名文名；劉子羽還是朱熹的老師，朱熹在五夫從師學習了好長一段時間。第二，柳永舉進士落第後長期混跡坊間，較其他詞人更加熟悉民間曲子詞，熟悉「新聲」，其〈玉蝴蝶〉云：「珊瑚筵上，親持犀管，旋疊香箋。要索新詞，殢人含笑立尊前。按新聲，珠喉漸穩；想舊意，波臉增妍。」為了美人歌唱的需要，他填制了「新詞」——慢詞。為了迎合美人歌唱的需要，他的慢詞有俚俗化的一面，又由於他有較高的文化素養，其慢詞又能做到不失高雅。

北宋閩籍詞人，還應提及的是章楶、黃裳和陳瓘。

章楶（1027-1102），字質夫，浦城人。治平二年（1065）進士。徽宗朝除同知樞密院事，後任資政殿學士、中太乙宮使。《全宋詞》存其詞二首。章楶作有〈水龍吟〉〔楊花〕，蘇軾和之，後世遂有和作勝於原唱之論。但在宋代，此詞亦頗受評家的青睞。朱弁云：「其命意用事，清麗可喜。」「有織繡之工。」（《曲洧舊聞》卷五）黃昇云：「『傍珠簾散漫』數語，形容盡矣」（《唐宋諸賢絕妙詞選》卷五）。魏慶之云：「曲盡楊花高妙。」（《詩人玉屑》卷二十一）明人趙南星又用質夫韻作了一首詠楊花的〈水龍吟〉，也是名篇，足見章詞的影響。

黃裳（1044-1130），延平（今南平）人。元豐五年（1082）進士第一，累官端明殿學士。有《演山先生文集》六十卷。黃裳論詞主《詩經》「六義」，云：「六者聖人特統以義而為之名，苟非義之所

14 〔日〕井上哲見：《唐五代北宋詞研究》（西安市：陝西人民出版社，1982年），下篇。

在，聖人之所刪焉。故予之詞清淡而正，悅人之聽者鮮。」(〈演山居士新詞序〉)《四庫全書總目》卷一五五以為「骨力堅勁，不為委靡之音」，大體符合其詞的實際。試看他的〈減字木蘭花〉〔競渡〕：

> 紅旗高舉。飛出深深楊柳渚。鼓擊春雷。直破煙波遠遠回。
> 歡聲震地。驚退萬人爭戰氣。金碧樓西。銜得錦標第一歸。

場面宏大，繪聲繪色，緊張熱烈，扣人心弦，頗能再現龍舟競渡的場面。黃裳自稱紫元翁，其詞往往愛作塵外語，自得其樂，雖不失「清淡」之旨，卻有悖於「聖人」之「義」，與自序不甚相吻。

陳瓘（1057-1122），字瑩中，號了翁，又號了齋，沙縣人。元豐二年（1079）進士。徽宗朝，歷右司諫、權給事中。崇寧中，以黨籍除名，編隸臺州，移江州、楚州。《宋史》本傳稱其「無少畏忌」、「剛正不撓」，「平生論（蔡）京、（蔡）卞，皆被擿其處心，發露其情慝，最所忌恨，故得禍最酷，不使一日少安」。有《了齋詞》（趙萬里輯），僅存詞二十餘首。陳瓘備受奸邪迫害，但又能自我排遣：

> 身如一葉舟，萬事潮頭起。水長船高一任伊，來往洪濤裡。
> 潮落又潮生，今古長如此。後夜開尊獨酌時，月滿人千里。
> (〈卜算子〉)

這首詞寫得明白如話，不用典故，當屬於「俗詞」一類。當然，此詞不同於庸俗、鄙俗之作，它的特點只是語言的淺，是淺而有味。陳瓘詞大多如此。陳瓘詞的淺俗，還表現在他的諧謔語上。釋惠洪《冷齋夜話》卷八記其以〈滿庭芳〉詞贈青州劉跛子。《苕溪漁隱叢話》〈後話〉卷三十九引《復齋漫錄》記其以〈蝶戀花〉詞贈多鬚的鄒志全，以〈減字木蘭花〉贈廣陵馬推官等都頗詼諧。〈蝶戀花〉上片云：「有個胡兒模樣別。滿頷髭鬚，生得渾如漆。見說近來頭也白。髭鬚那得長長黑。」實是別具一格。

陳瓘還是南宋初愛國閩籍詞人張元幹之師。宣和庚子（1120），元幹拜瓘於廬山之南。陳瓘「尊堯、愛君、憂國」，「雖百謫、瀕九死而弗悔」（〈《蘆川歸來集》〈跋了齋先生文集〉）的精神對張元幹的愛國思想有較大的影響，陳瓘某些寫得較為宏放的詞無疑也得到他的承繼，只是陳瓘詞亡佚太多[15]，較難深入分析罷了。

三　閩中宋調的確立者：蔡襄

蔡襄（1012-1067），字君謨，興化仙遊人。仁宗天聖八年（1030）進士，時年十九歲，為西京留守推官。明道至景祐初（約1033-1036）任漳州軍事判官。慶曆三年（1043），知諫院，次年以母老求知福州，七年（1047）改福建路轉運使。皇祐四年（1052），遷起居舍人、知制誥。至和元年（1054），遷龍圖閣直學士、知開封府，三年，以樞密直學士再知福州。嘉祐三年（1058），徙泉州，五年，召為翰林學士、三司使。英宗即位，以端明殿學士知杭州。孝宗中，謚忠惠。有《蔡忠惠集》（《四庫全書》文淵閣本《端明集》）四十卷。

宋初至真宗朝幾十年的時間，詩壇上出現白體、西崑體、晚唐體諸流派，他們都試圖改變五代以來靡弱的詩風，儘管所打的旗號不同，但都以中晚唐詩相標榜，未能跳出唐詩窠臼而形成宋詩自己獨特的風格和氣派。宋詩真正形成自己的特點，是在仁宗朝。這一時期出現了一大批很有作為的詩人：范仲淹（989-1052）、石延年（994-1041）、尹洙（1002-1047）、梅堯臣（1002-1060）、歐陽修（1007-1072）、蘇舜欽（1008-1048）等，他們中不乏有居於高位的政治家。

15 舒亶有〈菩薩蠻〉（次瑩中元舊韻），今存陳瓘詞無此調，便是一例。

長達四十二年的仁宗朝，是北宋的太平盛世，其中慶曆年間的改革取得了較大成功，史稱「慶曆新政」。而歐陽修還是當時詩文革新的領袖人物。歐陽修一方面肯定了西崑體「詩體一變」的功績，一方面又指出其末流之弊（詳《六一詩話》）。葉燮說：梅堯臣、蘇舜欽二人，是「開宋詩一代之面目者」，「自梅、蘇變盡『崑體』，獨創生新，必辭盡於言，言盡於意，發揮鋪寫，曲折層累以赴之，竭盡乃止。」（《原詩》〈外篇〉下）歐陽修詩的成就雖不如散文，但他畢竟是當時文壇的領袖，更何況就時間而言，歐與梅、蘇也很難分孰先孰後，因此，我們可以這樣說，詩發展到歐陽修主文壇的時代，宋詩獨特的風貌已經形成。

蔡襄雖然比歐陽修小五、六歲，但他詩寫得很早[16]，又與歐陽修為同榜進士（歐陽修為第一），同時步入政壇，政治主張也比較接近。文學方面，蔡襄認為：「由道而學文，道至焉文亦至焉。由文而之道，困於道者多矣。是故道為文之本，文為道之用。與其誘人於文，孰若誘人以道之先也。景山前書主文辭而言，故有是云。某豈敢鄙文辭哉？顧事有先後耳。某之為文，無能過人，其句讀高下亦類乎古人，無足怪也。」（〈答謝景山書〉）[17]其文以載道、先道後文、不廢文辭的見解和歐陽修的意見並沒有什麼根本的不同；再說，他還是歐陽修古文運動的積極參加者。蔡襄今存詩約四百首，《四庫全書簡明目錄》卷十五評其詩云：「今觀所作，雖未能排突歐、梅，馳驟坡、谷，在北宋諸作者間，亦不失為第二流焉。」在仁宗朝，蔡襄詩儘管不如歐、梅，但從其詩的整體風貌來考察，蔡襄詩在具備宋詩特質方面，與歐、梅、蘇、黃並無二致。蔡襄是在閩中最早確立宋調的詩人。

那麼，宋詩有別於唐詩，最重要的特質是什麼呢？嚴羽《滄浪詩

---

16 蔡襄〈夢中作序〉云：「年十八時入京就進士舉，過舒州相城夢中作。」據此，他開始寫詩的時間可能還早於這一年。

17 謝景山，名伯初，晉江人，仁宗天聖二年（1024）進士，也是歐陽修的朋友。

話》〈詩辨〉云:「近代諸公乃作奇特解會,遂以文字為詩,以才學為詩,以議論為詩。」

以才學為詩且不論,下面試舉例來說明蔡襄以文為詩和以議論為詩的特點。以文為詩,就是詩的散文化。他的〈讀樂天閑居篇〉先敘「予年四十四,鬢白成衰翁」,次憶「十九登科第,聖轂參英雄。十年出吏選,校書蓬堵中」,再次敘「八年江海外,再上螭階東。四十入西閣,宿仇司化工」,最後表白志向。〈丙午二月十二日雜言〉先說自己已經五十五了,「慈親是時九十二」,篇末表示:「願親長年無窮已,願兒強健典州府。不富不貧正得宜,如我奉親難比數。」某些比較適合用來寫散文的素材,詩人卻將它們用作詩料加以鋪陳,衍而成詩。後來,同安人蘇頌詩也多有此種,他的〈累年告老……因成感事述懷詩五言一百韻示兒孫輩,使知遭遇終始之意,以代家訓,故言多不文〉,更是變本加厲,稱其為詩中的散文或不為過。蔡襄詩也多用散文句法,其〈永叔示及聖俞酬答因奉和寄聖俞〉有云:「嘗於師魯書,言詞屢及我」又云:「近乃得百篇,能詩今信果。」詩是奉和歐陽修而寫給梅堯臣的,可見當時詩風如此。律詩,也可以找出不少這樣的例子,如〈和王介夫遊西禪,兼呈黃承制〉中「山城只有四圍青,海國都無一點塵」之類。

北宋重要和比較重要的詩人,往往有較高的官位(梅堯臣特別一些,但後來仁宗亦賜其進士出身),並集學者詩人於一身。這些詩人不僅關心政事,而且還不同程度地參與了政事,發表對政事的見解,這或許是宋詩重議論的一種特別的文化背景。蔡襄的〈四賢一不肖詩〉,就是當時用詩參與議論政事的名篇。《宋史》本傳云:「范仲淹以言事去國,余靖論救之,尹洙請與同貶,歐陽修移書責司諫高若訥,由是三人者皆坐譴。襄作〈四賢一不肖詩〉,都人爭相傳寫。」可見這類站在正直立場的議政詩很為時人所接受,甚至欣賞。這種文學現象,唐代是沒有過的。至於:「勉思奇策當天心,厚祿榮名時所貴。時之所貴亦外物，君子存誠思遠至。」(〈州學餞送解發進士〉)這是用議論的詩句來勉勵新舉的進士。「太守自知才德薄，彼蒼何事罪斯民。」(〈乞雨題西方院〉)這是作者任泉州太守求雨時所發的議論。「慚非共理材，幸遘頻年豐。未厭畎畝樂，駕言誰相從。」(〈新作春野亭〉)這是慶曆六年（1046）蔡襄任福州太守時創建春野亭時所發的議論[18]。「曠徹四無際，因之名達觀。」(〈達觀亭〉)這是蔡襄遊福州釣龍臺因亭名而發的議論[19]。

嚴羽還認為盛唐詩惟在「興趣」，而宋詩多「涉理路」。所謂「涉理路」，即通過客觀事物的描繪，表現一種理趣，也應是「涉理路」的內涵之一。試看蔡襄的兩首七絕：

> 花未全開月未圓，看花候月思依然。明知花月無情物，若使多情更可憐。(〈十三日吉祥院探花〉)

> 堂下朱闌小魏紅，一枝濃艷占春風。新聞洛下傳佳種，未必開時勝舊叢。(〈李閣使新種洛花〉)

花好月圓是人間難得的美景，但花月畢竟是無情物，倘若花月也有情的話，一定更可愛。美好的東西，往往也有不足，詩中道出了這一哲理。新的品種有時還不如舊種(「佳種」不是指新生事物)，新鮮少見的不一定勝過尋常舊有的，寫得也很有理趣。這兩首詩很容易使人聯想到蘇軾的〈題西林壁〉（橫看成嶺側成峰）來。蘇軾詩傳誦很廣，而蔡襄的絕句卻不太引人注意。

嚴羽指出宋詩以文為詩，以議論為詩的特點，主要是從批評的角度著眼，說宋詩不如唐詩的原因正在此。的確，宋詩的散文化、議論

---

18 蔡襄創春野亭時間，詳〔宋〕梁克家纂修〔淳熙〕《三山志》卷七。

19 達觀亭在福州釣龍臺，詳〔宋〕梁克家纂修〔淳熙〕《三山志》卷三十三。

化，削弱了詩的抒情性和韻致，「興趣」較盛唐詩為遜。如果我們不被嚴羽的視野所束縛，那麼，則不能不承認以議論為詩而創造的理趣，也具有很高的美學價值。至於以文為詩，其價值取向，或如明人閩籍學者、詩人曹學佺序宋詩所說，就在於「取材新而命意廣」。取材新，題材廣泛，小到日常的生活及有關的器物，大到國事和人民生計、政治鬥爭；命意廣，則表現詩境的拓展。蔡襄有〈北苑十詠〉，分別詠宋北苑御茶園（在今建甌）的地理位置、採摘、製造、試茶、井水、貢亭等，用詩記述茶葉的採製，在詩史上當屬首見。《端明集》中有十首題扇詩（〈漳州白蓮僧宗要見遺紙扇，每扇各書一首〉），題材亦新。蔡襄本人還工於書畫，是宋代四大書法家之一，其〈觀宋中道家藏書畫〉一詩，自然寫得很有心得。〈鄭陽行〉一詩，描寫鄭陽一帶水災的悲慘景象，由於用的是散文的筆法，尤為驚心動魄。

> 殍亡與疫死，顛倒投官坑。坑滿棄道傍，腐肉犬豕爭。往往互食噉，欲語心驚魂。荒村但寂寥，晚日多哭聲。哭哀聲不續，飢病焉能哭！止哭復吞聲，清血暗雙目。

鋪敘得如此具體，「我歌〈鄭陽行〉，詩成寧忍讀！」詩人寫完後都不忍心重讀一遍，何況是受其感染的讀者。這樣深刻具體的災情描寫，在蔡襄之前是少見的。

以上我們著重分析了蔡襄詩所具備的宋詩特質。蔡襄詩在閩中確立了宋調的地位，從而開啟了閩詩一代的新風。那麼，蔡襄本身詩的特點又是什麼呢？《四庫全書總目》卷一五二云：「其詩文亦光明磊落，如其為人。」歐陽修〈端明殿學士蔡公墓誌銘〉云：「公為文章，清遒粹美。」四庫館臣是就蔡詩的品格而言之，歐陽修則從其詩的風格內蘊而發掘之。王十朋〈端明集序〉非常贊同歐陽修的這一評價，認為「後雖有善文辭好議論者，莫能改是評也」。蔡襄的〈宿延平津〉云：

> 鳴籟蕭森萬木聲，濃嵐環合亂峰青。樓臺矗處雙溪會，雷電交時一劍靈。曉市人煙披霽旭，夜潭漁火鬥寒星。畫屏曾指孤舟看，今日孤舟在畫屏。

確實寫得「清遒粹美」。蔡襄論書云：「學書之要，唯取神、氣為佳。」(〈評書〉) 書法要講究神、氣，作詩也要講究神、氣。蔡襄集中一些神、氣俱佳的小詩尤其可愛：

> 郭外清溪溪外山，溪雲飛上破山顏。清明天氣琉璃色，何處峰頭帶雨還。(〈登清風樓〉) [20]

> 洞裡花開無定期，落紅曾見逐泉飛。仙人應向青山口，管卻春花不與歸。(〈榴花洞〉) [21]

> 日照溪山生翠光，春深花草雜幽香。登臨誰識遲留意，門外埃塵去路長。(〈題建造寺奉先院〉) [22]

蔡襄「其先世居仙遊，至襄遷莆田之城南」(宮兆麟《興化府莆田縣志》卷十七)，並先後在漳州、福州、泉州等地為地方官，還一度為本路轉運使，在北宋的閩籍詩人中，他在福建任官最久，足跡遍

20 據〔淳熙〕《三山志》卷七，清風樓在福州九仙樓東，衣錦閣西。〈治平圖〉載襄此詩。

21 據《八閩通志》，榴花洞在福州東山。「唐永泰中，樵者藍超遇白鹿，逐之，渡水入石門，始極窄，忽豁然，有雞犬人家。主翁謂曰：『吾避秦人也。留卿可夫？』超云：『欲與親舊訣乃來。』遂與榴花一枝而出，恍如夢中。再往，竟不知所在。宋蔡襄詩云云。」〔明〕黃仲昭修纂《八閩通志》卷四(福州市：福建人民出版社，1990年)。

22 據《閩書》卷八，建造寺(原名延福寺，宋大中五年改)在南安縣九日山，蔡襄題此詩於奉先院東壁，末云：「莆陽蔡襄，慶曆四年(1044)二月二十八日入延福寺，登秦君亭，觀白雲井，訪北臺，還書奉先東壁。」《全閩詩話》卷二引作〈東壁詩〉。

及興化、福州、泉州、漳州、建寧、南劍州、邵武、汀州諸州、府、軍[23]。蔡襄在福建期間，為民辦了不少好事，為轉運使時，「復古五塘以溉田，民以為利，為公立生祠於塘側，又奏減閩人五代時丁口稅之半」(〈端明殿學士蔡公墓誌銘〉)。為泉州太守時，襄建洛陽橋，「其長三百六十丈，種蠣於礎以為固，至今賴焉。又植松七百里以庇道路，閩人刻碑紀德」(《宋史》本傳)。蔡襄還撰寫了兩種記錄閩地物產的著作——《茶錄》和《荔枝譜》。而他的詩就有一半左右與閩人閩事閩物和閩地風光有關，因此這樣一位與福建關係如此密切的詩人，在當時和嗣後的一段時間對閩中詩壇的影響力也就特別大。蔡襄為福州太守時還曾「備禮招延」侯官周希孟、陳烈、陳襄、鄭穆（後人稱「古靈四先生」)，陳烈、陳襄、鄭穆都有詩傳世。

在北宋，蔡襄是僅次於歐、梅、蘇、黃的第二流詩人，而在福建的範圍內，他卻是第一流的名家。為什麼這位在福建首先確立宋調，在福建詩歌發展史上作用重大，在全國也算得上比較重要的詩人，後來對他的重視和研究反而不夠呢？依我們看，論在朝，他的詩名為其光明磊落的人格所掩；論為宦地方，則為其政績所掩；在藝術成就方面，更為其書法的盛名所掩。今天，我們應為詩人蔡襄恢復其本來的面目，給詩人蔡襄在福建文學發展史上以應有的地位。

四 北宋其他詩人：陳襄 蘇頌 鄭俠

北宋閩籍詩人，比較重要的還有陳襄、蘇頌和鄭俠。

陳襄（1017-1080)，字述古，福州侯官古靈村人。與鄉人「陳烈、周希孟、鄭穆為友。時學者沉溺於雕琢之文，所謂知天盡性之說，皆指為迂闊而莫之講。四人者始相與倡道於海濱，聞者皆笑以驚，守之

23 蔡襄為轉運使時曾到過汀州，見〈耕園驛序〉，餘見集中詩文。

不為變，卒從而化，謂之『四先生』」(《宋史》本傳)。登慶曆二年（1042）進士，為浦城主簿，歷知仙居、河陽等縣。嘉祐二年（1057），入為秘閣校理、判祠部事。六年，出知常州。英宗朝，為開封府推官等。神宗熙寧初知諫院、改知制誥。四年（1071），出知陳州，五年，知杭州，七年，復知陳州。八年，判尚書都省。有《古靈集》二十五卷。

陳襄生平事蹟有三事最可注意。一是極論王安石新法之非，集中此類文字很多，反覆陳奏，毫不氣餒。二，薦賢不立門戶之見。居經筵時，神宗訪以人才，襄作〈熙寧經筵論薦司馬光等三十三人章稿〉，逐條上所知司馬光、韓維、呂公著、蘇頌等三十三人，一一品題，各肖其真，「三十三公半臺輔」(陳瓘詩句，《古靈集》卷二十五附)。內除林希一人外，餘則碩學名臣，後先接踵。《四庫全書總目》卷一五二云：「人倫之鑒，可謂罕與等夷，其文為集中壓卷。」三是任地方官時極重興辦學校。在浦城「創學舍三百楹，躬自講授，從之學者逾五百士」(劉彝〈陳先生祠堂記〉)。知常州，群庠「規模氣象遂為諸郡庠序之冠」，「由是毗陵學者盛於二浙，每歲取士，得常多於他處」(葉祖洽〈行狀〉)。

李綱〈古靈集原序〉以為陳襄文章「精金美玉，不假雕琢，自可貴重；太羹玄酒，不假滋味，自有典則。」是就文與詩而言之。又云：「其詩篇平淡如韋應物。」檢《古靈集》，陳襄詩確有一些「平淡如韋應物」者，例如〈幽齋〉：

> 幽徑絕塵蹤，莓苔上粉墉。秋聲連夜雨，寒色一溪松。學有書千卷，歡無酒萬鍾。雲屏孤夢斷，寂寞掩巫峰。

而且，這類詩形式上也多為韋應物所常用的五律。

但是，《古靈集》中的五律所占比重畢竟不大。從形式上說，陳襄詩的主要成就是七律和七絕，而他的七律和七絕（還有古體詩），似很難用「平淡」二字加以概括。陳襄知杭州在熙寧五年（1072）五月至七年（1074）六月[24]。這兩年多的時間，是陳襄詩歌創作的興盛時期之一，流傳下來的作品也比較多。杭州湖山秀美，詩人得力於江山之助，固是原因之一。依我們看，陳襄為太守，蘇軾時正為通判，兩人頗多酬唱贈答，軾詩精美流麗，活潑而不失典雅的詩風對這位能詩的太守可能有所感染。因此，有必要對陳襄與蘇軾的酬唱贈答作點考察。

《古靈集》錄陳襄和蘇軾詩四首：〈和蘇子瞻通判在告中聞余出郊以詩見寄〉(蘇原唱〈正月二十一日病後述古邀往城外尋春〉)、〈和子瞻沿牒京口憶西湖寒食出遊見寄二首〉、〈和子瞻沿牒京口憶吉祥牡丹見寄〉(原唱〈常潤道中有懷錢塘寄述古五首〉其一、二、四)。陳襄還有兩首和蘇詩本集失載。蘇和陳詩，有〈和陳述古拒霜花〉(原唱〈中和堂木芙蓉盛開，戲呈子瞻〉)、〈次韻述古過周長官夜飲〉、〈述古以詩見責屢不赴會，復次前韻〉(原唱今佚)、〈和述古冬日牡丹四首〉(疑即和〈次韻柯弟太博見示超化牡丹〉二首）[25]。蘇軾還有〈鹽官部役戲呈同事兼寄述古〉等十來首與陳襄有關的詩。蘇軾和陳襄交誼較好，蘇詞詞題中直接提到陳襄的就有〈南鄉子〉〔送述古〕等五首。陳襄在杭疏浚六井，蘇有〈錢塘六井記〉記其事。下面，試看他們的作品：

24　《古靈集》附錄《古靈先生年譜》熙寧五年下云：「秋移知杭州。」熙寧七年下云：「秋移應天府留守，未至，復移知陳州。」〔乾道〕《臨安志》卷三：「熙寧五年五月乙未，以知陳州尚書刑部郎中知制誥陳襄來知杭州，熙寧七年六月己巳徙知應天府……」今從《臨安志》。

25　《全宋詩》從宋施諤《淳祐臨安志》(未注明卷次）輯得陳襄〈冬至日獨遊吉祥寺〉詩三首（第八冊，卷四一六）。第一首（井底微陽回未回）又見《蘇軾詩集》。蘇詩〈和述古冬日牡丹四首〉其二王文誥注引合注：述古詩，有「直疑天與凌霜色，不假東皇運化工。」即陳詩〈次韻柯弟太博見示超化牡丹〉二首其一的三、四句。從韻腳看，蘇詩其四疑和陳詩其二（陳詩僅二首）。

> 草長江南鶯亂飛，年來事事與心違。花開後院還空落，燕入華堂怪未歸。世上功名何日是，樽前點檢幾人非。去年柳絮飛時節，記得金籠放雪衣。自注：杭人以放鴿為太守壽。（蘇軾〈常潤道中有懷錢塘，寄述古五首〉其二）

> 春陰漠漠燕飛飛，可惜春光與子違。半嶺煙霞紅旆入，滿月湖風畫船歸。緱笙一闋人何在，遼鶴重來事已非。猶憶去年題別處，鳥啼花落客沾衣。（陳襄〈和子瞻沿牒京口，憶西湖寒食出遊見寄二首〉其二）

蘇軾詩憶去年寒食與陳襄出遊西湖。陳襄詩不減原唱，首寫時與事（蘇不在杭城），次描繪西湖佳境以見不能同遊之憾，腹聯就蘇詩「幾人非」作文章，感嘆人事，尾聯抒發懷蘇之情，紀昀評云：「殊饒情調。」（《瀛奎律髓匯評》卷四十二）謝肇淛云：「聲調淒婉，中晚唐之楚楚者。」（《小草齋詩話》，《全閩詩話》卷二引）陳襄在杭所作，可考者多是七律七絕（這兩種形式亦蘇軾所擅長），其七絕〈題杭州寶岩寺垂雲亭〉云：

> 小亭巉絕出雲間，萬象升沉不得閑。莫怪詩翁頭白早，時來向此寫湖山。

詩寫小亭出沒雲間是「不得閑」，以及後兩句的自我調侃，都寫得饒有興致，與蘇詩「戲贈」、「戲題」一類的「戲」體有同工之妙。蘇軾稱陳襄為「能詩」「太守」（〈訴衷情〉〔送述古迓元素〕），當不是諛詞。

雖然陳襄年紀較蘇軾大，當時的地位也較蘇高，但蘇在詩壇上已享有盛名，在這種情況下，陳襄有意無意受點蘇的影響，在酬唱中得其潛移默化也不足為怪。除了陳襄，蘇頌和鄭俠與蘇軾也都有酬唱。

打開蘇頌的集子，我們發現他與當時的名詩人歐陽修、曾幾、富弼、文彥博等都有贈答唱和詩。酬唱固是宋人普遍存在的一種風氣，但在廣泛的交流中，尤其是與名詩人的交流過程中，閩籍詩人也得到鍛鍊和提高，不唯獨陳襄如此。

清代謝啟昆《讀全宋詩仿元遺山論詩絕句二百首》〈陳襄〉有句云：「春潮舊事共添愁」，即指上引和蘇軾詩；又云：「少年觀海壯高秋」，則指陳襄〈觀海〉詩。〈觀海〉係五律，上半云：「天柱支南極，蓬山壓巨鰲。雲崩石道險，潮落海門高。」的確體現了與〈幽居〉等詩不同的風格。陳襄詩寫得壯觀的，主要是七古。〈古劍謝李惟肖示所業〉、〈送鄭洙赴舉〉、〈苦熱謠〉、〈荔枝歌〉、〈對酒歌〉、〈古靈山試茶歌〉等都寫得很有氣勢，想像豐富。這也是我們沒能完全同意李綱所說陳襄詩「平淡如韋應物」的一個重要根據。

「古靈四先生」的另一位是陳烈。烈，字季慈，慶曆間下第後退居東山，元祐初為本州教授，《宋史》入〈隱逸傳〉。陳烈下第十年後陳襄作〈懷友人陳烈〉云：「思君苦節直艱難，四十窮經草野間。」熙寧十年，襄又作〈依敕文舉陳烈狀〉，云：「安貧力學，積四十年，著書數萬言，未見其止。」陳烈有一首著名的〈題燈〉詩，云：

> 富家一盞燈，太倉一粒粟。貧家一盞燈，父子相聚哭。風流太守知不知？惟恨笙歌無妙曲。

〔淳熙〕《三山志》卷四十載烈題詩經過：「元豐中，劉侍制瑾為守，元夕不問富貧，每戶科燈十盞。陳先生烈以詩題鼓門大燈籠云云。瑾聞而謝之。」[26]

26 《晁氏客語》所載與此不同，以為太守是蔡襄。〔弘治〕《通志》云：「考之於史，君謨與烈同時，最厚。而劉瑾為郡後三十六年，晁氏之言蓋或有據。」（《全閩詩話》卷二引）瑾知福州在元豐四至六年，亦與烈同時。

蘇頌（1020-1101），字子容，同安人[27]。父蘇紳，曾官翰林學士、知制誥，有詩傳世。紳慶曆六年（1046）卒，以泉州道遠，葬潤州丹陽（今屬江蘇）。頌因徙其地，又自稱丹陽人（部分子孫仍居同安）。慶曆二年（1042）進士，歷仕仁、英、神、哲、徽宗五朝，哲宗元祐七年（1092）以七十三歲高齡拜相，官尚書右僕射兼中書侍郎，次年為觀文殿大學士、集禧觀使，出知揚州。紹聖四年（1097）以太子少師致仕。徽宗朝，累爵至趙郡公。卒後贈司空、魏國公。有《蘇魏公文集》七十二卷及科學專著《新儀象法要》。蘇頌生在黨爭激烈的時期，但始終未捲入，他為政尚務實，但不乏改革精神。史稱頌「自書契以來，經史、九流、百家之說，至於圖緯、律呂、星官、算法、山經、本草，無所不通」（《宋史》本傳）。蘇頌作為歷史名人，他的貢獻主要是醫學尤其是天文學方面，英國科技史家李約瑟說：「蘇頌是中國古代和中世紀最偉大的博物學家和科學家之一。」（《中國宋代科學家蘇頌》）

《四庫全書簡明目錄》卷十五云：「頌學問淹通，故發為文章，亦清麗博贍，自成一家。」就蘇頌部分記序書札、碑志行狀及雜文而言，此語大體不虛。蘇頌詩多達十四卷，在北宋閩籍詩人中是較多的，但成績並不突出。他的詩有比較明顯的以文為詩，以才學為詩，以議論為詩的弱點。在十四卷詩中，散文化的作品不少。或敘生平，或記交誼，或記事。然而，詩畢竟不是散文，或許為了使讀者能明其本事，詩中還大量用了夾注的形式。《宋史》本傳稱頌「尤明典故，喜為人言，亹亹不絕。朝廷有所制作，必就而正焉。」蘇頌對用事的偏好和能力，在詩中也有表現，他有一首〈某奉使過北都，奉陪司徒侍中潞國公雅集堂宴會，開懷縱談，形於善謔，因道魏收有『逋峭難為』之語，人多不知，『逋峭』何謂？宋元憲公云：事見〈木經〉，蓋

27 同安南唐時始建縣，舊屬南安縣，或稱蘇頌為南安人。

欏上小柱名，取有折勢之義耳。文人多用近語，而未及此。輒借斯語，抒為短章，以紀一席之事，繕寫獻呈〉，便是一例。不過，集中一些描寫山水或題畫詩卻寫得有情緻，前者如〈暮春與諸同僚登鍾山望牛首〉，其結四句云：「當時佳麗地，一旦空遺蹤。唯有山岫雲，古今無變容。」後者如〈和題李公麟陽關圖〉，詩云：「三尺冰紈一絕詩，翩翩車馬送行時。尊前懷古閑開卷，看盡關山遠別離。」

蘇頌詩最值得重視的是〈前使遼詩〉三十首和〈後使遼詩〉二十八首。遼是我國古代契丹族在東北和北方建立的政權（其幅員遠至今俄羅斯貝加爾湖至庫頁島一線），西元九一六年正式建國，一一二五年亡，幾乎與五代、北宋相始終。宋真宗景德元年（1004），宋遼訂立了澶淵之盟，以兄弟相稱，從此兩國信使來往不斷，宋朝的一些大臣和詩人，例如宋祁、韓琦、歐陽修、王安石、蘇轍等都先後充當使遼使者，因而使遼詩也就應運而產生了。閩人作使遼詩，前有陳襄，後有蘇頌。蘇頌第一次使遼，係與陳宗益往賀生辰、正旦。熙寧元年（1068）十月五日出都，使回經過榆林館已是十二月十七日[28]。第二次使遼在熙寧十年（1077）[29]，〈後使遼詩〉自注：「自國史院被命假龍圖閣直學士、給事中，充大遼生辰國信使。十月三日進發，明年正月二十八日還闕。」蘇頌使遼詩前後計五十八首，是北宋諸詩人現存使遼詩最多的。蘇頌的使遼詩儘管都是「道中率爾」而成，但卻「以紀經見之事」為目的，況且又輔以簡明精確的自注，因此這兩組詩較之其他詩人的同類作品有著更高的價值。

「今日聖朝恢遠略，偃兵為義一隅安。」（〈初過白溝北望燕山〉）「從來天地絕中外，今作通逵近百年。」（〈沙陀路〉）詩中記敘了澶淵之盟以來大幾十年，宋朝採取的懷柔政策所帶來的邊境相安以及宋遼通好的情況。不過，作者對太宗朝放棄武力收復幽燕、雲朔的做法

28 西元一〇六九年一月十二日。

29 《全遼詩話》誤作一〇〇七年（《全遼詩話》（長沙市：岳麓書社，1992年），頁301。

仍感到惋惜：「痛惜雍熙出將難」（〈初過白溝北望燕山〉）。「雍熙出將」，指太宗雍熙三年（986），曹彬、米信、田重進、潘美、楊業等分路北伐敗績事。作者對不屈而戰死的楊業懷著十分崇敬的心情：

> 漢家飛將領熊羆，死戰燕山護我師。威信仇方名不滅，至今奚虜奉遺祠。（〈和種巽過古北口楊無敵廟〉）。

「當路牛羊眠薦草，避人鳥鵲噪寒林。」（〈次行奚山〉）「風寒白日少飛鳥，地迴黃沙似漲川。」（〈沙陀路〉）「風頭沙磧暗，日上雪霜和。草淺飛鷹地，冰流飲馬河。」這些「平生」只能在「畫圖」中看到的北地風光，「不料」自己卻親身「經過」了（〈贈同事閣使〉）。「奚疆山水比東吳，物色雖同土俗殊。」（〈同事閣使見問奚國山水何如江鄉，以詩答之〉）北地山水之美並不比東吳一帶遜色，但風土民俗卻有不同：「萬壑千岩南地有，扁舟短棹此間無。」（同上引）北地難見舟楫。其時，契丹族並未脫離游牧生活：

> 馬牛到處即為家，一卓穹廬數乘車。千里山川無土著，四時畋獵是生涯。酪漿羶肉誇希品，貂錦羊裘擅物華。種類益繁人自足，天教安逸在幽遐。（〈契丹帳〉）

一頂帳篷數乘車，居無定所，以放牧畋獵為生，吃的是牛羊肉，喝的是乳酪，貂錦羊裘是他們最好的衣服，蘇頌為我們描繪了一幅十一世紀契丹族游牧民族的生活圖。禮俗方面，其〈廣平宴會〉云：「編曲垣墻都草創，張旃帷幄類鶉居。朝儀強效鵷行列，享禮猶存體薦餘。」自注：「雖名用漢儀，其實多參夷法。」是漢與契丹的雜糅。在契丹與漢人雜居的地居，兩種風俗並存，並且互相影響、滲透。《和晨發柳河館憩長源郵舍》自注：漢人「雜居番界，皆削頂垂髮以從其俗，帷巾衫稍異。」〈奚山道中〉則云：「擁傳經過白霫東，依稀村落有華風。食飴宛類吹簫市，逆旅時逢煬灶翁。」自注：「村店炊黍賣餳，有如南土。」

作者還注意到北地的生產和部分人民的生活狀況。〈契丹馬〉一詩是專門寫契丹養馬法的，當地馬〈終日馳驟而力不困乏〉，「略問滋繁有何術？風寒霜雪任蹄毛」。自注：「彼諺云：一分餵，十分騎。」「雲馬遂性則滋生益繁，此養馬法也。」〈牛山道中〉云：「田疇高下如棋布，牛馬縱橫似穀量。賦役百端閑日少，可憐生事甚茫茫。」自注：「漢人佃奚土，甚苦役之重。」在契丹國，民族壓迫和剝削恐怕也不能排除。

總之，前後兩組〈使遼詩〉內容是十分豐富的，較之詩人的其他作品，文字更為活潑生動，描寫細膩，有的還頗為傳神，這一幅幅相輔相成又各自有其獨立性和獨特性的遼代政治、文化、風物和習俗畫卷，具有強烈的藝術魅力。蘇頌在宋代詩歌發展史中有它獨到的造詣，在遼代文學史中也有著很高的地位。

鄭俠（1041-1119），字介夫，福清人。治平二年（1065），隨父赴江寧府（今南京）監稅，於清涼寺一小室閉戶讀書，嘗雪夜登寺瑞像閣賦詩，其頸聯云：「漏隨春卷盡，春逐酒瓶開。」王安石喜甚，「咨嗟吟諷，因為相知」（《元金陵志》）。治平四年（1067）進士，調光州司法參軍。秩滿入都，監安上門。時王安石推行的新法已暴露不少問題，加以熙寧六年（1073）至次年三月不雨，民無生意，俠「乃以本門所見，冬春以來，三路流離之民，每風砂霾曀，大者車乘，小者負擔，扶老攜幼，蔽塞道路，羸瘠愁苦，身無全衣。城外居民，早晚入城，買麻糝麥麩之類合米為糜；或茹木實草根以活。及其質妻鬻子，狼狽困苦之狀，至於身被鎖械而負瓦揭木賣以償官者，累累然於道」。俠乃呼畫工列為〈流民圖〉，「遂於本門勾馬遞於銀臺通進司，奏為密急事」(《景定建康志》〈鄭俠傳〉)。「神宗反覆觀圖，長吁數四」(《宋史》本傳)，新法罷者凡十有八事。俠亦因擅發馬遞罪，編管汀州，徙英州。哲宗立，放還，為泉州錄事參軍，再竄英州。徽宗立，赦還故官，又為蔡京所奪。有《西塘集》九卷，其中詩僅存一卷。

我們用比較多的文字介紹鄭俠進〈流民圖〉及遭投竄的經過，不僅是因為進圖是他一生中最重要的事件，而且從中看出他對民生的疾苦是十分同情和關心的。這種同情和關心，固然是以「以為臣事君，即是子事父」(〈示女子〉)為前提的，但他畢竟是冒著欺君死罪去擅發馬遞、為民請命的。他有一首〈道中見以索牽五六十人監理錢者〉，則用詩畫出了老少被索連的悲慘圖：

> 可憐平地不生錢，稚老累累被索連。困苦新圖誰畫此，祇愁中禁又無眠。

鄭俠本人早年似無意捲入新舊黨爭，劉克莊〈題坡公贈鄭介夫〉三首其二云：「向來與相同，投分自鍾山。不入翹材館，甘為老抱關。」鄭俠得到過王安石的賞識，王安石也有意要提攜他，但終因他對新法有看法而不果。王安石曾作一首〈何處難忘酒〉詩，中有云：「和氣襲萬物，歡聲連四夷。」當是歌頌新法之作，鄭俠和詩則指出熙寧用政之失：「四方三面戰，十室九家空。見佞眸如水，聞忠耳似聾。」王士禛評此詩，以為「令奸邪九原之下猶當慚汗」(《易居錄》)。詩中的奸邪，當指呂惠卿輩[30]。不過，鄭俠進〈流民圖〉之後，他也就無法擺脫黨爭的是是非非了。

鄭俠投竄所寫的詩，更多的是表示自己的志行，其中以古體詩為佳。其〈古交行〉云：

---

30 司馬光認為「安石賢而愎」，呂惠卿才是真正的奸邪。詳《宋史》〈奸臣呂惠卿傳〉。

> 大海有時竭，此心瀝不乾。厚地有時坼，此心無裂文。持此以相照，百煉青銅昏。用此以相惠，貝璧黃金盤。覿面有餘歡，背面無間言。德義以相高，慶譽以相先。千古似一日，萬里如同筵。此為金石交，誰與知者論。

王士禛認為此篇和〈臘月十八日呈子京〉等詩，「在樂天、東野之間」（《易居錄》）。呂留良等的《宋詩鈔》〈西塘詩鈔〉也說：「其古詩疏樸老直，有次山、東野之風。」

與鄭俠同時的閩人，先後入相的有蔡確（1037-1093）、呂惠卿（1032-1111）、章惇（1035-1105）、蔡京（1047-1126）。這些人，「逞其狡謀，壅閼上聽，變易國是，賊虐忠直，屏棄善良」（〈《宋史》〈奸臣傳序〉），千年來遭人唾罵。但這些人也都能詩，且有詩傳世，其中以蔡確的詩作得好一些，其〈春日〉云：

> 十二天街雨壓沙，秋千咿喔響人家。東風會勸十分酒，寒食初開百玉花。年少斬新金絡馬，柳蔭無數畫輪車。春來誰道遲遲日，尤覺春來日易斜。

這首詩寫得很有春天的新鮮氣息，劉克莊將它選入《後村千家詩》是有道理。

第二節　兩宋之際和南宋詩文

一　兩宋之際愛國詩人：李綱　鄧肅　劉子翬　李彌遜　張元幹

自西元一一〇一年宋徽宗即位後，北宋日益危機。徽宗窮奢極欲，大興土木，搜括江南奇花異石，稱「花石綱」，於京城修築規模宏偉的「艮岳」。此時，蔡京、童貫等人執掌朝政大權，結黨營私、橫徵暴斂、濫增稅賦，國內各種矛盾激化，金兵趁虛南下，而朝廷一再主和。在徽宗傳位給欽宗後兩年，徽宗、欽宗父子雙雙被俘，北宋亡。高宗趙構旋即在南京（今河南商丘）即位，不久南下定都臨安（今杭州）。高宗先是依違於戰和之間，後以偏安可保，又任用權臣秦檜為相，終於還是向金稱臣納貢。高宗於紹興三十二年（1162）傳位孝宗。從徽宗即位到高宗遜位約六十年，國家經歷了急劇巨大的變故。面對著或戰、或和、或降的嚴峻抉擇，從皇帝到王公大臣、從王公大臣到中下層官員，誰都不能迴避。在這六十年左右的時間，福建湧現了李綱、李彌遜、鄧肅、張元幹、劉子翬等一批力主抗金的愛國詩人。儘管他們的官位有高低，為宦的時間有長短，對歷史的貢獻有大小，作品的風格也有不同，他們詩歌所表現的那種熾熱的愛國情感卻是一致的。

作為閩籍詩人，李綱等人在福建的活動、從事創作的時間都比較長。在朝廷，李綱等都是主戰派，也都為投降派或主和派所忌，最後他們都因遭貶斥或其他原因有較長一個時期生活在家鄉或閩地的其他地方。他們在福建的活動和創作，對愛國思想的傳播，對詩歌創作的推動，作用都是巨大的。宣和二年（1120），李綱被貶沙縣稅務，在他還在世的時候，人們就重建他所居之堂名「具瞻」以表崇敬之意[31]，其所居前的小溪因而也被喚作「太史溪」[32]。李綱在沙縣前後兩年，踏訪了今三明地區的許多名勝，寫下三百來首詩（詳《梁溪集》卷七至卷十三），是李綱本人創作的興盛時期之一。此時與李綱唱和的除了鄧肅、朱松（朱熹父）外，多達數十人，沙縣一帶的詩壇從來沒有如此活躍過。晚年，李綱在福州又與李彌遜、張元幹多有酬唱，亦是

31 詳鄧肅：〈具瞻堂記〉。該記作於建炎三年（1129）。

32 李綱有〈太史溪〉詩。

閩東詩壇的盛事。從宋末到明清，閩中詩壇始終存在著愛國傳統；愛國傳統的存在和延續固有多方面的原因，而兩宋之際李綱等愛國詩人群體應該是較早而且是相當重要的一個環節。

下面，簡略論述李綱等愛國詩人。

李綱（1083-1140），字伯紀，邵武人。政和二年（1112）進士，在朝中任職。宣和元年（1119），謫監沙縣稅務；七年（1125）為太常少卿，上御戎五策。靖康元年（1126），綱為尚書右丞、東京留守、親征營使，負責保衛京師汴梁。金兵退後，欽宗以綱為知樞密院事，封開國伯。為主和派所讒，遠謫寧江（在雲南）。金兵再至，除綱資政殿大學士，領開封府。綱行次長沙，即率師入援，未至而都城失守。南宋高宗即位，拜右相，又遭黃潛善、汪伯彥讒誹，落職居鄂州，移萬安軍（今海南萬寧）安置。建炎四年（1130），自海南還居福州。此後，又幾經起用、幾經落職，紹興八年（1138）正月，又回福州居住，至十年去世。有《梁溪集》。

李綱首先是政治家，在保衛汴梁及任相的短暫時期中顯示了他的才幹。可惜受重用的時期短，受排擠的時日長，才能得不到充分施展。詩歌創作，對李綱來說不過是餘事。《梁溪集》一百八十卷，詩占二十八卷的篇幅，約一千五百首。作為政治家，他主張「詩以風刺為主」，《詩三百》「多變風變雅，居其太半皆有箴規、戒誨、美刺、傷憫、哀思之言。而其言則多出於當時仁人不遇，忠臣不得志，賢士大夫欲誘掖其君」。「余舊喜賦詩，自靖康謫官以避謗，輒不復作。及建炎改元之秋，乞罷機政，其冬謫居武昌，晚年移澧浦，又明年遷海外，自江湖涉嶺海，皆騷人放逐之鄉，與魑魅荒絕非人居之地，鬱悒亡聊，則復賴詩句攄憂娛悲以自陶寫」（〈湖海集序〉）。可知李綱作詩，除了「欲誘掖其君」、「以風刺上」一層目的外，還把作詩當作抒發其「不遇」、「不得志」和「鬱悒亡聊」的手段。

李綱從拜相到罷相，前後只有七十多天的時間，這是他一生中最重要的事件。次年，他在湖外作了一首長達一百二十韻的〈建炎行〉，以敘其「出處去就大概」(〈建炎行序〉)，詩中表達了對黃潛善、汪伯彥等禍國小人的憤慨：「含沙初射影，聚毒陰中蠱。規模欲破碎，謀議漸齟齬。固知髏峭姿，自不敵媚嫵。恨無回天力，剔此木中蠹。」在湖外，他還寫了一首〈病牛〉：

> 耕犁千畝食千箱，力盡筋疲誰復傷？但得眾生皆得飽，不辭羸病臥殘陽。

罷相後的李綱，把自己譬喻成一頭「力盡筋疲」的病牛，他不需要別人的同情憐憫，只要「眾生皆得飽」，他不辭羸病，決心默默耕耘下去；為了「社稷生民安危」(《宋史》本傳)，李綱是把自己的羸病之軀以至於個人的安危都置之度外的。

朱熹序《梁溪集》有云：「概然以修政事，攘夷狄為己任。」李綱〈次韻季弟善權阻雪古風〉一詩云：

> 空餘炯炯寸心赤，中夜不寐憂千端。素髮飄蕭頭已滿，百年光景行將半。未知夢幻此生中，幾回看雪光凌亂。會當掃蕩豺狼穴，國恥乘時須一雪。酒酣拔劍斫地歌，心膽開張五情熱。中興之運期我皇，江漢更灑累臣血！

這首詩表現的就是以抗金、收復失地為己任的決心。《四庫全書總目》卷一五六稱綱詩「雄深雅健，磊落光明」，當指此類作品而言。

謝啟昆《讀全宋詩仿元遺山論詩絕句二百首》〈李綱〉云：「舊遊夢寐棲真館，文字因緣泛碧齋。」前句指李綱寫的〈晞真館詩〉。李綱該詩〈序〉云：「余今夏夢乘舟亂石間，四顧峰巒奇秀，有如玉色者，覺頗異之。及謫官劍浦，道武夷山，小舟泝流，水落石出，遍覽勝概。至晞真館，雪作，岩石皆白，悅如舊遊，然後信出處之分定。而斯遊之清絕，已先兆於夢寐，雖欲不到，不可得也。」詩云：

> 清夢先曾到武夷，玉峰積雪倍幽奇。小舟遊罷尋歸路，恰似儵然夢覺時。

謝詩後句指李綱的〈泛碧齋詩〉。李綱該詩〈序〉云：「閩溪類多湍瀨，小舟詰屈行亂石間，稍大則膠。獨沙陽不然，溪平緩無灘聲者幾十餘里。縣故有舫焚於雷火，因不復置，迨今八年。清流如席，可泛可濯，坐視莫為非闕典邪？予謫官來此暇日，為邑中同僚道其故，不旬月而舫具，華麗宏壯，有浙舸之風，名之曰『泛碧齋』。相與置酒以落成，移舟中流，沿泝輕駛，四顧溪山，邑屋之美，欣然忘歸，而去國流落之感得暫釋焉。」詩云：

> 畫齋初泛碧溪潯，十里津平疊翠岑。拍岸煙波梅雨細，連天芳草嶺雲深。愧煩斷取西湖景，暫慰傾思北闕心。好是清霄山吐月，水光天影共沉泥。

前一詩寫武夷雪中之遊，後詩寫月夜泛畫舫於沙陽，表現了詩人對山水景物寧靜、清幽、和諧的美學追求。詩前的小序本身就是優美的散文，與詩兩相輝映，體現了李綱詩歌風格的另一面。在中國歷史上，李綱是著名的政治家，但不是出名的詩人，他的詩名甚至比不上與他唱和的鄧肅和張元幹，仔細推究，李綱不少詩確寫得較冗長拖沓，有較明顯的以文為詩的毛病。

鄧肅（1091-1132），字志宏，自號栟櫚居士[33]，永安人。少警敏

33 鄧肅居栟櫚山下。《八閩通志》：「栟櫚山，在（永安）縣治北二十七都，多產栟櫚木，故名。」永安建縣在明正統間，宋時栟櫚山在沙縣界。故鄧肅實為今永安人。

能文，美風儀，善談論。李綱貶沙縣，與之相唱和。入太學，所與遊皆天下名士，作詩諷花石綱，為當道屏黜。欽宗召對，補承務郎，授鴻臚寺簿。出使金營，留五十多天而還，張邦昌僭位，奔南京（今河南商丘），擢左正言。遇事感激，不到三個月上了二十多篇疏，言皆切至。會李綱罷相，肅極力奏留，迕執政，罷歸居家。紹興二年（1132）以疾卒，張元幹作〈諸公祭鄧正言文〉弔之。有《栟櫚集》。

鄧肅作〈花石詩十一章〉（并序）觸迕當道被黜，然而也因作此組詩，「名重諸生」（張元幹〈諸公祭鄧正言文〉）。組詩的〈序〉，以嬉笑的筆觸，對「守令搜求擾民」進行冷嘲熱諷，而矛頭所指則是昏君徽宗。其略云：

> 雖移嵩岳以為山，決江海以為沼，竭東風以所披拂者以為臺榭之觀，且不足以奉聖德之萬一。區區官吏，輒以根莖之細，塊石之微，挽舟而來，動數千里，竊竊然自謂其神刓鬼劃，冠絕古今，若真以報國者。以臣觀之，是持一方之物奉天子，曾不以天下之物奉天子也。臣今有策，欲取率土之濱，山石之秀者，花木之奇者，不問大小，尤可以駭心動目，畢置陛下圃中。若天造地設，曾不煩唾手之勞，蓋其策為甚易，而天下初弗知之，臣獨知之，喜不自寐，謹吟成古詩十有一章，章四句，以敘其所欲言者。雖越俎代庖，固不勝誅，然春風鼓舞之下，則候蟲時鳥，亦不約而自鳴耳，惟陛下留神，幸甚幸甚。

鄧肅所獻的「不煩唾手之勞」的「策」是什麼呢？其第四章云：

> 天為黎民生父母，勝景直須函六宇。豈同臣庶作園池，但隔牆

《八閩通志》卷十（福州市：福建人民出版社，1990年）。

籬分爾汝。

既然，普天之下、率土之濱都莫非王土，那麼，六宇、六合內外都應是天子的園池；以天下為園池，才能與天子的身份相稱；以天下為園池，才能包容天下大大小小的秀山石、奇花木。守令求忠，「誓將花石掃地空」，是「用管妄窺天」，其客觀的效果是「煩赤子」。「臣子力可盡」，而「報上之德要難窮」，言外之意，皇帝的貪婪享受是無窮盡的，天下的秀石奇花如何搬得完呢？詩人一針見血指出：「不知均是圃中物，遷遠而近蓋其私。」守令進花石的動機與目的，並不為你皇帝著想，而是出於私心。最後，詩人大聲疾呼：「但為君王安百姓，圃中無日不春風。」為了不再煩擾百姓，應立即停止進花石，國家才會有希望。鄧肅明明知道他的詩諫不會有什麼結果，也明明知道詩諫將給自己帶來什麼，但他又不能不發。他在遭屏黜後所作的〈南歸醉題家圃二首〉其二中寫道：「填海我如精衛，當車人笑螳螂。六合群黎有補，一身萬段何妨！」表現了為國為民雖死不悔的信念。

《四庫全書總目》以為鄧肅「大節與杜甫略相似，其〈靖康迎駕行〉、〈後迎駕行〉等篇，亦頗近甫〈奉先〉諸作」（卷一五七）。這兩首詩寫於張邦昌僭位、詩人奔南京迎高宗時。〈後迎駕行〉云：「上皇襲太平，珍怪來四方。奇器驚鬼劃，舞要欲雲翔。端為大盜積，萬里來貪狼。文移急星火，搜抉到毫芒。」毫不留情面地指出徽宗進花石，搜刮民脂民膏帶來不堪設想的後果——金兵入汴。前車之覆，後車之鑒，要王天下，首要的還是「人心歸」。〈靖康迎駕行〉則是對金人南下、圍城破城的回顧，最後歸結到「六龍再為蒼生出」及自己「喜欲狂」的心情，一腔忠憤，溢於言表。

鄧肅還善於在描繪山水的景物詩中抒寫傷時感事的情懷，其〈黃楊岩〉云：

> 石壁巉岩驚鬼劃，異草幽花鎖春色。群山迤邐不能高，突兀獨摩霄漢碧。芒鞵千尺上崔嵬，手摘星辰腳底雷。撥破煙雲得洞戶，醉眼恐是天門開。入門嵯峨森紫玉，冷風吹面天香撲。箕踞胡不揮麈尾，萬指未充空洞腹。我來避地尋名山，扁舟夜渡沙溪寒。辛勤博此一諧笑，太平猶在蒼雲間。猛將今無三角虎，狐狸晝號鰍鱔舞。靈岩知有老龍藏，挽出人間作霖雨。

黄楊岩，《八閩通志》卷十：「在（永安）二十五都，界永安、歸化二縣間。岩上多產小黄楊，故名。」「上有三洞相連屬」，「舊傳有龍居其中，土人嘗得齒牙骨角之類。每雲氣氤氳，洞外輒有雨。」此詩寫景，縱橫變化，有韓愈七古之遺。「三角虎」、「狐狸」、「鰍鱔」，兼用比興，良多感慨，結歸穴龍居岩中的傳說，希冀人間普降甘霖，回復到太平盛世。

詩人論詩，以為「詩有四忌，學白居易者忌平易，學李長吉者忌奇僻，學李太白者忌怪誕，若學作舉子詩者，尤忌說功名。平易之過，如鈔錄帳目，了無精彩。奇僻之過，如作隱語，專以罔人。怪誕之過，有類乞丐道人，作飛仙無根語。說功名之過，如諂諛卦影」。鄧肅舉例說明蘇軾詩無此「四過」，是因為他「自有所謂浩然之氣，充塞乎天地之間」（《詩評》）。綜觀鄧肅的詩，和他自己所倡導的理論還是比較接近的。

劉子翬（1101-1147），字彥沖，自號病翁，人稱屏山先生，崇安人。父韐，靖康間出使金營，不屈而死。子翬以父任授承務郎，辟真定府幕屬。通判興化軍，以羸疾辭歸武夷山，不出者凡十七年。友人朱松臨死，將其子朱熹托咐子翬。劉子翬是宋代一位道學家（或稱理學家），但他「卻是詩人裡的一位道學家，並非只在道學家裡充個詩人」（錢鍾書《宋詩選》）。有《屏山集》。

劉子翬的作品傳誦最廣、也是最重要的是《汴京紀事二十首》。這組詩寫於靖康之變後，事過境遷，國都失守，國土破碎，痛定思痛，尤能感人肺腑。組詩用二十首七絕組成，每首集中寫一件事，它以靖康之變為中心，以都城汴京為背景，用簡練、形象、生動的詩歌語言再現了這一段痛心的歷史畫面，其中還想像了汴京淪入敵手後的情景。移錄數首如下：

> 帝城王氣雜妖氛，胡虜何知屢易君！猶有太平遺老在，時時灑淚向南雲。（其一）

> 空嗟覆鼎誤前朝，骨朽人間罵未銷。夜月池臺王傅宅，春風楊柳太師橋。（其七）

> 萬炬銀花錦繡圍，景龍門外軟紅飛。淒涼但有雲頭月，曾照當時步輦歸。（其十二）

> 盤石曾聞受國封，承恩不與幸臣同。時危運作高城破，猶解捐軀立戰功。（其十六）

> 輦轂繁華事可傷，師師垂老過湖湘。縷衣檀板無顏色，一曲當時動帝王。（其二十）

其一感慨宋高宗拋棄祖宗基業汴京，苟安於南方。胡人是不懂得「忠君」的，他們先立張邦昌為楚帝，後又立劉豫為齊帝；而淪陷區的「遺老」不同，一心嚮往代表正統的南宋，盼望南師北伐收復失地。這一首抨擊昏君，其七則鞭撻奸臣。「王傅」，指太傅楚國公王黼；「太師」，指太師魯國公蔡京，他們是北宋覆亡的主要責任者，死有餘辜，遭到人民的唾罵。王、蔡在京城都有周圍幾里的豪華宅第，如今王、蔡已經身敗名裂，而他們的宅院和遺址仍然是人們責罵的對象[34]。其十二專寫君臣於景龍門預賞元夕燈火的景況，反襯徽宗、欽宗北狩後汴梁城的淒涼，抒發黍離故園之慨。其十六諷刺徽宗封石為侯，方勺《泊宅編》中：「宣和五年，平江府朱勔造巨艦，載太湖石一塊至京，以千人舁進。是日，賜銀椀千，並官其家僕四人，皆承節郎及金帶。勔遂為威遠節度使，而封石為『盤固侯』。」靖康元年閏十一月，汴京第二次被圍，毀艮岳山石作炮。其時蔡京、王黼等佞臣則置國事不顧，紛紛南逃，連石都不如。其辭至苦，其意至深。其二十以汴梁名妓李師師在金人入汴前後不同的遭遇，反映北宋滅亡後汴梁民眾的變故。李師師曾受到徽宗的寵愛，當年京城何等繁華！靖康變後，李師師則不得不流落湖、湘[35]。這組詩有的直接揭露皇帝的昏庸，有的辛辣諷刺奸臣的醜惡，有的則以昔襯今寄託黍離之悲，有的以小見大、以個別見一般反映了靖康之難給人民帶來的災禍，所寫都是當時人民所關心的事，主題重大，內容廣泛。《宣和遺事》一書便徵引了三首。宋末元初方回所編《瀛奎律髓》專收律詩，在卷二十二特用注的形式錄了四首，並說「不減唐人」。

〈北風〉一詩，也是集中名篇：

> 雁起平沙晚角哀，北風回首恨難裁。淮山已隔胡塵斷，汴水猶穿故苑來。紫色蛙聲真倔強，翠華龍衮暫徘徊。廟堂此日無遺策，可是憂時獨草萊！

宋高宗趙構無意收復中原，以淮為界，而金人又以劉豫僭號汴京，故詩托「北風」為喻。紫色蛙聲，餘分閏位，出《漢書》〈王莽傳贊〉，

---

34 蔡京宅已在靖康元年閏十一月燒毀，據周暉《清波別志》卷下。

35 〔宋〕無名氏《李師師外傳》說汴梁破後，李師師不肯屈身金人，吞簪自殺。而張邦基《墨莊漫錄》、張鼎祚《青泥蓮花記》卷十三等，則說她流落湖湘。

方回云：「五、六尤精，命意尤切。」（《瀛奎律髓》卷二十二，下引同）紀昀云：「末二句沉鬱之至，感慨至深，其音哀厲，而措語渾厚，風人之旨如斯。」方回評全詩以為「忠憤之至」。清代閩人楊浚，《論次閩詩》〈劉子翬〉亦以「忠憤」、「至情」評之。這首七律藝術造詣較高。呂留良等的《宋詩鈔》云：「（子翬）詩與曾茶山（幾）、韓子蒼（駒）、呂居仁（本中）相往還，故所詣殊高。」我們還應指出，劉子翬雖與江西派詩人唱和，但並不學江西派，風格頗明朗豪爽。

劉子翬憤慨國事的作品還不少。〈遊朱勔家園〉指責朱進花石，擾民傷財，罪有應得。〈四不忍〉寫二帝蒙塵，疾首傷心。〈望京謠〉云：「寧聞犬豕亂中華，漢祚承天終必復。」表現中原必復的信念。〈怨女曲〉敘某女子落入金人之手的悲怨。〈過鄴中〉借曹魏舊國抒興廢之慨。〈防江行〉五首寫抵禦金人南犯，表現擊退金人的決心。這類詩不少，不一一列舉。

呂留良等《宋詩鈔》云：「（子翬）五言幽淡卓煉，及陶、謝之勝，而無康樂繁縟細澀之態。」劉子翬〈次韻張守秋懷〉詩云：

> 杖藜乘興出，佳處每關情。白石溪流淺，黃花籬落清。林煙經雨薄，野日傍山明。賴有杯中物，愁懷得暫平。

陶詩平淡自然，並善於在不經意處創造出一種閑適平和的意境，此詩確有陶的這一長處。大謝則善於鍊字，講究景物的描繪，其佳處則有清水芙蓉之妙，此詩寫景著色淡雅，而詩中「淺」、「清」、「薄」、「明」數字的選用，也足見作者的用心。大謝寫景抒情有時難免板拙，或過於繁縟，或過於細琢，而子翬詩無此弊。劉子翬〈次韻張守秋懷〉、〈懷新亭〉、〈宴坐岩〉、〈南溪〉、〈策杖〉、〈疊嶂〉、〈雙樹〉等五言古、近體詩大多如此。

王士禎《池北偶談》卷十七，曾記劉子翬對朱熹說的一段話：「吾少官莆田，以疾病，時接佛老之徒，聞其所謂清淨寂滅者，而心悅之。比歸，讀儒書而後知吾道之大，其體用之全乃如此。」可知子翬治理學原是從禪入。劉子翬詩早年學詩崇尚《文選》，所作〈聞箏〉詩頗得其規模意態。入官後於禪又有所悟，王士禎舉子翬〈牧牛頌〉、〈徑山寄道服〉二詩為證，以為《屏山集》詩「往往多禪語」。宋人有學詩如參禪的說法，詩與禪本有相通處，就劉子翬的山水田園詩而言，其和平清寂的境界，又何嘗不多少得力於詩人對禪境的體驗呢？

李綱、劉子翬是閩北人，鄧肅是閩西人，而李彌遜和張元幹則是閩東人。彌遜（1089-1153）[36]，字似之，連江人[37]。大觀三年（1109）進士，調單州司戶。政和間，累官起居郎，以上封事剴切，貶知廬山縣，改奉嵩山祠，廢斥隱居八年。宣和七年知冀州，「金人犯河朔，諸郡皆警備，彌遜損金帛，致勇士，修城堞，決河護塹，邀擊其遊騎，斬首甚眾。兀朮北還，戒師毋犯其成」（《宋史》本傳，下引同）。建炎以還，先後為江東路轉運判官就領郡事，知饒州、吉州，紹興七年（1137），遷起居郎，「直前論事，鯁切如初」，試戶部侍郎。八年，秦檜專國，彌遜廷爭，堅決反對議和。九年，知漳州，十年（1140）歸隱連江西山，至二十三年卒[38]。有《筠溪集》。彌遜兄彌大、弟彌正均能詩[39]。

---

36 李彌遜生年有兩說，一為一〇八五年。此用王兆鵬說，詳《張元幹年譜》（南京市：南京出版社，1989年）。

37 《宋史》本傳以彌遜為蘇州吳縣人。據《筠溪集》附錄《筠溪李公家傳》，其先家陳留，八代祖澄仕為溫州永嘉令，遂遷於閩居福州連江縣，至大父為平江府吳縣人。彌遜晚年復歸隱連江。

38 樓鑰〈筠溪集序〉云彌遜「歸隱福之連江西山凡十六年」，或另有所據。

39 《宋史》本傳稱彌大為彌遜弟。據楊時〈李撰墓志〉，男六人：彌性、彌倫、彌大、彌遜、彌中、彌正；《筠溪集》附錄〈筠溪李公家傳〉順序同。《宋史》〈李彌彌遜雖然親自參與了冀州等地的抗金活動，但現存的詩卻很少見到直接描寫抗金的作品，較多的是則寫於旅途或是歸隱後所作對時局的關心，並抒發其鬱憤之慨：

> 溪水抱山曲，輕舟趁落霞。煙塵多戰壘，冠蓋半浮家。紫塞空歸翼，黃河絕去槎。從誰論此事，心折莫云賒。（〈次韻學士兄桐廬道中〉）

> 面熟前山小髻螺，彩衣竹馬舊經過。回頭四十年前事，清淚空如白髮多。（〈過來賢閣有感〉）

這類詩較之李綱、劉子翬直接描寫抗金的詩篇來，少了幾分豪壯慷慨之氣，卻添了幾多沉鬱悲涼之慨。〈過來賢閣有感〉當為晚年之作，樓鑰說李彌遜晚期作品「筆力愈偉」（〈筠溪集序〉），當指此類作品而言。

早在南宋慶元乙卯（1195），朱熹在武夷山沖佑觀見到李彌遜〈宿觀妙堂遇雨，既度復回，一日竟遊九曲而行，賦詩二首〉遺墨，推崇其「以力抵和議」的為人，稱讚其詩「語意清婉」，並「別為模刻，授道士，使陷置壁間，庶幾來者得以想見前輩風度」（《宋詩紀事》卷三十八）。今人錢鍾書《宋詩選注》，說李彌遜詩「不受蘇軾和黃庭堅的影響，命意造句都新鮮輕巧，在當時可算獨來獨往」。李彌遜歸隱西山後，所作〈東崗晚步〉云：

> 飯飽東崗晚杖藜，石梁橫渡綠秧畦。深行徑險從牛後，小立高臺出鳥棲。問舍誰人村遠近，喚船別浦水東西。自憐頭白江山裏，回首中原正鼓鼙！

大傳〉，彌大卒於紹興十年（1140），年六十一，則彌大生於一〇八〇年，為彌遜兄無疑。

詩寫漫步於東崗，渡梁、徑行、登崗、遙望，描繪的畫面無不清新，心境愉悅，而尾聯忽然轉折，聯想中原正燃戰火，自己頭白身閑，無由拯救國家命運，表現了詩人身在江湖心繫國事的情懷。題目是屬於閑適一類，命意卻較新鮮。次聯寫徑行、臺立，命意造句也甚新巧。〈雲門道中晚步〉次聯云：「望與遊雲奔落日，步隨流水赴前溪。」句法新穎，立意亦新，目力所及比腳力所及當然來得疾速闊遠，從而表現詩人的襟抱，前人似少有此種寫法。

張元幹（1091-1161），字仲宗，自號真隱山人、蘆川居士，永福（今永泰）人[40]。初為太學上舍生，徽宗年間入仕途。宣和七年（1125）為陳留縣丞。靖康元年（1126），為李綱僚屬；李綱被免職，元幹也因此獲罪。紹興元年（1131），以將作監丞致仕還鄉。紹興二十一年（1151），受秦檜迫害，被削籍下獄。秦檜死後，羈寓杭州西湖，最後客死異鄉。有《蘆川歸來集》及《蘆川詞》。

張元幹早歲詩學江西派徐俯，又與江西派詩人結社。其〈蘇養直詩帖跋尾〉云：「往在豫章，問句法於東湖先生徐師川，是時洪芻駒父、弟炎玉父、蘇堅伯固、子庠養直、潘淳子真、呂本中居仁、汪藻彥章、向子諲伯恭，為同社詩酒之樂。」徐俯是黃庭堅的外甥，向子諲是張元幹之舅。張元幹於宣和二年在江西向閩人陳瓘問道，極推崇陳瓘的道德文章，紹興二十九年（1159），張元幹年近七十，所作〈上平江陳侍郎十絕〉尚云：「每見遺編須掩泣，晚生期不負先生。」又云：「碑版燦然垂世譽，要知忠肅有門人。」

靖康元年（1126）四月，被金兵圍困的汴京暫時解圍，張元幹作〈丙午春京城圍解口號〉，有云：「要知龍虎踞，不受甲兵（一作犬

40 張元幹的籍貫，宋代就有長樂人（周必大〈跋張仲宗送胡邦衡詞〉）、三山人（陳振孫《直齋書錄解題》、黃昇《花庵詞選》）等說法。據曹濟平：〈關於張元幹的籍貫問題〉《文學評論》1980年第2期一文考證，當為永福（今永泰）人。

羊）侵。」九月，金兵陷太原。冬，元幹至淮上，作〈感事四首丙午冬淮上作〉，其三云：「戎馬環京洛，朝廷尚議和。傷心聞徇地，痕恨競投戈。」其四云：「珠旒輕遺敵，玉冊忍稱臣。四海皆流涕，三軍盍奮身？」建炎三年（1129），金兵陷杭州、越州；避亂於湖州的張元幹作《建炎感事》，云：「殺氣西北來，遺毒成僭竊。議和其禍胎，割地亦覆轍。」反對議和，積極主張抗戰，思想是一貫的。〈登垂虹亭二首〉其一，是這類作品的代表作：

> 一別三吳地，重來二十年。瘡痍兵火後，花石稻粱先。山暗松江雨，波吞震澤天。扁舟莫浪發，蛟鱷正垂涎。

詩當作於避亂湖州一帶，約在建炎三、四年間。垂虹亭在江蘇吳江垂虹橋上。詩人二十年前曾到過吳越，如今重來，兵焚之後，滿目瘡痍，已非昔比，所見無非是山暗、江雨、波浪滔天一片昏暗的景象而已。如果追溯國家衰亡的原因，徽宗朝的進花石綱不能不首先讓人咒罵。「蛟鱷」雙關，一就水中扁舟而言，再就朝廷奸臣小人而言，這些壞人還在伺機作亂呢。

感時傷世的作品，在張元幹筆下，還有另一種寫法，同時也代表了他的詩的另一種風格。他的一首題畫詩〈瀟湘圖〉云：

> 落日孤煙過洞庭，黃陵祠畔白蘋燈。欲知萬里蒼梧眼，淚盡君山一點青。

傳說舜南巡至蒼梧而不返，舜之二妃追至瀟湘而不及，以涕揮竹，竹盡斑。靖康之難，徽宗、欽宗北擄，南宋立國之初，李綱等極力主張北伐迎還二帝，無奈主和派佔了主導地位，失地既不可收，二帝也不可返。此詩借題畫而寄寓了對故君之思，其實也寫得極為慘痛。

兩宋之際閩籍愛國詩人當然不止上述幾位。像漳浦人高登，也是需要提一筆的。登（？-1148），字彥先，漳浦人。宣和間，為太學生，曾與陳東等上書斬六賊；又與東等抱書詣闕，反對奪種書道、李綱兵權。「王時雍縱兵欲盡殲之，登與十人屹立不動」（《宋史》本傳）。紹興二年（1132）進士，曾為古縣令，因反對為秦檜父立祠，下獄，編管漳州。有《東溪集》，今存詩三十一首，不乏愛國篇什，但其詩名遜於李綱諸家，故不復詳論。

兩宋之際閩籍愛國詩人的作品，以主戰、反對議和為主調，旁及對統治階級搜刮民脂民膏的諷諫和批評以及對奸臣小人諸罪行的揭露和嘲諷，同時也抒發了詩人們壯志難酬的鬱悶之情。由於詩人們的經歷不同，家學、師承各異，他們所寫的愛國詩篇不僅體現了各自的個性，也表現出不同的風格及藝術特色。

二　南宋詩人：江湖派及其代表詩人劉克莊

南宋閩籍詩人及其代表以江湖派大詩人劉克莊為中心。南宋還有不少閩籍道學家詩人（其中包括生於閩、長於閩、長期在閩地活動的朱熹），則在下一小節評述。

南宋初期有必要一提的詩人是黃公度。公度（1109-1156），字師憲，莆田人。紹興八年（1138）進士第一。除秘書省正字，貽書臺官，言者謂其譏訕時政，罷為主管臺州崇道觀，過分水嶺，作詩云：「嗚咽流泉萬仞峰，斷腸從此各西東。誰知不作多時別，依舊相逢滄海中。」讒者謂此詩指趙鼎（時以丞相謫居潮陽）而言，將不久復偕還中都。秦檜怒，令通判肇慶府。公度不依附權貴，仕宦不達，《宋史》無傳。有《知稼翁集》。《四庫全書總目》卷一五八云：「其詩文皆平易淺顯，在南宋之初，未能凌轢諸家，然詞氣恬靜而軒爽，無一切澳澀齷齪之態。」然公度詩仍不能自成家數。

南宋中前期有一個重要的閩籍詩人，即閩清的蕭德藻。德藻，字東夫，紹興三十年（1160）進士[41]，曾為烏程令。後隱居湖州，自號千岩老人，卒於一一九一年後[42]。有《千巖擇稿》，今佚。德藻曾學詩於曾幾，後為白石道人姜夔之師。楊萬里與蕭德藻同官湖南時，對蕭詩就很欣賞，後序其詩，將其與范成大、尤袤、陸游並稱：「近世詩人，若范石湖之清新，尤梁溪之平淡，陸放翁之敷腴，蕭千岩之工致，皆余所畏也。」尤袤則將蕭與范、楊、陸並提，云：「近世人士喜宗江西。溫潤有如范致能者乎？痛快有如楊廷秀者乎？高古如蕭東夫，俊逸如陸務觀，是皆自出機軸，亶有可觀者，又奚以江西為？」（姜夔〈白石道人詩集自敘〉引）總之，在楊萬里、尤袤這些詩人的眼中，蕭德藻是他們的畏友，在詩壇上能自成一家。蕭德藻〈次韻傅惟肖〉云：

> 竹根蟋蟀太多事，喚得秋來籬落間。又過暑天如許久，未償詩債若為顏。肝腸與世苦相反，岩壑嗔人不早還。八月放船飛樣去，蘆花叢外數青天。

方回評云：「使不早死，雖誠齋詩格猶出其下。其詩苦硬頓挫而極工。五、六一聯，諸公並不能及。起句奇峭。」（《瀛奎律髓》卷六）

既然蕭德藻詩名之盛，以至能與范、楊、尤、陸比並，那麼，為什麼當時「放翁絕無一字及之」（《後村詩話》〈前集〉卷二）？南宋晚期，劉克莊對蕭與諸家並提的說法提出疑問，他解釋道：「蕭千岩機杼與誠齋同，但才慳於誠齋，而思加苦，亦一生屯蹇之驗。」不過，他仍承認蕭集中仍有不少「真誠齋敵手」的作品，並摘錄部分入詩話：「『著語能奇怪，呼天與倡酬。』（〈中秋〉）『疾走建德國，乃為

---

41 據姜虬綠《白石道人詩詞年譜》。

42 紹熙二年（1191）楊萬里〈千巖摘稿序〉云：「東夫貧又疾。」知此年德藻尚在世。

淵明先。失腳墜榛莽，劉伶扶我還。』(〈和陶〉)『乾坤生長我，貧病怨尤誰。』『湘妃危立凍蛟背，海月冷掛珊瑚枝。醜怪驚人能嫵媚，斷魂只有曉寒知。』『百千年蘚著枯樹，一兩點春供老枝。絕壁笛聲那得到，直愁斜日凍蜂知。』(〈古梅二絕〉)『造物巧能相補得，破慳賒與一天秋。』(〈山中六月頓涼〉)『一筇時到崔嵬上，有底勛勞得給扶。』『秋浩蕩中遙指點，一螺許是定王城。』(〈渡湘〉)『稚子推窗窺過雁，數蜂乘隙入西軒。』『眼冷寒梢明數點，知他是雪是梅花。』『秋陽直為田家計，饒得漁村一抹紅。』」(同上引)

當楊萬里為蕭德藻作序這一年，劉克莊才四、五歲。克莊(1187-1269)，初名灼，嘉定己巳(1209)，更今名，字潛夫，號後村居士，莆田人。初調靖安簿。嘉定十二年(1219)奉南岳祠；十七年(1224)知建陽縣，真德秀還里，克莊師事之。理宗端平元年(1234)，入京，除宗正簿，次年，除樞密院編修官，兼權侍郎官。嘉熙元年(1237)改知袁州，擢廣東提舉。淳祐四年(1244)，除江東提舉；六年，賜同進士出身，除秘書少監；七年，除直寶文閣，直漳州；十一年，為太常少卿，直學士院，十二年，除右文殿修撰，知建寧府。景定三年(1262)，除權工部尚書，升兼侍讀；五年，除煥章閣學士守本官致仕。劉克莊活了八十三歲，經歷了孝宗、光宗、寧宗、理宗、度宗五朝，他去世時距宋亡只有十來年了，主要活動年代，幾乎貫串整個南宋後半期。著有《後村集》、《後村詞》和《後村詩話》。

劉克莊為建陽令時，曾作了一首〈落梅〉詩，詩云：

> 一片能教一斷腸，可堪平砌更堆墻。飄如遷客來過嶺，墜似騷人去赴湘。亂點莓苔多莫數，偶黏衣袖久猶香。東風謬掌花權柄，卻忌孤高不主張。

此詩無情嘲諷了古今一切忌賢如仇、打擊人才的權貴，並表現了自己孤高的情懷。然而，詩人卻以此詩而獲罪。方回《瀛奎律髓》卷二十載道：「當寶慶初，史彌遠廢立之際，錢塘書肆陳起宗之能詩，凡『江湖』詩人皆與之善。宗之刊《江湖集》以售，《南岳稿》與焉。宗之有云：『秋雨梧桐皇子府，春風楊柳相公橋。』哀濟邸而誚彌遠，本改劉屏山句也。敖臞庵器之為太學生時，以詩痛趙忠定丞相之死，韓侂胄下吏逮捕，亡命。韓敗，乃始登第，致仕而老矣。或嫁『秋雨』、『春風』之句為器之所作，言者並潛夫〈梅〉詩論列，劈《江湖集》板，二人皆坐罪。……詔禁士大夫作詩……紹定癸巳（1233），彌遠死，詩禁解，潛夫為《病後訪梅》九絕句云：『夢得因桃卻左遷，長源為柳忤當權。幸然不識桃並柳，卻被梅花累十年。』」周密《齊東野語》所記稍異[43]。

《江湖集》是理宗寶慶初杭州書商陳起（宗之）編刻的詩集——《江湖詩集》、《續集》、《後集》等。我們今天見到的《四庫全書》本，是《江湖小集》九十五卷、《江湖後集》二十四卷，剔除所錄詞及重複者，兩書計得一百零九家。江湖詩人、或江湖詩派實為由陳起所編總集而得名。《四庫全書》本無劉克莊之名，而上文所引《瀛奎律髓》明言「劉潛夫《南岳稿》亦與焉」，說明陳起原編《江湖集》，劉克莊是名列其中的。《四庫全書總目》另一則提要也說：「江湖末派以趙紫芝為矩矱，以高翥為羽翼，以陳起為聲氣之連絡，以劉克莊為領袖。」則劉克莊不僅名列江湖派，而且是這一詩派的重要人物。江湖派詩人，大多是政治上失意或沒有地位、浪跡江湖、隱遁山林的文人。從政治地位上說，劉克莊是很特別的。但由於早年的江湖詩禍及

43 《齊東野語》卷十六：「寶慶間，李知孝為言官，與曾極景建有隙，每欲尋釁以報之。適極有〈春詩〉云：『九十日春晴景少，百千年事亂時多。』刊之《江湖集》中；因復改劉子翬《汴京紀事》一聯為極詩……及劉潛夫〈黃巢戰場〉詩云：『未必朱三能跋扈，都緣鄭五欠經綸。』遂皆指為謗訕，押歸聽讀。同時被累者，如敖陶孫、周文璞、趙師秀，及刊詩陳起，皆不得免焉。」

一段漂泊江湖的歷史，又使得劉克莊和廣大江湖詩人有著較密切的聯繫，當然，更重要的是劉克莊的創作實踐及所形成的理論足以成為這一詩派的代表人物。

江湖詩派的先驅是「四靈」詩派（「四靈」指徐照、徐璣、翁卷、趙師秀。他們都是永嘉人，故又稱永嘉四靈。其中徐璣係從福建晉江遷去的）。「四靈」詩派的詩意象清新，語言明快，詩境清幽。但「四靈」詩未免取徑太狹，氣局格調小弱。劉克莊也曾追隨過「四靈」。葉適〈題劉潛夫南岳詩稿〉云：「今四靈喪其三矣……而潛夫思愈新，句愈工，涉歷老練，布置闊遠，建大將旗鼓，非子孰當！」一方面，把劉克莊當成「四靈」的後繼者；另一方面又指出劉克莊正在超邁「四靈」，別樹旗鼓。劉克莊對「四靈」和早期江湖派的理論提出比較尖銳的批評。趙師秀曾說：「一篇幸止有四十字，更增一字，吾末如之何矣。」劉克莊云：「以余所見，詩當由豐而入約，先約則不能豐矣；自廣而趨狹，先狹則不能廣矣。」（〈野谷集序〉）認為取徑應由豐而入約，由廣而趨狹，顯然對四靈的取徑過狹過小是不滿的。其〈劉圻父詩序〉又云：「余嘗病世之為唐律者，膠攣淺易，僒局才思，千篇一體。」「為唐律者」，指的是江湖派。他還認為，永嘉詩人崇尚賈島、姚合，「極力弛驟」，終未能超越其「藩籬」（〈瓜圃集序〉）。「四靈」和江湖詩人試圖以「捐書為詩」救江西派「資書為詩」之失，後來劉克莊發現兩者都有弊端，「資書以為詩失之腐，捐書以為詩失之野」。古詩出於性情，今詩出於記問博，雖杜甫不免。「於是張籍、王建輩稍束起書紙，剗去繁縟，超於切近。世喜其簡便，競起效顰，遂為晚唐，體益下，去古益遠」（〈韓隱君詩集序〉），批評的著重點不在江西派，而在「四靈後天下皆詩人」（〈何謙詩集序〉）的江湖派末流。

劉克莊一生寫下四千多首詩，數量十分可觀。他的詩，最應引起注意的是那些不忘北宋故國，不忘收復失地的詩什。其〈大梁老人行〉云：

> 大梁宮中設氈屋，大梁少年好結束。少年嘻笑老人悲，尚記二帝蒙塵時。嗚呼！國君之仇通百世，無人按劍決大議。何當偏師縛頡利，一驢馱載送都市。

徽宗、欽宗「蒙塵」在一一二七年，設使本詩寫於作者二十歲時，這一恥辱的事件已過去八十年了。新一代的「少年」對此自然不會有很深切的感受，只有那些年事較高的老人心中還深深埋藏著悲痛。劉克莊生於「二帝蒙塵」後的六十年，從北宋亡國至今已經是第三代或第四代了，他認為國仇不可忘，即使百世也不可忘。他仍然強烈希望王師有一天能北伐中原，縛綁金人首領載送都市以雪國恥。他的〈北來人二首〉則借從北方金人統治下南逃人之口來抒發對北方故國的懷念。「寢園殘石馬，廢殿泣銅駝。」故都已經十分殘破荒涼，一「泣」字注入詩人強烈的主觀情感。好幾十年過去了，「淒涼舊京女，妝髻尚宣和」。北方的百姓還保留著北宋時期的習俗。「胡運占難久」，作者堅信南宋一定能收復失地。「甲第歌鐘沸，沙場探騎稀」。可恨的是權貴沉浸在杭州的銷金鍋，文恬武戲，一味主和，無心進取。劉克莊對戊辰與金人媾和嘲諷道：

> 詩人安得有青衫？今歲和戎百萬縑。從此西湖休插柳，剩栽桑樹養吳蠶！（〈戊辰即事〉）

戊辰，寧宗嘉定元年（1208），南宋與金人議和，協議每年向金增納白銀三十萬兩，細絹三十萬匹。今歲和戎所需縑多達百萬，劉克莊戲謔地說，我這個詩人看來也沒有青衫可穿了。每年要納那麼多的細絹，非得將西湖的楊柳拔掉，全種上桑樹來養蠶不可。

京城中炙手可熱的高官，只顧自己尋歡作樂，哪管前方官軍的死活。劉克莊〈苦寒行〉無情地揭露這一事實：

> 十月邊頭風色惡，官軍身上衣裘薄。押衣敕使來不來？夜長甲冷睡難著。長安城中多熱官，朱門日高未啟關。重重幃箔施屏山，中酒不知屏外寒。

前方官軍衣單裘薄，難耐邊地惡風，冷夜難眠，急切盼望後方軍需到來。可是京城中的主管日高朱門未啟，昨夜中酒，怎麼會知道前方官軍寒不寒呢？「熱官」的「重重幃箔」與官軍的「衣裘薄」，「朱門日高未啟關」與「夜長甲冷睡難著」形成鮮明對比。劉克莊詩善於用對比的手法來揭露當時朝廷和軍中的黑暗。他的〈軍中樂〉一方面寫「將軍貴重不據鞍」，「射麋捕鹿來行酒。更闌酒醒山月落，彩縑百段支女樂」，他們在軍中依舊是盡情享樂，動輒以百段彩縑支施給女樂。另一方面，「誰知營中血戰人，無錢得合金瘡藥」，士兵打仗受傷，卻連合藥的一點錢也沒有。這很容易使人聯想起高適的「戰士軍前半死生，美人帳下猶歌舞」(〈燕歌行〉) 詩句來。

在憂嘆國事，批判朝廷和軍中黑暗的同時，劉克莊還注意到了繇役給人民帶來的痛苦甚至災難。〈運糧行〉云：

> 極邊官軍守戰場，次邊丁壯俱運糧。縣符旁午催調發，大車小車聲軋軋。霜寒晷短路又滑，擔夫肩穿牛蹄脫。嗚呼！漢軍何日屯渭濱，營中子弟皆耕人。

這首詩寫的是丁壯運糧的艱辛。〈開壕行〉云：「壕深數丈周十里，役兵大半化為鬼。」城壕挖好了，兵丁死者大半。〈築城行〉云：「天寒日短工役急，白棒訶責如風雨……君不見高城齾齾如魚鱗，城中蕭疏空無人。」役夫在棍打棒責如風雨中幹活，築好了高城，而城中卻蕭疏無人了。役夫們哪裡去了？答案是明白不過的。

劉克莊詩早歲追隨「四靈」，刻琢精麗，可與之並驅，例如〈北山作〉：

> 骨法枯閑甚，惟堪作隱君。山行忘路脈，野坐認天文。字瘦偏題石，詩寒半說雲。近來仍喜聵，閑事不曾聞。

斂情約性，詩境以寒狹出奇，幽寂枯閑亦在賈島、姚合之間。劉克莊在回憶自己寫詩的過程時說，自己也曾像永嘉詩人那樣極力學賈、姚，而「十年前始自厭之，欲息唐律，專造古體」(〈瓜圃集序〉)。後來雖未能完全改弦易轍，但卻極力吸取諸家之長：「初，余由放翁入，後喜誠齋，又兼取東都、南渡、江西諸老，上及於唐人大小家數，手鈔口誦。」(〈刻楮集序〉) 例如對晚唐詩風，也能做到廣泛納蓄。他曾經說：「古樂府惟李賀最工。」(黃昇《玉林詩話》，《詩人玉屑》卷十九引) 黃昇認為劉克莊集中有〈齊人少翁招魂歌〉、〈趙昭儀春浴行〉、〈東阿王紀夢行〉，「此三篇絕類長吉，其間精妙處，恐賀集中亦不多見」(同上引)。楊慎《升庵詩話》亦全錄這三首樂府，云：「三詩皆佳，不可云宋無詩也。」(卷十二) 至於律詩，尤其是七律，其面目氣格也有和「四靈」很大不同的，其〈宿千歲庵聽泉〉云：

> 因愛庵前一脈泉，袱衾來此借房眠。驟聞將謂溪當户，久聽翻疑屋是船。變作怒濤猶壯偉，滴成細點更清圓。君看昔日蘭亭帖，亦把湍流替管弦。

此詩極盡刻畫而不失纖巧，尤以頷聯、頸聯的聯想為奇，能以晚唐中融進江西筆法，呂留良等《宋詩鈔》云：「論者謂江西苦於麗而冗，莆陽（指劉克莊）得其法而能瘦、能淡、能不拘對，又能變化而活動。蓋雖會眾作，而自為一宗也。」似就〈宿千歲庵聽泉〉一類作品而言。

陳衍《宋詩精華錄》卷四云：「後村詩名頗大，專攻近體，寫情、言情、論事，絕無一習見語，絕句尤不落舊套。」明代瞿佑《歸田詩話》卷中評述道：「後村劉克莊絕句云：『新剃闍黎頂尚青，滿村聽講《法華經》。那知世有彌天釋，萬衲如雲座下聽。』謂小道易惑眾，而不知有大道也。又云：『刮膜良方直萬金，國醫曾費一生心。誰知髽髻攜籃者，也有盲人問點針。』謂精藝難成，而小藝亦可售也。」所舉諸絕句都不落俗套。像〈田舍即事十首〉、〈歲晚書事十首〉等家居時所作的絕句，也能時出新意。淳祐元年（1241）作於由嶺南歸閩的〈潮惠道中〉云：

> 春深絕不見妍華，極目黃茅際白沙。幾樹半天紅似染，居人云是木棉花。

畫面色澤明快，亦清新可誦。

劉克莊在世時，詩文就有很高的聲譽，江湖派另一重要詩人戴復古〈寄劉潛夫〉云：「八斗文章用有餘，數車聲譽滿江湖。」洪天錫〈後村先生墓誌銘〉云：「時《南岳稿》油幕箋奏初出，家有其書。」又云：「江湖士友，為四六及五七言，往往祖後村氏。於是前、後、續、新四集二百卷，流布海內，巋然為一代宗工。」過江號大家數，不過六、七家，劉克莊即為其一。清代閩人葉矯然《龍性堂詩話》續集云：「南宋人詩，放翁、誠齋、後村三家相當。」雖推挹稍過，也可見劉克莊在南宋詩壇地位的重要。劉克莊不僅詩很有名，散文和駢文也都受時人崇尚。

王邁（1184-1248），字實之，自號臞軒居士，仙遊人。有《臞軒集》。寧宗嘉定十年（1217）進士第四人，劉克莊賀啟云：「聲名早著，不數黃香之無雙；科目小低，猶壓杜牧之第五。元化孕此五百年之間氣，同輩立於九萬里之下風。」又云：「有謫仙人駿馬名姬之風，無杜少陵冷炙殘杯之態。」一時傳為美談。邁為正字時，抗言強諫，理宗斥為「狂生」，邁歸鄉里，自稱「敕賜狂生」。嘗有詩云：「未知死所先期死，自笑狂生老更狂。」又賦〈沁園春〉曰：「狂如此，更狂狂不已。」（詳《齊東野語》卷四）《四庫全書總目》卷一六三評《臞軒集》云：「詩文亦多昌明俊偉，類其為人。」王邁《反艷歌曲》云：「生為奇男子，先辦許國身。」便是自身形象的寫照。王邁詩雖不入《江湖小集》，但受江湖派影響居多。他的古體詩也寫得有特色，〈觀獵行〉云：

> 落日飛山上，山下人呼獵。出門縱步觀，無遑需屐屧。至則聞獵人，喧然肆牙頰。或言歧徑多，御者困追躡；或言御徒希，聲勢不相接；或言器械鈍，馳逐無所挾；或言盧犬頑，獸走不能劫。余笑與之言：「善獵氣不懾。汝方未獵時，戰氣先萎薾。弱者力不支，勇者膽亦怯。微哉一雉不能擒，虎豹之血其可喋？汝不聞去歲淮甸間，熊羆百萬臨危堞。往往被甲皆汝曹，何怪師行無凱捷！」嗚呼！安得善獵與善兵，使我一見而心愜！

詩借觀獵寫出南宋中後期武備的鬆馳，不善獵，就是不善兵；未獵而氣先萎薾，就是未戰而氣勢先萎薾。寫得還是比較深刻的，難怪劉克莊稱他為〈畏友〉（〈送王實之倅廬陵二首〉其一）。

劉克莊〈別敖器之〉云：「舊說閩人苦節稀，先生獨抱歲寒姿。老年絳帳聊開講，當日烏臺要勘詩。」敖陶孫（1154-1227），字器之，號臞翁（一作臞庵），福清人，慶元五年（1199）進士，歷海門主簿、漳州教授，終奉議郎。有《臞翁集》、《詩評》。陶孫亦曾在江湖詩禍中獲罪，也是江湖派中人。陳衍《宋詩精華錄》卷四錄敖陶孫詩五首，在晚宋詩人中是比較多的，他評〈洗竹簡諸公同賦〉、〈用韻謝竹主人陳元仰〉、〈竹間新闢一地可坐十客用前韻刻竹上〉三詩云：「筆致瀟灑，真是詩人之詩。」

閩籍江湖詩人，名入《江湖小集》的除敖陶孫外還有十六家，比較重要的是葉紹翁、嚴粲（邵武人）和林希逸（福清人）。葉紹翁，生卒年不詳，字嗣宗，號靖逸，浦城人[44]。其學出於葉適，與真德秀友善。有《四朝聞見錄》、《靖逸小集》。葉紹翁成績較嚴粲和林希逸突出，尤擅長七絕，最有名的是〈遊園不值〉一詩：

> 應憐屐齒印蒼苔，小扣柴扉久不開。春色滿園關不住，一枝紅杏出墻來。

此詩以少總多，「一枝紅杏」探「出墻來」，向人們宣告春天的到來。春色關不住，又帶哲理，給人許多啟示。詩脫胎於陸游〈馬上作〉，陸詩三、四句云：「楊柳不遮春色斷，一枝紅杏出墻頭。」葉詩第三句較陸新警。另一位江湖詩人張良臣〈偶題〉三、四句云：「一段好春藏不盡，粉墻斜露杏花梢。」也不及葉詩具體、生動和醒豁。其他如〈西湖秋晚〉、〈出北關一里〉、〈嘉興界〉、〈田家三詠〉、〈夜書所見〉等，都寫得清新可愛。許棐〈贈葉靖逸〉云：「聲華馥似當鳳桂，氣味清於著露蘭。」似可概括葉紹翁七絕的風格。葉紹翁還有一首七律〈題岳王墓〉，當時傳誦很廣。

這裡還要提到南宋末年一位比較重要的詩人，那就是嚴粲的邵武同鄉嚴羽。嚴羽的生卒年有多種推測[45]，他的主要活動年代在理宗

---

44 《四朝聞見錄》葉紹翁自題龍泉人，而據該書「高宗航海」、「浦城鄉校芝草之瑞」等條，可證紹翁實為浦城人，龍泉本為流寓。《宋詩紀事》卷七十一作建安人，建安為建寧府治，可統浦城。葉紹翁籍貫為浦城不誤。

45 詳拙文〈近幾年嚴羽和《滄浪詩話》研究綜述〉（《文史哲》1986年第2期）。

朝。羽，字儀卿，一字丹丘，號滄浪逋客，有《滄浪集》、《滄浪詩話》。《滄浪詩話》是我國古代重要的文學批評著作，本章第四節將詳加論述。嚴羽論詩，既不贊同蘇軾、黃庭堅的使事用典，也不滿意江湖派的提倡晚唐，轉而提倡盛唐[46]。但嚴羽和江湖派關係密切。江湖派另一重要人物戴復古曾任邵武教授，兩人時常過往，酬唱很多。戴復古〈祝二嚴〉云：「前年得嚴粲，今年得嚴羽。自我得二嚴，牛鐸諧鐘呂。」邵武有嚴羽、嚴參、嚴仁，宋末元初閩人黃公紹〈《滄浪詩話》序〉云：「江湖詩友目為三嚴。」嚴羽詩受江湖派影響也是比較大的[47]。集中一些傷時憂世的作品，寫得淒愴感人，〈有感〉六首其一云：「巴蜀連年哭，江淮幾郡瘡。襄陽根本地，回首一悲傷。」戰事連年，不斷吃敗仗，真是滿目瘡痍。其〈和上官偉長蕪城晚眺〉云：

> 平蕪古堞暮蕭條，歸思憑高黯未消。京口寒煙鴉外滅，歷陽秋色雁邊遙。清江木落長疑雨，暗浦風多欲上潮。惆悵此時頻極目，江南江北路迢迢。

蕪城，指揚州，因南朝鮑照作〈蕪城賦〉而得名。全詩基調荒寒暗淡，極寫出詩人惆悵淒涼的心情。「江南江北路迢迢」，江南，家鄉道路遙遠；江北，隨著蒙古不斷南進，宋朝的版圖正在逐漸縮小。末句含蓄有味。此詩不賣弄才學，用白描手法即景抒情，體現了嚴羽詩的「獨任性靈，掃除美刺；清音獨遠，切響遂稀」特點，但也暴露其「志在天寶以前，而格實不能超大曆之上」（《四庫全書總目》卷一六三）的弱點。王世貞評其頸聯，以為「是許渾境界」（《藝苑卮言》卷四）。說明嚴羽詩與江湖派仍有聯繫。

---

46 《滄浪詩話》〈詩辯〉：「近世趙紫芝、翁靈舒輩，獨喜賈島、姚合之詩，稍稍復就清苦之風；江湖詩人多效其體，一時自謂之唐宗；不知止入聲聞辟支之果，豈盛唐諸公大乘正法眼者哉！」

47 胡明〈江湖詩派泛論〉認為「嚴羽應歸入江湖浪派」。見《文學遺產》1987年第4期。

《四庫》本《江湖小集》、《江湖後集》錄一百零九家詩，其中福建籍詩人十七人（不包括劉克莊、王邁、邵武三嚴），僅次於浙江籍與江西籍。南宋後期江湖派的勢力在福建的勢力相當強大，這與福建出了劉克莊這樣的江湖派大詩人有關，與江湖派重要詩人入閩與閩中文士酬唱論詩也有關。閩籍江湖詩人大多比較關心國事，敢於觸忤權貴，比較有骨氣。在宋朝諸多詩派中，江湖詩人也較有平民意識，其思想也比較接近平民百姓，這與他們中不少人本來就是布衣或山野之士不無關係。有人把晚宋國脈的危衰歸罪到江湖詩格的孱弱是不公平的。江湖詩人欲變江西派的生新，「而力不勝」，其末流卻流於「仄徑旁行，相率而為瑣屑寒陋」（《四庫全書總目》卷一六七），閩籍詩人亦不能免。「南宋之末，文體卑弱」，閩中詩壇，只有到了「詩文桀驁有奇氣」的謝翱出，風氣才大有改觀。不過，那時南宋的朝廷已經覆亡，謝翱只不過是一個宋遺民詩人罷了。

三　理學家詩文：從楊時到林希逸

理學又稱道學。宋代理學，是宋代儒學哲學思想體系。漢儒治經，注重訓詁制度；宋儒則附會經義而說天人性命之理，故稱理學。宋代理學產生於十世紀，最重要的理學家有周敦頤、張載、程顥、程頤、朱熹、張栻等。朱熹是宋代理學集大成者。《宋史》闢有〈道學傳〉，為二十四位理學家立傳，佔四卷篇幅。部分理學家另列入〈儒林傳〉或〈隱逸傳〉。列入〈道學傳〉的閩籍理學家七人，即游酢（建陽人）、楊時（將樂人）、羅從彥（南劍人）、李侗（劍浦人）、黃榦（閩縣人）、陳淳（龍溪人）、李子方（邵武人），約占《道學傳》人數的百分之三十，陣容相當強大。游酢、楊時、謝良佐與呂大臨為程門四大弟子，號「四先生」。楊時先學於程顥，「其歸也，顥目送之曰：『吾道南矣。』」顥卒，「又見程頤於洛，時蓋四十矣。一日見頤，頤偶瞑坐，時與游酢侍立不去，頤既覺，則門外雪深一尺矣」（《宋史》〈道學楊時傳〉）。這就是著名的「程門立雪」故事。楊時一傳而至羅從彥，再傳而至李侗，三傳而至朱熹；黃榦、陳淳、李子方等都是朱熹的弟子。「暨渡江，東南學者推時為程氏正宗」，「朱熹、張栻之學得程氏之正，其源委脈絡皆出於時」（同上引）。閩籍理學家淵源如下表所示。表中加括號的是非閩籍理學家。

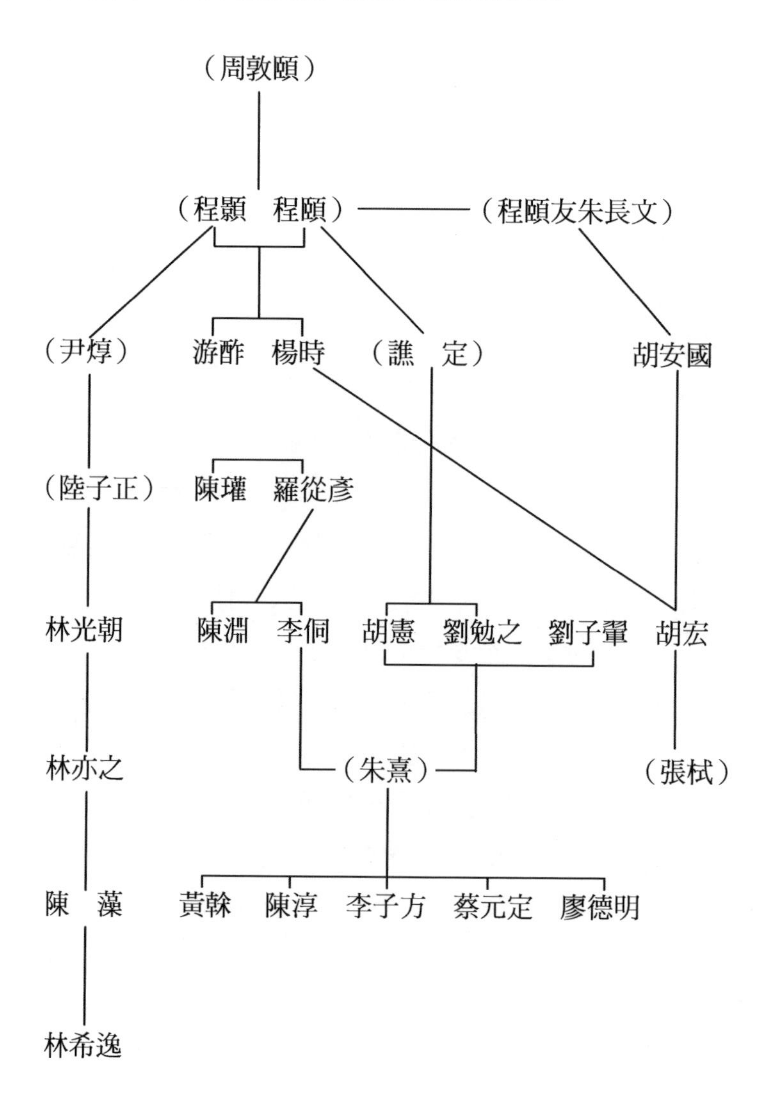

朱熹（1130-1200），江西婺源人，字元晦，一字仲晦，晚號晦庵、晦翁、雲谷老人、滄州病叟、遁翁，別號紫陽。朱熹雖非閩籍，但他的父親朱松（1107-1143）入閩為政和尉，朱熹的祖父也隨松就養於政和，死後也葬於政和。建興四年（1130）熹生於尤溪，後隨父遷居建甌。松病危，將熹托付友人崇安劉子翬兄弟。當時崇安還有胡憲（原仲）、劉勉之（致中）等學者，朱松對朱熹說：「籍溪胡原仲、白水劉致中、屏山劉彥沖三人，吾友也，學有淵源，吾所敬畏。吾即死，汝往事之，而惟其言之聽，則吾死不恨矣。」（黃榦〈朱先生行狀〉）紹興十八年（1148），熹舉進士，授同安主簿。二十三年（1153），在延平見李侗，三十年（1160）決心向李侗求教。朱熹活了七十一歲，在福建活動超過六十年，晚年講學於武夷紫陽書院和建陽考亭，卒後葬建陽唐石里（今黃坑鄉）。他的弟子門生遍於八閩（當然還有不少外省籍者），建立了宋代理學的閩學，對福建的教育和文化產生了極為深遠的影響。根據本書關於閩人閩事的原則，這一小節也將對朱熹的詩文作較深入的探討。

嚴羽《滄浪詩話》〈詩體〉有「邵康節體」。邵雍，字堯夫，卒謚康節，有《伊川擊壤集》。邵雍是理學家中有一定成就的詩人；所謂「邵康節體」，實際上是理學家詩體。嚴羽是較早注意到理學家詩在宋詩中自成一體的批評家。宋末元初金履祥編了一本《濂洛風雅》，選錄周敦頤、二程以下四十八家理學家詩，《四庫全書總目》卷一九一云：「自履祥是編出，而道學之詩與詩人之詩千秋楚越矣。」理學家詩在宋詩中自成一派的地位明確地被學術界所公認。理學家大多能詩，閩籍理學家也如此。但理學家的詩大多是為了窮理盡性，是「言理不言情」的，他們把以「議論為詩」這一宋詩的特點發揮到登峰造極的地步。總的說來，理學家的詩成就不高，故《四庫全書總目》又云：「以濂洛之理責李杜，李杜不能爭，天下亦不敢代李杜爭。然而天下學為詩者，終宗李杜，不宗濂洛也。」

但是，理學家也不見得完全沒有較好的詩。「詩人中的道學家」劉子翬的詩，我們已論述過。游酢〈水亭〉詩云：

> 清溪一曲繞朱樓，荷密風稠咽斷流。夾岸垂楊煙細細，小橋流水即滄洲。

楊時〈藏春峽〉云[48]：

> 山銜幽徑碧如環，一壑風煙自往還。不是武陵流水出，殘紅那得到人間。

李侗〈和靜庵山居〉云：

> 勝如城市宅，花木擁簷前。一雨曉來過，群峰翠色鮮。採荊烹白石，接竹引清泉。車馬長無跡，逍遙樂葛天。

這些詩不一定涉及理路，大體都較有詩味，流利可誦。

朱熹是理學家中詩人的代表。他的詩有不少是說理的，例如《訓蒙詩》一百首，就是闡明義理的通俗詩。朱熹喜讀陳子昂的〈感遇〉詩，以為「其詞旨幽邃，音節豪宕，非當世詞人所及」；「然亦恨其不精於理」（〈齊居感興二十首序〉）。於是自己寫了二十首抽象說理詩。朱熹和其他理學家一樣，有些說理詩是通過寫物和寫景來表現的。羅大經《鶴林玉露》乙編卷六指出了詩人之詩與理學家之詩寫物、寫景的區別，云：「杜陵詩云：『雨晴山不改，晴罷峽如新。』言或雨或晴，山之體本無改變，然既雨初晴，則山之精神煥然乃如新焉。朱文

48 藏春峽在今南平。〔嘉靖〕《延平府志》卷二：「在郡城東崇福里劍溪之東，兩山崇擁，繁花雜卉生其間。」

公〈寄籍溪胡原仲〉詩云：『甕牖前頭翠作屏，晚來相對靜儀刑。浮雲一任閑舒卷，萬古青山只麼青。』胡五峰見之，以為有體而無用，乃賡之曰：『幽人偏愛青山好，有為青山青不老，山中雲出雨乾坤，洗出一番青更好。』文公用杜上句意，五峰用杜下句意，然杜只是寫物，二公則以喻道。」五峰即胡憲，朱熹早年之師。

朱熹有些寫物寫景以喻道的詩，能熔景物、情、理於一爐，形象生動，並且所談之道很有哲理，富有比較永久的魅力，今天讀來仍能給人以啟示。其〈觀書有感二首〉云：

> 半畝方塘一鑒開，天光雲影共徘徊。問渠那得清如許？為有源頭活水來。

> 昨夜江邊春水生，蒙衝巨艦一毛輕。向來枉費推移力，此日中流自在行。

這兩首詩旨在說明自己的讀書治學體會。第一首，半畝方塘明澈澄明如鏡，天光雲影倒映其中，前二句形容塘水之清。那麼，為什麼塘水能清到這地步呢？因為活水不斷源源而來。學是無止境的，只有不斷地學習，才能做到通達事理，心無疑惑。第二首借春水生巨艦能自在而行，說明治學要不斷積累，功夫到家，便可獲得自由；功夫不到家，既吃力往往又無收效。二詩都寫得意趣盎然，形象活潑，耐人尋味，有理趣而無理障。如果說這兩首詩一看就可以知道是說理詩的話，那麼另一首〈春日〉一下子是覺察不出是在喻道說理的，詩云：

> 勝日尋芳泗水濱，無邊光景一時新。等閑識得東風面，萬紫千紅總是春。

「萬紫千紅總是春」，春天生氣蓬勃的氣象盡在這七字中，成了家喻戶曉的名句。詩中「泗水」，暗指孔門；「尋芳」，喻尋求孔聖之道。錢鍾書《談藝錄》六十九云：「宋儒論道，最重活潑生機，所謂乾也、仁也、天地之大德曰生也，皆指此而言。春即其運行流露也。」詩在暗中喻道說理，一般的讀者不一定懂得詩中的道與理，也不必去知道其道與理。這首詩的藝術價值已經超越了喻道說理的意義。萬紫千紅，舉目皆春，身遊其間，何等令人愜意。朱熹用形象生動的語言來說理的詩還有一些，這類詩引起某些詩評家的偏愛，陳衍《宋詩精華錄》卷三以為朱熹有些詩「平平無奇」，選詩還「不如選其寓物說理而不腐之作」。

「假如一位道學家的詩集裡，『講義語錄』的比例還不大，肯容許些『閑言語』，他就算得道學家中間的大詩人，例如朱熹。」（錢鍾書《宋詩選注》）講道與理的詩外，朱熹還有其他題材的詩。

朱熹對國事是非常關心的，他曾對孝宗直言道：「修攘之計不時定者，講和之說誤之也。夫金人與我有不共戴天之仇，則不可和也明矣。」又言：「君父之仇不與共戴天。今日所當為者，非戰無以復仇，非守無以制勝。」（《宋史》本傳）主戰反對講和是朱熹一貫的政治態度，乾道三年（1167），朱熹與張栻（張浚子）登南岳衡山謁張浚墓，寫下了慷慨激昂的〈拜張魏公墓下〉一詩：

> 衡山何巍巍，湘流亦湯湯。我公獨何往？劍履在此堂。念昔中興初，孽豎倒冠裳。公時首建義，自此扶三綱。精忠貫宸極，孤憤摩穹蒼。元戎二十萬，一旦先啟行。西征奠梁益，南轅無江湘。士心既豫附，國威亦張皇。縞素哭新宮，哀聲連萬方。黠虜聞褫魄，經營久彷徨。玉帛驟往來，士馬且伏藏。公謀適不用，拱手遷南荒。白首復來歸，髮短丹心長。拳拳冀感格，汲汲勤修攘。天命竟難諶，人事亦靡常。悠然謝臺鼎，騎龍白

雲鄉。坐令此空山，名與日月彰。千秋定軍壘，岌業遙相望。賤子來歲陰，烈風振高岡。下馬九頓首，撫膺淚淋浪。山頹今幾年，志士日慘傷。中原尚腥膻，人類幾豺狼！公還浩無期，嗣德煒有光。恭惟宋社稷，永永垂無疆。

張浚是南宋初期重臣，一貫主張收復失地。孝宗時官至樞密使，封魏國公，死後葬衡山。詩熱情地贊頌了張浚一生的勛業，表現了詩人對他的崇敬心情，最後歸結到中原尚淪於敵手，希望朝廷重用張浚父子一類的忠臣志士，指斥了投降派的誤國，寫得蒼涼沉鬱。熱切希望恢復中原的作品，如〈次知府府判二文韻〉、〈聞二十八日之報喜而成詩七首〉、〈感事再用回向壁間舊韻二首〉及〈次子有聞捷韻四首〉等，無不寫得情感激昂，令人振奮。〈次子有聞捷韻四首〉其二：「殺氣先歸江上林，貔貅百萬想同心。明朝滅盡天驕子，南北東西盡好音。」這樣的詩置之陸游愛國詩篇中也不一定遜色。

清人陳經禮論朱熹詩云：「道學千年俎豆新，復工餘事作詩人。武夷澗曲衡山麓，書屋梅花清絕塵。」(《偶論宋詩十絕句》) 朱熹住在武夷山的時間很長，對武夷山水情有獨鍾，寫下許多歌詠武夷山水美的詩篇；朱熹與張栻遊南岳（乾道三年），唱酬多達百餘篇，輯成《南岳唱酬集》，是詩人創作的旺盛時期之一。「武夷澗曲」的詩篇以〈淳熙甲辰仲春精舍閑居，戲作武夷棹歌十首，呈諸同遊相與一笑〉為最佳，下面錄其二、其三、其五、其十：

一曲溪邊上釣船，幔亭峰影蘸晴川。虹橋一斷無消息，萬壑千岩鎖翠煙。

二曲亭亭玉女峰，插花臨水為誰容？道人不復荒（一作陽）臺夢，興入前山翠幾重。

> 四曲東西兩石岩，岩花垂露碧㲯毿。金雞叫罷無人見，月滿空山水滿潭。

> 九曲將窮眼豁然，桑麻雨露見平川。漁郎更覓桃源路，除是人間別有天。

武夷山有九曲溪，每一曲都有一處或幾處景點，有的還有相關的傳說。〈棹歌〉十首，第一首總敘山有仙靈，下有清流，「欲識箇中奇絕處，棹歌閑聽兩三聲。」以下九首，一首一曲，相對獨立，又相映成趣。宋末閩人陳普注《朱文公武夷棹歌》總論這十首詩，以為「朱文公九曲，純是一修道次序」。陳普也是理學家，但他似不能理解理學家朱文公作詩也有不講道闡理的時候。陳衍《宋詩精華錄》卷三評〈棹歌〉云：「晦翁登山臨水，處處有詩，蓋道學中之最活潑者。」評得比較客觀。朱熹描繪閩中山水的詩，如〈南安道中〉云：「高蟬多遠韻，茂樹有餘音。」〈奉陪彥集充父同遊瑞巖，謹次莆田使君留題之韻〉云[49]：「谷泉噴薄秋逾響，山翠空濛晝不開。」〈懷潭溪舊居〉云[50]：「繞舍扶疏千個竹，傍崖寒冽一泓泉。」〈水口行舟二首〉其二云[51]：「鬱鬱層巒夾岸青，春山綠水去無聲。」這些都比較生動。

陳經禮的論詩絕句還提到朱熹的梅花詩，稱其「清絕」。有學者統計，朱熹詠梅詩多達三十一首，其中五絕十二首，七絕七首，五律七首，七律三首；全部詩作「梅」字出現六十六次[52]。方回《瀛奎律髓》錄朱熹詩十四首，而詠梅詩就佔了十首之多。朱熹對梅花的偏愛，

---

49 瑞巖，在今福清市。《八閩通志》卷五：「山之岩洞多幽雅奇秀。」（福州市：福建人民出版社，1990年）。

50 潭溪，在今武夷山市五夫鎮。

51 水口，今古田縣水口鎮。

52 李秀雄：《朱熹與李退溪詩比較研究》第五章第一節（北京市：北京大學出版社，1991年）。

反映了詩人借梅以表現其高潔品格的用意。前人，特別是宋代詩人詠梅詩已經很多了，朱熹再三再四寫梅，足見其對詩歌創作的素養有相當的自視。詠梅佳句，〈觀梅花開盡不及吟賞，感嘆成詩，聊貽同好二首〉其一云：「絕艷驚衰鬢，餘芳入小詩。」其二云：「那知北枝北，猶有未開叢。」〈次韻張守梅詩〉云：「愁向天涯今度見，老隨春色暗中來。」〈次韻劉秀野前村梅〉云：「千林搖落今如許，一樹橫斜絕可人。」〈次韻秀野雪後書事〉云：「前時雪壓無尋處，昨夜月明依舊開。」〈不見梅再來字韻〉云：「野水風煙迷慘淡，故園霜月想徘徊。」

朱熹雖然寫過一些感慨時事的詩篇，但總的看來，其詩的風格卻以平和為主。紀昀評朱熹詩云：「涵養和平，亦無後山硬語盤空之力。」（《瀛奎律髓匯評》卷二十）呂留良等以為「中和條貫」（《宋詩鈔》）。朱熹早年給表弟程洵的帖寫道：「作詩須從陶、柳門庭中來乃佳。不如是，無以發蕭散沖淡之趣，不免於侷促塵埃，無由到古人佳處也。如《選》詩及韋蘇州詩，亦不可不熟視。」朱熹對陶淵明、韋應物、柳宗元（特別是陶）詩的重視，與形成自己詩歌風格有著比較重要的關係。在諸種詩體中，今人多喜誦其膾炙人口的七絕，而歷代對其古體則頗推崇。明胡應麟《詩藪》〈雜編〉卷五云：「南宋古體當推朱元晦。」明許學夷《詩源辨體》〈後集〉卷一云：「朱元晦五言古最工」，「實在我明諸家之上。」清代閩人林昌彝《海天琴思續錄》卷三云：「南宋人詩五言古極似魏晉人者，朱文公是也。」閩人謝章鋌〈論詩絕句三十首序〉亦云：「朱子五言醇穆有古意。」總之，朱熹的五古雖然不一定足以排突蘇、黃，超越歐、陸，但在宋詩發展史中確有較重要的地位。

朱熹的散文，與曾鞏相近，長於說理。記事之文，〈記孫覿事〉，寫欽宗時翰林學士孫覿喪失氣節草投降表文。朱熹用「一揮而就」四字生動刻畫了孫迫不急待投降金人的嘴臉；「詞甚精麗，如宿成者」，則嘲諷其有文無行。文章充分表現了作者對投降派的憎惡。〈武夷山圖序〉一文，是為《武夷名勝全圖》寫的說明文。文章在簡單描述了武夷峰巒清溪之後，把注意力集中在架壑船即船棺上：「柩中遺骸外，列陶器尚皆未壞，頗疑前世道阻未通、川壅未決時夷落所居。而漢祀者即其君長，蓋亦避世之士為眾所臣服，而傳以為仙也。」言簡意賅，推斷也大體不誤，頗見作者眼力。淳熙二年（1175），朱熹偕友人遊建陽東北邊的百丈山，寫下〈百丈山記〉，描寫細緻，間有傳神之筆。投空而下數十尺的瀑布，「其沫乃如散珠噴霧，日光燭之，璀璨奪目」，筆調優美。「旦起下視，白雲滿川，如海波起伏；而遠近諸山出其中者，皆若飛浮來往，或湧或沒，頃刻萬變」，又頗為壯觀。〈武夷精舍雜詠序〉第一段描寫武夷山水，膾炙人口：

> 武夷之溪，東流凡九曲，而第五曲最深。蓋其山自西北而南者，至此而盡，聳全石為一峰，拔地千尺，上小平處，微戴土，生林木，極蒼翠可玩。而西隤稍下，則反削而入，如方屋帽者，《舊經》所謂大隱屏也。屏下兩麓，坡宅旁引，還復相抱；抱中地，平廣數畝。抱外溪，水隨山勢，從西北來，四屈折，始過其南，乃復繞山東北流，亦四屈折而出，溪流兩旁，丹崖翠壁，林立環擁，神剜鬼刻，不可名狀。舟行上下者，方左右顧瞻，錯愕之不暇，而忽得平岡長阜，蒼藤茂土，按衍迤靡，膠葛蒙翳，使人心目曠然以舒。窈然以深若不可極者，即精舍之所在也。

第二、第三段簡述精舍「仁智堂」至「漁艇」十一個景點的位置、得名之由來以及與友朋徜徉其間之樂，最後交代賦詩紀實，深得柳宗元山水散文筆法。

理學家多不重視文學，而朱熹早年之師劉子翬卻是理學家中的文學家，朱熹受到他的影響。清代焦袁熙〈閱宋人詩集十七首〉其十一云：「道義真堪百世師，淵源未覺〈國風〉衰。皋比若道多陳腐，請誦《屏山集》裡詩。」自注：「朱子詩亦包在裡，不敢置評故也。」一方面稱讚劉子翬詩最少陳腐道學氣，另一方面則委婉批評朱熹詩不如劉。劉子翬早年接受佛家思想，已見前述；這對朱熹也有影響，朱熹闡述道理之詩，時得禪悟之妙，錢鍾書評其〈尋春〉云：「略涵理趣，已大異於『先天一字無，後天著功夫』等坦直說理之韻語矣。」（《談藝錄》六十九）朱熹的父親朱松韋齋，曾與李綱、鄧肅等酬唱，詩也較朱熹好。在理學家中，朱熹的詩較好，是有淵源的。

朱熹一生著述甚富，主要有《朱文公集》、《四書集注》、《詩集傳》、《楚辭集注》、《朱子語類》等。朱熹文學批評理論內容豐富，這裡我們只討論兩點。一、朱熹能詩，卻不以詩人自居。《鶴林玉露》甲編卷六：「胡澹庵上章，薦詩人十人，朱文公與焉。文公不樂。」朱熹亦有詩云：「我窮初不為能詩，笑殺吹竽濫得癡。莫向人前浪分雪，世間真偽有誰知？」（〈寄江文卿劉叔通〉）朱熹與張栻遊南岳，忽瞿然曰：「吾二人得無荒於時乎？」（《鶴林玉露》甲編卷六）朱熹不甚喜人家稱他為詩人，有時甚至怕多做詩，原因何在呢？朱熹解釋說：「今言詩不必作，且道恐分了為學工夫，然到極處當自知作詩果無益。」對於作文章（有別於理學家講義語錄者，其中包括文學作品），朱熹云：「古文之與時文，其使學者棄本逐末，為害等爾。但此等物如淫聲美色，不敢一識其趣，便使人不能忘。」（〈答徐載叔賡書〉）又云：「（韓、柳）其答李翊、韋中立之書，可見其用力處矣。然皆只是要作好文章，令人稱賞而已；究竟何預己事，卻用了許多歲月，費了許多精神，甚可惜也。」（〈滄洲精舍論學者〉）唐宋古文家倡導文以載道（這個「道」與理學家之「道」不同），而朱熹等卻極言作詩無益、作文（無論古文還是時文）無益，作詩妨道、作文妨道，甚至作詩作文害道，一言而蔽之，詩文可不必做。二，在對待文學技巧和詞藻上，朱熹認為，關鍵在「志」，志高而明純，自然就能作詩；講究技巧的工拙，對志有害；詞藻華麗，則於志有損。其〈答楊宋卿書〉云：「熹聞詩者，志之所之。在心為志，發言為詩。然則詩者，豈復有工拙哉？亦視其志之所向者高下如何耳。是以古之君子，德足以求其志，必出於高明純一之地，其於詩固不學而能之。」又云：「詩有工拙之論，而葩藻之詞勝，言志之功隱矣。」

朱熹祖籍在江西，但他與福建關係的密切卻遠過原籍。朱熹的教育思想及實踐，積極入世的態度，治學的嚴謹，在福建的影響都極其深遠。文學方面，他的《詩集傳》、《楚辭集注》，較漢儒注《詩》、注《楚辭》有更大的進步，是很好的讀本。但在文學創作、特別是文學批評方面，消極影響似超過積極方面。不錯，朱門弟子中有不少人能詩，《宋詩紀事》所錄閩籍朱門弟子詩，就有黃榦、陳淳、蔡元定、蔡淵（元定長子）、蔡沈（元定子）、章才邵、劉子寰、楊與立、林用中、方士繇、章康、劉淮等人。但這些人在歷史上並無多大詩名。朱熹的文學批評理論和他的詩歌創作實踐是矛盾的。朱熹的文學批評理論觀點形成在他三十歲拜李侗為師之後，而在三十歲之前他已寫出較好的詩文，有較好的文學修養；家學師傳也為他成為詩人提供了優越的條件。不明白這點，只一味輕信他寫詩只要志高而明純，「固不學而能之」的宏論，不講究技巧的工拙，怎麼可能寫出好詩來？清代謝章鋌論閩詩，以為「道南啟教，不重詞華」（〈論詩絕句三十首序〉），就是對楊時、朱熹等人在福建大倡理學給詩壇帶來消極影響的批評。明代閩人謝肇淛的《小草齋詩話》卷二抨擊得最為尖銳：

> 作詩第一對病是道學。何者？酒色放蕩，禮法所禁，一也；意象空虛，不踏實地，二也；顛倒議論，非聖非法，三也；議論杳眇，半不可解，四也；觸景偶發，非有指譬，五也。宋時道學諸公詩無一佳者，至於黃勉齋〈登臨〉詩開口便云：「登山如學道，可止不可已。」此正是譬如為山注疏耳。

黃勉齋即黃榦，朱熹之婿，也是他的高足。朱熹的弟子不去學習他那些比較貼近生活且有生氣的詩，卻發揮其以詩說道講理之弊，理學家的詩就不能不每況愈下了。

「德秀生朱子之鄉，故力崇朱子之緒論」(《四庫全書總目》卷一六二)。真德秀（1178-1238），字景元，後改景希，號西山，浦城人，慶元五年（1199）進士。理宗朝，為禮部侍郎、直學士院，不久貶歸，專事著述。復起知泉州、福州，轉參知政事兼侍讀。有《西山文集》、《文章正宗》等。真德秀名入《宋史》〈儒林傳〉，卻是南宋理學家後勁。真德秀在朝敢於直言，任地方官較關心民生疾苦，帥長沙時郡人曾為他立生祠，他寫了一些關心人民疾苦的詩，但較乏味。寫物以喻理明道的詩，如〈贈葉子仁〉：

> 花正紛紅俄駭綠，月才掛壁又沉鈎。世間萬事都如此，莫遣雙眉浪自愁。

景物不那麼生動優美，議論也過於平直，才力和修養都不如朱熹。

紹定五年（1232），真德秀編選了《文章正宗》二十卷，《續集》二十卷。分辭令、議論、敘事、詩歌四類，錄《左傳》、《國語》以下至於唐末之作。其〈文章正宗綱目〉云：

> 正宗云者，以後世文辭之多變，欲學者識其源流之正也。自昔集錄文章者眾矣，若杜預、摯虞諸家，往往堙沒弗傳。今行於世者，惟昭明《文選》、姚鉉《文粹》而已。由今眡之，二書所錄，果皆得源流之正乎？夫士之於學，所以窮理而致用也。文雖學之一事，要亦不外乎此。故今所輯，以明義理切世用為主。其體本乎古，其指近乎經者，然後取焉，否則辭雖工亦不錄。

真德秀認為《文選》和《唐文粹》非文章正宗，編選《文章正宗》一書的目的是「窮理而致用」，選文標準是「其指近乎經者」，「否則辭雖工亦不錄」。真德秀曾將詩歌類委託福建同鄉劉克莊，並約定「以世教民彝為主，如仙釋、閨情、宮怨之類勿取」(《後村詩話》〈前集〉卷一)。劉克莊選取一百三十首，並作了〈戊子答真侍郎論選詩〉，說明選漢魏晉南朝諸家詩的緣由，大概此時劉克莊已看出真德秀不喜三謝、沈約詩，故說明尤詳。果然，「凡余所取，而西山去之者大半，又增入陶詩甚多，如三謝之類，多不入」(《後村詩話》〈前集〉卷一)。漢武帝所作〈秋風辭〉，因有「懷佳人兮不能忘」之語，亦在被黜之列。真德秀還鄉，劉克莊師事之，通過選詩論詩，劉克莊對理學家的詩歌理論及其影響，看得比誰都深入，他一再說：「洛學興而文字壞。」(〈平湖集序〉)「近世理學興而詩律壞。」(〈林子㒹序〉)，這是宋末閩人的看法。顧炎武云：「真希元《文章正宗》其所選詩，一掃千古之陋，歸之正旨。然病其以理為宗，不得詩人之趣。」(《日知錄》卷三）這是明末清初學者的看法。《四庫全書總目》卷一八七云：「四、五百年以來，自講學家以外，未有尊而用之者。豈非不近人情之事，不能強行於天下歟？」這是清代四庫館臣的看法。總之，真德秀的文學選本及其理學家的文學批評理論是缺乏生命力的。

楊時、朱熹、真德秀等理學家，他們都生於閩北，在閩講學和從事學術活動的區域主要也在閩北。黃榦雖為閩縣人，但長期追隨朱熹。閩北是宋代理學家創辦書院從事學術活動最重要的基地之一。南宋閩東沿海的理學家，則主要活動在莆田、福清一帶，代表人物是林光朝。光朝（1114-1178），字謙之，莆田人，隆興元年（1163）進士。歷官國子祭酒兼太子左諭德，以集英殿修撰知婺州。早年從陸子正（二程再傳弟子）學，通《六經》、貫百氏，「四方來學者亡慮數百人。南渡後，以伊、洛學倡東南者，自光朝始」(《宋史》本傳)。他是鄭俠之婿，長朱熹十六歲，朱兄事之。他只講學，強調心通理解，不著書，這點與二程、朱熹不同。或許出於這個緣故，他作詩較注意鍛鍊，「有經歲累月繕一章未就者」（劉克莊〈竹溪詩序〉），故其詩密而精。有《艾軒集》。閩人林俊評云：「艾翁不但道學倡莆，詩亦莆之祖，用字命意無及者。後村雖工，其深厚未至也。」（轉引自《宋詩鈔》）謝肇淛《小草齋詩話》卷三云：「艾軒以道學名，而歌行亦效長吉，如：『疏籬短短花枝闌，鳩婦不鳴天雨寒。』『横枝凍雀昨夜死，水底黏魚吹不起。』『盤古一笑鴻蒙開，神馬負圖從天來。』等作皆奇俊可喜。」林光朝〈鞭春行〉一篇，也頗類李賀：

> 轆轤罥寒田雀饑，江梅落蚌兔腳肥。枯腸一夜轉雙轂，眼光吹上蝦蟆衣。岩腹新晴山鬼哭，女媧墳外春風歸。蠶村紙簾大如席，析析藜杖金雀飛。

劉克莊〈竹溪詩序〉云：「（林光朝）一傳為網山林氏，名亦之，字學可；再傳為樂軒陳氏，名藻，字元潔；三傳為竹溪。」亦之，福清人。林光朝嘗講學莆田紅泉，及卒，學者請亦之繼其席。趙汝愚帥閩，嘗薦亦之於朝，未幾卒，時年四十二歲。學者稱網山先生，自號月漁。有《網山集》。劉克莊序其詩，以為律詩高妙者絕類唐人。似稍過譽。謝肇淛《小草齋詩話》卷三云：「林亦之學道於林艾軒，喜為詩，有出藍之譽。」並舉其「把酒桂山下，山雲片片飛」等佳句，稱「理學中作如此才情語，指不數僂」。其〈月漁〉詩云：

> 屋舍高低住，比鄰活計同。笭箵嫌月白，螃蟹要霜紅。吠犬隨村落，賣魚成老翁。地咸耕種少，海熟抵年豐。

頗見海邊漁村的生活氣息。

竹溪，即林希逸。希逸，字肅翁[53]，福清人。端平二年（1235）進士第四人[54]，景定間官司農少卿，終中書舍人。有《鬳齋考工記解》、《鬳齋續集》。劉克莊序其集云：「槁乾中含華滋，蕭散中藏嚴密，窘狹中見纖餘。」林希逸〈入局〉句云：「寬心可要流香酒，圓夢何須正焙茶。」王士禛《居易錄》稱賞其〈明皇聽笛圖〉、〈題達摩渡蘆圖〉。後詩云：

> 白頭浪中碧眼胡，赤腳笑蹋雁銜蘆。太平寺主不知我，觀音後身誰詎渠。是身如幻本來空，偶然遊戲非神通。當年涉海向震旦，偏舟本與商胡同。君不見壺丘弟子御風飛，猶有所待周笑之。又不見橫拋錫杖渡水僧，同瞻黃檗稱大乘。此胡法器更奇在，何曾以此為聖解。蕭郎不悟義不留，欲要時人略驚怪。異時埋骨奇熊耳，萬里西歸提隻履。忽從蔥嶺遇宋雲，雅意依然今日是。此圖誰筆面如活，客來卻詠臨波韈。若將底事比渠濃，老胡暗中定羞殺。

這是一首題畫詩。達摩即菩提達摩（？-528），南天竺僧人。航海至廣州，梁武帝曾迎至建康；後入北魏。詩描繪胡僧的神態、動作、言語，活靈活現，非一般蒼白無力的理學家語言所能及。林希逸論詩云：「詩也，非經義策論之有韻者也。」（〈竹溪詩序〉引）也就是說，詩不是有韻的理學家的講義語錄，這是他的高明之處。林希逸是林光朝的嫡傳，而他的名字卻列入江湖詩派，這無異於是對理學家的嘲諷。宋代閩籍理學家（含非閩籍而生於閩的朱熹）中閩北詩人為最大宗，而沿海的林光朝等似也不應小覷。

---

53 《八閩通志》卷六十二，《四庫全書總目》卷十九、《宋詩紀事》卷六十五、〔光緒〕《福清縣志》卷十三均作肅翁。而劉克莊〈竹溪集序〉作淵翁。

54 據《閩書》卷七十九、《四庫全書總目》卷十九、〔光緒〕《福清縣志》卷十三。而《八閩通志》卷六十二作紹定間（1228-1233）進士。

第三節　兩宋之際和南宋詞壇

一　辛派詞前驅：李綱　張元幹

將詞分體，始於明代張綖，其《詩餘圖譜》〈凡例附識〉云：「詞體大略有二，一體婉約，一體豪放。婉約者欲其詞情蘊籍，豪放者欲其氣象恢宏。」並說秦觀詞多婉約，蘇軾詞多豪放。清初王士禛由「體」而分「派」，其《花草蒙拾》拈出其山東同鄉李清照、辛棄疾為這兩派的代表。將詞分為婉約、豪放有合理之處，也比較簡便，故為後人所襲用。但是這種分法也有缺陷。說蘇、辛詞豪放，屬豪放詞派，是不錯的，但蘇「極超曠而意極平和」，辛「極豪雄而意極悲鬱」（陳廷焯《白雨齋詞話》卷六）。蘇、辛所處時代不同，蘇雖處於黨人鬥爭激烈時期，但其時為北宋政治、經濟都處於比較興盛時期；辛活動於南宋前期，本人又由金人所占地奔宋，直接參與了抗金鬥爭。所以辛詞中強烈的愛國豪情則為蘇所無。再說，蘇軾和辛棄疾也有不少是屬於「要眇宜修」的婉約詞；「豪放」並不能概括他們詞風的全部。本節採用「辛派詞」的提法來論述兩宋之際和南宋的閩詞。辛派詞指的是產生於南宋、以辛棄疾的名字來命名的一個詞派，這一派的詞人都具有強烈的愛國精神，長於悲憤，詞氣以豪壯為主。

辛棄疾出生這一年（1140），恰好李綱去世，張元幹也已經五十歲。立足於整個辛棄疾愛國詞派對李綱、張元幹詞加以審視，李綱、張元幹無疑是辛派的前驅。

李綱、張元幹的抗金經歷和愛國詩，上文已作了介紹。李綱著有《梁溪詞》，今存詞五十餘首，其〈六么令〉「次韻賀方回金陵懷古鄱陽席上作」云：

> 長江千里，煙淡雲水闊。歌沉玉樹，古寺空有疏鐘發。六代興亡如夢，苒苒驚時月。兵戈凌滅。豪華銷盡，幾見銀蟾自圓缺。潮落潮生波渺，江樹森如髮。誰念遷客歸來，老大傷名節。縱使歲寒途遠，此志應難奪。高樓誰設。倚闌凝望，獨立漁翁滿江雪。

賀方回，即賀鑄，賀原唱今不存。李綱於高宗建炎四年（1130）自萬安（今海南萬寧）北返經江西鄱陽作此詞。上片懷古，遙想六朝興亡，慨嘆北宋的興廢之情亦在其中。下片直抒胸情。「歲寒」、「志應難奪」，用《論語》「歲寒然後知松柏之後凋」及「匹夫不可奪志」；「獨立漁翁」句用柳宗元〈江雪〉。表現了作者無論在何種艱難惡劣的環境下，鬥爭的信念都不動搖的愛國決心。李綱的〈蘇武令〉一詞，紹興初盛傳。上片敘塞上秋早一片荒涼景象，繫念徽宗、欽宗「蒙塵」，嘆息自己至今未能為國報仇雪恥；下片敘救國拯民的宏願，表達了領兵抗敵必勝的信心：「調鼎為霖，登壇作將，燕然即須平掃。擁精兵十萬，橫行沙漠，奉迎天表。」前於李綱，詞壇上何曾出現這等英氣淋漓的作品！

李綱有七首詠史詞，是不是一時一地所作，已不得而知，但作於靖康之難、高宗即位後大體可以肯定。這七首詞可將其視為一組。從內容來分析，組詞包括三方面。首先，歌詠歷代皇帝親征、親討、親巡的，有〈念奴嬌〉〔漢武巡朔方〕、〈水龍吟〉〔光武戰昆陽〕、〈水龍吟〉〔太宗臨渭上〕、〈喜遷鶯〉〔真宗幸澶淵〕。〈水龍吟〉〔光武戰昆陽〕云：「早復收舊物，掃清氛祲，作中興主。」是希望高宗能像光武帝那樣「對勍敵、安恬無懼」，消滅敵人，作中興之祖。〈水龍吟〉〔太宗臨渭上〕云：「覘虜營、只從七騎。長弓大箭，據鞍詰問，單于非義。戈甲鮮明，旌麾光彩，六軍隨至。悵敵情震駭，魚循鼠伏，請堅盟誓。」〈喜遷鶯〉〔真宗幸澶淵〕云：「鑾輅動，霓旌龍旆，遙指澶淵道。日照金戈，雲隨黃繖，徑渡大河清曉。六軍萬姓呼舞，箭發狄酋難保。虜情讋，誓書來，從此年年修好。」這兩首詞認為，只有皇帝親自帶領「六軍萬姓」抗敵，才能逼使敵虜「盟誓」。「修好」，亦即李綱一向所主張的只有戰才能守，只有守才能和。何況，真宗又是高宗的祖先，就更有說服力了。其次，用唐明皇「幸西蜀」事諷刺高宗倉皇逃跑。〈雨霖鈴〉〔明皇幸西蜀〕云：「金輿遠幸匆匆速。奈六軍不發人爭目。」唐明皇外逃是絕好的反面教材。再次，作者隱然以東晉的謝安、唐朝的裴度、北宋的寇準自比，希望重新得到信任，抗擊金兵，收復失地。〈喜遷鶯〉〔晉師勝淝上〕云：

> 長江千里，限南北，雪浪雲濤無際。天險難逾，人謀克壯，索虜豈能吞噬！阿堅百萬南牧，倏忽長驅吾地。破強敵，在謝公處畫，從容頤指。
>
> 奇偉！淝水上，八千戈甲，結陣當蛇豕。鞭彌周旋，旌旗麾動，坐卻北軍風靡。夜聞數聲鳴鶴，盡道王師將至。延晉祚，庇烝民，周雅何曾專美！

東晉謝安面對強敵，指揮若定，在淝水大破號稱九十萬大軍的苻堅，確保了東晉的安全。詞以古喻今，「限南北」、「南牧」、「吾地」、「北軍」所喻都很明確。假如作者能像謝安那樣受到重用，破敵自也不在話下。要為國建功立業，首先要受到重用，〈念奴嬌〉〔憲宗平淮西〕云：「於穆天子英明，不疑不貳處，登庸裴度。」裴度就是處於不疑之地，才能行使權威號令，最終取得平叛勝利的。宋欽宗手書〈裴度傳〉贈李綱，綱曰：「吳元濟以區區環蔡之地抗唐室，與金人強弱固不相侔，而臣曾不足以望裴度萬分之一。然寇攘外患可以掃除，小人在朝，蠹害難去。」（《宋史》本傳）欽宗並未能信任李綱，在國家急需用人時將他貶出朝廷，即使李綱有超越謝安、裴度的才幹本領，又將如何報效國家呢。

如果說李綱詞雖然豪氣彌滿，而不免多少失之粗豪的話，那麼，張元幹詞在較大程度上克服了李綱詞的不足，使充滿豪氣的詞更為接近詞的本色。張元幹〈寶鼎現〉〔筠翁李似之作此詞見招，因賦其事，使歌之者想像風味，如到山中也〕云：「年少日、如虹豪氣，吐鳳詞華。」張元幹自年輕起學作詞，一是養其浩然豪氣、正氣，二是修煉詞華。周必大嘗云：「（元幹）在政和、宣和間已有能樂府聲。」（〈跋張元幹送胡邦衡詞〉）現存張元幹詞，可編年的自其〈菩薩蠻〉〔政和壬辰東都作〕[55]，政和壬辰，即一一一二年，時元幹二十三歲，為太學上舍生。〈風流子〉〔政和間過延平，雙溪閣落成，席上賦〕，也是作者二十多歲時所作[56]。詞上片云：「飛觀插雕梁。憑虛起、縹緲五雲鄉。對山滴翠嵐，兩眉濃黛，水分雙派，滿眼波光。曲闌干外，汀煙輕冉冉，莎草細茫茫。無數釣舟，最宜煙雨，有如圖畫，渾似瀟湘。」一起高壯、有氣勢，而「對山」以下，則寫得媚嫵清秀。當然，其時所作，大多軟款綺麗，走的仍是綺羅香澤一路。所謂政、宣間已有樂府聲名，主要多指此類作品的聲名；不過，從中倒也看出張元對詞這種文體的學習和創作已經達到了傳統所認可的較高水平，這無疑為張元幹後來創作大量充滿豪氣的愛國詞作了藝術上的準備。

張元幹兩首〈賀新郎〉是集中的壓卷之作。〈寄李伯紀丞相〉云：

> 曳杖危樓去。斗垂天、滄波萬頃，月流煙渚。掃盡浮雲風不定，未放扁舟夜渡。宿雁落、寒蘆深處。悵望關河空吊影，正人間、鼻息鼉鼓。誰伴我，醉中舞。

55 王兆鵬《張元幹年譜》（南京市：南京出版社，1989年），「政和二年壬辰」年下。

56 曹濟平《蘆川詞》卷上箋注：「約政和四五年間作於福建延平。」（上海市：上海古籍出版社，1991年）。

十年一夢揚州路。倚高寒、愁生故國，氣吞驕虜。要斬樓蘭三尺劍，遺恨琵琶舊語。漫暗澀、銅華塵土。喚取謫仙平章看，過苕溪、尚許垂綸否？風浩蕩，欲飛舉。

李伯紀即李綱。李綱建炎元年（1127）曾為相七十餘天，旋被罷，張元幹抗金主張多與李綱相同。靖康二年正月，張元幹在李綱麾下保衛汴京，其佚文〈祭李丞相文〉云：「直圍城危急，羽檄飛馳，寐不解衣，而餐每輟哺，夙夜從事，公多我同。至於登陴拒敵，矢集如猬毛，左右指麾，不敢愛死。庶幾助成公之奇勛，初無爵祿是念也。」他們在抗金中結下深厚情誼。紹興八年（1238）十月，金遣使議和，高宗與秦檜決策求和。一時南宋朝廷內外，群情激憤。十二月戊午（西元一一三九年一月八日）李綱上疏堅決反對，情辭激烈。不久，張元幹在福州作此詞贈之，加以激勵。詞一起恢宏，境界闊大，感情起伏跌宕。結尾先鬱後振，李綱曾云：「太白乃吾祖，逸氣薄青雲。」（《水調歌頭》）此詞以李白喻李綱，意即咱們不能置國事而不顧，垂釣於苕溪，而應乘風摶扶飛舉，胸中裝下「關河」、「人間」、「故國」，「氣吞驕虜」，腰斬樓蘭。氣勢磅礴，音調高亢。

〈送胡邦衡待制〉云：

夢繞神州路。悵秋風、連營畫角，故宮離黍。底事崑崙傾砥柱。九地黃流亂注。聚萬落、千村狐兔。天意從來高難問，況人情、老易悲難訴。更南浦，送君去。
涼生岸柳催殘暑。耿斜河、疏星淡月，斷雲微度。萬里江山知何處？回首對牀夜雨。雁不到、書成誰與？目盡青天懷今古，肯兒曹、恩怨相爾汝。舉大白，聽〈金縷〉。

紹興八年，樞密院編修官胡銓上書反對議和，請斬秦檜。秦檜貶胡銓廣州，次年改簽書威武軍判官（任所福唐，今福清市），紹興十二年（1142）重貶新州（今廣東新興）。宋人蔡戡（〈蘆川居士詞序〉云：「（銓）得罪權臣，竄謫嶺海，平生親黨避嫌畏禍，惟恐去之不速，公作長短句送之。」時元幹在福州，作詞送胡銓是冒著極大危險的。果然，後來元幹因此詞獲罪除名（詳本章第一節）。當時執掌朝政大權的是秦檜，貶斥胡銓的也是秦檜，但是國家大政的最後決策者只能是宋高宗，事情落到「崑崙傾砥柱。九地黃流亂注。聚萬落、千村狐兔」的地步，其最終的責任者只能是高宗。古往今來有幾個文人墨客敢在詩詞中直接對最高統治者進行責問？這樣的責問，其膽識絕不在請斬秦檜之下，所承受的風險也絕不在請斬秦檜之下。在當時的詞壇，真是振聾發聵，不同凡響。宋楊冠卿〈賀新郎〉〔薄暮垂虹去〕小序云：「秋日乘風過垂虹時，與一羽士俱，因泛言弱水、蓬萊之勝。旁有溪童，具能歌張仲宗『目盡青天』等句，音韻洪暢，聽之慨然。戲用仲宗韻呈張君量府判。」可見當時傳誦極廣。後人評此詞云：「坐是除名，然身雖黜而義不可沒也。」（劉熙載《藝概》〈詞曲概〉）「慷慨激烈，髮欲上指。」「足以使懦夫有立志。」（陳廷焯《白雨齋詞話》卷六）《四庫全書總目》卷一九八評寄李綱與此詞云：「慷慨悲涼，數百年後，尚想其抑塞磊落之氣。」

以上二詞對南宋初年的兩個重大事件（李綱上疏反對議和、胡銓請斬秦檜）議論抒懷，表明自己鮮明的立場。作於建炎三年（1129）的〈石州慢〉〔己酉秋吳興舟中作〕則面對靖康之難二帝北狩、中原陷於女真之手，發「一洗中原膏血」的宏願。「唾壺空擊悲歌缺」的抒寫，不減岳飛〈滿江紅〉的沉雄悲涼。〈水調歌頭〉〔同徐師川泛太湖舟中作〕下片云：「想元龍，猶高臥，百尺樓。臨風酹酒，堪笑談話覓封侯。老去英雄不見。惟與漁樵為伴。回首得無憂。莫道三伏熱，便是五湖秋。」貌似狂放，若聯繫上片「底事中原塵漲。喪亂幾時休！澤畔行吟處，天地一沙鷗」，則透露出請纓無路、報國無門、抑塞憤懣之氣。

張元幹詞的風格不限於充滿豪氣慷慨悲涼一種，《四庫全書總目》卷一九八〈論蘆川詞〉又云：「多清麗婉轉，與秦觀、周邦彥可以肩隨。毛晉跋曰：『人稱其長於悲憤，及讀《花庵》、《草堂》所選，又極嫵秀之致。』」元幹作於福州的〈浣溪沙〉[57]云：「山繞平湖波撼城，湖光倒影浸山青。水晶樓下欲三更。　霧柳暗時雲度月，露荷翻處水流螢。蕭蕭散髮到天明。」即屬於「清麗婉轉」、「嫵秀」一類。尤其值得注意的是張元幹那些以婉約形式寫成、不忘北宋故國的詞篇。〈蘭陵王〉〔春恨〕共三片，上片由景帶出春愁。中片是對北宋故國的憶念：「尋思舊京洛。正年少疏狂，歌笑迷著。障泥油壁催梳掠。曾馳道同載，上林攜手，燈夜初過早共約。又爭信飄泊。」極寫舊京的開心歡樂，從來也不曾想過有「飄泊」──避難、奔逃的這一天。下片極寫寂寞，與中片形成鮮明對照，最後說舊京「行樂」不可忘，愈見今日之悲。楊慎很欣賞此詞，以為「膾炙人口」（《詞品》卷三）。〈石州慢〉一詞云：

> 寒水依痕，春意漸回，沙際煙闊。溪梅晴照生香，冷蕊數枝爭發。天涯舊恨，試看幾許銷魂？長亭門外山重疊。不盡眼中青，是愁來時節。
>
> 情切。畫樓深閉，想見東風，暗銷肌雪。辜負枕前雲雨，尊前花月。心期切處，更有多少淒涼，殷勤留與歸時說。到得卻相逢，恰經年離別。

---

57 詞中「水晶樓」原在福州西湖。《稼軒詞編年箋注》卷三「七閩之什」〈賀新郎〉〔翠浪吞平野〕云：「陌上遊人誇故國，十里水晶臺榭。」箋注引《十國春秋》：「閩王延鈞於城西築水晶宮。」又引《閩都記》：「西湖周回十數里，閩王延鈞築室其上，號水晶宮。」慶元按：〔淳熙〕《三山志》卷四、《八閩通志》卷二十一也有類似記載。

詞寫對家室的思念，但別有寄託。清代黃蘇以為「或亦思舊友（胡銓、李綱）而作」，云：「際國事孔棘之時，因思同心之友遠謫異域，此心之所以耿耿也。起首六語，是望天意之回，『寒枝競發』，是望謫者復用也；『天涯舊恨』至『黃昏時節』，是目望中原，又恐不明也。想見『東風消肌雪』，是念遠同心者應亦瘦損也；『辜負枕前雲雨』，是借夫婦以喻朋友也。因送友而除名，不得已而托於思家，意亦苦矣。」（《蓼園詞選》）講究比興，是《詩經》以來文學的優良傳統；常州詞派則特別重視寄託。黃蘇詮釋此詞句句坐實，未免過於拘泥。但此詞寄意象外，借物言志，當也有其用意。

李彌遜、鄧肅與李綱、張元幹友善，已見本章第二節。李彌遜有《筠溪樂府》、鄧肅有《栟櫚詞》。彌遜與李綱、張元幹酬唱的詞較多，因為李綱晚年居於福州。鄧肅與李綱酬唱詞今存〈一翦梅〉〔題泛碧齋〕[58]。李彌遜和鄧肅集中都有些豪氣詞，風格與李綱、張元幹接近。彌遜長調，如〈水調歌頭〉〔橫山閣對月〕上片云[59]：「清夜月當午，軒戶踏層冰。樓高百尺，縹緲天闕敞雲扃。萬里風搖玉樹，吹我衣裾零亂、寒入骨毛輕。徑欲乘之去，高興送青冥。」有意學蘇軾，而力稍不足。短調秀中能壯，〈蝶戀花〉〔福州橫山閣〕下片云：「樓閣崢嶸天尺五。荷芰風清，習習清袢暑。老子人間無著處。一尊來作橫山主。」彌遜因主張抗金，忤秦檜，長年歸隱連江西山。「老子」二句豪壯憤懣，既抒發胸中苦悶，又表現出桀驁不羈的個性。鄧肅詞多短調，豪氣壯采不及李綱、元幹，曠放則較近蘇軾，其〈西江月〉〔臘雪猶埋石巘〕云：「拍手恐驚星斗，高歌已在煙霄。醉呼玉女解金貂。笑問何如蓬島。」

仙遊人蔡伸（1088-1156），有《友古居士祠》，今存詞一百七十餘首。伸，字伸道，自號友古居士，蔡襄之孫。徽宗政和五年

---

58 泛碧齋在沙縣，李綱所造，詳見本章第一節。

59 橫山閣在福州烏石山南。

（1115）進士。宣和中，太學辟雍博士，通判徐州。歷知滁州、徐州、德安府、和州。浙東安撫司參議官，秩滿，提舉臺州崇道觀。蔡伸才致筆力，與向子諲相伯仲，《四庫全書總目》卷一九八以「婉約」目其詞。清馮煦《蒿庵論詞》評蔡伸云：「〈菩薩蠻〉『花冠鼓翼』一首，雅近南唐。即〈驀山溪〉之『孤城莫角』，〈點絳脣〉之『水繞孤城』諸調，與〈蘇武慢〉之前半，亦幾幾入清真（周邦彥）之室。」大抵是不錯的，但集中也有豪放、慷慨之作。〈水調歌頭〉〔時居莆田〕下片云：「感流年，思往事，重淒涼。當時坐間英俊，強半已凋亡。慨念平生豪放，自笑如今霜鬢，漂泊水雲鄉。已矣功名志，此意付清觴。」〔寶祐〕《仙溪志》卷四載，「公雖以名門取科第，獨喜從事於戎馬間，嘗云：『國步多艱，中原未復，豈能以書生餘技取爵祿耶？』」蔡伸作於癸亥（1143）元日的〈減字木蘭花〉有句云：「耳冷人間十七年。」十七年前，即靖康二年，二帝北擄，汴京失陷。故集中流年往事之類多直接或隱喻國事多艱或中原未復：「醉擊玉壺缺，恨寫綠琴哀。悠悠往事誰問，離思渺難裁。」（〈水調歌頭〉〔用盧贊元韻別彭城〕）「羈懷易感，往事傷重省。」（〈驀山溪〉〔登歷陽城樓〕）「十年往事，忍尊前重說。」（〈念奴嬌〉）「忍話當時事。重來種種堪悲。」（〈虞美人〉）「舊遊堪更憶。望斷迷南北。」（〈南鄉子〉〔廣陵盛事〕）但從總體上說，這類詞較李綱、元幹少了幾分高亢和激昂，而多了些沉鬱和淒涼。集中想佳人、憶文君的綺詞不少，〈蘇武慢〉是其中名作，「雁落平沙，煙籠寒水，古壘鳴笳聲斷。青山隱隱，敗葉蕭蕭，天際暝鴉零亂。」淒涼中帶有蒼勁，似不像寫閨情的筆法。〈柳梢青〉上片：「子規啼月。幽衾夢斷，銷魂時節。枕上斑斑，枝頭點點，染成清血。」帶血帶淚，這般對「文君」的相思未免也過於酷烈。詞人說：「自是休文，多情多感，不干風月。」（〈柳梢青〉）這就透露出了一個重要的消息：這些詞多有寄託，有較深的寓意。

《四庫全書總目》卷一九八云：「詞自晚唐五代以來，以清切婉麗為宗」，至柳永一變，至蘇軾（1036-1101）又一變，「遂開南宋辛棄疾等一派」。辛棄疾生於蘇軾卒後四十年，其創作年代至少比蘇晚六十年，而從蘇去世到辛登上詞壇的六十多年間，經歷了汴京失守，北宋滅亡，遷都臨安，紹興和議等等重大的歷史變故，宋詞的描寫對象、詞人的情感、詞的風格也發生了比較大的變化，閩人李綱、張元幹詞一方面繼承了蘇詞「一洗綺羅香澤之態，擺脫綢繆宛轉之度」（胡寅〈酒邊詞序〉）的傳統，一方面則對「率多撫時感事之作，磊落英多，絕不作妮子態」（毛晉〈稼軒詞跋〉）的辛詞及辛派詞產生了影響。李綱、張元幹是辛派詞的前驅。李綱、張元幹詞下啟辛派，主要表現在：

首先，李綱、張元幹詞切近並且反映了當時一系列的重大政治事件，特別是北宋覆亡和紹興和議，表現出他們強烈主張抗金、收復中原的愛國精神。當然，這一方面是時代使然，陸游〈跋傅給事帖〉曾云：「紹興初，某甫成童，親見當時士大夫相與言及國事，或裂眥嚼齒，或流涕痛哭，人人自期以殺身翊戴王室，雖醜裔方張，視之蔑如也。」而更重要的是李、張還親自指揮或參加了保衛汴京的戰鬥，直接抵禦了金人的進犯。這一點，即使是李彌遜、鄧肅、蔡伸也所不及（李、鄧、蔡詞直接反映重大政治事件也不及李、張）。抗金（1234年金亡，則抵禦蒙古）、收復中原的愛國思想，無疑是辛派詞最重要的特徵。辛棄疾〈鷓鴣天〉〔壯歲旌旗擁萬夫〕、陳亮〈水調歌頭〉〔不見南師久〕等等，都是切近並反映激烈鬥爭生活的作品。

其次，李綱、張元幹詞氣豪壯。詞本為「艷科」，柳永詞描寫秦樓楚館之外，又用以抒情羈旅情懷、秋士之悲，為宋詞一變。蘇軾則多寫個人際遇，探討人生，表現出曠達和狂放的情致。李綱、張元幹於兩宋變故之際，時而激昂亢奮，時而悲歌慷慨。辛棄疾在此基礎上進一步發揚光大，《四庫全書總目》卷一九八評其詞云：「棄疾詞慷慨縱橫，有不可一世之慨。」陳廷焯《白雨齋詞話》云：「氣魄極雄大，意境卻極沉鬱。」李綱、張元幹寫的豪壯的詞，多用長調，鋪張揚厲，起伏跌宕，有便於表達和抒發複雜的情感，如〈賀新郎〉、〈滿江紅〉、〈念奴嬌〉、〈永遇樂〉、〈水龍吟〉等詞調，辛棄疾和辛派詞人多喜用之，並有許多佳作。

再次，或以男女喻友朋，或以美人香草寄寓不便明言的情感，或抒發鬱塞之氣。張元幹詞間有這種作法，表面上嫵媚秀逸，甚至纏綿悱惻，但頗有深意，如上舉的〈蘭陵王〉〔春恨〕。蔡伸這種寫法的詞較多，其〈虞美人〉云：

> 紅塵匹馬長安道。人與花俱老。緩垂鞭袖過平康。散盡高陽、零落少年場。
> 朱弦重理相思調。無奈知音少。十年如夢盡堪傷。樂事如今、回首做淒涼。

所寫無非是遊冶相思，而上片的「長安道」、人花俱老，下片的十年堪傷、回首淒涼，對時事的關切似也在其中，或許還別有寄託。當然，此首還是較為明顯，有跡可尋的。集中還有不少寫得極綺昵、寄寓比較隱晦者。辛詞〈祝英臺近〉〔寶釵分〕寫閨情，〈摸魚兒〉〔更能消幾番風雨〕寫傷春，都一改豪壯激昂，化剛為柔，情詞危苦，或寄寓其志難酬，或憂懼國事。研讀兩宋閩籍詞人諸集，則可見辛詞和辛派詞有自。我們將李綱、張元幹等人視為辛派詞的前驅，根據大抵如此。

二　宦閩詞人辛棄疾及其入閩詞

辛派詞人入閩早於辛棄疾的是陸游。陸游（1125-1210），字務觀，號放翁，山陰（今浙江紹興）人。紹興二十八年（1158），為右迪功郎福州寧德主簿，次年調為福州決曹，三十年北歸。淳熙五年（1178），提舉福建常平茶鹽公事（任所建安，今建甌），次年離任。陸游入閩詞，可考者只有紹興二十九年（1158）作於福州北嶺的〈青玉案〉〔與朱景參會北嶺〕和作於建甌的〈好事近〉〔登梅仙山絕頂望海〕（二首）[60]。《青玉案》詞描寫福州風物云：「小槽紅酒，晚香丹荔，記取蠻江上。」「蠻江」，即閩江。

辛棄疾晚陸游第一次入閩三十餘年宦閩。辛棄疾（1140-1207），字幼安，號稼軒，歷城（今山東濟南）人。紹興三十一年（1161）聚眾二千人參加耿京抗金義軍，不久後歸南宋。淳熙八年（1181）冬落職居江西上饒，長達十一年之久，紹熙三年（1192）春，赴福建提點刑獄任。次年秋，加集英殿修撰，知福州，兼福州安撫使。紹熙五年（1194）秋，罷閩帥，主管建寧府武夷山沖祐觀，旋降充秘閣修撰。冬，回上饒一帶。辛棄疾在福建前後三年。辛棄疾入閩所作詞，鄧廣銘《稼軒詞編年箋注》卷三〈七閩之什〉計三十二首。卷七補遺〈好近事〉〔春日郊遊〕三首，其三有「已約醉騎雙鳳，玩三山風月」句，疑亦作於福州。

辛棄疾在閩曾與趙汝愚、陳居仁、李沐、盧國華、張濤、趙像之酬唱。其中陳居仁是莆田人，字安行，紹興二十一年（1151）進士，辛作有〈西江月〉〔癸丑正月四日自三山被召，經從建安，席上和陳安行舍人韻〕，知陳居仁也作有一首〈西江月〉。陳詞今佚。辛棄疾又作有〈水調歌頭〉〔壬子三山被召，陳端仁給事飲餞席上作〕。陳峴，字端仁，閩縣人，狀元陳誠之之子，紹興二十七年（1157）進士。陳峴是否有和作，已不可考。辛棄疾在閩期間，與朱熹遊從頻繁，《宋史》〈辛棄疾傳〉云：「嘗同朱熹遊武夷山，賦〈九曲櫂歌〉。熹書『克己復禮』、『夙興夜寐』題其二齋室。」寧德人陳駿登朱熹之門，

---

60 〈好事近〉〔登梅仙山絕頂望海〕，或以為作於山陰。據筆者考證，當作於建甌，詳本書附錄〈陸游兩次宦閩行蹤及其創作〉。

其子成父，能克承家學，「辛棄疾持憲節來閩，聞其才名，羅致賓席而妻以女」（《萬姓統譜》卷十八）。

《宋會要》〈職官〉〈黜降官〉十：「紹熙五年七月二十九日知福州辛棄疾放罷，以臣僚言其殘酷貪饕，奸贓狼藉。」又云：「棄疾酷虐裒斂，掩帑藏為私家之物，席卷福州，為之一室（空）。」「臣僚」對辛棄疾的誣諂攻擊不始於其帥閩之時，辛在帥湖南、為兩浙西路提點刑獄公事已先後受到類似攻擊。《宋史》本傳載棄疾帥閩「未期歲，積鏹至五十萬緡，牓曰『備安庫』。謂閩中土狹民稠，歲儉則糴於廣，今幸連稔，宗室及軍人入倉請米，出即糶之，候秋賈賤，以備安錢糴二萬石，則有備無患矣」。可見辛棄疾的積斂，目的是為民而非填塞私囊。帥閩時寫的一首罵犬子詞，最能說明他不是一個貪圖富貴的貪官：

> 吾衰矣，須富貴何時。富貴是危機。暫忘設醴抽身去，未曾得米棄官歸。穆先生，陶縣令，是吾師。
> 待葺個，園兒名「佚老」。更作個，亭兒名「亦好」，閑飲酒、醉吟詩。千年田換八百主，一人口插幾張匙。便休休，更說甚，是和非。

它的詞調是〈最高樓〉，詞前小序云：「吾擬乞歸，犬子以田產未置止我，賦此罵之。」辛棄疾宦閩，並不得意，想不幹了，沒想到「犬子」出來阻攔，無非是想利用帥閩之機可多弄點收入，可多置些田產，並可傳諸子孫後代。此詞一表明了詞人對富貴的態度，二說官場不宜久留，三以為田產不可能世代相傳（少則二、三代，多則數代便易主），最後訓斥「犬子」的不懂事。用詞作「家訓」，在詞史上實屬罕見，一方面看出詞作為一種文學體裁在宋代已經廣泛地運用於生活的各個領域，另一方面也看出大詞人辛棄疾對它使用的嫻熟。

辛棄疾宦閩，是在閑居上饒十年之後。福州不能說離京城臨安十分遙遠，但畢竟是離開朝廷，也離開戰場，不能充分施展抗金才幹。再說，入閩時他已經五十多歲了，有懷抱難於實現之慨，因此，在閩三年間他的心情一直怫鬱難平，他的詞也頗多表達這種心態。〈滿江紅〉〔和盧國華〕云：「還自笑，人今老；空有恨，縈懷抱。記江湖十載，厭持旌纛。濩落我材無所用，易除殆類無根潦。」「江湖十載」之後，他對仕宦、對前景、對人生的思考，日趨深沉。他累疏乞歸，〈滿江紅〉〔盧國華由閩憲移漕建安……〕云：「紙帳梅花歸夢覺，蓴羹鱸鱠秋風起。問人生、得意幾何時，吾歸矣。」然而未見獲准。梁啟超《稼軒年譜》紹熙五年下考證〈行香子〉〔三山作〕一詞，認為「此告歸未得請時作也」。又云：「先生雖功名之士，然其所惓惓者，在雪大恥，復大仇，既不得所籍手，則區區專閫虛榮，殊非所願。……蓋已知報國夙願不復得償，而厭此官抑甚矣。度自去冬今春，已累疏乞休，而朝旨沉吟，久無所決，故不免焦慮也。」

儘管辛棄疾時常用酒自娛，作曠達詞，以求排遣，如〈水調歌頭〉〔壬子三山被召……〕云：「一杯酒，問何似，身後名。人間萬事，毫髮常重泰山輕。」〈水調歌頭〉〔題張晉英提舉玉峰樓〕云：「勸公飲，左手蟹，右手杯。人間萬事變滅，今古几池臺。」〈清平樂〉〔壽趙民則提刑……〕云：「若解尊前痛飲，精神便是神仙。」但辛棄疾在入閩三年間，對世事仍不能忘懷，「君看莊生達者，猶對山林皋壤，哀樂未忘懷」（〈水調歌頭〉〔題張晉英提舉玉峰樓〕）。曠達如莊子尚且不能忘懷哀樂，何況我輩？所以，辛棄疾時而聽「畫角樓頭起」（〈鷓鴣天〉）而愁苦，時而見梅花而自勵：「漂泊天涯空瘦損，猶有當年標格。」（〈念奴嬌〉〔題梅〕）有時更在酒席宴會上激勵友人：「誰築詩壇高十丈？直上，看君斬將更搴旗。」（〈定風波〉〔再用韻時盧國華置酒歌舞甚盛〕）

〈水龍吟〉〔過南劍雙溪樓〕一詞是辛棄疾在福建所寫的最優秀

的詞篇，也是稼軒詞中的代表作之一：

> 舉頭西北浮雲，倚天萬里須長劍。人言此地，夜深長見，斗牛光焰。我覺山高，潭空水冷，月明星淡。待燃犀下看，凭欄卻怕，風雷怒、魚龍慘。
> 峽束蒼江對起，過危樓，欲飛還斂。元龍老矣，不妨高臥，冰壺涼簟。千古興亡，百年悲笑，一時登覽。問何人又卸，片帆沙岸，繫斜陽纜。

南劍，今南平。雙溪，指劍溪（今名建溪）和樵川（富屯溪），南平在雙溪匯合處，雙溪閣在偏於劍溪的城東。雙溪匯合處又稱劍潭，據《晉書》〈張華傳〉載，是雙劍化龍之處（詳本書第一章第一節）。宋王象之《輿地記勝》卷一三五：「（南劍州）冠絕於他郡。劍溪環其左，樵川帶其右，二水交流，匯為澄潭」。宋代閩人黃裳《延平閣記》：「東西之水，相會與閣之前，衝擊而明浚之，人言其深不可測。」前於辛棄疾，閩人張元幹已寫有〈風流子〉〈政和間過延平，雙溪閣落成，席上賦〉（其上片見本節一小節）。同樣寫雙溪樓形勝，張詞除首句寫得較有氣勢外，全詞偏於輕柔優美，所抒發的則是「天涯倦客」的離情別緒。辛棄疾這首〈水龍吟〉則將南劍州的山水寫得異常壯偉，中又穿插劍潭傳說，驚心動魄，沙岸斜陽，又顯得極為蒼涼。更重要的是，詞人借了化劍的傳說，表達其倚長劍抗金的願望，下片則抒寫壯志未酬，聯繫千古百年的興與亡，悲與笑，低徊往復，不離對國家前途的繫念。清陳廷焯《雲韶集》卷五評云：「詞直氣盛，寶光焰焰，筆陣橫掃千軍。雄奇之景，非此雄奇之筆，不能寫得如此精神。」

辛棄疾還有幾首描寫福州西湖的詞作，〈賀新郎〉〔三山雨中遊西湖，有懷趙丞相經始〕云[61]：

> 翠浪吞平野。挽天河、誰來照影，臥龍山下。煙雨偏宜晴更好，約略西施未嫁。待細把、江山圖畫。千頃光中堆灩瀩，似扁舟欲下瞿塘馬。中有句，浩難寫。
>
> 詩人例入西湖社。記風流、重來手種，綠成陰也。陌上游人誇故國，十里水晶臺榭。更復道橫空清夜。粉黛中州歌妙曲，問當年魚鳥無存者。堂上燕，又長夏。

「西湖，《舊記》：在州西三里。偽閩時湖周四十數里，築室其上，號『水晶宮』」（《淳熙三山志》卷四）。蘇軾曾把杭州西湖比作西施，以為「淡妝濃抹總相宜」（〈飲湖上初晴後雨〉）。辛棄疾說，福州西湖煙雨時宜人，而晴天更好，好像是未出嫁時的西施，幽默風趣。福州西湖南宋的範圍比起現在大多了，淳熙十年（1183）又經趙汝愚疏浚，更可想見當日波光瀲灩，臥龍山倒影其上，有如圖畫的美景。下片就五代閩王延鈞在西湖築水晶宮、修復道作文章。對閩人來說，水晶宮、復道無疑是歷史勝跡，而對詞人來說，則平添了幾分興亡之慨。

三　辛派詞後勁：劉克莊　陳人傑

文學史上的辛派詞人，通常是指活動年代與辛棄疾差不多、或略晚一點、而詞的風格與辛棄疾也接近的愛國詞人，主要有山陰（今浙江紹興）人陸游，烏江（今安徽和縣烏江）人張孝祥、永康（今屬浙江）人陳亮、太和（今屬江西）人劉過和莆田人劉克莊。近年詞學界一些

61 趙丞相即趙汝愚，淳熙九年（1182）帥閩，紹熙五年（1198）八月拜右相，時辛棄疾已離閩。題稱趙為丞相，必是後來追改。

研究論著，還將歷來不甚引人注意的長樂人陳人傑歸入辛派的陣營[62]。

早於劉克莊、陳人傑，崇安人劉學箕，其詞亦屬辛派。學箕，字習之，劉韐之曾孫、劉子翬之孫。《四庫全書總目》卷一六二稱學箕「閑居不仕」，然其〈水調歌頭〉〔飲垂虹〕云：「三載役京口，十度過松江。」似又曾經出仕。自號種春子，家饒池館，有堂曰「方是閑」，故又號方是閑居士。《四庫全書總目》又云：「劉淮序稱其筆力豪放，詩摩香山之壘，詞拍稼軒之肩。」今觀集中諸詞，魄力雖少遜辛棄疾，然如其和棄疾〈金縷〉詞韻述懷一首，悲壯激烈，忠孝之氣，奕奕紙上，不愧為韐之子孫。其〈賀新郎〉云：

> 往事何堪說。念人生，消磨寒暑，漫營裘葛。少日功名頻看鏡，綠鬢鬅鬙未雪。漸老矣、愁生華髮。國恥家仇何年報，痛傷神、遙望關河月。悲憤積，付湘瑟。　人生未可隨時別。守忠誠、不替天意，自能符合。誤國諸人今何在？回首怨深次骨。嘆南北、久成離絕。中夜聞雞狂起舞，袖青蛇、戛擊光磨鐵。三太息，眦空裂。

原序略云：「近聞北虜衰亂，諸公未有勸上修飭內治以待外攘者。書生感憤不能已，用辛稼軒〈金縷〉詞韻述懷。」詞當作於金亡前不久。此時距學箕曾祖劉韐不屈而死於金營、北宋覆亡已近百年，遙望關河，國恥家仇未報，不能不傷神積憤，愁生華髮。下片譴責「誤國諸人」，兩宋之際奸臣誤國，如今仍然有人誤國，念及此，悲憤異常，聞雞而狂舞。把寫出如此慷慨激烈詞的劉學箕置於辛派行列，只會使辛派增添異彩而不會掩沒它的光輝。

---

62 詳胡念貽〈陳人傑和他的詞〉，《文學評論叢刊》第7輯。楊海明《唐宋詞史》第十一章〈被時代所召喚回來的「男子漢風格；辛派愛國詞」。（南京市：江蘇古籍出版社，1987年）。

劉克莊繼承和發揚了辛棄疾詞的愛國傳統。辛年長劉四十七、八歲，辛帥閩時劉克莊已開始從季父彌卲學[63]。辛棄疾詞在福建流傳很廣，劉克莊在童年時已能記誦辛詞[64]。劉克莊少年時詞已經作得很好，其〈念奴嬌〉云，「少年獨步詞場，引弦百發無虛矢。」〈賀新郎〉〔己未九日，同季弟子侄飲倉部，弟免庵、艮翁、宮教來會〕云：「憶昔俱年少。向斯晨、登高懷古，賦詩舒嘯。」這裡的「詩」，當兼詞而言之。〈最高樓〉云：「臣少也，豪舉泛星槎，飄逸吐天葩。」這幾句又道出劉克莊往往是在「豪舉」之時賦詩作詞的。據劉克莊自己所寫的詞，他在少年時性格就以「豪」、「奇」稱，其〈臨江仙〉云：「少豪萬里尋春。」〈賀新郎〉云：「吾少多奇絕。」那時他對豪壯浪漫的文風就很欣賞，〈賀新郎〉〔六用韻，敘謫仙事，為宮教兄壽〕云：「鵬賦年猶少。」自注：「初為〈大鵬遇希有鳥賦〉，後悔少作，改為〈大鵬賦〉。」我們知道，李白作有〈大鵬賦〉。

劉克莊論詞，非常重視反映時事的功用。宋人對柳永詞很推崇，劉克莊云：「前輩謂有井水處皆倡柳詞，余謂耆卿直留連光景、歌詠太平爾。」(〈辛稼軒集序〉) 在反映時事方面，柳詞有很大的不足。克莊〈翁應星樂府序〉又云：「至於酒酣耳熱，憂時憤世之作，又如阮籍唐衢之哭也。近世唯辛、陸二公有此氣魄。」他欣賞辛棄疾、陸游的詞作很大程度和他們寫下大量「憂時憤世」的作品有關。劉克莊也頗有「憂時憤世」之作。首先，劉克莊不忘北方故國，其〈摸魚兒〉云：「凝望久，愴故國，百年陵闕誰回首？」北方先陷於金，後易於蒙古之手，至此時已有百年[65]，南宋小朝廷文恬武戲，有幾個人還眷念著北方的陵闕呢？然而作者始終未能忘懷：

---

63 〔宋〕劉克莊〈季父習靜祭文〉：「愚幼顓蒙，季父訓免。」

64 〔宋〕劉克莊〈辛稼軒集序〉：「余幼皆成誦。」

65 錢仲聯先生推斷此詞作於淳祐甲辰（1244），詳《後村詞箋注》卷三（上海市：上海古籍出版社，1980年）。

梅謝了。塞垣凍解鴻歸早。鴻歸早。凭伊問訊，大梁遺老。
浙河西面邊聲悄。淮河北去炊煙少。炊煙少。宣和宮殿，冷煙衰草。(〈憶秦娥〉)

宣和是北宋徽宗的年號，大梁是北宋舊都，作者想像那裡一定非常殘破，人口稀少，一片荒涼，只有遺老（實際上宣和年間人也不可能活到此時）還在盼望王師北伐。言外之意，朝廷已把北方人民和陵闕忘卻。而〈昭君怨〉〔牡丹〕這首詠物詞則借詠洛陽名花牡丹寄寓詞人的故國之思：

曾看洛陽舊譜，只許姚黃獨步。若比廣陵花，太虧他。
舊日王侯園圃，今日荊榛狐兔。君莫說中州，怕花愁。

姚黃是洛陽牡丹中的名貴品種，詞借廣陵花（芍藥、瓊花）加以襯托。北宋洛陽的王侯園圃，如今長滿荊榛、充斥狐兔，傾城傾國的牡丹也隨之埋沒。說起中州，說起北方，自己悲愁不堪；怕說中州，怕說北方，是怕引起牡丹之愁。詞人還有一首〈六州歌頭〉〔客寄牡丹〕，下片聯想到洛陽牡丹：「一自京華隔，問姚魏、竟何如？」因而推想這些名花無不「彩雲散，劫灰餘。野鹿銜將花去」，又由花而及河洛（「休回首河洛丘墟」），由河洛而及舊都（「漫傷春弔古，夢繞漢唐都」）。寫牡丹，既移情於物，又托物寄思。〈憶秦娥〉和〈昭君怨〉二詞，都寫得樸實有深意。

馮煦《六十一家詞選》〈例言〉云：「後村詞與放翁、稼軒猶鼎三足，其生丁南渡，拳拳君國，似放翁；志在有為，不欲以詞人自域，似稼軒。」如果說上引二詞偏重於「拳拳君國」的話，那麼〈沁園春〉〔答九華葉賢良〕等則側重於抒發「志在有為」的懷抱了。〈沁園春〉上片寫少報國豪情：「一卷《陰符》，二石硬弓，百斤寶刀。更玉花驄噴，鳴鞭電抹；烏絲闌展，醉墨龍跳。牛角書生，虬鬚豪客，談笑皆堪折簡招。依稀記，曾請纓繫粵，草檄征遼。」身挎硬弓，手揮寶刀，騎上駿馬，風馳電掣，突現出一個英雄少年的形象。不僅如此，他精通韜略，又誠如陸游所說，上馬能擊狂胡，下馬能草軍書。〈滿江紅〉〔夜雨涼甚，忽動從戎之興〕也有類似的描寫：「金甲琱戈，記當日、轅門初立。磨盾鼻、一揮千紙，龍蛇猶濕。鐵馬曉嘶營壁冷，樓船夜渡風濤急。」氣概豪邁，雄快激烈。在「國脈微如縷」、千鈞一髮的危機關頭，他所想的還是請纓報國，〈賀新郎〉〔實之三和憂邊之語，走筆答之〕云：「問長纓、何時入手，縛將戎主！」又云：「快投筆，莫題柱。」至於〈玉樓春〉〔戲呈林推〕所云：「男兒西北有神州，莫滴水西橋畔淚。」則能激發時人不忘故國、收復北方的愛國熱情。

〈賀新郎〉〔送陳真州子華〕是劉克莊的代表作之一，其詞云：

> 北望神州路，試平章、這場公事，怎生分付？記得太行山百萬，曾入宗爺駕馭。今把作握蛇騎虎。君去京東豪傑喜，想投戈下拜真吾父。談笑裡，定齊魯。
> 兩河蕭瑟惟狐兔。問當年、祖生去後，有人來否？多少新亭揮淚客，誰夢中原塊土？算事業須由人做。應笑書生心膽怯，向車中閉置如新婦。空目送，塞鴻去。

陳韡，字子華，侯官人，開禧元年（1205）進士。寶慶三年（1227），子華由興化軍移知真州（今江蘇儀徵）。真州在江北，南宋屬淮南東路所轄，接近抗金前線。時蒙古已崛起，大肆攻金，宋亦乘機北進，宋金交戰頻繁，北方人民紛紛起義。由於宋朝投降派當國，殺害部分義軍首領，迫使一部分義軍投降蒙古，形勢十分複雜。劉克莊希望子華到真州後，能像兩宋之際的宗澤一樣正確對待並團結義軍共同抗金[66]，並且尖銳批判朝廷內外忘記中原、無意收復中原的士大夫，間接表達對子華有機會報效國家的羨慕之情。慷慨陳詞，豪情壯闊，詞氣激昂。明楊慎評云：「送陳子華帥真州詞，壯語亦可以立懦。」（《詞品》卷五）

然而，在整部《後村詞》中整首詞寫得像〈送陳真州子華〉如此激壯的作品並不多。在一首詞中，往往是昂揚豪邁與沉鬱悲涼並存。不忘故國，渴望北伐中原收復失地，故情緒激烈；而英雄失路，無由報國，坐待鬢改顏衰，又不免胸中鬱塞，淒涼悲哀。上文已舉上片的〈沁園春〉〔答九華葉賢良〕，其下片則云：「當年目視雲霄。誰信道、淒涼今折腰。悵燕然未勒，南歸草草；長安不見，北望迢迢。老去胸中，有些磊塊，歌罷猶須著酒澆。休休也，但帽邊鬢改，鏡裡顏凋。」〈滿江紅〉〔忽動從戎之興〕則由上片的激壯轉變為下片的悲憤，處處以反語出之，實是內心極為不平的表露。〈沁園春〉〔夢浮若〕上片有云：「天下英雄，使君與操，余子誰堪共酒杯？車千乘，載燕南趙北，劍客奇才。」頗有豪俠之氣。而下片則云：「嘆年光過盡，功名未立。」「披衣起，但淒涼感舊，慷慨生哀。」哀傷悲愴。如果說，辛棄疾和劉克莊詞所表現的都有個英雄失路問題的話，那麼，辛主要還是個人際遇、未受重用，而劉除了懷才不遇外，更重要的是時代使然。劉克莊生活在南宋中晚期，其時的形勢是「國脈微如縷」（〈賀新郎〉〔實之三和……〕），是「嘆幾處、城危如卵」（〈賀新郎〉〔杜子昕凱歌〕）。作於宋亡前十餘年的〈賀新郎〉〔傅相生日壬戌〕，媚賈似道固不可取，但詞中有云：「不信胡兒能膽大，南岸安他陣腳。」當時不讓北兵在江南站住腳就是軍事上的大勝利了，還敢奢談什麼北伐、收復失地？在這樣的背景下，劉克莊的失路、詞的悲

66 劉克莊對待義軍、「寇賊」的態度和其他文人不同，其〈滿江紅〉〔送宋惠父入江西幕〕云：「帳下健兒休盡銳，草間赤子俱求活。」把他們當成「赤子」，反對採取一味鎮壓的政策，主張對他們實行人道主義。

涼，就更蒙上一層宋朝末日的淒慘蒼涼的色彩，比起辛詞更為傷感、沉痛。

辛棄疾被免官後鄉居於帶湖、瓢泉，他當然沒有忘懷世事，也寫下一些慷慨激烈的詞，但他也熱愛農村生活，欣賞鄉間美景，寫下不少優美的農村詞和抒發閑趣的作品。劉克莊〈滿江紅〉諸篇寫他「三黜歸來」，無非是「園五畝」而已，「家徒壁」，所寫則為「家四世，傳清白。任天孫笑拙，女嬃嫌直」。「俗事不教污兩耳，晏居聊可盤雙膝」。憤世嫉俗，內心從未平靜過。社會始終沒能為他提供施展抗敵才幹的機會，於是他便採取一種疏狂的態度來加以發洩。〈水龍吟〉〔已亥自壽二首〕其二云：「起舞非狂，行吟非怨，高眠非傲。」〈賀新郎〉〔再用實之來韻〕云：「管甚是非並禮法，頓足低昂起舞。」〈賀新郎〉〔四用韻〕云：「興狂時，過陳遵飲，對孫登嘯。」〈滿江紅〉〔和王實之韻送鄭伯昌〕云：「有狂談欲吐。」〈摸魚兒〉云：「怪新年倚樓看鏡，清狂渾不如舊。」寫得最為形象生動的是〈一剪梅〉〔余赴廣東，實之夜餞於風亭〕下片云：「酒酣耳熱說文章。驚倒鄰墻。推倒胡床。旁觀拍手笑疏狂。疏又何妨。狂又何妨？」實之，即王邁，見本章第二節二小節。劉克莊〈滿江紅〉〔送王實之〕稱：「天壤王郎，數人物方今第一。」王邁也能詞，今多佚。詞風近劉克莊，也屬辛派，但才力略遜。王邁一生也很不得志。〈一剪梅〉寫活了這對疏狂朋友的形象。這種疏狂文人的形象，也為辛詞所無。

劉克莊對辛棄疾詞非常欣賞，其〈辛稼軒集序〉云：「公所作大聲鞺鞳，小聲鏗鍧，橫絕六合，掃空萬古，自有蒼生以來所無。」評價很高。劉克莊詞豪邁奔放，縱橫排宕，毛晉〈後村別調跋〉以為「大率與辛稼軒相類」。劉克莊有些詞，想像比辛詞奇特，頗富浪漫色彩。〈賀新郎〉〔寄題聶侍郎鬱孤臺〕云：「傾倒贛江供硯滴，判斷雪天月夜。」實為前人詩詞所罕道。他有兩首〈清平樂〉〔五月十五夜玩月〕。第一首寫月夜「醉跨玉龍游八極」，歇拍云：「消得幾多風露，變教人世清涼。」與辛棄疾〈清平樂〉〔憶吳江賞木樨〕「怕是秋天風露，染教世界都香」有點相像，都希望人間有個清平芬芳的環境，無疑都表達出詞人們美好的願望。第二首云：

> 風高浪快，萬里騎蟾背。曾識姮娥真體態，素面原無粉黛。
> 身游銀闕珠宮，俯看積氣濛濛。醉裡偶搖桂樹，人間喚作涼風。

上片寫萬里飛行，踏入月宮及「姮娥」的體態面目，「曾」字與蘇軾〈水調歌頭〉「我欲乘風歸去」的「歸」字有異曲同工之妙。下片，從月宮俯看人間，「喚作涼風」立意與第一首「人世清涼」相同，也包含著詞人的理想。通常的詠月詩詞都是站在人間望月亮，然後產生許多想像，劉克莊此詞則騎在蟾背上俯看人間，尤為奇特。它與詞人那些直抒愛國胸臆的憂時感事之作描寫對象和表現手法都有所不同，但氣概的豪邁卻很接近。

在辛派詞人中，劉克莊較重視詞學理論的研究，並且較自覺以理論來指導自己的創作。劉克莊是較早為辛詞作序、宣傳辛詞的詞人。知人論世，劉克莊首先肯定了辛「北方驍勇自拔而歸」、「為名卿將」的所為；次論其英偉磊落、筆勢浩蕩的雄文〈美芹十論〉、〈九議〉；再次為他不得施展懷抱而扼腕：「及公盛壯之時，行其說而盡其才，縱未封狼居胥，豈遂置中原於度外哉！」最後是論其詞，在對辛那些豪放的愛國詞作了充分肯定後，又云：「其穠纖綿密者，亦不在小晏、秦郎之下。」全面而中肯。

劉克莊論詞，講究「本色」，對傳統的婉約詞還是很推崇的。其〈翁應星樂府序〉云：「長短句當使雪兒囀春鶯輩可歌，方是本色。」對柳永、二晏、秦觀、周邦彥等人的詞，劉克莊非常看重，以為作詞「當參取柳、晏諸人以和其聲」（同上引），詞技方可長進。他還把超越柳永、二晏、賀鑄、秦觀等作為目標：「酒邊喚回柳七，壓倒秦郎」（〈漢宮春〉〔題鍾肇長短句〕）；「欺賀晏、壓秦黃。」（〈最高樓〉〔題周登樂府〕）劉克莊還認為，制詞還必須像周邦彥那樣講究聲樂，當時詞壇重俚而輕雅之風應該改變：「八音相應諧韶樂，一聲末了落梁塵。笑而今，輕郢客，重巴人。」（同上引）了解這些，對劉克莊乃至辛派詞的創作是很重要的。第一，劉克莊和辛派詞人的作品雖然重視豪放，講究氣勢（劉克莊〈賀新郎〉〔四用縷字韻，為王實之壽〕：「氣為文主」），但作詞仍不廢「本色」，或者說其初他們也對詞的「本色」下過功夫，對傳統的詞學非常重視。因此，包括劉克莊在內的辛派多能作穠纖綿密的婉約詞，例如劉克莊的〈風入松〉〔福清道中作〕等，就屬於婉約一路。第二，文學史上產生於南宋的辛派，畢竟是從傳統詞學中生發、分化出來的詞派。辛棄疾也好，劉克莊也好，他們作詞也都離不開傳統的詞學根基，劉克莊也擺脫不了傳統的詞學觀點。由於南宋具有特殊的政治背景、特殊的時代形勢，再加上詞人們的際遇，他們才在傳統的詞上注入愛國的內容，變婉約為奔放，變纖穠為豪壯。第三，由於劉克莊論詞重「本色」，所以對辛派的某些弊端看得特別清楚：「近歲放翁、稼軒，一掃纖艷，不事斧鑿，高則高矣，但時時掉書袋，要是一癖。」（〈跋劉叔安感秋八詞〉）然而劉克莊本人也免不了此病，也免不了辛派詞人略嫌粗率而忽視藝術斟酌推敲的缺點。

劉克莊還充分肯定了詞在「藝文」中的地位。「為洛學者皆宗性理而抑藝文，詞尤藝文之下者也」（〈黃孝邁長短句跋〉），劉克莊對理學家隨意貶損詞的地位和詞人的作品很不滿。他對黃孝邁詞評價很高，云：「其清麗，叔原、方回不能加，其綿密，駸駸秦郎『和天也瘦』之作矣。」（〈再題黃孝邁長短句〉）還認為孝邁所作「原於〈二南〉，其善者夫子復出，必和子矣」（〈黃孝邁長短句跋〉）。把《詩經》的〈周南〉、〈召南〉直接視為小詞的源頭，這種說法在詞學史上還是第一次；並說，孝邁的佳作，假如孔夫子復出，「必和之」，這無疑是對衛道者當頭棒喝。既然「原於〈二周〉」，詞也便有「感時傷物」、「行役弔古」、「閨情別思」，乃至興觀群怨的功用。其〈鷓鴣天〉〔戲題周登樂府〕又云：「詩變齊梁體已澆，香奩新體出唐朝。紛紛競奏桑間曲，寂寂誰知爨下焦？」《詩》有正變之分，〈二南〉為正，桑間濮上為變。劉克莊不滿詞中的桑間濮上、類乎齊梁體、香奩體之作，實則不滿側艷之詞或「艷科」之詞，而主張高、正（其中也包括閨情別思）。所謂「感時傷物」、「行役弔古」，所謂「亭鄣堡戍間事」、「憂時憤世之作」（〈翁應星樂府序〉），所謂「借花卉以發騷人墨客之豪，托閨怨以寓放臣逐子之感」（〈跋劉叔安感秋八詞〉），說的都是詞要切近時事、反映時事。從李綱、張元幹，到劉克莊及我們即將論及的陳人傑，辛派中的閩籍詞人作品切近時事、反映時事是一貫的。

陳人傑（？-1243）[67]，即陳經國，號龜峰，長樂人。他參加過舉子考試，先後漫遊南京、兩淮、巴陵、荊州等地，後來回到杭州。據陳容〈《龜峰詞》跋〉：「長吉（李賀）、淳夫（邢居實），俱不盡其才而死。」陳人傑死時也很年輕，可能不到三十歲。其集名《龜峰詞》，「龜峰」為長樂山名，〔崇禎〕《長樂縣志》卷一：「定山在十一都嶼頭，如葫蘆倒地形，取有定靜之義，故名。其峰曰『龜峰』，有巨石如龜，昔人勒『化龍豹變』四字。」詞人雖然早歲離家，但不忘故里。〈辛丑歲自壽〉云：「五彩雲中，群玉峰頭，是吾故鄉。」〈送陳起莘歸長樂〉云：「黎嶺天高，建溪雷吼，歸好不知行路難。龜山下，漸青梅初熟，盧橘猶酸。」家山十分美好。

《龜峰詞》現存三十二首，都是用清一色的〈沁園春〉詞調寫成的。陳人傑早歲也像其他士子那樣追求功名，但未能如願以償。「自

67 據胡念貽〈陳人傑和他的詞〉，〈文學評論叢刊〉第七輯。胡念貽又推測「陳人傑至多活了二十六歲」。

應年少，曳紫鳴珂遊帝鄉」，無奈「風塵牢落，歧路回皇」，「未遇良媒空自傷」（〈庚子歲自壽〉）。他不無自嘲地說：「應思我，似騎驢杜甫，長在長安。」「笑鬌生如許，尚誇年少，心忙未了，浪說身閑。」（〈贈陳用明〉）於是不免有「未到中年先老蒼」（〈辛丑自壽〉）的感慨。但是，陳人傑對功名的追求更多是同許身報國聯繫在一起的：「不許請纓，猶堪草檄，誰肯種瓜歸故邱。」（〈南金又賦無愁〉）

陳人傑在〈南金又賦無愁序〉中陳述了他的憂愁觀。他說：「丈夫涉世，非心木石，安得無愁？」只不過要看愁什麼罷了。有兩種愁，「杜子美平生困躓不偶，而嘆老羞卑之言少，愛君憂國之意多，可謂知所愁矣。若於著衣喫飯，一一未能忘情，此為不知命者」。愛君憂國之愁可取，過多的嘆老嗟卑、考慮一己的吃穿之愁不可取。他在詞中抒寫了百年以來中原被占、南宋小朝廷不時受到侵擾之愁：「嘆風寒楚蜀，百年受病，江分南北、千載歸尤。洛下銅駝，昭陵石馬，物不自愁人替愁。興亡事，向西風把劍，清淚雙流。」他所憂慮的是國家的命運和前途，愁中帶有激憤，帶有奮發改變被動挨打局面的高操志向，〈次韻林南金賦愁〉云：「滿目江山無限愁。關情處，是聞雞半夜，擊楫中流。」詞中所寫「為修名不立，此身易老」，用的是屈原「老冉冉其將至兮，恐修身之不立」（〈離騷〉），與詩詞中的嘆老嗟卑迥異其趣，說的也是希望有機會報效國家的意思。

一方面，蒙古滅金後軍隊大舉向南推進，嚴重威脅著南宋的安全，引發詞人的憂慮愁苦；另一方面，南宋朝廷內外的大小官僚卻在杭州無事般地過著歌舞昇平的生活，悠遊於樓臺亭榭。陳人傑〈詠西湖酒樓〉一詞諷刺道：「南北戰爭，惟有西湖，長如太平。看高樓倚郭，雲邊矗棟，小亭連苑，波上飛甍。太守風流，遊人歡暢，氣象邇來都斬新。秋千外，剩釵駢玉燕，酒列金鯨。」而在〈予弱冠之年〉一詞，則大聲對他們進行責問：「諸君傅粉塗脂。問南北戰爭都不知！」一點都不留情面。據該詞小序，詞是酒酣之時，大書於杭州著名的豐樂樓上，「以寫胸中之勃鬱」的。大書於壁，就是公開發表，公開對「傅粉塗脂」輩的聲討。這種形式，在辛派詞人中別具一格，同時也體現了年輕詞人血氣方剛的特點。

如果說，〈詠西湖酒樓〉一詞還僅侷限於指責官僚們盡情逸樂、不關心國事的話，那麼〈丁酉歲感事〉便直斥當道的誤國了：

> 誰使神州，百年陸沉，青氈未還？帳晨星殘月，北州豪傑；西風斜日，東帝江山。劉表坐談，深源輕進，機會失之彈指間。傷心事，是年年冰合，在在風寒。
> 說和說戰都難。算未必江沱堪宴安。嘆封侯心在，鱣鯨失水。平戎策就，虎豹當關。渠自無謀，事猶可做，更剔殘燈抽劍看。麒麟閣，豈中興人物，不畫儒冠。

丁酉（1237）年。自北宋亡至寫此詞時已百餘年。這「百年陸沉」的責任者是誰？這種義正辭嚴的發問，無疑將徽宗、欽宗以至當今的皇帝都包括進去，當然，還有歷朝的宰輔、大臣、將軍們。好不奇怪，「陸沉」竟達百年之久！具體原因，既有「劉表坐談」（喻空談的保守勢力），又有「深源輕進」（喻「開禧北伐」的草率），當前又拿不出一個禦敵抗敵的辦法，以至導致一個戰不能勝、和不得安的難堪局面。陳人傑對他們的指斥一點也不留情面，正是這些居於高位者的「無謀」，且如「虎豹當關」才使百年陸沉，才導致今天的被動。揭露和批判極為深刻，發人深省。

陳人傑對辛詞非常欣賞，〈浙江觀瀾〉云：「尤奇特，有稼軒一曲，真野狐精。」他的詞也學辛，寫得有氣勢，如〈南金又賦無愁〉結云：「江中蜃，識平生許事，吐氣成樓。」〈淳祐壬寅黃鍾之月〉結云：「平生志，合為霖雨，大慰蒼生。」無不高亢有力。至於上所引「更剔殘燈抽劍看」，似從辛〈破陣子〉「醉裡挑燈看劍」化出，陳人傑出生較劉克莊晚，去世卻較劉早。在辛派中，劉詞成績較陳大。劉克莊所做的詞數量多（約陳的八倍），時間跨度大，反映時事的面也較寬；陳人傑涉及的問題比較集中，而且都是少作，剛烈之氣過劉，老辣似稍遜。劉克莊和陳人傑，都無愧於辛派的後勁。

我們說劉克莊、陳人傑為辛派後勁，並不是說辛派的愛國精神及豪放的詞風到了陳人傑、劉克莊就告終止了，而是說劉、陳是辛棄疾之後活躍於宋末的辛派詞人而已。從李綱、張元幹到陳人傑、劉克莊，形成了閩詞人的愛國傳統，而且這一傳統至宋亡之後仍不絕如縷。三山（今福州）人陳德武寫了一首〈水龍吟〉〔西湖懷古〕，下片云：「可昔天旋時異，藉何人，雪當年恥？登臨形勝，感傷今古，發揮英氣。力士推出，天吳移水，作農桑地。借錢塘潮汐，為君洗盡，岳將軍淚！」懷古傷時，慷慨悲壯，「力士推山」以下設想出人意外，頗具浪漫色彩，仍不失辛派詞中的佳篇。

四　詞中的「江湖派」：南宋後期閩北詞人群體

南宋後期，詩壇上出現被稱為江湖詩人的「江湖派」，本小節我們借用「江湖派」這一名稱來論述南宋後期閩北詞人。下文我們將要論述的黃昇，他編選的《中興以來絕妙詞選》共錄八十九家詞，其中閩人詞二十五家，占百分之二十八點一；而閩人中閩北詞人十六家[68]，占八十九家的百分之十八，占二十五家的百分之六十四。十六家中大半是後期詞人。未被黃昇選入《詞選》的閩北詞人，還有呂勝己（建陽人，有《渭川詞》）、劉學箕（見本節三小節）等十餘家。南宋（特別是後期）閩北詞人眾多，成績也較大。這一小節將著重論述

68 潘牥，《中興以來絕妙詞選》未注籍里。周密《齊東野語》卷四說他是富沙人，而《八閩通志》卷六十三說是閩縣人，〔崇禎〕《長樂縣志》卷八列入〈節概〉，云：「祀郡庠鄉祠。」故不計入閩北詞人之數。十六家中包括金詞人吳激在內。

南宋後期閩北詞人群體，這些詞人大多仕途受挫或無意仕途，與「江湖詩人」有些類似。他們主要在閩北一帶從事創作和活動，詞多數也寫在家鄉一帶。我們把南宋後期閩北詞人群體劃分為兩小群，一群是建陽、建安、延平一線的黃昇、馮取洽、馮偉壽、劉清夫、劉子寰等；另一群是邵武的「三嚴」，即嚴羽、嚴仁、嚴參。

建陽、建安、延平這一詞人群體，黃昇是中心人物。黃昇，字叔暘，以所居有玉林，故號玉林；又有散花庵，又號花庵詞客。關於黃昇的里籍，朱彝尊《詞綜》、厲鶚《宋詩紀事》均無記載。《四庫全書總目》卷一九九據胡德方〈絕妙詞選序〉:「閩帥秋房樓公聞其與魏菊莊為友。」據魏慶之（號菊莊，建安人）〈過玉林〉:「一步離家是出塵，幾重山色幾重雲。沙溪清淺橋邊路，折得梅花又見君。」推斷黃昇「必慶之之同里」[69]。又據游九功（建陽人）有〈答黃叔暘〉詩，以為「昇是閩人，可以考見」。黃昇或是建安（今建甌）人，還有一條根據。魏慶之《過玉林》詩中的「沙溪」，就在建安。《八閩通志》卷五建寧府建安縣:「在府城東南將相里。源出南才、順陽二里。」黃昇生卒年無考。黃昇〈花庵詞選序〉作於淳祐己酉年（1249），可知他活到該年之後。黃昇與馮取洽多有唱酬，馮〈沁園春〉〔二月二日壽玉林〕云:「算三春仲月，方才破二，百年大齊，恰則平分。」知為黃昇五十壽辰而作。詞又云:「聊添我，作風流二老，歲歲尋盟。」又〈賀新郎〉〔追次玉林所賦溪樓燕集韻〕云:「二老交相訪。」可知黃昇與馮取洽年齡相接近。馮取洽生於一一八八年，那麼黃昇生年當在這一年前後，享年六十歲左右或稍長。黃昇著有《散花庵詞》，編選《唐宋諸賢絕妙詞選》、《中興以來絕妙詞選》各十卷（兩書合稱《花庵詞選》）。從宋末所編《草堂詩餘》引用的花庵詞客評語及魏慶之《詩人玉屑》卷二十《中興詞話》自注:「並系玉林黃

---

69 據〔道光〕《建陽縣志》卷十三，魏慶之當為建陽人。

昇叔暘《中興詞話補遺》。」黃昇又有《中興詞話》或《詞評》一類的著作。《詩人玉屑》卷十九又多引用《玉林詩話》，可知黃昇又有詩話著作。

馮取洽、馮偉壽也是這一群體的重要詞人，他們是延平（今南平）人。取洽，字熙之，自號雙溪擬巢翁，建交遊風月樓與友朋逸樂，其〈自題交遊風月樓〉云：「平揖雙峰俯霽虹，近窺喬木欲相雄。一溪流水一溪月，八面疏櫺八面風。」取洽有《雙溪詞》。偉壽，取洽子，字艾子，號雲月。劉清夫和劉子寰也是比較重要的人物，他們都是建陽人，而且齊名。子寰，字圻父，號篁嵲，嘉定十年（1217）進士，居麻沙。早登朱熹之門，劉克莊曾序其詩。劉克莊於寶慶元年（1225）至紹定元年（1228）為建陽令，劉子寰有〈洞仙歌〉〔寄劉令君潛夫〕贈克莊[70]。劉清夫，字靜甫，也長於詞。

還有一位沒有詞傳世，但同黃昇、二馮過往甚密的文士魏慶之，似不當遺漏。慶之，建安人（或謂建陽人），字醇甫，號菊莊，其所居地曰「衢山」，曰「橫塘」。有《詩人玉屑》。黃昇〈詩人玉屑序〉云：「有才而不屑科第，惟種菊千叢，日與騷人佚士觴詠於其間。閣學游公受齋先生，嘗賦詩嘉之，有『種菊幽探計何早，相應苦吟被花惱』之句。」《詩人玉屑》卷二十一有《詩餘》一門，專論宋詞。此外，馮取洽〈沁園春〉〔和答呂柳溪〕和〈金菊對芙蓉〉小序都提及呂柳溪其人。呂柳溪原唱〈沁園春〉今不存，也沒有其他詞傳世。呂柳溪即呂炎，見《詩人玉屑》卷十九。他字仲明，著有《柳詩近錄》，今不存，佚文見《詩人玉屑》卷十九、二十；《宋詩紀事》卷五十九引作《柳溪詩話》。呂炎爵里不詳，從馮取洽等人與他的交往過從及酬答看，似也是閩北一帶人。馮取洽〈賀新郎〉（問訊花庵主）

70 閩北詞人與劉克莊唱酬，今可考者還有陳以莊。以莊，字敬叟，號月溪，建安人。有〈賀新郎〉〔和劉潛夫韻〕（曉夢鶯呼起），和劉克莊「動地東風起」。劉克莊另有〈生查子〉〔元夕戲陳敬叟〕贈以莊。

小序云：「花庵老子以遊戲自在三昧，寓之樂府。溪翁隨喜和韻以詠嘆之」。溪翁，即劉淮，字叔通。建陽人[71]。其和黃昇詞今佚。

胡德方〈花庵詞選序〉云：「玉林早棄科舉，雅意讀書，間以吟詠自適。」除了劉子寰曾舉進士外，這群詞客都無意於功名，或在科舉受挫後不再有意於功名，而長期讀書鄉間，賦詩填詞，探討詩藝詞技，悠遊於田莊山水之間。黃昇〈賀新郎〉〔梅〕云：「書此意，寄同社。」他們似還結為詩社詞社或文學團體，經常酬唱。詞人們的交往酬唱，從他們的詞題、小序可以窺探一二。黃昇有〈賀新郎〉〔題雙溪馮熙之交遊風月之樓〕，馮取洽有〈黃玉林為風月樓作次韻以謝〉。黃昇有〈賀新郎〉，小序云：「乙巳正月十日，雙溪攜酒遺蛻亭，桃花方開，主人浩歌酌客，歡甚，即席作此。」中有「從此一春須一到」之句。乙巳，即一二四五年。黃昇又有〈沁園春〉〔元日〕（今佚）。馮取洽〈次玉林惠示韻〉小序云：「二月三日，諸少載酒邀往遺蛻觀桃。半酣，追省昨遊，因誦雅詞『從此一春須一到』之句，竟墮渺茫，為之黯然。輒用惠示〈（元日）沁園春〉韻，寫此懷思，一酹桃花也。」中有句云：「想有人如玉，已過南市，無人伴我，重醉西阡。」「有人如玉」，暗喻玉林黃昇。黃昇又有〈摸魚兒〉〔為遺蛻山中桃花作寄馮雲月〕，中有句云：「一春一到成虛約。」馮雲月，即馮偉壽。馮取洽和作小序云：「玉林君為遺蛻山中桃花賦也。花與主人，何幸如之，用韻和謝。」偉壽當也有和作，今不傳。遺蛻觀桃一事，往返酬唱數過，長達數年。劉子寰有〈金菊對芙蓉〉（今佚），馮取洽和作小序云：「奉同劉篁嵲、魏菊莊、馮竹溪、呂柳溪、道士王溪雲，賞西渚荷花，醉中走筆用篁嵲韻。庚寅。」庚寅，即一二三〇年。馮偉壽有〈玉連環〉〔憶李謫仙〕，黃昇作〈木蘭花慢〉〔題馮雲月（玉連環）詞後〕贈之，劉偉壽又作〈和答玉林韻〉。劉清夫有

71　《玉林詩話》卷十九引趙章泉〈跋劉溪翁淮題韓府詩〉云：「誰詠韓家府，建陽劉叔通。」〔道光〕《建陽縣志》卷十三〈人物志文苑〉也有劉淮小傳。

〈沁園春〉〔詠劉篁嵲碧蓮〕詞，則為劉子寰而作。詞人間的酬唱，可謂一時之盛。

這一詞人群體，不少作品在描寫他們瀟灑自得情趣的同時，也表現了他們蔑視王侯、兀然桀傲、耿介拔俗的品格。黃昇〈酹江月〉〔戲題玉林〕云：

> 玉林何有，有一彎蓮沼，數間茅宇。斷塹疏籬聊補葺，那得粉墻朱戶？禾黍秋風，雞豕曉日，活脫田家趣。客來茶罷，自挑野菜同煮。
>
> 多少甲第連雲，十眉環座，人醉黃金塢。回首邯鄲春夢破，零落珠歌翠舞。得似衰翁，蕭然陋巷，長作溪山主。紫芝可采，更尋岩谷深處。

他們所取的號，與情趣、性格、愛好也有緊密的聯繫。黃昇號玉林，因所居地多梅，故又有「玉林梅」之稱。魏慶之〈過玉林〉：「折得梅花又見君。」馮取洽〈沁園春〉〔用前韻，謝魏菊莊〕：「雙溪約玉林梅。擬真到莊門一扣開。」魏慶之號菊莊，呂炎號柳溪，馮取洽號雙溪，馮偉壽號雲月，劉子寰號篁嵲（與竹、山有關）。又有馮竹溪，其人名字不詳，竹溪是他的號。故詞人所詠梅、菊、柳、竹等往往有寓意。馮取洽〈沁園春〉〔用前韻謝魏菊莊〕云：「舉世紛紛，風靡波流，名氛利埃。有幽人嘉遁，長年修潔，寒花作伴，竟日徘徊。餐薦夕英，杯迎朝露，世味何如此味哉！」「餐薦夕英」用〈離騷〉「夕餐秋菊之落英」，與「寒花」都指菊。讚美秋菊的高潔實則讚美菊莊。馮取洽此詞是人菊同寫，而黃昇的〈賀新郎〉〔菊〕則只詠菊而菊莊的品格精神自見，詞云：

> 莫恨黃花瘦。正千林、風霜搖落，暮秋時候。晚節相看元不

> 惡，采采東籬獨秀。試攬結、幽香盈手。幾劫修來方得到，與淵明、千載為知舊。同冷淡，比蘭友。
> 柴桑心事君知否？把人間、功名富貴，付之塵垢。不肯折腰營口腹，一笑歸歟五柳。悵此意、而今安有。若得風流如此老，也何妨、相對無杯酒。詩自可，了重九。

與通常的詠物詞不同，此篇菊就是魏慶之的化身。黃昇序《詩人玉屑》特拈出「種菊千叢」，游九功贈詩也突出「種菊幽探」。功名富貴付塵垢，不肯折腰的描寫，已經不是以菊見菊莊的精神，而是移菊莊的品格於菊了。至於〈賀新郎〉〔梅〕「清癯不戀華亭榭」，〈行香子〉〔梅〕「冰霜作骨，玉雪為容」，則是黃昇自我精神的形象寫照。馮取洽〈沁園春〉〔和答呂柳溪〕寫溪柳，也有新意深意。

黃昇、魏慶之等或「早棄科舉」，或「不屑科第」，但不等於他們不曾有過抱負、不曾有過幻想。黃昇〈水龍吟〉〔贈丁南鄰〕云：「少年有志封侯，彎弓欲掛扶桑外。」「彎弓」句用阮籍《詠懷》「彎弓掛扶桑」，此詩向有「豪傑詩」之稱。理想抱負不能實現，「驚世路，有豺狼」（馮取洽〈賀新郎〉〔次玉林見壽韻〕），豺狼當道，奸臣掌權。「少年事，成夢裡」（黃昇〈西河〉〔己亥秋作〕），儘管他們都居於山林園田之中，但始終未曾忘懷塵世，未曾忘懷國事。馮取洽〈賀新郎〉〔次玉林感時韻〕云：

> 知彼須知此。問籌邊、攻守規模，云何則是。景色愔愔猶日暮，壯士無由吐氣。又安得、將如廉、李。燕坐江沱甘自慶，笑腐儒、枉揎朝家紫。用與舍，徒為耳。
> 黃蘆白葦迷千里。嘆長淮、籬落空疏，僅餘殘壘。讀父兵書寧足恃，擊楫誰盟江水！有識者、知其庸矣。多少英雄沉草野，豈堂堂、吾國無君子！起諸葛，總戎事。

這首詞係次黃昇〈感時〉韻，黃作今不傳。黃昇與取洽父子並不單單悠遊山水、吟風賞月而已。《續資治通鑒》卷一七一，淳祐五年（1245）七月：「蒙古察罕會張柔掠淮西，至揚州而去。」詞中「嘆長淮」云云，當指此事。前此，史嵩為相，朝政黑暗，所用是紙上談兵一類的無能將領，不能不讓壯士扼腕，最後說國中並非無人，必須起用像諸葛亮一類的人物來負責軍事。吶喊呼號，對朝廷不能正當用人進行猛烈抨擊。然而，詞人們更多的時候是看不到出路，內心極為痛苦，其「心如結」。黃昇〈秦樓月〉〔秋夕〕下片云：「漢朝陵廟唐宮闕。興衰萬變從誰說。從誰說。千年青史，幾人華髮。」回天無術，也只好寄意塵外，潔身自好了：「大江東去日西墜。想悠悠千古興廢。此間閱人多矣。且揮弦寄興、氛埃之外。目送蜚鴻歸天際。」（〈西河〉〔己亥秋作〕）

這一群體的詞人大多傲嘯山林、吟詠於水木之間，故善賦閑情，詞氣超曠，技巧比較細膩。游九功《答黃叔暘》云：「忽忻遠寄聲，秀句盈章吐。璀璨爛寒芒，晴空見冰柱。」後人則用「晴空冰柱」四字評黃昇詞。《四庫全書總目》卷一九九云：「其詞亦上逼少游（秦觀）、近摹白石（姜夔）。九功贈詩所云：『晴空見冰柱』者，庶幾似之。」近人俞陛雲《唐五代兩宋詞選釋》評〈酹江月〉〔戲題玉林〕云：「游受齋評其詞若『晴空冰柱』。此詞天懷高潔，頗稱受齋評語。」馮煦《蒿庵論詞》認為黃昇詞專「尚細膩」。試看他的〈清平樂〉〔宮怨〕：

> 珠簾寂寂。愁背銀缸泣。記得少年初選入。三十六宮第一。當年掌上承恩。而今冷落長門。又是羊車過也，月明花落黃昏。

「又是」二句，向被推為警句（後一句本唐人〈宮詞〉「月明花落又黃昏」)。清許昂霄《詞綜偶評》評此詞云:「語意惻惻動人,然較之太白,則更傷矣。」黃昇〈鷓鴣天〉〔張園作〕有句云:「一行歸鷺拖秋色,幾樹鳴蟬餞夕陽。」清李調元《雨村詞話》卷三評云:「『拖』字猶人所及,『餞』字人所不及也。」並稱讚他「工於鍊字」。

馮偉壽詞,楊慎《詞品》卷四評云:「殊有前宋秦(觀)、晁(補之)風艷,比之晚宋酸餡味,教督氣不侔矣。」其父馮取洽風格則以閑曠為主,尤擅於長調。不過,偉壽還有「筆力千鈞」(黃昇〈木蘭花慢〉〔題馮雲月玉連環詞後〕語)一種,其〈玉連環〉〔憶李謫仙〕上片有云:「高吟三峽動,舞劍九州隘。玉皇歸覲,半空遺下,詩囊酒佩。」下片云:「雲月仰挹清芬,攬虬鬚、尚友千載。晉宋頹波,羲皇春夢,尊前一慨。待相將共躡,龍肩鯨背。海山何處,五雲靉靆。」此詞思接千載,上碧落而下山海,動三峽而隘九州,狂放雄奇,在宋閩人詞中並不多見。至於劉子寰,則善於寫山泉,〈滿江紅〉〔風泉峽觀泉〕有句云:「靜坐時看松鼠飲,醉眠不礙山禽落。」清沈雄《古今詞話》〈詞評〉上卷以為「是詠山泉之極肖者。」〈沁園春〉〔西岩三澗〕亦是其中佳作,劉清夫僅存詞兩首,不詳論。

邵武詞人群體,主要是「三嚴」。嚴羽今只存詞兩首,見《滄浪吟卷》。其〈滿江紅〉〔送廖叔仁赴闕〕上片敘事,寫「送」,下片抒情,說自己從來未忘記「天下事」,可是現在已經老了,「對西風慷慨,唾壺歌缺」。最後歸結到送別的傷感。氣勢豪邁,風格遒壯,頗接近辛派。嚴參詞也僅存兩首,風格與嚴仁相近。

邵武「三嚴」,次山「最多」。嚴仁,字次山,號樵溪,有《清江欸乃集》,今不傳。他曾到過江西、湖南、廣東以及福建的南平、福州及閩南一帶。「其詞極能道閨闈之趣」(黃昇《中興以來絕妙詞選》卷五),又頗具詞家本色。其〈一落索〉〔春環〕云:

清曉鶯啼紅樹。又一雙飛去。日高花氣撲人來,獨自價、傷春無緒。

別後暗寬金縷。倩誰傳語。一春不忍上高樓，為怕見、分攜處。

閨中少婦見鶯雙飛，又有花氣撲人，傷春懷遠，倍覺傷情。由「清曉」而「日高」，見其獨處之久；「暗寬金縷」，寫其別後相思清瘦；「不忍上高樓」，更見相思之苦。清賀裳論詞中本色語，特拈出「一春」二句，以為「觀此種句，即可悟詞中之真色生香」。且「『怕』字用來妙不可言，若用一『恐』字，亦未嘗說不去，然毫釐差，則千里謬矣」（清田同之《西圃詞說》引）。嚴仁的閨闈詞一向很受選家的重視，《柳塘詞話》云：「近代選家，無有不知次山詞者，〈玉樓春〉〔春思〕、〈鷓鴣天〉〔別情〕是也。甚則〈多麗〉之〔記恨〕，〈金縷曲〉之〔送春〕，有不能釋卷者。」（沈雄《古今詞話》〈詞評〉上卷引）像〈鷓鴣天〉〔惜別〕：「載將離恨過瀟湘。請君看取東流水，方識人間別意長。」《南柯子》：「曉綠千層出，春紅一半休。」〈醉桃源〉〔春景〕：「拍堤春水蘸垂楊。水流花片香。弄花噆柳小鴛鴦。一雙隨一雙。」都是膾炙人口的名句。況周頤《蕙風詞話》卷二引《織餘瑣述》評《醉桃源》云：「描寫芳春景物，極娟妍鮮翠之致，微特如畫而已。政恐刺繡妙手，未必能到。」

嚴仁題寫名勝之作，亦不乏佳構。短調如〈菩薩蠻〉〔雙溪亭〕：「征鴻點破空雲碧。丹霞染出新秋色。返照落平洲。半江紅錦流。

風清漁笛晚。寸寸愁腸斷。寄語笛休橫。只消三兩聲。」雙溪亭在延平（今南平），溪以雙劍化龍著名。而〈菩薩蠻〉寫景則講究鍊字，並善於熔裁前人詩句（「半江」句用白居易〈暮江吟〉：「一道殘陽鋪水中，半江瑟瑟半江紅」），結句工於言愁。清鄒祇謨《遠志齋詞衷》「詞有閑淡一派」條云：「詩家有王、孟、儲、韋一派，詞流惟務觀、仙倫、次山、少魯（嚴參）諸家近似，與辛、劉徒作壯語者有別。」當指的是〈菩薩蠻〉一類的作品。然而嚴仁也有筆力朗健的佳製，其〈水龍吟〉〔題天風海濤，呈潘料院〕一詞很受後人稱道，詞云：

> 飆車飛上蓬萊，不須更跨琴高鯉，砉然長嘯，天風澒洞，雲濤無際。我欲乘桴，從茲浮海，約任公子。辦虹竿千丈，犗鈎五十，親點對、連鼇餌。
>
> 誰榜佳名空翠。紫陽仙、去騎箕尾。銀鈎鐵畫，龍拏鳳翥，留人間世。更憶東山，哀箏一曲，灑沾襟淚。到而今，幸有高亭遺愛，寓甘棠意。

淳熙九年（1182）、紹熙元年（1190）兩度知福州的宋宗室趙汝愚有〈同林擇之姚宏甫遊鼓山〉詩，云：「江月不隨流水去，天風直送海濤來。」朱熹書「天風海濤」四字於鼓山（在福州市東）絕頂。嚴仁詞上片極寫鼓山瀕臨大海、山勢高峻，詞氣宏放，構想奇特。「紫陽」，即朱熹；「東山」、「甘棠」指趙汝愚。下片追懷朱、趙，並記他們的題字與詩。嚴仁此詞，後被稱為鼓山一絕，並與趙詩、朱字稱「三絕」（詳楊慎《詞品》卷五）。

「三嚴」之外，邵武當時還有一個詞人叫李芸子。芸子，字耘叟，號芳洲。戴復古曾為其詞作序並賞愛其〈木蘭花慢〉〔秋意〕「奈予懷渺渺，羈愁鬱鬱，歸夢悠悠」（詳《中興以來絕妙詞選》卷十）。他的詞不僅有一定數量，而且作得好。戴復古曾為邵武教授，與嚴羽等過從甚密，可以推想李芸子也是當時邵武詞人群體中人。戴復古，字式之，號石屏，是江湖詩人中的重要人物，亦能詞。今存詞一卷。他在邵武所作，確可考者唯〈滿庭芳〉〔元夕上邵武王守子文〕一篇。我們不妨將他看作邵武群體的客籍詞人。

建陽、邵武兩地，相距不過二百里之遙；劉子寰居麻沙，離邵武就更近了。邵武的嚴仁作〈過雙溪亭〉、〈雙溪樓〉詞，無疑到過延平。兩群詞人可能有交流，魏慶之《詩人玉屑》大段大段地引用嚴羽《滄浪詩話》似可作為一種旁證[72]。

在分析了上述兩個群體之後，現在可以對南宋後期閩北「江湖」詞人作幾點小結了。

第一，這些閩北籍詞人大多生活於本鄉本土，無意或無由仕宦。他們的詞多寫山水遊樂閑適之趣，間或流露出不忘時事、鬱憤的情志，實際上是身在江湖，卻仍不忘魏闕。

第二，他們都居住在閩北，或同邑，或鄰縣鄰里，相互來往方便，也便於結社酬唱、往返贈答。馮取洽、馮偉壽是父子同唱；邵武「三嚴」，是一族多人能詞（嚴氏還有一位嚴燦，當也能詞，今詞不傳）。彬彬之盛，閩北詞人大備於時。

第三，閩籍辛派詞人風格以豪放為主，但他們中有的人婉約詞也作得很好；閩北詞人群體風格以婉約為主，間或有雄邁之作。南宋作豪放詞的作者多集中在福州、莆田一帶的沿海地區[73]，作婉約詞的作者多集中在閩北山區[74]。

第四，閩北詞人群體不僅從事詞的創作，還從事詞學研究和詞批評。馮氏父子精於聲韻。據陶宗儀《韻記》載，宋朱希真曾作《詞韻》，有十六條，「鄱陽張輯，始為衍義以釋之。洎馮取洽重為繕錄增

72 黃昇〈詩人玉屑序〉作於一二四四年，《詩人玉屑》當成書於此年或稍早。關於嚴羽的卒年，目前學術界主要有兩種意見，一種認為是一二四〇年或其後（朱東潤：〈滄浪詩話探故〉，《中國文學論集》（上海市：上海古籍出版社，1983年），一種認為是一二四五年或其後（《嚴羽學術研究論文選》（廈門市：鷺江出版社，1987年））。蔡厚示先生主後說，推定一二五五年左右，並云：「魏慶之跟嚴羽同是閩北人，他出於對嚴羽的欽慕，在嚴羽尚健的情況下就大量引用嚴羽的著作，在情理上也是說得通的。」

73 沿海詞人，像著有《知稼翁詞》的莆田黃公度（1109-1156），其詞風格則接近於晚唐的溫庭筠和韋莊（詳陳廷焯《白雨齋詞話》卷一）。

74 沙縣的鄧肅（所居地今屬永安）和崇安的劉學箕例外。李綱雖為邵武人，但晚年居福州。

補，而韻學稍為明備通行矣」(《古今詞話》〈詞品〉上卷引)，馮氏所增補的韻書今雖不存，但對詞韻研究之功卻不可滅。清鄒祇謨《遠志齋詞衷》以為宋代詞人自製新調，以柳永為最，此外則有周邦彥、史達祖、姜夔、蔣捷、吳文英和馮偉壽。偉壽精於律呂，今所存詞多自製腔。閩北詞人的詞批評家，最重要的是黃昇，他的《花庵詞選》，於各家或名作，間有評論。後修的《增修草堂詩餘》引黃昇所評，稱《玉林詞話》，魏慶之《詩人玉屑》卷二十一存黃昇《中興詞話補遺》十六條。〈花庵詞選序〉比較集中地代表黃昇的詞學觀點，其略云：

> 佳詞豈能盡錄，亦嘗一臠而已。然其盛麗如游金、張之堂，妖冶如攬嬙、施之袪，悲壯如三閭，豪俊如五陵；花前月底，舉杯清唱，合以紫簫，節以紅牙，飄飄然作騎鶴揚州之想，信可樂也。

盛麗、妖冶、悲壯、豪俊、清雅、飄逸，諸種風格並重，故其選詞與後來周密〈絕妙好詞〉宗尚姜夔不同。黃昇選蘇軾詞多達三十一首，辛棄疾詞四十一首。黃昇重視對閩北詞人的作品的評論，《中興詞話補遺》就有四、五則是評這一地區作者所作詞的，其中馬子嚴二則[75]，游次公[76]、劉褒各一則[77]。另有「游龍溪」一則，云「龍溪游子西」，《全宋詞》小傳以為游是龍溪人。以黃昇他條「石林葉少蘊」、「范石湖」、「馬古洲」例之，「龍溪」疑為其號，「子西」疑為其字，游子西可能與游子明（次公）同宗，為建安人。魏慶之《詞人玉屑》

75 馬子嚴，字莊父，自號古洲居士，建安人，淳熙二年（1175）進士，有《古洲詞》。

76 游次公，字子明，號西池，建陽人，曾以文章受知桂帥范成大，淳熙十四年（1187）通判汀州。

77 劉褒，字伯寵，一字春卿，武夷山人。淳熙五年（1178）進士，嘉定六年（1213）監尚書六部門。

卷二十一「詩餘」門計二十一條，大多稱引他家之評，然間斷以己意。「章質夫」條評其〈水龍吟〉〔揚花〕云：「余以為質夫詞中，所謂『傍珠簾散漫，垂垂欲下，依前被，風扶起』，亦可謂曲盡楊花妙處。東坡所和雖高，恐未能及。」質夫，浦城人。慶之所評未必出於回護，實具隻眼。

第五，南宋晚期閩北詞人群體的代表作家黃昇還編有《中興以來絕妙詞選》十卷，如上文所述，黃昇《詞選》的特點是能兼納各種風格、流派。南宋初紹興年間晉江人曾慥據其家藏編選了《樂府雅詞》，輯宋詞三十四家，並錄無名氏詞百餘闋。比較《樂府雅詞》，《中興以來絕妙詞選》非常注重選本地詞家的作品；一些閩北詞人之作，也多賴此書的輯錄才得以流傳。嚴仁詞現存三十首，馮偉壽六首，劉清夫五首，劉褒三首[78]，嚴參二首，李芸子一首，都僅見於此書。黃昇今存詞三十九首，除一首見於《翰墨大全》，所餘三十八首亦見此書。《中興以來絕妙詞選》對閩北詞人群體作品的保存、傳播和流傳起了相當重要的作用。這一點並沒能引起歷來詞論家的注意。

《中興以來絕妙詞選》卷三收錄吳激詞二首。激（1090-1142），字彥高，自號東山，建安人。宋宰相吳栻之子，書畫家米芾之婿。靖康末使金，以知名留不遣，為翰林待制。皇統二年（1142）出知深州，到官三日卒。《金史》本傳：「工詩能文，字畫俊逸得芾筆意。尤精樂府，造語清婉，哀而不傷。」為金初詞壇領袖，與蔡松年齊名，號「吳蔡體」。有《東山集》。

吳激還有《東山樂府》，可惜今僅存八首，多寫鄉國之思。〈滿庭芳〉云：「千里傷春，江南三月，故人何處汀州。」詞以福建汀州指代詞人對福建家鄉的懷念；所謂傷春，則是傷懷故國。吳激詞以黃昇所選二首最著名，〈人月圓〉〔宴張侍御家有感〕云：

---

78 劉褒另有二首同時見於《中興以來絕妙詞選》和《詩人玉屑》。

南朝千古傷心事，猶唱後庭花。舊時王謝，堂前燕子，飛向誰家？
恍然一夢，仙肌勝雪，宮髻堆鴉。江州司馬，青衫淚濕，同是天涯。

洪邁《容齋隨筆》卷十三記載：「先公（洪皓使金被羈）在燕山，赴北人張總侍御家集。出侍兒佐酒，中有一人，意狀摧抑可憐，叩其故，乃宣和殿小宮姬也。坐客翰林直學士吳激賦長短句（即此詞）紀之，聞者揮涕。」詞熔裁杜牧〈泊秦淮〉、劉禹錫〈烏衣巷〉、白居易〈琵琶行〉諸詩語句，注入興亡之慨、故國之思。座間，同入仕於金的宇文虛中先於吳激賦一闋〈念奴嬌〉，盡出己意，亦不勝興亡、今昔之嘆。據《中州樂府》記載，及見吳激作，宇文茫然自失，自後有人求作，則云：「吳郎近以樂府高天下，可往求之。」劉祁評此詞云：「半是古人句，其思致含蓄遠甚，不露圭角，不猶勝於宇文自作者哉。」(《歸潛志》)

〈春從天上來〉云：

海角飄零。嘆漢苑秦宮，墜露飛螢。夢裡天上，金屋銀屏。歌吹競舉青冥。問當時遺譜，有絕藝、鼓瑟湘靈。促哀彈，似林鶯嚦嚦，山溜泠泠。
梨園太平樂府，醉幾度春風，鬢變星星。舞破中原，塵飛滄海，飛雪萬里龍庭。寫胡笳幽怨，人憔悴、不似丹青。酒微醒。對一窗涼月，燈火青熒。

詞前有小序：「會寧府遇老姬，善鼓瑟。自言梨園舊籍，因感而賦此。」會寧府故址在今黑龍江阿城縣南白城。霜髮老姬，原是北宋梨園（教坊）藝人，如今也飄泊到偏遠之地，詞人感而賦此，寄寓故國之思和飄零之恨。通首用對比手法，增強藝術感染力，同時又善用前人詩中故實，融合無跡，天成自然。黃昇《詞選》附注：「三山（今福州）鄭中卿從張貴謨使虜，日聞有歌之者。」可見傳誦很廣。

黃昇評上述二詞云：「精妙淒惋。」又云：「今錄入《選》，必有能知其味者。」看重如此。前人論詞，以為小令中調宜於抒寫柔情蜜意，而吳激的〈人月圓〉卻「有排蕩之勢」，為「偷聲變律之妙」（沈謙《填詞雜說》）。至於長調，吳激則可與蘇軾、辛棄疾相頡頏（詳馮金伯《詞苑萃編》卷六）。

第四節　兩宋文學批評

一　閩人詩話鳥瞰

我國傳統的詩話，有狹義和廣義兩說。狹義上的詩話，是指書名明確標有「詩話」二字的詩歌批評著作。第一部標有「詩話」的詩話著作是北宋歐陽修的《六一詩話》。廣義的詩話，是指包括不標有「詩話」二字在內的所有詩歌批評著作，例如梁鍾嶸的《詩品》和唐皎然的《詩式》；有些學者的理解，則把內中有若干條詩話性質的筆記也包括在內，例如宋阮閱《詩話總龜》前集卷首《集一百家詩話總目》所列絕大部分屬於此類。本小節採用嚴格意義上的說法而又稍加變通，把吳涇的《杜詩九發》、魏慶之的《詩人玉屑》等也包括在內，因為這幾部著作從性質上說和標上「詩話」者相當接近，至於內中有若干條論詩的筆記，我們將在三小節中另行評介。

1《西清詩話》　蔡絛撰

絛，字約之，別號無為子，仙遊人。蔡京季子，官至徽猷閣待制。徽宗宣和六年（1124），蔡京再起領三省，「目昏眊不能事事，悉決於季子絛。凡京所判，皆絛為之，且代京入奏」(《宋史》〈蔡京傳〉)。京敗，絛流放到白州（今廣西博白），死於高宗紹興間。今傳抄本三卷。郭紹虞疑非原本。郭氏採《苕溪漁隱叢話》等書得一百一十二條；編入《宋詩話輯佚》(哈佛燕京學社本)。曾敏行《獨醒雜誌》卷二云：「絛為徽猷閣待制時作《西清詩話》一編，多載元祐諸公詩詞，未幾，臣寮論列，以為絛所為私文，專以蘇軾、黃庭堅為本，有誤天下學術，遂落職勒停。」據吳曾《能改齋漫錄》卷十二，絛落職在宣和五年（1123）。說明絛學術觀點不同蔡京，有獨立見解。《西清詩話》是閩人所著較早的一部詩話，不應因人廢言。其論詩講究渾成自然，含蓄有味：「作詩用事要如禪家語，水中著鹽，飲水乃知鹽味。」(《苕溪漁隱叢話》〈前集〉卷十引）以禪喻詩非始於絛，而在閩人中，絛較早。蔡絛又極注重詩格，以為格有高下，「不可強力至」(同上卷五十六引)，與曹丕《典論》〈論文〉論文氣不可力強而至，同樣值得注意。

2 《金玉詩話》　舊題蔡絛撰

宛委山堂本《說郛》卷八十一存九條，題曰闕名。商務本《說郛》存十條。郭紹虞《宋詩話考》云：「《金玉詩話》所載，幾全同於《西清詩話》。」兩書實為一書。

3 《蔡百衲詩評》　蔡絛撰

此書不見諸家著錄，僅《苕溪漁隱叢話》和《竹莊詩話》各存錄一條。《叢話》後集卷三十三評王維、李白、杜甫、蘇軾等唐宋十四家詩，長短並舉，分寸殊當，並云：「十四公，皆吾生平宗師追仰所不能及者，留心既久。」

4《藏海詩話》 吳可撰

可，字思道。據《八閩通志》卷四十九，甌寧（今建甌）人。吳可，大觀三年己丑（1109）賈安宅榜。至正《金陵志》稱為金陵人。郭紹虞《宋詩話考》折衷諸家說，認為可原籍甌寧，而生於金陵可能性大些。宣和末，可官至團練使責授武節大夫致仕。南宋乾道、淳熙尚在世。吳可雖為武臣，卻有詩名，著有《藏海居士集》。《四庫全書總目》卷一九五云：「其論詩每作不了了語，似乎禪家機鋒。」《詩人玉屑》卷一載吳可〈學詩詩〉三首，其一云：「學詩渾似學參禪，竹榻蒲團不計年。直待自家都了得，等閑拈出便超然。」以禪喻詩，較蔡絛具體深入，為《滄浪詩話》先聲。其論詩，認為「要當以意為主，輔之以華麗」；「寧對不工，不可使氣弱」；「凡看詩，須是一篇立意，乃有歸宿處」；「貫穿出入諸家之詩，與諸體俱化，便自成一家」等，都頗有見地。吳可又深知江西詩派利病，故提出「學詩當以杜為體，以蘇、黃為用」的看法。

5《砉溪詩話》 黃徹撰

徹，字常明。《八閩通志》有兩黃徹。一為邵武人，紹興十五年（1145）劉章榜進士（卷五十二）；一為興化（今莆田）人，宣和六年（1124）〔沈〕晦榜進士，並云：「有《碧（砉）溪詩話》十卷。」（卷五十三）陳振孫《直齋書錄解題》卷二十二云：「《砉溪詩話》十卷，莆田黃徹常明撰。」徹孫燾《跋》引楊邦弼為徹所作《墓誌》，亦云徹為宣和甲辰（六年）進士。清朱彝尊跋以為徹「家本莆田而占籍邵武」、「紹興十六年進士」，不可信。徹為平江令，忤權貴，棄官歸興化砉溪，閉門卻掃五年，因撰成是書。《四庫全書總目》卷一九五評云：「其論詩，大抵以風教為本，不尚雕華。然徹本工詩，故能不失風人之旨，非務以語錄為宗，使比興之義都絕者也。」大抵符合實際。全書計二百一十四條，其中引杜詩評杜詩多達八十七條，開閩人論詩崇杜之風，此為《詩話》值得注意者一。黃徹論詩雖重教化，但他「賦性介潔，嫉惡如仇，不忍浮沉上下」(〈自序〉)，故極欣賞「卻羨卞和雙刖足，一生無復沒階趨」(李商隱句)一類的作品，此為值得注意者二。此書重在評論。郭紹虞《宋詩話考》指出：「此書獨能在詩格詩例方面，另出手法，以創為語法修辭之規律，則事屬首創，其功有不容湮沒者矣。蓋黃氏飽學，能觀其通，能窺其微，故蹊徑獨闢」。此為值得注意者三。

6《高齋詩話》 曾慥撰

慥，字端伯，自號至游居士，晉江人。曾慥〈《樂府雅詞》引〉寫於紹興丙寅(1146)，知其卒於是年之後。官尚書郎，直寶文館，後奉祠家居。原書久佚，亦不見諸家著錄；然宋人筆記、詩話多有稱引。郭紹虞《宋詩話輯佚》(中華書局版，下同)輯得二十五條。其中論王安石詩或提到王的有七條，蘇軾四條。《詩話》於用事、襲意多有所及，間載詩人佚事。慥又有《類說》(一名《百家類說》)六十卷，集書六百餘種，宋人詩話多賴以保存。

7《休齋詩話》 陳知柔撰

知柔，字體仁，號休齋，永春人。紹興十二年(1142)進士，嘗知循州，後徙賀州。《詩話》不見諸家著錄。《宋詩話輯佚》輯得九條。郭紹虞《宋詩話考》評云：「休齋亦宋代儒者，故其論詩推崇陶杜，而重氣象，重野意，重識物理，粹然儒者之學，然不涉於拘泥，蓋合道學與詩人而為一者。」

8《老杜詩評》 方深道集

陳振孫《直齋書錄解題》卷二十二：「莆田方深道集。」而《宋史》〈藝文志〉作方道醇（當作醇道）集《諸家老杜詩評》五卷，又有方絟（當作銓）《續老杜詩評》五卷。深道、醇道為方次彭之子，銓為次彭曾孫。深道宣和六年（1124）進士，知晉江縣。銓字叔平，一作平叔，號真窖，淳熙二年（1175）進士。重刊《興化府志》稱方醇道編《杜陵詩評》一卷，故方銓有《續老杜詩評》。《四庫全書總目》卷一九七評《老杜詩評》云：「其書皆匯輯諸家評論杜詩之語」。醇道、方銓二書大抵相類。在宋人詩話中，集中對一家的評論，當以深道此書為最早；專對杜詩評論，也以此書最早。老杜詩學萃於方家一門，成為家學，實閩人詩學一盛事。諸書唯道深《老杜詩評》見於《永樂大典》，《四庫全書存目》有兩淮馬裕家藏本。

9《草堂詩話》　蔡夢弼撰

書名又作《杜工部草堂詩話》。夢弼，建安人，生平事蹟不詳。嘗著《杜工部草堂詩箋》及此書，《詩箋》久佚，唯此書僅存。其書亦皆匯輯諸家評杜論杜之語，然較方深道《老杜詩評》詳贍，為近代注杜詩者所重。

10《杜詩九發》　吳涇撰

涇，號華門，莆田人，生平事蹟不詳。此書不見諸家著錄和稱引，早已散佚。淳祐間李昂英〈吳華門杜詩九發序〉云：「草堂詩名輩商評盡矣！反覆備論為一書者蓋鮮。莆田吳君涇思覃句中，意索言外，尋音響，訴脈絡，舉綱目，工部胸襟氣象模寫曲盡，皆前人所未到。」宋人論杜詩話，大都匯萃成說，「求其自發胸臆，成為專著者，當以是書為嚆矢矣」（《宋詩話考》）。足見此書在宋代詩話發展史中地位的重要。

11《敖器之詩話》 敖陶孫撰

陶孫，字器之，號臞翁，福清人。生平介紹見第二節二小節。此書未見昔人著錄，今傳世唯宛委山堂《說郛》卷八十一存錄五條。陶孫別有《臞翁詩評》附於《臞翁集》中，《道光福建通志》〈經藉志〉改作《臞翁詩話》，郭紹虞《宋詩話考》以為非《敖器之詩話》本。《詩人玉屑》卷二引《臞翁詩評》評曹操至呂本中二十八位古今詩人風格，要言不凡，形象生動，如：「魏武帝如幽燕老將，氣韻沉雄；曹子建如三河少年，風流自賞」；「謝康樂如東海揚帆，風日流麗」等，在詩話中別具一格，頗為後人稱讚。

12《滄浪詩話》 嚴羽撰

13《詩人玉屑》 魏慶之撰

以上二書將在下一小節詳加論述。

14《後村詩話》 劉克莊撰

15《江西詩派小序》 劉克莊撰

劉克莊生平事蹟已見第二節二小節。《詩話》十四卷，將近六百條。前集二卷，後集二卷，六十歲至七十歲間作；續集四卷，告老歸田後作，時年近八十；新集六卷，作時已八十二。前、後、續三集統論漢魏唐宋詩人詩作，以唐宋為多，新集則詳論唐詩。我們在論述江湖詩人時，已指出劉克莊詩學觀點與真德秀的不同，並引《詩話》為證。《詩話》所表現的詩學觀點，一是認為詩應反映社會現實，反映社會現實的優秀詩篇，又可補史乘的不足。他認為杜甫的〈八哀〉可比於「太史公紀傳」（《後集》卷二）；〈三吏〉、〈三別〉「述男女怨曠、室家離別、父子夫婦不相保之意」，「新、舊唐史不載者，略見杜詩」(《新集》卷一)。這一觀點後來為明清詩話作者中的以詩證史、以詩補史派所發揮，近人閩人郭則澐的《十朝詩乘》就是這一派的代表作。二，主張作詩要有獨創性，能免俗。他認為，韓、柳文可對壘，而詩卻是韓不及柳，「當舉世為元和體，韓猶未免諧俗，而子厚獨能為一家言」(《前集》卷一)；至於陸游之所以能成為南渡後「一大宗」，也是因為他與「雜博者堆隊仗，空疏者窘材料，出奇者費搜索，縛律者少變化」(《前集》卷二) 不同。三，即十分讚賞陳子昂所倡導的漢魏風骨，又不廢六朝詩中藝術性較高的作品。他說，陳子昂「一掃六朝之纖弱」(《前集》卷一)，又說其〈感遇〉「真可以掃齊梁之弊」(《後集》卷二)。真德秀讓他編選《文章正宗》詩歌一門，他選了三謝（靈運、惠連、朓）詩，真聽秀全給刪去，劉克莊認為三謝詩風格雖去建安、黃初遠，但「如玉人攻玉，錦工之織錦，極天下之工巧組麗」(《前集》卷一)，其實亦無害於風教。《詩話》在評論具體作品時還有不少精彩的見解。郭紹虞認為此書的特點是「網羅眾作，見取材之博，評衡愜當，見學力之精」(《宋詩話考》)。《詩話》保留了豐富的材料，如《續集》卷三引蔡邕表，即不見於《全後漢文》。《四庫全書總目》卷一九五云：「宋代諸詩，其集不傳於今者十之五六，亦賴是書以存。」受到楊萬里推崇的閩詩人蕭德藻，詩集已佚，部分作品賴《詩話》流傳至今。克莊此書，重在評論作品，與嚴羽《滄浪詩話》專門闡發詩學理論不同。要全面了解劉克莊的詩學思想，尚需參讀集中其他文章。

《江西詩派小序》十九條，原載《後村大全集》卷九十五。呂本中有《江西宗派圖》，記江西詩派二十五人姓名，而克莊此序則兼論諸人之詩，具有詩話性質，故丁福保將它列入《歷代詩話續編》中。劉克莊對江西詩派諸詩人的排列順序與呂本中異，在山谷（黃庭堅）、後山（陳師道）後，呂本中接以潘邠老（大臨）、謝無逸（逸），而後村易以韓子蒼（駒）、徐師川（俯），體現了他對韓、徐二人詩的重視。劉克莊雖然不太贊同黃庭堅等人的詩學觀點，但卻能將江西詩派放在整個宋詩發展史中來加以考察，指出「豫章稍後出，薈萃百家句律之長，究極歷代體制文變，搜獵奇書，穿穴異聞，作為古律，自成一家。」實非泛泛之論輩可比。

16《玉林詩話》 黃昇撰

黃昇生平見上一節。此書不見諸家著錄，魏慶之《詩人玉屑》卷十九引用最多，稱玉林《中興詩話補遺》。黃昇另有《中興以來絕妙詞選》，《詩人玉屑》又引有玉林黃昇叔暘《中興詞話補遺》。《中興以來絕妙詞選》間有評論語。以詞例詩，黃昇當另編有《中興以來絕妙詩選》，也有評論語。《宋詩話輯佚》輯得《玉林詩話》二十九條。黃昇活動年代在南宋後期，其時《江湖集》已相當流行（昇亦曾寓目，詳「諸賢絕句」條），加上他本人也是流落江湖的文士，所以《詩話》多注意到四靈、江湖詩人的作品和理論，蕭德藻、趙師秀、戴復古、劉克莊等人的詩都在他評論和稱賞之列。閩人詩，除蕭德藻、劉克莊，他還品評了黃白石（師魯）、馬古洲（子嚴）、馮雙溪（取洽）、劉溪翁（淮）等人的作品。從「黃小園」（二則）、「壁間詩」條，我們還知道黃昇父號小園，隱居山中不仕，園小而藏書頗富，亦善評詩。「葉水心論唐詩」條特拈出葉適以「驗物切近」四字論唐詩，黃昇評云：「然與嚴滄浪之說相反，故錄於此，與詩流商略之。」黃昇對唐詩的總看法，或折衷葉、嚴兩家之說。

17《柳溪詩話》 呂炎撰

此書不見諸家著錄，郭紹虞《宋詩話考》亦失考。厲鶚《宋詩紀事》引一條。經查，所引見《詩人玉屑》卷十九「趙章泉」條。《詩人玉屑》所引作《柳溪近錄》，卷十九、二十共引十三條。柳溪為呂炎之號。柳溪，馮取洽詞曾及之，見上一節，他與閩北文士馮取洽父子、劉子寰、魏慶之等酬唱交往，故慶之《詩人玉屑》加以稱引。《詩話》多及建陽的人與事，《游伯莊》條云：「游儀伯莊，長平之勝士。」長平屬建陽，非對閩北尤其是建陽相當熟悉者不易知曉，而作者卻省去「建陽」二字。「陳覺民」條記建陽令陳覺民遊邑靖安寺，附記陳洙詩，呂炎注：「昔人留題，寺經洪水，今無存者。」呂炎當居住在建陽，也可能就是當地人。《柳溪》評詩可與《玉林》互補，例如二書都論及戴復古，《詩人玉屑》將其列於同一條。《玉林》有「高九萬」、「高菊磵杜小山」條，《柳溪》有「高菊磵九萬」條；從《柳溪》所論，可知《玉林》中高菊磵即高九萬。詩話題為「近錄」，從《詩人玉屑》將其列於「中興諸賢」總目下，疑也同於《玉林》專論南宋詩人，即中興詩人。

兩宋閩人詩話，還有仙遊黃鍾的《錦機詩話》（今佚），邵武劉炎的《潛夫詩話》（《宋詩話輯佚》輯得一條），莆田鄭揆的《熊掌詩話》（今佚），南安趙彥慧的《春臺詩話》，等。

二　《滄浪詩話》和《詩人玉屑》

《滄浪詩話》和《詩人玉屑》是宋人詩話中十分重要的兩部，尤其是《滄浪詩話》更負盛名，影響也最大。

《詩人玉屑》大量引用《滄浪詩話》，黃昇為《玉屑》作的序寫在淳祐甲辰（1244），說明《滄浪詩話》最遲應完成於這一年（《滄浪詩話》有咸淳四年、即一二六八年黃公紹序，知此書始刻於度宗咸淳間，魏慶之所據當為嚴羽的原稿或稿本）。嚴羽的朋友、任邵武教授的戴復古有〈祝二嚴〉（嚴粲、嚴羽）詩，云：「羽也天資高，不肯事科舉。風雅與騷些，歷歷在肺腑。持論份太高，與世或齟齬。」復古又有〈昭武太守王子文日與李賈、嚴羽共觀前輩一兩家詩及晚唐詩，因有論詩十絕，子文見之，謂無甚高論，亦可作詩家小學須知〉其七云：「欲參詩律似參禪，妙趣不由文字傳。个裡稍關心有悟，發為言句自超然。」詩中「參禪」、「妙」、「悟」、「趣」都是《詩話》中的重要術語；「不由文字」亦即「非關書」之義。戴復古的這組詩寫在紹定初（1228左右）。此時《滄浪詩話》即使未完稿，《詩話》的基本理論體系已基本形成。

《滄浪詩話》全書由〈詩辨〉、〈詩體〉、〈詩法〉、〈詩評〉和〈考證〉五部分組成。〈詩辨〉是作者對詩學理論的總看法，也是全書的精華所在。〈詩體〉是對歷代各種詩歌體式的介紹，據《詩人玉屑》卷二統計，凡一百一十一條。〈詩法〉論述了詩歌的技巧和法度。〈詩評〉評論古今詩人及其作品。〈考證〉則是關於詩歌的作者、時代以及某些具體問題的考析辨證。

嚴羽作《滄浪詩話》，目的在於救宋詩之弊。〈詩辨〉云：

> 近代諸公乃作奇特解會，遂以文字為詩，以才學為詩，以議論為詩。夫豈不工，終非古人之詩也。蓋於一唱三嘆之音，有所歉焉。且其作多務使事，不問興致；用字必有來歷，押韻必有出處，讀之反覆終篇，不知著到何在。其末流甚者，叫噪怒張，殊乖忠厚之風，殆以罵詈為詩。

嚴羽認為，宋初詩尚沿習唐人，王禹偁、楊億、盛度、歐陽修、梅堯臣等人詩於唐詩各流派各有所學，而到了蘇軾、黃庭堅出己意為詩，宋詩風氣大變。「山谷用工尤為深刻，其後法席盛行，海內稱為江西宗派。近世趙紫芝翁、靈舒輩，獨喜賈島、姚合之詩，稍稍復就清苦之風；江湖詩人多效其體，一時自謂之唐宗；不知止入聲聞辟支之果，豈盛唐諸公大乘法眼者哉！」嚴羽對四靈、江湖詩人也不滿，但程度上與江西派有很大的區別。嚴羽《答出繼叔臨安吳景仙書》明確表示：「僕之〈詩辨〉，乃斷千百年公案，誠驚世絕俗之談，至當歸一之論。其間說江西詩病，真取心肝劊子手。」如進一步說，《滄浪詩話》是針對江西派而發，似也不為過。

那麼，嚴羽認為怎樣才能救宋詩之弊、尤其是江西派之弊呢？曰：「當以盛唐為法。」（原注：後捨漢魏而獨言盛唐者，謂古律之體備也）嚴羽論唐詩，有盛唐、大曆以還、晚唐之分。他最推崇盛唐：「論詩如論禪：漢魏晉與盛唐之詩，則第一義也。大曆以還之詩，則小乘禪也，已落第二義矣。晚唐之詩，則聲聞辟支果也。」那麼，如何法盛唐呢？一是「惟在興趣」，一是「透徹之悟」。〈詩辨〉論〈興趣〉云：

> 夫詩有別材，非關書也；詩有別趣，非關理也。然非多讀書，多窮理，則不能極其至。所謂不涉理路，不落言筌者，上也。詩者，吟詠情性也。盛唐諸人惟在興趣，羚羊掛角，無跡可求。故其妙處透徹玲瓏，不可湊泊，如空中之音，相中之色，水中之月，鏡中之象，言有盡而意無窮。

李清照認為詞「別是一家」，在嚴羽看來，詩也是有別於文的一家，它是以「吟詠情性」為主要特徵，而不是講理的韻文。詩人固然必須「多讀書，多窮理」，以提高自身的修養，卻不可「以文字為詩，以才學為詩，以議論為詩」，不可以書卷代替性情，以窮理破壞詩趣。以文為詩，散文化；過多過露地發議論從而破壞了詩歌的形象性和詩味，是宋詩的通病。大力倡導「詞意高勝，要從學問中來」（黃庭堅〈論作詩文〉），以至作詩必須做到「無一字無來處」（又〈寄洪駒父書〉），則是江西派的弊端。在嚴羽看來，盛唐詩人的詩才是好詩，因為他們的詩「惟在興趣」：一、盛唐詩是吟詠性情的詩，「往往能感動激發人意」（〈詩評〉）。二、宋朝詩尚理而病於意興；盛唐詩尚意興而理在其中，他們能將詞、理、意、興統一在一首詩的整體中，渾然而

「無跡可求」。盛唐詩並不脫離詩歌的藝術屬性和情趣來空談理。三、盛唐詩有外在意象之美，同時又蘊藉含蓄有味，具有內在的美感。蘇軾、黃庭堅是宋代最重要、最有代表性的詩人，比起盛唐詩人，氣象不同：「坡、谷諸公之詩，如米元章之字，雖筆力勁健，終有子路事夫子時氣象。盛唐諸公之詩，如顏魯公書，既筆力雄壯，又氣象渾厚。」(〈答出繼叔臨安吳景仙書〉) 坡、谷詩雖然勁健，未免如子路過於直露，缺乏含蓄。盛唐諸公詩即便雄壯，或能「優遊不迫」，或能「沉著痛快」，形神兼備，韻味俱足。蘇東坡、黃山谷不及盛唐，根本點正在於「興趣」。

嚴羽「欲說得詩透徹」(〈答出繼叔臨安吳景仙書〉)，以禪喻詩，以為「禪道惟在妙悟，詩道亦在妙悟」。詩作得如何，關鍵不在學力的高下，而在妙悟。其〈詩辨〉云：

> 惟悟乃為當行，乃為本色。然悟有淺深，有分限，有透徹之悟，有但得一知半解之悟。漢魏尚矣，不假悟也。謝靈運至盛唐諸公，透徹之悟也；他雖有悟者，皆非第一義也。

在《滄浪詩話》中，「悟」包含在鑒賞和創作兩個過程中。《詩話》開宗明義地提出了「識」的問題：「夫學詩者以識為主。」「以漢魏晉盛唐為師」，就是有識；以「開元天寶以下」為師，就是無識。嚴羽認為必須取《楚辭》至盛唐名家詩熟讀之，對李、杜二集，應像今人治經那樣來對待，「醞釀胸中，久之自然悟入」，就能領悟、體味其興趣。上引這段話，則側重講創作過程中對興趣的藝術感受能力和創造能力的發揮，其特點在於不是憑藉理性的思考而是對詩歌興趣作形象的領會和把握並加以表現。這方面的典範是盛唐諸公，他們的「悟」是妙悟、透徹之悟，第一義之悟。至於大曆以還，則已落入第二義或一知半解之悟，不足師法了。

宋人的詩話，就其性質而言，不外有下列幾種形式：一、以記事為主的，如歐陽修《六一詩話》、葉夢得《石林詩話》。二、以評作家作品為主的，如黃徹《䂬溪詩話》、劉克莊《後村詩話》。三、以談理論為主的，如張戒《歲寒堂詩話》、嚴羽《滄浪詩話》。四、偏重於考證的，如吳聿《觀林詩話》、葛立方《韻語陽秋》。《滄浪詩話》中雖然也有〈詩評〉、〈考證〉兩部分，但從整部詩話看，它理論體系完整，偏重於思辨，與其他零星瑣碎、閑談式的詩話不同。例如一向不太受到論者重視的〈考證〉，最末一條指出柳宗元〈漁翁〉當刪去後二句「回看天際下中流，岩上無心雲相逐」，謝朓〈新亭渚別范零陵雲〉當刪去中「廣平聽方籍，茂陵將見求」二句，「方為渾然」，正與〈詩辨〉「不涉理路，不落言筌」，「羚羊掛角」，無跡可求的理論相吻合。〈詩評〉計五十條，前九條也並非對具體詩人和作品進行評價，而是就語言、氣象、命題、詞理、意興等方面發表議論，肯定盛唐。第十條之後，除了對楚騷、漢魏古詩（也是嚴羽在〈詩辨〉中所推崇的）外，在評論大曆以還詩人的高下優劣，也是以盛唐詩作為基準加以衡量的。重思辨，理論體系較完整，全書結構較嚴密（比較閑談式詩話而言），在宋代詩話中沒有第二部能與《滄浪詩話》比並。

理論上，嚴羽標舉「興趣」、「妙語」，在詩歌理論史上實屬創見。前者從分析「別才」、「別趣」入手，揭示詩歌有別於其他文體（特別是散文和議論文）的特質，揭示詩歌外在的和內在的美學意蘊所在；後者以禪喻詩，試圖闡釋詩歌鑒賞和詩歌創作過程中特殊的心理活動的規律性問題。

嚴羽的理論發布後，在閩北詩壇反映強烈：「（嚴羽）子鳳山，鳳山子子野、半山，邑人上官閬風、吳潛夫、朱力庵、吳半山、黃則山，盛傳宗派，殆與黃山谷江西詩派無異。」（何喬遠《閩書》卷一三〇）《滄浪詩話》也很快由邵武傳入建安，被魏慶之大量採入《詩人玉屑》。嚴羽宗唐，特別是宗盛唐的詩歌理論，以及對唐詩以盛唐、大曆以下、晚唐的階段劃分，不僅被明代閩中詩派所繼承和發揚，也為閩籍以外的詩學理論家所接受（例如前後七子所倡導的「詩必盛唐」的主張）。嚴羽所提出的「推源漢魏以來，而截然當以盛唐為法」的論詩宗旨，成了明代詩歌批評家許學夷《詩源辯體》的主要指導思想。許學夷明確說道：「滄浪論詩，與予千古一轍。」又說：「滄浪論詩之法有五：一曰『體制』，二曰『格力』，予得之以論漢魏；三曰『氣象』，予得之以論初唐；四曰『興趣』，予得之以論盛唐；五曰『音節』，則予得之以概論唐律也。」此外，「格調」、「神韻」、「性靈」諸派諸說的理論，也或多或少承繼《詩話》餘緒，甚至在某些方面變本加厲。即便是獨樹一幟的詩歌理論家王夫之、葉燮、王國維也曾借鑒嚴羽的經驗而推陳出新。

當然，《滄浪詩話》也有不可避免的理論弱點，它強調了藝術的直覺感受的重要性，而輕視理性的思考；以禪喻詩，使理論蒙上一層唯心主義或者說是玄虛的色彩，不免帶有脫離生活體驗而侈談藝術感悟的缺憾。

宋代的詩話總集，比較重要的有阮閱《詩話總龜》，蔡正孫《詩林廣記》，胡仔《苕溪漁隱叢話》及魏慶之《詩人玉屑》。魏慶之的友人黃昇為《詩人玉屑》所作〈序〉云：「詩話之編多矣，《總龜》最為疏駁，其可取者惟《苕溪叢話》；然貪多務得，不泛則冗，求其有益於詩者，如披砂簡金，悶悶而後得之，故觀者或不能終卷。友人魏菊莊，詩家之良醫師也，乃出新意，別為是編。」《苕溪漁隱叢話》作於高宗時，所錄北宋《詩話》及評論多；《詩人玉屑》成於理宗時，保存南宋《詩話》及評論多，「二書相輔，宋人論詩之概亦略具矣」（《四庫全書總目》卷一九五）。

《詩人玉屑》二十一卷，卷十一以上，除卷一〈詩辨〉全引《滄浪詩話》外，分別是〈詩法〉、〈詩評〉、〈詩體〉、〈句法〉及學詩宗旨各問題，體例略同於《詩話總龜》中〈琢句〉、〈藝術〉、〈押韻〉等目而更嚴正，其出發點不是記軼聞以資談助，更重於議論。卷十二以下品藻古今詩人及其作品（卷二十一有〈詩餘〉一門），又多與《苕溪漁隱叢話》相類，而更加精嚴，不涉考證，不及瑣事。「故能兼二書之長而無其弊」（《宋詩話考》）。

必須指出，此書完稿後黃昇不僅為它作序，還作了審訂。卷六「用意精深」條在引用《冷齋夜話》及卷七「三易」條引沈隱侯語後都有「昇按」二字，昇為黃昇無疑。此書付梓，魏慶之可能已亡故，卷十七「秋菊落英」條在引《西清詩話》、《高齋詩話》後附有「梅墅續評」，有云：「西澗葉公，每誦先君菊莊翁『菊似交情看歲晚，枝柎相伴到離披』之句，謂其真知菊者。」梅墅為慶之之子無疑。《詩人玉屑》成書前，梅墅必定通讀過原稿。

《詩人玉屑》引用並保存了不少閩人的詩話和評論。黃昇的《玉林詩話》，今天所能採輯的佚文，絕大部分見於此書。呂炎的《柳溪詩話》（《柳溪近錄》）僅見於此書（《宋詩紀事》所存一則，也引用此書，說見前一小節）。卷六「意脈貫通」條、卷十九「吳明老」條各引用《小園解後錄》一條。《小園解後錄》不見諸家著錄，也不見他書稱引，從《詩人玉屑》卷十九「黃小園」條（出《玉林詩話》），我們知道小園是黃昇父親之號。《滄浪詩話》完稿不久，便被此書大量引用，所引之文可能更接近滄浪原稿，故後人用以校《詩話》，得益不少[79]。

這部書的另一個特點，是保存並評論了較多閩詩人的作品。中興以來閩詩人被品評的至少有：蕭德藻、劉子翬、敖陶孫、馬子嚴、吳明老、黃景說、劉褒、游伯莊、黃瀛父、劉克莊、黃小園、馮取洽、劉淮、嚴粲、嚴羽等，其中多為閩北籍。宋末元初方回《桐江集》卷七〈《詩人玉屑》考〉對此提出批評：「閩人有非大家數者，亦特書

79 郭昭虞《宋詩話考》：「余撰《滄浪詩話校釋》，即據《玉屑》引文加以校訂，於是書先後排次及各條分合之間，亦以《玉屑》為主，正今傳各本之誤。」

之，似有鄉曲之見。」如果將《玉屑》放在整個宋代文學、宋代詩歌理論的大背景來考察，方回的批評不無道理，但從區域文學發展的角度來認識魏慶之的所為，恰恰值得重視。郭紹虞指出：「採近遺遠，勢所難免，似亦未可苛求，況閩人文化，此時遠勝前代，事實如斯，安得遽以鄉曲之見病之。」又云：「採錄之閩人詩，亦非不經選擇者，特以地僻，人罕睹其集耳。」（《宋詩話考》）再說大家小家，也是相對而言，劉克莊詩，在晚宋如何不得稱大家？就詩評詞評而言，嚴羽、黃昇，晚宋能與之比肩的不多。

三　筆記中的文學批評

北宋許顗《許彥周詩話》指出：「詩話者，辨句法，備古今，記盛德，錄異事，正訛誤。」詩話的內容既有標舉論詩宗旨，評論詩人及其作品，又可以有記述流派並推溯其淵源，漫議詩法、詩藝、詩體，記錄詩壇異聞掌故，甚至還可以有考證或闡述詞義用事，進而探討詩學理論，極為豐富。宋人詩話，雖大多不成系統，但所「話」乃不離詩，若對某一部詩話進行整體研究，大致能夠窺探出作者的詩學觀或理論傾向。而較之於詩話，筆記的內容往往龐雜多了。詩話的作者是有意論詩，並專門論詩；筆記的作者往往無意專門論詩。有的筆記，詩話只是其中一部分甚至一小部分的內容，有的甚至是作者興之所至偶然錄下數條而已。披沙簡金，宋人筆記中文學批評的意見時有精彩之處。像沈括的《夢溪筆談》、嚴有翼的《藝苑雌黃》、洪邁的《容齋隨筆》、吳曾的《能改齋漫錄》、羅大經的《鶴林玉露》、周密的《齊東野語》等筆記，歷來都受到文學史家和文論家的重視。後人甚至從《夢溪筆談》、《容齋隨筆》輯出《沈存中詩話》、《容齋詩話》單獨刊行。一些不是十分著名的筆記，有些見解也值得注意。閩人陳正敏《遁齋閑覽》有一條是論杜詩的：

> 沈內翰譏「黛色參天二千尺」之句，以謂四十圍配二千尺為大細長。不知子美之意但言其色而已，猶言其翠色蒼然，仰視高遠，有至於二千尺而幾於參天也。若如此求疵，則二千尺固未足以參天，而詩人謂「峻極於天」者，更為妄語。(《苕溪漁隱叢話》〈前集〉卷八引)

沈括《夢溪筆談》卷二十三有一條是專門論寫詩不得違背事實的，所舉的例子其中有杜甫《武侯廟柏》:「霜皮溜雨四十圍，黛色參天二千尺。」沈括云:「四十圍乃是徑七尺，無乃太細長乎？」又云:「此亦文章之病也。」陳正敏不同意他的看法，認為沈是吹毛求疵，完全無視誇張手法在詩歌中的運用，就這一點而言，陳正敏要比沈括高明。

宋代閩人筆記中涉及文學批評的，就我們所知，重要和比較重要的有下列十二種[80]：

1 《青箱雜記》 吳處厚撰

處厚，字伯固，邵武人。皇祐五年（1053）進士。知漢陽，以箋釋蔡確〈車蓋亭詩〉上之，擢知衛州，「士大夫由此畏惡之」(《宋史》本傳)。此書論詩文條目頗多，《四庫全書總目》卷一四〇云:「處厚本工吟詠，《宣和畫譜》載其〈題王正升滮景亭〉詩一首，《剡史》載其〈自諸暨抵剡〉詩二首，皆綽有唐人格意。故其論詩往往可取，亦不必盡以人廢也。」吳處厚是當時著名的賦家，此書評賦之語也不少。作者還注意登錄並評論有關閩地風物的作品，如卷五錄蘇為

80 《雞肋篇》，莊綽撰。綽自署清源（泉州）人。宋黃彥平《三餘集》卷四云:「潁川莊綽季裕，慈祥清謹人也。」潁川，今河南許昌。余嘉錫《四庫提要辯證》卷十八考定莊綽為惠安（宋屬清源郡）人。蕭魯陽《雞肋編》附錄二《莊綽生平資料考辨》認為綽祖籍惠安，可能生在潁川至少長期生活在潁川，應視為潁川人；也可能潁川為其郡望。《野客叢書》，王楙撰，楙家本福清，其先徙平江，遂為長洲（今江蘇蘇州）人。上述二種，暫不計在內。

詠邵武的小詩，卷七評閩人劉昌言詠刺桐花詩及唐詩人顧況〈囝〉詩，卷八記太傅張士遜宰邵武所作〈題西庵寺〉、〈題寶蓋嚴寺〉、〈題建寧縣洛陽村〉詩，無不流露出熱愛鄉土的情感。

2《春渚紀聞》 何薳撰

薳（1077-1145），字子遠，又稱子楚，自號韓青老農，浦城人。何去非之子。《春渚紀聞》共十卷，其中《東坡事實》一卷，記東坡事蹟特詳；《詩詞事略》一卷，錄存唐宋詩人詞家作品，間附己意，卷七記白居易、歐陽修、蘇軾作文不憚屢改等條，都可資參考。

3《緗素雜記》 黃朝英撰

晁公武《郡齋讀書志》卷十三：「所記二百事。朝英，建州人，紹聖（1094-1098）後舉子，為王安石之學者」。一作《靖康緗素雜記》。今本已非完書。此書有兩大特點，一是尊王安石之學，於安石之說多委屈回護；二是重考證，《四庫全書總目》卷一一八云：「大抵多引據詳明，皆有資考證。固非漫無根柢，徒為臆斷之談。」

4《遁齋閑覽》 陳正敏撰

正敏，自號遁翁，延平人。《郡齋讀書志》卷十三：「崇、觀間（1102-1110）撰。」原書十四卷，今佚。宛委山堂本、涵芬樓本《說郛》各存四十餘條，此外散見於宋人筆記和詩話中。多記作者平生見聞，分名賢、野逸、詩談、誤證、雜評、人事、諧噱、泛志、風土、動植十門。正敏又有《劍溪野語》三卷（陳振孫《直齋書錄解題》卷十一），亦佚。

5《東觀餘論》 黃伯思撰

伯思（1079-1118），字長睿，號霄賓，又自號雲林子，邵武人。

元符庚辰（1100）進士，官秘書郎。《四庫全書總目》卷一一八云：「學問淹通，李綱志其墓，稱經史百家之書，天官地理律曆卜筮之說，無不精詣。又好古文奇字，鐘鼎彝器款式體制，悉能瞭達辨正，所著有《法帖刊誤》二卷，《古器說》四百二十六篇。紹興丁卯，其子訪與其所著論辨題跋合而刊之，總名曰《東觀餘論》。」原本十卷，今本二卷，以精博稱。

6《藝苑雌黃》 嚴有翼撰

有翼，建安人。《直齋書錄解題》卷十云：「大抵辨正訛謬，故曰『雌黃』。其曰：〈子史〉、〈傳注〉、〈詩詞〉、〈時序〉、〈名數〉、〈聲畫〉、〈器用〉、〈地理〉、〈動植〉、〈神怪〉、〈雜事〉，卷為二十，條凡四百。硯岡居士唐稷序之。有翼嘗分教泉、荊二郡。」《宋史》〈藝文志〉著錄是書，亦二十卷。今本十卷，《四庫全書總目》列入〈詩文評類存目〉，卷一九七云：「宋時說部諸家，如胡仔《苕溪漁隱叢話》、蔡夢弼《草堂詩話》、魏慶之《詩人玉屑》之類，多有徵引《藝苑雌黃》之文。」又云：「蓋有翼原書已亡，好事者摭拾《漁隱叢話》所引，以偽托舊本，而不能取足卷數，則別攘《韻語陽秋》以附益之。」郭紹虞《宋詩話輯佚》附輯得八十四條。《藝苑雌黃》並不是純粹論詩專著，但《說郛》已將它同《韻語陽秋》、《潛溪詩話》列在同一卷，也足以見其在宋人論詩著作中地位的重要。有翼論詩，偶有詆東坡之語，而服膺江西詩派「為文皆有所本」、「脫胎換骨」之說，然持論較平易。

7《捫蝨新話》 陳善撰

善，字敬甫，一字子兼，號秋塘，又號潮溪，羅源人。紹興三十年（1160）進士。〔道光〕《新修羅源縣志》卷十九云：「紹興間為太學生，時秦檜當權，善慷慨言論，慕何蕃、陳東之為人，嘗力詆和議，不徇俗俯仰。」「歸杜門著書，自孔孟、子史百家、佛老陰陽、卜筮農圃之說，無不精詣。」其中考論經史詩文，兼及雜事。大抵以佛氏為正道，以王安石為宗主，詆蘇東坡，論詩時有新意。《縣志》又引郡人明代徐𤊹評此書云：「博極群書，獨創新見。」

8《高齋漫錄》 曾慥撰

慥有《高齋詩話》，生平事蹟見上一小節。《四庫全書總目》卷一四一評《高齋漫錄》云：「《類說》自序，以為小道可觀，而歸之於資治體，助名教，供談笑，廣見聞。其撰述是書，亦即本是意，上自朝廷典章，下及士大夫事蹟，以至文評、詩話，詼諧嘲笑之屬，隨所見聞，咸登記錄。」

9《負暄野錄》 陳槱撰

槱，長樂人。陳幾之孫，紹熙元年（1190）進士，寧宗時尚在世。此書二卷，上卷論石刻及諸家書格，下卷論學書之法及紙墨筆硯諸事，《四庫全書》列入子部雜家類。書中收錄諸家詠書詠紙墨筆硯詩並偶加評論，別具一格。

10《山家清供》 林洪撰

洪，字龍發，號可山，泉州人。理宗朝在世。此書一卷，一百零一條，專述宋人山家飲饌及「清供」製作法。徵引大量唐宋詩，間有評論；對詩中飲饌名物則詳加考證詮釋。

11《山家清事》 林洪撰

此書一卷，係《山家清供》姐妹篇。所記無非山林中種竹種梅、相鶴插花諸事及山林中酒具山轎諸物，此外還有江湖詩戒、山林文盟等，間亦評詩論詩。

12《讀書愚見》 鄭震撰

震（1199-1261），後更名起，字叔起，號菊山，連江人。鄭思肖之父。早年場屋不利。淳祐甲辰（1244），伏闕言奸相史嵩之之罪；丁未，登丞相鄭清之門，歷數其罪，被執。主講于潛、諸暨、蕭山學，為泰州胡安定等書院山長。思肖《菊山翁家傳》云：「潛心窮理盡性之學，極有所得。至老讀書不倦，晚年造詣益深。」著述甚富，有《清雋集》等。原書久佚。佚文見《說郛》宛委山堂本卷二十五，涵芬樓本卷二十。鄭震論文重法度，貴自然。

有的學者把詩話也視作筆記，從多數詩話的隨手所記的隨意性看，確有一定道理；但不是所有的詩話都不成系統，東摭一鱗，西拾一爪的。即使具有筆記性質的詩話，其評詩談藝的議題也比較明確。通常被目錄書列在雜家類或小說家類的筆記就不同了，單就內容看，往往以龐雜稱。筆記中有意無意的詩文評，從總體上看，比起專門的詩話著作來似更少思想上的約束，更帶有較多的隨意性，一些在其他著作甚至是詩話較難見到的見解，時而見於其間。下面試舉數例。

吳處厚《青箱雜記》卷八首條云：

> 文章純古不害其為邪，文章艷麗亦不害其為正。然世或見人文章鋪陳仁義道德，便謂之正人君子；及花草月露，便謂之邪人。茲亦不盡也。皮日休曰：「余嘗慕宋璟之為相，疑其鐵腸與石心，不解吐婉媚辭。及睹其文，而有〈梅花賦〉，清便富艷，得南朝徐庾體。」然余觀近世所謂正人端士者，亦皆有艷麗之詞，如前世宋璟之比。

吳處厚曾說，詩人的賦性從詩中可以看出，白居易曠達，其詩云：「無事日月長，不羈天地闊。」孟郊性偏隘，其詩云：「出門即有礙，誰謂天地寬！」（詳卷七）此條則認為文章鋪陳仁義道德的人，不一定是正人君子；寫花草月露的，不一定是邪狹之人。除了唐宋璟的例子，該條又列舉了張詠、韓琦、司馬光、梅堯臣、范仲淹等人詠歌妓的詩詞加以說明，文章艷麗的作者其身未必不正。這些都是正面例子。滿紙仁義道德而未必是正人君子的反面例子，作者沒有舉例，在宋代理學盛行能寫冠冕堂皇文章、背地卻幹著骯髒齷齪勾當的人還會少嗎？處厚這一觀點，後來被元好問所發揮，其《論詩三十首》其六云：「心畫心聲總失真，文章寧復見為人。高情千古〈閑情賦〉，爭信安仁拜路塵！」他舉的例子是晉代寫〈閑情賦〉卻依附、拜倒於賈謐的潘岳。文如其人，文又不一定如其人，吳處厚的筆記接觸到了這一文學理論上的重要命題。

陳善《捫蝨新話》上集卷一有云：

> 韓以文為詩，杜以詩為文，世傳以為戲。然文中要自有詩，詩中要自有文，亦相生法也。文中有詩，則句語精確；詩中有文，則詞調流暢。謝玄暉曰：「好詩圓美流轉如彈丸。」此所謂詩中有文也。唐子西曰：「古人雖不用偶儷，而散句之中暗有聲調，步驟馳騁，亦有節奏。」此所謂文中有詩也。前代作者皆知此法，吾謂無出韓杜……文中有詩，詩中有文，知者領予此語。

文學中有詩、文、辭、賦、詞、曲等文體，歷代的文論家都強調各種文體的獨立特質，無疑是對的。然而，陳善又指出，兩種或兩種以上文體又有相互溝通、相互滲透的一面，韓愈文，兼有詩體句語精確的特點；杜甫詩，兼有文體詞調流暢的特點。同卷又云：「以文體為詩，自退之始；以文體為四六，自歐公始。」既看到各種文體的獨特性，又注意到它們間的統一性，並將獨特與統一聯繫起來作宏觀把握，這樣來論詩、論文、論四六，在宋人中不能不說別具慧眼。

中國傳統論詩，講「詩言志」；孔子提倡多識花草鳥獸之名，目的無非也是為了領會《詩》中興、觀、群、怨之旨，以達到詩教的目的。陳櫄《負暄野錄》、林洪《山家清供》、《山家清事》引用了較多紙筆詩、飲饌詩，所表現的是作者自適自得或山家幽閑的情趣。《山家清供》云：「君子恥一物不知，必遊歷久遠而後見聞博。讀坡詩二十年，一日得之（東坡《巢故人元修菜》詩：豆英圓而小，槐葉細且豐），喜可知矣。」已不是孔之「多識」之意。林洪雖然也承認杜甫的「愛君憂國」，卻將注意力集中於杜的「青精、瑤草之思」。林洪論詩，並不是不承認詩歌的思想價值和藝術價值，然而注重的只是它們的娛樂性，能娛其山林性情的那一向很不引起批評家注意的一面。當然，林洪並沒能形成自己詩歌批評的理論體系，但從其批評的實踐看，則已屬於文學遊戲說的一派無疑。

宋代閩人文學批評著作多，形式多樣，內容豐富。在福建文學發展史上，文學批評占有重要的位置，這與宋代閩人形成的文學批評風氣是分不開的。

第五節　遺民文學

一　登西臺慟哭的謝翺

一二七六年農曆正月，元兵入杭州；三月，擄宋全太后、帝㬎等北歸。五月，益王昰在福州即位。十一月，元兵入福建，詩人林同於福州死節。陳文龍死守興化（文龍，興化人，咸淳五年狀元。時文龍為益王參知政事，知興化軍），城破被俘，即日絕食，至杭州死。途中作〈元兵俘至合沙，詩寄仲子〉，詩云：

> 斗壘孤危勢不支，書生守志定難移。自經溝瀆非吾事，臣死封疆是此時。須信累囚堪釁鼓，未聞烈士豎降旗。一門百死淪胥盡，唯有丹衷天地知。

文龍認為，在國家生死存亡的緊要關頭，自殺並不可取，更不會投降，他隨時都準備用鮮血和生命報效國家。陳文龍不屈不撓的愛國精神無疑激勵了正在堅持鬥爭的陸秀夫、文天祥等人，對宋代遺民文學也產生了影響。宋亡之後，閩籍部分作家採取了不與新朝合作的態度，並在詩文中或直率、或婉曲地表達對新朝的憎惡和對故國的哀思之情。閩籍遺民作家在當時和對後代影響都很大的，主要有謝翱和鄭思肖。

謝翱（1249-1295），字皋羽，晚號宋纍，又號晞髮子。霞浦人，後隨父移居浦城。謝翱出生不久，蒙古第三次西征，滅大理。寶祐六年（1258），蒙哥汗分路大舉攻宋。咸淳十年（1274），理宗死，子㬎即位，時年僅四歲，元兵加緊對宋的進攻，陷湖北不少城池。次年，知贛州文天祥起兵，入衛臨安。德祐二年（1276），臨安陷落，五月益王昰在福州即位，七月文天祥開府南劍州。「翱傾家貲，率鄉兵數百人赴難」（胡翰《謝翱傳》），得到信任，辟為參軍。景炎三年（1278），天文祥兵敗，於五坡嶺（今廣東海豐東北）被執，至元十九年（1282）在大都（今北京）就義。翱先匿於民間，後避地浙東，晚年居杭州，以肺疾卒。有《晞髮集》，並輯有《天氣間集》，今傳已非舊本[81]。

謝翱遍遊兩浙，至元二十七年（1290）登桐廬富春山西臺。西臺，又稱嚴陵臺，是西漢嚴光隱居處；劉秀登基做了東漢皇帝，召光入仕，遭到拒絕。謝翱第一次登臺在度宗咸淳元年（1265），相隔二十

---

81 詳〔清〕紀昀總纂《四庫全書總目》卷一六五。

六年。此時，宋亡已經十三年，文天祥就義已經近十年。謝翶寫下了可稱上驚天地、動鬼神的〈登西臺慟哭記〉，哭弔文天祥。文天祥開府南劍州，謝翶以布衣從戎。文天祥抗元事業未竟，而被執就戮，大義凜然。謝翶仰慕其為人，恨不能相從，先在文天祥初開府的姑蘇望夫差臺而哭之，繼而在越臺而哭之，最後又於子陵臺而哭。元朝統治者民族壓迫和文化專制十分嚴酷，謝翶此文寫得比較隱晦，文中以「故人唐宰相魯公」（顏真卿）指代文天祥。此文後經明張丁注、清黃宗羲注後，本事辭義俱明，文中第三段記述登臺哭祭及相關之事，云：

> 先是一日，與友人甲、乙若丙約，越宿而集。午，雨未止，買榜江涘。登岸，謁子陵祠；憩祠旁僧舍，毀垣枯甃，如入墟墓。還，與榜人治祭具。須臾，雨止。登西臺，設主於荒亭隅；再拜，跪伏；祝畢，號而慟者三，復再拜，起。又念余弱冠時，往來必謁拜祠下。其始至也，侍先君焉。今余且老，江山人物，眷焉若失。復東望，泣拜不已。有雲從南來，渰浥浡鬱，氣薄林木，若相助以悲者。乃以竹如意擊石，作楚歌招之曰：「魂朝往兮何極？暮歸來兮關塞黑。化為朱鳥兮有咮焉食？」歌闋，竹石俱碎。於是，相向感喟。復登東臺，撫蒼石，還憩於榜中。榜人始驚余哭，云：「適有邏舟之過也，盍移諸？」遂移榜中流，舉酒相屬，各為詩以寄所思。薄暮，雪作風凜，不可留，登岸宿乙家。夜復賦詩懷古。明日，益風雪，別甲於江，余與丙獨歸。行三十里，又越宿乃至。其後，甲以書及別時詩來，言：「是日風帆怒駛，逾久而後濟；既濟，疑有神陰相，以著茲遊之偉。」余曰：「嗚呼！阮步兵死，空山無哭聲且千年矣！若神之助固不可知，然茲遊亦良偉。其為文詞因以達意，亦誠可悲已！」余嘗欲仿太史公著〈季漢月表〉，如秦楚之際。今人不有知余心，後之人必有知

余者。於此宜得書，故紀之，以附季漢事後。

文中對登臺而哭的時間、地點、場景、儀式和情感心理活動都作了細緻描繪。「哭」，是一篇的主旨。「號而慟者三」，是祭時失聲大哭；「泣拜不已」，是祭後乃禁不住的悲泣；「榜人始驚余哭」，是還憩於舟中不知不覺中仍哭。伴隨楚歌以竹如意擊石、竹石俱碎一節，哭祭達到高潮，情感也推向高潮，激越淒楚。景物描寫，前寫「雲從南來」，中寫「雪作風凜」，後寫「風帆怒駛」，「若相助以悲」，「疑有神陰相，以著茲遊之偉」，氣氛悲而壯。本段末尾，補敘「欲仿太史公著〈季漢月表〉」事，看似於登臺慟哭無關，其實是透露其亡國之痛。文天祥是宋末臨安破後抗元的重要人物，所以明張丁云：「若其慟西臺，則慟乎丞相也；慟丞相，則慟乎宋之三百年也。」（〈登西臺慟哭記〉注）揭示了謝翺作此文的宏深主旨。張丁進而將此文比作箕子「憂宗社之音」的〈麥秀之歌〉。並指出，謝翺並無祿位，這一點又和箕子不同，「吾獨惜翺之時，有箕子之位者，而無翺之慟也」（同上引）。謝翺對宋亡的悲慟和對故國的深情，實在讓那些宋宗室及身居高位對宋亡而無慟者感到羞愧。

文中提到「夜復賦詩懷古」，謝翺還有一首〈西臺哭所思〉詩，即便不是當夜所作，也與〈登西臺慟哭記〉前後作。詩云：「殘年哭知己，白日下荒臺，淚落吳江水，隨潮到海回。故衣猶染碧。後土不憐才。未老山中客，唯應賦〈八哀〉！」「所思」、「知己」，當然也是文天祥。此外，〈哭所知〉、〈書文山卷後〉、〈鐵如意〉等，都是為追悼文天祥所作。〈書文山卷後〉云：「魂飛萬里程，天地隔幽明。死不從公死，生如無此生。丹心渾未化，碧血已先成。無處堪揮淚，吾今變姓名。」詩人將對文天祥的崇敬、仰慕之情與亡國的憤慨和悲痛融為一體。

謝翺不僅哭文天祥，他的詩還哭其他為抗元而壯烈捐軀的志士。

〈哭肯齋李先生〉云：

> 落日夢江海，呼天野水涯。百年唯此死，孤劍托全家。血染楚花碧，魂歸蜀日斜。能令感恩者，狼藉慰荒遐。

李芾，字叔章，肯齋是他的齋名。德祐元年芾知潭州兼湖南安撫使。時湖北州郡皆為元所有，其友勸芾勿行，芾曰：「我以家許國矣。」七月至潭，倉卒召募不滿三千人。元右丞阿里海牙既下江陵，以大兵入潭。李芾率潭州將士血戰，「死傷相藉，人猶飲血乘城殊死戰。有來招降者，芾殺之以徇」。除夕，元兵登城，芾召帳下沈忠曰：「吾力竭，分當死，吾家人亦不可辱於俘，汝盡殺之，而後殺我。」詩中「托家」即指此事。李芾與妻子皆死，沈忠也全家自殺，「潭民聞之，多舉家自盡。」（《宋史》〈忠義李芾傳〉）鄭思肖亦有詩詠李芾，云：「舉家自殺盡忠臣，面仰青天哭斷聲。」（〈五忠詠〉「制置李公芾」）

周密《齊東野語》卷十七云：「揚州後土祠瓊花，天下無二本，絕類聚八仙，色微黃而香。」故宋人有瓊花「除卻揚州是處無」（向子諲〈醜奴兒〉）之句。謝翱〈瓊花引〉、〈後瓊花引〉，以瓊花為題，實則是兩首哭揚州詩。當元兵開入宋都臨安時，李庭芝以制置兩淮堅守揚州。「城中食盡，死者滿道」。庭芝「令將校出粟，雜牛皮，麴蘖以給之。兵有烹子而食者，猶日出苦戰」（《宋史》〈李庭芝傳〉）。《瓊花引》云：「陰風吹雪月墮地，幾人不得揚州死。」揚州城破，有幾人能倖免？又云：「蒼苔染根煙雨泣，歲久遊魂化為碧。」煙雨也為之哭泣。〈後瓊花引〉云：

> 揚州城門夜宿雪，揚州城中哭明月。墮枝濕雲故鬼語，西來陰風無健鶻。神娥愬空眾芳歇，一夕蒼臺變華髮。宮花窣簾塵掩

> 韉，玉華無因進吳越。滴滴淮水山央央，誰其死者李與姜。

此詩哭揚州兼哭守將李庭芝和姜才。景炎元年（1276）七月，益王召李庭芝制置府撥發官姜才，李、姜轉戰泰州，被元元帥阿朮所俘，執至揚州，被斬。「才臨刑，夏貴（以淮西降者）出其傍，才切齒曰：『若見我寧不愧死耶！』」（《宋史》〈忠義姜才傳〉）

〈哭廣信謝公詩〉，哭的是謝枋得。枋得，字疊山，信州弋陽（今屬江西）人。德祐元年（1275）為江東提刑、江西詔諭使，知信州，率兵抗元。城破，賣卜於福建建陽。後元朝逼其出仕，強制送大都，絕食而死。謝翱詩中寫哭，有的本事不十分分明，但大多不離亡國之痛：「瞻望靈均涕零雨」（〈芳草怨〉）；「捫蘿慟哭衫袖冷」（〈山中擬張司業〉）；「起抗如意擊樹枝，為君悲歌君淚垂」（〈短歌行〉）；「猶憶秦淮哭日年，不敢仰視看盆水」（〈句章見月食〉）；「野塚埋鸝鵡，殘碑哭杜鵑」（〈近體二首〉其二）；「只有淮南淚，應沾青桂叢」（〈中秋憶山中人〉）；「想應無事業，遙念更沾巾」（〈十日菊寄所思〉）。謝翱還有〈過杭州故宮二首〉、〈重過二首〉，杭州故宮，即南宋舊宮。昔日繁華帝宮，如今已為淒涼僧院，面目全非，不勝麥秀黍離之悲。〈重過二首〉其二云：

> 隔江風雨動諸陵，無主園池草自春。聞說就中誰最泣，女冠猶有舊宮人。

上兩句說，南宋舊宮已不見昔日主人，諸陵籠罩於腥風血雨中。下兩句說，面對杭州故宮哭泣的是那些女冠——舊時的宮人。其實，謝翱本人又何嘗不是「就中最泣」者呢！

流涕慟哭，搶地呼天，南宋覆亡的現實也無法改變了。《晞髮集》中，有些作品也寫出詩人對亡國的冷峻思考，〈鴻門宴〉云：

> 天雲屬地汗流宇，杯影龍蛇分漢楚。楚人起舞本為楚，中有楚人為漢舞。鶻鵜淬光雌不語，楚國孤臣泣俘虜。他年疽背怒發此，芒碭雲歸作風雨。君看楚舞如楚何？楚舞未終聞楚歌。

據《史記》〈項羽本紀〉載，鴻門宴上項羽的高級謀士范增讓項莊拔劍起舞尋機刺殺劉邦，而項羽另一部將項伯也拔劍起舞「以身蔽翼沛公，莊不得擊」，劉邦借機逃出鴻門，最終消滅項羽，建立漢朝。此詩為詠史題材，卻猛烈抨擊那些或明或暗為蒙古滅宋而使力的宋朝王公大臣，如賈似道者流，為宋朝統治者不懂得重用忠臣而惋惜。詩中「雌不語」係批評項羽的為人不忍和婦人之仁，實則也是委婉地批評了宋朝皇帝，特別是理宗和度宗，他們對宋亡有不可推卸的歷史責任。明朝楊慎特別喜愛此詩，以為「雖使李賀復生，亦當心服。李賀集中亦有〈鴻門宴〉一篇，不及此遠甚，可謂青出於藍矣。元楊廉夫樂府力追李賀，亦有此篇，愈不及皋羽矣」(《升庵詩話》卷十四)。謝翱之詩，是在宋亡這樣的背景下寫的，故有其獨到和深刻之處。

楊維楨云：「翱以至誠惻怛之心，發慷慨悲歌之氣。」(〈弔謝翱文序〉) 儲巏云：「懷賢憤世，鬱幽之意，一吐於詞。」(〈晞髮集引〉) 謝翱的詩文，與一般的文人詩文不同，他的作品是以血以淚寫成的，「當其執筆時，瞑目遐思，身與天地俱忘」(宋濂〈謝翱傳〉)，也是用生命寫成的。

謝翱的執友方鳳在〈謝君皋羽行狀〉一文中論及其詩文云：「慕屈原〈懷郢〉都，讀〈離騷〉二十五，托興〈遠遊〉，以《晞髮》自命，為詩厭近代，一意溯盛唐而上，文規柳及韓，嘗欲仿太史法著〈季漢月表〉，採獨行全節事為之傳。」屈原的〈懷郢〉作於楚國郢都被秦人攻破之後，謝翱的愛國精神，和後期的屈原有相似和相通之處。謝翱號「晞髮子」即取《九歌》〈少司命〉「與汝沐兮咸池，晞汝髮兮陽之阿」意。謝翱文則誠如方鳳所言，而在韓、柳之間，似更近於柳。其詩溯盛唐，主要著眼點當在文氣這一問題上。至於風格，當如儲瓘所論：「翱之樂府諸體似李賀、張籍，近體出入（孟）郊、（賈）島間。」（〈晞髮集引〉）楊慎《升庵詩話》卷十四舉〈短歌行〉：「秦淮沒日如沒鵠，白波漾空濕弦月。舟人倚棹商聲發，洞庭脫木如脫髮。」〈建業水〉：「太白八月魚腦減，武昌城頭鼓紞紞。」等十來例，指出：「雖未足望開元、天寶之蕭墻，而可以據長慶、寶曆之上座。」林昌彝《海天琴思錄》卷八在引楊慎所引例後指出：「諸詩與李長吉、孟東野比肩接踵，可無愧矣。」而在李、孟之間，其「奇奧，得長吉風流，尤足稱賞」（胡應麟《詩藪》〈外編〉卷五）。

明人許學夷《詩源辯體》一書專門研究詩體的淵源流變，其〈後集纂要〉卷一云：「謝皋羽（名翱）諸體率多詭幻。五言古匠心自恣，要亦宋人奇變，亦自足成家。七言古學長吉而詭幻過之，他有終篇不可解者。」謝翱詩突破四靈、江湖或意境過狹、或失之於粗的格局。其詭幻風格雖受李賀影響，但他創作的主要年代是在宋亡之際，他的詩又較李賀切近社會實際，更具有強烈的愛國精神，能在宋代自成一家。然而，由於新朝統治者實行的是高壓政策，是文化專制，謝翱的詩文有的寫得較為隱晦，像〈登西臺慟哭記〉以顏真卿指代文天祥似還比較易解，有些「迷離慘憺」（林昌彝《海天琴思錄》卷三）之作，確不易解。至於〈冬青樹引別玉潛〉詩，若非後人注釋，揭示本事，就很難曉其宏旨了。詩云：

> 冬青樹，山東陲，九日靈禽居上枝。知君種年星在尾，根到九泉護龍髓。恒星晝霣夜不見，七度山南與鬼戰。願君此心無所移，此樹終有開花時。山南金粟見離離，白衣人拜樹下起，靈禽啄粟枝上飛。

明程敏政編《宋遺民錄》卷六收有張丁柱，今本《晞髮集》又附有藍水漁人重注。唐珏，字玉潛，會稽人，謝翱友人，曾同登西臺哭祭文天祥者。據張丁〈唐珏傳〉載，至元戊寅（1278）浮圖總統楊璉真伽發臨安宋諸陵，珏獨痛憤，收貯遺骸瘞蘭亭山後，種冬青樹為幟。唐珏〈冬青引〉云：「遙遙翠蓋萬年枝，上有鳳巢下龍穴。」即詠此事。謝翱感於唐珏所為所作，而寫下此詩。本事雖大抵可明，而詞句仍未免迷離。〈古釵嘆〉一詩亦詠發陵事。謝翱處在宋亡後特別黑暗的時代，部分作品迷離難解，不足為怪。

二 將《心史》沉於古井的鄭思肖

明崇禎戊寅（1638），吳中久旱，十一月初八，蘇州承天寺狼山房疏浚古井，發現一鐵函重匱，「錮以堊灰，啟之，則宋鄭所南先生所藏《心史》也。外書『大宋鐵函經』五字，內書『大宋孤臣鄭思肖百拜封』十字。自勝國癸未（1283）迄今戊寅，閱歲三百五十六載，楮墨猶新，古香觸手，當有神護」（明陳宗之《承天寺藏書井碑陰記》）。《心史》沉於古井三百五十餘年重見天日，流傳於世（崇禎庚辰，即一六四〇年，就有張國維捐資刻本和汪駿聲刻本二種），實為中國文學史上的一件奇事。一時為之作序、跋的多達二十餘人，其中包括閩人林古度和曹學佺。清代閻若璩、全祖望等人及《四庫全書總目》斥其為偽書，而姚際恒等又力駁之。近代以來，認定《心史》非偽的學者就更多了，考訂也更加詳密[82]。

鄭思肖（1241-1318），字億翁（又作憶翁），號所南。他的名、字、號都是後來改的，都含有不忘故宋之意，而原名卻已不可考。思肖其先自晉永嘉亂入閩，世居連江東導村。父原名震，後改名起，字

82 余嘉錫《四庫提要辨證》卷二十四（北京市：中華書局，1985年）、陳福康〈論心史絕非偽托之書〉，《鄭思肖集》〈附錄〉，（上海市：上海古籍出版社，1991年），尤可參考。

叔起，號菊山，是位鯁直的文人。思肖七歲時，因父斥丞相鄭清之也被抓去。十四歲，家由臨安遷居吳門（今蘇州），後為太學上舍生，曾應博學宏詞科。元兵南下，扣閽上疏，「辭切直，忤當路，不報」。宋亡，遇歲時伏臘，輒野哭南向拜。坐臥不北向，扁其室曰「本穴世界」，「本」字，上為「大」下為「十」，將「十」置於「穴」中，則為「宋」，「本穴」即「大宋」。思肖精畫墨蘭，為蘭不畫土根，無所憑藉，云：「地為番人奪去。」趙孟頫為宋宗室，才名重當時，受元聘，思肖遂與之絕。思肖臨終，囑友人為一牌位，書「大宋不忠不孝鄭思肖」。

「我銘父母之教於靈臺，與生俱生，與死俱死，而不忘者也。」這是鄭思肖《中興集》二卷卷首之語。鄭震的思想對思肖的影響很大，不僅表現在處世立身方面，而且表現在文學思想方面。鄭震反對「言浮於理，才騁乎學」、為文而文的傾向，在「文」與「行」的關係上，首先強調「行」，認為「行者，本也；文者，末也。有行而無文，不失為君子；有文而無行，終歸於小人」。至於「行」的準則，則「三綱五常是也」（〈心史自序〉引）。這樣論文，當然帶有很強的封建倫理色彩，但在當時特定環境下，正是這種思想維繫並支撐了鄭思肖等人的愛國氣節，並使其詩文在這一根基上滋生、迸發出強烈的愛國精神。在詩文的「體制」方面，即寫作的具體問題上，鄭震主張「意欲新，語欲簡古，森嚴有法度」，「溫柔敦厚，雅潔瀏亮，意新語健，興趣高遠，追淳古之風」，而反對「流於鑿」，「墮於綺靡卑弱」；即使是寫作的具體問題，也仍然受到思想性情的制約，即當「當於理」，「身之以道」，「歸於性情之正」（同上引）。宋亡之後，鄭思肖將其父「行有本」、「當於理」、「身之以道」、「歸於性情之正」的思想加以發揮和改造，成為具有強烈愛國思想的詩歌理論。《中興集》一卷〈自序〉云：「夫詩也者，心之動也。其動維何？因所悅、所感、所憂、所苦觸之爾。一動之天，多事之源也。苟知動而無動，則不為動之所動矣。今八荒翻沸，山枯海竭，身於是時，能無動乎？」意謂國家覆亡了，詩人不能無動於衷。又云：「此心之不得已動也！夫非歌詩，無以雪其憤，所以皆厄挫悲戀之詞。」最能抒發其亡國憂苦之情，最能表達其憤恨之苦的莫過於詩，故其詩「皆厄挫悲戀之詞」。《中興集》二卷卷首則云：「凡有所作，意在大事，不敢櫜籥風雲月露之妙，鑄為獨樂之辭。」「主於述懷，不以辭語為選擇。」

現在我們可以來看看鄭思肖的創作了。《心史》是作者癸未年（1283），即元世祖至正二十年時親手編定的，包括《咸淳集》一卷，《大義集》一卷，《中興集》二卷（以上計詩二百五十首），《久久書》，《雜文》一卷，〈大義略敘〉。鄭思肖將《心史》沉於井後至去世的三十多年間，寫作較少，只有〈一百二十圖詩集〉、〈錦餞餘笑〉二十四首及《鄭所南先生文集》，後人將這些作品附於其父《清雋集》後。

就作品的思想內容而言，鄭思肖詩文可以分為三個時期。第一個時期是景定、咸淳朝（1260-1274）。思肖一再自署景定詩人，可見他創作的重要時期是從景定開始的，而《心史》的第一個集子則是《咸淳集》[83]。這一時期，他的創作比較豐富，後來兵荒馬亂，大多已散失，作者只記得詩五十首，錄而存之，編為《咸淳集》。這一時期作品的主調是「憂」，憂國憂民，時而也表達自己的懷抱。其〈題多景樓〉云：

> 英雄登眺處，一劍獨來遊。男子抱奇氣，中原入遠謀。江分淮浙土，天闊楚吳秋。試望斜陽外，誰寬西顧憂。

83 《大義集》一卷〈自序〉：「自景定以來，至咸淳五年，所作極多。離亂之際，並所著散文盡失之，今記憶者惟五十篇，目曰《咸淳集》，姑存舊也。厥後數載，竟不作，欲天其隱。」據此，《咸淳集》諸詩當為咸淳五年之前作。然〈重題多景樓〉自注：「時逆賊劉整圍襄陽已六年。」劉整圍襄陽初於咸淳五年，第六年則為咸淳十年。〈自序〉所謂「竟不作」係相對於「作極多」而言，指作得極少，非一篇都不作。

自注：「時叛將劉整圍襄陽。」劉整，原為金將；金亂，歸宋。景定二年（1261），入附蒙古。咸淳四年（1268），獻策先攻襄陽，撤宋長江中游扞蔽。五年九月偕阿朮圍襄陽，遭到襄陽軍民頑強抵抗。九年（1273），整又獻計先攻樊城（樊，襄唇齒也），十年正月，樊城、襄陽先後破。思肖此詩作於襄陽被圍而未破之時，西顧之憂，不是沒有道理的。劉整入朝奏曰：「襄陽破，則臨安搖矣。」（《元史》〈劉整傳〉）鄭思肖所憂正在此。劉整圍襄陽第六年，即咸淳十年，鄭思肖又寫下〈重題多景樓〉，有云：「無力可為用，登樓欲斷魂。望西憂逆賊，指北說中原。」西線吃緊，自己著急卻使不上力，憂思愁苦欲斷人魂。儘管國事到此地步，他還是表示：「何年遂所志，一統正乾坤！」

第二時期，德祐元年乙亥（1275）至丁丑（1277）。乙亥十月，元將伯顏至鎮江，分兵進取臨安。十二月，元兵陷吳（今蘇州），已經不太作詩的鄭思肖「有不可遏之興，時輒數語，以道胸中不平事。」這樣，到了丁丑歲，作者自擇其間所作七十篇，名曰《大義集》，「每一有作，倍懷哀痛，直若鋒刃之加於心，苦語流出肺腑間。言之固不忍，然得慷慨長歌，雖暫舒氣，終則何如？嗚呼痛哉！」這一時期作品的主調是「痛」。他悲痛宋朝江山遭此大厄：「痛哉擗胸叫大宋，青青在上寧無聞。」（〈陷虜歌〉，又名〈斷頭歌〉）詩作於蘇州陷落後。他痛恨不能以身報國：「痛恨莫能生報國，從今陰騭溥南州。」（〈自輓〉）他哀痛為保衛潭州、揚州、常州壯烈死節的制置李芾、丞相李庭芝、察使姜才、都統王安節而作〈五忠詠〉（另一首詠內嬪某氏）。〈陷虜歌〉寫蘇州陷落遭蹂躪最為痛心疾首，詩中還表達詩人對那些不知廉恥的失節者的痛恨和憎惡：

德祐初年臘月二，逆臣叛我蘇城地。城外蕩蕩為丘墟，積骸飄血彌田裡。城中生靈氣如蟄，與賊為徒廿六日。蚩蚩橫目無所

> 知，低面賣笑如相識。彼儒衣冠誰家子，靡然相從亦如此？不知平日讀何書，失節抱虎反矜喜！

臨安陷落，三宮北去後所作的〈偶成二首〉其一云：「夢中亦問朝廷事，詩後唯書德祐年。」臨安陷落在帝㬎德祐二年，其後雖有趙昰、趙昺先後在外地被擁立為帝，基於正統思想，鄭思肖仍稱其為王。宋亡後，鄭思肖仍不用元朝年號，繼續以德祐紀年，以示不忘故國，一生一世為大宋臣民。

自宋亡至作者去世計四十年，為第三時期。嚴格意義上的遺民作品當然都產生於這一時期。而宋亡後的數年間則是作者創作的高潮，《中興集》二卷，數十篇雜文都寫於宋亡後幾年。集取名為「中興」，是因為「帝業雖遷鼎，人心未倒戈」(〈郊行即事〉其二)。從歷史上看，「西漢絕十八年，景帝之子長沙定王發五世孫光武興漢」(〈久久書後九跋〉)，有史實作依據。從現實看，丁丑（1277）四月，戊寅（1278）十一月，黃河兩度清，古諺云：「黃河清，天下平」，故作者作〈黃河清〉詩，以為有自然的徵兆（這只是作者的一種美好願望而已）。這一時期作品的基調是「憤」，其〈題拙作後〉云：「但寫肺腑苦，不求言語奇。矢口吐憤氣，焉知詩非詩。」他還作了〈寫憤三首〉，其一云：

> 自許志頗大，頻歌慷慨辭。攢眉無說處，仰面獨行時。豪傑心猶櫱，生靈命若絲。當今欲平治，舍我則云誰？

宋朝覆滅了，作者滿腔憤氣，把復國作為己任，義不容辭。「憤氣填膺奈若何，千生萬死不消磨」(〈八礪三首〉其三)，大有屈原九死未悔之慨。作者部分「憤氣填膺」的詩，為一時興到之作，沒有題目，而「俱以『礪』之一字次第目之。『礪』者，言淬礪乃志，決其所行也」(《中興集》二卷卷首)。以「礪」為目的詩計二十題，四十首，「一礪二礪至萬礪，盟執牛耳血為誓」(〈三礪〉)，噴射出鬱勃的忠憤之氣。

除了〈和文丞相六歌〉外，收在《心史》中有關文天祥的還有兩篇雜文：〈文丞相敘〉和〈文丞相贊并序〉。〈文丞相敘〉記文天祥「數忽必烈五罪，罵詈甚峻」等，為元人所修《宋史》所無，可補正史之缺。鄭思肖云：「思肖不獲識公面，今見公之精忠大義，是亦不識之識也。」充滿了對文天祥的崇敬之情。

隨著時間的推移，中興的希望漸漸破滅，以至「絕交遊，絕著作，絕唱和，漸絕諸絕，以了殘妄爾」(〈所南翁一百二十圖詩集自序〉)。鄭思肖晚年寫作較少，但其詩文仍時吐憤氣。〈寒菊〉詩云：

> 寧可枝頭抱香死，何曾吹落北風中。禦寒不藉水為命，去國自同金鑄心。

寒菊寧可抱香死於枝頭，作者寧為玉碎，絕不向元朝統治者屈膝。寒菊雖殘猶香，作者決心至死維護自己的氣節。「北風」，隱喻來自北方的蒙古統治者。

鄭思肖《中興集》二卷〈自序〉云：「今忍死暫生，期集大事，不暇以歡情倩目，調笑風月，為詩人美麗之辭。」又云：「時吐露真情，發為歌詩，決生死為國討賊之志，心語心謀，萬死必行，故氣勁語烈。」頗能概括出自己詩歌的特點。他的詩，為了反映國家存亡的「大事」，為了表現「討賊之志」和不忘故國之情，有時沉鬱如老杜，有時飄逸似太白，有時則採用近乎白話的形式，「侃侃鐵筆，直攄憤懣」(明陳宗之〈心史跋〉，不一定專主一家，獨承一派。這一點和謝翺是不同的。「視皋羽諸詩文，孤峭相似，而感憤壯烈殆欲過之」(明陳弘緒〈鄭所南心史序〉)。感憤壯烈過謝，不是質的不同，只是程度的差異。鄭思肖絕交遊，絕倡和，宋亡前後所作，又全部用鐵函沉於古井，故較謝翱少顧忌，也不必採用迷離難懂的手筆。謝翱有〈瓊花引〉、〈後瓊花引〉，鄭思肖有〈弔揚州瓊花〉，所詠也都是揚州陷落事。鄭思肖〈弔揚州瓊花序〉云：「南渡前經兵火，此花亦死。今遭大故，丙子歲維揚陷，丁丑歲此花又死。孰謂草木無知乎？上天福正統、厭夷狄，於茲見矣。」詩上半云：「南土新飛劫火灰，瓊仙戀國暗驚猜。定應攝向天宮種，不忍陷於胡地開。」試比較上一小節所引謝翱的〈後瓊花引〉，就可以看出兩位詩人的異同點了。

鄭思肖生於杭州長於杭州而移居吳門，但他一生不忘故鄉和先人墳塋。《心史》諸集，署名或為「三山菊山後人」某，或為「景定詩人三山」某。〈先君菊山翁家傳〉則云：「居於連江東導村，今十數世矣。」後代的閩人很為有鄭思肖這位同鄉而自豪，崇禎十三年林古度為《心史》作序有「吾閩連江鄭所南先生」之稱，林古度、曹學佺在所作序均未署「郡後學」某。而這兩位序言的作者，林古度入清不仕，身佩萬曆錢一枚，以示不忘故國，窮困潦倒，死後無資營葬；曹學佺則於清兵入閩時投繯自盡。他們的結局不同，但都秉承了鄭思肖的愛國氣節。鄭思肖的思想和文學作品，對他們的影響不言而喻。

明亡後，在南京建立政權的弘光帝又被俘，唐王朱聿鍵在福州即帝位，改元隆武。這一年（1645）冬，《心史》和《晞髮集》的合刻本問世。閩人方潤〈合刻鐵函心史晞髮集敘〉云：「悲風若酸，山月皆苦。感今昔之同時，睞乾坤為有恨。」閩人洪士恭合刻本〈跋〉云：「今聖明南御閩邦，文武奮起，掃腥羶而恢區夏，先生之神，實式臨之。」宋代謝翱、鄭思肖兩位閩籍遺民作家的作品，鼓舞並激勵了南明反抗清政權的鬥爭。

近現代中國人民反抗帝國主義侵略的鬥爭，其性質當然和鄭思肖抗元不同，但是鄭思肖俊偉的人格和刻骨的愛國思想仍受到近現代有識之士的重視。一九〇五年，梁啟超為重印鄭所南《心史》作

〈序〉，云：「啟超讀古人詩文辭多矣，未嘗有振蕩余心若此書之甚者！」又云：「嗚呼《心史》，嗚呼《心史》！書萬卷，讀萬遍，超度全國人心，以入於光明俊偉之域，乃所以援拯數千年國脈，以出於層雲霧霧之中。」鄭思肖的《心史》（還有謝翺的《晞髮集》），其價值和意義已經超越了文學的範疇，已經了超越了時代的界限，超越了閩省這一區域，成了中華民族最可寶貴的精神遺產之一。

閩籍宋遺民作家，比較重要的還有黃公紹、陳普和熊禾[84]。公紹（？-1286以後），字直翁，邵武人。淳咸元年（1265）進士。入元不仕。公紹取閩人理學家胡安國「心在腔子裡」之語，名其軒為「在軒」，今存其《在軒集》一卷，已非原本。陳普（1244-1315），字尚德，別號懼齋，寧德人，居石堂山下，學者稱石堂先生。曾從浙東韓翼甫遊。宋亡，絕意仕進。朝廷三使辟為本省教授，不起，隱居授徒。四方及門者歲數百人，館里仁峰僧舍，至不能容。後主講建陽雲莊書院、鰲峰書院，晚居莆田。陳普以道學稱，今傳《石堂遺集》四卷，其中第二卷收賦、詞及各體詩，三、四兩卷詠史絕句二百餘首，已非完帙。熊禾（1253-1312），初名鉌。字去非，一字辛位，號勿軒，又號退齋，建陽人。曾從朱熹門人遊。咸淳十年（1274）進士，授寧武州司戶參軍，宋亡不仕，築室武夷山授生徒，遺民詩人謝枋得聞其名自江右來訪。有《勿軒集》八卷等。熊禾論詩，以為「靈均之《騷》，靖節、子美之詩，痛憤憂切，皆自肺肝流出，故可傳也。不然，雖嘔心冥思，極其雕餿，泯泯何益」（顧嗣立《元詩選》初集引）。但是，無論是熊禾，還是黃公紹、陳普，他們雖不仕新朝，但作品已較少表現易代的「痛憤」。他們只是以絕意仕進來表示與元朝統治者的不合作，而不是用詩文作為武器來與入主者抗爭。他們的作

---

84 宋遺民中，真山民也是比較重要的詩人。山民始末不可考。或自呼山民，因以稱之；或云姓真，為真德秀後人；或云本名桂芳，括蒼人。「姓名里籍，疑皆好事者以意為之，未必遂確」（《四庫全書總目》卷一六五），因此我們不加以論述。

品雖不無可取之處，但無論思想內容的深度，還是藝術成就，都遠遜於謝翱和鄭思肖。

第四章
元代福建文學的復古時期（上）

西元一二三四年，即宋理宗端平元年，蒙古滅金，取代了金在北方的統治。宋帝昺祥興二年，即元世祖至元十六年（1279），宋亡，元統一了中國，至元順帝至正二十八年（1368），朱元璋滅元。從元統一中國到滅亡，前後只有九十年。

元朝中央政府在福建設立行省，並把「八閩」的州、府、軍改為路，這只是名稱的變更，而不是行政區域的大變動。但是，由於福建是宋端宗在臨安城陷落後即位的地方，又是文天祥號召抗元的根據地，又由於元兵進入福建時遭到了建寧、興化等地軍民的頑強抵抗，元兵的報復異常酷烈。興化城破，下令屠城，死者三萬餘人（詳〔弘治〕《興化府志》卷四十三）；至元十七年（1280）春，「敕泉州行省，所轄州郡山寨未即歸附者率兵拔之，已拔復叛者屠之」（《元史》〈世祖本紀八〉）。對元兵的暴行，福建人民起義反抗不斷，其結果當然是遭受一輪又一輪新的鎮壓。東晉初年，乃至晚唐五代，一直是中原人士避難的福建，再也不是遠離戰亂的「世外桃園」和「樂土」了，許多世代安居於這片土地的人民只好背井離鄉，遠走高飛以避難。《嘉應州志》卷三十記載元初移民於梅州的情形云：「閩之鄰粵者，相率遷移來梅，大約以寧化為最多。」黃遵獻《己亥雜詩》其二十四自注云：「客人來（梅）州，多在元時。」「今之州人，皆由寧化縣之石壁鄉遷來。」屠殺、鎮壓、遷徙，造成元代福建戶數和人口的驟減。例如宋嘉定十六年（1223），福建路共有戶數一百五十九萬九千二百一十四，元福建行省只剩下七十萬零八百一十七，兩者相差八十九萬八千三百九十七戶[1]。隨著戶數人口的減少，耕地面積也縮小了。元代福建的社會經濟，即使不是倒退，至少是沒有多大發展。

元代的民族政策，對福建文化的發展也極為不利。忽必烈滅南宋後，蒙古人、色目人、漢人和南人四個民族等級逐漸明確起來。南人是四個等級中最末的一等，何況福建人又是南人中抵禦元兵較烈的那一部分。元制，中央重要機關的首席行政長官、各路的達魯花赤都必須由蒙古人充任。元代的科舉考試，遲至仁宗延祐元年（1314）年才舉行，次年才舉行第一次會試（楊載即這一期的進士），終元之世，總共才舉辦十六次。每次選各地舉人三百名赴京會試，四個民族等級各七十五名。設德行明經科，額定取一百人，四個民族等級各二十五人。每三年南方各省的南人由科舉入試的不超過二十五人（榜額常不滿），每年平均不過七、八人。整個元代，那麼大的一個泉州，舉進士的只有盧琦一個人，實在少得可憐。

著錄詳贍的〔民國〕《福建通志》〈藝文志〉載元代別集類僅二十六種，而宋人別集多達二百九十五種。當然，宋代長達三百二十年，元代只有九十年，絕對數字不能完全說明問題；但宋平均每年差不多有一種，元每三年多才有一種。如果寬一點算，把列在宋代的宋遺民（例如黃公紹、熊禾等）列入明代的由元入明的作家（例如張以寧）統統歸入元，別集總數也不可能超過四十種，每兩年多才有一種。

元代福建的文學創作不僅數量較少，所使用的體裁也比較單調。這時，北方的雜劇已經興起，並產生了一批優秀的作品，福建並沒能產生一位雜劇作家。檢《全元散曲》，除了一、二歌妓，也未見福建士子的作品傳世。詞，這種文學形式，早在宋初已被福建文人所掌握，並出現了一大批技巧嫻熟而且有影響的作家，而今天我們查檢

1　據朱維幹《福建史稿》，第二十三章第一節，據《文獻通考》、《閩書》所列表。

《全金元詞》，傳世的元代閩詞只有楊載一首、洪希文三十三首等，數量極有限。作為傳統文學形式的詩歌，是元代福建文學的主要形式。

元代閩籍詩人的創作是有成就的。楊載是元閩人的代表，他與虞集、范梈、揭傒斯並稱，為元詩四大家。陳旅、盧琦、林泉生等，人稱閩中名士。洪希文、黃鎮成、廖夢觀（釋大圭），或無意仕進，或遁入佛門，是根植於鄉土的詩人。清顧嗣立編《元詩選》，所收計三百四十家，閩籍詩人計二十二家，除了以上七人，比較重要的還有黃清老、吳海、劉邊、彭炳等。

元詩以「宗唐得古」為其創作的主要傾向。如果以延祐二年（1315）楊載、馬祖常、黃溍等人中進士作為分界線的話，在此之前稱元詩前期，此後為後期。「宗唐得古」之風在前期已經形成，前期詩人主要是由金入元和北方的詩人。後期詩人不僅在創作上將「宗唐得古」進一步推進、發揚，而且在理論上還加以闡述和總結。總的說來，後期的成就要超過前期。楊載、陳旅、洪希文等都是後期詩人。楊載曾說：「詩當取材於漢魏，而音節則以唐為宗。」（《元史》〈儒林楊載傳〉）這是元代最有代表性的詩歌復古理論。陳旅〈馬中丞文集序〉也有類似的說法：「（馬祖常）詩似漢魏，律句入盛唐。」《元史》稱楊載「自其詩出，一洗宋季之陋。」我們是否可以這樣說，自楊載及其詩歌理論出，福建詩壇便開始進入了以復古為特徵的文學創作時期。

元代宦閩詩人、作家，最重要的有范梈、馬祖常和薩都剌。范梈（1272-1323），字亨父，一字德機，清江（湖北恩施）人，曾為閩海道知事。范梈作〈閩州歌〉一篇，反映福州官營手工場的規模，云：「去年居作匠五千，耗費府藏猶煙雲。」指出工人受到殘酷壓迫和剝削：「那吏誅求使者急，鞭箠一似雞羊群。」「官胥掊克常十八，況以鳩斂奪耕耘。」詩人認為：「觀風自是使者職，作歌雖遠天應聞。」據《元史》本傳稱：廉訪使取此詩上聞，「皆罷遣之，其弊遂革」，為閩人做了一件好事。馬祖常（1279-1338），字伯庸，居靖州天山（在今新疆），官至御史中丞，元代著名散文家。出使泉南時，曾獎掖閩士子陳旅。所作〈敕賜弘濟大行禪師創造福州南臺石橋碑銘〉，敘述萬壽橋興造始末甚詳，中有云：「福唐粵閩之會，城三面距江，其水皆自高而下，石錯出其間，若騎布獸伏，迅湍回洑，旁折千里，匯而為南臺江。昔以舟櫛比連，大緪為浮梁以濟，每潦漲卒至，則緪絕舟裂於兩碕，民多溺焉。」禪師率其弟子終於促成其事，造福閩人。薩都剌（1272-？），回族人[2]，曾官淮西江北道經歷，其詩成就不在「元四大家」之下。順帝至元元年至三年（1335-1337）為福建閩海道廉訪司知事。薩氏在閩寫下八十多首詩，其中〈望鼓山〉、〈南臺月〉、〈蝦助〉、〈武夷山〉等描寫閩中風物，膾炙人口。這些詩人和作家，對元代福建的文學發展，都起了不同程度的推動作用。元代以後，宦閩詩人、作家漸多，本書不再一一加以介紹。

第一節　元詩四大家之一：楊載

楊載（1271-1343），字仲弘，浦城人。父起潛僑居杭州。載少孤，博涉群書，為文有跌宕氣。年四十，不仕，戶部賈國英數薦於朝，以布衣召為翰林院編修官。時著名文學家趙孟頫亦在翰林，「得載所為文，極推重之。由是載之文名，隱然動京師，凡所撰述，人多傳誦之」（《元史》本傳）。延祐二年（1315）登進士第，授承務郎、饒州路同知浮梁州事，遷儒林郎、寧國路總管府推官，卒。有《楊仲弘集》八卷，又有《詩法家數》[3]。

---

2 《四庫全書總目》卷一六七說他是蒙古人，據近人陳垣《元代西域人華化考》，當作回族人。

3 《四庫全書總目》卷一九七云：「是編論多庸膚，例尤猥雜。」「必坊賈依托也。」然此書提倡寫詩學漢、魏、盛唐，鍛鍊字句等則與楊載的理論及創作實踐吻合。

《元史》本傳稱楊載「文章一以氣為主，博而敏，直而不肆，自成一家言」。楊載之文，喪失殆盡，觀其詩，亦「以氣為主」，特別是五古，這一特色更為明顯。〈雪軒〉云：

> 北風海上來，大雪何壯哉！上下九萬里，洗淨無纖埃。君家十二樓，軒窗洞然開。吹笙擊鳴鼓，呼賓與銜杯。名言落四座，大笑聲如雷。舉頭望長空，高興驚冥鴻。仙人五六輩，飛下白雲中。粲粲明珠袍，相從萬玉童。問君何所事？未就丹鼎功。翩然卻攜手，共入蓬萊宮。

此詩一起，頗有南朝謝朓「飛雪天山來」（〈答王世子〉）和「朔風吹飛雨，蕭條江上來」（〈觀朝雨〉）的氣勢。接著寫在雪軒與朋友吹笙擊鼓，銜杯高論，笑聲如雷，最後想像神遊蓬萊。〈桶底圖〉、〈太古雪為楊友直賦〉等詩，這一特色也很明顯。明胡應麟《詩藪》〈外編〉卷六說楊載五古「誦法青蓮」，恐怕也是著眼於氣勢這一點而言的。

明瞿佑（其祖姑為楊載夫人）曾說楊載的七古〈古墻行〉、〈梅梁歌〉「亦皆為時所推許」（《歸田詩話》卷下）。前者寫游宋循王廢園，想像當年「歡聲如雷動地傳」之盛，感嘆今日高崖為谷，華堂寂寞，喬木慘淡，園遊麋鹿。後者述「七月熇苗沾塊土，憂殺村中老農父」，大旱給農夫帶來極大苦難。「買羊沽酒祭梅梁，祭罷祠官傳好語」。老農的愚昧已經夠可哀嘆的了，「祠官」的愚弄更加可悲！鞭笞了「淫祀欲求福」的迷信做法。楊載有一篇〈夢讀退之詩，頗奇詭，已覺，記其大旨作此篇〉，他的七古似受韓愈影響，奇詭中時有蹇礙處。楊載七古不如五古。其五古大抵深得漢魏古詩之法（漢魏詩以五言為主），質樸而有氣骨。

《元史》本傳說楊載「於詩尤有法」，楊載自己在《詩法家數》中也稱：「余於詩之一事，用工凡二十餘年，乃能會諸法，而得其

一、二。」詩法是個比較複雜的問題，楊載在談到「得其一、二」後接下去說：「然於盛唐大家數，抑亦未敢望其有所似焉。」這樣看來，楊載心目中的詩法，其實就是盛唐諸大家的詩法；換句話說，楊載作詩是取法盛唐詩大家，是以盛唐諸大家為楷模的。試看他的七律〈宗陽宮望月分韻得聲字〉：

> 老君臺上涼如水，坐看冰輪轉二更。大地山河微有影，九天風露寂無聲。蛟龍並起承金榜，鸞鳳雙飛載玉笙。不信弱流三萬里，此身今夕到蓬萊。

《西湖遊覽志》云：「宗陽宮，本宋德壽宮後圃也，內有老君臺、得月樓。杜道堅號南谷，當塗人，風度清雅，嘗以中秋集儒彥登老君臺玩月，分韻賦詩，楊仲弘為首唱。」此詩境界闊大靈動，聲律圓潤工整，起承轉結無不精當，甚有盛唐大家數氣象。除了此詩，瞿佑又列舉「風雨五更雞亂叫，江湖千里雁相呼」（〈留別京師〉）；「挾書萬里求明主，仗劍三年別故鄉」（〈遣興〉）；「窗間夜雨消銀燭，城上春雲壓彩旗」（〈贈同院諸公〉）等聯，以為「沈雄典實」（《歸田詩話》卷下）。《詩藪》〈外編〉卷六則以為「風雨」、「窗間」二聯「句格莊嚴，詞藻瑰麗」。楊載不僅七律多有唐人風調，七絕亦時有近唐人者。〈宿浚儀公湖亭〉云：「兩兩三三白鳥飛，背人斜去落漁磯。雨餘不遣濃雲散，猶向前山擁翠微。」〈紀夢〉云：「四面青山擁翠微，樓臺相向闢天扉。夜闌每作遊仙夢，月滿瓊田萬鶴飛。」〈客中即事〉云：「漸覺星星兩鬢皤，推愁不去奈愁何！客中忘卻春光度，驚見前林嫩竹多。」詩句流麗可誦。

楊載詩之所以能一洗宋季之陋，除了他作詩能以氣為主，善於吸收漢魏、盛唐諸大家的長處外，重要的一點，還在於他受到蒙古民族大漠草原渾宏雄闊氣象的薰陶感染，並把這種新鮮的氣象帶到他的詩篇中。楊載入京時，蒙古統一中國已經三十多年了，在這期間傳統的中原文化和大漠草原文化進一步融合並相互補充，形成了以大都為中心的元代獨特的文化氛圍。在這樣的文化氛圍中，楊載用傳統的詩歌形式寫出了一篇富有大漠草原風情的〈塞上曲〉：

> 沙塞何窅窅，樹短百草長。大河屈曲流，不復辨四方。驅車日將夕，黑雲隱長岡。人馬俱飢疲，解鞍飲寒塘。張坐逐平地，擊火燒烏羊。挏酪過醇酎，搖艷盈杯觴。既醉歌嗚嗚，頓蹋如驚狂。月從天外來，耿耿流素光。悲風動寥廓，拂面吹胡霜。白雁中夜飛，參差自成行。一箭落霜羽，挾弓負豪強。中情無留滯，千載能鷹揚。

以往描寫塞上的詩篇大體可以分成兩類。一類是邊塞詩，這類詩以中原政權的將士為描寫對象，寫邊塞生活的艱苦以及將士的戍邊衛國；另一類是出使塞外詩，這類詩以塞外民族為描寫對象，寫他們的民情風俗。不過，詩人們常常是出於獵奇，也難免偏見。前者以唐人的作品為多見，後者常見於宋詩。楊載此詩較客觀地描繪了大漠草原民族的生活環境、遊牧生活，既寫出這一民族的習俗風情，又贊頌了他們的吃苦耐勞、倔強豪邁的性格。把大漠草原民族作為直接贊頌和謳歌的對象，在唐宋以來的傳統詩歌中似不曾見到如此突出的作品。這首詩，寫得曠朗蒼茫，雄渾中更洋溢著一股豪邁之氣。它確與宋詩西崑的雕琢、元祐的平易、江西的生新、江湖四靈的瑣屑寒陋氣象迥異，而給元代詩壇帶來一股新鮮的氣息。

楊載是南方人，早年也長期生活在南方。他對嶺南這樣的「蠻煙」之地，觀念並沒有改變：「狼荒非善地，為戒莫留連」（〈送張宣撫使嶺南〉）；「雲水連天暗，霜蕪滿地荒」（〈冬至次韻張宣撫二首〉其一）。而隨著元王朝版圖朝西北和北方的拓展，傳統觀念中的一些邊關之地在楊載的心目中卻親切多了。試看他的〈送王元禮歸平城〉：

> 燕趙多奇士，遺風有固然。射雕猶絕藝，屠狗亦名賢。形勢威天下，風流號北邊。送君歸此地，亦欲奮吾鞭。

平城，今山西大同。平城在古代是北方的重要邊關，這裡既有燕趙遺風，又有射雕絕藝，在中原文化與大漠草原文化融合的過程中，它走在中原其他地區之先，因此也成了詩人的嚮往之地。詩人對大漠草原文化並不排斥，看來還自覺不自覺地接受了它的影響，因此他的詩往往具有獨特的「曠達」、「宏朗」（范梈〈仲弘集序〉）和「雄渾」（《詩藪》〈外編〉卷六）的氣象。「磧迴沙如雪，河窮浪入天」（〈送徐義父入京〉）；「青山落日蒼茫暗，白水秋風慘淡悲。勁矢每隨前隊發，清笳偏逐後行吹」（〈寄康大夫〉）；「雲垂迥野鳴鞘遠，月滿高城下漏長」（〈寄袁伯長〉）；「氣蒸雲霧藏喬岳，聲轉滄溟放大河」（〈寄維揚賈侯〉）。這些詩，沒有一首是以塞上事物為題的，卻無不具有大漠草原的影像。至於〈寄劉師魯〉的寫洞庭：「落日波濤壯，晴天島嶼孤」；〈渡江寄俞仲連〉、〈次韻江行四首〉其四的寫長江：「鹵翻沙際雪，潮落渡頭雲」，「天風吹地轉，海水入江流」；以至於寫江南的道觀：「澗泉通地遠，山嶺際天長」（〈題信州先天觀圖二首〉其一）；和寫號為秀媚的杭州吳山：「傍近江湖天廣大，上連星斗地清寒」（〈吳山晚眺〉），都是那樣渾浩和雄闊。打下南方都市文化深刻印記的宋詞，即便某些描寫中原的作品甚至也脫離不了南國的柔媚，周邦彥〈蘭陵王〉〔柳〕寫汴京（今河南開封）附近的風光：「柳陰直，煙裡絲絲弄碧。隋堤上、曾見幾番，拂水飄綿送行色。」就是典型的例子。受到大漠草原文化薰陶影響的楊載，他的詩帶有某些大漠草原的氣象，例如曠朗和雄渾，實也是不足為怪的。清人張景星、姚培謙、王永琪合編的《元詩別裁集》，選楊載的七律四首，除了〈宗陽宮望月〉一首外，〈題沈君湖山春曉圖詩卷〉等三首都以典雅清麗稱；《四庫全書總目》卷一六七在論述楊載詩洗宋季之陋後，云：「窮極而窮，乃復其始。風規雅贍，雍雍有元祐之遺音。」均未能對楊載最富有特色的曠朗雄渾之作予以肯定和重視。

元末明初陶宗儀《南村輟耕錄》卷四「論詩」條在記述虞集載酒問詩於楊載後，又記虞集論包括他自已在內的四家詩的特點：「仲弘詩如百戰健兒」，「德機（范梈）詩如唐臨晉帖」，「曼碩（揭傒斯）詩如美女簪花」，虞集自己的詩「乃漢廷老吏」。明胡應麟解釋道：「『百戰健兒』，悍而蒼也。『三日新婦』（慶元按：與《輟耕錄》所記略異），鮮而麗也。『唐臨晉帖』，近而肖也。『漢法令師』，刻而深也。」又道：「仲生（虞集）典而實，仲弘整而健，德機刻而峭，曼碩麗而新。」又道：仲弘「骨力伉健」（《詩藪》〈外編〉卷六）。於虞、楊、范、揭四家特色的評論大抵公允，對楊載特拈出悍、健、骨力，尤為有見。虞、楊、范、揭四家並稱，揭示諸家的特色是必要的，但不一定非定其前後名次不可。

楊載又有〈悼鄰妓〉二首，詩云：「西子湖邊楊柳花，隨風飄泊到天涯。青春遇著歸來燕，銜入當年王謝家。」「一種腰肢分外妍，雙眉畫作月娟娟。春風吹破襄王夢，行雨行云若個邊。」楊維楨將二詩採入〈西湖竹枝詞〉，序云：「我朝詞人能變宋季之陋，自稱仲弘為首，而范、虞次之。」入元後，文人〈竹枝詞〉大量描寫風土民俗，題材較唐宋拓展；這類作品大多洋溢濃厚的生活氣息，有的還寫得相當生動風趣。楊維楨著眼於此，認為楊載為變宋季之陋的首席，也是有見地的。

第二節　閩中名士：陳旅　盧琦　林泉生

活躍於元代中後期以文學稱的陳旅、盧琦、林以順、林泉生，時稱閩中名士（詳《閩書》卷八十九〈盧琦傳〉）。林以順，字子睦，莆田人。至治元年（1321）進士，歷江西儒學提舉、福清州知州路同知，終年八十一歲。名列《八閩通志》〈人物〔良吏〕〉。今不傳其集。本節著重論述陳旅、盧琦、林泉生詩文。

陳旅（1288-1343），字眾仲，號荔溪，莆田人。旅幼孤，其外大父趙氏撫而教之。旅篤志於學，於書無所不讀。稍長，至泉州從傅定保（號古直，宋咸淳中禮部奏賦第四，大德初為漳州路學正）學，聲名日著，薦為閩海儒學官。御史中丞馬祖常使泉南，一見奇之，謂旅為「館閣器」，因相勉遊京師。翰林侍講學士虞集見其文，即延至館中，朝夕相講習，自謂得旅之助為多，與祖常交譽於諸公間。中書平章政事趙世延力薦為國子助教，屢遷至國子監丞，階文林郎。今傳《安雅堂集》。

《東越文苑傳》卷五云：「旅雅好山水，聞有佳處，輒閑步往，坐臥其中，晝夜遊不厭，得句則欣躍而歸。」今觀陳旅所作山水詩，平平無特傑之處。倒是他與友朋的唱和之作，時有佳製。其〈和維揚友人〉云：

> 揚子江頭水拍天，人家種柳住江邊。吳娃蕩槳潮生浦，楚客吹簫月滿船。錦纜憶曾遊此地，瓊花開不似當年。竹西池館多紅藥，日夜題詩舞袖前。

此詩前半敘維揚風物。江水拍天，人家種柳，蕩槳吹簫，揚州歷代都是為人嚮往之區。腹聯用錦纜（指隋煬帝巡遊揚州所乘的龍舟）、瓊花（揚州瓊花最出名，然而北宋末年和南宋末年兩次衰敗）二事，寫歷史上朝代的更迭廢替。尾聯日夜舞袖則微諷當政未能從歷代興亡吸取教訓，耐人尋味。薩都剌《雁門集》有一篇〈贈陳眾仲〉，前半云：「江南少識陳眾仲，闕下才名北斗齊。直閣每從花底過，揮毫曾向御前題。」對陳旅的才名十分看重。陳旅作〈次薩天錫韻〉云：

> 燕南幕府文章客，澤國相逢宴集齊。酒後鱸魚霜作鱠，花邊驄馬月為題。千篇傑句諧金奏，一曲離歌聽玉啼。別後寒雲滿江海，雁書何處落青泥？

敘述與薩的宴集、友情，稱頌薩的詩文，最後想像別後情景，次韻亦不減原唱。至於〈次韻友人京華二首〉，則能描繪出元大都的氣象，其一頷聯云：「燕山北擁天都大，瀛海中涵月殿深。」氣勢磅礴，景象廓大，似有漢唐長安、六朝金陵、趙宋汴京臨安都難於比擬之慨。《元史》本傳云：「旅平生於師友之義尤篤，每感虞集為知己。」旅有〈題虞先生詞後〉詩：「憶昔奎章學士家，夜吹瓊琯泛春霞。先生歸臥江南雨，誰為掀簾看杏花。」敘師友之情尤為感人，甚為後人傳誦。

陳旅之文優於詩。元末李性學列舉本朝「以文而知名者」十八家，陳旅即其中之一（詳明葉盛《水東日記》）。林泉生〈安雅堂集序〉云：「元興以質治天下，國初之文之盛，不十年而眾仲之文滿天下矣。」林泉生或有誇大，但從馬祖常、虞集、薩都剌諸名家的極力推崇看，陳旅之文在當時影響確實很大。林良生之序評其文，云：「貫綜該洽，人見其富也；精彩振發，人見其麗也。天機之敏，人以為巧；法度之周，人以為密。」張翥〈安雅堂集序〉亦評云：「其所鋪張，若揖讓壇坫，色莊氣肅而辭不泛也；其所援據，若檢校書府，理詳事核而序不紊也。其思綿麗藻拔，而杼機內綜也；其勢飛騫盼睞，而精神外溢也。」觀集中〈馬中丞文集序〉、〈送潘澤民還江南詩序〉、〈崇碧軒詩序〉等篇，林、張兩家之評，大體可信。

元初散文，出現了宗唐文和宗宋文的兩種不同傾向，前者以姚遂和盧摯為代表，後者以劉因、王惲為中堅。林泉生序說陳旅「熏經飫史，吞吐百氏，久則剸玄劌頤以為文，自成一家，超軼古昔。」《元史》本傳云：「旅於文，自先秦以來，至唐、宋諸大家，無所不究，故其文典雅峻潔，必求合於古作者。」陳旅不僅能折衷宗唐、宗宋，而且廣泛吸收經史百氏、先秦以來散文的長處，故能自成一家，超邁時人，為天下所重。

盧琦（1306-1362），字希韓，號立齋、圭齋，惠安人。至正二年（1342）進士，十二年（1352），稍遷至永春縣尹。《元史》本傳：「始至，賑饑饉，止橫斂，均賦役，減口鹽一百餘引，蠲包銀榷鐵之無征者。已而訟息民安，乃新學宮，延師儒，課子弟。月書季考，文風翕然。」十六年，改調寧德縣尹，父老走帥府，乞留，不可，為立生祠。官至溫州路平陽州知州。名入〈良吏傳〉。有《圭峰集》，圭峰，惠安盧琦所居之地。

盧琦生當元季，官府加重對百姓的壓迫和剝削，民不堪命，盧琦一些詩大膽地揭露和反映了這種殘酷的社會現實，對百姓的不幸寄予極大的同情。其〈憂村氓〉云：

> 世道日紛紜，人人自憂切。路逢村老談，吞聲重悲噎。我里百餘家，家家盡磨滅。休論富與貴，官事何由徹。縣帖昨夜下，羈縻成行列。鄰里爭遁逃，妻兒各分別。莫遣一遭逢，皮骨俱碎折。朝對狐狸啼，暮為豺虎嚙。到官縱得歸，囊底分文竭。仰視天宇高，綱維孰提挈。但恨身不死，抑鬱腸中熱。南州無杜鵑，訴下空啼血。

這首詩的深刻性在於：盧琦不僅體恤到百姓所受苦難，而且揭示造成這種苦難的根源在於官府的逼迫壓榨。自唐代杜甫、白居易以來，如此深刻反映社會現實的作品不是很多的。百姓遁逃，一部分人歸鄉了，而另一部分人走上反抗道路。盧琦詩沒有繼續反映下去，但他在實際生活中卻接二連三地碰上了。能安撫者他就加以安撫，在不能安撫的情況下，他當然也就加以鎮壓了。作為封建社會的「縣大夫」，也只能如此。

《四庫全書總目》卷一六七云：「琦官雖不高，而列名良吏，可不藉詩而傳。即以詩論，其清詞雅韻，亦不在陳旅、薩都剌下。」盧琦集中一些描寫閩中風物之作，的確寫得「情詞婉約」(《元詩選》〈庚集〉)。載於《永春州志》卷五的〈蓬壺〉詩有云：「匹馬重尋蓬島路，東風二月柳花香。曉風滿笠人耕隴，夜雨孤燈臥客牀。」〈山行雜詠二首〉其一云：「過一山坳又一村，小溪流水映柴門。桑間少婦自採葉，舍下老翁閑弄孫。山霧欲收紅日晏，蕨根新洗碧潭渾。停輿暫向石亭坐，隱隱樵歌隔水聞。」明徐𤊹舉出「嵐氣滿林晴亦雨，溪聲近驛夜如秋。」「潮生遠浦孤帆小，雨過蒼崖古水寒。」「小橋跨澗村春急，老樹吹花野店香。」「暮雲松徑僧歸寺，夜雨蓬窗客在船。」「門掩落花春去後，夢回殘月酒醒時。」「梧葉幾番深夜雨，梅花一樹短籬霜。」等聯，云：「清典可詠。元詩多纖弱，若圭齋者，實有唐調者也。」(《筆精》,《全閩詩話》卷五引)

盧琦古體詩也有明顯特色，前人評云：「讀之金石發而星河流也。又淙淙然若急澗寒響從以風雨，淵湃四下，百怪出而萬壑移，躍躍於吾目，何其奇也。」(董應舉〈奎峰集序〉)《圭峰集》卷上首篇〈度嶺於崇安命棹建溪〉，描繪命棹建溪三日所見，中有云：

懸崖虹殘危，插竹漁網曬。山高人蟻緣，下視舟一芥。輕舠類飛鰍，宛轉亂石隘。峰嶸龍角尖，魂砢黿首癩。嗟吁激頹波，

> 出沒水中怪。萬古槌地雷，三峽瀉澎湃。峰巒爭送迎，奔走萬里快。箭過耳邊風，開口不暇咳。峭壁起沖流，恍若巨鰲戴。

舟輕水急，崖壁奇峭，波湍撞擊如雷，驚心動魄，恍然躍躍於目。

林泉生，字清源，永福（今永泰）人。天曆庚午（1330）進士。歷知福清州、漳州，召入翰林直學士、知制誥、同修國史。謚文敏。泉生工詩，善屬文，以志略自負不能下人，以此多得謗。後稍自晦抑，署其齋曰「謙牧」，更號「覺是軒」。有《覺是先生文集》。

閩人吳海〈覺是先生文集序〉論泉生文云：「宏健雅肆，其敘事明潔類太史公，其運意精深類柳子厚，其遣辭不滯類蘇子瞻。其視國朝諸公固不多讓，或與並駕而爭進也。昔公嘗與予論古今文章上下，予試問公：『乃自比何人？』公笑曰：『能為東坡乎？』雖是一時戲笑之言，亦其內有所信而人不知者。」泉生曾將文二百篇託付吳海，惜遭亂失去，今僅存若干篇。

泉生詩今存三百餘首。陶宗儀《南村輟耕錄》卷三「岳鄂王」條，曾記入元以來，憑弔岳王廟詩，有葉紹翁、趙孟頫、高則誠、潘子素、林泉生諸作。林泉生詩云：

> 誰收將骨葬西湖，已卜他年必沼吳。孤塚有人來下馬，六陵無樹可棲烏。廟堂短計慚嫠婦，宇宙惟公是丈夫。往事重觀如敗局，一龕燈火屬浮圖。

〈岳王廟〉詩共二首，這是第二首。杭州有南宋諸帝之陵，帝陵本是崇高地位和權力的象徵，可是如今荒涼得連棲烏之樹也沒有；岳飛的一墳孤塚，本不知是何人所收葬其骨之所。雖然是孤獨伶仃，可如今即使是過往的官員也紛紛下馬表示對其的崇敬。廟堂諸公計短連嫠婦都不如，天下只有岳飛稱得偉丈夫。作者冷峻地回顧歷史，詩既有客觀的物象描繪，又有主觀的直接議論，而且議論多於描繪，感情強烈。陶宗儀稱林泉生（還有趙孟頫等）詩在數十百篇憑弔岳王的詩中「最膾炙人口」，讀後「不墜淚者幾希」。

吳海稱林泉生詩「豪宕遒逸（〈覺是先生文集序〉），當然不僅僅就〈岳王廟〉一類作品而言，林泉生登臨山水之作也具有這種風格。〈題大龍湫和李五峰韻〉云：

> 雁蕩峰頭春水生，無邊木葉作秋聲。六龍卷海上霄漢，萬馬嘶風下雪城。春盡不知陽鳥去，岩高惟許白雲行。故人家住青山下，野竹寒流亦有情。

大龍湫是雁蕩山著名的瀑布，頷聯想像尤為奇特壯偉，詩人不說瀑布如海潮，而說是龍捲海濤上霄漢，又由霄漢跌落；不說瀑聲如馬嘶風吼，瀑白如雪，而說聽到馬嘶風吼自雪城而下。他如「龍湫千古風雷氣，山殿六時鐘磬聲」（〈方廣岩紀遊〉）；「春入岡原分斥鹵，煙生林樾認村墟。江流闊狹潮來去，山色有無雲卷舒」（〈題瑞岩寺〉）等詩句亦有遒逸之氣。

第三節　根植於鄉土的詩人：洪希文　黃鎮成　廖夢觀（釋大圭）

元初一、二十年間，福建不斷爆發反抗蒙古統治的鬥爭。元朝滅亡前的二十多年間，這裡的農民起義更是接連不斷。即使元朝中葉，八閩土地也不如宋以前那樣安寧平靜。福建有些文人或者採取與統治者不合作的態度，如宋遺民熊鉌、黃公紹等；或者無意科舉，只在本土充任鄉先生或訓導，如下文將要論述的洪希文；或者拒絕仕宦、居於鄉土如黃鎮成。更有像廖夢觀這樣的詩人，乾脆遁入佛門，成了詩僧。廖夢觀雖入佛門，但仍根植鄉土，不忘世事，實也在鄉土詩人之列。

洪希文（1282-1366），字汝質，號去華山人，莆田人。其父岩虎，號吾圃，宋貢士，為興化教諭。希文，其次子。洪氏家貧，父子嘗坐萬山中，朝晡盂飯，燒芋咬菜相倡和，無慍色。希文詩得之於其父的薰陶。父子倆曾枕邊談詩，岩虎以「僧敲未敢一言定，鳥過曾安幾字來」之句授希文。岩虎對希文的苦學很滿意，其〈夜臥三鼓聞書聲〉云：「有子定知吾事足，貧家頗覺此聲佳。」〈志喜〉詩云：「風露對檠逼諸父，雲煙落紙凜群兒。甫譏失學難為比，琰見趨庭喜可知。」岩虎卒，希文嗣為鄉先生，郡之名族爭致西席。郡庠聘為訓導，大賓延請無虛歲。卒時八十五歲。希文一生，幾與元代相始終。岩虎有集名《軒渠》，希文因自號《續軒渠集》。

鄉先生的生活十分清苦，但詩人卻安貧樂道，決意不沾染官場的塵緇。他吃的是赤莧、苦藚一類的惡食，喝的是鄉間自產的苦茶，冬天披的是破絮。〈春寒無炭〉一詩，形象地寫出挨冷受凍的可憐相：「詩翁縮頸聳兩肩，玄龜守殼凍不前。吟成呵硯冰尚堅，毛穎蹇澀非張顛。」在難於度日的境況下，我們這位鄉先生——鄉間詩人，大約還要參加點飯牛、擷菜、種豆的鄉間勞動。其〈飯牛歌〉云：

> 牛吒吒，啼跔跔，枯箕嚙盡芳草綠。自晡薄夜不滿腹，擷菜作糜豆作粥。飼饑飲渴兩已足，脫紖解銜就茅屋。不愁飢腸雷轆轆，風簷獨抱牛衣宿。丁男長大有牛犢，明年添種南山曲。

自晉宋陶淵明以來，描寫農村勞動生活的詩篇實在很少見，所以洪希文這類寫得具體、細緻的飯牛擷菜之作尤應引起重視。洪希文生活在鄉村，勞動在鄉村，他也特別喜愛鄉村。他的詩為後人描繪了一幅幅生動的農村生活、勞動圖景：「鴨頭流水淨，魚尾斷霞頳。並舍開新釀，平疇餉晚耕。」（〈獨立〉）「短塹插籬防鹿豕，小舟牽網截魚蝦。」（〈仙芭館所歸溪行書觸目〉）「筠籠採擷朝餔供，土銼烹熬雨露香。」（〈菜羹〉）「雨餘溪澗淺深岸，門外野棠紅白花。」（〈春晚郊行書所見〉）「蛙王踞坐楚歌發，蝶使行成漢騎圍。」（〈首夏偶成〉）或清新典雅，或新鮮風趣。如果洪希文的農村詩僅僅停留在對鄉間美景的吟唱，那麼他的作品就和一般的避世隱士之作沒有兩樣了。洪希文既看到了農村相對平和的一面，又看到了戰爭、賦斂對田家造成傷害的一面，甚至在一片昇平的氣象中預感到國家前景的不妙。〈聞清漳近信〉寫「良家子」服役填棄溝塹：「有司輸軍儲，風颿往供饋。朔風卷欃槍，願散旄頭彗。蒼生豈不困，督責太煩碎。側聞良家子，坑塹紛填棄。」唐末聶夷中寫過一首有名的〈傷田家〉，洪希文以〈續聶夷中傷田家〉為題寫道：

> 貿貿丘麥秀，蝡蝡吳蠶生。微行執懿筐，亦既受闕明。上焉給王賦，下焉紓官征。豈為饑寒念，所念瘡痏平。哀哀生理窄，了了無餘贏。惻怛夷中詩，萬古田舍情。

聶詩「二月賣新絲，五月糶新穀」，反映的是晚唐的社會現實，洪詩所寫上給王賦，下紓官征，則是元代的社會實際。洪希文所懸念的還不在於一家一戶的飢寒，而在於根本治癒田家的「瘡痏」。然而，在元代的政治和經濟情況下，洪希文平瘡痏的理想是絕對不可能實現的。

蔡宗袞〈續軒渠集序〉云：「是儒博學而志於道者，其發之聲詩，所謂山澤之癯出山澤之語也。譬諸夏彝商鬲，華采雖若不足，而渾厚樸素之質，使望之者知為古器，而自泯雕巧之心也。」王鳳靈〈序〉則稱其「能以質勝，不蔽其情」。林以順〈題詞〉云：「其詣理得意處，皆自肺腑流出。」洪希文描寫農村的作品，大抵渾厚樸質，真情皆出自肺腑，在元末華縟之風中，落落獨行，自成一家。

林以順〈題詞〉又云：「至於造語鍊字之法，頗費工夫。」《元詩選》已集於洪希文《新秋客中》詩後，特拈出集中警句，如〈題靈岩廣化寺〉云：「佳句不隨飛鳥盡，名山可想屬僧多。」〈守歲〉云：「沈香已帶寅前氣，臘酒初聞子後香。」〈水仙花〉云：「月明夜色玉連鎖，露冷秋莖金屈卮。」〈夏政齋權府再舉留莆郡鎮守〉云：「作賦重遊前赤壁，題詩一笑再玄都。」〈雪髭〉云：「功名不建頭顱老，日月如馳髀肉生。」〈幽居〉云：「舊書餘草風搜遍，好樹開花月送來。」〈官築城垣起眾墳石〉云：「淒其死者無歸路，羞與仇人共戴天。」劉宗傳〈續軒渠集跋〉又舉〈客中熟食〉、〈山谷玩月〉諸作數聯，不備錄。

《續軒渠集》中還有一首描寫媽祖廟的詩，題為〈題聖墩妃宮湄洲嶼〉，是首古風，文字稍長，但卻是一篇有特色的鄉土文學作品，不能不徵引：

> 我昔纜舟謁江幹，曾覿帝子瓊華顏。雲濤激射雷電洶，殿閣硉兀魚龍間。此洲仙島誰所構，面勢軒豁規層瀾。壺山峙秀倒影入，乾坤擺脫呈倪端。粉墻丹桂輝掩映，華表聳突過飛巒。湘君小水幻靈骨，虞帝跡遠何由攀。銀樓玉閣足官府，忠孝許入巫咸班。帝憐遐陬雜鯨鱷，柄授水府司人寰。五雲殿邃嚴侍衛，仙衣發駕朝天關。危檣出火海浪破，神鬼役使忘險艱。靈旗毿毿廣樂振，長風萬里翔孔鸞。平洲遠嶼天所劃，古廟不獨誇黃灣。至人何心戀桑梓，如水在地行曲盤。升階再拜薦脯藻，不以菲薄羞儒酸。日談書史得少暇，石橋潛度憑雕欄。詩成不覺肝膽醒，松檜蓊薈鳴玦環。騎鯨散髮出長嘯，追逐縹渺乘風還。

妃，相傳為北宋莆田湄洲人，福建總管林孚之孫女，林願之女。妃十餘歲，即能「凌江上而行，渡波濤若平地」(《三教搜神大全》)，往救遇難船隻。雍熙四年（987），父老即其地而祠之，名曰「聖墩」。元至元初，封「善慶顯濟天妃」。後世遂名其宮為「天妃宮」，俗稱媽祖廟。元、明、清各代都有其「顯聖」的載述，天妃遂成保護海上航行的女神。明清以來，福建、臺灣沿海相繼建造的天妃宮數十處，甚至東南亞、日本、南北美也有建造，然都以湄洲為祖廟。天妃的傳說和宮廟的建造成了一種航海文化現象。洪希文此詩是現存較早且描繪詳贍細緻的天妃宮詩。詩人不僅詳細描寫了妃宮周圍的環境、妃宮的建築、天妃的形象，而且以想像誇張之筆勾畫天妃如何出入波浪、不畏艱險護祐過往船隻，從而受到人們的愛戴和敬重，頗具浪漫色彩。

洪希文今存詞三十三首。除了一些應酬之作外，基本上也都寫農村生活。但較之於詩，無論廣度或深度均稍遜色。藝術上，也有異於「要渺宜修」的雅詞本色，而屬俚俗一路。他的詞，有些是反映鄉村勞動生活的，如〈阮郎歸〉〔焙茶〕、〈清平樂〉〔風車〕、〈鵲橋仙〉〔水碓〕、〈風中柳〉〔水碓〕等。〈清平樂〉〔水碓〕云：「山容疊翠，水光拖練，澎湃奔騰遠勢。輸他心匠動機春，應笑殺、伯鸞左計。

引渠激水，連房鑿臼，搗盡□糠和秕。朝朝暮暮不曾閑，又豈問、豐年歉歲。」根植農村生活，甚有新鮮氣息。洪希文詞總的成就不是太高，但在整個元代中，閩人傳下來的詞作十分有限，這三十三首作品也就彌足珍貴了。

黃鎮成（1288-1362），字元鎮，號存存子、秋聲子，學者稱存齋先生，邵武人。弱冠即厭棄榮利，慨然以聖賢之道自勵，篤志力學。至順間，嘗歷覽楚漢名山，周遊燕、趙、齊、魯之墟。浮海而返，登普陀山，觀日出如丹，慷然賦詩，云：「日觀遠開溟澥動，雲臺倒浸白花香。候神海上應相見，為覓安期卻老方。」(〈補陀島〉) 翛然有蟬蛻塵囂之志。至正間，築室城南，名「南田耕舍」。部使者聞其賢，相繼論薦，不就。後以執政薦授江西儒學提舉，命下而卒。著有《秋聲集》及《尚書通考》等。

《秋聲集》中有一定數量的描寫田舍生活之作。〈南田耕舍二首〉其一：「跨鶴來尋處士家，迢迢空翠隔煙霞。山童揖客松邊坐，卻背春風掃落花。」〈樵陽八詠用陳叔和周東圃韻〉「樵嵐秋稼」云[4]：「樵溪水出蓮花山，平疇穲稏白雲寒。回家太平豈有象？社酒雞豚常盡歡。」如果僅僅從這幾首詩的字面看，說黃鎮成甘心安於他的田家生活，似也是說得過去的。但從全集和他的整個思想看，卻不是這樣了，我們不妨先讀讀他的〈秋聲集自序〉：

> 聲於天地間不能無也。其大者，雷霆也，風雨也。其次通之為語言，和之為律呂，下至時禽、候蟲莫不有聲。獨秋或有或無，歐陽子謂聲在樹間，猶假物以為言也，莊生所謂天籟在天不在物也。夫秋之為氣也，廖閬而清，寂寞而虛，清與虛相薄，或能有聲，或能無聲，不能必其有無。然則秋聲亦天地間不能無者也。余少學吟不能無聲，大之不能為雷霆、風雨，次之不能為語言、律呂，時禽、候蟲又有所不屑為者，故托而自附為秋聲焉。秋聲可有可無，余言亦可有可無。故錄之以為《秋聲集》，庶童子能聽之否？秋聲子自序。

根據〈詩大序〉「詩者，志之所之也，在心為志，發言為詩。情動於中而形於言」及「情發於聲」的說法，詩就是心志之聲，心情之聲。黃鎮成說，他的詩在這個社會中既不能起發人耳聵（雷霆、風雨）的作用，也不一定是什麼高雅之作（語言、律呂），又不願意成為獻媚

4　邵武有樵溪，故又稱樵陽。

趨時應聲的手段（時禽、候蟲），於是他找到了「秋聲」這麼個意象來加以比擬說明。按照黃鎮成的說法，秋聲在天地間是不能沒有的東西，但從感覺來說，它只在有無之間。黃鎮成〈自序〉提到的歐陽修〈秋聲賦〉，該賦寫道：以秋配五音，秋為商聲。「商，傷也。物既老而悲傷」。那麼，秋聲實則是一種悲傷或者感傷之聲了。秋聲只在有無之間，悲傷、感傷在他的詩中也在有無之間，或顯或晦，但從總體上看，是「不能無者」，主調仍然是悲傷感傷。

了解了鎮成詩集之所以取名「秋聲」後，我們就可以來看他的詩了。其〈南田耕舍〉云：

> 離離南山田，采采山下綠。茲晨涼風發，秋氣已可掬。美人平生親，零落在空谷。顏色不可見，何由踵高躅。我耕南山田，我結南山屋。下山交桑麻，上山友麋鹿。還肯過鄰家，鄰家酒應熟。

屋於南山，耕於南山，以桑麻麋鹿為友，時與鄰曲來往，看似平靜的田家生活，但「美人」四句，用〈離騷〉「惟草木之零落兮，恐美人之遲暮」，又用杜甫〈佳人〉「絕代有佳人，幽居在空谷。自云良家子，零落依草木。」儘管寓意一時難詳，但所寫肯定不是寧靜閑適之情，恐怕是難言的一樁悲傷心事，與現實政治、與社會生活有關的悲傷事。詩用的是比興手法，用意比較隱晦，像是在有無之間，實際上仍有寄託。這首詩，當時有些人並沒能讀出其中的真意，以為所寫的是「老農」，詩人有些急了，遂作〈予作南田耕舍，諸公賦者率擬之於老農。噫！人各有志，同牀而不察，世之君子乃欲責人之知已，不亦難乎？因作寫懷二首以自解云〉，「自解」，就是自明其志。其一，上半首云：「白日不停馭，頹波竟東馳。忽忽年歲改，念此將安歸。我欲驅車行，太行路巉巇。我欲駕方舟，滄海無津涯。豈不顧行邁，出門慎所之。」詩雖仍用比興手法，但較明白地回答了「諸公」「擬之老農」的問題。說自己本是有濟世之志的，但是世路艱險，自己年歲漸大，不能不謹慎。其二有云：「種田南山下，土薄良苗稀。稊稗日以長，荼蓼塞中畦。」「我欲芟其蕪，但念筋力微。終焉鮮嘉穀，何以奉年饑。誰令惡草根，亦蒙雨露茲。」此詩是對〈南田耕舍〉美人零落的進一步發揮，用的是〈離騷〉「眾芳蕪穢」、「薋菉（惡草）盈室」一類的比興手法。

表現悲傷情懷，詩意比較顯豁的，是〈城西紀事〉：

> 今日稍清適，獨出城西村。感時經喪亂，風物異郊原。林摧見平陸，寺破留頹垣。高亭化莽墟，華屋成蔬園。徘徊在中路，偶聽農老言。新苗未入土，苗草日已蕃。丁男赴征調，期令集轅門。況乃乏牛力，苦辛難具論。我聞增慘愴，無策拯元元。身老不能耕，焉敢飫盤飧。

黃鎮成雖築舍城南，但聞城西之事，不能無動於衷，感時傷事，憫農悲民，發而為詩。鄭潛〈秋聲集序〉以為鎮成不過是「恬退之士」，無異於元時「諸公」，將鎮成視為「老農」。《四庫全書總目》卷一六七云：「鎮成蓋遭逢亂世，有匡時之志而不能行，乃有托而逃，故詩多憂時感事之語。」較接近《秋聲集》的實際。

黃鎮成長期居住生活在邵武，他所寫的〈南山紫雲山居十首〉、〈遊麻姑山用蔣師文韻〉、〈桃花岩〉、〈昭武圖經載天子罔越王駐獵之地，樵牧時得古瓦，有羅紋雁翅之狀，堅致如石，以時考之，數千百年，感而賦之〉、《樵陽八詠》等詩[5]，亦可見閩北重鎮邵武一地的風情。

5 據《八閩通志》卷十，紫雲山，在四十六都，「歲旱，鄉人禱雨於此」。麻姑山，「在四十都。俗傳麻姑嘗寓此修道」。桃花岩，「在府城東二十六都。自小金嶺溯澗流而入十餘里，在山之絕壑處，可容百餘人」。越王駐獵之地，據《閩書》，越王臺在邵武城東北，世傳越王遊獵之所。郡人名其地為故縣。

黃鎮成詩多有奇警佳句，具有中晚唐風調。徐𤊹〈筆精〉曾引鎮成「王孫不歸怨芳草，山鬼欲啼牽女蘿」；「青山盡處海門闊，紅日上來天宇低」數聯加以稱賞。周亮工序《秋聲集》，稱引五言「一徑落紅葉，萬山生白雲」；「月色初秋見，泉聲徹夜聞」數聯，又七言「潮依草岸痕初落，風拗蒲帆影半開」；「紅樹夕陽蟬噪急，白蘋秋水雁來多」數聯。云：「雖不敢擬唐人海上殘夜，江春舊年，然比司空表聖（圖）之苔龕木魚，黃文江（滔）之六朝松枝，殆相伯仲。」周亮工官閩，還在邵武建秋聲亭，刻鎮成佳句於其上[6]。王士禛《居易錄》則全錄〈秋風詩〉、〈李仲明秋山小景〉、〈五曲精廬〉[7]。〈李仲明秋山小景〉云：「家住夕陽三峽口，人行秋雨二峭間。不知何處真堪畫，移得柴門對楚山。」確實「甚有風調」。《四庫全書總目》卷一六七總評黃鎮成詩云：「今觀其集，大抵邊幅稍狹，氣味稍薄，蓋限於才弱之故。然近體出於雅潔，古體出於清省，亦復善用其短。故格韻楚楚，頗得錢（起）、郎（士元）遺意，較元代纖穠之體，固超然塵埃之外。」

黃鎮成有一位邵武同鄉黃清老，也是元代閩籍較重要的詩人。清老（1290-1348），字子肅，人稱樵水先生。泰定四年（1327）進士。為曹元用、馬祖常所重，官應奉韓林文字、同知制誥、兼國史院編修官，出為湖廣行省儒學提舉，卒於鄂。清老七歲能屬文，稍長從邑嚴斗嚴學。斗嚴為邑碩學，曾受學於《滄浪詩話》的作者嚴羽。清老詩遂有盛唐風。清老有《樵水集》，又有《春秋經旨》等。清老的同年、古田張以寧序其詩云：「子肅之於詩，天稟卓而涵之於靜，師授高而益之以超，由李氏而入，變成一家。其自得之髓，則必欲蛻出垢氛，融去渣滓，玲瓏瑩徹，縹緲飛動，如水之月，鏡之花，如羚羊之掛角，不可以成象見，不可以定跡求也」（《元詩選》二集引）七律如

6　詳《閩小記》卷四。

7　五曲精廬，宋朱熹築於武夷山九曲溪第五曲的精舍。

〈天運不已，歲時又春，學已可乎！作自勉詩呈李□初教授諸公〉：「東風一笑可人心，旋瀝新醅對客斟。山色未勻春意淺，梅花已老白雲深。半軒依竹閑聽雨，千里懷人欲抱琴。試問樵溪隔年意，碧波東注渺難尋。」七絕如〈友人見訪不遇〉：「君乘白鶴下青雲，我入春山聽曉鶯。可惜小樓風雨過，無人收拾萬松聲。」皆有盛唐風概。清老中年離閩宦遊，與根植於鄉土的黃鎮成有別。因與鎮成同鄉，附論於其後。

廖夢觀，字恒白，自號夢觀道人，晉江人。至正時為泉州開元寺僧[8]，稱釋大圭。資性敏慧，博極群書。為文章簡嚴高古，無山林枯槁氣。晉江有金釵山，其〈募修石塔疏〉云：「山勢抱金釵，聳一柱擎天之雄觀；地靈侔玉几，睹六龍回日之高標。」一時傳誦。有《夢觀集》及《紫雲開士傳》。

《靜志居詩話》卷二十三曾引大圭〈題山居〉云：「山色宜茅屋，松風滿飰盂。」〈湖中泛月〉云：「偶臨湖坐得嘉樹，欲傍花行無小船。」以為「均饒風致」。《四庫全書總目》卷一六七云：「其詩氣骨磊落，無元代纖穠之習，亦無宋末江湖蔬筍之氣。吳鑒原序稱其華實相副，詞達而意到，不雕鏤而工，去纂組而麗，屏耕鋤而秀。雖朋友推獎之詞，然核以所作，亦不盡出於溢表。蓋石湖、劍南之餘風，猶存於方以外矣。」方外之人，而詩有范成大、陸游遺風。《靜志居詩話》又全文稱引大圭〈夏日同許氏兄弟遊龜山〉詩[9]，中有云：「願留石中室，畢誦人間書。」則大圭雖入佛門而仍留戀平常的人間生活。大圭又嘗語法侶云：「不讀東魯書，不知西來意。」此逃墨歸儒之言。因此，對大圭的思想，不可全以方外視之；大圭詩，也不應完

8　《四庫全書總目》一六七作「紫雲寺」。按，開元寺又名紫雲寺。

9　龜山，即龜岩。《八閩通志》卷七：「在（晉江）泉山之半，巨石如龜，中空可居。唐林藻、林蘊皆嘗讀書於此。」按：此詩寫歐陽詹讀書於此。

全等同於方外詩。

大圭的詩深刻地反映了至元年間，即元代最後二十多年泉州一帶的社會現實。〈夜聞水車〉寫秋旱如火，一老翁徹夜赤著腳踩水車：「西風何處送嗚嗚，一夜水車啼不歇。水車聲作水中龍，赤腳踏龍憐老翁。」多數人只能穿破草鞋，少數人卻連鑣結駟耀武揚威，〈出無車〉用對照的手法揭示了這一不合理的社會現象：「繭生腳背汗雨流，草鞋穿破腳不羞。大砂小刺踏入肉，疼痛連心眉總蹙。」「白面年少命運好，連鑣結駟隘衢道，肯信無車一生老？」詩人對農人寄以極大的同情，〈憫農〉云：「經年不見大田秋，賣盡犁鉏食養牛。倘有後來耕種日，一時相顧更多愁。」餓殍遍野，民不聊生，〈哀殍〉云：「斗米而今已十千，幾人身在到明年？」《世事》云：「滿頭白髮不須薙，相識如今復幾人？」那麼，整個社會，特別像泉州這樣富饒之區為什麼有這麼如此重大的災難呢？是旱情，還是僅僅歉收而已？都不完全是。作為一個詩僧，大圭卻大膽而無情地指出，都因一大幫大大小小的吃人的蟲虎，亦即大大小小欺榨百姓的「諸公」——官吏所致。〈吾郡〉一詩大膽地揭露道：

> 吾郡從來稱佛國，未聞有此食人風。凶年竟遣心術變，末俗何由古昔同。市近衹今真有虎，物靈猶自避生蟲。諸公肉食無充耳，急為饑民散腐紅。

一方面，「諸公」糧倉裡的糧穀已經腐爛敗壞，另一方面民不聊生，甚至人食人，多麼殘酷的元末閩南的社會！在走投無路的境況下，鋌而走險，進而造反、反抗也就勢在必然了。釋大圭不少詩寫到了造反，當然，在當時社會條件下，他也免不了罵這些人為「賊」、為「盜」。「盜賊」起來造反了，官府唯一的辦法只是築城而已。大圭尖銳地指出：「吾聞金湯生禍樞，為國不在城有無。君不見泉州閉門不納宋天子，當時有城乃如此！」(〈築城曲〉) 據《閩書》記載，南宋景炎元年（1276），益王趙昰過泉州，宋宗室欲應之。守郡者蒲壽庚閉城門不納。城門本當用於防「盜賊」，可是叛臣卻據此而拒納國君，真是莫大的諷刺！在詩僧看來，治國的根本是民心，而不在乎城牆。元末，民心已失，各地的高城深塹最終還是擋不住紅巾軍的衝擊，一代王朝仍避免不了崩潰瓦解的命運。

元末戰亂不斷，也攪亂了僧侶們平靜的生活。釋大圭的一些詩，描寫了泉州一帶僧人為官吏所驅，換上戎裝參與守城打仗。〈僧兵守城行〉云：

> 驅僧為兵守城郭，不知此謀誰所作？但言官以為盜防，盜在深山嘯叢薄。朝朝上城候點兵，群操長竿立槍槊。相看摩頭一驚笑，竹作兜鍪殊不惡。平生獨抱我家法，不殺為律以自縛。那知今日墮卒伍，使守使攻受官約。謂僧非僧兵非兵，未聞官以兵為謔。一臨倉卒將何如？盜不來時猶綽綽。敵人日夜伺我城，示以假兵無乃弱。我官自有兵與民，願放諸僧臥雲壑。

我們不知道大圭是否也夾雜在這僧非僧兵非兵的行列，我們也不知道唐宋的牧守是否也有過驅僧為兵的「壯舉」，但有一點可以肯定的，那就是前於釋大圭的詩人從來不曾觸及這類題材。你看，光著頭，以竹作兜鍪，以長干為槍槊，唯官吏的吆喝指使是從，是什麼樣的僧人！「牧守為所誤，驅僧若驅羊，持兵衣短裌，一時俱反常」(〈僧兵嘆〉)。「便將焚誦為無益，爭奈戰征非所能。佛法自茲看掃地，吾徒誰復辨堅冰」(〈賊地〉)。釋大圭還認為，弄到佛法掃地的地步，關鍵還是官府。因為官府殘酷盤剝百姓，才會有那麼多的饑民，饑民走投無路，才嘯聚為「盜」，即所謂「饑民聚為盜」；只要「復之勿徭役」(〈僧兵嘆〉)，諸僧就可以臥於雲壑，免受此種難堪之罪。

總之，釋大圭是一位根植於鄉土、和社會生活關係十分緊密的詩人。

洪希文、黃鎮成和廖夢觀（釋大圭）的藝術風格和成就儘管不很相同，但是他們都長期生活在本鄉本土（黃鎮成有一段出遊的經歷），他們的詩歌大多以本鄉本土的社會生活和風物作為題材背景，作品都具有較濃厚的鄉土氣息。但是，由於他們的活動範圍多侷限於本邑，視野不夠開闊，詩作不免有「邊幅稍狹」的缺點；他們也較少與外地詩人進行交流，難以在交流中提高自己。這或許也是對他們不能成為有大成就和大影響的詩人的一種制約。

第五章
明代福建文學的復古時期（下）

元至正二十七年（1367），朱元璋始稱吳元年，福建行省平章政事陳友定憑借險要地勢抵禦朱元璋軍隊入閩；十二月，湯和從海道攻克福州。次年，即明太祖洪武元年正月，湯和俘陳友定於延平，送京師處死，元末福建社會的動亂局面隨之結束。朱元璋建都南京，明成祖永樂十九年（1421）正式遷都北京，以南京為留都。終明一代，南京一直是經濟、文化中心，閩中文人士子多徜徉遊訪其地。

與元初情況不同，朱元璋的軍隊入閩不曾大肆燒殺搶掠，明初福建的經濟恢復較快。永樂後期，福建已成為適宜於生活和讀書的地區。閩縣人陳輝（永樂十三年進士）的〈思鄉樂〉寫道：「三山雄峙越王城，四序風光別有情。榕樹萬家紅日曙，荔枝百里彩霞晴。連檣海錯沖潮至，列坐尊醪對客傾。最愛鳳池燈火夕，臥聽四壁讀書聲。」當然，明代的福建也不是世外桃源，這裡也有剝削和壓迫，也有反抗，正統十三年（1448）還爆發了規模較大的鄧茂七農民起義，但客觀地說，明代的福建無論是經濟還是文化，都較元代有較大的發展。嘉靖進士吳人王世懋過閩，作〈閩部疏〉，云：「福之紬絲，漳之紗、絹，泉之藍，福、延之鐵，福、漳之橘，福、興之荔枝，泉、漳之糖，順昌之紙，無日不走分水嶺及浦城小關，下吳、越如流水，其航大海而去者，尤不可計，皆衣被天下。」王世懋說，這裡物產豐富，除了湖絲，什麼都不缺，而且陸運水載支援天下。又云：「自邵武之建陽，非孔道也。然所過六十里間，是閩西最佳麗地，原隰夷衍，竹樹田疇，豐美饒裕，村落相望，煙火不絕，夾溪面衝，人家時有數百。於時二月將盡，躑躅始放，梨花未殘，海棠金爵，盡以樊圃，山花野卉，多不可名，真令人應接不暇。」建陽、邵武一帶尚且如此富足，更不必說兼得山海之利的閩東、閩南地區了。

繼宋、元泉州港建立之後，明代福建海上交通進一步發展。長樂太平港，龍溪月港和廈門港相繼建立。長樂在閩江口，明代出使琉球的船隻通常在這裡開洋，長樂謝杰奉使冊封琉球時作〈梅花開洋〉詩云[1]：「風笛數聲江閣暮，梅花五月海門秋。」明馬觀《瀛涯勝覽》「占城」條云[2]：「自閩之長樂縣五虎門發舟西南行，順風約十日可抵其國。」月港和廈門港則是明代後期閩南國際貿易的重要口岸。明代福建和海外交流頻繁，當地的士子文人接受海外的思想機會也就比內地多，視野也可能比較開闊，被視為有異端思想的文學家李贄就誕生在閩南泉州，很值得深思。福建靠海，與日本一衣帶水，明嘉靖後期則屢受倭寇騷擾，閩人張經、陳第是這一時期的抗倭將領，在戎馬倥傯的軍旅生活中他們寫下不少抗倭的愛國詩篇。

明代福建的文化比元代有較大發展。明代科舉共產生狀元、榜眼、探花和會元二百四十四人，福建有三十一人，約占文魁總數的百分之十三，僅次於江蘇、浙江和江西，排在第四位。文魁數分別是中原文化發達地區的山東（七人）、山西（四人）、河南（二人）的四點五至十五點五倍[3]。有時一榜三魁俱閩人：「宣德庚戌狀元長泰林震，榜眼建安龔錡，探花莆田林文。」[4]莆田一地，明代出了五百二十五個進士[5]，而莆田黃氏終明一代「一姓解元十一人」[6]，閩林瀚（成化

1　梅花，長樂縣地名。

2　占城，古國名，在今越南中部。

3　據陳建皇《明通紀》，陳正祥：《中國文化地理》，第一篇引。

4　周亮工《閩小記》卷一。

5　郭柏蒼《柳湄詩傳》，鄭杰輯，郭伯蒼補：《全閩明詩傳》卷六、卷二十五。

6　周亮工《閩小記》卷三。

二年進士）一門「三代五尚書七科八進士」[7]，「嘉靖至明季泉州得傳臚者凡六人」[8]，無不傳為美談。與福州、莆田、泉州相比，同在沿海的漳州文教相對落後，但到了明代則有長足進步，龍溪人張燮的《清漳風俗考》記述萬曆時期狀況云：「白屋繩樞，人弦戶誦。」「士從單門起家以為常。至後來駿快，又多自童牙學作馨語，琴書圖籍，較有遠志，前此未有也。此土風之盛也。」清初，周亮工入閩，其所作《書影》卷一云：「閩中才雋輩出，穎異之士頗多，能詩者十得六七。」沒有明代的文化積累，清初不可能出現這種彬彬多士的局面。

明代福建地方文學有以下幾個特點：

第一，作家眾多，不乏在全國有影響者。明末閩人徐𤊹編選《晉安風雅》，錄洪武至萬曆福州一地詩，得二百六十四人。清道光間閩人梁章鉅《東南嶠外詩話》品評明代閩詩人也多達二百零三家，光緒間閩人郭柏蒼在鄭傑所輯基礎上補編的《全閩明詩傳》更多，達九百五十人[9]。清汪端編選的《明三十家詩選》，閩人張以寧、林鴻、徐𤊹、徐㶿和曹學佺五家名列正選，佔三十家的六分之一。張以寧由元入明，一改元末詩歌纖弱之習。林鴻是明代第一個詩歌流派的領袖人物。徐𤊹、徐㶿不僅是閩中詩派的後勁，時人學徐㶿詩，則號興公詩派。王士禛認為，除曹學佺，明萬曆中年迄天啟崇禎間天下無詩。此外，像鄭善夫，《明史》〈文苑傳〉以為在明中葉足與中原作家爭旗鼓。晉江王慎中，則是唐宋派散文的領袖；李贄的文學批評，更體現出全新的面貌；謝肇淛的詩話和筆記也有相當影響。遺民詩人林古度，明末與竟陵派鍾惺等遊，頗受青眼，入清後備受名詩人吳嘉紀、周亮工、王士禛敬重。

第二，較之前代，地方特色更為顯著。以林鴻為首的閩中十子，

7　鄭杰輯，郭伯蒼補《全閩明詩傳》，卷十。

8　郭柏蒼《柳湄詩傳》，鄭杰輯，郭柏蒼補《全閩明詩傳》卷六、卷二十五。

9　據郭柏蒼〈全閩明詩傳序〉，不包括閨秀。

多是根植於地方的山林詩人。繼十子之後，地方詩社林立。洪、永間，有陳亮與三山諸彥的「九老會」和林鴻等人的詩社。正德間，閩縣林炫曾與晉江王慎中，同郡林春澤、龔用卿等結「鶴圃清音社」，又與郡人袁表、張萬里等結為鰲峰「七友」。嘉靖間，莆田林應乎與鄭東白、方攸躋等結「木蘭吟社」；當時莆田又有「逸老會」、「八仙會」，與會者皆鄉邦之望。隆慶間，莆田有以太守鄭弼為首的「耆老會」。萬曆間，安國賢在福州與徐熥、曹學佺等結「芝山社」。崇禎間，福州有曹學佺、董應舉、馬欻等的「三山耆社」，莆田有林簡、佘希之等的「琉璃社」和黃子樹、林臺正的「七子社」。明季，侯官彭善長、高兆、曾燦垣等並稱「七子」。各地詩社的建立，無疑推動了地方文學的發展。其次，明代文人較注意地方文學作品和文獻的搜集整理。晉江何炯的《清源文獻》、莆田鄭岳的《莆陽文獻》分別輯錄了泉州、莆田兩地歷代的詩文作品，鄧原岳的《閩中正聲》和徐熥的《晉安風雅》則專錄明代閩中詩人的詩作。這些集子是對歷代（尤其是明代）閩人文學創作的一種檢閱，他們的立足點是福建本地，甚至是福建這一區域中的一郡一邑。再次，文學作品體現了地方性。明代福建文學的地方性已經突破了僅僅對家山風物描繪載述的範疇。嘉靖中後期，倭寇多次騷擾福建沿海，這一時期的文學作品對抗倭和倭害多有反映。明中葉後，閩人開始移居臺灣，連江陳第也親勘其地，寫下著名的散文遊記〈東番記〉。隨著福建對外貿易的發展，有些作品也涉及了這方面的題材，莆田郭懋華（萬曆三十五年進士）〈番舶〉詩云：「海島諸番互市開，珊瑚萬樹夜光杯。」明亡，繼弘光帝在南京即位之後，唐王朱聿鍵又在福州即位，唐王死，魯王又監國於閩，南明時期的福建成了抗清的重要據地之一。這一時期，閩人鄭成功趕走了荷蘭侵略者，收復了臺灣。黃道周、盧若騰以及鄭成功本人的一些作品，不離鄉土，頗具時代特徵。

第三，帶有明顯的復古傾向。就全國範圍而言，整個明代的詩文都是以復古為主要特徵的，而在福建這一區域內，復古的傾向更為顯著。明初崇安二藍（仁、智）之詩已兆其端倪，洪永之際的福州林鴻、高棅更是公開打出詩宗盛唐的旗號，高棅所編選的《唐詩品彙》則進一步標榜鼓吹。林鴻詩派從「十子」發展成為文學史上的閩派，中經鄭善夫的發揚，直至萬曆、天啟年間還得到二徐（熥、𤊹）和曹學佺的重振，終明一代，「流傳未已，守林儀部、高典籍之論，若金科玉條」（周亮工《閩小記》卷一）。明中葉，閩人王慎中論文主張師法唐宋，武進唐順之受其影響，在他們的倡導下形成了明代散文的「唐宋派」。唐宋派散文的影響，無論在明代中後期，還是清和近代，都超過了李夢陽、何景明的力主秦漢的「七子派」。

第四，文學樣式較前代豐富。除了傳統的詩、詞、文外，明代閩人也創作了一批小說和戲劇。嘉靖間建陽人熊大木著有《唐書志傳通俗演義》、《兩宋志傳》和《大宋中興通俗演義》等，歷代演述岳飛故事的小說，以《大宋中興通俗演義》為最早。據徐𤊹《紅雨樓書目》著錄，明代侯官王應山創作了戲曲《千斛記》，閩縣陳价夫創作了《異夢記》，福清林章創作了《觀燈記》、《青虯記》和《陳三磨鏡記》。閩人的文學批評，對小說、戲曲也多有關注。經李贄評點的《西遊記》、《水滸傳》等小說有五種，《西廂記》、《幽閨記》等戲曲有八種。李贄的《焚書》、《續焚書》對小說、戲曲也有不少精闢論述。謝肇淛在小說、戲曲理論上也有建樹，他還親手抄錄《金瓶梅》，作了一篇〈金瓶梅跋〉。這篇跋文是對《金瓶梅》的較早評介。

入明之後，閩人的文學創作日益增多，本章只能擇其比較重要的問題加以論述。

第一節　明代的閩中詩派

一　張以寧　藍仁　藍智和元明之際的閩詩風

論述明代的閩中詩派，無疑應以洪武、永樂之際的「十子」為中心。但在我們進入「十子」這一主課題之前，有必要對明初閩詩壇作些簡要的回顧。但時間略早於「十子」的福建重要詩人還有張以寧和藍仁、藍智兄弟。張以寧和「二藍」，實際上是「十子」詩派的先聲。

張以寧（1301-1370），字志道，號翠屏山人，古田人。元泰定四年（1327）進士，由國子助教累遷至翰林學士。入明後，授翰林侍講學士，洪武二年（1369），以近七十歲的高齡奉使安南，次年卒於歸途。有《翠屏集》。

梁章鉅《東南嶠外詩話》卷一云：「古田詩固足籠罩一代，而其品則不可無議。」肯定了張以寧詩在明初的地位，而對他身仕二朝的人品有看法。汪端《明三十家詩選》二集卷一下云：「其晚歲諸詩，自恨為名高所累，濡忍不死，蓼莪麥秀，淒愴縈懷。」對以寧入明以後的心態，汪端分析較中肯綮。以寧晚年名位既高，朱元璋屢有贈詩，但他內心仍不免淒愴痛苦。作於洪武元年或二年的〈予少年磊隗負氣，誦稼軒辛先生鬱孤臺舊賦〈菩薩蠻〉……〉，詩題有云：「因念功名制於數定，材傑例與時乖，自昔不遇若先生者蓋亦多矣。然猶惜其未能知時審己，恬於靜退……舟過是臺，細雨閉篷，靜坐忽憶舊詩，因錄於此。百念灰冷，衰老甚矣。」借題發揮，所謂「未能知時審己，恬於靜退」，實則是詩人本人的心聲。「一身絕域已淒然，三處離居更可憐。中歲恨孤蓬矢志，暮齡忍誦蓼莪篇」（〈情事未申，視息宇內，劬勞之旦，哀痛倍深以繼慟哭，所謂情見乎辭……〉），誠如詩題所揭示，情事哀痛倍深。至於「樵客豈知人世換？山童遙指海塵生。碧桃落盡又春去，白鶴歸來空月明」（〈題劉商觀弈圖〉），「荷花桂子不勝悲，江介繁華異昔時。天目山來孤鳳歇，海門潮去六龍移」（〈錢塘懷古〉），又何嘗不帶人世滄桑之悲？

汪端論張以寧詩，以為「格兼唐額，諸體皆清剛雋上，一洗元季纖縟之習」（同上引）。《四庫全書總目》卷一六九也指出以寧詩「五言古體意境清逸，七言古體亦遒警」，「近體皆清新」。以寧五古，如〈送重峰阮子敬南還〉，備受朱彝尊、沈德潛稱讚，沈評云：「情致纏綿，神似〈飲馬長城窟〉詩。」（《明詩別裁集》卷二）王士禛論明初七古，僅推許高啟、張以寧和劉基三家。以寧七古佳篇不少，如〈夜飲醉歸贈王伯純，是日王得容、程子初同飲〉、〈題進士卜友曾瘦馬圖〉、〈題綠繞青來卷〉、〈答豫章鄧文若進士見贈，並謝蘇昌齡征君〉、〈閩關水吟〉等。〈閩關水吟〉一詩云：

> 閩關之水來隴頭，排山下與閩溪流。閩溪送客東南走，直到嵩溪始分手。客居溪上雲幾重，烏啼月出門前松。天風吹雲數千里，飄颻直度長江水。清淮浩蕩連黃河，碧樹滿地黃雲多。夢中長記關山路，隴水潺湲似人語。覺來有書不得將，海潮不上嵩溪陽。平原春晚生芳草，杜鵑聲裡令人老。行人歸來動十年，潺湲隴水聲依然。安得湘弦寫嗚咽，彈作相思寄明月？

此篇寫鄉關之思，有實寫，也有夢幻之句。澄懷居士評云：「志道七古骨力遒健，才氣排宕，發源杜陵，出入遺山（元好問）、道原（虞集）之間，可以獨張一軍。」（《明三十家詩選》二集卷一下引）比較接近事實。

五、七律，沈德潛極欣賞以寧的〈蛾眉亭〉和〈嚴陵釣臺〉。前詩後二聯云：「秋色淮上來，蒼然滿雲汀，安得十五弦，彈與蛟龍聽？」《明詩別裁集》卷一評云：「何減太白。」後一詩沈則以為「明人詠嚴陵者，以此章為最」。前詩「秋色」一聯，係從岑參〈與高適薛據同登慈恩寺浮圖〉「秋色從西來，蒼然滿關中」來。〈蛾眉亭〉一詩，所謂「通體氣象自佳」（《東南嶠外詩話》卷一），就是說，具有盛唐詩的氣象。七律除〈嚴陵釣臺〉外，〈長蘆渡江往金陵〉俊逸，〈送帖僉憲赴山北〉瑰麗，〈送僧遊杭〉悲壯秀琢，〈安南即景〉安穩妥貼，臨終所作《自輓》云：「覆身粗有黔婁被，垂橐都無陸賈金。稚子啼饑憂未艾，慈親藁葬痛尤深。」低徊沉鬱。〈桃源春曉圖〉一詩云：

> 溪上桃花無數開，花間春水綠於苔。不因漁艇尋源入，爭識仙家避世來？翠雨流雲連玉洞，丹霞抱日護瑤臺。幔亭亦有虹橋約，問我京華幾日回。

汪端評云：「與〈觀弈圖〉作皆宛轉清便，有流風回雪之致。」

張以寧的七絕，抒懷詩如〈有感〉：「馬首桓州又懿州，朔風秋冷黑貂裘。可憐吹得頭如雪，更上安南萬里舟。」〈遇故人胡居敬臨江府送至新淦〉其三[10]：「早逐浮榮老未歸，便歸生事已全非。人生只合藏名姓，白首青山一布衣。」行旅詩如〈揚州〉：「誤喜揚州是故鄉，故鄉南去越山長。越山三月花如海，倚門應說到維揚。」〈過桐廬〉：「江邊三月草萋萋，綠樹蒼煙望欲迷。細雨孤帆春睡起，青山兩岸畫眉啼。」並有唐人風度。

生當元明詩風轉變之際，張以寧的古體詩如〈洗衣曲〉等數章，仍未完全擺脫綺縟之習，近體間有涉於纖仄，誠如《四庫全書總目》所指出「偶一見之，不為全體之累」。從總體上說，「學士詩沉鬱雄健者可追漢魏，清婉俊逸者足配盛唐」（《明三十家詩選》二集卷一下引

10 此詩《東南嶠外詩話》卷一題作〈感懷〉。

陳廷器語）。徐泰《詩談》以為以寧詩「如翠屏千仞，可望而不可躋」，可能推挹稍過，而陳田所謂「《翠屏》一集，咀含英華，當為閩詩一代開先」（《明詩紀事》卷三），當是符合實際的。

藍仁（1315-1391以後）[11]，字靜之，崇安人。元時清江杜本（著有《清江碧嶂集》）隱居武夷，仁與弟智往師事之，授以四明任士林詩法。遂謝科舉，一意為詩，後辟武夷書院山長，遷邵武尉，不赴。《明史》〈文苑傳〉：「內附後，例徙濠梁」。又集中有〈甲寅仲冬予攝官星渚，本邑判簿李公以催租入山，忽遊武夷，予命小舟追之……遂成唐律二首〉，甲寅為洪武七年（1374），星渚疑即崇安星村，藍仁所代理的「官職」，不過是本縣一般吏職而已。藍仁有《藍山集》，乾隆間修《四庫全書》時此集與藍智《藍澗集》已不可見。《四庫全書》本係從《永樂大典》中輯出。

蔣易〈藍山集序〉稱其詩「和平雅澹，詞意融怡，語不雕鎪，氣無脂粉。出乎性情之正，而有太平之風。惜其不列承明著作，浮湛里閭，傲睨林泉，有達士之襟懷，無騷人之哀怨，即屢更患難，而心恒裕如，要其所作皆治世之音也」（《四庫全書總目》卷一六九引）。關於詞、氣，所論或近之，「有太平之風」，「無騷人之哀怨」，「皆治世之音」，則不盡然。藍仁的詩，時有流露朝代變易之悲的，〈題劉商觀弈圖〉云[12]：「社稷山河幾局新，地老天荒遺數子。君看滄海變桑田，一木不支何足憐。」〈病起〉其二云：「燕子不知春景異，傍人華屋又銜泥。」〈經故居〉云：「城邊老屋他人住，溪上荒園此日過。社燕已

---

11 藍仁的生卒年，史無明文。據其〈戊午自壽〉「卦滿周天蓍再揲」，戊午，即洪武十一年（1378），年六十四，逆推，知生於元仁宗延祐二年（1315）。作者又有〈用韻自述〉詩，云：「生年七十又周餘」，則其壽在七十七歲以上。七十七歲時為洪武二十四年（1391）。

12 藍仁、藍智詩，《四庫》本可能互有混雜。〈儀顧堂題跋〉以為此篇為藍智作，今暫從《四庫》本。疑四庫館臣未見到嘉靖刻本《藍澗集》。

非尋人主，林鶯還是為誰歌。」[13]他還借謁杜本墓之機，追想元代的「昇平」，〈經杜清碧先生墓〉云：「後生仰止前修遠，慨想昇平七十年。」入明後，藍仁有短暫的仕歷，常使他感到羞愧：「憶昔過門慚二仲，蒼蒼風景舊山川。」（〈寄林信夫〉）「先朝故老偏相憶，此日虛名不自由。從事獨賢何足問，煙波慚愧歸明鷗。」（〈甲寅仲冬予攝官星渚……〉）辭官之後，他的內心稍稍感到輕鬆：「不知晚節全清白，更向東籬仔細看。」（〈病起後園看花〉）藍仁有一組比興體的五律，甚得騷人哀怨，其題為〈予壯年時幽居山谷，塵俗罕接，惟與泉石草木為侶，日徜徉其間，醒悅心目而已。年老力衰，世移事改，嚮之醒心悅目者，反足以損靈亂思矣。蓋所養於中者既異，故應於外者自殊，是以石失其貞而存其亂，木失其美而存其惡，泉失其清而存其污，草失其勁而存其弱，理固宜然也。因成律詩四首以洩胸中之鬱抑，呈錄同志，庶知比興之有在焉〉，所謂「養於中者」，即詩人不接塵俗的高潔心態。心志既異（出仕），「外者」（石、木、泉、草）隨之也改變了貞、美、清、勁的本質，這無疑是對自己的一種嘲諷。詩人內心鬱抑，不洩不快：「低頭能聽法，不信竟沉迷。」「終慚松與柏，歲晚在高林。」「倘有神膠力，無勞別渭涇。」出仕並非所願，退隱以追求貞美才是所期。

藍仁長期隱居於武夷山中，確寫下不少山林田園詩，但他的詩也不全都是「治世之音」。〈悲流人〉、〈問流人〉二詩，足以催人淚下：

> 為農未免租調瘢，從軍可辭刀箭痕？布衣一日任民社，鞭撻不救肌膚完。足兵足食萬世計，征衣戰甲無寧歲。但知城郭倍光輝，誰問閭閻久凋敝。深機巧宦何為者，暴虐施民自寬假。山頭白石城下泥，已有行人先問舍。前車後車相繼摧，滿山枯骨

13 此詩《四庫全書》本《藍山集》不載，見《明三十家詩選》。

成城堆……

道旁辛苦問流人，非罪相看誤此身。何用老成徒取辱，久知溫飽不如貧。衣裳臭穢沾牀汗，枷械拘攣滿面塵。不自我先休嘆恨，周遺靡有孑遺民。

元明之際絕非太平盛世，藍仁〈南村〉云[14]：「亂來村野幾家全，近長丁男亦戍邊。辦得軍裝牛已賣，門前荒草是官田。」連武夷山這樣的地方，村野人家也少有全者，丁男戍邊去了，民田也被官家霸佔了去，難怪汪端評云：「亂離在目，誦之淒然。」（《明三十家詩選》二集卷三下）軍兵過後，山林田園常常被破壞得面目全非，〈西山修竹已為軍兵所伐〉云：「春秋豈信栽培易，風雨那愁出入難。鳳鳥不來龍已去，空山誰與報平安！」

《四庫全書總目》卷一六九評藍仁詩，以為「規摹唐調，而時時流入中晚。」閩人林昌彝評云：「詩姿稟超絕，古體似魏晉，近體似盛唐，立言溫雅，用筆豪健，兼備眾體。」（《海天琴思錄》卷八）其實，藍仁五古也有似唐者，其〈西山暮歸〉寫道[15]：

涼葉墜微風，秋山正蕭爽。天寒獨鳥歸，日夕百蛩響。偶從桂樹招，遂有桃源想。石磴閒無人，山猿自來往。

汪端評藍仁五古，以為「清真幽遠，深得右丞家法」（《明三十家詩選》二集卷三下），觀此詩及〈暮歸山中〉、〈宿橘山田家懷蔣先生〉等作，並不誇大。

14 此詩《四庫全書》本《藍山集》不載，見《明三十家詩選》。

15 此詩《儀顧堂題跋》以為藍智作，今從《四庫》本。《明詩別裁集》、《明三十家詩選》亦作藍仁。

藍智，字性之[16]，一作明之。洪武三年庚戌（1370）以才賢薦授廣西僉憲[17]，持身廉正，處事平允。晚年嘗謝事歸里，享年在六十歲以上[18]。有《藍澗集》。

歷來評詩，都將藍仁、藍智兄弟並論。蔣易云：「二藍相敵。」汪端云：「靜之昆季詩和粹沖逸，既正體裁，復滅蹊徑。」（《明三十家詩選》二集卷三下）林昌彝云：「藍明之間，詩與其兄靜之同出一派。」（《海天琴思錄》卷八）藍智與其兄藍仁都生當元明易代之際，都目睹朝代的興廢更替，藍仁詩在體恤民情方面較具體入微，藍智詩則較能體現風雲變幻的時代氣象，其〈時事〉九首其二云：

> 大府城隍廢，疲民井邑空。舞干非舜日，斬木有秦風。烽火蒼茫外，江山感慨中。悲歌看古劍，激烈想英雄。

從此組詩其一「燕薊開王業，河山壯帝京」等句，知詩作於元末。藍仁《悲流人》等詩是以微見著，以少總多，通過對一群流民的描寫，以見社會的動亂，民不聊生；此詩則只勾勒出戰亂的大場面，讓讀者聯想民眾所遭受的災難，自具特色。

藍仁仕歷短，隱居武夷時間長，所作山林田園詩也多；藍智除遊宦廣西，從他的作品，知道還遊歷江浙、湘鄂等地，故其以行旅遊覽詩為多。陳田《明詩紀事》選錄藍智詩多達三十餘首，也以此類為主。藍智的行旅遊覽詩，不僅描繪了山川之奇崛，城廓之壯麗，而且善於借此表達其今昔興廢，時事推遷以及可喜、可嘆、可驚、可愕的

---

16 藍智之字諸書皆作明之，而《永樂大典》獨題性之。《四庫全書總目》卷一六九及閩人梁章鉅《東南嶠外詩話》疑作明之誤。四庫本《藍澗集》卷一有張槼〈書懷十首寄示小兒澤跋〉，云：「右友人藍性之所作〈書懷〉十詩也。性之之天賦淳美……」又是作性之之一證。

17 《明史》〈文苑傳〉作洪武十年，此據張槼〈書懷十首寄示小兒澤跋〉。

18 藍智〈有感〉云：「五十知非六十衰，懷才只合奮當時。」

情感。〈吳山懷古〉云：「紫宸無復千官宴，滄海空餘半夜潮。龍去蓬萊曾駐輦，鳳歸寥廓不聞簫。」〈姑蘇懷古〉云：「輦路草生空走鹿，女墻月落更啼烏。可憐猶自矜紅粉，十里荷花繞太湖。」〈夜泊武昌城市〉云：「獨夜悲歌形勝地，燈前呼酒看吳鉤。」無不筆帶興廢之感。〈八月九日巴河阻風答孟原僉憲〉云[19]：

> 江湖萬里喜同遊，漫向巴河滯客舟。茅屋誰家還白酒，菊花明日又黃州。故園風雨生秋夢，上國雲山入暮愁。賴有故人相慰藉，燈前談笑亦風流。

此詩被《海天琴思錄》卷一、卷八全文引用兩次。詩既描寫了巴河一帶的風物，又抒寫了詩人與孟原僉憲的情誼，五、六兩句尤有深意，故園風雨，雲山暮愁，似不僅僅是山家之思而已，還含有入明後複雜的思想情感。

藍仁古體優於近體，藍智近體勝於古體，昆季各有所長。林昌彝評藍智七律，以為「風骨高騫，氣魄雄偉」，「雄深開闊」（《海天琴思錄》卷一、卷八）。藍智七絕，如〈懷山中〉：「久別山中鸞鶴群，清齋自禮武夷君。滄江明月扁舟後，渾似松窗臥白雲。」亦寫得古樸。但比較七律、七絕，他的五律尤有特色，汪端評云：「明之五律，老成熔煉，卓然長城，殆駸駸欲度哲兄前矣。」（《明三十家詩選》二集卷三下）《海天琴思錄》卷一引錄〈秋日遊石堂奉呈盧僉憲〉五首（《四庫》本不載》，以為「五言律深得杜骨。」〈時事〉九首，亦是學杜之作。綜觀藍智五律，似以出入劉長卿（人稱「五言長城」）、韋應物為主。試看〈宿陽朔山寺〉：

---

19 《海天琴思錄》和《明詩紀事》「八月九日」作「九月八日」。

> 晚景孤村僻，松門試一登。秋山黃葉雨，古寺白頭僧。壞壁穿新竹，空牀覆舊藤。官情與禪意，寂寞共寒燈。

詩寫旅況的淒苦孤寂。「秋山」二句，從司空曙〈喜外弟盧綸〉「雨中黃葉樹，燈下白頭人」化出；結二句似受劉長卿〈尋南溪常道士〉「溪花與禪意，相對亦忘言」啟示，言宦情亦能通禪理，耐得寂寞冷清，是自我慰藉的話。藍智五律佳句隨處可拾，汪端特賞「石崖懸度棧，野樹臥通橋」(〈過雲嶺洞〉)；「竹覆茅茨冷，江涵石壁清。草蟲當戶墮，水鳥上階行」(〈柳城縣〉)。《海天琴思錄》卷八則徵引二十餘聯之多。

《四庫全書總目》卷一六九指出藍仁詩學唐，已如前引。同卷又評藍智詩云：「五言結體高雅，翛然塵外，雖雄快不足，而雋逸有餘。七言頓挫瀏亮，亦無失唐人矩矱。」總評「二藍」云：「閩中詩派，明一代皆祖十子，而不知仁兄弟為之開先，遂沒其創始之功，非公論也。」其實，這一觀點，早於四庫館臣，朱彝尊已經揭示：「(二藍）體格專法唐人，間入中晚。蓋十子之先，閩中詩派，實其昆友倡之。」(《靜志居詩話》卷四）只是未引起詩評家的注意罷了。

時間略早於閩中十子的福建詩人，還有一位應該提到的，那就是龍溪的林弼（1325-1381）[20]。弼，又名唐臣，字元凱，元至正戊子（1348）進士，為漳州路知事。明初以儒士修禮樂書，授吏部主事，官至登州知府，有《林登州集》。明初，閩南以明經學古，擅名文苑者，弼實為之冠。王廉〈中順大夫知登州府事梅雪林公墓誌銘〉云：「所為詩文皆雄偉逸宕，語或清峻夐出塵表。」七律《秦始皇》是集中名篇，結二句云：「早知二世無多祚，崖石書功不用磨。」沈德潛評云：「意與李義山『地下若逢陳後主，豈宜重問〈後庭花〉』，同是

---

20 林弼的生卒年據《林登州集》附錄王廉〈中順大夫知登州府事梅雪林公墓誌銘〉「以疾不起，實辛酉冬十月戊寅也，享年五十有七」推算。

一種諷刺。」(《明詩別裁集》卷二）此外，〈答牛士良典簿〉、〈龍州十首〉等，或清峻，或清新鮮朗，較有唐風。《閩中錄》以為：「閩中詩派摹唐音者，皆稱十子，實則唐臣及二藍導其先也。」(《民國福建通志》〈藝文志〉卷六十一引）

張以寧、藍仁、藍智，加上林弼，在洪永之際閩中十子大力倡導摹唐之前，至少明初就有四位重要的福建詩人詩學唐，並且取得了一定成績，像張以寧這樣的詩人還受到整個明初詩壇的矚目。張以寧等的出現，標誌著元代纖穠詩風在閩地的終結，開啟了明代閩詩壇的新風氣。值得注意的是，二藍是崇安人，崇安地處閩北；林弼是龍溪人，龍溪地處閩南；張以寧是古田人，古田時屬福州，地處閩東。也就是說，明初整個福建的詩壇，不期都出現了詩學唐的風氣。這種風氣的形成，無疑為閩中十子摹唐理論的提出和播散準備了區域方面的條件。張以寧等詩的學唐，或者說「入唐」，他們在無意中成了十子的先導，但必須指出，張以寧等人並不同於閩中十子，也不同於後來所形成的閩中詩派。首先，他們並沒有倡導學唐的一套理論。其次，他們雖然學唐，但又不為唐所囿，例如張以寧就「格兼唐宋」(《明三十家詩選》二集卷一下)，而藍仁「古體似魏晉」。即使學唐，也不限於盛唐，二藍詩就時入中晚，學盛唐亦不限於七律，藍智詩五律便較七律為優。再次，張以寧等人都由元入明，他們經歷了元末的戰亂，不少作品反映了這一社會現實，比較注重性情，而不像十子那樣強調聲律格調。

二　「十才子」的產生及其宗唐理論的提出

明初，按地域分，產生五大詩派。胡應麟《詩藪》〈續編〉卷一：「國初吳詩派昉高季迪，越詩派昉劉伯溫，閩詩派昉林子羽，嶺南詩派昉於孫賁仲衍，江右詩派昉於劉崧子高。五家才力，威足雄據一方先驅當代。」

閩詩派的領袖林鴻[21]，字子羽，福清人。洪武初，鴻以人才薦，授將樂縣訓導，歷禮部精膳司員外郎。性脫落，不善仕，年未四十自免歸。回閩中後，與福州、長樂、永福、福清一帶的詩人倡和，一時追隨並從之遊者甚眾。《明史》〈文苑傳〉云：「閩中善詩者，稱十才子，鴻為之冠。十才子者，閩鄭定，侯官王褒、唐泰，長樂高棅、王恭、陳亮，永福王偁及鴻弟子周玄、黃玄，時人目為二玄者。」

其實，當初並無「十才子」之目。林誌〈漫士高先生墓銘〉云[22]：「三山林膳部鴻，獨倡鳴唐詩，其徒黃玄、周玄繼之以聞，先生與皆山王恭起長樂，頡頏齊名，至今閩中稱『詩人五人』。」則永樂末年宣德初林鴻、高棅等稱「詩人五人」。

「十才子」之名，始於成化三年（1467）福州郡人邵銅為《鳴盛集》所作的〈後序〉，云：「國朝詩派，起於先生，當時若鄭孟宣（定）、黃玄之（玄）、周又玄（玄）、高廷禮（棅）、林伯璟、漢孟（林敏）輩號稱十子，皆出於其門，嗣是流於王皆山（恭）及中美（王褒）、孟揚（王偁）、陳仲完、鄭公啟（迪）、張友謙、趙景哲（迪）諸公，繩繩繼繼，尤不乏人。」邵銅所謂「十才子」，所列名單連林鴻在內只有七個人，且林伯璟、林敏不在《明史》〈文苑傳〉「十才子」之列。莆田黃仲昭（1435-1508）的《八閩通志》，修成於弘治己酉（1489），卷六十二福州文苑「林鴻」條，先云：「先朝遺老如吳海、陳亮輩皆極推許」，接著列舉從林鴻遊者有鄭孟宣等六人，名單同邵銅〈後序〉，但無「十才子」之稱；最後又列舉私淑鴻者王皆山等七人，也同〈後序〉。同書同卷「唐泰」條，倒有一個「閩南

21 林鴻生年，史無明文。據蔡一鵬：〈林鴻的生平及其詩風的演變〉，《漳州師院學報》1992年第3期考證，約生於元至元四年（1338）前後，卒年待考。

22 林誌，字尚默。據楊榮〈故奉訓大夫右春坊右諭德兼翰林侍讀林君墓誌銘〉，生於洪武戊午（1378），卒年五十（1427）。

十才子」的提法，但語焉不詳：「泰善聲詩，與黃濟輩號『閩南十才子』。」唐泰也是《明史》中林鴻「十才子」之一，黃濟不詳。《乾隆福清縣志》卷十四〈人物志〉「林鴻」條文字略同《八閩通志》，也不提「十才子」之名。

「閩中十子」或「閩中十才子」的提法，當始於兩位福州人袁表、馬熒所編選的《閩中十子詩》。這部詩選編於萬曆丙子（1576）。然而萬曆四十年（1612）閩人何喬遠編纂的《閩書》卷七十三卻未加以認可，而是沿用《八閩通志》「閩南十才子」的名稱，而去陳亮、黃玄、周玄三人，易以陳郊（閩縣人，洪武三十年進士）、陳仲完（長樂人，洪武十八年進士）和唐震。

在《明史》認可袁表等「閩中十才子」的說法之前，明代關於明初福建詩壇的所謂「十子」，至少有以上四說。袁表等「閩中十才子」的提法，自《明史》加以張揚後已被清以來文學史家所接受，所以我們也仍然沿用這一名稱來概括明初洪永時期的閩詩派。當然，洪永時期屬於這一詩派的詩人也不止袁表等說的十子，上述四種說法提及的至少就有十六人之多（因為〈後序〉才有七人的名字，《八閩通志》才有兩個人的名字）。屬於這一詩派的，據《八閩通志》卷六十二，還有陳申（字孟膚，閩縣人，潮州知州，人稱「文章太守」）。《靜志居詩話》卷六或專門論述、或附帶提到的有鄭關（字公哲，閩縣人）、鄭閤（字公望，關弟，永樂十年進士）、郭廑（字敬夫，福州人）、林枝（字昌達，閩縣人）、林紹（字淳裕，長樂人，洪永間布衣）、鄭文霖（字汝眾，洪武布衣）、陳本（字叔固）。《乾隆長樂縣志》卷八還提到林慈（字志仁，洪武中本縣訓導、國子博士，曾為高棅《唐詩品彙》作序）和陳登。我們尤其不應忘記為《唐詩品彙》作另一篇序的馬英（字德華，福清人，洪武泉州同知），也不應忘記為高棅作〈墓誌銘〉、王偁臨終前所作〈自述誄〉提到的好友林誌。至於見於其他志乘的，還有陳暉（字伯煒，閩縣人，按察副使）、鄭旭

（字景初，閩縣人，洪武中以學薦為國子監）、陳仲宏（長樂人）等。這些人儘管不全是始終在本鄉本土活動，但風氣所染，其詩大體不離林鴻一派。人多勢眾，彬彬之盛，力量不可低估。

閩中十子，閩中詩派，或得名於秦設閩中郡。秦時閩中郡所轄為元明至今的整個福建區域，但閩中十子的成員從其籍貫看，僅限於來自明代福州所屬數縣，林鴻福清人，陳亮、高棅長樂人，王恭、唐泰、鄭定、王褒、周玄閩縣或侯官人，王偁永福人，黃玄初本將樂人，林鴻為將樂教官，玄為弟子，並從鴻至侯官，故志乘多以為侯官人。上舉十子以外且屬於林鴻一派的詩人，凡可考的，也都是福州所屬各縣人。所以閩中十才子，閩中詩派，嚴格上說是福州十才子，福州詩派。明代閩中詩派延綿三百年，閩派後勁徐𤊹編選《晉安風雅》繼續加以鼓吹，選集不沿用「閩中」之名，而改用「晉安」（晉時福州為晉安郡），隱然有為之界定、正名之意。

林鴻規仿盛唐的理論，其大旨見於高棅《唐詩品彙》〈凡例〉：

> 漢魏骨氣雖雄，而菁華不足。晉祖玄虛，宋尚條暢，齊、梁以下但務春華，殊欠秋實。唯李唐作者可謂大成。然貞觀尚習故陋，神龍漸變常調，開元、天寶間神秀聲律燦然大備，故學者當以是楷式。

林鴻「早穎悟，獵涉群書，提要鉤玄，去其糟粕而掇其英華，悉取資以為詩」（倪桓〈鳴盛集序〉），元明之際，已有詩名，頗得郡人吳海[23]、陳亮推許。洪武三年（1370），以人才薦，至京師以詩卷示倪桓時，他的這一理論似尚未成熟，因為倪序不僅稱鴻「自盛唐以上歷晉、魏、漢氏十九首、《楚辭》、《三百篇》皆沈浸醲郁」，而且引臨川

23 吳海，字朝宗，閩縣人。元季以學行稱，絕意仕進。洪武初，薦於朝，力辭免。永福王翰殉節，海教養其子偁。海為文嚴整典雅，有《聞過齋集》行世。

王郁所云「此大歷才子復見於今矣」加以稱許。林鴻從創作到理論上的全面規仿盛唐，當在由將樂縣訓導擢禮部精膳司外郎之際。據袁表、馬熒的《閩中十子傳》，鴻拜員外郎後，高祖臨軒，試〈龍池春曉〉、〈孤雁〉二詩，一日名動京師。其中的名句，後來成了明人學盛唐的楷模，李東陽《懷麓堂詩話》云：「宣德間有晏鐸者，選本朝詩，亦名《鳴盛詩集》。其第一首林子羽〈應制〉曰：『堤柳欲眠鶯喚起，宮花乍落鳥銜來。』」洪武十三年（1380），林鴻的集子正式定名為《鳴盛集》。「鳴盛」有二義，一為倡鳴盛唐，一為鳴國家氣運之盛。廬陵劉嵩為之作序，有云：

> 唐興，陳子昂氏作，障厥狂瀾。杜審言、宋之問、沈佺期、李嶠又從而嘆之。至開元、天寶間有若李白、杜甫、常建、儲光羲、孟浩然、王維、李頎、岑參、高適、薛據、崔顥諸君子，各鳴其所長，於是氣韻聲律，粲然大備。及列而為大曆，降而為晚唐，愈變愈下……今觀林員外子羽詩，始窺陳拾遺之閫奧，而駸駸乎開元之盛風，若殷璠所論「神來、氣來、情來」者，莫不兼備。

對照此序與十年前倪序，可以看出林鴻十年來已從宗唐進一步發展到只宗盛唐。倪序以為當時鴻詩「置之韋、柳、王、孟間未易區別」，又引他人之說稱鴻為「大曆才子」，可見其時還未達到「開元之盛風」的境界，而十年後已經達到了。「殷璠所論」云云，見其〈河岳英靈集序〉。殷氏論詩，也是力主開元、天寶的。

當林鴻崇尚盛唐的理論和創作日漸成熟時，他辭官歸閩了。這時，福州一帶有一幫傲嘯山野、無意仕進（或尚未仕進）的詩人，如高棅、王恭、王偁、唐泰等很快聚集在他的周圍，他的門人有的還從將樂移居侯官（如黃玄）。也就在這一時期，形成了一種有形無形的派別。無錫浦源，「聞閩人林子羽老於詩，欲往訪之而無由。以收買書籍至閩。子羽方與其鄉人鄭宣、黄玄輩結社，長源謁之，眾請所作，初誦數首，皆未應，至『雲邊路繞巴山色，樹裡河流漢水聲。』驚嘆曰：『吾家詩也。』子羽遂邀入社，因避所居舍之，日與唱酬」（《列朝詩集小傳》甲集）。所謂「吾家」，就是林鴻詩派，也即後來所謂推崇盛唐的明初閩中詩派。

成書於洪武二十七年的《唐詩品彙》，是在林鴻倡導盛唐詩的影響下編成的，高棅《唐詩品彙》〈凡例〉云：「先輩博陵林鴻嘗與余論詩（中略，已詳上），予以為確論。後又採集古今諸賢之說，及觀滄浪嚴先生之辯，益以林之言可徵。」高棅（1350-1423），字彥恢，更名廷禮，號漫士。永樂初以布衣召入翰林，為待詔，遷典籍。能詩，又善書、畫，世稱棅有「三絕」。山居時有《嘯臺集》，入仕後有《木天清氣集》。所編選的《唐詩品彙》九十卷，拾遺十卷，錄唐詩人六百二十家，得詩五千七百餘首，按時代分體編排，是一部大型的唐詩選本。高棅研治唐詩十數年，熟悉到詩隱其姓名，而能辨盡諸家、剖析毫芒的境地。他於林鴻，屬於晚輩，《四庫全書總目》卷一八九云：「明初閩人林鴻，始以規仿盛唐立論，而棅實左右之。是集其職志也。」此書的編選，最重要的目的就在於為讀者研習唐詩、尤其是盛唐詩提供範本，以擴大林鴻詩派的影響。

宋代嚴羽論唐詩，有初唐、盛唐、大曆、元和、晚唐諸稱，高棅將其規範為初唐、盛唐、中唐、晚唐四期。《唐詩品彙》一書把盛唐擺在十分突出的位置，〈凡例〉云：「是編之選，詳於盛唐，次則初唐、中唐，其晚唐則略矣。」又云：「大略以初唐為正始，盛唐為正宗、大家、名家、羽翼，中唐為接武，晚唐為正變、餘響，外方異人等詩為傍流。」高棅曾與詩派中人論詩，云：

> 詩自《三百篇》以降，漢魏質過於文，六朝華浮於實，得二者

> 之中，備風人之體，惟唐詩為然。然以世次不同，故其所作亦異。初唐聲律未純，晚唐氣習卑下，卓卓其乎可尚者，又惟盛唐為然。

這段話見於十才子之一王偁的〈唐詩品彙序〉。高棅認為，無論從聲律還是氣習講，唐詩最可崇尚的只有盛唐。

明初林鴻等規仿盛唐詩歌理論的產生和詩派的形成，從詩歌發展流變的角度來分析，《四庫全書總目》卷一八九的分析是中肯的：「宋之末年，江西一派與四靈一派並合而為江湖派，猥雜細碎，如出一轍，詩以大弊。元人欲以新艷奇麗矯之，迨其末流，飛卿、長吉一派與盧仝、馬異、劉叉一派並合而為纖體，妖冶俶詭，如出一轍，詩又大弊。百餘年中，能自拔於風氣外者，落落數十人耳。」確實，詩發展到元季的纖穠，不能不變了；林鴻等崇尚規仿盛唐的理論就是在這種詩歌發展與流變的背景下產生的。

那麼，這一崇尚規仿盛唐的詩歌理論為什麼會產生在閩中，而不是其他區域（例如吳越）呢？這就要從閩地特有的區域文化背景加以考察了。

嚴羽的《滄浪詩話》寫成不久，同是閩人的魏慶之就在他的《詩人玉屑》加以大量引載。元代，嚴羽詩論在福建仍有廣泛影響，楊載論詩，以為音節當以盛唐為宗，作詩當取法盛唐諸大家。另一位詩人黃清老，詩有盛唐風，他的老師邵武嚴斗嚴，宋季曾受學於嚴羽。高棅服膺林鴻之論，「及觀滄浪先生之辯」，益覺林論可信，因此才編下《唐詩品彙》，其特色最為昭著者則是「是編之選，詳於盛唐」（〈凡例〉）。《唐詩品彙》卷首有〈歷代名公敘論〉，共錄三十三條，其中嚴羽之論就佔了十四條。明初閩地出現林鴻詩派，區域上的歷史淵源是不容忽視的。

元明之際，福建一些有名的詩人，如張以寧、藍仁、藍智等，他們的詩都有不同程度學唐、摹唐、「入唐」的傾向，這就在福建詩壇上形成了宗唐的風氣。從張以寧、二藍到林鴻詩派詩風衍化的過程，就是明初福建詩壇由學唐到專一學盛唐的衍變過程。無論是張以寧，還是二藍，他們都不曾大張旗鼓地倡導學唐或摹唐，但他們的創作實踐，卻在無意中成了林鴻詩派崇尚盛唐的先導，開了閩詩一代的風氣。

洪武十三、四年（1380、1381），林鴻從京城回閩。洪武中，福州一帶聚集著一大批無意仕進（如陳亮、高棅、王恭等）或當時尚無條件步入仕途的詩人（如唐泰、王偁等）。明初，福建的社會比較安定，一大批志趣相投的詩人經常在一起悠遊山水之間，探索詩藝。高棅〈將之京師，夏日蒼林宴集序〉回憶當日遊山湖作詩的情景道：「余昔與浮丘子鄭宣、皆山樵王恭為沙堤之遊，至則謁陳隱君於滄洲，訪林思器於蒼林，湖山煙水，無日不放懷詩酒間。」據該序載，高棅被徵將赴京師，王恭等十人宴集送行，以「離堂思琴瑟，別路繞山川」之句，分詠志別。高「賦得『離』字」。王恭《白雲樵唱集》有〈長歌贈別高漫士赴召天京〉，有云：「憶昔相逢樂事偏，滄洲堂上酒如泉。題詩醉掃岩泉壁，枕籍山僧膝上眠。」也回憶當日的詩酒之樂[24]。陳亮〈奉寄高廷禮時求賢甚急高且講學編詩不暇〉云：「見說新編又超絕，近來衡鑒復如何？」新編指《唐詩品彙》。詩人們無官務纏身，居住的地點相距又不遠，也有比較多的時間聚集在一起吟詩，探討詩藝，品鑒前人作品。高棅的大型唐詩選本《唐詩品彙》也是在這樣一種背景下編就的。

我們在第一章中說過，東晉士人南渡，中原八大姓入閩，給閩地帶來了比較先進的文化，促進了閩地文化的發展。唐代閩地的文人，其先大多是從中原遷來的，所以他們也就特別重視自己的或其他閩人的郡望。歐陽詹〈玩月序〉敘述在京城與閩地鄉人聚會，其中就有

24 王恭此詩結云：「待子東門供帳時，我乘款段沙頭路。」詩當與高同時而作，而賦得「路」字。

「安陽邵楚長、濟南林蘊、潁川陳詡」，安陽、濟南、潁川分別是邵、林、陳的郡望。安史之亂，唐末又有一大批中原人士避亂入閩或出於其他原因入閩而為閩人。這些人的後裔，也每每不忘他們的郡望，例如王審知的後代，要說他們是河南光州固始人；甚至一些王氏家族也要自認是王審知的後裔而稱固始人。明初閩人的這種心態依然，高棅《唐詩品彙》〈凡例〉，於林鴻前特冠於「博陵」。博陵國，晉置，北魏為郡，隋廢。博陵為林鴻的郡望。林鴻詩派中另一詩人林誌，是王偁的好友。王偁〈自述誄〉稱：「晚得晉昌林誌，相與論學。」晉昌，晉置郡。楊榮〈故奉訓大夫右春坊右諭德兼翰林侍讀林君墓誌銘〉云：「晉黃門侍郎穎之後，穎從晉元帝渡江居建康，其子祿由散騎常侍出為閩之晉安太守，子孫因家焉。」林鴻先人入閩時間不可確考，而林誌自其先人林祿入閩，家於閩至明初，已經有千年左右的時間，都仍不忘其郡望。如果說，當初士人由中原入閩標舉郡望還僅僅是為了滿足其虛榮心或表示不忘鄉梓的話，那麼，明初林鴻、林誌們的標舉便成了一種戀古或懷古情結了！詩歌發展到兩晉、南朝，體式尚未完備，聲律尚未成熟。只有到了唐代，尤其是盛唐，詩才放射出前所未有的輝煌，神、氣、情、聲俱完。鄉心的戀古和懷古，郡望是一種依托；詩心的戀古、懷古，則表現出對唐詩、特別是盛唐詩的崇尚和歸附。從嚴羽，經由楊載，一直到林鴻詩派，閩人對唐詩，特別是盛唐詩的追求崇尚，是何等的執著啊！

三　「十才子」詩歌創作實踐之考察

在討論十子詩派的形成、崇尚盛唐的詩論及其成因之後，現在應該來看看他們的作品了。

林鴻作為詩派的領袖，他的詩最為重要。林鴻敘述他的學詩過程云：「予也夙穎悟，十五知論文。結交皆老蒼，稚爪攀修鱗。冥心三十年，尋源頗知津。探玄始有得，服膺如獲珍。」(〈送黃玄之京〉) 老蒼，除了吳海、陳亮外，還有一位，即上文論述過的「小張學士」張以寧[25]。從「知論文」到「知津」、「有得」、「獲珍」，經歷了三十年的時間，也就是說，林鴻自已認為他的詩和詩歌觀點的成熟是在四十歲以後，也即他棄官歸閩之後。但是，如按上一小節我們所引倪桓、劉嵩的兩篇〈鳴盛集序〉看，林鴻入京為膳部郎時詩學盛唐的思想已經形成[26]。如果以林鴻入京的洪武十年（1377）為界劃分為前後兩個時期，前一時期林鴻詩學唐，但不專宗盛唐，而後期就專學盛唐了。

林鴻專學盛唐，主要是指五、七律近體而言。無論是顧起綸的《國雅品》，還是胡應麟的《詩藪》、周亮工的《閩小記》，論林鴻詩，最推崇的也是五、七律。《國雅品》指出林鴻詩「五言全佳」、有「開元之風」的，如〈出塞〉、〈送高郎中使北〉、〈題福山寺陳鉉讀書臺〉等。〈出塞〉九首，其八云：

> 十五薊門行，能探黠虜情。潛兵秋度磧，牧馬夜歸營。苦霧沈旗影，飛霜濕鼓聲。昨來承密詔，東築受降城。

聲律風骨，頗具盛唐氣象。沈德潛評〈送高郎中使北〉云：「風刺得唐人體。」(《明詩別裁集》卷一) 五言佳句，除《閩中十子詩》所錄詩外，周亮工《閩小記》卷三又拈出：「人分滄海色，江轉白雲痕。」「山鐘知遠寺，海月憶貧家。」「落日扁舟去，秋風萬里心。」「重關逢雪度，走馬見星移。」「郢樹侵吳近，淮流入海長。」「古柳垂春蔓，沙河急暮流。」「三軍隨虎竹，萬里度龍沙。」「古戍冰成壘，春

25 林鴻有〈驅車篇送張志道奉親柩歸清潭〉詩，可以證明他與張有交往。

26 倪桓〈序〉稱洪武三年（1370）與鴻「相會太和宮」，鴻出仕當在此年。林鴻〈送黃玄之京〉云：「干祿鏞水庠，歲星七周循。」鏞為將樂縣別稱，林鴻為將樂訓導七年整後入京為膳部郎，則在洪武十年（1377）。

湟雪作華。」「溪橋塞吐月，驛樹晚藏煙。」「關雲遮越斷，海雨入吳深。」以為「皆五言佳境」。

林鴻的聲名，以明初高祖試〈龍池春曉〉、〈孤雁〉兩首七律而聞於京師。佳篇如〈呈浦舍人源〉、〈寄高逸人〉、〈海口道上有述懷鄭二宣〉、〈將歸冶城留別陳八炫、林六敏〉、〈憶龍門高逸人〉、〈歸冶城辱群公追餞至江心亭〉等。胡應麟《詩藪》〈續編〉卷一指出：「珠林積雪明山殿，玉澗飛流帶苑墻」；「諸天日月環龍衮，九域山河拱象筵」；「衲經雁宕千峰雪，定入峨嵋半夜鐘」；「雲邊夜火懸沙驛，海上寒山出郡樓」諸聯「皆氣色高華，風骨遒爽」。《閩小記》也拈出十來聯，稱頌其「蒼辣警策」。閩人葉矯然《龍性堂詩話續集》以為子羽七律「刻意三唐，已造堂奧」。《四庫全書總目》卷一六九亦評云：「春容諧雅，自協正聲。」

那麼，林鴻詩，尤其是五七言律後人不甚喜，原因何在呢？恐怕在於規仿太過，少從肺腑流出，李東陽《麓堂詩話》云：「林子羽《鳴盛集》專學唐，袁凱《在野集》專學杜，蓋皆極力摹擬，不但字面句法，並其題目亦效之，開卷驟視，宛若舊本。然細味之，求其流出肺腑、卓爾有立者，指不能一再屈也。」初看此論似近苛，因為「題目亦效之」之類並不太多，一些贈行送別詩也不能說沒有真情實感（故有較多好詩），但「卓爾有立者」，能感發激動人心的作品的確少了些。林鴻詩的不足在於過於規摹而未能注意性情興會，〈香泉偶贅〉云：「鍾伯敬評林鴻〈經綺岫故宮〉詩云：『此等歌行妙在與盛唐酷肖，而其不甚妙處，亦在與盛唐酷肖。當其未肖也，求其肖；及其肖，又當脫其肖。肖與不肖之間，詩之道過半矣。』芬謂此可為近人好言盛唐者作一指南。夫詩各有性情興會，以勉強規摹古人，古人未必似也。而已之性情興會已失矣。」（《全閩詩話》卷六引）這樣的批評，是比較中肯的。

林鴻前期的詩，特別是寫於元明之際的一些作品，則較多抒發自己的真情實感。元末，林鴻曾漫遊潮州等地[27]，對社會有比較廣泛的了解。〈寄陳八參軍〉云：「誰言一旦風塵起，故里蕭條半荊杞。立身自許致功名，報國誰能論生死。爾時正值煙塵昏，手攜俘首懸轅門。」當時，林鴻甚至有投筆從戎之志。〈感秋〉十九首，曲折表達了詩人在朝代變異之際的苦悶與複雜的心情：

> 撫劍中夜起，氣候何淒清。天高白露下，北斗當前楹。嗷嗷雙飛鴻，隨陽亦宵征。微禽爾何知，寒暑攖其情。始知玩物化，中復念吾生。三十志有立，一經尚無成。緬懷古哲人，信與大運並。道在無終始，時來暫衰榮。感嘆不能寐，延首東方明。（其四）

「三十」，舉其成數，元明易代，詩人三十歲左右。中夜淒苦，有志難伸，更兼白露下，飛鴻嗷鳴，何以能入寐！其餘各詩，或借「假寐登崑崙」、「季世尚遊俠」以抒懷，或假閨中佳人、空谷隱士而言志。所謂感秋，實則詠懷，隱晦曲折，反覆詠嘆，有類於魏晉之際的阮籍。元明之際，林鴻詩尚未專門規摹盛唐，所以詩體也不限於五、七言律，其詩也較後期更有「風雲氣概」（借用倪桓〈序〉語）。

高棅稱林鴻為前輩，他的年齡比林鴻小十餘歲。他傳世有二集，山居時所作名《嘯臺集》，入京後所作名《木天清氣集》。高棅的聲名主要在於編選《唐詩品彙》方面，在十才子中，他的詩名既遜於林鴻，也不及王恭、王偁。集中擬唐之作，有〈儲御史（光羲）田家雜興〉、〈岑補闕（參）同諸公登慈恩寺浮圖〉、〈韋蘇州（應物）西郊燕集〉、〈劉隨州（長卿）江中晚釣寄荊南一二相識〉等，數量較林鴻

27 林鴻有〈謁昌黎先生祠兼呈王潮州〉，王潮州即王翰，據《明史》〈隱逸傳〉及王偁〈自述誄〉，翰元末曾為潮州路總管。

多，朱彝尊以為「終下真跡一等」。朱較欣賞高棅的五古，拈出「長空一飛雁，落日千里至」；「夜色不映水，微風忽吹裳」；「銜杯雙樹間，百里見海色」；「飛雨一峰來，微雲度疏竹」等聯，指出「不失唐人遺韻」（《靜志居詩話》卷三）。胡應麟也認為〈擬岑補闕（參）奉和早期大明宮之作〉「旌旗半卷天河落，閶闔平分曙色來」等「殊有唐風。國初襲元，此調罕睹」（《詩藪》〈續編〉卷一）。摹擬痕跡不那麼明顯，且較能表現性情的，如七律〈得鄭二宣海南書札〉：

> 番禺天外古交州，念子南行戀舊遊。故國又經花落後，遠書翻寄雁來秋。梅邊野飯逢人少，海上青山對客愁。為報羅浮雲影道，早隨明月引歸舟。

此詩懷念遠在交州的好友鄭定。鄭定早年為陳友定記室，明初遠走交州。此詩為高棅早年之作。高棅的繪畫，得力於米南宮父子，其題畫詩亦不乏佳構。

十子中，陳亮年最長。亮，字景明，號滄洲，又號拙修翁。長樂沙堤人。元季儒生，入明不仕，原有《滄洲集》，多軼不傳，《閩中十子集》存其詩二卷。洪永時累詔郡縣徵遣，亮不出，作〈讀陳摶傳〉以明其志：

> 環宇方板蕩，有道在山林。矯首雲臺館，悠悠白雲深。五姓若傳舍，戈鋌日相尋。雖懷蹙頞憂，終作大睡淫。世運豈終窮，大明已照臨。乘驢聞好語，一笑歸華陰。區區諫大夫，富貴非我心。

陳摶，字圖南，亳州真源人。後唐時隱居華山，後周世宗欲拜為諫議大夫，摶固辭不受。入宋，太宗待之甚厚，無疾而終。陳亮亦始終不仕，至永樂中年已八十。元季，陳亮有些作品反映了社會的動亂並抒寫了自己的憂慮。〈亂後入城逢故人感憤而作〉云：「竊愁兵火餘，已作饑饉根。」〈秋日感懷〉云：「印綬何累累，報國無良籌。獨有雲臺子，深懷蹙額憂。」在十子詩中，自具特色，入明後，遊戲泉石間，與詩友賡唱迭和，「為詩沖淡悠遠，有陶、孟之致」（〔乾隆〕《長樂縣志》卷八）。

王恭和王偁，在十子中他們詩的成就也比較突出。王恭（1344-1411之後）[28]，字安中，祖閩縣人，居長樂沙堤，自號皆山樵者。永樂四年（1406），以儒士薦修《永樂大典》，授翰林院典籍，投牒歸。有三集，家居所作曰《白雲樵唱集》，入京後曰《鳳臺清嘯集》，歸田後曰《草澤狂歌集》；《鳳臺清嘯集》今不傳。「其論五七言長歌、律、絕句，則一欲追唐開元、天寶、大曆諸君子，而五言五選則時或祖漢魏六朝諸作者而為之，宋元而下不論也」（林環〈白雲樵唱集序〉）。王恭論詩雖然也力追盛唐，但和後期的林鴻及高棅稍異，他上溯漢魏，下沿及大曆。《四庫全書總目提要》卷一六九評其詩云：「吐言清拔，不染俗塵，得大曆十子之遺。」《靜志居詩話》卷三引林衡者云：「皆山善得中唐之韻，如『渭水寒流秦塞晚，灞陵殘雨漢原秋』，『他鄉見月長安客，別路逢霜半在船』……『棕櫚葉上驚新雨，砧杵聲中憶故園』，『幾處移家驚落葉，十年歸夢在孤舟』，『家臨故宛長洲樹，鐘度寒山半夜船』，『帆飛楚水舟中飯，夢繞淮樹山裡行』，均有大曆十子遺音。」

晚清郭柏蒼編《全閩明詩傳》，對王恭的七古非常重視，以為「最為豪放」（卷六）。〈雞公壟〉一詩借荒崗古墓的淒涼，抒寫人事滄桑之慨，對厚葬也進行辛辣嘲諷：「憶過秦中北邙路，喪車轔轔塚

28 〔崇禎〕《長樂縣志》卷七：「永樂丙戌年六十三以儒士薦至京，預修《大典》。」永樂丙戌，即一四〇六年，知恭生於元至正四年（1344）。閩人林環〈白雲樵唱集序〉（實為三集總〈序〉）稱恭徵序於環，序作於永樂九年（1411），此年王恭尚在世。

無數，黃金買山葬死灰。昨日官軍斫墳樹，崩塋斷壙碎苔痕，髑髏無聲眠草根。」〈去婦詞〉譴責負心男子的喜新厭舊，結云「東家新婦傾城姿，似妾從前初嫁時」，頗耐人尋味。〈和高漫士梅江謠〉云[29]：

> 梅江水，流浩浩。居人盡說梅江好，自從海上築城池，使車絡繹無昏早。梅江水，深復深，行人一見懷千金。老夫平生愛江水，日飲一石無貪心。青蘿盤盤數峰色，兜高望見扶桑白。蜃氣朝凝鮫女宮，珠光夜照天吳宅。居人生小住江皋，架壑梯岩結構牢。沙鷗不省逢機事，江叟何曾識縣曹。嶻嶻百雉連山郭，夷島清寧無摽掠。將門子弟解逢迎，大侄兒郎談禮樂。有時江上漁歌發，捩柁抽向江空闊。蹣跚竹簍紫蟹肥，拔剌金盤素鱗活。龍門子，何處來，向予西指鳳凰臺，京師此別三千里，帳飲應須數百杯。謝公好為蒼生起，山中猿鶴徒為爾。到日秦淮有鯉魚，尺魚先寄梅江水。

高棅應徵將赴闕，作〈梅江謠留別梅江諸友〉，王恭詩即和此篇。梅江，在長樂東北，古諺云：「梅江水，值千金。」中有梅花城，周遭碧波萬頃，與琉球遙遙相對。明奉使琉球，即從此開洋。「梅城弄笛」，為長樂十二景之一。詩前半描繪梅江形勝、風物，表現了詩人對家山的摯愛。「龍門子」以下送高棅（棅為長樂龍門人），字裡行間流露出對高出山的惋惜。

王恭詩還善於託喻言懷，顧起綸《國雅品》評云：「王翰籍安中思多淒怨，託喻頗深。如〈塞下〉云：『嘶馬邊塵黑，鳴笳隴日昏。』〈昭君〉云：『身隨胡地遠，心是漢宮愁。』〈寒村〉云：『古路無行客，閑門有白雲。』〈鷓鴣〉云：『長沙有遷客，莫向雨中啼。』〈老

29 梅江，在長樂梅花。

馬〉云：『只今棄擲寒郊路，猶自悲鳴向主人。』讀此例數篇，俱堪淚下。昔班姬寓扇寫怨，應瑒托雁言懷，良有以也。」王恭重託喻，其詩較林鴻諸子更存古意。

王偁（1370-1427）[30]，字孟揚，又字密齋。永福人（其先河東人），父王翰元季為潮州路總管。改元後翰退居永福山中，引決死。翰友吳海撫教之，洪武二十三年（1390）舉於鄉，永樂初，薦授翰林院檢討，充《永樂大典》副總裁；大將軍英國公張輔征交趾，辟居幕下。坐解縉黨，下獄死。有《虛舟集》。

王偁在十子中，是年齡較小的一位。王汝玉序《虛舟集》，以為：「孟揚之詩，其趣高，其調逸，其詞雄，其學富，出入漢魏、盛唐，不為近代之語，真傑作也。」之所以能取得這樣高的成就，一是「席先世之澤」，二是「閉門讀書逾二十年」，三是「閩多君子，孟揚得師友之助」，然後是出遊名山大川。王偁童年時，林鴻已回閩中與高棅等往來唱酬，耳濡目染，偁遂進詩派。王偁與諸子略不同，弱冠舉於鄉後，除其中六年歸守廬墓，大部分時間遊宦在外，在家鄉時間較短。

「孟揚古詩規橅陳黃門、李翰林」（《明詩紀事》卷十）。王偁〈感寓〉多達四十八首，有陳子昂遺風。〈詠史〉十八首，有類晉左思，然其四云：「讒言信罔極，構亂成禍媒。不有明哲鑒，誰能知是非。青蠅一朝集，白璧成瑕疵。姬丈不見明，宋墨名為隳。賢聖尚云爾，耿耿誰將為。鑠金不待燃，毀骨痛莫追。空懷素絲志，寧卻貝錦絲。」立意頗似李白〈答王十二寒夜獨酌有懷〉中「蒼蠅貝錦喧謗

30 據王偁〈自述誄〉，父翰元運改玉，「居永福山中，為黃冠服者十年，朝廷聘之，恥為二姓臣，遂自引決」，時偁「方生九齡」（《列朝詩集小傳》乙集作「六齡」）。朱元璋一三六八年即位，王翰自引決在一三七八年，時偁九齡，逆推，知偁生於洪武三年庚戌（1370），正與偁所云「吾年日皆庚」合。徐𤊹《晉安風雅》〈姓氏〉記偁卒年五十八，則時在宣德二年（1427）。〈自述誄〉云：「迪於丙，歲在閼逢，麗於鶉火，其弗延矣。」知〈誄〉作於丙午（1426），偁卒於次年。

聲」一節。解縉〈虛舟集序〉云：「孟揚之為人，眼空四海，壁立千仞，視餘子瑣瑣者不啻臥之地下，以是名雖日彰，謗亦隨之。」王偁才情際遇和李白有某些相似之處，他的詩時有出入太白，也就不奇怪了。歌行〈將進酒〉云：

> 故人手持金屈卮，進酒與君君莫辭。仲孺不援同產服，孟公肯顧尚書期。當歌激風和結楚，吳姬白苧莫停舞。黃河東走不復回，白日經天豈能駐。田文昔日盛經過，朝酣暮樂艷綺羅。高臺已傾曲池廢，只今誰聽雍門歌。我有一曲側君耳，世事悠悠每如此。子云浪作投閣人，賈生空弔湘江水。春風南園花滿枝，莫待秋風搖落時。東山笑起徒為爾，乘時莫負高陽池。

此詩與〈行路難〉等，雖未必盡合太白，但能得太白之風骨，未可盡以衣冠優孟視之。

顧起綸《國雅品》云：「王翰檢孟揚典雅清拔，綽有天寶俊聲。如『諸天花雨遍，雙樹慧燈懸。』『夜月桓伊笛，秋風驃騎營。』『孤帆乘吹髮，一雁渡江遲。』『江路猿聲早，山城榕葉涼。』『一燈今夜雨，千里故人心。』並是司空、皇甫之餘。」顧氏所舉為五言。七言如〈詠紅葉〉：「綠圭不剪封周弟，錦字頻題出漢宮。亂撲征衣山徑裡，染成秋色夕陽中。」〈寄張真人〉：「海闊傳書曾令鶴，夜深飛佩欲繫鯨。」〈挽林處士〉：「雨荒修竹棋聲靜，塵滿閑牀鳥跡稀。」〈送人之揚州〉：「往事玉簫明月夜，江南春雨綠蕪天。」皆集中佳句。

鄭定、王褒、唐泰及周玄、黄玄，詩名稍遜。鄭定，字孟宣，號浮邱，閩縣人。善擊劍，工古篆、行書。在十子中年稍長，元末陳有定辟為記室。有定敗，浮海交州、廣州間。久之，還居長樂。洪武末，徵授延平訓導，歷齊府紀善，終國子助教。有《澹齋》、《浮邱》等集，《閩中十子詩》存其詩一卷。林鴻、高棅等集中多有贈、寄鄭定之詩。鄭定〈渭上觀獵〉云：「草折渭門霜，蕭蕭獵氣黃。飛弓秋萬里，縱馬日千場。鵰霧藏沙迴，鷹風入樹長。將軍驕意氣，射殺白河狼。」亦是摹唐之作。

王褒（1363-1416）[31]，字中美，侯官人。洪武二十六年（1393）舉人。嘗為長沙學官，知永豐縣，召入，預修《永樂大典》，擢某王府紀善。有《養靜齋集》，《閩中十子詩》存其詩二卷。時王褒與王恭、王偁齊名，然才情不足。其〈元夕觀燈應制〉云：「魚鑰春開虎豹關，五雲星斗近天顏。絳河月濕金盤露，火樹香分玉筍班。鳷鵲漏傳花外觀，蓬萊仗列海中山。萬方樂事同元夕，恩賜千官十日閑。」時成祖品為第一。此詩雖聲調圓潤，氣象高華，終不如詩人憶念家山的那些作品寫得有性情深味。

唐泰，字亨仲，閩縣（一作侯官）人。洪武二十七年（1394）進士，授行人，出為浙江按察僉事，升陝西按察副使，有《善鳴集》，《閩中十子詩》存其詩一卷。在十子中，唐泰仕途最為得意。其詩較佳者，如〈晚次雪峰寺〉[32]：「微霜落葉度關河，古寺清秋掩薜蘿。輕策獨隨飛鳥去，好山偏向夕陽過。三花祇苑逢僧少，獨樹空臺積雨多。暫合朋簪耽勝果，下方塵土易蹉跎。」

周玄、黃玄都是林鴻的門人。周玄，字又玄，一字微之，閩縣人。「嘗挾書千卷止高棅家，讀十年，辭去，盡棄其書，曰：『在吾腹笥矣。』」（《明史》〈文苑傳〉）永樂中，以文學徵，授禮部員外郎，有《宜秋集》，《閩中十子詩》存其詩一卷。周玄嘗作〈揭天謠〉九首，其一云：

巨靈吹空南斗死，鬼哭如雲學流水。桂闌天影白鶴秋，兔光斜

31 徐𤊹《晉安風雅》〈姓氏〉：王褒卒年五十四。錢謙益《列朝詩集小傳》乙集：「永樂丙申（1416），卒於官。」

32 雪峰寺，創建於唐咸通十一年（870），在今閩侯縣。

墜三泉裏。泉宮暗蟲寒草根，土燈燃露絓黃昏。鐵心九回滴秋血，三十六帝聞俱吞。帝遣雙童去不返，楸梧參差牧馬苑。青煙一點吹六龍，芙蓉吐光海波淺。

論者以為酷似李賀，甚有時名，然不免有「句續字湊」（《靜志居詩話》卷四）之嫌。黃玄，字玄之，本將樂人。林鴻為將樂教官，雅重之，其〈送黃玄之京〉云：「青衿二十徒，達者唯黃玄。」鴻棄官歸，玄遂攜妻子居閩縣，以歲貢官泉州訓導。有《鳴秋集》，《閩中十子詩》存其詩一卷。二玄詩較荏弱，未能成家。

十子之外的林鴻派詩人，以趙迪成就最高。林誌序其集云：「林君子羽始倡古詩於閩，和之最有聲者僅二、三人，鳴秋先生其一也。」迪，字景哲，懷安人，自號白湖小隱、鳴秋山人，有《鳴秋前後集》。迪工水墨畫，洪永諸子多與迪贈答。《靜志居詩話》卷六云：「景哲五古學唐人而得其豐韻。二玄遠遜之。」七律〈登余干城〉：「荒原落日過重城，萬里蒼茫感客情。鄉思雨中和雁斷，秋風江上見人行。楓林西入吳江遠，驛路東分楚水平。遠望天涯流落久，暮雲啼鳥自縱橫。」諧暢而有唐風。

周亮工《閩小記》卷三云：「林鴻詩文一洗元人纖弱之習，為開國宗派第一。」林鴻等在詩壇上的出現，標誌著元詩纖弱之習的終結。然而，十子又是作為明初第一個詩派出現在詩壇上的，它又開啟了明代樹立門戶、樹立派別的風氣。十子詩宗唐，甚至發展到規摹盛唐，帶有明顯的復古傾向。終明一代，詩壇上的復古傾向佔了上風，與林鴻詩派不能說沒有關係；主張「詩必盛唐」的前後七子，儘管他們的理論與創作實際與林鴻十子存在著差異，但根本的主張卻大致相同。高棅編《唐詩品彙》，「終明之世，館閣宗之」（《明史》〈文苑傳〉），「厥後李夢陽、何景明等摹擬盛唐，名為崛起，其胚胎實兆於此」（《四庫全書總目》卷一八九）。

林鴻十子論詩主唐音，遂開閩中一派，或稱晉安詩派。福州陳薦夫云：「國家掃除胡運，文治聿新，時則林膳部、王典籍十子與張、林二學士輩並建旗鼓，指麾中原。自爾以後，飆合景從，雲蒸霞絢，二百餘年，號稱極盛。」（〈晉安風雅序〉）對閩詩頗有微詞的錢謙益亦云：「余觀閩中詩，國初林子羽、高廷禮，以聲律圓穩為宗；厥後風氣沿襲，遂成閩派。」（《列朝詩集小傳》丁集下）隆慶、萬曆間鄧原岳編《閩詩正聲》、萬曆末徐𤊹編《晉安風雅》，其意都在為林鴻諸子開啟的閩派鼓吹。《晉安風雅》錄洪武至萬曆二百六十餘位晉安詩人詩，這麼多詩人雖不盡是詩派中人物，但也足見其聲勢的浩大。此派人物中，弘正時的鄭善夫，萬曆時的謝肇淛，萬曆、天啟間的徐𤊹、徐㶿、曹學佺等都是在全國有一定影響的詩人。

林鴻諸子主唐音，少數詩確有摹擬太過之嫌。而後人「論閩詩流派，頗以後來膚廱之病歸咎於林子羽」（《列朝詩集小傳》丁集下），卻是不公正的。《四庫全書總目》卷一六九駁云：「鴻倡始之時，固未嘗不舂容諧雅，自協正聲。未可以作法於涼，遽相詆斥。」也就是說，不可將閩詩派末流膚廓的帳記在林鴻身上的，此其一。其二，諸子詩水平也不整齊，高棅之論或比林鴻完備，詩則不及，何況十子中還有詩不及高棅的。由十子中一些人的詩影響不夠好，而否定林鴻的詩，進而否定整個林鴻詩派，一律擯排，並不符合林鴻及其詩派的實際。汪端評林鴻云：「雖無巨刃摩天、鯨魚制海之概，然舂容大雅，視率易粗獷，貌為杜、韓者有上下牀之分矣。」「開創之功不可沒也。」（《明三十家詩選》二集卷三下）

四　鄭善夫的學杜與傅汝舟高瀫之變

從永、熙至成化數朝，閩中詩人不斷。徐𤊹《晉安風雅》錄這一時期詩人三十家之多，然而他們的詩都不甚工。「其後氣骨崚嶒，差堪旗鼓中原者，僅一鄭善夫耳」（王世懋《藝圃擷餘》）。

鄭善夫（1485-1524）[33]，字繼之，號少谷山人，閩縣人。弘治十八年（1505）成進士，時何景明直中書，相得歡甚，共切磋古文詞，一時名士如薛蕙、王廷陳、顧璘、方豪、殷雲霄皆折節過從。正德初，丁內外艱，積六年，授戶部廣西主事，榷稅滸墅，以清操聞。時劉瑾雖伏誅，嬖倖猶用事。善夫憤而告歸，築草堂金鰲峰下，為遲清亭，曰：「俟天下之清也。」正德十三年（1518）起禮部主事。進員外郎。十四年（1519），莆田人黃鞏等諫止武宗南巡，杖於闕下，有死者。善夫復上疏切諫，罰跪午門，杖三十，幸不死，乞歸。嘉靖改元，薦起南京刑部郎中，改吏部。行至建寧，遊武夷山，風雪絕糧，歸家二日而歿。有《鄭少谷集》。

弘治時，李東陽主文柄，李夢陽獨譏其萎弱，倡言文必秦、漢，詩必盛唐，詩文風氣為之一變，於時作者百數十家。李夢陽與何景明、徐禎卿、邊貢、朱應登、顧璘、陳沂、鄭善夫、康海、王九思等號「十才子」（《明史》〈文苑傳〉）。而李、何、徐「及吾閩鄭善夫先生最著」（鄧原岳〈鄭繼之先生傳〉）。然而弘、正間的「七子」之目，鄭善夫已不在其中。大體上說，鄭善夫詩學觀點與李、何有聯繫，又有所區別。李夢陽主張詩必盛唐，而上溯漢魏，鄭善夫則十分強調學杜。善夫〈葉古厓集序〉論杜詩及學杜云：

> 杜詩渾涵淵澄，千匯萬狀，兼古今而有之。他人不足，彼乃有餘，又善陳時事，精深至千言不少。衰世之學者，彼乃有餘，又善陳時事，精深至千言不少。衰世之學者，劬情畢生，往往只得其一肢半體，杜亦難哉！山谷最近而較少恩，後山散文過山谷遠，而氣力弗逮，簡齋躅而少春融，宋詩人學杜，無過三

33 黃綰〈少谷子傳〉，善夫卒年三十九，「乃歲癸未臘月晦前三日」。癸未，嘉靖二年，西元一五二三年，而臘月晦前三日，西元已是一五二四年元月。

> 子者乃爾，其他可論耶？吾閩詩病在萎腇、多陳言。陳言犯聲，萎腇犯氣，其去杜也，猶臣地里至京師，聲息最遠，故學之比中國為最難焉。若非豪傑之士，鮮不為風氣所襲者，況遂至杜哉！國初如林鴻、王偁、王恭、高廷禮輩，逿然離群出，黨去杜且顧遠與！古厓，閩產也。余讀古厓詩，蓋所謂豪傑者。

葉元玉，字廷璽，號古厓，清流人。成化辛丑（1481）進士，官戶部郎。〔道光〕《清流縣志》卷八：「與李夢陽唱和甚歡，其詩勁峭，與李同一格律。」鄭善夫說他的詩「放手唐宋之間，惟五言近體於杜為似」。善夫主張學杜必須學其精神，即學其「善陳時事」。宋人學杜最優者無過山谷等三家，而三家或患在「少恩」，或在於「氣力弗逮」、「斸而少春融」。明初以來，閩人學杜，則病在「萎腇、多陳言」。而元玉不為風氣所襲，故學杜能得杜之「聲」、得杜之「氣」。鄭善夫在〈讀李質庵稿〉一詩中進一步發揮道：

> 大哉杜少陵！苦心良在斯。遠遊四十載，而況經險巇。放之黃鐘鳴，斂之珠玉輝。幽之鬼神泣，明之雷雨垂。變幻時百出，與古乃同歸。律詩自唐起，所尚句字奇。末流亦叫噪，古意漫莫知。

如果說〈葉古厓集序〉還僅僅是針對明代以來閩人學杜而發的話，〈讀李質庵稿〉則將矛頭指向整個詩壇學杜的「末流」。這裡雖然沒有點出詩人的姓名，但主張模仿古人詩法、語言的前七子首領北地李夢陽當也在被批評之列。何景明云：「空同子刻意古範，鑄形宿鏌（模），而獨守尺寸。」（〈與李空同論詩書〉）《明史》〈文苑傳〉云：「華州王維楨以為七言律自杜甫以後，善用頓挫倒插之法，惟夢陽一人。而後有譏夢陽詩文者，則謂其模擬剽竊，得史遷、少陵之似，而失其真云。」拿具體的作品來看，夢陽〈石將軍戰場歌〉音節激昂，久為傳誦，但錢謙益仍以為「其模仿少陵，皆字句之間耳」(《列朝詩集》丙集)。在這種情況下，鄭善夫「所尚句字奇」的批評，就不會是無的放矢了。

當時習杜，李、鄭而外，尚有數家，王世貞云：「華容孫宜得杜肉，東郡謝榛得杜貌，華州王維楨得杜一支。」鄭善夫如何呢？王氏以為「得杜骨」(《藝苑卮言》)。清初王士禎論宋明以來詩人學杜，凡舉十家，亦稱「鄭繼之得杜骨」(《池北偶談》卷十六)。所謂得杜骨，即學得杜詩「善陳時事」、憂國憂民的精神，亦即祝鑾〈聞鄭少谷訃音〉所謂「猶多老杜愁」，林春澤〈哭少谷詩五首〉其四「病多憂國淚」，余颺〈讀鄭少谷先生全集五首〉其一「片言隻字重千秋」。

鄭善夫主要活動年代在武宗朝，史稱武宗「耽樂嬉遊，昵於群小」(《明史》〈武宗紀〉)。外有韃靼擾邊，內則民不堪命，起義不斷。正統十四年，黃鞏等人諫南巡，下獄、廷杖的臣僚百餘人，先後死者十一人。黃鞏、鄭善夫幸不死。莆田人工部員外郎林大輅（字以乘）亦下錦衣衛獄，貶夷陵，善夫作〈送林以乘謫夷陵〉二首，其一云：

> 宜都三峽口，遷客意如何？落日黃陵廟，秋風駭浪多。巴蠻伐鼓祭，江女踏蹄歌。莫唱渝州曲，猿聲近汨羅。

詩歌不僅表達了詩人對遷客的深厚情誼，而且用屈原的憂憤國事加以激勵。當然，這類作品常常是憂國與忠孝思想並存，如其二云：「水部青雲志，憂君雙鬢斑。」轅文以為「繼之諸作亦每飯不忘君父」(陳子龍《皇明詩選》卷十引)，此詩當在其中。

正德朝韃靼對北方邊境的威脅，雖然還沒有達到嘉靖朝的嚴重，但已經引起朝野關注，武宗還親自往應州迎戰，在宣府督師。鄭善夫〈即事〉詩云：

> 赤縣山河在，黃龍沙塞長。只憂胡部落，不著舜衣裳。驃騎年年沒，單于世世強。僕姑寒射月，籲箖夜含霜。寶轂猶深入，金矟或轉傷。前車未為遠，神武有英皇。

一向對明代復古詩風不滿的王夫之評此詩云：「直刺如此，固不妨。繼之天才密潤，以之學杜，正得杜之佳者。」（《明詩評選》卷五）

鄭善夫詩，對民生疾苦也有所反映。〈貧女吟〉（八解）分別寫了南陽貧女、東鄰嫠婦、西鄰夫婿為輕薄兒之女、南村棄婦的悲慘遭遇。描寫南陽貧女云：「煢獨誰與周，室中無儲遺。閉戶理機杼，苦樂中自知。揚聲度昏旦，粃糟轉無時。豈不愛綺羅，乃有杼軸悲。」描寫東鄰嫠婦云：「良人淹戍邊，存否不可卜。近聞邊釁起，百萬化魚肉。生離云有期，死別竟何續。」「百萬化魚肉」用杜甫〈潼關吏〉「百萬化為魚」而稍加變化。〈大水歌二首〉是反映閩州水災的，其一描寫大水之狀，其二云：

> 玄陰冥冥噎不通，五月六月皆天風。雷霆嘯海烏兔急，田野盡在波濤中。南山豆苗沙壓死，東畲禾頭半生耳。志士寧辭溝壑填，農夫自此生事已。君不見無諸城外鬻幼男，今歲誅求豈但三。

鄭善夫不僅憂憤國事，對民瘼也是比較關心的。

僅僅以得杜之骨、得杜反映社會現實的精神來評論鄭善夫的學杜，還是不夠準確全面的。因為善夫有部分詩（尤其是七律），不僅憂憤國事、反映了社會現實，而且具有杜詩的氣格，讀起來很有些杜詩之味，例如〈九日與倪小野祝姑溪登觀星臺〉、〈壽日成禮奉天門〉、〈秋興〉、〈秋興七首〉其四、其五、〈喜得家書〉等。王夫之《明詩評選》卷六錄〈送吾惟可還三吳〉一詩，詩云：

> 昔年相逢胥水秋，今日重在閩山陬。中間喪亂真憐汝，南鄙音塵不散愁。別後山陽頻弄笛，花時荊楚一登樓。旄頭尚直天西北，何地巾車各自由。

評云：「如此更不惡於學杜矣。可疏不可惡故也。」

「大哉杜少陵」，杜甫在鄭善夫心目中的地位極高，一生孜孜以學之。但是，鄭善夫和明代的學古或復古派詩人，前人如林鴻、高棅，時人如李、何，後人如李攀龍、王世貞不同之處，就在於他認為所學、所摹擬的杜詩也有某些不足，也可以批評。焦竑家藏有鄭善夫批點的杜詩，「其指摘疵纇不遺餘力」，焦竑說善夫「實子美之知己」。《焦氏筆乘》載登善夫論杜三則，今摘前二則：「一云：詩之妙處正在不必說到盡，不必寫到真；而其欲說欲寫者自宛然可想，雖可想而又不可道，斯得風人之義。杜公往往要到真處、盡處，所以失之。一云：長篇沈著頓挫，指事陳情，有根節骨格，此老杜獨擅之能，唐人皆出其下。然詩正不以此為貴，但可以為難而已。宋人學之往往以文為詩，雅道由杜老起之。」（《全閩詩話》卷七引）真是振聾發聵之論，「如良醫得疾腠理」（邵捷春〈少谷集序〉）。善夫能入於杜又能出於杜，故其學杜就能避免於句面字面，而在氣格精神求之，這才是真正學杜，學「杜之骨」。

鄭善夫學杜、仿杜，也受到一些尖銳的批評，最嚴厲的要算林貞恒的《福州府志》〈文苑傳〉：「議者或謂得杜之骨。又謂正德間關中李夢陽摹擬少陵，然猶丐膏馥自出己意為之，至善夫並襲其意。時非天寶，地靡拾遺，殆無病呻吟。」對這一指責，即便是對閩中詩派不滿的錢謙益也覺得不妥：「以毅皇帝時政觀之，視天寶何如，猶曰『無病呻吟』，則為臣子者必將請東封巡狩而後可乎？甚矣！」《四庫全書總目提要》卷一七一亦駁云：「然武宗時奄豎內訌，盜賊外作，詩人蒿目，未可謂之無因。」

那麼，鄭善夫學杜、仿杜的不足之處在哪裡呢？恐怕一在於思想內容不及杜深厚，二在於藝術技巧仍不及杜純熟。他的〈秋夜〉七律云：

> 七月欲盡天氣清，殘月未上江猶明。流螢渡水不一點，玄蟬咽秋無數聲。獨客尚未送貧賤，四方況是多甲兵。立罷西風夜不寐，吳歈梟梟感人情。

沈德潛以為「頹唐似杜」(《明詩別裁集》卷六)。所謂「頹唐」，指的是對國事的憂心忡忡。梁章鉅《東南嶠外詩話》卷三在引沈評之後云：「余謂此即少谷之刻意摹杜，可謂酷肖，然氣味終不及杜之厚。」我們當然不能要求善夫在正德時期也去寫〈三吏〉、〈三別〉這樣的作品，但從他反映社會現實的詩篇看，深度、厚度、力度都不及杜甫也是顯然的；像〈秋夜〉一類的抒懷之作，也不能與杜〈秋興〉、〈諸將〉同日而語。應該說，鄭善夫反映社會現實有不少好詩，也確實得力於杜的精神，然而杜甫畢竟偉大，作為中國詩歌發展史上的巔峰詩人，可望而不可企及。

詩藝方面，謝肇淛《小草齋詩話》卷三論鄭善夫詩云：「一洗鉛華，力追大雅，盛矣。然掊擊百家，獨宗少陵，呻吟枯寂之語多，而風人比興之誼絕。譬之時無春而遽秋，人未少而先老；才情未肆，氣格變衰；樂事未陳，聲淚俱下。」杜甫主張轉益多師，善夫獨宗少陵，這一點已不如杜。況且杜詩也不全是「呻吟之事」，由於善夫過分強調杜的善陳時事，於杜詩只得其一而未能全面學杜，故其詩不免給人枯寂之感。又由於善夫過分強調學杜之精神，而對杜的風貌（例如詩法句字）的重視有所欠缺。鄭善夫壽短，詩律也尚未磨鍊到杜甫精細的地步。他一方面看到了杜甫詩的過分鋪陳以及宋代的以文為詩之弊，一方面自己的長篇則較多使用生硬盤折語，「雖源出杜陵，實有類山谷」（《靜志居詩話》卷十）。

鄭善夫畢竟是一位在弘治、正德間不襲李、何餘論，能別開生面，獨樹一幟的詩人。當時就有海內談藝「以二先生（李夢陽、鄭善夫）為稱首」之說（詳邱雲霄〈少谷先生集序〉）。李、何聲名漸衰後，鄭善夫詩名至清初仍甚盛。朱仕琇云：「先生與高叔嗣、徐正卿輩三、四人，學者至今傳之。三人詩名，當時皆遜何、李，而其傳之愈久者，豈非感人之際有獨深焉者耶？」（〈重刻鄭少谷先生集序〉）自嘉靖至清乾隆，《鄭少谷集》凡九刻，可見影響之深遠。

在全國範圍內，鄭善夫是能與中原爭旗鼓的詩人；在閩中詩壇，他又是具有號召力的領袖人物。善夫「又與郡人林釴、高瀫、傅汝舟、鄭公寅、施世亨、李銓、李江、先伯父戶部文晦（王昺）、先樵雲山人文旭（王杲）倡和追隨，閩人復稱才子」（王應山《風雅叢談》）。諸子中，以傅汝舟、高瀫成就較高。

傅汝舟（1476-1555以後）[34]，初名舟，字遠度，又字木虛，一字磊老，以家在丁戊山自稱丁戊山人，又自稱七幅庵主人、步天長前邱生等，侯官人。二十歲北試不第，棄舉子業，好神仙，恣遊吳、越、齊、楚、燕、趙者二十年，紅粉詞人，靡不傾倒。正德十年（1515），與高瀫遊鄭善夫門。有《傅木虛集》（中收《前邱生行己外篇》、《七幅庵草》等小集）。

論者以為「前邱生詩，刻意學少谷子，故多崛奇語」（《靜志居詩話》卷十一）。其實，傅汝舟與鄭善夫交始於乙亥（1515）[35]，時年已四十。傅遊於鄭門，其後受鄭詩影響是可能的，但四十歲以前，傅詩已大致形成了自己的風格和特點，鄭善夫〈行己外篇序〉云：「前邱生詩淵致瀟散，多發之性情。其道江湖林壑、神仙隱逸，直臻其要

34 據郭柏蒼《傅汝舟補語》，汝舟生於成化丙申（1476），卒年八十餘。《全閩明詩傳》卷十四引。

35 詳鄭善夫〈行己外篇序〉。

妙。蓋本風塵表人也。平生不專詞章，然其為詩，實上下魏晉，抗聲於武德、天寶之間，大曆而還，不論也。」善夫卒於嘉靖二年臘月（1524年1月），善夫卒後，汝舟至少還有三十年的創作時間，陳田云：「支離怪誕，無所不有，少谷中無是也。論者乃專謂山人刻意學少谷，何也？」（《明詩紀事》丁集卷十六》）

汝舟無意仕進，詩亦無善夫憂憤國事的沉鬱，而有更多的瀟散之趣。〈野翁自傳〉云：「野翁獨往蒼岩巔，閑賣紫芝供酒錢。時時醉倒松花下，不分麋鹿共來眠。」〈答燕中蔡女懷予詩者〉、〈別西湖中人〉一類的艷詩，更是少谷集中所無。傅汝舟詩，大抵具有比較強烈的不受禮教約束的老莊精神，他對世事也有不平，也有不滿，但卻能以比較超脫的「局外人」的眼光來加以觀察、評說，其〈英雄失路歌〉略云：

> 英雄失路眉難伸，跼蹐天地誰與鄰……英雄失路徒自嗔，況復出門逢險人。歌本聲聲逼仄行，蘇季子，朱買臣，錐梁亦何苦，扊扅胡不親。百里揮淚牛與聞，蘇武牧羊啼荒林，屠刀呂望卑所營，管仲囚奴車中鳴。吁嘻乎！英雄失路不如人。吁嘻乎！英雄失路如失魄，自古大聖巨賢俱悲嘆，崎嶇而纏身，何獨區區事功之小臣！仲尼喪狗胡為乎，東門老聃、一牛不得志而西秦。文王留鼎烹之餘形，虞舜幾希乎廩焚，伊彼阮籍呼號，莊周傲吟，笑天哭世，知富貴不可期，踉蹌跌宕，心胸憤懣之無寧。

傅汝舟從大聖巨賢以至區區小臣的英雄失路中得到的結論是：「何不策步天衢、揮手風雲，何空加一足弔虛名？」善夫憂憤時事，是積極入世的態度，汝舟悲歌失路，則希企超脫塵世事功的羈絆。

《傅木虛集》有些「天然之趣」詩句，如：「雖貧一榻能高臥，縱老名山欲遠尋。」「焚香謾與僧來往，得句惟應弟倡酬。」「郊原亂後飛燐火，村落年來變劫灰。」「異書自得作者意，長劍不借時人看。」「呼來鸂鶒添新侶，拋去鸕鷀省舊糧。」「新點玉書仙賜讀，舊趁瓊闌帝容歸。」徐𤊹以為「吏部（善夫）當為卻步」（《列朝詩集小傳》丙集引）。而朱彝尊則舉出「錘煉而出」之句，如：「楚樹懸猿直，衡雲帶雁斜。」「宿雲長抱殿，遊鶴不歸松。」「野客逢迎少，山僧出入尊。」「白為溟海浪，青盡島夷山。」「地濕菰蒲氣，風生鸛鶴毛。」以為「不肯猶人」（《靜志居詩話》卷十一）。

當時閩人諺語云：「高垂股，傅脫粟，言齗齗，中歌曲。」高瀔與傅汝舟齊名。高亦不樂仕進，故又稱「高傅二山人」。高瀔（1506-1554）[36]，字宗呂，號石門子，又號霞居子、庖羲谷老農。早歲善屬詞，其《自傳》云：「其所著皆發於性情，本於義理，亦不求名世之文。或為時感激，多為悲憤奇怪之辭。」「聞有奇勝處，雖千里不憚寒燠，不避徜徉，放縱盡發其趣，偶有所得，輒寄之詩歌，筆之繪墨，故有詩云：『慣隨白鳥行偏健，貧看清山坐不辭。世短每憐長伏枕，家貧猶自苦吟詩。』」「晚年益壯山水之遊，捉杯勸影，揮輸染墨，遨遊於方之外。常酒酣放歌，掀髯拍掌長嘯，橫睨宇宙間，一時同儕望之若神仙中人，且沖舉雲霞上矣。咸號之『髯仙人』。」有《石門詩集》。

《晉安風雅》載高瀔〈岳陽樓〉詩一首，詩云：

> 巴陵城上岳陽樓，樓外長江日夜流。殘雨數峰衡岳曉，暮雲孤樹洞庭秋。仙人夜奏沙邊笛，估客春移樹杪舟。十二危闌閑極目，滿汀楊柳不勝愁。

36 據汪宗伊所撰〈墓誌銘〉，《全閩明詩傳》卷十八引。

近於風雅的，不過類此。高詩大多如其人，狂放不羈，峻逸感激，如〈長安街暑中醉歌〉云：「車馬紛紛蔽白日，咫尺不辨公與侯。英雄豈得仰面立，不見冰山之水水復流。眼前萬事奚足問，富貴真視如浮漚。不如歸去酌我酒，赤腳高歌滄浪頭。」〈遠歸醉歌贈小傅子〉云：「紛紛飛馬逐飛塵，白日不見長安道。碧山何如歸去來，與君爛醉眠芳草。君不見成都賣卜誰識之，眼前俗類奚足疑。」小傅子即傅汝楫，汝舟從弟，號臥芝山人，時稱「二傅」。楫詩學晚唐。

徐熥云：「正德之際，作者雲集，鄭吏部善夫實執牛耳，虎視中原。而高、傅二山人，左提右挈，閩中雅道，遂曰中興。時有郭戶部波、林太守春澤、林通政炫、張尚書經、龔祭酒用卿、劉給舍世揚為輔，斯蓋不世之才，粲然可觀者也。」(〈晉安風雅序〉）正德至嘉靖初，閩中詩人輩出，閩詩派出現中興的局面，鄭善夫足以與中原爭旗鼓，林春澤[37]、張經[38]、龔用卿[39]等詩亦有洪永遺風，這是一方面；另一方面，「石門之詩異於少谷，洪、永之風革於石門」(陳衍《石遺室書錄》引《葭柎草堂集》)。其實，何止是高瀔？傅汝舟等人的詩也不完全遵從洪、永之風了，閩中詩壇面臨著艱難的抉擇，或者替革洪、永以來的詩風，或者重振風雅。萬曆年間，鄧汝高、徐熥、徐㶿和曹學佺出，他們力主重振，連綿了二百年的閩中詩派的香火，又繼續延續下去了。

---

37 林春澤（1480-1583），字德敷，侯官人。正德九年（1514）進士，知程番府，一百零四歲卒，有《人瑞翁集》。《四庫全書總目》卷一七六：「春澤少與善夫遊，互相切磋，固其詩頗有體裁。」

38 張經，詳本章第二節。

39 龔用卿，字鳴治，懷安（今福州）人。嘉靖丙戌（1526）狀元，終南京國子監祭酒。有《雲岡集》。

五　鄧原岳　徐𤊹　謝肇淛重振風雅的理論

嘉靖中，李攀龍（1414-1570）出，「其持論謂文自西京，詩自天寶而下，俱無足觀，於本朝獨推李夢陽。諸子翕然和之，非是，則詆為宋學」(《明史》〈文苑傳〉)。李攀龍和追隨他的諸子王世貞等七人，為了區別李夢陽、何景明的「七子」，人稱「後七子」。李攀龍歿，王世貞（1526-1590）又獨操文柄二十年。後七子與七子在詩歌方面的復古主張並沒有根本的不同。而早在正德、嘉靖間，思想家王守仁（1472-1528）「心學」的主張，在思想學術界就有較大影響，鄭善夫就曾作過一首〈夢與王陽明論學〉的詩，表達其對王學的仰慕。嘉靖中，王守仁的弟子王艮（1483-1541），發揮了王守仁的學說，建立了著名的泰州學派。嘉靖、萬曆間，福建出現了大思想家李贄（詳本章第三節），他的學說帶有主張個性解放的傾向。李贄論文，反對復古摹古，主張創新，主張寫「童心」、「赤子之心」，即「真心」。受到李贄等的影響，湖北公安人袁宗道（1560-1600）、袁宏道（1568-1610）、袁中道（1570-1623）三兄弟（人稱「三袁」），論詩主性靈，一時詩人多捨李攀龍、王世貞復古之論而從之，目為「公安派」。差不多與公安派同時，竟陵（今湖北天門）人鍾惺（1574-1624）和譚元春（1586-1637）的詩文也反對摹古，但他們不滿公安派作品的俚淺和輕率，轉而倡導幽深孤峭，作品則流於冷澀，人稱「竟陵派」。

公安、竟陵樹立門戶之後，閩詩人亦有與之過往唱和的。在過往唱和的閩詩人中，未受到他們影響的，如曹學佺《靜志居詩話》卷二十一云：「能始與公安、竟陵往還唱和，而能皭然不滓。」而受到他們不同程度影響的，前有傅汝舟。汝舟〈哭袁中郎〉云：「囹圄世界傳丹訣，丑淨壇場作劍師。」〈秋雨文太青偕鍾伯敬過箜篌閣〉云：「歌傳鶴響雲中拍，花散香塵步底詩。」後有董應舉、蔡復一、王宇、商家梅和林古度等[40]。鍾惺〈董崇相詩序〉云：「閩有董崇相先生者，其人樸心而慧識，古貌而深情。所為詩似其為人。」又云：「吾友蔡敬夫亦名人，其詩、其人皆似公。」鍾惺最推崇的閩詩人是蔡復一。復一，字敬夫，金門人[41]，萬曆二十三年（1595）進士，官至兵部右侍郎，有《遁庵詩集》。復一雖然不是福州一帶人，但在閩人中與竟陵關係最密，唱和甚多，其詩也儼然竟陵，《明詩紀事》庚集卷十八云：「敬夫醉心鍾、譚，摩擬酷肖。」《閩中錄》云：「敬夫宦遊楚中，召友夏（譚元春）致門下，盡棄所學而學焉。有云：『花心猶怯怯，鶯語乍生生。未見胡然夢，其占曰得書。以日為昏旦，其云無古今。居之僧尚髮，來者客能琴。』何庸劣乃爾！真所謂不善變也。」（《全閩明詩傳》卷三十五引）

公安、竟陵的勢力如此之大，閩中詩派向何處去？是變閩為楚，還是另闢蹊徑？閩中詩人仍然固守閩派的藩籬。《明史》〈文苑傳〉云：「閩中詩文，自林鴻、高棅後，閱百餘年，善夫繼之。迨萬曆中年，曹學佺、徐𤊹輩繼起，謝肇淛、鄧原岳和之，風雅復振焉。」《明史》將曹學佺、徐𤊹置於謝、鄧前，是因為曹、徐在萬曆至崇禎期間在閩詩壇的影響力和號召力較謝、鄧大，如果按為「復振」所作的努力及他們年紀的順序，我們想先論及鄧原岳，然後是徐𤊹之兄徐熥、謝肇淛，最後是徐𤊹、曹學佺。

鄧原岳（1555-1604）[42]，字汝高，閩縣人，萬曆二十年（1592）

---

40 董應舉（1557-1639），字崇相，一字見龍，閩縣人，萬曆二十六年（1598）進士，官工部右侍郎。乞歸，年八十餘卒於家。有《董崇相集》。王宇，字永啟，閩縣人。萬曆三十八年（1610）進士，官山東提學參議。有《烏衣集》。商家梅，字孟和，閩縣人，萬曆末年遊金陵，鍾惺舉進士，從之入燕。林古度，詳本章第四節。

41 金門明代未建縣，屬同安。

42 郭柏蒼〈柳湄詩傳〉載原岳「卒年五十」（《全閩明詩傳》卷三十三）。徐𤊹《鼇峰集》為分體編年（絕句除外），卷十六甲辰年（1604）作七律《哭鄧汝高》。知鄧原岳卒於是年。逆推，則生於嘉靖三十四年（1555）。

進士，官至湖廣副使。《列朝詩集小傳》丁集下云：「與謝在杭並稱詩於閩。在杭推之，以為國初有十才子，弘正有鄭善夫，而嘉隆之後則汝高為之冠。所著有《西樓全集》十卷。汝高嘗選《閩詩正聲》，以高廷禮《唐詩正聲》為宗，大率取明詩之聲調圓穩、格律整齊者，幾以嗣響唐音，而汰除近世叫囂跳踉之習。」《閩詩正聲》編於萬曆十九年（1591）之後，二十五年（1597）之前數年間[43]。《閩詩正聲》錄林鴻、唐泰至袁表、邵傅（外有女流二人）閩中詩人五十一家，計二百六十八首。正德間，擇取鄭善夫、林春澤、龔用卿、張經諸家，而擯棄高瀔等，可見編選的謹嚴。陳薦夫〈晉安風雅序〉評云：「今鄧司農汝高有《閩詩正聲》，皆掇拾菁華，振揚風雅，翼先正之遺音，寄大業於不朽。」閩中風雅的復振，鄧原岳實為先聲。

然而，《閩詩正聲》也有缺憾，陳薦夫認為一是「搜羅未弘，率潛輝於礦璞」；二是「生存弗錄」，「美則美矣，而未盡也」。於是，徐熥繼而編選《晉安風雅》。熥（1561-1599）[44]，字惟和，閩縣人。萬曆戊子（1588）舉於鄉，十餘年不第，有《幔亭集》。熥父為永寧令徐棉，弟徐𤏲。《晉安風雅》十二卷，錄明初洪、永至萬曆閩中詩人二百六十四家詩。其〈凡例〉云：「是編遠規《品彙》，稍拓《正聲》，惟不離三唐格調者收之，若有華楚奇險詭於唐響者悉所不取。」熥〈序〉又云：「上而格漢魏六朝，下而體宗貞元、大曆。調

---

43 《閩詩正聲》體例之一是不錄存者詩。集中詩人卒年可考者最晚是徐棉，他卒於萬曆十九年（1591）。萬曆二十五年（1597）徐熥編就《晉安風雅》，次年陳薦夫為之作序，稱前於徐熥，鄧原岳已有《閩詩正聲》。

44 〈柳湄詩傳〉：「棉生於正德八年（1513），卒於萬曆十九年（1591）……棉年七十九，妾林氏始生子熥，繼生𤏲、熛。」據此，熥生嘉靖四十年（1561）。熥〈甲午迎春〉詩云：「三十三齡容易過，蹉跎又是隔年人。」甲午（1594），𤏲三十四歲。與上推算正合。〈柳湄詩傳〉又云：熥「年三十九卒」，則卒於萬曆二十七年（1599）。徐𤏲《紅雨樓文集》〈祭謝氏姊文〉：「己亥伯兄惟和又逝。」《鼇峰集》卷十四有〈己亥除夕（是年有伯兄之喪）〉詩。己亥，即萬曆二十七年（1599）。徐熥生卒年為一五六一至一五九九，可以定論。

有偏長，詞必兼善者，不論窮達顯晦，皆因詩採拾，以彰吾郡文物之美。」「至於野狐外道，格律稍畔者，雖有梁、竇之權，不敢濫廁片語為雅道蟊賊。」《晉安風雅》對洪、永以來的閩中詩搜集、選取較《閩詩正聲》寬泛，只要符合編者選詩標準則盡可能收錄，高瀔雖漸背離洪、永之風，然其〈岳陽樓〉格律稍正，也予存錄。徐𤊹所謂「野狐外道」、「華楚奇險」，實針對當時方興未艾的公安、竟陵而發，復振風雅的用意正在於端正閩中詩派的門戶，不受公安、竟陵派的浸淫影響。此編雖以《唐詩品彙》為模範，然而已不同於高棅的以盛唐為宗，而廣至三唐，惟於晚唐不取；且編者眼光又上溯於漢、魏，也與洪、永時期的林鴻詩派不同。

謝肇淛（1567-1624），字在杭，號武林，長樂人。萬曆二十年（1592）進士[45]，歷官雲南參政、廣西按察使，至右布政。肇淛是徐𤊹、徐𤊣的外甥，其父汝韶，嘉靖三十七年（1558）舉人，徐㮣之婿。肇淛一生著述甚富，除《小草齋集》外，還有《小草齋詩話》、《五雜俎》、《文海披沙》、《北河紀略》、《滇略》、《方廣岩志》等。謝肇淛的文論比較豐富，我們將在第四節詳加介紹，這裡僅就其在重振閩中風雅的作用略作評述。如果說鄧原岳、徐𤊹在萬曆中復振閩中風雅的功績在於他們《閩詩正聲》和《晉安風雅》兩部詩集的編選，那麼謝肇淛則在於他的詩論了。謝肇淛的《小草齋詩話》撰於萬曆、天啟間。天啟四年（1624）馬欻〈小草齋詩話序〉云：「余友謝在杭《詩話》一帙，分內、外、雜三篇，大都獨抒心得，發所未發，而歸

45 《明史》〈文苑傳〉載謝肇淛萬曆三十年進士；鄧原岳，肇淛同年進士。而《列朝詩集小傳》丁集下，謝肇淛、鄧原岳皆壬辰（即萬曆二十年）進士；《靜志居詩話》卷十六，肇淛萬曆壬辰進士。陳宏己〈游燕集序〉云：「己丑夏，陳子結鞅將入燕，馬首幾北矣，會友人謝在杭自燕山下第。」《閩小記》卷四：「萬曆己丑，謝在杭與徐惟和下第……」己丑，萬曆十七年（1589）。王穉登〈游燕二集序〉：「……又三年再上乃雔，於是有《游燕二集》也。」己丑下第後三年，即壬辰，萬曆二十年（1592）。《明史》誤。

宗於盛唐，以扶翼正始之音餘。」又云：「三山詩自林子羽高第二玄稱吾家詩，後作者不乏。雖瑕瑜相半，要皆共得唐宗。萬曆之季，漸入惡道，語以唐音，則欠伸魚睨；語以袁、鍾新調，則附髀雀躍，在杭是□功固不淺……誠詞林之砥柱、俗耳之針砭也。」

謝肇淛論閩詩上宗林鴻、高棅，中尚鄭善夫，近推徐熥、徐𤊹兄弟和曹學佺等。其論林鴻、高棅十子云：

> 閩詩莫盛於國初。林鴻、王恭，上國武庫，天府瑯球，當與高啟鼎足而立，餘子瑣瑣勿論也。高廷禮才雖不逮，然其揚扢千古，陶鑄百家，一經品題，無不破的，此其精識朗鑒，當是古今第一流法眼也。他如王偁、周玄、鄭定、王褒之徒，出其剩語，亦足先鳴，雖其聲華未能宏播，而此道規矩準繩，獨能心傳口授，不至背馳。即諸家之燁然者，不敵也。（卷三）

早在萬曆四年（1576），袁表、馬熒編《閩中十子詩》，正式確立十子名號，對十子詩加以總結，對其地位進行確立。謝肇淛則在《小草齋詩話》中進一步加以鼓吹，甚至視林鴻、王恭與高啟為鼎足三分，頗受後人病詬，但卻從中窺探出論詩之有自。謝肇淛又作〈讀閩詩三首〉，分論林鴻、高棅和鄭善夫。其一論林鴻云：

> 皇明振鴻運，文教披四極。草昧雜胡聲，膏肓未蕩滌。況乃閩海隅，疇垂正始則。子羽起蒿萊，超然不踐跡。識窺天漢表，力挽鴻蒙坼。曠若發醯雞，中宵揭皓魄。俊彥蒸雲從，壇坫無橫席。桓桓皆山子，神俊與之敵。一勺歐冶池，氣吞雲夢澤。二玄委瑣者，餘勁猶飲石。蜩螗沸函夏，真宰黯無色。笑彼耳食徒，得馬遺其策。

充分肯定了林鴻變革元季詩風的歷史功績及作為閩中十才子領袖人物的地位，為閩中詩派的復振樹立可供學習的樣板。

謝肇淛對善夫「一洗鉛華，力追大雅」還是充分肯定的。〈讀閩詩三首〉其三云：「北地啟天造，信陽嗣瑤芳。狎盟執牛耳，南面無金湯。矯矯少谷子，鵲起超津梁。親提一旅師，決鬥相頡頏。鴻音徹天地，細奏諧宮商。一柱障頹靡，百川回瀾狂。咸濩奏帝庭，蛙黽皆潛藏。」鄭善夫在李夢陽、何景明主詩壇的弘治、正德間不失是一位足以抗衡的閩詩人，在明代閩詩發展過程中也起了重要作用。至於嘉、隆以降特別是萬曆間的閩中詩壇，則出現了彬彬之盛的局面。《小草齋詩話》卷三指出：

> 嘉、隆以來，則有郭郡丞文涓、林明府鳳儀、袁太守表，皆余先輩。陳茂才椿、趙別駕世顯、林孝廉春元、鄧觀察原岳、陳山人仲溱、徐孝廉熥、熥弟㶿、陳茂才價夫、孝廉薦夫、曹參知學佺、袁茂才敬烈、林茂才光宇、陳茂才鳴鶴、王山人毓德、馬茂才欻、陳山人宏己、鄭山人琰，皆先後為余友，皆有集行世。其中豪宕不羈，揮斥八極，則鳳儀為之冠；秀潤細密，步趨不失，則袁、趙名其家；才情宏博，多多益善，則徐氏兄弟擅其場。其他諸子，各成一家，瑕瑜不掩，然皆祢漢宗唐，間出中晚，彬彬皆正始之音也。南方精華，盡於是矣。

所列計二十家，人人有集，禰漢宗唐，風雅復振在望，閩中詩派於明萬曆間再次出現興盛局面。

謝肇淛對閩中詩派的發展起了推動作用，重要的並不在於對林鴻、高棅詩論的確認，而是對其理論的認真思索，既肯定他們宗唐的基本內核（閩中詩派最根本的理論依據也在此），而揚棄了其不合理的東西。首先。他反對過分摹擬，《小草齋詩話》卷二云：「本朝詩病於太模仿，又徒得其形似，而不肖其豐神，故去之愈遠。」謝肇淛在肯定鄭善夫對促進閩詩發展的貢獻同時，又尖銳也批評他的摹社，「效顰學步，面目可憎」（卷三）。其次，對閩派的重要詩人也作了一些適當的批評。謝肇淛既云：「明詩所以知宗夫唐者，高廷禮之功也。」又指出高棅〈唐詩品彙序〉所謂「以數十百篇之詩，隱其姓名，以示學者，須要識得何者為初唐，何者為盛唐，何者為中唐為晚唐……」之論，為「英雄大言欺人」（卷二）。評與鄭善夫同時唱和的詩人云：「傅山人汝舟、高山人瀔、林侍御釴、許黃門天錫，然皆格卑語俚，不能自振。」（卷三）再次，反對學作詩從七律入手，云：「詩中諸體，惟七言律最難。」「今人初學為詩，便作七言律，不知如蟻封盤馬，到此未有不踣者。噫，可嘆也！」（卷一）閩中文人學詩，言必七律，至有如出一手之譏。謝肇淛此論，亦有救閩詩之弊之意。謝肇淛看到閩中詩派在發展過程中的諸多弊端，甚至加以批評，目的不是為了徹底去改造這一詩派，不是為了改變詩派宗唐的宗旨，而是為了改善它，從而促進這一詩派能向比較健康的方向發展。

謝肇淛在理論方面的努力是有成效的。然而，要重振閩中風雅，僅僅靠《閩詩正聲》、《晉安風雅》的編選和謝肇淛的詩論還是不夠的。最根本的還在於詩歌創作的本身。徐熥和曹學佺在閩中風雅復振過程中所作的貢獻，則在於閩中詩社的組織和自身的創作實踐上。當然，徐熥和謝肇淛的詩歌創作也是有成就的，不能忽略他們。

六　萬曆天啟間重振風雅的詩歌實踐

徐熥少年時便對萬曆初年的詩風不滿，張獻翼〈幔亭集序〉云：「病乎世之決裂以為體，飽飣以為詞，故音非朱弦，詞非黃絹，寧棄去不屑就也。」他「抵掌而談秦漢，奮力以挽風騷，非魏晉之音絕口不談，非六籍之書屏目不視」。其「詩歌本之古選，興寄備乎開元，彬彬然名家矣」。張獻翼又云：「調非偏長，體必兼善，力追古則盡滌時趨。」

閩中詩人頗重視七律，徐熥也不例外。其〈送人遊吳楚〉云：

> 津亭煙柳綠垂絲，萬里關山匹馬遲。去國正當秋盡後，登樓多在日斜時。楚江草長悲鸚䳇，吳苑花深走鹿麋。話別何須共惆悵，秋風搖落是歸期。

汪端評云：「安雅合節，無七子浮響。」（《明三十家詩選》二集卷七上）他如〈金陵故宮〉、〈訪梅禹金秦淮客舍〉、〈武夷溪口送惟起弟〉、〈陳价夫歸自崖州談粵中山水因懷舊遊〉、〈送李太守擢憲滇南〉等亦是佳構。徐熥七律，送別贈答，登臨懷古，繼承洪、永諸子傳統。而〈紀事〉（四首）歌詠時事，沉鬱蒼涼有類於鄭善夫。而用於抒發性靈，或為其特色之一。據《閩小記》卷四載，杭州有妓名月仙，與熥情甚繾綣，熥曾贈以詩。月仙卒，徐熥有〈無題〉十首、〈錢塘感舊〉諸七律追懷其事，淒愴感人。

徐熥有〈自題小像〉七律，後二聯云：「違時傲骨貧猶長，對客詩腸老漸枯。五字吟成心獨苦，不知身後得傳無？」觀其意，詩人所得意者當在五律，而朱彝尊《明詩綜》則未錄一篇，未免辜負他的一片苦心。其〈亂後經電白縣有懷故園〉云：

> 一夜欃槍落，東南乍息兵。黃雲依舊壘，白骨委孤城。八口蠻煙路，千家野哭聲。故園殘月影，偏向馬頭明。

蒼勁有骨，有杜詩之味。至於〈銅雀妓〉，則以忠愛之語出之，反勝於正面諷刺。〈集鄭氏烏石別墅〉中二聯云：「僧歸殘雨寺，樵度隔雲村。花落鳥聲寂，草多螢火繁。」頗俱大曆風調。〈春夜同錢叔達陳惟秦齋中雨坐〉三、四云：「世味隨年減，浮生到夜閑。」汪端以為

「真至可味」（《明三十家詩選》二集卷七上）。其他佳篇、佳句甚多，不備錄。陳田以為：「惟和才思婉麗，五言近體取法唐人，工於發端，婉轉關生，有一氣不斷之妙。」（《明詩紀事》庚集卷三）似當引起評家注意。

然而，徐熥的成就以七絕最高。《靜志居詩話》卷十六云：「惟和力以唐人為圭臬，七絕原本王江寧，聲諧調暢，情至之語，誦之蕩氣迴腸。」沈德潛對徐熥七絕亦頗鍾愛，《明詩別裁集》選錄達七篇之多。〈郵亭殘花〉云：「征途微雨動春寒，片片飛花馬上殘。試問亭前來往客，幾人花在故園看。」〈酒店逢李大〉云：「偶向新豐市里過，故人尊酒共悲歌。十年別淚知多少，不道相逢淚更多。」〈芋江驛樓送張四之白下〉云：「春風吹柳萬條斜，極目金陵隔暮霞。不必相思當後夜，片帆開處即天涯。」沈德潛以為「惟和近體宗法唐人，在詩道冗雜時遇之，如沙礫得簡珠也。七言絕尤能作情至語，在李庶子、鄭都官之間。」又評云：「詞不必麗，意不必深，而婉轉關生，覺一種至情餘於意言之外。」（《明詩別裁集》卷九）梁章鉅、汪端等選家、評家亦頗推崇。前者以為「好句美不勝收」（《東南嶠外詩話》卷九），後者謂其「情文兼至，沁人心脾」（《明三十家詩選》二集卷七上）。

徐熥七絕的另一特點，是一個題目之下有時寫了數首甚至十餘首，相互映帶，互相補充，內容比較豐富，而各首又能相對獨立。他的〈西湖八景〉有八首[46]，〈武夷十詠〉有十首，〈山居雜興〉有十六首，〈閩中元夕曲〉多至十八首。這些組詩性質的絕句，有的頗具地方特色，〈閩中元夕曲〉云：

> 滿城簫鼓沸春風，爆竹聲喧鳳蠟融。三十萬家齊上彩，一時燈影照天紅。（其一）

46 福州西湖八景為仙橋柳色、大夢松聲、古堞斜陽、水晶初月、荷亭晚唱、西禪晚鐘、湖心春雨和澄瀾曙鶯。

閩山廟裡賽靈神，水陸珍羞滿案陳。最愛鮮紅盤上果，荔枝如錦色猶新。(其三)

珠璣高噴火龍紅，滿架銀花一線通。忽到半空聞霹靂，灞陵橋斷紫煙中。(其四)

其三寫賽神用荔枝，其色鮮紅如新。自荔枝成熟至元夕，時間超過半年，閩人保鮮有方。張獻翼說徐熥兼善諸體，其實，古詩較弱而近體為工；近體中則以七絕成就最著。

謝肇淛對自己的作品是很自負的。喻政謂肇淛曰:「夫詩與古文詞，子無乃稱子之鄉，自朱、李諸大儒以理學潤洙泗之統，而山川之靈久閟，僅一洩於鄭繼之，子欲扼而奪其席耶?」而「在杭笑而不答，其意固已遠矣」(〈小草齋集序〉)。《靜志居詩話》卷十六亦云:「(肇淛)云:『石倉衣缽自韋陶，吳越從風赤幟高。若問老夫成底事，雪山銀海瀉秋濤。』此則在杭自任匪淺矣。」石倉即曹學佺，肇淛於曹，似有當仁不讓之意。

謝肇淛有些詩，當時已廣為傳誦。〈題吳興海天閣〉云:

飛閣接天都，珠宮控太湖。山光圍百雉，野色入三吳。木落禽聲盡，雲崩塔勢孤。東南多王氣，回首起棲烏。

《列朝詩集》丁集十六載:「徐興公云:『雲崩塔勢孤』之句，為時人傳誦。鄭翰卿寄詩云:『翠荇青蒲碧浪湖，裁詩對酒憶人無?謝郎近日縱橫甚，尚有雲崩塔勢孤。』」興公，即徐𤊹。鄭琰，字翰卿，閩縣人。七律佳篇，如〈送徐興公還家〉，詩云:

楓落空江生凍煙，西風羸馬不勝鞭。冰消浙水知家近，春到閩山在客先。斜日雁邊看故國，孤帆雪裡過殘年。憐予久負寒鷗約，魂夢從君碧海天。

梁章鉅云：「『春到閩山在客先』七字，尤為時人傳誦。」（《東南嶠外詩話》卷八）據首句，此詩作於蘇州，徐𤊹將返閩，詩人作此詩送別。江浙一帶地氣較閩寒冷。徐𤊹從蘇州出發，正是「楓落吳江冷」（唐崔信明句），天寒地凍之時，等徐𤊹路過浙江時（家已漸近），那裡冰雪雖然已經消融，但是天氣還十分寒冷，詩人想像道：你雖然尚未回到家鄉，但咱們的家鄉已是一派春光了。此七字字面上用唐劉長卿〈新年作〉「老至居人下，春歸在客先」的下句，而隱含「居人下」之意，既表達了詩人對家山的熱愛之情，又引出下文「雪裡過殘年」羈宦之苦，寫得新穎又耐人尋味。

徐𤊹《竹窗雜錄》登載兩首謝肇淛的〈竹枝詞〉，其一云：「五月新絲白勝棉，輕羅織就雪花鮮。為郎製得雙襠子，官府頭行不敢穿。」又一云：「臘盡春生年復年，望郎長在太湖邊。水門不閉聞簫鼓，迴避黃堂採木船。」同書載其本事云：「謝在杭司理吳興，時太守北人，極忌諱氏問，不許衣白，或出而遇白衣者，輒置之法，不少寬假。因前守卒於官，甫蒞任，盡撤其堂宇廨舍，掘地數尺，重為架造，勞民傷財，民患苦之。」謝肇淛因作〈竹枝詞〉數首，以上所錄是第一首和最末一首（不見於本集）。謝肇淛因此也得罪了太守，調為東昌司理。「然民間盛傳其詩」（《全閩明詩傳》卷三十三引）。

朱彝尊評謝肇淛詩，以為「格不聳高，而詩律極細」（《靜志居詩話》卷十六）。陸無從評云：「在杭詩沖融婉至。」（《明三十家詩選》二集卷上引）郭柏蒼評云：「謝在杭詩皆熨貼和雅。」（《全閩明詩傳》卷三十三）大抵近於謝詩的實際情況。

謝肇淛長年宦遊在外，接觸諸多名詩人，視野比較開闊。《靜志居詩話》卷十六云：「（肇淛）〈漫興〉云：『徐、陳里閈久相親，鍾、李湖湘非吾鄰。丸泥久已封函谷，怕見江東一片塵。』徐指孝廉惟和、山人興公，陳渭文學汝大、孝廉幼孺、山人振狂。是時景（竟）陵派已行，而在杭能距之。」所謂能距景（竟）陵，就是說謝肇淛能繼承洪、永以來閩詩派的傳統，詩重格調聲律，而不流於幽深孤峭。謝肇淛與「三袁」、竟陵也有往來，集中有〈哭袁伯修太史兼柬小修〉、〈袁小修見過衙齋〉、〈秋日邀龍君御同鍾伯敬、林茂之賦詩，君御將赴湟中〉諸詩可以為證。謝肇淛能固守閩詩藩籬，促使晉安風雅復振，但又不株守前輩摹仿之道。謝肇淛「才情信美」（張獻翼〈小草齋集敘〉），其詩「深於性情」（《明三十家詩選》二集卷七上引陸無從語）。謝肇淛與重性靈的「三袁」有交往，但我們不一定非得說是得之於「三袁」不可，因為古人作詩就是很重視情感因素的，即所謂「情動於中而形於言」。同樣，謝肇淛和王稚登、屠隆乃至錢謙益也有交往，也不能因為他的詩有與閩派詩人略微不同的長處，便斷定得力於某人。錢謙益云：「在杭故服膺王、李，已而醉心於王伯穀（稚登），風調諧合，不染叫囂之習，蓋得之伯穀者為多。」（《列朝詩集小傳》丁集下）汪端不同意錢的看法，云：「在杭詩清圓俊朗，遠勝王伯穀，而虞山（錢謙益）深詆閩派庸熟踏襲，如出一手。又謂在杭風調諧合，得之伯穀為多。其月旦顛倒如此。」（《明三十家詩選》二集卷七上）

謝肇淛以為嘉靖、隆慶後閩詩以鄧原岳為冠[47]，屠隆論閩士則「屈指在杭」，以為「閩中白眉則首推在杭，亦猶海錯之推西施乳，荔支之推陳紫、江綠，而山川之推武夷、九漈也」（〈謝在杭詩序〉）。由於鄧原岳、謝肇淛長期在外遊宦，而且去世較早（鄧原岳去世後，徐𤇍、曹學佺還活躍於閩詩壇四十年左右），從萬曆中年至崇禎末，在閩中詩壇影響力、號召力最大的還是徐𤇍和曹學佺。

---

47 陳田《明詩紀事》庚集卷十七云：「汝高詩音節俊爽，長於七律，與謝在杭、徐惟和輩結社。在杭推為嘉、隆後閩人之冠假借云爾。余衡其才品，當在二人之次。」限於篇幅，原岳詩不再展開論述。

徐𤊹（1570-1642）[48]，字惟起，又字興公，徐熥弟。𤊹少就童試，見唱名擁擠，即棄舉子業。善隸書，能作山水畫，初與趙世顯、鄧原岳、謝肇淛、王宇、陳價夫、陳薦夫結社芝山。時又有七子之名，七子者：鄧原岳、曹學佺、謝肇淛、安國賢、陳薦夫和徐熥、徐𤊹（詳《柳湄詩傳》，《全閩明詩傳》卷三十三）；又有五子和後五子之目，五子為：陳文學汝大、鄧憲副汝高（原岳）、趙別駕仁甫（世顯）、陳孝廉幼孺（薦夫）、徐孝廉惟和（熥）；後五子：陳文學汝翔（鳴鶴）、陳山人振狂（宏已）、陳秀才伯孺（價夫）、徐山人興公（𤊹）和曹觀察能始（學佺）（詳《小草齋集》中〈五子篇〉和〈後五子篇〉）。「（徐𤊹）萬曆間與曹能始狎，主閩中詞盟，後進皆稱興公詩派」（《列朝詩集小傳》丁集下）。徐𤊹一生著述甚豐，有《鼇峰集》、《紅雨樓文集》、《筆精》、《榕陰詩話》、《竹窗筆記》、《竹窗雜錄》等。徐𤊹藏書七萬餘卷，明末在閩中為最，多宋、元秘本，皆鈐有紅雨樓、汗竹巢、宛羽樓藏書印。

對徐熥、徐𤊹兄弟詩，選家時有偏愛。徐𤊹曾拜訪過錢謙益並贈以詩，錢有所偏愛，《列朝詩集》選至四十七首之多，而於熥僅選八首；反之，沈德潛《明詩別裁》選熥詩十五首，而𤊹詩僅三首。《靜志居詩話》卷十八以為𤊹「與惟和足稱二難」，汪端亦將二徐並論，似較恰當。徐𤊹也以近體見長，風格也同徐熥相近，其〈旅次石頭岸〉云：

> 縹渺孤城見石頭，長淮雲水自悠悠。孤村柳色連荒驛，兩岸蘆花隱釣舟。列月微鐘京口夜，澹煙疏雨秣陵秋。客中不盡懷鄉

48 《鼇峰集》卷十六，〈甲辰元日〉：「人生七十老如何，憐我今年一半過。」甲辰（1604）年三十五。卷二十，〈丙辰元日〉：「四十俄然又七齡。」丙辰（1616）年四十七。逆推，知生於隆慶四年（1570）。曹學佺有〈輓徐興公〉，壬午冬作。壬午，崇禎十五年（1642），徐𤊹卒於此年。

感，南雁一聲雙淚流。

汪端盛贊此詩，以為「絕妙好辭」(《明三十家詩選》二集卷七上)。徐𤊹清婉有味的佳句甚多，〈送林叔度之甬東〉:「不灑故人淚，恐傷遊子顏。潮聲兩浙水，雲影四明山。」〈送林吾宗之金陵〉云:「柳色東風村店路，杏花微雨酒家壚。」〈閑居〉云:「未春預借看花騎，欲雨先徵種樹書。」〈送俞本之遊楚〉云:「隔岸數聲湘女瑟，中流千里鄂君船。鷓鴣夜叫黃陵月，猿狖秋啼赤壁煙。」七絕如〈三月晦日送友人之安南〉:「落花飛絮委東流，春去行人不可留。卻恨春風已歸去，豈能吹夢到交州。」詩從李白〈聞王昌齡左遷龍標遙有此寄〉「我寄愁心與明月，隨風直到夜郎西」化出，妙在能翻出新意。

《鼇峰集》中，間有寫得蒼勁有力的律詩，〈送康元龍之靈武〉二首其一云：

賀蘭山下戰塵收，君去征途正值秋。落日故關秦上郡，斷煙殘壘漢靈州。胡兒射獵經河北，壯士吹笳怨〈隴頭〉。城窟莫教頻飲馬，水聲嗚咽動鄉愁。

其二有句云:「燕鴻度塞寒無影，胡馬行沙暗有聲。」澄懷評云:「二詩高亮警健無一懈句，最近茂秦，王、李不能也。」(《明三十家詩選》二集卷七上引)《幔亭集》中也無此種。徐𤊹在徐熥去世後，仍活躍於文壇四十餘年。他目睹了萬曆中年以後的種種事變，其中包括努爾哈赤在東北的建國和逐漸的強盛，李自成的起義進而形成浩大的聲勢。大明的江山處在風雨飄搖中，種種的感受，是徐熥、鄧原岳等人所不能有的。可惜我們今天見到的《鼇峰集》編年最晚的是〈泰昌庚申除夕〉一詩，庚申為泰昌元年(1620)，是年除夕則為一六二一年。由於此後二十年左右的詩已散佚。已難於窺見徐𤊹的「全人」，所以說他的詩風格有類於徐熥大體也是正確的。但從徐熥去世至泰昌除夕，也已過去二十多年了，有些詩的內容與風格和徐熥有所不同，也是自然的事。他的〈己未聞遼事四首〉寫的就是努爾哈赤建國後大敗明軍之事。其三云：

> 長驅胡騎犯天朝，東北連年虜氣驕。女真最能窺間諜，男兒誰解掃氛妖。徒聞赤羽愁多壘，未見朱干格有苗。薄海瘡痍今正困，豈堪增賦重征徭。

明以楊鎬為兵部左侍郎兼僉都御史，經略遼東。「遼寧乏餉，有司請發各省稅銀」。四十七年己未（1619），楊鎬率四路大軍攻後金，大敗，總兵杜松、劉綎、馬林戰死。「十二月，再加天下田賦」（《明史》〈神宗紀〉）。詩所寫即此事，表現出詩人憂國憂民的情感。《鼇峰集》中，較多反映萬曆中後期民生疾苦的作品。〈武夷採茶詞〉六首，寫武夷茶農的勞動生活，指出這裡並非世外桃源，其五云：「荒榛宿莽帶雲鋤，岩後岩前遲奧區。無力種田聊蒔茗，宦家何事亦徵租！」萬曆三十七年己酉（1609）、四十四年丙辰（1616），建南諸溪兩次大水。前一次，「洪塘西峽皆浮屍」；後一次，「四野茫茫滾如沸，稻田蔬圃都湮沉」。詩人感嘆道：「八年兩度見洪水，杞憂何以謀桑梓？低田一半俱絕收，何日蠲租下黃紙！」（〈大水謠〉）反映征戍繇役的詩篇，如〈築城怨〉：「家家戍婦望夫還，不知已死長城間。長城一望白於雪，由來半是征夫骨！」催人淚下。萬曆中後期明王朝內憂外患日益加劇，處在這一時期的閩派詩人，他們也不能不對時局有所關注，並在詩中加以反映，一味清婉溫潤的詩風也在不知不覺中起了某些變化。徐𤊹（還有曹學佺）在復振閩中風雅的過程中，隨著社會越來越劇烈的變化，閩詩注入了一些新鮮的東西，也給閩詩帶來了活力。

「詞場領袖失三山，所恨存亡一水間。」崇禎十五年壬午（1642）冬，曹學佺寫下〈輓徐興公〉一詩，痛失詩友徐𤊹。徐𤊹去世後兩年（1644），明亡；明亡後兩年，清兵入閩，明代閩中詩派的最後一個領袖人物曹學佺殉節死。明代閩中詩派延綿二百餘年，隨著朝代的更迭，隨著曹學佺的殉節，終於畫上句號。

曹學佺（1574-1646），字能始，侯官人，萬曆二十三年（1595）進士。除戶部主事，移南京大理寺副，轉南戶部郎中，出為四川右參政，三十九年（1611）進按察使，遭中傷，歸構石倉園。天啟二年（1622），起廣西右參議，六年（1626）又遭謗傷，除名為民。崇禎初，復官，不赴。崇禎十年（1637），組織三山耆社，與詩友唱和[49]。學佺家居二十年。明亡，唐王入閩，學佺為尚書加太子太保；清順治二年（1646），唐王在汀州被俘，清兵入福州，學佺自縊於西峰里。學佺一生著述甚富，據《明史》〈藝文志〉載，計十六部一千二百餘卷。今存《石倉全集》、《石倉十二代詩選》、《天下名勝志》、《蜀中名勝記》、《曹能始小品》等。

朱彝尊論明詩三百年凡八變後云：「獨閩、粵風氣，始終不易。閩自十才子後，惟少谷小變，而高、傅之外，寥寥寡和。若曹能始、謝在杭、徐惟和輩，猶然十子才調也……能始與公安、竟陵往還唱和，而能嚼能不滓，尤人所難。」（《靜志居詩話》卷二十一）晚清閩人謝章鋌〈論詩絕句三十首序〉云：「繼鄭少谷振杜陵之緒，曹石倉有盛唐之音，不絀於王、李，不染於鍾、譚，風氣屢變，而閩詩弗更。」作為明末閩中詩派的最後一位領袖，學佺的功績不僅使當時的詩壇風雅復振，而且將這種風氣持續到明亡。

---

49 曹學佺〈三山耆社序〉：「是日與會者王伯山文學年八十四，陳惟秦居士年八十三，陳振狂年八十二，董崇相司空年八十一，馬季聲州佐年七十七，楊稚實督學年七十六，崔仲刺史年七十一，徐興公鄉賓年六十八，予學佺為最少云。直社芝山龍首亭自不佞始，願與諸君歲歲續茲盟焉。崇禎丁丑（1637）八月之十三日。」（《三山耆社詩敬述附記》，《西峰六四草》）

謝章鋌論詩絕句云：「當年鼎足曹徐謝，巨擘還應讓石倉。」認為曹詩高於二徐和謝肇淛。汪端非常推重曹學佺詩，云：「忠節詩秀骨清聲，霞標玉映，其辭麗以則，其思深以遠，才氣少讓陳忠裕（子龍）而溫婉過之。」（《明三十家詩選》二集卷七下）將他與陳子龍相提並論，足見學佺在明末詩壇地位是何等重要！但她仍認為，曹學佺的詩風和二徐、謝沒有根本上的不同，論云：「明初閩中十子專學盛唐，萬曆間徐幔亭昆季、曹石倉及在杭諸人則兼法錢、劉、元、白並洪武諸家，雖前後宗尚，微有不同。要皆精研格律，無忝正聲。」（卷七上）

謝肇淛云：「曹能始詩，以淺淡情至為工」，並引〈送西安太守〉詩，以為「大曆以來，罕見斯語」（《小草齋詩話》卷三）。其實，〈送西安太守〉還不是學佺「極境」（《閩小記》卷三）。試看他的另一佳作〈木瀆〉：

> 指點十三橋，迎船半柳條。夕陽潮正滿，春草岸俱遙。琢硯開山市，為園灌藥苗。賣餳時節近，處處有吹簫。

木瀆鎮在蘇州西南，近太湖口。硯石山又名靈岩山，在木瀆西北，上有館娃宮。唐皮日休遊蘇州，有〈重玄寺元達年逾八十，好種名藥，凡所植者多自天臺、四明，包山、句曲，叢翠紛糅，各可指名，余奇而訪之〉詩。沈德潛評〈木瀆〉云：「琢硯種花，風土自昔，寫來光景如畫」（《明詩別裁集》卷十）。《靜志居詩話》卷二十一：「愚山云：『能始詩以清麗為宗。』其送梅子庾作云：『明月自佳色，秋種多遠聲。』程孟陽深愛之。」七律如〈武夷〉：

> 丹丘遺蛻不知年，方外尋真思渺然。仙橘堂空棋撤局，御茶園廢竈無煙。峰頭亂插虹橋板，渡口難移架壑船。忽聽玉笙聲縹

緲，步虛已近大羅天。

武夷山一曲有仙蛻岩，沖祐觀中有橘隱堂，四曲有御茶園。岩隙間有虹橋板；又有懸棺，其形類船。汪端評云：「中二聯切武夷，字字典雅。」(《明三十家詩選》二集卷七下)。頸聯「難移」二字尤妙。此詩歷來受到選評家賞愛。

清初，神韻派代表人物王士禛非常重視曹學佺詩，《池北偶談》卷十七云：「明萬曆中年以後，迄啟、禎間無詩，惟侯官曹能始宗伯學佺詩，得六朝初唐之格。一時名士，如吳兆、徐桂、林古度輩皆附之。然海內宗之者尚少，錢牧齋所折服，惟臨川湯先生義仍與先生二人而已。」其《古夫亭雜錄》卷五評陳子龍《明詩選》，云：「萬曆以下，如湯義仍、曹能始，不愧作者，概置之檜下無譏之列，此則大誤。」王士禛將曹學佺的絕句與徐禎卿並提，稱「徐曹詩」。曹學佺〈秦淮送別〉云：「疏籬豆花雨，遠水荻蘆秋。忽弄月中笛，欲開江上船。」王以為「情致」不減徐禎卿「洞庭葉未下，瀟湘秋疑生」一篇。曹〈新林浦〉云：「夾岸人家映柳條，玄暉遺蹟草蕭蕭。曾為一夜青山客，未得無情過板橋。」王以為可與徐〈題扇〉(渺渺太湖秋水闊)「相敵」(《池北偶談》卷十八)。曹學佺在明末詩人中，詩是較有情韻的。諸體中，曹學佺尤重五古，以為五古最難。他還反對閩中詩人動輒作七律的風氣。他的詩論，也別俱一格。

和徐𤍠一樣，曹學佺在萬曆中期以後也有不少反映時局的作品，並非一味地追求清婉而已。萬曆四十八年（1620），神宗崩，光宗即位，一月後駕崩。曹學佺作〈泰昌皇輓歌〉四首，其四云：「九轉神丹秘，三旬帝業終。《春秋》書法謹，中外揣摩窮。雨泣將填巷，攀髯或墮弓。由來戮方士，豈但為無功。」汪端評云：「此首專指紅丸事。」澄懷以為光宗「不幸崩於宵小之陰謀」，「公詩可謂詩史」(《明三十家詩選》二集卷七下)。庚辰，崇禎十三年（1640），作〈初四日攜具西園，候夏彝仲令君，因談時事有感〉，有「借籌無策匡時短」句。夏彝仲，即夏允彝，夏完淳之父，時為長樂縣令，明亡後賦絕命辭投淵而死。〈壬午除夕四首〉其二云：「洛陽齊右與襄陽，生事蕭條憶遠方。三大名藩俱蕩盡，有何家計論消亡。」壬午，崇禎十五年（1642），壬午除夕，西元已入一六四三年。崇禎十四年，李自成攻下洛陽，十五年下襄陽，這一年清兵先後破松山、錦州、薊州、袞州等地。崇禎十六年（1643），曹學佺作〈癸未上巳李子素直社城樓即事〉，云：

> 豫章諸郡徹胡笳，閩海猶然天一涯。三月風光臨上巳，兩京消息隔中華。登城預想魚麗陣，入幕誰為燕子家。世味不知如此惡，且將清況試新茶。

此詩作於明亡的前一年，存亡已在旦夕之間，即便是前此一年去世的徐𤊹，憂患也不可能如此之深，但是曹學佺詩仍然保持著閩派的那種格調，汪端評云：「憂時憫亂，而不涉亢厲之音。此詩也。」（同前引）

如果從十五世紀九十年代鄧原岳編選《閩詩正聲》、徐𤊹編選《晉安風雅》算起，到曹學佺去世為止，明末閩中詩派復振風雅前後持續了五十年或稍多一點的時間。鄧原岳、徐𤊹、謝肇淛、曹學佺繼洪、永十子之後，又一次在閩地聲勢浩大地倡導學唐，他們不僅在理論上加以闡發，而且編了選本，對洪、永以來閩中詩歌創作進行總結；與此同時，他們還身體力行寫下大量作品，推動了福州一帶的詩歌創作，其餘澤還滋溉了清初閩地的詩人。但是，萬曆、天啟、崇禎，已經不是洪武、永樂，鄧、謝、徐、曹也不可能再是林鴻、高棅、王恭、王偁，明末閩詩與洪、永已經有了較大的不同，概括起來說，大致有以下幾個方面。第一，洪、永諸子專宗盛唐，而明末諸子擴大到除晚唐外的三唐，並上溯漢、魏。第二，洪、永承平時期，諸子多為山林詩人（或早期居於山林），所作以登臨、送別、贈答為多；明末諸子，處在社會動蕩、以至面臨崩潰的「末世」，他們的登臨、送別、贈答雖仍然有不少佳作，但詩人的注意力不能不或多或少地轉向社會現實和日益動蕩的時局。第三，也是最重要的一點，明末諸子雖然也和洪、永諸子一樣，十分重視聲律的圓潤和格調的謹嚴，但他們同時又強調了「性情」在詩歌寫作過程中的作用。徐𤊹〈曹能始石倉集序〉云：「詩不原於性情，是乃不根之枝葉；文不由於肺腑，終為無源之波流。雅頌既湮，詩腸日異，六經不作，文體漸衰，莫不家握靈蛇，戶珍垂璧，升堂雖眾，入室幾何？若使五音克諧，可詠可歌；一篇合道，可誦可觀者，則吾見其人矣。」風雅復振，既要「五音克諧」，又要「合道」、「可觀」（興、觀、群、怨之觀），因此作詩不能不講性情，不講從肺腑流出。既然詩講性情，就不能只是摹仿和摹擬；摹仿或摹擬的作品與性情無緣。明末諸子詩也強調學唐，但已無洪、永諸子摹仿之弊了。

除了以上三方面，有必要指出的是明末閩中詩人藏書都比較豐富（以徐𤊹為最），像謝肇淛、徐𤊹、曹學佺還是比較著名的學者。洪、永諸子非常推崇的嚴羽，論詩主張「詩有別才，非關書（一作學）也」，主張「頓悟」，而明末諸子卻甚看重書、學。謝肇淛云：「而今人藉口於悟，動舉古人法度，而屑越之。不知詩猶學也。」又云：「（天下）豈有不學之詩人哉？」他不相信有頓悟一說，只有漸悟，即使是漸悟，也只有靠「上下古今，發憤苦思」之類的積累（《小草齋詩話》卷一）。朱彝尊評徐𤊹詩，以為其詩之所以「典雅清穩，屏去粗浮淺俚之習」，是因為「好學」的結果（《靜志居詩話》卷十八）。我們不是說洪、永諸子忽略學，因為高棅對唐詩反覆揣摩本身就是學的過程；而是說明末諸子對書、對學更加看重，在理論的闡發上已與洪、永諸子不同。由於他們在理論上對「詩猶學」的強調，又由於他們其中一些人本身就是詩人兼學者，明末諸子在重振風雅的同時，持續了二百餘年的閩中詩也在不知不覺中起了變化，並且隨著明王朝的終結而告結束。

第二節　閩中詩派以外的詩人

一　楊榮與臺閣體

當林鴻、高棅等閩中才子還在福州、長樂一帶研讀唐詩，倡導盛唐之時，楊士奇、楊榮、楊溥（人稱「三楊」）相繼走上臺閣，以其詩文「鳴國家之盛」，頌揚太平盛世，其作品以平正紆徐、典雅雍容為特點，文學史稱其為「臺閣體」。三楊歷成祖、仁宗、宣宗、英宗正統四朝，而臺閣體則一直延續到憲宗成化年間。孝宗弘治朝，李夢陽、何景明出，這一流行了數朝的流派才悄然退出文學史上的舞臺，讓位於來勢很猛的復古派「前七子」。

楊榮（1371-1440），字勉仁，建安人，初名子榮。建文二年（1400）進士，授編修。成祖即位，值文淵閣，為更名榮。累官工部尚書，謹身殿大學士，加少師，謚文敏。有《文敏集》。楊榮是臺閣體領袖人物之一，其詩在東楊（士奇）之下，南楊（溥）之上（楊榮稱西楊）。

明興，朱元璋就非常重視文治。一方面，他大力搜尋山野遺賢，鼓勵並創造機會讓他們為新朝服務；另一方面，則興學校，恢復科舉，培養和造就一批新人。「三楊」就是新朝建立後科班出身的文人。永樂、正統間，國家無事，承平日久，加之洪武間早就倡導明道致用的文學主張，臺閣體便在中央掌管文字中的那部分文人中產生了，並且形成了一個文學流派，楊榮云：「自洪武迄今，鴻儒碩彥彬彬濟濟，相與詠歌太平之盛者後先相望。」（〈省愆集序〉）他們相與倡和，歌功頌德，楊榮〈登正陽門樓倡和詩序〉云：「少保公（楊溥）曰：『然吾輩叨逢盛時，得從容登覽勝概，以舒其心目，可無紀述乎？』公遂賦二詩，予與諸公和之。詩成之明日，侍郎公又屬予為之引，遂僭書此於首，俾觀者知詩之作所以頌上之大功也。」〈杏園雅集圖序〉又云：「惟國家列聖相承，圖惟治化，以貽永久，吾輩忝與侍從，涵濡深恩，蓋有年矣。今聖天子嗣位，海內宴安，民物康阜，而近職朔望休沐，聿循舊章。予數人者得遂其所適，是皆皇上之賜，圖其事以紀太平之盛，蓋亦宜也。」臺閣體詩人也講性情，然而他們的性情也只能是感載聖恩之德、倡明盛世的性情而已，楊榮〈重遊東郭草亭詩序〉說得再明白不過了：「聖天子在上，治道日隆，輔弼侍從之臣仰峻德、承宏休，得以優遊暇豫，登臨玩賞，而歲復歲誠可謂幸矣！意之所適，言之不足而詠歌之，皆發乎性情之正，足以使後人識盛世之氣象者，顧不在是歟？」

基於以上認識，《文敏集》中應制（含隨駕、瑞應）詩足足佔了一卷，其餘詩五卷，應酬之作則佔了很大部分。寫景之什，如〈京師八景〉何嘗不是為粉飾太平、頌揚聖明而作，其二〈玉泉垂虹〉云：「汪洋長比恩波闊，萬古東流會百川。」其四〈瓊島春雲〉云：「從龍處處施甘澤，四海謳歌樂治平。」其八〈金臺夕照〉云：「卻笑當時空買骨，只今才駿總龍媒。」當然，楊榮詩在藝術上也有他的特色，胡儼〈文敏集序〉云：「江河演迤，平鋪漫流，高辭爾雅，不事雕琢，氣象雍容，自然光彩。」試看〈京師八景〉其五〈薊門煙樹〉：

> 薊門春雨散浮埃，煙樹溟濛霽欲開。千里清陰連紫陌，半空翠影接金臺。東風葉暗留鶯語，落日林深過鳥回。記得清明攜酒處，碧桃花底坐徘徊。

《四庫全書總目》卷一七〇云：「（楊榮）發為文章，具有富貴福澤之氣；應制諸作，渢渢雅音；其他詩文，亦皆雍容平易，肖其為人。雖無深湛幽渺之思，縱橫馳驟之才，足以震耀一世，而逶迤有度，醇實無疵，臺閣之文所由與山林枯槁者異也。」《總目》出自清代乾隆御用文人之手，對頌揚太平盛世的臺閣體未免多加回護。今天看來，對楊榮等創立的臺閣體評價不應太高。

三楊在英宗正統初相繼謝世，而臺閣體的文風卻仍然盛行數十年，「餘波所衍，漸流為膚廓冗長，千篇一律」。然而「物窮則變，于是何、李崛起，倡為復古之論，而士奇等遂為藝林之口實」（《四庫全書總目》卷一七〇）。四庫館臣指出何景明、李夢陽出，臺閣體遂為復古體所替代，這是對的；不過「物窮則變」的變，是一個漸變的過程，前於何、李，成化間的李東陽，他的詩既有臺閣體因素，又有復古傾向，同時又與當時的「雜體」相通，詩風已經逐漸在轉變。即使是沿襲臺閣體文風的那部分詩人，由於天順、成化間已不再是永樂、正統間的太平盛世，特別是瓦剌的進犯、土木之變、英宗復辟等事件的相繼發生，那一時期的詩人們很難再唱出楊榮們「萬方同樂事，千載際昌期」，「太平多樂事，此夕萬方同」（〈元夕觀燈詩〉）一類的贊歌了。

景泰至成化間詩沿臺閣之體的閩籍詩人，比較重要的有柯潛、彭韶和黃仲昭。

柯潛（1423-1473），字孟時，莆田人。景泰二年（1451）進士第一。歷洗馬。天順初，遷尚寶少卿，兼修撰。憲宗初，擢翰林學士，進少詹事。潛為學士時，於院中後園構清風亭，鑿池蒔芙蓉，植二柏於後堂，人稱其亭為柯亭，柏為學士柏，翰林中以為美談。有《竹岩集》。董士宏序其集，將柯潛與楊士奇、陳循並提。康大和序則云：「其為詩沖澹清婉，不落畦徑，庶幾登陶、謝、王、孟之堂；其為文，平妥整潔，不事浮葩艷藻、詰屈聱牙之習，而風神氣格迥出凡近。」《四庫全書總目》卷一七〇評云：「蓋其時何、李未出，文格未變，故循循軌度，猶不失明初先正之風。」總之，柯潛詩有臺閣體之遺風，但不完全是三楊風格。〈煙寺晚鐘〉云：

> 禪宮鎖寥闃，一鳥幽不鳴。煙凝暮山紫，萬壑皆鐘聲。隨風渡江渚，數里猶鏗鍧。野客破殘夢，悠然孤興生。題詩付歸鶴，寄與山中僧。

就題材而言，已入「山林」而遠「臺閣」，而「寥闃」、「野客」、「破殘」、「孤興」、「山僧」一類詞的選用，更是文敏詩中所無。

彭韶（1431-1496），字鳳儀，莆田人。天順元年（1457）進士，授刑部主事。成化間，歷四川副使、廣東左布政使、右副都御史，巡撫應天。弘治初，官至刑部尚書。韶「昌言正色，秉節無私」，「為貴戚、近習所疾」，「而望著朝野」（《明史》本傳）。卒，謚惠安，有《彭惠安集》。今本已非其舊，詩僅存十餘首。鄭岳序其集，以為「公之文，其鋪敘詳核類潛溪，法度整潔類東里」。《四庫全書總目》卷一七〇云：「其文雖沿臺閣之體，而醇深雅正，具有根柢，不同於神瘠而貌腴。」

彭韶詩最值得注意的是弘治二年（1489）巡視浙江、兼理鹽法上疏言竈戶之苦所作的八首詩。奏疏云：「其艱苦難以言盡，小屋數椽，不蔽風雨，脫粟糲飯不能飽餐，此居食之苦也。山蕩渺漫，人偷物踐，欲守則無人，不守則無入，此蓄薪之苦也。曬淋之時，舉家登場，刮泥吸海，午汗如雨，雖至隆寒，砭骨亦必為之，此淋鹵之苦也。煎煮之時，燒灼薰蒸，蓬頭垢面，不似人形，雖至酷暑如湯，亦不能離，此煎辦之苦也。不分寒暑，無問陰晴，日日有課，月月有程，前者未足，後者又來，此徵鹽之苦也。客商到場，咆哮如虎，既無見鹽，又無抵價，百般逼辱，舉家憂惶，此賠鹽之苦也。如有疾病死喪等事，尤不能堪，逃亡別處，則身口飄零；復業歸來，則家計蕩盡，誠為去住兩難，安生無計。孟軻謂窮民無所歸，此等是矣。」彭韶將兩浙鹽場景物事情分為八節，繪成八圖，每圖各述以詩，〈徵鹽之圖〉詩云：

> 鹺液泛清泠，牢盤戒修潔。分番勿後時，及此旺煎月。一勺盡傾瀉，萬竈俱焚爇。沉沉紅霧收，僊僊晴液竭。斂之白盈箕，凝華燦如雪。點檢入公私，中心更煩熱。荊妻慰苦顏，摩挲污流血。卻嘆戍邊人，垂老有離別。

較之戍邊人，苦難的竈戶唯一差可安慰的只有免於垂老別而已。平心而論，彭韶這八首詩藝術上並不十分高明，但前於彭韶，整個詩歌史又何曾見過反映竈戶之苦的作品；後於彭韶，囿於筆者所見，僅有清初吳嘉紀等人而已。彭韶這組詩，在題材上是重要的突破。《四庫全書總目》評云：「具有元結〈舂陵行〉、鄭俠〈流民圖〉之意，又不僅以詞采工拙論矣。」

黃仲昭（1435-1508），名潛，以字行，學者稱未軒先生，莆田人。成化二年（1466）進士，改庶吉士，授編修。三年十二月，帝將以明年元夕張燈，命詞匠撰詩詞進奉，仲昭與章懋、莊㫤同以直諫被杖，謫湘潭知縣，京師稱為「三君子」；而修撰羅倫先以言事被黜，時又有「翰林四諫」之稱。改南京大理評事，乞歸，築室下皋山中，家居十七年。弘治初，除江西提學僉事，八年（1495）再疏乞休，日事著述。有《未軒文集》、《八閩通志》、《邵武府志》、《興化府志》、《南平縣志》等。

林瀚作仲昭墓誌，稱其「作為文章，渾厚典重，無艱深聱磽之語。」《四庫全書總目》卷一七一云：「今觀其集，雖尚沿當日平實之格，而人品既高，自無鄙語。頡頏於作者之間，正不以坦易為嫌矣。」黃仲昭在文風的平易質實上沿襲臺閣，其論詩注重「和平之氣」、「正大之體」、「雋永之味」，反對「流於狂誕」的「豪壯」，「流於纖靡」的「縟麗」，「流於淺俚」的「沖淡」（〈竹溪詩集序〉），和三楊也有相通的地方。但是作為一個直諫之臣，他敢於違抗詔旨，公然拒絕寫〈元宵煙火詩〉，並認為煙火是「玩好之物」，詩是「鄙褻之詞」(〈諫元宵煙火疏〉)，則與三楊粉飾太平、歌功頌德的主張分道而揚鑣。

我們在第三章第二節三小節理學家詩文中曾引朱熹〈武夷棹歌〉十首其二、其三等四首，黃仲昭也有〈遊武夷九曲僭用文公先生韻賦棹歌十首〉，茲錄其二、其三如下：

> 一曲呼來隔岸舡，棹歌齊唱過前川。山靈似識遊人意，斂盡峰巒遠近煙。

> 二曲溪頭聳碧峰，分明玉女鏡中容。到來已訝非人境，峰外奇峰更幾重。

較之朱熹詩，黃仲昭這組詩就顯得平質而少韻味了。有趣的是，黃仲昭之後，鄭善夫也作了〈武夷九曲次晦翁十首〉，其二云:「沙棠為楫桂為船，紫嶂丹崖錦映川。我是開元李居士，鐵龍吹散萬峰煙。」其三云:「不道巫陽十二峰，玉環珠佩淨雲容。美人婉婉秋波立，迴隔天關百二重。」比起黃仲昭的詩更蕭散有致。朱彝尊《靜志居詩話》卷八稱仲昭「詩特和易近人」，並引其〈謫居寫懷〉云:「一片歸心留不住，非因故國有蓴鱸。」〈歸田雜詠〉云:「悔殺昔年成底事，紅塵鞭馬聽朝鐘。」都是集中較有味者。〈謁文丞相祠〉七律一首，當時也較有名。

在永樂至成化期間，福建籍詩人還有一些既非閩中詩派中人，亦不受臺閣體所染。林環，字崇璧，莆田人。永樂四年（1406）進士第一，授翰林修撰，升侍講，有《絅齋集》。《靜志居詩話》卷六云：「雖在玉堂，詩無臺閣氣。」林俊，字待用，莆田人。成化二年（1466）進士，授刑部主事，歷官廣東右布政使，巡撫江西，改四川，升右都御史，工部尚書，改刑部，加太子太保。有《見素集》、

《見素續集》。楊石淙評其詩曰：「詩宗唐杜，晚乃出入黃山谷、陳無已間。初視之，若有隱澀語，久而咀嚼悠然，有餘味焉。」（《列朝詩集小傳》丙集引）

二　陳第等守邊抗倭詩人

嘉靖中年以後，明王朝北邊面臨著韃靼俺答部的威脅，東南沿海受到倭寇的騷擾，加上嚴嵩用事，財政匱乏，國家呈現動蕩不安的局面。嘉靖、萬曆間，福建出了幾位守邊抗倭詩人，主要有：張經、俞大猷和陳第，而以陳第為代表。

先說張經。經（1492-1555），字廷彝，侯官人。初冒蔡姓，久之乃復。正德十二年（1517）進士，除嘉興知縣。嘉靖初，擢太僕少卿，歷右副都御史，協理院事。十六年（1537）進兵部右侍郎，總督兩廣軍務。三十二年（1553）為南京戶部尚書，就改兵部。三十三年，總督江南、山東、福建、湖廣諸軍，便宜行事。三十四年五月大敗倭寇於王江涇，《明史》本傳稱「自軍興來稱戰功第一」；然為趙文華所陷，論斬，有《半洲詩集》。

《半洲詩集》包括〈南行稿〉、〈北寓稿〉、〈西征稿〉、〈東巡稿〉和〈蒼梧稿〉五稿。〈西征稿〉作於嘉靖十二年（1531）奉使事鞫讞河西軍情，於是出崤函，浮河洛，達孟津，望太行，歷崆峒，入涇源，駐於武威、酒泉之間，憫時弔古，撫景寄興，「而寓憂國愛民之意」（楊鎡〈西征稿跋〉）。其間所作〈蘭河曉渡〉云：

> 月落金城鼓角殘，危關曉色拂雕鞍。黃河渺渺中原隔，紫塞迢迢邊地寒。西望旌旗連瀚海，東來風雨滿皋蘭。萍蹤萬里休惆悵，虎節龍沙亦壯觀。

唐代邊塞詩極盛，氣格豪邁，宋以後邊塞詩漸衰。張經此類詩寫景蒼涼壯觀，情調較為高昂。〈出塞二首〉其一云：「烽火玉關急，將軍寶劍明。長驅決勝負，鏖戰任縱橫。」〈張漳源侍御邀遊皋蘭山五泉寺〉四首其四云：「明朝觀細柳，壯氣薄鯢鯨。」〈金城閱武〉二首其一云：「氣薄黃雲動，光生寶劍橫。單于休近塞，一戰樹威名。」〈塞上曲〉五首其三云：「每歲防秋西戍邊，荒城落日枕戈眠。」其五云：「少年仗劍斬樓蘭，畫策猶能定契丹。」〈月下聞笳〉云：「莫向今宵動愁思，秋風吹去滿關河。」浩歌微吟，金鳴石戛，頗能激動人心。

《四庫全書總目》卷一七六評張經詩云：「詩多五七言近體，頗摹唐調。蓋正當太倉、歷下初變風氣之時也。」其實，張經為鄭少谷之甥，我們在上節介紹鄭少谷時已指出張經也是受其影響的詩人之一，王靈鳳〈半洲詩集敘〉認為張經「詩多從外氏，而實宏厥聲」。嚴格說，張經是閩派中興時期的一位詩人。他是身為武將的詩人，一身戎馬倥傯，詩歌的題材多有別於閩中詩派中的詩人，所以我們就把他放在這一小節另加論述了。

張經浴血奮戰在抗倭第一線，可惜沒有留下這方面的詩篇，俞大猷的抗倭詩較多。大猷（1503-1580），字志輔，號虛江，晉江人。少好讀書，而家貧屢空，嗣世職百戶。嘉靖十四年（1535）進士，除千戶，守禦金門。二十一年（1542），為汀漳守備，二十八年為備倭都指揮，三十一年移寧、臺諸郡參將。三十五年為浙江總兵官，加署都督同知，為人所陷，逮繫詔獄，再奪世蔭。四十年移南贛，尋擢福建總兵官，坐尋職，又為廣西總兵官，為都督同知，老疾乞歸。與戚繼光並肩抗倭，譽滿東南，有「俞龍戚虎」之稱。有《正氣堂集》。

梁章鉅評俞大猷詩云：「公以韜鈐宿將，似不必與詩人爭短長，然讀其詩乃有拔山挽河之概，足以稱其腰腹。」（《東南嶠外詩話》卷七）〈短歌行贈武河將軍擢鎮狼山〉是集中名篇。狼山在今江蘇南通南，是江海間抗倭軍事要地。詩有云：「三尺雕弓丈八矛，目底倭奴若蚍蜉。一笑遂為莫逆交，剖心相示寄生死。君戰蛟川北，我戰東海南；君騎五龍馬，我控連錢驄。時時戈艇載左馘，歲歲獻俘滿千百。」詩充滿了滅倭必勝的信念及豪情，非一般文人墨客所能企及。其〈舟師〉詩云：

> 倚劍東冥勢獨雄，扶桑今在指揮中。島頭雲霧須臾盡，天外旌旗上下翀。隊火光搖河漢影，歌聲氣壓虬龍宮。夕陽景裡歸篷近，背水陳奇戰士功。

俞大猷在抗倭戰場上屢建奇功。大猷尤擅長水戰，「斬賊首一千九百餘級，焚溺死者甚眾」（《明史》〈張經傳〉）的浙東王江涇之役也有俞大猷的一份功勞。嘉靖四十一年（1562）倭寇破興化，俞大猷協助戚繼光復興化。四十二年，又與戚繼光、劉顯「合攻賊於平海」（《明史》〈戚繼光傳〉），閩倭遂平。倭寇被趕出福建後，轉向廣東，俞大猷適逢調廣東，大破之，從此倭寇「不敢入犯」（《明史》本傳）。俞大猷論抗倭，一貫主張「備倭於陸，不如備之於海」。據陳衎〈記俞都護逸事〉載，大猷曾對戚繼光說：「賊潰去必走海。他日，復為閩患，今當以陸戰為公功，吾率艨艟待之海上耳。」於是募習水吏士。陸上倭敗後，果然奪船跳海，大猷環甲逆戰，寇「百餘艘盡為煨燼，擒斬沉溺不可數計，賊無一人還者」。〈舟師〉一詩是否寫於閩地，還有待於考證。但詩寫水師海戰勝利歸來，是一曲海上抗倭凱歌則是肯定的。

和張經、俞大猷相比，陳第的武銜低微得多了。陳第（1541-1617），字季立，號一齋，連江人。「為諸生時，博極群書，而喜談兵」（〔民國〕《連江縣志》）。嘉靖四十一年，戚繼光征倭過連江，第獻〈平倭策〉。萬曆元年（1473），俞大猷鎮福建，第從其學兵法[50]，

---

50 詳金雲銘《陳第年譜》（福州市：福建協和大學中國文化研究會出版，1946年）。本小節陳第生平繫年均從此譜。

盡得其要旨，俞嘆曰：「子當為名將，非一書生也！」（《列朝詩集小傳》丁集）五年，受兵部尚書譚綸推薦，為潮河提調（近重鎮古北口），八年，為游擊將軍，駐漢兒莊（在喜峰口，為薊鎮要塞之一），十一年，解佩南歸，杜門讀書。三十年（1602），從沈有容將軍渡海東番（臺灣）剿倭。晚年遍遊名山大川。著有《毛詩古音考》、《屈宋古音義》及《寄心草》、《薊門寒曲》、《粵草》、《五岳遊草》等。

陳第好友焦竑在〈毛詩古音考序〉中稱第有「三異」：「身為名將，手握重兵，一旦棄之，瓶缽蕭疏，野衲不若，一異也；周遊萬里，飄飄若神仙不可羈紲，而辭受硜硜不以秋毫自點，二異也；貫串馳騁，著書滿家，其涉獵者廣博矣，而語字畫聲音至與蠶絲牛毛爭猥細，三異也。」其實，陳第還有第四「異」，那就是他雖然生長並長期生活在閩中詩派盛行的福州地區，但作詩卻不宗尚唐音，甚至有意與閩派分庭抗禮，他所交結的詩友也是不甚遵從閩派的董崇相，而不是復振風雅的徐熥、謝肇淛。陳第是集將軍、學者、旅行家、詩人於一身的奇人。

陳第所鎮守之地，是北京的門戶。嘉靖庚戌（1550）之變，韃靼俺答部就是乘古北口守備之虛而犯京城的；喜峰口亦是敵覷覦之要塞。萬曆七年（1579）陳第〈答友人趙思國書〉云：「第自待罪古北，日夜劻勷，外撫強夷，內訓疲卒，身勞慮竭，髮白無數，老母見之，深以為憂，曰：『兒奈何若是？』對曰：『業已委質為封疆之臣，誼當若是，不敢辭也。』」為國戍邊，勞身竭慮，髮白無數，其時陳第不過三十九歲。陳第還主動請戰，讓戚繼光給他一千人馬，「一夜一日至其帳房，凡阿只孛賴部落男婦盡行誅殺，牲畜帳房盡行焚絕。此堂堂正正之兵，諸夷聞之皆膽落矣。雪數年之憤，申薊鎮之威，豈非其盛事乎！」（〈上戚總理議討屬夷呈〉）陳第的〈薊門塞曲〉所寫的就是這類的軍旅戍邊生活。〈赴援右北平〉云：

> 慘淡風雲色，銅符赴遠征。援桴華髮直，策馬寶刀橫。谷冷冰初結，山高月漸平。願言當首虜，一戰報宸明。

立馬橫刀，詩人直接參與征戰。奇情壯彩，明人作品中罕見。

陳第學兵於俞大猷，獲獎掖於譚綸，受知遇於戚繼光，〈薊門塞曲〉有部分作品寫及俞、譚、戚三公。萬曆十年（1582），戚繼光移鎮南粵，其時俞、譚已死，陳第對邊事頗憂慮，作〈燒荒行〉以寄慨。詩云：

> 年年至後罷防賊，出塞燒荒灤水北。寒風刮地人骨開，凍雪連天馬蹄仄。枯根朽草縱火焚，來春虜騎饑無食。雷動千峰劍戟橫，日搖五彩旌旗直，揚威士卒不憚勞，安攘閫外臣子職。君不見嘉靖中年虜反側，東西合舉犯中國，潮河潰入逼郊圻，九門盡閉嗟何及！天子震怒斬司馬，遂召諸道防薊城，朝廷建議設督臣，歲歲侵掠勢愈棘。督撫誅夷並謫戍，生靈荼毒慘傷戚，於時總鎮任實艱，暮改朝更徒唧唧。又不見隆慶二載譚、戚來，文武調和費心力，從前弊政頓掃除，臺城兵器重修飭，迄今一十五年間，閭閻雞犬獲蘇息。譚今已死戚復南，邊境危疑慮叵測。患難易共安樂難，念之壯士摧顏色。論者不引今昔觀，紛紛搜摘臣湔惑。

詩前有序：「薊自嘉靖庚戌虜大舉入犯，至隆慶丁卯一十八年，歲苦蹂躪，總兵凡十五易。自隆慶戊辰，南塘戚公實來鎮薊，時總督者二華譚公也。至萬曆壬午一十五年，胡塵不聳，民享生全極矣，乃論戚者謂不宜於北，竟徙嶺南。嗟夫！宜與不宜，豈難辨哉！故作〈燒荒行〉以寄於悒。」自嘉靖「庚戌之變」、京城遭到俺答部騷擾以來，薊鎮的防守就更加重要了，最高統治集團總選不上合適的將領來掌管此事，以至十八年間「總兵凡十五易」，只有到了隆慶二年（1568），戚繼光來鎮薊，十五年間，邊關才太平無事，如今，戚將南調，「邊境危疑慮叵測」，作者十分憂慮。此詩反映了嘉靖中年至萬曆中三十多年薊鎮守邊的歷史，特別是歌頌了戚繼光戍邊的功績，堪稱詩史。

陳第一生的另一件大事，是萬曆三十年隨沈有容將軍往東蕃剿倭。沈有容（1557-1627），字士弘，安徽宣城人。沈有容先後鎮守福建沿海要塞浯嶼（金門）、銅山（東山）。萬曆三十年十二月初七（西元1603年1月18日），年已六十三的陳第從沈出海，遇風，二十一舟僅存十四舟。次日晚過澎湖，「與倭遇，格殺數人，縱火沉其六舟，斬首十五級，奪還男婦三百七十餘人。倭遂去東番，海上息肩者十年」（《明史》〈沈有容傳〉）。陳第過澎湖時，「颶風大作，播蕩一夜一日，勺水不得入口，舟幾危者數矣」（〈泛海歌二首序〉）。〈泛海歌〉其一云：

> 水亦陸兮，舟亦屋兮。與其死而棄之，何擇於山之足、海之腹兮！

視水為陸，視舟為屋。戍邊抗倭，或者戰死於山之足，或者葬身於海之腹，是不必要計較選擇的。詩作於過澎湖的舟中，視死如歸，何其堅定！頌揚沈有容的詩，作者有〈送沈士弘將軍使日本〉、〈壽沈士弘將軍五十初度〉、〈贈恤林友後〉、〈沈將軍過訪豐山贈賦〉，後一詩有云：「北走度遼驅虜騎，南來橫海破蠻氛。細看刀箭瘢痕滿，麟閣還誰第一勳！」

臺灣剿倭歸來，陳第作《東蕃記》以記臺灣之遊。《東蕃記》是迄今為止所發現的最早的臺灣遊記。作者詳細地記載了臺灣的物產資源，描述了臺灣土著的生活。臺灣自古是中國領土的一部分，它與福建僅一水之隔，明代兩岸居民交往「日盛」：「漳、泉之惠民，充龍、烈嶼諸澳，往往譯其語，與貿易，以瑪瑙、磁器、瑙布、鹽、銅簪環之類，易其鹿脯皮角。」臺灣也同樣受到倭寇的騷擾：「萬曆壬寅冬，倭復據其島，夷及商漁交病。」於是，駐守在浯嶼的沈將軍率正義之師往剿，土族居民「獻鹿饋酒，喜為除害也」。陳第此文，為歷史學家和地理學家所重，可惜未能受到文學史家的青睞，未免遺憾。

現在讓我們回過頭來討論陳第詩不甚宗唐的問題。其〈論詩〉云：「應世須唐律，披懷漫自題。」在他看來，閩中詩派過於宗唐，過於強調詩律的圓潤，其實是未能把握唐詩的精神，而把唐律作為「應世」——應酬的手段。如果想自如自在地抒發情感，就不一定講什麼唐律不唐律了。借唐律固可抒情；但過分講唐律，也可能束縛了詩人的感情，所以還是「漫自題」為好，同詩又云：「晉宋聲猶古。」陳第似較欣賞魏晉古詩，集中〈詠懷〉、〈感古〉兩組詩，就頗得阮籍、陶淵明抒懷詩之趣。故王夫之《明詩評選》卷四認定陳第是嘉、隆中五古詩中佼佼者之一，「能無三嘆」！其次，陳第認為唐詩特別是邊塞詩也有不足。不足之一，是唐詩特別是邊塞詩較多表現的為詩人一己之情，而缺乏《詩經》〈秦風〉中所表現的那種國家之情、民族之情，未能表現同仇敵愾氣壯山河的聲勢，他說：「秦賦〈無衣〉，躍然自喜，有賈勇敵愾之心。塞曲所由始也。厥後詞人繩繩有作，至唐為盛，大都形容其侘傺、羈孤，嘆息其耳目情景而已。至其矛戟甲兵之修，同仇偕作之義鮮有及者。」盛唐之前尚可言，肅宗以降已不可論（詳〈薊門塞曲自序〉）。不足之二，〈秦風〉兼備悲歌與慷慨，而唐詩「得其悲歌而失其慷慨」（同上引），慷慨不足而悲歌有餘。他又說：「唐詩於離別、謫宦、出塞諸作，類悲怨而不能自堪，詞雖富麗而於丈夫之志節微矣。」（〈離別詠、謫宦詠、出塞詠跋〉）氣概不如〈秦風〉，所以唐詩也就成不了金科玉律，讓人步趨效仿，何況明自正德、嘉靖以來邊事亦有自己的特殊性。當時閩地以宗唐為榮，以不宗為恥，陳第說：「世之步趨唐詩者，且譏余為宋人之陋也夫。」（同上引）人家願意怎樣譏諷就讓他們譏諷去吧，他並不在乎。

嘉靖後期，福建沿海倭患不斷，百姓深受其害，災難深重。據朱維幹《福建史稿》第十九章「福建的倭禍」所列表，從嘉靖三十二年（1553）至四十二年，十來年間福建淪陷的府城有興化一座，縣城有壽寧、詔安等十一座，而省城福州被圍有四次，泉州被圍也有三次。倭寇的禍患，詩人們和他們的家人也難於躲避。詩人王靈鳳死於莆田倭難[51]。詩人葉向高生於嘉靖三十八年（1559）[52]，其「母避倭難，生道旁敗廁中，數瀕死。」(《明史》〈葉向高傳〉，故其小字曰廁。蔡景榕，寧德人。嘉靖中歲貢生，四十年（1561）五月，倭破縣城，被擄至日本，被賣。松源山南林寺老僧俊可留其寺中。異年求歸，題〈雁詩〉於壁云：「金風蕭瑟碧雲秋，淺水平沙亦暫遊。萬里青霄終一去，野鳧無計漫相留。」四十三年（1564）秋，有漳州通番船至，懇於僧，得歸中國。景榕著有《海國生還集》。

由於倭亂，詩人陳昂被迫背井離鄉，窮困潦倒，最後客死他鄉。昂，字雲仲，一字爾瞻，自號白雲先生。嘉靖中諸生。倭寇圍莆田，城且破，昂領妻兒奔豫章，輾轉楚、蜀，流落金陵，以賣卜織屨、為人傭工為生。林古度兄弟曾入其室，「問知為莆田人。頗述其平生。一扉之內，席牀缶竈，敗紙退筆，錯處其中。檢其詩誦之，是時古度雖年少，頗曉其大意，稱之。每稱其一詩，輒反面向壁，流涕悲咽，至於失聲」（鍾惺〈白雲先生傳〉）。今傳《白雲集》，有五言律七百首，七言律十二首。陳昂自敘，云家貧無多古書，得王右丞即誦右丞，得杜工部即誦工部，研精殫思。鍾惺讀其集，為之動情，云：

---

51 王靈鳳，字應時，號筆峰，莆田人。正德十二年（1517）進士，官至廣西布政司參政，有《筆峰存稿》。

52 葉向高（1559-1627），字進卿，福清人。萬曆十七年（1589）進士，官至東閣大學士，有《葉向高全集》。

「似聞君痛哭，屢讀不能終。」（〈讀林茂之所藏陳白雲五言律七百首追贈〉）陳昂〈閩南登樓〉寫倭亂給閩南人民帶來災難，今天我們讀它，似也可聞其痛哭之聲：

> 切莫登樓望，令人更慘凄。戰場多鬼哭，息壤聚烏啼。黃霧埋城郭，寒風死鼓鼙。深樓巢燕子，來往亦銜泥。

喪亂危苦，感人至深，又何必在於學王學杜。

倭寇擾亂福建沿海，詩人們根據各自不同的經歷，留下一批作品。游日益〈未生曲序〉云[53]：「嘉靖乙卯（1555），倭寇莆中，大肆殺戮，村民已無噍類。壬戌（1562）城陷，慘不可言。」感而作《未生曲》以抒懷。詩人郭造卿避倭在外[54]。家人生死未卜，寇退後作〈寇退郡人回口占代書〉，有云：「清秋涕淚惟懷土，白髮庭闈正倚閭。欲寫愁心愁不盡，憑君傳語到吾廬。」戚繼光入閩剿倭，解民於倒懸，林愛民作〈寧德之城陷於倭，倭巢於章灣、雲淡二三年矣，莫之敢剿也。壬戌（1562）仲秋戚、戴二參戎提兵自浙掃其巢，馘其俘，民不勝悅也。捷至，口占誌喜並謝〉[55]，云：「棨戟遙看入海徼，沉年氛祲一時消。」

萬曆中後期，沈有容將軍駐守閩海，確保了閩南沿海的安全，清剿臺灣、澎湖的倭寇；他還「指陳利害」（《明史》本傳），讓紅毛番（葡萄牙）長韋麻郎從澎湖退出。他和閩海詩人關係很好，曾為陳第《薊門塞曲》作序；閩詩人尤其是閩南詩人寫下不少作品讚頌他的功績。他調離福建時，閩人還作詩贈行。沈有容將與他有關的詩文都編

53 游日益，字宗謙，莆田人，嘉靖萬曆間中布衣。

54 郭造卿，字建初，一字海岳，福清人，嘉靖中歲貢生。為戚繼光幕客，有《海嶽山房存稿》。

55 林愛民，字惟牧，一字子之，福寧州人，嘉靖二十三年（1544）進士，官至廣東按察司僉事，有《肖雲集》。

為一集，名《閩海贈言》[56]。何喬遠作〈沈郎歌和屠長卿〉[57]，中有云：「島夷羽書日夜來，閩海之上不可裁；壯士赴國平生志，沈郎仗劍復徘徊。海壇、中左、石湖濱，三開戈戟垂海漘，鼉抃鯨吞斫倭首，龍宮蛟窟輕一身。數年坐鎮弢橐鞬，窮寇不敢闖海門。」他還有一篇〈破倭東番歌和傅山人韻〉，也是謳歌沈有容破倭的。福建海岸線長，便於與海外開展貿易；但如海防懈怠，又容易使外寇有隙可乘，帶來患禍。嘉靖中年以來，倭禍不斷，但福建人民並沒有屈服，福建的詩人們在抗倭鬥爭中也經受住了考驗，寫下一曲曲抗倭的壯麗詩篇。值得注意的是，《閩海贈言》一書中，不僅有本小節所論列的閩中詩派以外詩人的作品，還有我們上一節所介紹的屬於閩派中人的詩篇，例如曹學佺等。在抗倭禦敵的鬥爭中，詩人們的目標是一致的。

第三節　明代的文學批評

一　王慎中的散文理論

王慎中（1509-1559），字道思，號遵巖，又號南江，晉江人。嘉靖五年（1526）進士，時年僅十八。授戶部主事，尋改禮部祠祭司。四方名士如唐順之，陳束、李開先等十餘人咸在部曹，慎之與之講習，學大進。歷任戶部主事，禮部員外郎，擢山東提學僉事，改江西參議，進河南參政。二十年（1541），忤大學士夏言，落職。有《遵巖集》。

王慎中四歲便能誦詩，他是嘉靖中閩派之外的一位詩人。《靜志

56 臺灣銀行經濟研究室編《臺灣文獻叢刊》第五十六種（臺北市：臺灣銀行經濟研究室，1959年版）。

57 何喬遠，字稚孝，晉江人。萬曆十四年（1586）進士。歷仕四朝，崇禎初，官至南京工部右侍郎。著有《名山藏》、《閩書》、《鏡山先生全集》等。

居詩話》卷十二：「道思五古文理精密，足以嗣響顏、謝。」《四庫全書總目》卷一七二：「今考集中五言，如〈遊西山普光寺〉、〈睡起〉、〈登金山〉、〈遊大明湖〉諸篇，固皆邃穆簡遠。七言如『每夜猿聲如舍裏，四時山色在城中』……『琴聲初歇月掛樹，蓮唱微聞風滿川。』亦頗有風調。」然而綜觀全集之詩，與其文相較，則淺深高下，故論者有文勝於詩之評，實在情理之中。

正德、嘉靖間，李夢陽主文壇，主張「文必秦漢」，「西京而後，作者勿論矣」(〈論學〉)，規摹仿效，至於尺尺寸寸，鉤章棘句，泥而不化。王慎中早年學文，也受七子影響，到了二十八歲以後，才轉向唐、宋，尤得力於曾鞏。他在〈再上顧未齋〉一文中敘述了自己學古文的過程：「自十八歲謬通仕籍，即孳孳於觚翰方冊之間，蓋勤思竭精者十有餘年，徒知掇摭割裂以為多聞，模效依仿以為近古，如飲酒方醉，叫呼喧呶自以為樂，而不知醒者之笑於其側而哀之也。溺而不止，已成棄物，天誘其衷，不即淪陷。二十八歲以來，始盡取古聖賢經傳及有宋諸大儒之書，閉門掃几伏而讀之，論文繹義，積以歲月，忽然有得。追思往日之謬，其不見為大賢君子所棄而終於小人之歸者，誠幸矣。愧懼交集，如不欲生，乃盡棄前之所學，潛心鑽研者又二年於此矣。」作者二十八歲盡棄前學而遵宋代歐陽修和曾鞏，形成了自己的觀點。

《明史》〈文苑傳〉云：「慎中為文，初主秦、漢，謂東京下無可取。已悟歐、曾作文之法，乃盡焚舊作，一意師仿，尤得力於曾鞏。順之初不服，久亦變而從之。壯年廢棄，益肆古文，演迤詳贍，卓然成家，與順之齊名，天下稱之曰王、唐，又曰晉江、毗陵。家居，問業者踵至。」王慎中與唐順之以及歸有光主張作古文應師仿唐宋諸大家的法度，又須有自己的面目，因此就形成了明代影響相當廣泛的散文流派——唐宋派。

王慎中為什麼特別鍾愛宋代曾鞏的散文？王慎中的〈曾南豐文粹

序〉是他最重要的文論作品。他把歷代散文劃分為「極盛之世」，即夏商周三代；「周衰」，即秦及秦前；西漢；東漢至宋前；宋，主要是慶曆、嘉祐時期。三代之文，「足以發揮乎道德」，「文之行於其時，為通志成務」，那時並不需要「專長一文，獨名一家」，故其文盛。周衰，「能言之士始出於才，由其言以考於道德，則有所不至。故或駁焉而不醇，或曲焉而不該，其背而違之者又多有焉」。其末流之文，「亦且怪奇瑰美足以誇駭世之耳目，道德之意不能入焉」。西漢之文，王慎中將其分為二類，一是徒「悅世之耳目者」：「三代以降，士之能文莫盛於西漢，徒取之於外，而足以悅世之耳目者：枚乘、公孫弘、嚴助、朱買臣、谷永、司馬相如之屬，而相如為之尤。」另一類是「能道其中之所欲言，而不能免於蔽者：賈誼、董仲舒、司馬遷、劉向、揚雄之屬；而雄其最也」。東漢到宋前，「四海之廣，千歲之久，生人之多，而專其所長以自名其家者，於其間數人而已，道德之意猶因以載焉」。對這一時期的散文評價不高；將「文起八代之衰」的韓愈以及唐文附驥八代，這樣的劃分法，前所未聞。王慎中卻對宋代的曾鞏評價很高：

> 由西漢而下，莫盛於有宋慶曆、嘉祐之間，而傑然自名其家者，南豐曾氏也。觀其書，知其於為文良有意乎！折衷於諸子之同異，會通於聖人之旨，以反溺去蔽而思出於道德，信乎能道其中之所欲言，而不醇不該之弊亦已少矣。視古之能言庶幾無愧，非徒賢於後世之士而已。推其所行之遠，宜與《詩》、《書》之作者並天地無窮而與之俱久。然至於今日，知好之者已鮮，是可慨也。

王慎中此文所論，一個基本的觀點，是將文的盛衰與世代及世代的盛衰聯繫在一起的。三代為「極盛之世」，故文亦盛。「周衰學廢」，「以彼生於衰世，各以所見為學，蔽於其所尚，溺於其所習，不能正反而旁通」，故其文亦衰。西漢和宋之慶曆、嘉祐，亦是盛世，故文亦盛。作者沒有正面提及韓愈所處的時代，其實韓愈所處的中唐，已非開元天寶時期所能比。王慎中感嘆「既衰之後，士之能此豈不難哉」，時世並未能給韓愈造就機會。這一點，他的〈與汪直齋〉說得比較明瞭：「自有序記文字以來，諸名家之文為記學而作者，唐人皆有愧詞，雖韓昌黎〈夫子廟〉（即〈處州孔子廟碑〉）一篇亦為劣。蓋唐制立學不廣，不但諸家無名文，而諸家之文為學而作者亦少。」曾鞏是有幸的，他生在宋代盛世，「慶曆詔下立學制始盛於郡學」，故他能寫出〈宜黃縣學記〉和〈筠州學記〉兩篇「千古絕筆」之文。

僅僅這樣來認識王慎中的散文理論還是很不夠的，因為他還認為文章常常會「病於法」、「困於義」，「其弊於今為甚，則是書（《曾南豐文粹》）尤不可不章顯於時」（〈曾南豐文粹序〉）。曾鞏的《宜黃縣學記》等二文之所以能超邁歐陽修、王安石諸學記，不僅因為其文「本六經」，更重要的是「文詞義理並勝」。就是說，曾鞏之文能矯時弊，一在於他的文章講道德義理，二在於文章講文法文詞。

其實，古文家和理學家作文都離不開講道德、講義理。韓愈講文以明道，周敦頤講文以載道，但他們對道的內涵的理解，對文道之間的關係，看法並不相同。以宋代為例，至少就有正統的古文家的觀點、道學家的觀點、政治家的觀點和文學家的觀點四種。正統的古文家的觀點以歐陽修、曾鞏為代表，歐陽修主張「所謂文，必與道俱」（蘇軾〈祭歐陽文忠公文〉引）；所謂道，是儒家傳統的道。道學家的文以載道，其實和文以明道是相對立的，他們甚至認為作文害道，作詩妨道；所謂道，主要是指修心養性的義理。政治家的觀點以王安石為代表，他所主張的道，是政治家的道；所謂文，則是政治家表現其「治教政令」的工具。文學家的觀點，以蘇軾為代表，他心目中的道，既非理學家的道，亦非政治家的道，他雖然也承認「六經」為道，但實際上對傳統的儒家之道又不完全遵從，也不受其約束；他的文所探討的道理，也不限於個人與社會，而是擴展到自然乃至宇宙。由此可見，王慎中高度評價曾鞏的目的，無非也是為了發揚正統古文家道德義理的傳統，以救時弊，矯正「七子」僅襲秦漢古文的文辭而不得儒家傳統之道的傾向。

「七子」「文必秦漢」，而秦、漢之文其道已存在不醇、不該的問題，曾鞏〈筠州學記〉已經指出：「周衰，先王之跡熄。至漢，六藝出於秦火之餘，士學於百家之後。言道德者，矜高遠而遺世用；語政理者，務卑近而非師古。刑名兵家之術，則狃於暴詐。惟知經者為善矣，又爭為章句訓詁之學，以其私見，妄穿鑿為說。故先王之道不明，而學者靡然溺於所習。當是時，能明先王之道者，揚雄而已。」上文我們說到王慎中把西漢文分為「徒取之於外而足以悅世之耳目」及「能道其中之所欲言」，便是曾鞏這一觀點的發揮，前一類的漢文不可學，後一類可學；而後一類則以揚雄為代表。既然秦、漢文有可學不可學之區分，所以籠統說文必秦、漢就已偏離了儒家傳統之道的軌道。而宋人曾鞏「會通於聖人之旨」、「思出於道德」、「能道其中之所欲言」，又無「不醇不該之蔽」，最近於儒家傳統之道，故當學之。

其次是文法文詞的問題，關於作文之法，王慎中並沒有深入論述，在唐宋派中，展開論述的是唐順之，可以參看他的〈董仲峰侍郎文集序〉等文。王慎中通過推重曾鞏來展現自己的看法。唐宋八大家中，韓愈文奇而柳宗元文密。三蘇文稍浸佛老，義理已不醇該，而蘇洵縱橫恣肆，蘇軾隨物賦形，蘇轍秀然傷於纖弱。至於王安石，則未免過於斬截峭硬。歐陽修、曾鞏二家，文都平易曉暢，也都受王慎中重視，然歐文更重於感情色彩，曾文偏於理智。重於情感之文，其境界不易到；偏於理智之文，更為穩妥可靠。既然曾鞏文平易曉暢，且又「深於經術」、「韓、歐、三蘇所不及」（茅坤《唐宋八大家文鈔》卷十五），那麼通過曾鞏文的研習，就可摸索到一條較簡便、又不失古道的作古文門徑，比起生硬地去規摹秦、漢，實際得多，也讓人放心得多了，難怪王慎中要說「觀其書，知其於為文良有意乎」。

作為一個文學流派，唐宋派的文學主張也有復古的成分，但和秦漢派的最大不同是學古而不泥古。王慎中說：「其作為文字法度規矩，一不敢背於古，而卒歸於自為其言。」（〈與江午坡書〉）「不敢背於古」，強調學古；「卒歸於自為其言」，似有古人為我所用之意，最終還是要有自己的思想、自己的語言。後一句話是王慎中治學和寫作的重要心得，也可以看作是唐宋派和秦漢派的本質分野。

二　李贄主「情性」的文學批評

李贄（1527-1602），初姓林，名載贄，後承襲父祖，歸宗改姓李，名贄，字宏甫（又作弘父），號卓吾（又作篤吾），又自號溫陵居士、百泉居士、思齋居士、龍湖叟等。晉江人。生而母歿，七歲隨父讀書學詩，習禮文。十二歲，作〈老農老圃論〉。二十六歲，中鄉試，初任河南輝縣教諭，累官國子監博士、南京刑部員外郎、雲南姚安知府等。五十四歲辭官，居湖北黃安、麻城等地，晚年移居山東濟寧。萬曆三十年（1602），任科給事中張問達上疏劾奏李贄，遂將李贄逮捕入獄，贄於獄中不屈自殺。李贄一生著述甚豐[58]，著作有《焚書》、《續焚書》、《藏書》、《續藏書》、《陽明先生年譜》、《九正易因》等，經李贄評點的著作有《西遊記》、《西廂記》、《琵琶記》等。

李贄是明代後期傑出的思想家，他的思想帶有明顯的離經叛道的特色，故被封建衛道士目為「異端」。

李贄文學批評的核心是主情性，其《焚書》〈讀律膚說〉云：「發於情性，由乎自然。」古人論文學作品與情的關係，由來已久，〈毛

58 詳林海權《李贄年譜考略》附錄三〈李贄著作及評點、輯選諸書目錄〉（福州市：福建人民出版社，1992年）。

詩序〉云：「情動於中而形於言。」又云：「情發於聲，聲成文謂之音。」陸機〈文賦〉也有「詩緣情」的提法。李贄與前人不同處，在於他將情與性緊密地聯繫在一起，而且說情性還必須順乎自然。性，李贄將它解釋為性格。其實李贄還隱約接觸到了個性的範疇，〈讀律膚說〉云：「性格清徹者音調自然宣暢，性格舒徐者音調自然疏緩，曠達者自然浩蕩，雄邁者自然壯烈，沉鬱者自然悲酸，古怪者自然奇絕。有是格，便有是調，皆情性自然之謂也。莫不有情，莫不有性，而可以一律求之哉！」有什麼樣的性格，只要不受到壓抑，讓作者自然宣洩，其作品就會表現出和這一性格相一致的風格來。性格尚可以類而分，個性卻難一律而求。性格更多的是指對人事的態度和行為方式上所表現出來的心理特點，個性則是指先天稟賦和後天習性融匯而成的比較固定的特性。因此，說作家的性格決定作品風格還不如說個性決定作品風格更準確些。或許李贄所要表述的是後者而不是前者，因為當時「個性」作為一個概念還沒有明確地被提出來，而隨著明代資本主義經濟因素的萌發，一些文學作品已有意無意地表現出尊重人的個性的要求。所以說，李贄文學批評所表述的情性或性格，已包含個性的因素在內。

儒家學說提出，「發乎情，止於禮義」。李贄認為：「聲色之來，發於情性，由乎自然，是可以牽合矯強而致乎？故自然發於情性，則自然止乎禮義，非情性之外復有禮義可止也。惟矯強乃失之，故以自然之為美耳，又非於情性之外復有所謂自然而然也。」（〈讀律膚說〉）情性如果與禮義相一致，則可自然止乎禮義；如果與禮義不相一致，則不在乎禮義，也不必受禮義約束，只能順應自然，即順應情性。「牽合矯強」不是自然；「牽合矯強」去順應禮義，就是違背情性。順其自然就是順應情性，順應情性就是美。

所謂「發於情性」，是發於真情性，不是有意而為之的虛假的情性或「矯強」的情性。為了強調情性之真的重要，李贄提出了著名的

「童心說」。《焚書》〈童心說〉云：

> 夫童心者，真心也。若以童心為不可，是以真心為不可也。夫童心者，絕假純真，最初一念之本心也。若失卻童心，便失卻真心；失卻真心，便失卻真人。人而非真，全不復有初矣。

所謂童心，就是真心，真情性；童心的反面是假心，假情性。那麼，人為什麼長大以後就會失卻童心、失卻真情性呢？李贄認為是「道理聞見日以益多」之故，是「多讀書識義理而反障之也」（〈童心說〉，本小節引此文不再注明出處）。這裡所說的「讀書」是指讀聖賢之書、儒家的經典，所說的「道理」、「義理」是指儒家的道理、義理。因為儒家的經典、聖賢之書從它產生之日起就可能有虛假的成分，書上所說的道理是不是聖賢認可的道理就很值得懷疑：《六經》、《論語》、《孟子》「非其史官過為褒崇之詞，則其臣子極為讚美之語」。要不然，就是他們「迂闊門徒，懵懂弟子，記憶師說，有頭無尾，得後遺前，隨其所見，筆之於書」。怎麼能隨便相信呢？退一步說，「縱出自聖人，要亦有為而發，不過因病發藥，隨時處方，以救此一等懵懂弟子，迂闊門徒耳」。就是說，聖賢之書，聖賢的所謂道理只是一時應急的藥方，而非「萬世之至論」——千萬年不變的真理。基於這一認識，李贄公然宣稱，他不「以孔子之是非為是非」，「孔子之是非」也絕不是「千萬世之是非」（《藏書》〈世紀列傳總目前論〉）。

為了維護童心、維護真情性，就必須揭穿假心、假情性，免得騙人。李贄揭露以封建正統思想的衛道者自居的耿定向云：

> 自朝至暮，自有知識以至今日，均之耕因而求食，買地而求種，架屋而求安，讀書而求科第，居官而求尊顯，博求風水以求福蔭子孫。種種日用，皆為自己身家計慮，無一釐為人謀

> 者。及乎開口談學，便說爾為自己，我為他人，爾為自私，我欲利他……以此而觀，所講者未必公之所行，所行者又公之所不講，其與言顧行、行顧言何異乎？

引文見《焚書》〈答耿司寇〉。「言顧行，行顧言」是儒家的信條之一，而耿定向並不遵從，做的一套，說的又是騙人的另一套，李贄認為，假心或假情性危害極大：「發而為言語，則言詞不由衷；見而為政事，則政事無根柢；著而為文辭，則文辭不能達。」「蓋其人既假，則無所不假」──「假人言假言，而事假事，文假文」。因為「滿場是假」，假的東西太多了，「天下之至文」反而「湮滅於假人而不盡見於後世」了。

李贄又說：「天下之至文，未有不出於童心焉者。」根據這一標準來判斷文學作品，那就不必爭論文是出於哪個朝代，作品又是何種文體。「詩何必古《選》，文何必先秦？」在復古論調充斥整個文壇的明代，李贄提出自己的見解。既然天下之至文都出於童心，出於真情性，那麼只要擁有童心、真情性的作品都應予重視，六朝文也好，近體詩也好，傳奇、院本、雜劇，哪怕舉子文字也好，具體說，《西廂記》也好，《水滸傳》也好，都是「至文」。具有童心、真情性的作者，「其初皆非有意於為文」的，也就是說他們並非為了寫文章而寫文章，為了作詩而作詩，為了創作而創作，而一旦外界的事物觸動了他的心，他便一發而不能收，李贄形象地描繪這種創作過程道：「一旦見景生情，觸目興嘆；奪他人之酒杯，澆自己之壘塊；訴心中之不平，感數奇於千載。既已噴玉唾珠，昭回雲漢，為章於天矣，遂亦自負，發狂大叫，流涕慟哭，不能自止。」由於是發乎真情性，是自然而然不受任何「矯強牽合」而發，所以「寧使見者聞者切齒咬牙，欲殺欲割，而終不忍藏於名山，投之水火」(《焚書》〈雜說〉)。只要是出於童心，出於真情性，就不必去理會他人的態度如何，也不必顧忌作品問世的後果如何——哪怕是被殺被割也在所不辭。李贄的《焚書》就是實踐他本人這一創作思想的結晶：「《焚書》，則答知己書問，所言頗切近世學者膏肓，既中其痼疾，則必欲殺我矣，故欲焚之，言當焚而棄之，不可留也。」（《焚書》〈自序〉）他本人最終也為了捍衛發自真情性的學說而不屈自刎。

在正統觀念驅使下的封建社會文人，是不大瞧得起小說、戲劇這些俗文學的，而李贄卻為那些富有童心——真情性的小說、戲劇大加頌揚。這也是李贄文學批評的一個特色。他評《紅拂》云：「此記關目好，曲好，白好，事好。」「孰謂傳奇不可以興，不可以觀，不可以群，不可以怨乎？」（《焚書》〈紅拂〉）一反儒家只有詩才可興、觀、群、怨的觀點。李贄特別喜愛《拜月記》和《西廂記》，以為此二記「不妨相追逐也，自當與天地相終始，有此世界，即離不得此傳奇」（《焚書》〈拜月〉）。他還認為：「《拜月》、《西廂》，化工也。」「余覽斯記（《西廂》），想見其為人，當其時必有大不得意於君臣朋友之間者，故借夫婦離合因緣以發其端於是焉。喜佳人之難得，羨張生之奇遇，比雲雨之翻覆，嘆今人之如土。」《西廂》當然不一定有什麼寄託，但確寫出了封建社會中「大有不得意」之事，「小中見大，大中見小，舉一毛端建寶王剎，坐微塵裡轉大法輪」（《焚書》〈雜說〉），意義重大，其「理」已超出「戲論」的範疇。李贄也評論過高明的《琵琶記》。《琵琶記》封建說教的味道較濃，李贄一方面承認它是「畫工」，同時指出作品缺乏「怨嘆」的思想深度，不太能感人：「惟作者窮巧極工，不遺餘力，是故語盡而意亦盡，詞竭而味索然亦隨以竭。吾嘗攬琵琶而彈之矣：一彈而嘆，再彈而怨，三彈而向之怨嘆無復存者。此其故何耶？豈其似真非真，所以入人心者不深耶！蓋雖工巧之極，其氣力限量只可達於皮膚骨血之間，則其感人僅僅如是，何足怪哉！」（同上引）《琵琶記》不太能感人，其癥結在於「似真非真」，而不在於不「工巧」；相反，《拜月記》和《西廂記》

感人至深，則在於「真」。

人的情性是一個相當複雜的命題。李贄講真情性，特別強調的是「敢怨」和「發憤而作」的真情性。宋代真德秀編《文章正宗》錄存《史記》〈伯夷列傳〉，並云：「此傳姑以文取。」明代楊慎反駁道：「此言甚謬。若道理有戾，即不成文，文與道豈二事乎？益見其不知文也。」孔子曾說：「（伯夷）求仁得仁，又何怨？」朱熹贊同此說，楊慎則認為：「今太史公作〈伯夷傳〉，滿腹是怨。」李贄以為楊慎能看出司馬遷〈伯夷列傳〉的作意：「『何怨』是夫子說，『是怨』是司馬子長說。翻不怨以為怨，文為至精至妙也。」他引申道：「怨曷可少也？今學者唯不敢怨，故不成事。」（《焚書》〈伯夷傳〉）司馬遷能「怨」，故其《史記》「至精至妙」；今人作品「不敢怨」，故無大成就。當然，「怨」不是無病呻吟亂怨一氣，「怨」應「感時」，即有感於時事而發：「文非感時發己，或出自家經畫康濟，千古難易者，皆是無病呻吟，不能工。」（《續焚書》〈復焦漪園〉）

批點具體作品，是李贄文學批評的一種重要形式，《續焚書》〈與焦弱侯〉云：「古今至人遺書抄寫批點得甚多。」「《水滸傳》批點得甚快活人，《西廂》、《琵琶》塗抹改竄得更妙。」儘管傳世主名為李贄評點的《水滸傳》一百回本和一百二十回本，目前學術界仍未能斷定其確出於李贄之手[59]，但從李贄〈與焦弱侯〉書看出，他確評點過《水滸》，而且評點得甚快活，甚得意。收在《焚書》的〈忠義水滸傳序〉則是李贄所作無疑，〈序〉有云：

> 太史公曰：「〈說難〉、〈孤憤〉，賢聖發憤之所作也。」由此觀之，古之賢聖，不憤則不作矣。不憤而作，譬如不寒而顫，不病而呻吟也，雖作何觀乎？《水滸傳》者，發憤之所作也。蓋

59 詳林海權《李贄年譜考略》附錄三〈李贄著作及評點、輯選諸書目錄〉（福州市：福建人民出版社，1992年）。

> 自宋室不競，冠履倒施，大賢處下，不肖處上。馴致夷狄處上，中原處下，一時君相猶然處堂燕鵲，納幣稱臣，甘心屈膝於犬羊已矣。施、羅二公身在元，心在宋；雖生元日，實憤宋事。是故憤二帝之北狩，則稱大破遼以洩其憤；憤南渡之苟安，則稱滅方臘以洩其憤。敢問洩憤者誰乎？則前日嘯聚水滸之強人也，欲不謂之忠義不可也。是故施、羅二公傳《水滸》而復以忠義名其傳焉。

這篇序文當然也有錯誤的觀點，例如稱「身居水滸之中，心在朝廷之上，一意招安」的宋江為「忠義之烈」，又頌揚「南征方臘」之舉，但此序仍值得重視。第一，李贄指出《水滸傳》是作者「發憤之所作」。我們知道，司馬遷作《史記》的基本態度和精神是「發憤著書」，可見《水滸傳》的作者其創作態度和精神是與司馬遷相通的；《水滸傳》雖然是通俗小說，作為一部文學作品，卻是繼承和發揚了《史記》發憤而作的精神。第二，李贄指出《水滸傳》寫作的時代背景及寫作目的，以為施耐庵、羅貫中身在元而心在宋，因此憂憤宋事，《水滸傳》所寫的是作者憂憤宋事的具體表現。第三，指出「水滸強人」之所以「聚嘯」的原因，是「宋室不競，冠履倒施」——宋朝統治階級荒淫腐敗、所用非人、內外政策失敗所致。李贄一反封建社會正統文人的觀念，不僅不對水滸強人大加誣蔑，反而稱他們為「忠義」。如果我們再讀一讀李贄《焚書》〈因記往事〉一文對當時「攻城陷邑，殺戮官吏」，橫行閩、粵沿海的「海盜」林道乾的評論，就會覺得李贄這一觀點的提出一點也不奇怪。李贄認為林道乾「可謂有二十分才，二十分膽者也」。因為國家「棄置此等（林道乾）輩有才有膽有識者而不錄，又從而彌縫禁錮之」，而任用「只解打恭作揖，終日匡坐，同於泥塑」的無用官僚，天下不能不亂。他還尖銳地指出官逼民反的社會現實：「唯舉世顛倒，故使豪傑抱不平之恨，英雄懷罔措之戚，直驅之使為盜也。」真是一針見血，痛快之論。既然《水滸傳》是作者發憤之作，所寫又是忠義之舉，故「有國者不可以不讀」，「賢宰相不可以不讀」，「兵部掌軍國之樞，督府專閫外之寄，是又不可以不讀」。李贄對《水滸傳》的評論，空前地提高了這部小說的社會地位和文學價值。

李贄作為一位傑出的思想家和文學批評家出現在明末絕非偶然。我們知道，李贄的出生地泉州，宋元時就是中國對外通商的重要港口，也是受到外來影響較早的一個城市。各國商人來到泉州，各種思想（包括宗教思想）也隨之在泉州傳播，封建社會儒家獨尊的思想必然受到衝擊。一般說來，以泉州為中心的閩南地區在對外交流問題上的看法，在明代時就比內陸地區甚至福州一帶要開放一些。例如在海禁的問題上，泉州、漳州的名流學者多主張開放，這些名流學者包括張岳、何喬遠、張燮和周起元等。福州的名流學者陳薦夫、董應舉等則持反對態度。大抵閩南人親眼見到或親身感受到開放海禁利大於弊；而其他地區的學者不一定有這種感受，在傳統觀念的制約下，則只看到開放的弊與害。再則，李贄的家族還出過不少商人，有的還同外國人通婚，他的父祖還是回教徒。李贄就是出生在封建正統思想影響比較薄弱、各種外來思想影響相對較大的泉州地區，生長在一個並非地道的傳統封建家族，他的一些有異於傳統的思想觀念的產生也就不足怪了。試想，李贄「商賈亦何可鄙之有？挾數萬之貲，經風濤之險，受辱於關吏，忍詬於市易，辛勤萬狀，所挾者重，所得者末」（《焚書》〈又與焦弱侯〉）。這樣的言論，內陸那些對經商於海外的商賈沒有一點了解的正統封建文人學者能說得出嗎？一個思想家、文學批評家學術思想、學術觀點的形成，其原因是相當複雜的，當然不應將他們生長的環境視為唯一的決定因素，但有時生長的環境也是不容忽視的重要條件。

李贄主情性的文學批評思想對公安派主性靈的文學思想有直接影

響。公安「三袁」，即袁宗道、袁宏道和袁中道，分別比李贄小三十多至四十多歲，李贄寓居湖北時和他們有來往。「三袁」到龍湖訪問過李贄，還將李贄同他們論學的談話整理成《柞林紀譚》[60]。李贄和三袁的詩文也談及他們之間的交情。李贄被迫害致死後，袁中道作《李溫陵傳》，高度評價李贄的文章和學說，云：「其為文不阡不陌，攄其胸中之獨見，精光凜凜，不可迫視。」又云：「上下數千年之間，別出手眼，凡古所稱為大君子者，有時攻其所短；而所稱為小人不足齒者，有時不沒其所長。其意大抵在於黜虛文，求實用；捨皮毛，見神骨；去浮理，揣人情。」「其破的中竅之處，大有補於世道人心。」「三袁」論文，袁宗道云：「性情之發，無所不吐。」（〈花雪賦引〉）袁宏道力主「獨抒性靈，不拘格套，非從自己胸臆流出，不肯下筆。」又云：「真人所作，故多真聲。不效顰於漢、魏，不學步於盛唐，任性而發，尚能通於人之喜、怒、哀、樂、嗜好、情欲，是可喜也。」又云：「世人所難得者唯趣。」「夫趣之得之自然者深，得之學問者淺。當其為童子也，不知有趣，然而無往而非趣也。」（〈序小修詩〉）他們講「性情」、「情靈」，講「真人」、「真聲」及童子「無往而非趣」，正是受到李贄童心說，即真心說、真情性學說的影響的。

三　謝肇淛的《小草齋詩話》與〈金瓶梅跋〉

在本章第一節明代的閩中詩派第五小節萬曆中年風雅復振中，我們已經提及謝肇淛的《小草齋詩話》。在該小節中，我們主要論述了《小草齋詩話》的兩個基本觀點，即論詩主盛唐，故在復振閩中風雅中起推動作用；但作者又反對一味摹擬，對萬曆中年閩中詩歌創作又

60 袁中道「《柞林紀譚》，乃予兄弟三人壬辰歲往晤龍湖，予潦草記之。」詳《遊居柿錄》卷十。

有一定的影響。謝肇淛之友馬欻序《詩話》，推徐禎卿（著有《談藝錄》）、王世貞（著有《藝苑卮言》）和胡應麟（著有《詩藪》）三家，並認為《小草齋詩話》「大都獨抒心得，發所未發」，「真可與三家雁家，聲施不朽」。由於《小草齋詩話》未被收入《歷代詩話》及其續編，單行本也流傳不廣，未能引起文學史家和文論家的足夠重視。

謝肇淛論詩，極推崇嚴羽，以為「勃窣理窟」，「發皆破的，深得詩家三昧」（卷二）。《滄浪詩話》分為〈詩辨〉、〈詩體〉、〈詩法〉、〈詩評〉和〈考證〉五部分，而〈詩辨〉是其重點。《小草齋詩話》論詩受嚴羽影響，其所論作詩之悟性、詩與才學之關係，原是《滄浪詩話》〈詩辨〉中的重要命題。《小草齋詩話》論詩法、詩體及詩評則佔了大部分篇幅。

謝肇淛也承認詩禪相通，參禪者貴悟道，學詩者不能沒有悟性：「詩無悟性，即步步依唐人口吻，千似萬似，只是做得神秀地位」（卷一，本小節引文見卷一不再注明）悟，有頓悟，有漸悟，謝肇淛云：

> 頓悟不可得矣。即漸悟者，窮精殫神，上下古今，發憤苦思，不寢不食，一旦豁然貫通，一徹百徹，雖漸而亦頓也。譬如盲子終日合眼不見天地，一旦開目，從眼前直至天邊，一總得見，非今日見一寸，明日見一尺。若不思不學，而坐以待悟，終無悟日矣。

在謝肇淛看來，悟沒有頓、漸之分，不可能今天悟一點，明天悟一點。一旦進入悟的境界，就立即豁然徹悟，一徹百徹。要達到悟的境界，就必須思，必須學。坐以待悟，不能達到悟的境界。但是，思與學的過程又不能叫漸悟，思與學是詩人的修養，沒有思與學，特別是學的修養，除了「奇童少女不學而自能，野衲村夫無才而偶合」的特例之外，要達到悟的境界是不可能的，即所謂「功非一日，悟非偶然也」。

《滄浪詩話》〈詩辨〉云：「詩有別才，非關學也；詩有別趣，非關理也。」謝肇淛認為「此言矯宋人之失耳」，這一解釋可能頗得嚴羽的本意。但是，謝肇淛對學特別強調：

> 吾教世之學詩者，先須讀《五經》，不然無本原也。次須讀《二十一史》，不然不知古今治亂之略也。次須讀諸子百家，不然無異聞異見也。三者皆於詩無預；而無三者，必不能為詩。譬之種秫田汲泉水，而後可以謀及麴糵也。噫！今之啜糟哺醨，而不知有水米者，多矣。

把《五經》當作作詩的本源當然是不對的，但如果把讀經、史、諸子百家理解為作詩必不可缺的修養，對古代的詩人來說當然是正確的。經史、諸子百家之外，還得研習前人、了解時人的詩作，「識淵源之脈絡」，「窮諸家之變態」。經史、諸子百家是學術；作詩，是文學創作。表面上看，前者於後者「無預」；但古人作詩，除了「賤豎幼女、村甿粗卒，或數語之偶合，或慧根之夙成」者外，不能說讀經史、諸子百家無益。「當亭毒醞釀，融其渣滓，化而出之，使人共知，又使人不知。」融化於胸，便能應付自如。如果沒有這種修養，就有如窮措大辦酒宴，「勉強假貸，鋪張遮掩，雖有一二鮭菜可口，終席之間，未免周章。翌日有不速之客，廚下洸然矣」。作起詩來就非常勉強了。

那麼，是不是學越富詩就一定作得越好呢？當然不是，「或學彌富者，用之彌滯」。「富於學者為學所累，往往跋前疐後，如苻堅大舉士卒，囂亂易敗也」。有了學，作詩還應掌握作詩的技巧、方法，而善用其學：「善用學者，如製名香，雖料劑紛雜，而氣吐空清。」謝肇淛這樣來看待學在作詩過程中的作用，就比較全面了。

「七子」倡言「詩必盛唐」，其作品過於拘泥於唐人法度；「三袁」主張「獨抒性靈」，其詩「不拘格套」。萬曆季年，公安、竟陵盛行，「漸入惡道」(〈小草齋詩話序〉)，他們動輒「藉口於悟」，不屑於學，且欲超越「古人法度」，故其詩不免流於淺俚。謝肇淛認為詩法還是不能廢的：

> 悟之一字，誠詩家三昧，而今人藉口於悟，動舉古人法度而屑越之。不知詩猶學也，聖人生知，亦須好古敏求，問禮問官，步步循規矩，況智不逮古人，而欲以意見獨創並廢繩墨，此必無之事也。昔人謂得兔而忘蹄，得魚而忘筌，今則未見魚兔而盡棄筌蹄矣，尚何得之冀乎？古人詩雖任天真，不廢追琢。

「法度」，只是手段而不是目的；但連手段都沒有，何言目的？魚兔還沒捕著，就連筌蹄都不要了，還捕捉什麼？連詩法都廢棄了，還談什麼作詩！因此，謝肇淛強調「詩以法度為主，入門不差，此是第一義」。認為「律度當嚴也，步趨無法度則倉卒易敗也」。當然，有了法度，還不等於就有好詩：「若謂彀率繩墨足以盡良匠之能，固不可」；但丟掉法度作詩，也不行；「而必舍彀率繩墨之外，別求中與巧也，有是理哉！」法度是重要的，但膠於法度，則「未有不病者」。

《小草齋詩話》談詩法之處很多，下面是其中一則：

> 詩不可太著議論，議論多則史斷也。不可太述時政，時政多則制策也。不可太艷麗，艷麗則詞曲也。不可太整齊，整齊則對子也。不可太鋪敘，鋪敘則遊記也。不可太堆積，堆積則賦序也。故子美〈北征〉，退之〈南山〉，樂天〈琵琶〉、〈長恨〉，微之〈連昌〉，皆體之變，未可以為法也。胡曾〈詠史〉，玉川〈月蝕〉，墮惡道矣。〈琵琶〉、〈長恨〉，虛實相半，猶近本色。

謝肇淛論詩，認為作詩有「七厄」，這裡又提出「六不可」。在「六不可」中，側重論述的是不可太鋪敘、太堆積二種。從作者所舉諸例看，都是帶有敘事成分的作品，而且〈北征〉、〈南山〉、〈琵琶〉、〈長恨〉、〈連昌〉還都是文學史上公認的好詩，鋪敘也都相當成功，所以說只能屬於「不可」中的變體，值得肯定，但不能成為詩法。在諸詩中，謝肇淛更推崇白居易的〈琵琶行〉和〈長恨歌〉，並且引申出一個新命題──「虛實相半」，也就是說，這兩首歌行有一定事實根據，但又有虛構；詩既敘事，但又不是句句在事實上兜圈。

所謂「虛實相半」，已經涉及到藝術真實和生活真實的問題。〈長恨歌〉白居易原注引陳鴻的《長恨歌傳》。前人評云：「《長恨》一傳自是當時傅會之說，其事殊無足論。」就是說故事本身並不完全符合生活真實，然而經過藝術加工，「居易詩詞特妙，情文相生，哀艷之中具有諷刺」（高步瀛《唐宋詩舉要》卷二引〈詩醇〉）。藝術上又是真實的，因此「特妙」，並具有諷刺意義。唐明皇、楊玉環歷史上確有其人，安祿山之亂歷史上確有其事，但詩中所謂「長在深閨人未識」，明皇幸蜀過劍閣、峨嵋的載述，碧落黃泉的描寫都未必是生活的真實，但就全詩藝術的完美而言，讀者並不需要、也不必糾纏在這些問題上；相反，詩中若無相當成分的藝術虛構和藝術加工，只按生活真實和歷史生活來寫明皇、貴妃事，〈長恨歌〉也就成不了文學史上的名篇了。

敘事詩有如何處理虛實的問題，抒情詩同樣不能迴避。謝肇淛云：「『夜半鐘聲到客船』，鐘似太早矣。『驚濤濺佛身』，寺似太低矣。『黑雲壓城城欲摧，甲光向日金鱗開』，陰晴似太速矣。『馬汗凍成霜』，寒燠似相背矣。然於佳句毫無損也。詩家三昧，政在此中見解。」從生活真實的角度來審視這些佳句，無不是虛境；從藝術真實的角度來欣賞，又無不是實境。合兩方面而觀之，無疑是耐人尋味的佳句。「虛實相半」，詩如此，繪畫書法亦如此，小說、雜劇戲文等藝術種類無不如此。謝肇淛又云：「譬如摘雪中蕉以病摩詰之畫，摘點畫之訛以病右軍之書，論非不確，如畫法、書法不是在何！」雪中芭蕉，現實生活並無此景境，而王維從藝術上加以表現，終成名畫，虛而能勝實，即所謂「頰上三毛」。謝肇淛《五雜組》卷十五有一則是論小說、雜劇戲文的，云：「凡為小說及雜劇戲文，須是虛實相半，方為遊戲三昧之筆。亦要情景造極而止，不必問其有無也。古今小說家，如《西京雜記》、《飛燕外傳》、《天寶遺事》諸書，《虬髯》、《紅線》、《隱孃》、《白猿》諸傳，雜劇家如《琵琶》、《西廂》、《荊釵》、《蒙正》等詞，豈必真有是事哉？」這裡強調了藝術虛構，對小說、雜劇戲文來說，藝術虛構是十分重要的，不必真人真事，也「不必問其有無」。

對詩歌藝術來說，如何處理虛實間的關係，是需要講究的，謝肇淛以為：「虛實不勻，則體裁偏枯。」但是，所謂「虛實相半」，並不是虛與實各占百分之五十，分毫不差。謝肇淛提出「虛實相半」的命題，其實是為了強調虛境在詩歌創作中運用的必要和重要，即所謂「詩境貴虛」。所謂「貴虛」，是指詩人在創作過程中主觀意念、想象所起的積極的作用，故謝肇淛云：「意語勝象（客觀事物景象）。」又云：「詩無著，故離語勝即（實在的事物景象）。」所謂虛境，就是「神情高遠，興趣幽微，似離而合，似易而難，可以意會，不可以言傳」這麼一種境界。謝肇淛「詩境貴虛」的提出，上承嚴羽「盛唐人惟在興趣，羚羊掛角，無跡可求」（《滄浪詩話》〈詩辨〉）之論，而下啟清初王士禛的神韻說，有著積極而重要的意義。

《小草齋詩話》卷二、卷三多為詩評，「捃摭宋、元以來，近人佳句、遺事，皆海內所未聞見者」（〈小草齋詩話序〉）。謝肇淛對明詩的批評，措辭尖銳：「本朝好以時政為詩。」「本朝詩病於太模仿，又徒得其形似，而不肖其豐神。」「獻吉、繼之，幾於活剝少陵。高處自不可掩，而效顰之過，亦時令人嘔噦。」「宋詩雖墮惡道，然其意亦欲自立門戶，不肯學唐人口吻耳。此等見解非本朝人可到。」（卷二）謝肇淛的詩評另一特點是注意評閩詩。宋詩人，他評了蔡襄、劉克莊、林艾軒、林亦之等；明詩人從林鴻、高棅，到鄭善夫，從鄭善夫到萬曆諸子，許多人他都評到了。謝肇淛對閩詩人的品評，總的說來比較公允，對他們的特色佳處能加以肯定，而缺點不足則不回護。謝肇淛對作詩序「謬加褒奉，惟恐不及」（卷二）非常反感，當然評詩也不會「謬加褒奉」了。他的詩評最可貴之處，就在於對閩中詩派的詩人能撕下情面。也正因為他能正視本派作品的不足，所以在復振風雅的過程中，能促進閩詩往比較健康的方面發展。

謝肇淛云：「小說野俚諸書，稗官所不載。」「然亦有至理存焉。」（《五雜組》卷十四）對《水滸傳》、《西遊記》等，他是很喜愛的。萬曆中年以後，《金瓶梅》一書的抄本開始在一些文人中流傳，謝肇淛也借抄了這部小說，並寫下〈金瓶梅跋〉（《小草齋文集》卷二十四）。〈跋〉文略云：

> 《金瓶梅》一書，不著作者名代。相傳永陵中有金吾戚里，憑怙奢汰，淫縱無度，而其門客病之，採摭日逐行事，彙以成編，而托之西門慶也。書凡數百萬言，為卷二十，始末不過數年事耳。其中朝野之政務，官私之晉接，閨闥之媟語，市里之猥談，與夫勢交利合之態，心輸背笑之局，桑中濮上之期，尊罍枕席之語，駔儈之機械意智，粉黛之自媚爭妍，狎客之從臾逢迎，奴儓之嵇唇淬語，窮極境象，駴意快心。譬之范工摶泥，妍媸老少，人鬼萬殊，不徒肖其貌，且並其神傳之。信稗官之上乘，鑪錘之妙手也。其不及《水滸傳》者，以其猥瑣淫媟，無關名理。而或以為過之者，彼猶軸相放，而此之面目各別，聚有自來，散有自去，讀者意想不到，唯恐意盡。此豈可與褒儒俗士見哉！……有嗤余誨淫者，余不敢知。然〈溱洧〉

> 之音，聖人不刪，則亦中郎帳中必不可無之物也。倣此者，有《玉嬌麗》，就乖彝敗度，君子無取焉。

袁宏道、沈德符和謝肇淛是最早對《金瓶梅》發表評論的一批文人，而袁宏道、沈德符的意見似較零星，見解較全面的則數謝肇淛。這篇跋對《金瓶梅》的評論，至少包括以下幾方面的內容：第一，這部小說有明代社會生活作為基礎，並非全都是作者憑空杜撰；當時流傳時已不見作者姓名。第二，這部以家庭生活為主的言情小說，其主題還涉及「朝野之政務，官私之晉接」，題材廣闊，情節複雜。第三，對作品進行了初步的藝術分析，指出所刻畫的人物眾多，而能傳神地表現他們各自的性格特徵，描寫其行動、語言和心態，栩栩如生，形象鮮明。第四，與《水滸傳》進行對比，認為《水滸傳》有「猶軸相放」之弊，即人物的塑造有類型化的傾向，而此書「面目各別」，人物形象更有特徵性。然而《金瓶梅》也有不及《水滸傳》之處，那就是「猥瑣淫媟，無關名理」，思想價值不如，格調也低。第五，《金瓶梅》雖然有不健康的描寫，但它不是一部「誨淫」的壞作品。作者將它與《詩經》〈鄭風〉〈溱洧〉作比較，說明此書描寫男女歡情並不足怪。孔子不刪鄭、衛之詩，《金瓶梅》的存在以至流傳也在情理之中。《金瓶梅》和仿此而作的《玉嬌麗》有根本的區別，因為後者「乖彝敗度」，應採取否定的態度。謝肇淛將《金瓶梅》與儒家的經典《詩經》相比並，一方面是對《金瓶梅》的充分肯定，另一方面又見其膽識。《小草齋詩話》卷二云：「作詩第一對病是道學，何者？酒色放蕩，禮法所禁……」謝肇淛所論已不是藝術問題，而是指某種思想和思潮。在謝肇淛看來，酒色放蕩並不妨礙作詩；相反，道學家禁止酒色放蕩則成了有礙作詩之病。作詩如此，作小說何嘗不是如此。《金瓶梅》突破了道學的束縛，表現了酒色放蕩的人性，並不值得大驚小怪。謝肇淛這樣來認識《金瓶梅》，也正是晚明社會要求對人性有某種認可的社會思潮的反映。

第四節　南明文學和明遺民文學

一　南明詩人：黃道周和盧若騰

崇禎十七年（1644）三月李自成攻陷北京，崇禎帝自縊死。明亡。五月，明福王朱由崧在南京即帝位，拉開了南明政權的歷史帷幕。次年改元弘光。五月，弘光帝被降清將領所俘。這年閏六月，唐王朱聿鍵在福州即帝位，改元隆武。魯王朱以海在紹興監國，以次年為元年。次年（1646），清兵入閩，在汀州俘唐王。這年十一月，桂王朱由榔在肇慶稱帝，次年（1647）改元永曆。魯王的抗清力量以浙江、福建沿海洲島為據點，長期與清兵周旋。清兵入閩時，鄭成功毅然起兵抗清。永曆十五年，即清順治十八年（1661），吳三桂擒永曆帝。次年（1662），鄭成功和魯王相繼客死臺灣。鄭成功死後，其子鄭經又以臺灣為據點與清相持二十來年。康熙二十年（1681），鄭經死，子克塽嗣位。二十二年，清軍入臺灣，克塽降。臺灣歸入清朝版圖。

南明時期，重要的閩籍詩人有二，一是黃道周，一是盧若騰。

黃道周（1585-1646），字幼玄，一字幼平，一字細遵，學者稱石齋先生。漳浦銅山（今東山縣）人。天啟二年（1622）進士。改庶吉士，授編修，為經筵展書官。五年，請告歸里。崇禎二年（1629）起故官，進右中允，遷少詹事，上疏劾楊嗣昌等，貶六秩，又謫戍廣西。南明弘光帝任為禮部尚書。南京失守，在福州擁立隆武帝，為少保兼太子太師吏部尚書武英殿大學士。自請往江西圖恢復。十二月二十四日（西元一六四六年二月九日），在婺源附近與清兵戰，被俘。屢絕食，不死。被押解南京，決意不降。隆武二年（1646），「三月五日，騎擁過西華門，坐不起，曰：『此與高皇帝陵寢近，可死矣。』方刑時，從者跪曰：『公方萬年契闊，請以數語遺家。』乃裂衿囓指血大書曰:『綱常萬古，節義千秋。天地知我，家人無憂。』」(蔡世遠《二希堂文集》〈黃道周傳〉) 黃道周是著名的經學家，一生著述甚豐，後人輯有《黃漳浦集》。

黃道周的詩，大約可以分為三類。一類是居住在家鄉和講學時所作，一類是明亡之前仕宦時所作，另一類是南明時期所作。《東山縣志》(民國稿本) 卷四《人物志》〈文學〉，宋元以前無文學家，明有唐文燦等四人 (道周入「忠義」)，云:「東山文學自唐、黃倡先聲。」唐即唐文燦，隆慶二年 (1568) 進士，有《享帚集》; 黃即黃道周。唐文燦作品今多不存，且詩名不著，黃道周描寫東山島的詩篇也就彌足珍貴了。其〈中秋攜家人出銅海玩月有作，命諸子姓屬和三章〉其三云:

> 清時容釣弋，海大見安流。白露彌無際，伊人何所求。長鯨吹浪去，疊鬣掛帆浮。忍憶廿年事，蘆花半上頭。

「見安流」，使人想像道周如謝安泛海「貌閑意說 (悅)」的「神情」(詳《世說新語》〈雅量〉)。「白露」二句反用《詩經》〈秦風〉〈蒹葭〉，寫詩人無所求的心境。「長鯨」二句最能表現東山島外汪洋大海的恢宏氣勢。末二句言情。寫東山的詩還有〈過石室小作二章〉等。石室，在東門嶼，為黃道周讀書處。

生當明季，黃道周目睹時政的種種弊端，「嚴冷方剛，不諧流俗」(《明史》本傳)，「犯顏諫爭，不少退，觀者莫不戰慄，直聲震天下」，甚至被廷杖、下詔獄，「論者謂其三黜，不辭剖心」;「獨立敢言，濱死不悔」(洪思《黃子傳》)。崇禎十一年 (1638)，黃道周上三疏劾楊嗣昌、陳新甲、方一藻，崇禎帝大怒，欲加重罪，憚其名高。後將道周貶為江西按察司照磨，道周作〈待命四十日凡再回話，以詆毀曲庇幾坐重典，而蒙恩薄譴，僅得調官，再賦示內，並答諸賀者六章〉，其一云:

> 藁席將身已四旬，果然天不僇癡臣。清時小鳥催梧鳳，上界飛龍戢玉鱗。漢世何須尊泣賈，秦庭無用怪啼申。親從霹靂推車過，又得滂沱自在春。

黃道周將自己比擬成漢代為國家安危著想痛哭流涕作《治安策》的賈誼，為了解救楚國危難哭泣七天七夜、淚盡而繼之以血的申包胥。結二句寫其「方死方生」，朱彝尊云：「崇正去邪，盡忠補過，引裾折檻，九死不回。」結二句「蓋實錄也」（《靜志居詩話》卷二十）。黃道周仕宦時所作詩多充滿憂患，是時「秦晉流寇嘯聚頻年」（指李自成等農民起義），「關中荒久塞民勞」，況且「鼠雀壯」、「犬羊膘」（〈辛未夏中，以旱求言條責，臣鄰俾循職業病辜睹詔，愧感交集，慚無以應，聊志殷年〉），明王朝處在風雨飄搖之中。黃道周的諫爭彈劾，並非出於私心和朋黨的利益。崇禎帝所任非人。明朝大勢已不可收拾。

甲申之變的消息傳到閩南，已經五月底，當時黃道周在江東（漳州附近），作〈五月廿七日，江東驚聞長安之變六章〉，其一云：「入世不知晉，為書深過秦。」表示從此將歸隱不出，並深感明王朝的覆亡實事出有因。六月朔日，福王在南京即位的消息傳來，他又作〈六月朔日長安信至，率爾寄友六章〉，其二云：「於今逢建武，揮淚未須哀。」其三云：「王氣鍾山在，朝宗江水流。」對福王寄以厚望。唐王在閩即位，黃道周再度出山，以為要固守福建，必須以江西北部為屏障，故親自募兵，於隆武元年（1645）十月出師，而十二月（西元已入一六四六）即兵敗被俘。先留羈婺源，旋即押解南京。黃道周自被俘至慷慨就義，作詩三百餘首。這些詩以憂憤的血淚寫成，最為感人。〈時發婺源，趙淵卿職方、毛玄水別駕、賴敬儒、蔡時培二中書相失寄示四章〉其四云：

> 捕虎仍之野，投豺又出關。席心如可卷，鶴髮久當刪。怨子不知怨，閑人安得閑？乾坤猶半壁，未忍蹈文山。

「捕虎」、「投豺」，都指抵抗清兵。黃道周說自己之所以不歸隱，是因為南明政權猶存；為了這半壁江山，他本以為可以圖謀復國，免蹈文天祥抗元失敗的覆轍。現在不幸被捕，他早已下了殉國的決心，〈發自新安，絕粒十四日復進水漿，至南都示友〉五首其二云：

> 諸子收吾骨，青天知我心。為誰分板蕩，未忍共浮沉。鶴怨空山曲，雞啼中夜陰。南陽江路遠，悵作臥龍吟。

如果說自己還有遺憾的話，那就是有如諸葛亮不能一酬平生壯志，恢復中原了。

黃道周於獄中作〈待命八章〉，跋云：「待命，猶延頸也。自正月廿四日繫禁中，廿六請命，聽燕中消息。」又作〈歸釁八章〉，歸釁，歸就釁鼓也。其二云：「盈篋謗書明主鑒，扶屍裹革小臣哀。鴻溝未割東南界，何日繞朝贈策來。」唐王即位後，鄭芝龍等不斷誣陷、排斥黃道周，故謗書盈篋。隆武小王朝，其時並未立穩腳跟，故曰「鴻溝未割」。道周身在囚中，但心繫隆武，為未能贈策而悔恨。黃道周係尚膳監，夜聞鐘聲，感諸舊事，又作絕句百餘篇。〈臥禁城漸聞鐘聲，蘧然驚覺，次第有懷十二章〉其五云：「狼嘷鴟嘯夜難分，風雨雞鳴總不聞。急有晨鐘傳次第，教人錯憶建文君。」〈後夜聞鐘，再理前緒六章〉其一云：「噪定方知是禁城，不堪臥起共分明。衹覺晨撾沉百杵，更無朝鼓續嚴更。」二月九日，道周生辰，作〈蒿里十章〉自悼。

前人評黃道周為「一代完人」，以為其「德性似朱紫陽，氣節似文信國，經術似劉子政，經濟似李忠定，文章似賈太傅、陸宣公，非獨以殉國震耀宇宙。」至於其詩，「則崛奇獨造，不施鞚勒，所謂天人之才，獨立無儔，天下庸得而步趨之哉！」（陳壽祺〈重編黃漳浦遺集序〉）。蔡世遠亦云：「詩歌不步漢魏、唐宋，而博奧黝深，雕鏤古健，風骨成一家矣。」（《二世堂文集》〈黃道周傳〉）清代著名閩詩人黃任〈拜黃石齋先生墓下詩〉稱讚道周詩云：「一字一涕淚，至今流耿光。」的確，我們今天讀黃道周詩，還是那樣地感到激動。至於其詩之特色，梁章鉅云：「寓意幽深，使事奧博，宋元而降，實無此才力，亦無此胸。」（《東南嶠外詩話》卷十）辭義雖深奧，「詩才亦不免踳駁，要其光焰，不啻萬丈也」（《靜志居詩話》卷二十）。

黃道周的繼室蔡玉卿（1612-1694）[61]，才藝雙全，「能詩，書法學石齋，造次不能辨，尤精繪事」（王士禛《居易錄》）。其詩今存二十餘首。蔡玉卿與黃道周志同道合，道周赴京，她作詩勉勵：「幸期匡頹俗，所冀伸懷抱。」（〈石齋上長安，詩以勖之〉）隆武元年黃道周將率師出閩，又作〈隆武紀元，石齋授鉞專征，作五律二首贈行〉，其二云：

> 大廈已傾危，誠難一木支。同心濟國事，竭力固皇基。白水真人起，黃龍痛欲期。公今肩巨任，勿負九重知。

她明知南明大廈靠黃道周一木是難於支撐的，但還是衷心希望他不要辜負此重任。蔡玉卿還有一些感時傷世之作，如〈傷時〉、〈滿夷跳梁有年仍未伏誅，群臣負國也〉。道周殉國後，她又作〈石齋殉難未及從死，慘酷縈懷益無聊賴，偶吟時事數律以舒憤痛〉以見志。隆武敗後，蔡玉卿攜二三諸孤居於深山，教以世世勿忘為黃石齋子孫。玉卿

---

61 龍溪洪思〈文明夫人行狀〉：「母夫人生於壬子五月，卒於甲戌二月，享年八十有五。」〈行狀〉載於臺灣銀行經濟研究室編：《臺灣文獻叢刊》第一三七種（臺北市：臺灣銀行經濟研究室，1962年）。

雖傳詩不多，但在南明文學史冊上自有一席特殊的地位。

金門和東山一樣，明時尚未建縣。明代金門又稱浯洲，屬同安。但金門的開發較早，唐代陳淵為牧馬監時已開始開發。南宋初朱熹曾為同安主簿[62]，到過浯洲[63]。這樣一個海島，宋時出現六名進士，明代多達二十七名。宋代的邱葵是較有名的隱逸詩人，著有《釣磯詩集》及《周禮補亡》[64]等。明代較有名的詩人有蔡復一，復一詩與竟陵派鍾、譚唱和，論者以為入竟陵一派，有《遁庵全集》。許獬萬曆二十九年（1601）會試第一，殿試第二，有《許鍾斗集》。金門歷來重教化，素有「海濱鄒魯」之稱。南明詩人盧若騰就誕生並長期生活在這裡。

盧若騰（1600-1664）[65]，字閑之，一字海運，號牧州。崇禎十三年（1640）進士，授兵部主事，譽望大起。黃道周等引為同志，以氣節相符。若騰劾楊嗣昌，時論壯之。升本部郎中，兼總京衛武學，三上疏劾定西侯蔣惟祿，外遷浙江布政使司左參議，分司寧紹巡海兵備道，居官潔己惠民，有「盧菩薩」之稱。福王立，召為僉都御史。唐王立，授以都督察院右副都御史，巡撫溫、處、寧、臺。駐守平陽，與清兵戰，城破，率家人巷戰，腰臂各中一矢，遇救。聞隆武帝被俘，痛憤赴水，又被救出。輾轉回浯洲，遂居島上，自號留庵。永曆十七年，即康熙二年（1663），清兵攻下金門、廈門。若騰率家將渡

62 朱熹於紹興二十三年至二十六年（1153-1156）為同安主簿。

63 朱熹有〈次牧馬侯廟〉詩。牧馬侯即唐人陳淵，其廟在金門。朱熹到過金門的考證，詳臺灣學者董金裕〈朱子與金門教化〉一文，收入《朱子學新論》（上海市：上海三聯書店，1991年12月）。

64 《周禮補亡》收入《四庫全書》〈經部〉〈禮類〉。《總目提要》卷二十三以邱葵為元代人。葵實為宋遺民，詳《光緒金門志》，卷九。

65 盧若騰〈庚子元旦〉:「庚子生來花甲匀，今朝庚子又回春。」詩作於永曆十四年庚子（1660），前一個庚子為萬曆二十八年（1600）。蔣毓英《臺灣府志》卷九:「癸卯（1663），大師平（金門）島，率家屬渡澎，越明年，卒，時年六十有五也。」則卒於一六六四年。《光緒金門志》卷十:「卒年六十六。」為一六六五年，恐非。

臺灣，至澎湖病亟。遺命題其墓曰「自許先生」。初葬澎湖，後遷葬金門[66]。著有《留庵詩文集》、《島居隨錄》、《島山閑居偶記》和《島噫詩》[67]等。

《島噫詩》是南明時期詩人居住在浯洲島即金門島上所作。「噫」，即心之噫氣，詩人族弟君常云：「風者天地之噫氣，詩者人心之噫氣。年來區區之心未由自遣，一番噫氣，祇增一番狂病耳。錄之以志所遭之不幸，未暇論工拙也。」若騰序其詩，引用這段話，以為「斯言也，若無意於詩，而直探詩之本原者」。並云：「喪亂以來，驚心駭目之事，層見疊出。」故詩人所吐之氣亦異於常日。君常之詩，「可謂之真詩也」。盧若騰〈島噫詩小引〉亦云：「島居以來，雖屢有感觸吟詠，未嘗作詩觀，未嘗作工詩想；如痛者之呻、哀者之哭，噫氣而已。」也就是說，島噫詩一集非詩人有意作的詩，而是借以將胸中的哀痛憤怨之氣一吐為快的手段而已；其時所吐，也並不在乎工拙。

盧若騰居海島二十年，雖致力於著書，然不忘報國恢復，其〈腐儒吟〉自述道：

> ……我本海濱一腐儒，平生志與溫飽殊；蹇遭百六害氣集，荏苒廿年國恩辜。未忘報國棲荒島，惢慎嫌疑不草草；逢人休恨眼無青，覽鏡自憐髮已皓。髮短心長欲問天，祖德宗功合綿延；二十四郡有義士，普天率土豈寂然！天定勝人良可必，孤臣夢夾虞淵日；西山薇蕨採未空，夷、齊安忍軀命畢。

66 〔光緒〕《金門志》卷二《分域略》〈墳墓〉引盧若騰孫勖吾自撰其父饒研《墓誌》：「通議公之殯於澎也，屬紅夷之警。忽夢公告以寒，覺而心動。復買舟至澎，啟攢歸葬於浯。」

67 《島噫詩》舊抄本係盧若騰八世胞侄孫德資重錄，一九五九年在金門縣被發現。臺灣銀行經濟研究室所編《臺灣文獻叢刊》列為第一三七種。

隆武二年（1446），清兵入仙霞關，鄭成功屯兵金門。秋，鄭芝龍族人鄭彩等北迎監國魯王於舟山。唐王敗後，其舊官僚有一部分也南奔金門。從明亡後到康熙二年金門陷落，金門和廈門一直是鄭成功抗清的根據地。此詩疑作於永曆十三年（1659），鄭成功率大軍沿江直逼南京城下，一時大江南北三州二十四縣相繼歸附，故詩云：「二十四郡有義士，普天率土豈寂然。」明亡後，詩人隱忍海島，此時多少看到一絲希望。

盧若騰在金門寫過二首壽魯王詩，永曆十五年（1661）作〈辛丑仲夏恭賀魯王千秋〉，次年作〈泰山高〉（壬寅仲夏壽魯王）。後一詩有云：「眷來煙霧相虧蔽，叢薄時聞狐虎嗥。風景一至朱明盛，碧空澄霽妖獸逃。」關於魯王的詩，還有一首〈魯王將入粵，賜詩留別，次韻奉和〉。詩人正統觀念很強，〈庚子除夕〉云：「近得滇南信，王師新奮鏖；逐北出黔、楚，克期蕩腥臊。氣運漸光昌，威福自上操；行當核名實，屈伸變所遭。」永曆帝雖遠在雲、貴，但其師為王師這一點不可動搖。盧若騰認為，現在是非常時期，總有一天永曆帝會有名有實的。

盧若騰生活在鄭成功的據點二十年，對明鄭軍隊的生活有較多了解。詩人稱這支軍隊為「義師」，對他們還是比較敬重的。鄭成功去世後，鄭經嗣位為延平王，盧若騰還參與其幕事，草〈代延平王嗣子告諭將士〉。東征臺灣的將士生活是很苦的，有時糧食接繼不上：「連艘載米一萬石，巨浪打頭不得東。東征將士飢欲死，西望糧船來不駛。」（〈石尤風〉）鄭成功在臺灣屯田，士卒尤為辛苦，〈海東屯卒歌〉云：

> 故鄉無粥饘，來墾海東田。海東野牛未訓習，三人驅之兩人牽；驅之不前牽不直，僨轅破犁跳如織。使我一鋤翻一土，一尺、兩尺已乏力；那知草根數尺深，揮鋤終日不得息。除草一年草不荒，教牛一年牛不狂；今年成田明年種，明年自不費官

糧。如今官糧不充腹，嚴令刻期食新穀；新穀何曾種一莖，飢死海東無人哭。

為了減輕沿海民眾的負擔，鄭成功復臺後實行屯田，但草根數尺，轅破犁跳，終日揮鋤，且「嚴令刻期」，屯卒至有死者。詩從一個角度反映了鄭成功復臺後的艱難。東征將士殉難者人數不少，〈殉衣篇，為許爾繩妻洪氏作〉云：「驚聞海東水土惡，征人疾疫十而九；猶望遙傳事未真，豈意君訃播人口！」將士妻妾也有隨之泛海而死於海上者，盧若騰又有〈將士妻妾泛海，遇風，不任眩嘔，自溺死者數人，作此哀之〉，末云：「盡室為遷客，招魂復望誰？化為精衛鳥，填海有餘悲。」詩人運用了《山海經》中精衛填海的典故，說明在抗清復明的鬥爭中也有將士家屬們的一份功勞。

《島噫詩》很值得注意的另一方面內容，是詩人對鄭成功部隊軍紀不嚴、對百姓時有騷擾的反映。〈甘蔗謠〉云：「豈料悍卒百十群，嗜甘不恤他人苦。拔劍砍蔗如刈草，主人有言更觸怒；飜加讒蔑恣株連，拘繫搒掠命如縷。」而主將不僅不嚴加管束他的士卒，「仍勸村民絕禍根，爾不蒔蔗彼安取！」出語未免可笑。詩人認為這就是「縱之示鼓舞」。〈番薯謠〉所寫略同：「奈何苦歲又苦兵，遍地薯空不留荄。島人泣訴主將前，反嗔細事浪喧豗。」將士又借用百姓的住房，〈借屋〉云：「本言借半暫居停，轉瞬主人被驅逐。」變客為主，奴役主人。更有甚者，或「將主屋向人鬻」，或撤主屋石木為料，給自己另建新屋，詩人非常氣憤，將他們同清兵作比：「人言胡虜如長蛇，豈知惡客是短蝮！」還有個別「健卒」逕入民家抱走三歲小兒「將鬻遠鄉」，幸而鄰人相救，「勸卒抱歸還其嫗」（〈抱兒行〉），小兒才倖免於被賣。詩人還借一老乞翁之口，對「義師」的某些不義行為加以指責：「義師與狂虜，抄掠每更番。一掠無衣穀，再掠無雞豕；甚至焚室宇，豈但毀籬藩。時俘男女去，索賂贖驚魂；倍息貸富戶，減價鬻田園。」這樣的「義師」和「狂虜」有什麼兩樣！詩人對「出師律不肅，牧民法不尊」(〈老乞翁〉) 提出嚴厲的批評。平心而論，詩人的措詞雖然嚴厲，但還是從恢復大明江山著想的，其〈驕兵〉詩道出詩人的良苦用心：

> 驕兵如驕子，雖養不可用。古之名將善用兵，甘苦皆與士卒共。假令識甘不識苦，將恩雖厚兵意縱；兵心屢縱不復收，肺腸蛇蝎貌貔貅。嚼我膏血堪醉飽，焉用捨死敵是求！

陳漢光〈《島噫詩》弁言〉云:「所詠頗足反映明鄭時代戎馬倥傯中之社會狀況，可作史料讀，亦可作文學作品讀。」即如〈驕兵〉等詩，更可補史之不足。

盧若騰有一首〈南洋賊〉的詩，頗值得注意，詩云：

> 可恨南洋賊，爾在南、我在北，何事年年相侵逼，戕我商漁不休息！天厭爾虐今為俘，駢首疊軀受誅殛。賊亦譁不慚，爾在北、我在南，屢搗我巢飽爾貪，擄我妻女殺我男。我呼爾賊爾不應，爾罵我賊我何堪。噫嘻！晚矣乎！南洋之水衣帶邇，防微杜漸疏於始，為虺為蛇勢既成，至相屠戮何時已。我願仁人大發好生心，招彼飛鴞食桑椹。

從「今為俘」、「受誅殛」、「晚矣乎」的描寫，詩當作於永曆十五年（1661）鄭成功收復臺灣，驅逐荷蘭侵略軍之時或稍後。「南洋賊」當指荷蘭侵略者，俗稱紅毛。萬曆後期，荷蘭侵略者不斷騷擾臺灣和福建沿海[68]，天啟四年（1624）竊據臺灣。蔣毓英《臺灣府志》卷

---

68 《明史》〈沈有容傳〉,「萬曆三十二年（1604）七月，西洋紅毛番長韋府郎駕三大

十：「戊戌年（1658），紅毛肆虐，居民不堪。漢人郭懷一率漢民反叛，事覺，凡漢人屠殺殆盡。」此詩歷數侵略者種種罪行，指出其「受誅殛」罪有應得，並認為沒能及早防微杜漸是極大的失誤。這首詩是中國詩史較早反映反抗西方侵略者入侵的詩篇，意義比較重大。

〔光緒〕《金門志》卷十評盧若騰諸作，以為「品藻古人成敗得失，反覆淋漓，斷制嚴謹。至於身世感遇、憂愁憤懣之什，皆根於血性注灑」。應該說是符合詩人實際的。如果還需要指出的話，那就是這些詩多是古體詩，且有一定的敘事性，有點類似白居易的諷喻詩。

歌詠金門風土的詩，前於盧若騰的還有本邑詩人邱葵、蔡獻臣、蔡復一等。盧若騰所作，有〈仲秋初度登太武岩〉、〈浯中佳泉，蟹眼、將軍與華岩而三耳；華岩地僻名隱，偶過瀹茗，賦以表之〉、〈辛丑春，重建太武海印岩；其秋落成矣。冬閏，洪鍾特姻丈招同王愧兩、諸葛士年來遊，次蔡清憲舊韻〉等[69]，都清新可誦。

民族英雄鄭成功雖是武將，但也能詩。成功（1603-1662），原名森，字大木，南安人。唐王在福建即位，賜他姓朱，人稱「國姓爺」。永曆十二年（1658）與張煌言合師北上，次年六月破鎮江，「祭太祖畢縞素，祭崇禎、隆武帝用白色，望之如雪，慟哭誓師，三軍皆泣下」（〔民國〕《福建通志》〈列傳〉卷二十八），七月兵臨金陵城下。鄭成功作〈出師討滿夷，自瓜州至金陵〉，云：「縞素臨江誓滅胡，雄師十萬氣吞吳。試看天塹投鞭渡，不信中原不姓朱。」永曆十五年（1661），驅逐荷蘭侵略軍，收復金臺，作〈復臺〉詩，云：「開闢荊榛逐荷夷，十年始克復先基，田橫尚有三千客，茹苦間關不忍離。」臺灣從侵略者手中奪回來，還可以作為抗清復明的基地。不幸

艘至澎湖。」〔光緒〕《金門志》卷十六《舊事紀》〈紀兵〉：「天啟二年（1622），紅毛夷城澎湖，出沒浯嶼、東椗諸地，海濱戒嚴。三年，紅毛夷登料羅（金門地名），浯銅把總丁贊出汛拒戰，死焉。」崇禎六年（1633）「七月，紅毛夷人入料羅」。

69 太武山，蟹眼、將軍、華岩三泉，海印岩，皆金門名勝。

的是，收復臺灣的第二年鄭成功病死。也就在這一年，永曆帝父子被殺於昆明，魯王也死於臺灣；兩年後（1664），另一位抗清英雄張煌言被捕遇害。清廷一統天下也就指日可待了。

二　明遺民文學

清兵向長江流域和江南推進時，遭到沿江和江南人民的頑強反抗。清兵每破一城，必有一番殺戮。揚州城破，清兵屠城十日，揚州軍民死者數十萬。江陰人民反對剃髮，發出「頭可斷，髮不可剃」的誓言，守城八十天。清兵入城後，屠城三日，被殺者十七萬人。順治二年（1645），嘉定清兵嚴布剃頭令，遭到反抗，清兵前後屠城三次，史稱「嘉定三屠」。順治五年（1648），清兵攻建寧城，王祁率軍民守城，四月初四，城將破，建寧人寧為玉碎，不為瓦全，自焚者十萬戶。同年，同安城破，死者五萬餘人。清兵的殘酷殺戮和鎮壓，引起民眾的普遍不滿，部分文人在易代之際以恥仕新朝的態度來表示其對明朝的忠誠。明代的遺民文學家較往代為多，他們借用某些文學形式來表現其對先朝的眷戀和對新朝的不滿情緒，例如為宋、元遺民甚至明代遺民作傳，或者如余懷那樣作部《板橋雜記》，以「記狹邪事，哀感頑艷」的方式來寄託故國哀思，以詩這種傳統文學形式來抒寫懷抱的則特別多。明代的遺民文學相當豐富，以至在明清文學中成為重要的研究對象之一。前人和今人編的詩集就有卓爾堪《明遺民詩》、張其淦《明代千遺民詩詠》、鄧之誠《清詩紀事初編》（前編）和錢仲聯《清詩紀事》（明遺民卷）等。本節將論述的閩籍明遺民文學家主要有林古度、李世熊、余懷和許友等。

林古度（1580-1666）[70]，字茂之，號那子，福清人。父章，兄君遷，妹玉衡，皆能詩。萬曆三十一年（1603），屠隆與名士宴集福州烏石山鄰霄臺，奮袖擊鼓，古度作〈撾鼓行〉，為屠隆所知。與曹學佺友善。又與鍾惺、譚元春遊金陵，詩格一變。明亡，居金陵真珠橋南，陋巷窟門，貧甚，暑無蚊帳，冬夜眠敗絮中。曾與當時諸名家方文、吳嘉紀、錢謙益、施潤章、陳維崧、王士禎等唱和，名重一時。康熙五年（1664），古度年已八十五，攜萬曆甲辰（1604）以後六十年詩至廣陵囑王士禎：「千秋之事，今以付子。」士禎後藉口古度壬子（1612）後與鍾、譚遊「一變而為幽隱鉤棘之詞」，僅選其「辛亥（1611）以前之作」（〈林古度詩選序〉），而不存明亡後諸作，實為畏禍。古度卒時年已八十七，其子貧，不克葬，周亮工葬之鍾山。有《林茂之詩選》。

林古度生於萬曆初年，兒時一萬曆錢，佩之終身，以示不忘故國，吳嘉紀為賦〈一錢行〉，云：「昔遊倏過五十載，江山宛然人代改。滿地干戈杜老貧，囊底徒餘一錢在。桃花李花三月天，同君扶杖上漁船。杯深顏熱城市遠，卻展空囊碧水前。酒人一見皆垂淚，乃是先朝萬曆錢。」林古度佩萬曆錢之舉，在明遺民中有不小的反響。

古度〈吉祥寺老梅歌〉一詩作於明亡之後（據福建師範大學中文系《清詩選》），詩云：

古寺老梅作人語，自謂孤根值中土。皇朝雨露受恩深，歲歲花

---

70 《全閩明詩傳》卷四十三引《柳湄詩傳》：「古度生於萬曆九年（1581），卒於康熙五年（1666），壽八十七。」按此計算則年僅八十六。王士禎〈林茂之詩選序〉：古度「丙午（1666）下世」。吳嘉紀《一錢行，贈林茂之》云：「先生春秋八十五。」汪楫有同題作，序云：「甲辰（1664）春，林茂之先生來廣陵，余贈以詩……」孫枝蔚《溉堂文集》卷一〈廣陵倡和詩序〉云：「甲辰之春，八閩林茂之……海陵吳賓賢（嘉紀），新安程穆倩、孫無言，上人梵伊，皆聚於江都。」甲辰年八十五，逆推則生於萬曆八年（1580）。

> 開供佛祖。春來觀賞遍人人，衣冠文酒何相親。豈知一旦風光換，花下風吹牛馬塵。香氣腥羶色污染，花容羞辱難舒展。勿言草木遂無知，清姿肯入兵兒眼？老梅老梅休怨嗟，鐵幹冰心守素華。當如西域紅榴樹，終老逢時徙漢家。

詩雖托言老梅，但詞旨醒豁。「風光換」，指改朝換代；「腥羶」，喻滿清的統治；「鐵幹冰心守素華」，則為詩人節操的自我寫照；「徙漢家」表達復明的希望。比較於〈吉祥寺老梅歌〉，同樣都是用比興的手法，詩人的〈新燕篇〉和〈新柳篇〉二詩就隱晦多了。前詩有云：「寂寞舊巢仍自覓，殷勤遠道為誰來？來尋故壘添辛苦，多少新人更舊主。」錢仲聯《夢苕庵詩話》以為「二詩皆弔南明福王朝覆亡之作，出以比興，婉而多諷」。

林古度「舊家華林園側，有亭榭池館之美。明亡，胥化為車庫馬廄，別卜居真珠橋南，陋巷窟門，貧甚」。「施閏章憐之，謂古度曰：『暑無癘病，於寒無氈，君能守之，當為計。』古度笑謂願守之以虎，客皆絕倒」(《清史列傳》〈文苑林古度傳〉)。古度守節不移，作〈冬夜〉詩云：「老來貧困實堪嗟，寒氣偏歸我一家。無被夜眠牽破絮，渾如孤鶴入蘆花。」末句以達觀語見志。

古度與郡人曹學佺友善，「其詩清綺婉縟，亦復似之」(〈林茂之詩選序〉)。其〈芳草〉云：「春風催百卉，草色遍相侵。到處沒馬足，有時驚客心。遠連空漢上，寒漾碧波潯。獨有明妃塚，青青恨至今。」〈入白門〉云：「白門迢遞夕陽間，千里閩天一日還。依舊客情無別事，逢人都問武夷山。」與鍾、譚遊後，詩風雖有所轉變，但未盡染楚派之習，「風華處盡有六朝遺韻」(徐世昌《晚晴簃詩彙》卷一六)。

〈林茂之詩選序〉又云：「(明亡後）海內士大夫慕其名而幸其不死，過金陵者必停車訪焉。」林古度時為東南名士魁碩，影響頗大。清初著名詩人王士禎順治中佐揚州亦數過金陵造訪，為之傾倒。

李世熊（1602-1686），字元仲，號寒支道人，晚號媿庵，寧化人。明季諸生。隱居泉上，「所居樓名曰但月，蓋隱言明一人也」（李家瑞《停雲閣詩話》）。明亡，唐王即位閩中，黃道周、曹學佺薦之，徵拜翰林博士，辭不赴。及道周殉節，走福州請褒恤，時恤問其孤嫠。清兵入閩，郡帥移書，逼入都，且言：「不出山，禍不測。」世熊復書曰：「天下無官者十九，豈盡高士？來書謂不出山，慮有不測。夫死生有命，豈遂懸於要津？且僕年四十八矣，去諸葛瘁躬之日，僅少六年；視文山盡節之辰，已多一載，何能抑情違性，重取羞辱哉？」（《清史列傳》〈文苑李世熊傳〉）居泉上里四十餘年，足跡不入州府。著有《寒支集》、《錢神志》和《寧化縣志》等。陳朝羲乾隆間所作〈《長汀縣志》序〉云：「西蜀《武功志》修自康對山，閩之《寧化志》修自李元仲，海內稱善。修志必如二公。」《寧化縣志》是中國優秀的地方志之一。

《清詩紀事初編》卷二評李世熊文云：「奇崛憤抑，善於說理。其傳志之文，表章明季義士，雖不如黃宗羲，而軼事舊聞，多補史缺。」《寧化縣志》卷三〈科目題名〉謝祥昌條記隆武駕陷於汀州，「大清貝勒署昌名，令繳納明札，赴軍前調用，昌堅避乃免」。卷四《人物志》賴道寄條記道寄「值變亂，哀憤抽裂，悉發為詩。每一詩成，反覆悲吟，繼以涕泣，泣已復吟，函至百里山中，人共讀之。若戚傷生，奇病交作，竟鬱鬱死」。同卷雷峻條云：「丙戌（1647）九月，大清師略寧地，舉邑倉皇趨避空無人。」卷七〈寇變志〉云：「順治三年（1646）九月十一日，總戎李成棟率馬步軍數萬，由杉關入邵武，趨汀州，取道寧化。時寧已歸順」，「亦有遭擄掠者。兵過五日乃盡。」將清兵入閩事列於「寇變」之下，用意不能不深。世熊為鄉人謝盛甫所撰〈墓誌〉揭露清將在寧化為非作歹；副將高守貴「寄食宿於民間，君家所寓寄騎兵特猙獰，挾三妻二子十婢僕，居大宅，家人早暮上食惟謹」。「凡盟會醵誕之筵，縫紝鍛冶之工，皆取辦居停。少不當意，拔劍擊柱，聲如乳虎，家人股栗無人色」。

李世熊「詩以險拔自矜，不擇聲調，然言之深者，足以動人肺腑，正所謂欲哭不可，欲泣則近婦人，不哭泣而使人難堪者」(《清詩紀事初編》卷二)。其〈避亂歸山，賴惟中攬袪東山橋，黯然揮手，答詒二詩〉[71]，悲悼明朝覆亡，山河改易。其二云：「長塹南無限，岩關力可翹。傷心三百載，國士太寥寥。」順治三年丙戌九月，清兵由杉關入汀州，俘殺唐王朱聿鍵，隆武小王朝亡，〈丙戌九月即事〉云：

> 秋風槭槭翦華鬘，故老吞聲盡罷餐。三百年來青麥壟，八千里外黑彈丸。旗翻樵月杉關暗，馬度鐔雲淪峽寒。滿目鶴猿看墨墨，霜楓染淚遍流丹。

杉關在今光澤止馬鄉，是江西入閩關道之一；樵，樵川，指邵武；鐔，鐔城，指將樂。頸聯寫清兵入閩路線。墨墨，天色陰晦如墨，滿山的霜楓淚盡繼以丹血，悲慟至極。〈聞說馬上俘婦〉一詩所寫更是慘絕人寰：

> 人似明珠馬似龍，裹鞭遙指杏花中。市邊簾舞香回酒，騎後胡催驛入風。揚罩半枝金杏粉，垂裾一派石榴紅。漢家畫史今如在，再榻明妃控玉驄。

此詩揭露清兵入閩到處淫掠，所俘之婦，亦歸將卒所有。一個個婦女，被清兵用馬馱載而去，讓人慘不忍睹。至於〈獨松〉所云：「回薄山水青，摩弄日月白。上友不羈雲，下友忘年石。」則抒寫詩人忠於故國的不移氣節。

---

71 賴道寄，字惟中，寧化人。東山橋，寧化橋名。

《靜志居詩話》卷二十一評李世熊詩，以為「鏤錯見長，澄濾不足」，然時有「灑然可誦」之作。《晚晴簃詩彙》卷十八云：詩「亦戛戛獨造。間效長吉，尤與宋遺民謝皋羽為近」。世熊詩在明遺民詩中聲名不一定最著，但他卻是以長汀為中心的閩西北地區第一位重要的文學家，對清代閩西北的文學創作起了深遠的影響，康熙時長汀著名詩人黎士弘就是李世熊的弟子；清代閩西北文學以寧化為最，與李世熊的影響也不無關係。

余懷，一字澹心，一字無懷，一字廣霞，別號鬘持老人，莆田人。崇禎中布衣，僑居江寧（今南京），晚居吳門（今江蘇蘇州），年八十餘卒。有《味外軒稿》、《曼翁稿》、《板橋雜記》和《三吳遊覽記》等。

金陵是明太祖所建的都城，遷都後則為陪都，明亡後福王又登基於此。金陵被清兵攻破後，余懷作〈金陵懷古詩〉，王士禎以為不減劉禹錫，其中〈謝公墩〉云：「高臥東山四十年，一堂絲竹敗苻堅。至今墩下瀟瀟雨，猶唱當時奈何許。」慨嘆弘光朝沒人能像東晉謝安打敗苻堅那樣阻止清兵南進。〈勞勞亭〉云：「蔓草離離朝送客，驪駒愁唱新亭陌。夜深苦竹啼鷓鴣，空牀獨宿頭皆白。」勞勞亭在南京市南，為古代送別的地方，李白〈勞勞亭歌〉云：「金陵勞勞送客堂，蔓草離離生道旁。」又云：「苦竹寒聲動秋月，獨宿空簾歸夢長。」余懷此詩，則抒寫憶念故國的愁苦。順治八年（1651），余懷將組詩寄給在揚州的王士禎，士禎答詩云：「千載秦淮水，東流繞舊京。江南戎馬後，愁絕庾蘭成。鍾埠蔣侯祠，青溪江令宅。傳得石城詩，腸斷蕪城客。」把余懷比作暮年詩賦多有故國之思的庾信。

詩人對金陵的感情實在太深了，〈金陵雜感〉又云：「山中夢冷依宏景，湖畔歌殘倚莫愁。吳殿金釵梁院鼓，楊花燕子共悠悠。」夢冷歌殘，昔日的「佳麗地」、「帝王州」浮於一片晚煙之中，令人感到淒愴。詩歌似已不能完全表現他對金陵特殊的情感了，於是余懷寫了一部《板橋雜記》，專門敘述金陵秦樓楚館的興衰，並以此寄慨。余懷於「庚寅（1650）、辛卯（1651）之際遊吳」，「丁酉（1657）再過金陵，歌臺舞榭化為瓦礫之場」，不勝感慨。《板橋雜記》卷首述其所作之由，略云：

> 或問余曰：「《板橋雜記》何為而作也？」余應之曰：「有為而作也。」或者又曰：「一代之興衰，千秋之感慨，其可錄者何限？而子惟狹邪之是述、艷冶之是傳，不已荒乎？」
> 余乃聽然而笑曰：「此即一代之興衰，千秋之感慨，所繫而非徒狹邪之是述，艷冶之是傳也。金陵古稱佳麗地，衣冠文物，盛於江南；文采風流，甲於海內。白下、青溪、桃葉、團扇，其為艷冶也多矣。洪武初年，建十六樓以處官妓。淡煙輕粉，重譯來賓，稱一時韻事。自時厥後，或廢或存，迨至三百年之久，而古跡浸湮……鼎革以來，時移物換。十年舊夢，依約揚州；一片歡場，鞠為茂草。紅牙碧串，妙舞清歌，不可得而聞也；洞房綺疏，湘簾繡幕，不可得而見也；名花瑤草，錦瑟犀毗，不可得而賞也。間亦過之，蒿藜滿眼，樓管劫灰，美人塵土，盛衰感慨，豈復有過此者乎！」

作者已經說得夠明白的了，以至沒有必要再引用書中任何材料來加以論證說明。「南市舊院」不過是金陵小小的一角，歡笑場地不過是大社會中小小的一幕，以小見大，以一角而見全局，「鼎革以來」，明代三百年的文采風流豈「可得而聞」、「可得而見」、「可得而賞」，作者所眷戀的豈是紅粉歌場！述狹邪，傳艷冶，目的為了寄慨。

作者借以寄慨眷懷故國的豈止南市舊院而已。一件小小的宣德官窯，也引起他的聯想，觸動他內心的痛處。〈宣德窯脂粉箱歌為萊陽姜仲子賦〉，余懷憶起了宣德朝這一全盛時期：「宣皇垂拱天下寧，海晏河清休甲兵。宮中雲門徹天響，端冕凝旒俯鳳城。君臣瀚墨灑日月，萬里江山朝帝京。」「想見當年郅盛時，上陽白髮蒙湯沐。水嬉宴罷宴頭鵝，六宮同享昇平福。」我們不必責怪余懷對宣德「盛世」的誇大，因為這種有意識的渲染正是為了反襯斗轉星移後的悲涼：「二百餘年時事變，舞馬空嘶杜鵑哭。野老何為拜茂陵？愁唱霓裳羽衣曲。君不見柏梁高臺承露盤，金銅仙人淚如瀉。」鄭孝威評云：「敘次興廢，婉轉抑揚，其虛實離合之間，大有古法變動。」（《全閩明詩傳》卷四十九引）

《三吳遊覽志》一書，係順治十三年（1656）余懷遊歷蘇州、昆山等地所作的遊記[72]，始於四月一日，中經五月和閏五月，止於六月十九日。是書按日記行程及所聞所見所感，有類於陸游的《入蜀記》；不同處是余志記事後往往附以當日所作詩。世事有時實在難於意料，五月十九日作者所遇之楚姬，不想卻是甲申（1644）遊武塘時佐酒的二小鬟之一，當日還曾贈以詩，余懷云：「異哉！地軸已翻，天河莫挽。南園既從彭咸所居，彷村更罹銜鬚之禍，向余昵一麗人，詢姬亦云物故。義士青萍，朱顏黃土，浩歌盈把，如何可言！」易代之悲，溢於言表。閏五月初五：「簫鼓沸天，樓船匝地。移舟臥龍橋邊，焚一爐香，炊茶竈，几上置《楚辭》，且讀且哭，觀者皆目攝余，曰：『此狂生也。』」六月十一日：「余因極論古今亡國，皆奸臣之由。」「以古鏡今，朗若龜鑒，追論誤國之奸，怒衝伍胥之濤矣。」皆有關國家興亡。記遊所附詩甚多，不少是痛哭流涕之辭，直抒胸情，毫不掩飾亡國的悲痛。五月二十七日〈話舊分賦〉其一云：「淚灑齊梁悲故國，魂招屈宋聚他鄉。」其二云：「西窗細雨留紅

72 《三吳遊覽志》沒有標明作年，但順治間只有十三年丙申閏五月。下一個閏五月是康熙十四年乙卯（1675）。五月十九日記姬楚云甲申（1644）年十二，則丙申年二十四；若康熙乙卯，則已四十三矣。

豆，東海雄風恨白頭。」嘆年老不能參與抗清活動，而一片丹心尚存。二十九日，作〈孤舟夜發歌〉云：「醉尋江草哭西風，金銅仙人淚洗面。」「三千年間日月車，興亡一一都彈遍。」閏五月初四，〈楚雲欲歸，贈句〉云：「江關蕭瑟猶如此，莫問齊梁舊姓名。」自比梁亡後羈於西魏的庾信。六月初，〈訪吳駿公宮尹於五畝之園，披襟縱談，贈以長句〉云：「君不見梁朝庾子山，暮年詩賦動江關。又不見長溪謝皋羽，一慟〈冬青〉淚如雨。共是銷魂落魄人，不堪回首漢宮春。」這樣的例子，隨處可拾，名為《遊覽志》，不過是掩人耳目而已。吳偉業為其作序，未必不能見余懷作意，或出於畏禍而不敢揭示作者之志，所謂「探勝選幽」、「尺幅中居然有萬里之勢」云云，似辜負了鬘翁的一片苦心。

《清史列傳》〈文苑余懷傳〉云：「（余懷）與杜浚，白夢鼐齊名，時號『余杜白』。金陵市語轉為『魚肚白』。詞藻艷輕俊，為吳偉業、龔鼎孳所賞。」《明詩紀詩》辛集卷十四云：「澹心詩，擅六朝之華藻，運唐賢之格誦，吐屬雋雅，角逐詞場，不減子山哀艷、小杜風流。」又引《蘭陔詩話》云：「作《板橋雜記》，述曲中事甚悉，自比《夢華錄》。其詩清而能綺，麗而不靡。明季莆田詩人，莫能與之抗衡。」

余懷子賓碩，字鴻客。孔尚任〈過余鴻客宅〉云：「寂寞江干宅，尋秋下馬看。墨圖張粉壁，綠竹護紅闌。使客詩為贊，遺民笠是冠。」賓碩入明亦不仕，曾作〈金陵覽古詩〉六十首。周亮工〈金陵覽古詩序〉云：「余子鴻客為余友廣霞先生之子，世其家學，讀書嗜古，閉戶城南之竹圃，作〈金陵覽古詩〉凡六十首，補前修之所未備，得余心之所同然。新情振起，逸態橫生，展誦未終，感慨繫之。」詩有云：「王氣銷沈煙水中，六朝人物草連空。杏花門巷千家雨，桃葉樓臺一笛風。龍虎勢盤山似洛，帝王宅定岳為嵩。孝陵弓劍留遺愛，肯為偏安感故宮！」心繫故國，感慨良多。余賓碩撰有〈石農詠物詩〉。

許友，初名宰，字有介；一字友眉，又字介壽，號甌香，侯官人。崇禎中諸生，入明不仕。少師紹興倪元璐，晚慕米芾為人，構米友堂祀之。資性穎異，疏曠不羈，日娛山水，善畫工書，詩尤孤曠高迥，時有「三絕」之稱。有《米友堂集》。

許友曾作一畫，題〈雨中遊清涼山〉詩於其上，云：

> 雨響風號翠幾層，石頭懷古不堪登。無端縛就松針筆，畫得青山是孝陵。

孝陵為明太祖朱元璋陵，在南京鍾山下，清涼山在南京城西。楊鍾羲《雪橋詩話餘集》云：「墨跡縶草書，孝陵跳行。」「不堪登」，怕望見孝陵而增添傷感。詩人另有一首〈宿清涼寺〉，下半云：「竹根寒草秀，松影落花香。醉語興亡局，西風聲倍涼。」許友對故國的情懷也是很深的，「天空海天君當去，剩水殘山著足難。」〈懷友〉詩所寫，一點也不避忌。

明亡之後，許友還是一位較有影響的詩人，錢謙益、朱彝尊、王士禎等都賞愛他的詩。錢謙益《吾炙集》選詩還是比較嚴的，而選許友詩則多達百餘首，並題其詩云：「世亂才難盡，吾衰論自公。」《靜志居詩話》卷二十二評許友詩云：「其篇章字句，不屑蹈襲前人，正如俊鶻生駒，未可施以韝靮。」並錄〈放鶴篇〉、〈題淵明獨酌圖〉二首。作為明遺民詩人，許友應有一席地位。但後人所編各種明遺民詩多有遺漏，所編《明遺民傳記索引》也跟著失收[73]。

---

73 錢仲聯《清詩紀事》〈明遺民卷〉有許友條（南京市：江蘇古籍出版社，1987年）。謝正光《明遺民傳記索引》（上海市：上海古籍出版社，1992年）失收。按：《清史列傳》〈文苑許友傳〉記許友為「諸生」易產生誤解，當作「崇禎諸生」或「明季諸生」。

明亡之後，閩中有「七子」和「平遠七子」之稱，除了許友，還有他的族兄許珌以及高兆、曾燦垣、孫學稼等。許珌，崇禎舉人，許友、高、曾、孫都是明諸生，入清後皆不仕。許珌，字天玉，一字鐵堂，侯官人。有《許鐵堂詩鈔》。其〈清明日同孫憲吉、薛子燮登金粟臺〉云[74]：「飢鼯銜剎日，歸馬動墟煙。遙望北陵上，空山惟杜鵑。」王士禛〈慈仁寺雙松歌贈許天玉〉云：「千秋萬歲知者誰？閩海奇人許夫子。」高兆，字雲客，號固齋，有《固齋集》。曾燦垣，字即庵，侯官人，有《即庵詩存》。閩人郭曾炘〈雜題國朝諸名家詩集後〉云：「哦松古寺懷天玉，洗露離筵和固齋。七子並時峙壇坫，即庵奇氣更無儕。」孫學稼，字君實，侯官人，有《蘭雪軒詩鈔》。謝章鋌〈論詩絕句三十首〉其十六云：「高人想見孫君實，南過孝陵獨詠詩。」其十七又評三位閩籍明遺老詩云：「未青（翁白）感遇多哀怨，寂寞丁（之賢）朱（國漢）有淚痕。但使歌聲出金石，閉門風雪布衣尊。」翁白，字未青，福清人，明亡，遷居浦城，有《梅莊遺草》。丁之賢，字德舉；朱國漢，字為章，並建寧人，後人合刊二人詩為《綏安二布衣詩》。明遺民閩籍詩人不下數十人，不能遍舉。

附帶交代一下，從晚明到清初一個時期，許友一家詩人輩出。友父豸，字玉史，崇禎四年進士（1631），有《春及堂詩》。珌為許友族兄。友子遇，字不棄，歲貢生，少學詩於王士禛，七絕尤擅長，所作〈家山雜憶〉一百三十五首，多關福州風物，有《紫藤花庵詩鈔》。遇子鼎、均俱能詩。鼎，字伯調，雍正元年（1723）舉人，有《少少集剌》等；均，字叔調，康熙五十七年（1718）進士，有《玉琴書屋詩鈔》。「閩中以詩世其家者，咸曰許氏也」（《清史列傳》〈文苑許友傳〉）。許友承上啟下，有著重要作用。

---

74 金粟臺，在福州九仙山。

第六章
清初至清中葉福建文學的總結提高時期

從愛新覺羅福臨稱帝（1644），至宣統三年（1911）清被資產階級民主革命所推翻，清王朝共經歷了二百七十年左右的時間。中國古代史與近代史的分界，學術界一般定在道光二十年（1840）。本書沿用這一說法。本章將論述的清初至清中葉文學，就是指清初至道光二十年之間將近二百年的文學；個別作家，如高澍然，卒於道光二十一年（1841），我們也把他放在本章論述。

福建是南明隆武帝的據點，故清兵入閩遲至順治三年（1646）。清兵入閩後，魯王抗清的勢力仍在沿海活動十多年之久。鄭成功的軍隊更是長期以廈門、金門等沿海島嶼堅持抗清。明鄭的抗清，一直堅持到康熙二十二年（1683）。沿海一些地方，特別是漳州、廈門、泉州一帶，成了明鄭與清爭地要衝，生產力受到嚴重破壞。順治九年（1652），清軍解漳州圍後，「城中百姓才餘一二百。盡日經里巷中落落如行山野，第宅萬間率門戶洞開，饞鼠饑鳥，白晝蹲踞几案上」（黎士弘《託素齋文集》〈清漳倡和序〉）。順治十八年（1661），清政府下令遷界，即強迫沿海居民分別內遷三十至五十里，不許商船、漁船下海，目的是企圖割斷明鄭同內地的聯繫。這一政策的執行，一是沿海的生產力遭到極大破壞，土地大量荒蕪。二是沿海居民流離失所，飄泊無依，「既苦糊口無資，又苦棲身無處」。「謀生無策，丐食無門，賣身無所，輾轉待斃，慘不堪言」（陳鴻《莆變小乘》）。三是摧殘沿海的文化教育和文學創作。南明詩人黃道周的家鄉在銅山，明末清初詩人翁白在福清，張燮在龍溪石碼[1]，他們家居之地都在界外。遷界後很長一個時期，這些地方一直沒能產生有些名聲的作家或詩人。

清初福建的另一次事件是耿精忠叛清（史將其與吳三桂、尚之信之變合稱「三藩之亂」或「三藩事變」）。康熙十三年（1674），耿精忠起兵響應鎮守雲南的吳三桂，遣將分攻浙、贛、粵，並請臺灣的鄭經攻潮、惠。十五年（1676），勢窘而降。在這場事變中，有些文人無端被囚，如林雲銘[2]。像李光地，因合進蠟丸報虛實，峻擢學士；陳夢雷則以從逆論斬，減死戍沈陽。事變給閩地文人帶來了不同的命運。當時一些詩人的作品反映了這次事變，較有名的有張遠的〈閩中雜感八首〉（其五、其六寫鄭經事）。

自康熙二十二年（1683）鄭克塽降清、清據有全閩至鴉片戰爭爆發，這一百六十年左右的時間，福建又重歸平靜，生產得到發展。據《重纂福建通志》統計，道光九年（1829），不含臺灣諸島人口已多至一千七百多萬人。這個數字雖不可全信，但相差當不太遠。康熙二十三年，清廷用施琅議，設臺灣府、縣、總兵，隸福建行省。清廷對移民臺灣雖然限制很嚴，但仍未能阻止兩岸人民交往。福建許多文人相繼入臺或在臺為宦，留下不少反映臺灣的作品，較著名的如藍鼎元[3]、陳夢林等[4]。

1　張燮（1573-1640），字紹和，號汰沃，龍溪人，明萬曆甲午（1594）舉人。有《東西洋考》、《霏雲居集》、《霏雲居續集》、《群玉樓集》、《七十二家集》等。明末陳繼儒言閩中三著述家，一侯官曹學佺，一晉江何喬遠，一即張燮。

2　林雲銘，字西仲，閩縣人，順治十五年（1658）進士。官徽州府通判。康熙六年（1667）以裁缺歸，十三年被耿精忠囚，逾二年得歸，有《挹奎樓文集》、《吳山鷇音》。

3　藍鼎元（1680-1733），字玉霖，號鹿洲，漳浦人。嘗從其從兄藍廷珍入臺，官至廣州知府。有《平臺紀》、《鹿州初集》等。

4　陳夢林，字少林，漳浦人。乾隆七年（1742）舉博學鴻詞，不赴。曾被聘修臺灣明代閩中詩派雖以福州一府的詩人為主，但這一詩派延續了二百多年，又出了不少名詩人，在福建影響很大，幾乎成了明代閩詩的代稱。早在萬曆間鄧原岳、謝肇淛、徐熥、徐𤊹、曹學佺復振閩中風雅時，連江的陳第、同安的蔡復一等對閩中詩派已經表示不同的意見。南明時期的黃道周，已入「生澀奧衍」一派，「語必驚人，字忌習見」（汪國垣《方湖類稿》〈近代詩派與地域〉），漸開閩人學宋法門。清初，長汀黎士弘、泉州丁煒、福州張遠出，大變閩地詩風，別開生面，卓然拔出閩派之外。其他詩人，如孟超然、林雲銘、陳夢雷、李光地、林麟焻等，亦復不落閩派窠臼。歷康熙、雍正、乾隆三朝的黃任，是清初至清中葉的詩人，其詩「清麗綿芊，而風骨凝然，獨趨眾嫮」（桑調元〈香草齋詩序〉），至有「國朝詩人竹垞（朱彝尊）、漁洋（王士禛）外，首數十研翁（黃任）」（陳侯封〈香草齋詩注跋〉）之譽；黃任兼工諸體，其詩今存近千首，而七絕佔其大半，擅名海內。乾隆間，華嵒和黃慎都是著名的畫家，其詩名或為畫所掩，其實亦不失自成一家。乾隆、嘉慶間，伊秉綬、薩玉衡、陳壽祺前後主閩中詩壇。陳壽祺雖長於樸學，其詩亦足名家。乾隆間，朱仕玠、鄭方坤、鄭方城兄弟、葉觀國等，也是比較重要的詩人。這一時期，閩詩沒有形成流派，其重要原因是清廷早在順治九年就下了「禁立盟結社」（詳王先謙《東華錄》）之令，詩文社也在禁止之列。清初閩詩人有的兼工詞，丁煒著有《紫玉詞》，朱彝尊曾為作序，並加以評點。

清初至清中葉，閩人較出名的散文家，有丁煒、李光地、蔡世遠、藍鼎元、朱仕琇、龔景瀚、伊秉綬、高澍然等，其中以朱仕琇成就最大，陳衍《石遺室書錄》云：「福建人以古文詞名家者絕鮮，先生（朱仕琇）敝精力於為文，在吾鄉千百年來當首屈一指，次則高雨農（澍然）先生，遵岩（王慎中）散體中間以駢語，又其次也。」龔

《諸羅縣志》，又曾入制府滿保幕府赴臺。有《遊臺詩》、《紀遊草》、《後遊草》。

景瀚、伊秉綬等的古文都出自仕琇。陳壽祺兼工散文與駢文，而以駢文之名為盛。

我們在第三章第四節中提到兩宋閩人的十餘種筆記，但在那一節中主要是著眼於文學批評的。其實，在筆記中仍有不少小說的材料，只是成績不是太大而已，因此本書也沒能深入討論。明代建陽的熊大木是較著名的通俗小說的編著者和刊行者。嘉靖間，他編印了《全漢志傳》、《唐書志傳》、《宋傳》、《宋傳續集》、《大宋中興通俗演義》等，有一定影響。明代趙弼所撰的《效顰集》[5]，是閩人較早的一部短篇小說集。《奇逢傳》和《清源麗史》是明代流傳於閩南一帶的傳奇小說，前者寫的是「陳三五娘」的故事，為梨園劇目所本。清初至清中葉，福建小說較前代進步的主要標誌是出現了長篇章回小說《臺灣外記》和《閩都別記》。《臺灣外紀》，江日昇著，三十卷，故事始於明萬曆甲辰（1604）鄭芝龍生，終於清康熙癸亥（1683）鄭克塽降清，敘述鄭成功以金門、廈門、臺灣為據點抗清始末。《閩都別記》，署里人何求，記述唐、宋至清初的軼聞軼事，頗多方言俗語。這兩部小說所寫都有關閩人閩事，富有地方特色。

福建地方文學的發展，經歷了唐前的準備時期，唐五代的發展時期，兩宋的繁盛時期，元明的復古時期之後，入清則已進入總結提高時期。清初至清中葉，繼續繼承明季編輯前代閩人詩文總集的傳統，例如，龍溪黃日紀編《全閩詩俊》錄唐歐陽詹以下二百三十三人詩，福州葉申薌編《閩詞綜》錄宋代以來閩詞，莆田鄭王臣編《莆風清籟集》，專收莆邑歷代詩至三千餘首。這一時期，出現了數種專門以閩人閩作為評論對象的詩話和文苑傳：鄭方坤《全閩詩話》，薩玉衡《續全閩詩話》[6]，鄭傑《注韓居詩話》[7]，鄭王臣《蘭陔詩話》（專論

---

5 趙弼，字輔文，號雪航，南平人。曾任漢陽縣教諭。

6 薩玉衡《續全閩詩話》二卷，今未見。此據〔民國〕《福建通志》〈文苑傳〉，卷八。

7 《注韓居詩話》未見單刻本。所見附以鄭傑本人輯《國朝全閩詩錄初集》各詩人之下。

莆田歷代詩人及其詩）[8]，陳壽祺《東越文苑後傳》等[9]。葉矯然的《龍性堂詩話》，也部分評論了閩人歷代的作品。福建歷代文獻的整理和編纂的過程，對前人詩文的評論過程，實質上就是一個對文學創作檢閱和總結的過程，而這種檢閱和總結，則無疑有助於文學的發展提高。

第一節　主要詩人和詩風

一　黎士弘　丁煒　張遠和清初閩詩風

明代的閩中詩派，雖然是福州一府的詩派，但福州是會城，詩人多，知名者眾，故影響也大，終明一代，閩中詩派的詩風佔有主導地位。這一詩風，到了晚明，開始受到陳第、董應舉等人的衝擊，謝肇淛、徐𤊹等人則張起復振風雅的旗號，使之延續到明亡。南明時期，地位高、影響大的黃道周為詩，「語必驚人，字忌習見」（汪國垣《方湖類稿》〈近代詩派與地域〉），已與閩派分庭抗禮。明遺民李世熊，與黃道周走的是同一路子。清初，閩西的黎士弘、閩南的丁煒、福州的張遠出，風行近三百年的明代閩派詩風終於告寢。

黎士弘（1618-1697），字媿曾，長汀人。少師寧化李世熊，稱入室弟子。新建徐世溥有文名，與錢謙益書，謂「今海內人士，惟長汀黎媿曾及漢陽李文孫兩人而已耳」。而周亮工謂「黎自可單行，若比並漢陽，恐疑噲伍」（鄭方坤《國朝名家詩鈔小傳》）。士弘順治十一年（1654）舉人。授江西廣信推官，補永新知縣，歷官至甘山道，移節寧夏。康熙十八年，晉布政司參政，以母老乞歸，居家。有《託素

8　《蘭陔詩話》未見單刻本。所見附以鄭王臣本人輯《莆風清籟集》各詩人之下。

9　《東越文苑傳》，明季侯官陳鳴鶴撰。

齋詩文集》。

古人作詩，強調言志，黎士弘繼承這一傳統，認為詩必須表現詩人的心意，有感則發：「我所見於事而欲慟欲哭，心即以其嗚嗚咽咽，悲涼騷屑如秋飆隕籜徘徊而入於手，我則敢不載書？我所見於事而或歌或愕，心即以其嘻嘻喁喁，濡首脫幘，牽袂舞蹈而入於手，我則敢不載書？我所見於事而以為謔，以為長恨，以為傲慢，心即各肖其來，而謔之，長恨之，傲慢之。環車擁轡紛來而入於我手，我則敢不載書？」(〈託素齋詩集自序〉) 總之，對外界的事與物有所感觸，則其喜怒哀樂之情不可遏，不能不借助於詩來加以表現、抒發。黎士弘認為，作詩之要，除了情至，還應境新，而要做到情至境新，既要有師承，又要有良友的「感激觀摩」。人到晚年，「昔時師友現在無多，又人事周章，應酬牽率之篇不少」，有些詩就顯得勉強了（詳〈託素齋詩集三刻自序〉)。作詩還應結合身世經歷多讀書，就能做到「學與年增」，避免倒退：「學與年減為不讀書者言耳。日聞古人之言，日見古人之事，合以身世之所經歷，悲歡離合，人情賢佞治亂乘除，觸之為思，感之為志，口之為言，筆之為書，見聞愈多，則論著愈廣，特文之光焰、堅實、平淡、遠近，亦因其年之壯盛衰老為節次，造化自然之序，密移代嬗，即作者亦不知其所以然，而豈必曰老不如壯，壯不如少乎？」(〈託素齋詩集四刻自序〉)

黎士弘於明崇禎十一年（1638）開始作詩，「每有作不敢示人，時雜置古人詩文中，就正里巷，間所嘗稱作家者，嘿記其塗乙去取以去取為是非》(〈託素齋詩集自序〉)。順治元年，士弘與弟士毅讀書長汀佛祖峰山寺，遊諸岩，作〈佛祖峰山寺坐月〉、〈次獅峰位和尚山居十二景詩〉等。〈佛祖峰山寺坐月〉前半云：「錯繡諸峰夜色安，煙光樹氣積高寒。蒼茫星漢客人立，喧寂林巒共佛看。」

順治四年（1647）周亮工為福建按察使，六年，擢福建右布政使，七年，代建南道篆赴汀州。周亮工於詩，在清初未必稱得上巨手，但他知識淵博，好才憐士，虛席待客，頗有名望。亮工入閩，曾枉駕三造鄭方坤祖之廬，一時傳為佳話。黎士弘與周亮工關係亦密，其〈哭周櫟園先生〉四首其四云：「受公三十年知遇，敢與尋常座客俱？秘地文章分稿讀，通家子弟得名呼。」亮工卒於康熙十一年（1672），三十年蓋舉其成數，亮工入閩後即對黎士弘十分賞識，不必等到親臨長汀之後。《託素齋詩集》中有關周亮工的詩很多，如〈樵川署中，夜訂諸家近稿，賦呈周櫟園先生〉、〈題畫寄周櫟園先生〉、〈讀周元亮先生九龍灘口號〉、〈讀周櫟園先生海上晝夢之姬詩〉、〈購得仇十洲手繪，呈周元亮先生〉、〈和詩話樓韻〉（周元亮使君新祠宋逋客嚴滄浪先生其上）等等。周亮工亦曾為黎士弘的詩集和文集分別作序。黎士弘的〈至南昌知周櫟園先生無恙，且得手書〉一詩，最為人傳誦：

> 他鄉驚喜君還在，痛定開函淚更流。萬死才回明主顧，孤兒猶屬故人收。眾中薄命誰能惜？意外微生荷獨留。誤盡閩南碑下客，無端北望哭西州。

順治十三年（1656），周亮工遭讒被革職，案子遷延數年。黎士弘此詩，敘當時盛傳亮工已罹禍，不期亮工無恙且得其親筆書札，才鬆了一口大氣。詩寫其痛定之餘喜出望外的心境。沈德潛評云：「一氣赴題，少陵有此章法，前代謝茂秦時亦有之。」（《清詩別裁集》卷四）張維屏評云：「沉摯而飛動，七律中上乘也。」（《國朝詩人徵略》〈聽松廬詩話〉）

周亮工有〈閩茶曲〉十首，黎士弘作一組〈閩酒曲〉以儷之。所謂「閩酒」，其實是指汀州一帶之酒。閩西釀酒，有悠久歷史，詩云：「板橋官柳拂波流，也向春朝半月遊。數盡紅衫分隊隊，賫錢齊上謝公樓。」原注：「唐張九齡詩：『謝公樓上好醇酒，五百青蚨買一斗。』樓在城南，為士女觀臨之所。」張九齡是初唐人，其詩後二句云：「紅泥乍擘綠蟻浮，玉碗才傾黃蜜剖。」長汀盛產好酒當在唐前，「謝公」不知為何人，當是一位與汀州釀酒有關的歷史人物。詩又云：「長槍江米接鄰香，冬至先教辦壓房。燈子才光新月好，傳箋珍重喚人嘗。」原注：「汀俗於冬至日戶皆造酒，而鄉中有壓房一種，尤為珍重，藏之經時，待嘉賓而後發也。」此首敘汀人造酒的時間及名貴的品種，詩又云：「誰為狡獪試丹砂，卻令紅娘字酒家。怪得女郎新解事，隨心亂插兩三花。」原注：「釀家每當酒熟時，其色變如丹砂，俗稱紅娘過缸酒，謂有神仙到門則然，家以為吉祥之兆，競插花賞之。」此詩寫閩西紅酒如丹，因名「紅娘過缸酒」；釀此佳酒，似有神仙臨門，至插花競賞。用語俏皮風趣。閩西紅酒傳至今日亦甚享盛名。黎士弘〈過永安〉詩後半云：「板橋落盡霜難寢，隔水呼人買半紅。」原注：「半紅，永安酒名。」也是寫閩西物產。

西北邊塞八年，黎士弘治軍書每至達旦，〈來甘州一載矣，尚未紀其風物，夙昔交遊問貽雜至，特作六百字寫懷，用柬知我〉，〈入寧夏以來，筆墨都懶，就所見聞，得截句二十章，采風者或有取而覽觀焉，丙辰六月之一日〉二十首，〈一夜〉等詩，或紀風物，或詠時事，亦可觀覽。

潘耒〈託素齋文集序〉評士弘詩云：「詩章一本性情，刊落浮華，始乃刻畫，漸近自然，蓋先生痛掃時趨，絕不為依仿形似之學，而風格體裁一一與古大家合轍。」鄭方坤亦評云：「詩格隨年而變，大抵刊落陳言，清真樸老，與周櫟園、汪舟次諸公後先競爽，異於以鞶帨為工者。」(《國朝名家詩鈔小傳》) 士弘詩成就不一定很高，但全然不染閩派之習。

丁煒，字瞻汝，號雁水，晉江人。少孤，弱齡補諸生。順治十二年（1655）舉人，授漳州教諭，改河南魯山縣丞，遷直隸獻縣，歷江西贛南道、湖北按察使。有《問山堂詩文集》、《紫雲詞》。

「問山」之名，得之於魯陽之時。〈問山堂詩集自序〉云：「曩滯魯陽，其時身之所履，目之所遇，非麋鹿木石與居，則畸士田夫與處，惟有戶外青山，差堪共語，因成《問山》一帙。」

王士禎論詩，將丁煒列入「金臺十子」，又將其歸入林鴻一派，《漁洋詩話》云：「閩詩派，自林子羽、高廷禮後，三百年間，前惟鄭繼之，後惟曹能始，能自見本色耳。丁雁水煒亦林派之錚錚者。其五言佳句頗多，如『青山秋後夢，黃葉雨中詩』；『鶯啼殘夢後，花發獨吟時』；『花柳看樵悴，江山待祓除』。皆可吟諷。」所引句分別見〈臥病酬和林蜚伯見訊之作〉、〈春事〉和〈甲辰上巳沈康臣過集〉，第一首全詩為：

> 輕寒腰帶減，窗竹漸離披。未得高眠早，常愁退食遲。青山秋後夢，黃葉雨中詩。酒熟東籬下，君閑可預期。

《問山堂詩集》引王士禎評云：「五六一聯，司空表聖之佳句。」王士禎欣賞丁煒集中那些符合自己神韻理論的佳作，而丁煒這些作品又頗有唐人劉長卿、司空圖的韻味。如果說丁煒詩力追唐賢，或者說學唐，當然無不可；但一定要說丁煒也是林鴻一派，則不符合其詩的實際。

首先，林派或稱閩派，學唐摹唐最得意的是七律，而其詩最講究的是格調的圓潤工穩，而王士禎所舉之例是五律，所拈出的佳句則講神韻。講神韻是王士禎論詩的宗旨，而非林派或閩派所推重。

其次，林鴻等人學唐是致力於摹仿，而丁煒論詩則反對摹仿：「聲詩之病也，無才者知守成法，乃多至於摹仿規襲，陳陳生厭。」（〈羅珂雪耐耕堂詩文集序〉）因此他又提出詩貴新、貴獨造的主張：「貴新而不貴襲，貴獨造而不貴依傍。」（〈于畏之西江草詩序〉）

再次，林鴻等人復古詩論重點是宗盛唐，丁煒雖然也重視學唐，但同樣重視漢魏，將漢魏、三唐並稱；林鴻等人更看重近體，而丁煒古體近體並重：「《詩三百》而後，由漢魏迄三唐，作者代興，美備亦略可睹矣。」（〈春暉堂詩序〉）「詩當取材漢魏，而以三唐為宗。」「古近異制，比類同工，此聲律之極則，而《三百篇》之遺軌也。」（〈于畏之西江草詩序〉）丁煒批評當時一些詩人學杜只學其「氣之豪壯、詞之悲切、意之率直」，而不知道杜詩憲章漢魏，取材六朝，為集大成者。他非常欣賞莆田林公韞學詩從六朝入手，進而學杜，做到融匯貫通：「予觀獻十全集，亦有入曹劉，茹顏謝，集徐庾，該沈宋者，以此立言，何慮不杜若哉！杜實總諸家，能於諸家淹貫融通，此則善於學杜者。」（〈林獻十樗樓詩集序〉）

第四，林鴻等人宗唐，以鼓吹盛唐為烈。丁煒學唐，兼顧諸期，而以中晚為近。丁煒認為：「近體宜宗初唐，而善通初唐者，惟大歷錢郎諸公，彼其用意設辭，率從新巧，特於本體無傷為可貴耳。」（〈羅珂雪耐耕堂詩文集序〉）實際上是說，學唐要從大歷入手。丁煒本人的詩歌實踐，也和他的理論大體相符。沈荃〈問山堂詩集序〉云：「擬古則登建安之堂奧，近體則揚大歷之飆流。」徐世昌《晚晴簃詩彙》〈詩話〉亦云：「漁洋、初白皆盛推其詩，擬之劉文房、許丁卯。」集中〈賈島峪〉一詩云：「青山名傍古人存，賈島窮居有故村。客舍無煙成獨嘆，秋風落葉向誰論？十霜幾墮并州淚，萬里空歸蜀道魂。煙月石樓寒寂寂，夜深疑叩老僧門。」沈德潛以為「通體點化長江詩，便不浮泛」（《清詩別裁集》卷十三），可見一斑。

丁煒學唐，還與清初的詩風有關。朱彝尊〈問山堂詩集序〉談到清初三十年詩壇的情況時說，其初，海內談詩者不滿竟陵派的學說，於是紛紛取法高棅、趨鶩盛唐；過了一段時間，又「厭唐人規幅」，轉而「爭以宋為師」。朱彝尊進而指出：「夫惟博觀漢魏六代之詩，然後可以言唐，學唐人而具體，然後可以言宋。」丁煒自己也說：「今談詩家，不務宗漢魏三唐，以漸追夫《三百》，而顧變而之宋、之元，爭為詭勝，究且失其邯鄲之步。」(〈春暉堂詩序〉) 在這種情況下丁煒學唐，自然不可能再回到「仍取法於廷禮」的老路上。因此丁煒提出了一個「宜稍變而通」的觀點。他認為成法不可盡廢，但又應標新領域。過於守成法，就會流於摹仿規襲；過於標新立異，也會流於「壞決氣體」(〈羅珂雪耐耕堂詩文集序〉)。不錯，丁煒為詩，是力追唐賢的，但清初的時代已和林鴻、高棅的明初不同，詩壇的風氣也已異，更重要的是他的論詩和創作和林派的諸子有很多不同點，因此，不能因為丁煒是閩人而詩又學唐，硬要將其歸入林派，且給他一頂「錚錚者」的冠冕。

丁煒詞集取名「紫雲」，有不忘鄉土之意，其〈紫雲詞自序〉云：「其名以紫雲，則樂操土音耳。吾鄉城南有山紫帽，紫雲嘗冒其上，即唐真人鄭文叔遇羽衣授金粟處。」丁煒填詞始於宦遊之時，較作詩晚，然亦受到時人好評。朱彝尊序其詞云：「《紫雲詞》流播南北，蓋兼宋元人之長。」徐釚序云：「其所作直能上掩和凝，下追溫尉，舉凡芊綿韻令，雄奇排奡，無不各臻其勝，洵乎合辛、柳、秦、黃、姜、史諸家而集大成者也。」推挹不免太過，但元、明二代閩人鮮有詞家，丁煒在清初的崛起，引人矚目亦不足為怪。

丁煒弟丁焯，字韜汝，詩詞也有一定成就，有《滄霞詩集》和《滄霞詞》。

張遠（1648-1722），字超然，侯官人[10]。康熙三十八年（1699）鄉試第一。年二十餘，苦於苛斂，自閩入吳，客遊七年歸，母已逝矣，作〈人生〉以抒其情。適曹溶隨征至閩，與之酬唱，旋復入吳，贅於常熟何氏。康熙十六年（1677）、二十年（1681）、三十九年（1700），

10 據鄭方坤《國朝名家詩鈔小傳》。楊鍾義《雪橋詩話續集》、徐世昌《晚晴簃詩彙》、鄧之誠《清詩紀事初編》同。《清史列傳》卷七十作閩縣人。

都有詩記其回閩。晚得雲南祿豐縣知縣。有《無悶堂詩文集》。

張遠詩生前已負盛名，王士禎、朱彝尊、查慎行、宋犖、顧嗣立、屈大均、梁佩蘭諸名流咸與唱和。張遠一生蹤跡，多在客中，眼界開闊。其論閩詩，於林鴻一派頗為不滿：「夫閩海之偏僻壤也，山高峭而川清洌。其風俗尚氣節，其為詩宜乎奇峭而秀異矣。自林子羽以平淡之詩鳴，嚴滄浪、高廷禮輩後先繼起[11]，唱為盛中晚之說，遂習以成風，逮《晉安風雅》書成而閩風浸弱矣。後之作者，襲其膚淺浮泛之詞如出一律，自束其性情，以步趨唐人之餘響，其不振也宜哉！」（〈張惆臣詩序〉）這段話有三點值得注意：一、閩海地氣與他處不同，風俗習尚也不同，詩宜奇峭秀異，不宜以平淡為宗。二、徐熥《晉安風雅》一書出，未必能振閩中風雅，反致使閩風浸弱。三、清初閩詩人步趨明代閩派，自束性情，這是清初閩詩不振的原因所在。張遠生長在閩派根深蒂結的福州府，對明代閩詩派的弊端尤有深刻的了解。閩詩派風行三百年，其末流已流於「膚淺浮泛」，是到了了結的時候了。張遠此論，正好順應這一詩派的終結而發；而他所倡導的「奇峭秀異」詩風及他本人的詩歌實踐則為閩詩伏下學宋的潛流。

力破晉安詩派藩籬而倡導「奇峭秀異」，張遠於是蘄向杜、韓而上溯謝靈運，下追蘇軾。「漢魏詩渾含質樸，皆以意勝。至謝靈運變而璀璨，華采煥然可觀。嗣是而降，梁陳迄隋，日趨綺靡，陳子昂以典雅澹遠振之。至杜少陵縱橫變化，集諸家大成，詩人之能盡之矣。而韓昌黎以刻畫排奡，特立其間，其才氣沛然充滿，遒健雄深，詩人之傑也。宋詩之博大者，莫過於蘇子瞻，子瞻取法杜、韓，乃以才學變其體裁，不規規於古而自成一家，可謂善法古人者」（〈改蟲齋詩略序〉）。不錯，張遠論詩主張不主一家，反對寄人籬下，也沒有明確張出學宋之幟，而特拈出謝靈運、杜、韓（重點在韓）、蘇軾，則不禁

11 這兩句當作：自嚴滄浪以平淡之詩鳴，林子羽、高廷禮輩後先繼起。

使人想起近代宋詩的過「三關」——南朝宋元嘉、唐元和、宋元祐來。近代同光宋詩派閩派首領陳衍，認為張遠五古多學韓，而同光派閩派另一首領鄭孝胥所作，「甚與相似」(《石遺室詩話》卷二十四)。就這一點而言，張遠開啟清代福建宋詩一派的先河，似亦無不可。當然，這也是張遠在力破晉安一派時始料不及的。集中學韓的作品以〈人生〉(陳衍作〈哭母〉)、〈下建溪諸灘〉等為最。

張遠詩有兩類很有特色，一類是反映清初閩地的戰亂及其給人民帶來疾苦之作；另一類是記敘時人出洋之什。

福建是隆武帝登基之地，又是監國魯王的重要據點，而鄭成功政權的活動更持續到康熙二十二年（1683）。其間，康熙十三至十五年（1674-1676），又發生耿精忠反叛事件。可以說，從明亡至清據有全閩、全臺這四十年間，福建的戰亂沒有間斷過。〈人生〉一詩記敘順治初年，巡按周世科濫捕濫殺無辜及會城人食人的慘狀，云：

> 人生罹喪亂，不如豺與狼。人生失怙恃，不如牛與羊。余生歲在戊，閩中方奔崩。阿母向我言，兒生父□亡。……會丁盜賊殷，城中飢且荒。赫赫御史公，殺人不可當（原注：謂周世科）。殺人不可當，壯婦食人腸。余家何所有？所有惟秕糠。

據張遠〈先府君墓誌銘〉:「戊子年六月二十日感熱疾，卒於家，遠甫七十日耳。」戊子年，即順治五年（1648)。無名氏《榕城紀聞》載道:「(順治四年）巡按周世科凡城外民獲進者俱指為賊。其法以大門槅將人手足展開，釘於其上，又豎木頭於地，將人從後股串入旋轉作磨，謂穿心磨。又赤剝其人以炬燒其陰，日日如是。凡用此法，其人未死，而餓男女已捉刀執刀盡其肉矣；血流地上，亦赤手捧而去。」可見張遠所寫，一點也沒有誇大。周世科的殘暴，前所未聞；飢餓之極令壯婦變態以至失去人性，也前所未聞。家山凋敝，不勝荷斂重負，張遠弱冠被迫背井離鄉，人生坎坷，而始終不忘故鄉的苦難。〈送程一赴侯官幕〉云：「吁嗟三紀來，觸目堪涕淚。侯官半山田，豐歲亦憔悴。況復鋒鏑餘，兼以綢繆始。爾來需粟芻，多寡隨黠吏。排門役丁男，均勻亦倒置。」友人將赴侯官幕，詩人作詩送他卻只是一味揭露侯官官府之黑暗、民生之多艱，這種寫法十分特別，足見詩人掩飾不了胸中憤懣之情。〈答黃叔威過訪〉云：「吾閩罹兵革，耆舊皆凋亡。」張遠遊吳七年後返閩，母親也因貧困過早去世。張遠四十歲回閩所作〈還至延平遙望先墓有作慨然〉云：「來從豺狼行邊路，去逐鯨鯢腹裡舟。」更把清兵比喻為「豺狼」、「鯨鯢」。其〈答友人贈《山海經》〉借題發揮道：「五藏山餘六百里，獸身人面胡為神。掩君卷，為君歌，君不見神州赤縣足奇怪，八荒以外將無多。與君讀書飲濁酒，獸身人面奈他何！」「獸身人面」所指當然也是不言而喻的。時清廷文字之禁加嚴，張遠竟不顧利害，大膽陳言抒懷，以至情不可遏，義憤填膺，在清初詩人中是極為罕見的。

〈閩中雜感八首〉其五、其六言鄭經（鄭成功之子）事，其餘六首寫盡耿精忠之變，托意遙深。耿精忠以異姓三世封王，尚肅親王豪格女，封和碩額附，康熙十三年發難，至十五年降，前後僅三年。其一後半云：「藍水一丸爭鼠穴，仙霞千騎失羊腸。蓮花峰下荒墳月，慚愧他家白馬郎。」張遠以為耿有雄關於不能守，並譏其不及五代閩王王審知能闢土開疆傳之數世。張遠對耿精忠之叛，感情十分複雜。反叛未能成功，加深了閩地的災難，〈冬日過九龍山〉云：「小智而大謀，祇為吾民凶。羈心傷急景，倦翮驚遺弓。斷垣為敗瓦，適足增途窮（原注：甲乙丙三年閩越屯兵處）。」這當然不是詩人所願意看到的。另一方面，張遠親身感受到新朝統治、迫害之苦，又隱約將希望寄託在漢將耿精忠的身上，有惜其不能利用仙霞關和閩中天險之意，這一思想也在〈下建溪諸灘〉、〈仙霞關〉四首等詩中得到反映。〈仙霞關〉其一云：「要知形勢渾難恃，豈獨金湯是海濱！」其二云：「層巒鐵嶂鬱何窮，彷彿秦關百二雄。」其三云：「三載雲霞覆戰場，雄關真可一夫當。淋漓金甲飄殘雨，想像降旗掛夕陽。」其四云：「瓴水自同高屋建，封關莫信一丸泥。」張遠雖然生在入清之後，但福建則是一個抗清的最後據點，這對他比較強烈的民族節概不能沒有影響，他遲至六十八歲才充祿豐之令並不是沒有原因的。鄧之誠以為「不當徒以文采取遠，其志節有進乎文采者也」(《清詩紀事初編》卷八)，並將他與魏禧並稱，是很對的。耿精忠之叛被平定了，入閩參與平定的客軍很多，留著不走了，而且驕縱殘暴，民不堪命，〈閩中雜感〉其八云：

> 近郊亦復漸桑麻，官糴紛紛價尚賒。已有夏租捐太府，不妨秋稅出田家。荔枝樹下屯征馬，茉莉花前聽暮笳。卻喜兒童音語變，南音北曲亂交加。

首聯說官掠民穀而稱賒賬，次聯敘方徵夏租秋稅又來，後半謂福州這個長滿荔枝、茉莉的美麗之鄉到處是兵營馬廄，「屯兵眾多，強住人家，姦淫其妻女，致兒童語言混雜」(黄曾樾〈無悶堂集書後〉)，字裡行間流露出對官兵的憎惡。

葉燮有〈送張超然出洋〉詩。張遠或曾遠涉重洋到過異域。中國古典詩歌，寫及日本的當始於唐；唐詩中有送日本僧人歸國的作品。《無悶堂詩集》寫的則是送友人之日本或客日本之事，如〈高廷評將之日本〉、〈寄謝君客日本〉、〈送友人之日本〉十首、〈送沙子羽之日本〉、〈哭沙子羽秀才〉三首等。〈送友人之日本〉其四、其六、其七云：

> 紙繩綰髻步徜徉，玳瑁花簪七寸長。梅雨歇時天漸熱，沿街相向浴蘭湯。

> 席地平鋪腳踏棉，熏牙才黑便翩翩。舊遊唐客能番語，白齒依稀憶去年。（原注：妓女熏齒令黑，遂為名妓。少者則否，以席鋪地謂之腳踏棉。）[12]

> 番客窺人舉扇遮，京褸（平聲）新染合歡花。烏金爐子鏤金合，小爇枷南試磨茶。（原注：茶皆碾為末。）

從「依稀憶去年」看，張遠極可能到過日本。所寫日本國的風土民俗細膩親切，與一般送別詩不大相同。

張遠集中不僅有送友人之「東洋」詩，還有送友之西洋詩，如〈送陳十四兄之西洋〉四首。集中另有一首〈歐羅巴穆老屬海客索詩，其祖閩人〉。穆老即穆經遠，寓居歐洲，讓人回國向張遠索詩。穆經遠是福建人，移居歐洲似已不止一代。這些詩不如那些寫日本的作品，不能讓人產生親臨其境的感受，說明張遠對歐洲並不熟悉，道聽途說，知道的不多。但這首詩卻反映了清初海通之盛，福建已有一些人僑居海外；而這些人仍不忘鄉梓，不忘中華故土的文化（索詩即一證）。

上文我們引用的律、絕較多，如果從藝術成就的角度看，張遠的古詩優於近體。五古學韓，已如前述。七古佳者如〈望南岳〉、〈答友人贈山海經〉、〈兔毫盞歌〉、〈汪郎撾鼓行〉、〈醉中歌〉等。陳衍評云：「七言參以太白，才筆興象，足以軼長水（朱彝尊）、跨新城（王士禛）。」（《石遺室詩話》）綜觀張遠諸作，稱其為清初閩詩人之冠，或不為過。

與張遠同里的陳夢雷（1650-1741），其詩亦拔出閩派之外，自成一家。夢雷，字則震，號省齋，康熙九年（1670）進士，官編修，當

12 腳踏棉，日語たたみ的譯音，今多譯為榻榻米。

時只有二十一歲。不幸的是，耿精忠之亂，他適回籍省親，被逼授偽職。亂平，以叛逆論斬，減死謫戍沈陽。康熙三十八年（1699），被召回京師，為康熙第三子誠隱郡王胤祉侍讀，其間，編就我國著名的大類書《古今圖書集成》一萬卷。雍正即位，陳夢雷復謫戍黑龍江，乾隆六年（1741）卒於戍所。有《松鶴山房詩文集》、《閑止書堂集鈔》等。黃鶯來〈閑止書堂集鈔序〉評夢雷詩文云：「憂愁拂鬱，浩氣奔洩，如疾風寒夜，金鐵皆飛；又如深岩流泉，嗚聲幽咽。至使讀者扼腕，流連涕下。」

《晚晴簃詩彙》〈詩話〉云：「省齋早以文章名世，尤長古體，所擬〈古詩十九首〉及〈西郊雜詠〉，絕工。」〈擬古詩十九首〉和〈西郊雜詠〉二十首，都作於夢雷回閩省親耿亂之時。〈擬古詩十九首序〉云：「西江汲遠，神傷涸轍之魚；北極雲深，夢斷上林之雁。蠟書既阻，〈恨賦〉徒然。未暇庾信之〈哀江南〉，且共屈原之〈悲往日〉。」[13]〈西郊雜詠〉作於乙卯（1675），序云：「苦雨淒風，荒墳蔓草，觸事興懷，遂多感慨，漫筆成章，無復倫次。昔阮籍〈詠懷〉、淵明〈飲酒〉，寄情遐遠，詞旨超邁。何敢追蹤昔賢，亦各抒情愫已爾。」兩組詩均用比興手法抒懷。〈擬庭中有奇樹〉云：「庭前有丹橘，朱實何離離。傲然霜雪中，獨秀見奇姿。」〈擬孟冬寒氣至〉云：「絲棼猶可治，素質不可涅。幸無塵垢污，斑斑淚如血。」表現其不與耿逆同流合污的節概。然而留於耿處做內應又是極為痛苦的，〈西郊雜詠〉其十三云：「陷身入污泥，不若鱣與鯉。何如養神威，潛伏淵潭底。」其十四云：「一羈羅網中，臨風思振翰。樊籠不可騁，且復自摧殘。悠悠行路人，掩涕以相看。」黃鶯來認為這類作品無遜於唐王維陷於安祿山之變所作〈凝碧池〉詩。至於陳夢雷離閩後諸作，本書不再詳論。

---

13 耿精忠之變，陳夢雷同年進士、安溪李光地也回閩。兩人合謀，陳留耿處作內應，李離閩北上向清廷合進蠟丸密疏，遞送情報。

二　許遇　葉觀國和康熙乾隆間風土雜詠

康熙二十二年（1683），施琅率大軍渡海，鄭克塽降，臺灣鄭氏政權宣告結束，福建沿海戰事平息，福建的政治、經濟從此也進入一個相對穩定的時期。

從漢初建立閩越國至清乾隆中，經過了將近二千年的時間；從唐代薛令之、歐陽詹等詩人文學家出，至乾隆中也有一千年的時間。福建歷史的發展固然受到整個中華民族史的制約，但也有它的一些特殊性。例如它三面環山，一面臨海，五代閩王、南明隆武都曾建都於此；明亡之後，鄭成功更憑借洲島形勢和清廷抗爭達四十年之久。風土民俗也有它的特點，當代文化史學家將福建、臺灣劃為閩臺文化區當然也有其歷史的原因。唐前福建的文教相對落後，唐代歐陽詹的出現，頗讓閩人揚眉吐氣，後人也一直引以為豪；千年來福建更出現了一批又一批足以頡頏中原的政治家、思想家和文學家。某一地域文化的積澱，尤其是優秀文化的積澱，往往會引發起這一地域人民熱愛鄉梓的情感，甚至使他們產生為本鄉本土增添榮耀的念頭。明代以來，各地風土雜詠詩大興，這不排斥異地文人因新鮮感而產生的好奇，但有不少確是產生於本鄉本土的文人之手。明末閩人徐熥就是有意於風土雜詠的一位詩人，他的〈閩中元夕曲〉十八首就頗具地方特色。

從清康熙至乾隆，百餘年間，閩籍詩人尤其注重風土雜詠詩的寫作，究其原因，一是這一時期是福建相對承平的時期，戰亂已經結束，較安定的社會環境使他們有餘暇將風土民俗專門作為一種題材來加以集中地反映。二是明代以來各地風土雜詠詩的興盛，閩地詩人自然也不甘寂寞，何況閩地風土的確也有它的獨特性。三是康熙至乾隆間福建各郡縣紛紛修纂方志，文人們在修志的同時不能不注意到本鄉本土的風土民俗，使他們產生了反映的願望。四是臺灣正式設府並隸屬福建，閩人宦臺者增多，而大陸文人過去對臺灣了解較少，故赴臺的閩籍詩人對臺灣的風土尤感興趣，寫了不少臺灣風土雜詠詩。

從康熙到乾隆寫風土雜詠詩，最突出的是許遇和葉觀國。

許遇（1650-？）[14]，字不棄，一字真意，號月溪，侯官人。貢生，官河南陳留知縣，有《紫藤花庵詩鈔》。他是明遺民詩人許友之子。許遇〈家山雜憶〉詩多達一百三十五首。在一百三十五首詩中，部分是寫自己的家園生活的，另一部分則寫福州一帶的風土民俗。寫福州祭墳、掃墳詩有云：

> 野棠風落紙錢飛，漏日穿雲雨腳微。散福酒醒人影寂，枳楸壓得擔頭歸。（原注：土俗祭掃畢，即列坐飲於墓所。牛羊初下，夕照方殘，已摘野花松葉壓榼而歸矣。）
>
> 山鳥山花盡杜鵑，天涯寒食倍潸然。村童歲歲來分餅，似較兒孫熟墓田。（原注：俗歲三祭：正月、清明、重九。惟清明多載面餅，近村童稚扶攜百十而來，謂之乞墓餅。）

清明掃墳的風俗，由來已久，且與中原沒有太大的區別，只是根據本地的情況略不同罷了。據《歲時百問》所載，唐高宗三月三日祓禊於渭陽，賜群臣柳圈各一，謂戴之可免蠆毒。閩地少柳，折野花松枝壓榼，或是戴柳之變？折野花松枝之俗，福州一地仍沿襲至今，而閩南一帶未見此俗。祭掃先人墳塋，一般在清明，而許遇所述又有正月和重九。正月祭掃，《三國志》〈魏書〉中〈三少帝紀〉、〈曹爽傳〉曾載齊王芳正月謁高平陵。〔淳熙〕《三山志》卷三十九云：「州人墳塋盡在四郊，歲節二三日，華門大姓率攜家拜掃，雖貧賤市販亦盛服靚妝

14 許遇《家山雜詩》自注，丙申（1656）春雪大作，時年七歲。逆推，知遇生於順治七年（1650）。

出城闉，東西北郊之外，冠蓋填塞。」《三山志》不載重九祭墳，而《八閩通志》卷三則云冬至「上塚祭享」。至於為什麼閩地重九祭墳，這一問題只能留待民俗學家去解決了。

「如村深巷少人行，接葉過墻呀曉鶯。馬尾結籃團茉莉，夕陽又聽賣花聲。」夕陽深巷賣茉莉，非榕城無此景象。「點湯細剝雞頭實，壓髩斜簪雁爪花。一種暗香籠月下，小鬟新試雪峰茶。」此首敘飲茶，福州以茉莉花茶著名，尤重其香。「持螯江左誇能事，爭似圍爐炙蠣房。更有一尊梅影裡，千林晴雪樸卮香。」此首盛誇海味，以為蠣房勝過江左蟹螯。「綠皮脆薄護丹砂，異樣香甜冷浸芽。好與荔枝同醒酒，臺灣船到送秋瓜。」原注：「臺灣瓜色猩紅，味極甜。」此首敘臺灣物產運來會城，別有風味。「螺女江空一派秋，白沙如雪合江流。旗山更在沙痕外，一葉漁舟幾點鷗。」螺女，江名，又稱螺江，由「白水素女」的民間傳說得名。白沙，地名。旗山，山名，山形如旗，與鼓山對峙，有右旗左旗之說。此詩描繪福州山水風物，清空開闊，膾炙人口。

葉觀國（1719-1791），字嘉光，號毅庵，閩縣人。乾隆十六年（1751）進士，官侍讀學士，視江西、廣西、安徽學政。有《綠筠書屋詩鈔》。〈榕城雜詠一百首序〉云：「昔高太史青邱嘗作〈姑蘇雜詠一百首〉，國初朱竹垞檢討亦有〈鴛鴦湖櫂歌百首〉、皆因屏居無事，敘述其鄉故跡風物，形諸吟詠。余自壬辰（1772）請急，里居多暇。又時有修輯邑志之役，搜摭舊聞，偶有所感，輒寫以短章，不依倫次，積成截句一百首，題曰〈榕城雜詠〉，不敢上擬二公，亦聊以綴緝軼事，自備遺忘云爾。」對〈榕城雜詠〉百首寫作的始末交代得很詳細。

如果說許遇的〈家山雜憶〉是以自家的家園生活為中心來描寫福州風土民俗的話，葉觀國的〈榕城雜詠〉所包容的面就寬泛得多了。這百首絕句，或以文物勝跡為線索，追敘各代軼聞軼事，大至歷史事件，小至文人生平點滴；或以時節為序，敘民俗民風；或記海錯、瓜果、物產，內容十分豐富。以下舉三首為例：

> 畫樓低亞箬篷輕，酒市歌樓夾岸迎。見說瑯琊繁盛日，三山城似闔閭城。（原注：蔣垣《榕城景物考》：唐時羅城南關，人煙繡錯，舟楫雲排。兩岸酒市歌樓，簫管從柳陰榕葉中出。今安泰橋是其處也。）

> 箋香臺畔送風箏，萬里秋光碧落晴。遠客乍看驚節物，重易遮莫是清明。（原注：紙鳶，俗謂之風箏。常於清明前後放之。唐徐夤詩：「春風卻放紙為鳶」是也。獨閩俗以九日節。箋香臺，在烏石山。）

> 江滬早市上黃瓜，馬甲乘潮作玉誇。方法廚娘分付罷，雙瓶直益問藍家。（原注：黃花魚，亦稱黃瓜，即石首魚。江瑤柱，一名馬甲。福州酒，以藍家、直益為上。）

第一首敘唐末五代福州繁盛空前，幾與蘇州古闔閭城相比並。第二首敘會城重九放紙鳶，與他地風俗不同。第三首記當地海錯佳釀。葉觀國的風土雜詠詩，尤注重於文化的積澱，注重於一種文化現象內蘊的發掘，落筆處雖在乾隆之時，但大多可以追溯某種歷史上的淵源。如果說許遇的〈家山雜憶〉以「情韻纏綿，豐神婉約」見長（林昌彝《射鷹樓詩話》卷二十三），那麼葉觀國的〈榕城雜詠〉則以「綴輯遺軼」、深於歷史的思考勝，法式善以為不減高啟〈姑蘇雜詠〉（見《梧門詩話》）。

康熙乾隆間閩人作〈竹枝詞〉蔚然成風。〈竹枝詞〉本是巴地（今四川重慶一帶）的民歌，文人的〈竹枝詞〉是對這類民歌加工改造的產物，唐代劉禹錫、白居易等人都作過〈竹枝詞〉，明代閩人林鴻也有〈竹枝詞〉。劉禹錫〈竹枝詞序〉云：「含思宛轉，有〈淇澳〉之艷音。」〈竹枝詞〉原先以寫男女戀情為主。康熙莆田布衣康琨〈閩中竹枝詞〉云[15]：「山上飄飄吉貝花，山頭高處有人家。戴勝一聲桑葉綠，郎去採蕉妾絡紗。」就繼承這一傳統。其實，元明以來，文人所作的〈竹枝詞〉已不限於男女戀情，而是擴展到社會生活的諸多方面，並且更多的是用以描述風土民俗。

謝道承（？-1781），字又紹，號古梅，閩縣人。康熙六十年（1721）進士，官至內閣學士兼禮部侍郎，有《小蘭陔詩集》。所作〈南臺竹枝詞〉八首，描述福州南臺的漁家生活，在〈竹枝詞〉中別開蹊徑。有云：「三寸魚兒一尺蔫，販鹽肩上掛魚叉。市南一派腥風起，昨夜春寒雨滿街。」討海歸來，魚腥上市，好不熱鬧。又云：「天后新宮散福還，划船遙指虎頭山。神燈點點桅頭動，水勢連天月一彎。」天后宮即媽祖宮。天后，傳說是保護船隻安全航行的女神。虎頭山，在閩江口。此首記漁人出海祈求天后保佑。「片篷雙槳泊煙蘿，萬頃靴紋漾碧波。郎約夜來新月上，好從燈火認漁蓑。」此首敘漁家男女青年特有的相會方式，有濃厚的地方色彩。道承又有〈洪瑭竹枝詞〉二首，洪塘在今福州西郊。

鄭洛英，字耆伸，一字西瀘，侯官人。困諸生久，乾隆三十五年（1770）舉於鄉，有《恥虛齋前後集》。所作〈冶城田家竹枝詞〉十首，專寫福州田家生活。冶城，福州別名；福州有山名冶山。「古姓團居自宋唐，松杉陰接打禾場。」這一首記福州農家往往聚族而居，自唐宋以來皆如此，一村一落自為一姓。「家家豨豚市泔噥，箬笠雲環近午回。桶面千家詩句在，笑聲成隊過橋來。」原注：「閩俗田婦不織而耕，力作勤於男子。」閩地地氣不宜蠶桑，農家婦女多參與大田勞作，無異男子，辛勞過於他省。

15 康琨，字千玉，有《藥莊詩集》。

仁和人杭世駿（1696-1773）於雍正二年（1724）入閩，作《榕城詩話》三卷，又寫下〈福州竹枝詞〉十八首。其〈福州竹枝詞序〉云：「閩城環溪帶海，三山鼎峙，百貨增積，群萃而州處者，隱隱展展，咸衣食於山海。士樸茂知禮讓，女無冶遊自衒之習。斗米不過百錢，薪採於山而已足，魚鹽蜃蛤之饒，用之不竭，佐以番藷、蔔芋，民雖極貧無菜色。」五十二年後，即乾隆四十八年（1783），閩縣孟超然受其啟示，亦作〈福州竹枝詞〉十八首。超然（1731-1797），字朝舉，號瓶庵，乾隆二十五年（1760）進士，改庶吉士，歷官吏部郎中，有《瓶庵居士詩鈔》。超然與葉觀國毅庵齊名，時號「二庵」。孟超然所作，比較注意時尚。他認為杭世駿所作是五十二年前事，「而近者生齒日盛，習俗相尚，亦有不盡如前所云者」（〈福州竹枝詞序〉）。「小橋日出櫓聲低，大橋日落帆影齊。銷金窩在雙橋下，好語檣烏莫浪棲。」乾隆中後期，民風已無五十多年前那樣純樸，所謂「女無冶遊自衒之習」或已無存，試看日落雙橋帆影下的勾當，就可略知一二，詩人戲謔道：昏鴉你若棲於那檣桅上，不是太孟浪了嗎？「博進僉名喝采新，女巫疑鬼復疑神。東阡西陌奔波日，豈識前村吏捉人。」這一首表面是寫女巫終日奔竄，民風日益迷信，實則寫官吏白日捉人。「傳來鴉片咬嚁吧，比淡巴菰笑嗜痂。鬼伯已催官又禁，可憐無賴作生涯。」這首記述當時鴉片已傳入福建（此時距鴉片戰爭還有六十年），官府雖有禁令，也有人因吸鴉片而喪生，但無賴之徒仍嗜之如命。此詩「淡巴菰」是煙一詞的譯音，將它寫入〈竹枝詞〉亦有存土風之意。總之，乾隆中後期世風日壞，詩人不能不有所感慨。

康熙中年，閩人赴臺的漸漸多了起來，有的還遷居於臺，連橫《臺灣通史》卷七：「臺灣之人，漳、泉為多，約佔十之六七。」閩籍詩人到了臺灣之後，寫下了不少臺灣風土詩，較著名的有陳震的

〈臺灣竹枝詞〉三十首[16]，阮蔡文的〈淡水紀行詩〉[17]，藍鼎元的〈臺灣近詠〉十首[18]，陳夢林的〈臺灣詩〉、〈玉山歌〉[19]，朱仕玠的〈瀛涯漁唱〉[20]，鄭大樞的〈臺灣風物詠〉十二首[21]，吳玉麟的〈臺灣雜詩〉[22]。

這些臺灣風土詩，或描述臺灣地理形勢的重要，如藍鼎元的〈臺灣近詠〉其十：

> 臺灣雖絕島，半壁為藩籬。沿岸六七省，口岸密相依。臺安一方樂，臺動天下疑。未雨不綢繆，侮予適噬臍。或云海外地，無令人民滋。有土此有人，氣運不可羈。民弱益將據，盜起番亦悲。荷蘭與日本，眈眈共朵頤。王者大無外，何患此繁蚩？政教消頗僻，千年拱京師。

藍鼎元對臺灣的鎮守、開發，有許多獨到見解，詳其《鹿洲初集》。此詩認為，臺灣是中國東南沿海六七省的藩籬、屏障，臺灣的安危關係到大陸的安危；臺灣的繁盛是好事，不是壞事；尤其應該警惕荷蘭和日本的眈眈虎視。《全閩詩話》卷九引《赤嵌筆談》：「〈臺灣近詠〉十首，番俗夷情洞若觀火，所謂坐而言、起而可行者，非若前代詞人

16 陳霽，字雲子，康熙間莆田人，有《小松軒詩》。

17 阮蔡文，字子章，號鶴石，漳浦人，康熙五十二年（1713）為北路營前將歷臺灣番社。

18 藍鼎元（1680-1733），字玉霖，號鹿洲，漳浦人。嘗從其從兄藍廷珍入臺，官至廣州知府。有《平臺紀》、《鹿州初集》等。

19 陳夢林，字少林，漳浦人。乾隆七年（1742）舉博學鴻詞，不赴。曾被聘修臺灣《諸羅縣志》，又曾入制府滿保幕府赴臺。有《遊臺詩》、《紀遊草》、《後遊草》。

20 朱仕玠，字壁豐，號筠園，建寧人，貢生。乾隆二十八年（1763）為臺灣鳳山教諭，有《筠園詩稿》、《筠園冊稿》。

21 鄭大樞，侯官人，乾隆初赴臺。

22 吳玉麟，閩縣人。乾隆四十二年（1777）舉人。有《素村小草》。

徒誇山川之瑰麗、物產之珍奇已也。」

一般認為約在十一至十二世紀，即北宋中葉，大陸漁民始入澎湖。而臺灣傳說宋末元初避元已有不少人遷居臺灣，陳霨〈臺灣竹枝詞〉云：「婆娑洋外闢乾坤，聞說當年此避元。刺竹繞村茅蓋屋，依稀身世是桃源。」原注：「臺灣番島名山藏，所謂乾坤東港，華嚴婆娑洋世界。宋時，零丁洋之敗，遁亡至此，聚眾以居。一云，元人滅金，金人浮海避元者，為颶風飄至，各擇所居，耕鑿自給。」又記明代鄭和下西洋，途經臺灣，投藥治臺灣土著之病，云：「昔日中宮投藥去，至今蠻地解醫方。樵夫野叟岡山上，無意拾來三保薑。」原注：「明太監三保曾泊舟臺灣，投藥水中，令土番有病者浴之，即癒。又植薑岡山上，至今尚有產者，名『三保薑』。獲之者可療百疾，然有意求覓，終不可得。」朱仕玠的〈瀛涯漁唱〉八十餘首，主要是描述臺灣的各種物產，臺灣產甘蔗：「漫訝飛霜暑路中，舳艫貨殖倍三農。海東千畝繞甘蔗，何啻人間千戶封。」原注：「糖之息倍於穀，臺地富戶每歲貨糖吳越，所息不貲。」所產蔗糖支援了內地。臺灣土地肥沃，氣候溫暖，雨量充沛，一年或二熟或三熟，藍鼎元《臺灣近詠》云：「臺地一年耕，可餘七年食。」鄭大樞的〈臺灣風物詠〉十二首，則描述臺灣民俗。臺灣的風俗習慣和福建，特別是閩南非常接近，甚至沒有什麼區別，其記六月半吃半年丸、中秋掄狀元云：「六月家家作半年，紅團糖餡大於錢。嬌兒癡女頻歡樂，金鼓丁冬鬧暑天。」原注：「六月朔，以紅麵雜以米粉搓之為丸，曰半年丸。街坊金鼓鬧如新年。」「奪彩掄元喝四紅，月明如水海天空。野橋歌吹聲寥寂，子夜挑燈一枕風。」原注：「中秋，士子遞為宴飲，製大肉餅朱書『元』字，用骰子擲四紅，奪元之兆。」這些風俗，至今閩臺猶存。這也說明文化史家把閩臺劃為中國一大文化區並非沒有根據。

這一時期，閩籍詩人還寫下一些有關閩臺以外的風土民俗詩，更有趣的是把筆觸伸向海外。莆田人林麟焻，字石來，號玉巖，康熙九年（1670）進士，官內閣中書。二十一年（1682），汪楫冊封琉球，麟焻為副，寫下《琉球竹枝詞》一卷。王士禛《池北偶談》錄存十四首，有云：「徐福當年採藥餘，傳聞島上子孫居。每逢卉服蘭闍問，欲乞嬴秦未火書。」《史記》〈秦始皇本紀〉曾記載秦始皇「遣徐市（福）發童男女數千人，入海求仙人。」《史記正義》引《括地記》以為徐福求仙止於東海亶洲，當代學者或以為亶洲即琉球。「欲乞嬴秦未火書」，意同張遠〈送沙子羽之日本〉：「見說遺經在茲土，卻將吾道問東偏。」

風土雜詠詩的形式以七絕為主。七言四句一首，短小精悍，足以吟詠一物或不複雜的一事；若干首七絕編排在一起成為一組，則便於吟詠一地風土的方方面面。自唐代劉禹錫等人仿作〈竹枝詞〉之後，元代楊維楨又大加提倡，〈竹枝詞〉成了文人們用以歌詠風土的常見形式。〈竹枝詞〉的形式基本上和七絕相同，只是格律有時可以稍寬罷了。許遇、葉觀國、林麟焻、朱仕玠等都是七絕的有名作手。許遇「受詩於王阮亭，尤工絕句」（《海天琴思錄》卷一）；林麟焻也是王士禛的門人，《池北偶談》不僅錄麟焻〈竹枝詞〉，而且還稱讚其〈題塔山牡丹〉等七絕。黃叔琳評仕玠詩云：「王士禛沒後，不見此調久矣。」（《清史列傳》〈文苑朱仕玠傳〉）風土雜詠詩另一個特點，是詩人往往加上自注。各地的風土習俗不一，如果不加上必要的注釋，很多讀者是不易讀懂的。福建的風土雜詠詩不少都有詩人自己作的注釋，讀起來詩意就醒豁多了。康熙乾隆間閩人風土雜詠詩大量出現，並且形成一種傳統，嘉慶之後，詩人們發揚光大，風土詩不絕如縷。

三　黃任「七字溫如玉有情」

黃任（1683-1768），字于莘，一字莘田，號十硯老人，永福（今永泰）人。康熙四十一年（1702）舉人。為廣東四會令，「為上官所不喜，劾其縱情詩酒不治事。拂衣歸里，宦橐蕭然，惟端坑石數枚，詩束兩牛腰而已。所居矮屋三楹，花竹秀野，圖史縱橫，飲饌裾屐間，具有雅人深致」（鄭方坤《國朝名家詩鈔小傳》）。其集初名《秋江集》，後名《香草齋集》。《秋江集》有長樂王元麟注本，《香草齋集》有永福陳應魁注本。黃任又修有《鼓山志》，並協修《泉州府志》。

在清初至清中葉的閩詩人中，黃任壽高，經歷了康熙、雍正、乾隆三朝，活了八十六歲。雍正初被劾歸里，居住福州光祿坊，好賓客，詼諧談笑，口若懸河，往往一坐盡傾。今存詩九百多首，其中七絕就有六百多首。其詩大體近體優於古體，七言優於五言，短篇優於長篇，而以七絕聲名最著。

黃任當時最流行的，莫過於那首〈楊花〉詩了：

> 行人莫折柳青青，看取楊花可暫停。到底不知離別苦，後身還去作浮萍。

據徐祚永《閩遊詩話》記載，黃任因詠此詩，時人遂稱他為黃楊花。「此詩原本末句『後身還說是浮萍』，方扶南見之，謂『說』字有語病。先生遂改『去作』二字，復呈扶南。扶南曰：『得之矣。』」將「說是」改作「去作」，確實改得好。詩寫楊花，而從折柳入手，歸結於浮萍（古人有浮萍為楊花所化之說），而不離「離別」二字，既寫眼前，又聯想到景物之化。詩人還把楊花人格化了，楊花不知離別之苦，身後還去作那東漂西蕩的浮萍。同時又用楊花、浮萍告誡即將折柳別離的行人，更是意在言外，雋永有味。黃任〈答高姜田太守〉云：「升堂相見無餘話，誦我楊花七字詩。」足見時人的賞愛以及詩人自己的得意了。福州有花名夜來香，色嫩黃，夜間香隨風送，極濃烈。黃任〈夜來香〉五首其四云：「湘簾無月影空濛，忽地鮮香一陣通。知隔碧紗帷暗坐，謝娘頭上過來風。」花人合寫，極有風致。

有些題為「雜詩」、「偶作」、「戲作」的詩，似寫在經意與不經意之間，這些詩常常表現出黃任的生活態度或對某些事物的看法或見解。〈雜詩〉十七首其四云：「隘巷何知大道旁，有時異夢亦同牀。安能子面如吾面，刻木牽絲聚一堂。」「刻木牽絲」，用唐人梁鍠〈詠老人〉詩：「刻木牽絲作老翁，雞皮鶴髮與真同。須臾舞罷寂無事，還似人生一夢中。」人心不同，其異如面，〈偶作〉七首其三又云：「豈謂子面如吾面，沈約瘦損張蒼肥。豈謂卿法如我法，侏儒飽死東方飢。」〈雜詩〉其八云：「鶴怨猿啼我嘆嗟，恥將標榜作聲華。水南水北山人笑，辜負韓門處士牙。」此詩反對標榜，認為看人不能只聽他的宣言，重要是看他的行動。據《鶴林玉露》載，晁以道、陳叔雨俱隱嵩山，叔雨被召出山，以道作詩嘲之：「處士何人為作牙，盡攜猿鶴到京華。故山巖壑應惆悵，六六峰前止一家。」黃任〈戲示寮友〉同樣嘲諷士大夫熱衷功名，卻滿口說歸的惡習：「常參班里說歸休，都作寒暄好話頭。恰似朱門歌舞地，屏風偏畫白蘋洲。」徐祚永《閩遊詩話》卷中以為「婉而多風，勝過唐人『逢人盡說休官好，林下何曾有一人？』」這樣的詩，不是身居高位、一生不離官職的詩人所能寫出來的。其十三云：「物情顛倒至於斯，世故推移那得知？稊稗充糧曾勝穀，干將補履不如錐。」物情顛倒，並不是物本身的性質變了，稊稗還是稊稗，寶劍干將還是干將，但一個人在斷糧之時有稊稗裹腹總比空說米穀好；干將的功用並不是用來補履，但一定要用它去補鞋，它甚至比不上普通的錐子。〈偶作〉其七表示詩人的志氣云：「公等長才不貧賤，亦本賦予非我希。人生志業各有向，仰天大笑浮雲飛。」有富貴於我如浮雲之意。

阮葵生《茶餘客話》卷九有「黃莘田篤於師生之誼」條，記黃任八十餘歲時談及師生情誼仍「太息失聲，老淚盈把」。黃任的七絕也極有人情味。〈閑居〉八首，其一寫慈母之情：「困人病渴日初長，午睡盤餐不耐嘗。慈母苦心謀一飯，晚廊親剝蛤蜊香。」自己病了，盤餐無味，老母苦心為他做了一餐飯，並親自動手為他剝蛤蜊，用一「香」字，既見自己恢復食慾，更見慈母情深，真可謂知兒莫如母。其三寫鄉情：「巷口腥風海市張，江瑤馬甲玉膚香。乍歸亦似初來客，鄉味時新取次嘗。」遊子歸來有如新客，品嘗海味時鮮樣樣新，見微知著。其四寫其舐犢之情：「兒女穿窗鬧未寧，幾年羈館淚零丁。思量曾忍嫌嘈雜，徹夜嬌啼亦好聽。」後兩句寫出了天下為人父母者對兒女的一種情感，屬於人人皆有，人人想說、想寫，而又說不出、寫不出的那種詩句。女兒黃蘭長到二十歲了，嫁給永福諸生游藝，黃任作〈送女歸永陽〉六首。其三云：「吟哦慣學乃翁癡，專學琴書亦未宜。井臼餘閑女紅暇，不妨遙寄一篇詩。」黃蘭從小從父學詩，黃任怕她到夫家後因作詩而顧不上家務，夫家畢竟不像娘家，是「癡」不得的；但又希望她在井臼女紅之餘能遙寄一篇，這是一種多麼矛盾的心情呵！其五云：「山城北去正春寒，到即緘書報平安。愁女又因愁女母，女能眠食母加餐。」以「愁女母」寫「愁女」，是翻進一層的寫法，極寫勸女千萬自重，娓娓道來，真是「中年容易傷哀樂」，「爭教別淚不漣漣」（其六）。

陸以湉《冷廬雜識》卷三：「黃莘田〈悼亡〉詩，情真語摯，淒惋動人，遠勝王阮亭作。」黃任有〈悼亡〉二十八首，哀悼亡妻莊氏。莊氏比黃任小十歲，一年正月二十夜與女伴聚，笑語極歡，酒半疾作，天明即逝，詩人十分悲痛，云：「燒燈未散催歸世，滴漏才停便隔生。泡影隙光無此幻，急離煩惱亦何情。」（其二）詩人追昔撫今，低徊往復，一唱三嘆，更見悲涼：「每燕嘉賓整豆觴，老饕加飯必先嘗。從今食性無人會，腸斷稠桑皂莢湯。」（其七）「有時歌詠到宵深，君起持壺我淺斟。今日哭君詩已就，枯腸斷盡獨哀吟。」（〈其八〉）數十年一起生活，妻子對自己的生活習性嗜好瞭如指掌。莊氏亦工詩，淺斟低吟，夫唱妻和，在古代文人中並不多見，詩人不禁憶起莊氏的詩句:「每為逐客滯天涯,萬里寒更鬢有華。沒齒一言忘不得:『七年除夜五離家。』」(〈其十七〉)原注:「余己丑(1709)下第出都,復客汴中三載。孺人除夕寄詩,有『萬里寒更三逐客,七年除夜五離家』之句。時孺人歸予七年矣。」在婚後的七年中,黃任有五個除夜不是在家中過的,念及此事及莊氏之詩,追悔莫及。黃任有硯癖,莊氏亦有同好:「端江共汝買歸舟,翠羽明珠海不收。只裹『生春紅』一片,至今墨瀋淚交流。」(其九)原注:「予宰端江日,孺人蓄一硯,膚理細膩,紫翠煥發,硯背刻『生春紅』,蓋取『小窗書幌相嫵媚,令君曉夢生春紅』之句。孺人摩挲不去手。邇來硯匣塵封。昨開硯,墨光尚滴也。痛何可言!」「小窗」二句,見蘇軾〈眉子石硯歌〉。四會罷官,黃任與妻買舟歸閩,莊氏沒有任何明珠翠寶,唯有端硯一片,名「生春紅」,睹物思人,寸寸腸斷。據法式善《梧門詩話》記載,黃任還將此詩鐫於硯背。朱幼芝有詩詠其事云:「生春紅硯感情文,未必能同蝶葉裙。鐫得端江詩一首,何如元相詠巫雲。」「元相詠巫雲」,指唐代元稹〈離思〉,詩中有「曾經滄海難為水,除卻巫山不是雲」之句。黃任身後,人間爭藏「生春紅」,而不知皆黠工所琢之贋品,這又是黃任及莊氏始料不及的。黃任從四會回閩後,一家人的生活十分艱難:「而夫都不營田舍,贏絀支持汝獨艱。黽勉可憐登記在,去時遺墨滿窗間。」(其十四)一個錢不得不掰成兩半花,一點一滴的開銷莊氏都一一記在帳上。「為儒盼至為官後,依舊辛勤百事乖。錯嫁文人更誰怨,詩書貽累到裙衩」(其十五)。「百事乖」用元稹〈遣悲懷〉三首其一「嫁與黔婁百事乖」。元詩尾聯云:「今日俸錢過十萬,與君營奠復營齋。」雖有不能使亡人富貴於生前,卻可補償於身後的那份情意在,但已散發出銅臭氣息,沾辱了從前的那種純潔。莊氏嫁給貧賤的黃任,黃為官後仍舊貧賤,莊氏至死不怨,正因為不怨,黃任更是內疚。陸以湉說黃任這組詩「遠勝王阮亭」。王士禛有〈悼亡詩〉三十五首。陳衍《石遺室詩話》批評道：「此種詩貴真，而婦女之行，多庸庸無奇，潘令、元相所已言，幾不能出其範圍。」潘令，即晉代潘岳，有〈悼亡詩〉三首；「元相」，即元稹。黃任的〈悼亡〉詩之所以出色，當然在於真情流露，同時還在於抒寫的對象莊氏之行並不完全「庸庸無奇」，有獨特的東西可寫（如能詩、好硯、持家記帳等），避免落入潘岳、元稹已經寫過的俗套，具有自己的特色。

黃任一生嗜硯如命，早年購得古硯十枚，築十硯齋藏之。既宰四會，兼攝高要，高要故領端溪（產端硯地），遂自號端溪長吏。除了十硯齋，黃任祖父明末黃文煥的涑井山房（在永福麟峰下）也用來儲硯。據《榕陰詩話》載，有一陽翟巨賈攜千金造其門，黃任寧可受貧也不願輕易出手一枚。黃任詠硯詩極多，俱泠然可誦。〈題硯陰〉云：「雨暗羚羊半壁昏，何年浸著紫雲根。野夫割去山窗玩，認得蠻溪舊漲痕。」羚羊峽，在高要縣東三十里，高百餘丈，延綿三十里。相傳山有羊化石，因名；一名高峽山。峽東對岸山有石硯坑，即唐宋時採硯坑。端硯產於此。〈題十二星硯〉云：「踏得窮淵割紫英，濡毫猶聽溜泠泠。夜光一壑兩岩罅，斜浸秋天十二星。」這些題硯詩都寫到勘踏、割石，風雨溪聲，引發人們豐富的聯想。端硯的收藏、鑒賞，除了硯石的質地，還講究琢工。當時琢硯以吳門顧二娘為最，黃任〈贈顧二娘〉云：「一寸干將切紫泥，專諸門巷日初西。如何軋軋鳴機手，割遍端州十里溪。」詩絕超逸。〈題林涪雲陶舫硯銘冊後〉十八首其十四又云：「古款微凹積墨香，纖纖女手切干將。誰傾幾滴梨花雨，一灑泉臺顧二娘。」黃任的青花硯即出自顧手。此詩哀艷而能移入之情，故時人陳星齋作詩美之，云：「淡淡梨花黯黯香，芳名誰遣勒詞場？明珠七字端溪吏，樂府千秋顧二娘。」總之，硯臺的製作、收藏、鑒賞也是一門獨特的藝術，而黃任的硯詩不僅使他所收藏的名硯添色增輝，還開拓了古典詩歌的題材，為古典詩歌藝術添色增輝。

李家瑞《停雲閣詩話》云：「永福黃莘田先生任七言絕句風調甚佳，無怪為隨園老人所心服。記其〈西湖雜詩〉中一首云：『畫羅紈扇總如雲，細草新泥簇蝶裙。孤墳何關兒女事，踏青爭上岳王墳。』詩有不議論之議論，較議論為高者，此類是也。」所引詩是〈西湖雜詩〉十四首其九。西湖的香風總是吹得遊人醉，一年又一年，一朝又一朝，如今士女依然如雲，遊客依然如織，但爭上岳墳踏青的「兒女」有幾個人是為了憑弔岳飛的忠魂前去的呢？在他們的心目中岳飛精忠報國又與自己「何關」呢？他們不過是耽於湖山之勝，一味追求逸樂罷了！此詩出現在康熙乾隆間無異於給人們敲起警鐘：不要忘記歷史上的教訓。不著議論而勝似直接議論。《西湖雜詩》有一半是寫宋朝興廢事，大都是這種寫法。其五云：「荷花十里桂三秋，南渡衣冠足臥遊。爭唱柳屯田好句，汴州原不及杭州。」北宋柳永〈望海潮〉寫杭州形勝，中有「三秋桂子，十里荷花」之句，此詩諷刺南宋小王朝喪失恢復中原之志，末句翻用宋人林升〈題臨安邸〉「直把杭州作汴州」，嘲諷尤為深刻。近代著名愛國詩人張維屏特別喜愛吟誦這組詩，自有其道理。

黃任的七絕，不少是紀遊詩。〈七里瀧〉云：「終日嵐光濕畫幢，有時松露滴篷窗。一聲櫓竄千岩響，知在諸峰未出瀧。」《榕陰詩話》評云：「秀韻獨出，兼饒逸氣。」〈泰安道中〉、〈彭城道中〉、〈桃源道中〉、〈舟過金利墟〉、〈富春江〉等都頗有風致。寫本地風光的，佳者有〈毗陵潘中丞重浚西湖，余暇日出遊，感今追昔，成詩二十首，殊愧鄙俚，聊當棹歌漁唱云爾〉等。

徐祚永《閩遊詩話》云：「閩中近時詩，當以莘田先生為冠。先生詩各體俱工，而七言絕句尤為擅場，清麗芊綿，直入中唐之室。」許廷鑅〈秋江集序〉論述得更為周詳：「七言絕句，實兼玉溪、金荃、樊川之長，有妙思，有新色，有跌宕之致，有虛響之音，一唱三嘆，深情流注於其間，令人悄焉以悲，怡然以悅，黯然魂銷而不自持。」黃任是明遺民詩人許友的外孫，許友詩頗受錢謙益、王士禛賞愛。許友之子許遇，於黃任為舅氏，尤工七絕，林昌彝《海天琴思續錄》卷八〈論本朝詩人詩一百五首〉〈黃莘田任〉就指出這一師承關係：「萱草詩篇溫李躋，裁紅翦翠露靈犀。《秋江》婉約春花艷，一瓣心香許月溪。」原注：「十硯翁詩，私淑侯官許不棄先生，《秋江詩集》中七絕句，全學不棄。」

張維屏〈題香草齋集〉詩上半云：「《香草》風騷本正聲，當年壇坫想榕城。一官淡似雲無跡，七字溫如玉有情。」這裡的「七字」，當然主要指七絕，但也應包含七律和七古。

黃任七律〈無題八首和徐懶雲〉頗得楚騷美人香草之遺。其序有云：「幸緣情而不靡，每防禮以自持。掬水中之月，只接清輝；雨天上之花，但聞香氣。」論者以為「深契靖節〈閑情〉之旨」（傅玉露〈香草齋詩集原序〉）。其六云：

> 斑斑哀怨至今存，湘管湘簾總淚痕。一世秋蘭憶公子，頻年春草送王孫。文章麗則能防禮，夢寐荒唐亦感恩。但得一朝金屋住，不勞詞客賦〈長門〉。

黃任四會罷官歸，構十硯軒，陳兆崙序云：「招三數密友歌嘯其中，然終以負冤謗，未究施設為恨，故多托於美人香草，繚戾抑塞之音，抑或禪榻茶煙，撫今懺昔，往復折挫，情辭哀到而韻彌長。」此詩尾聯說，希望自己被冷落（漢武帝閉陳皇后阿嬌于長門）只是暫時的，不久能得到重用（金屋藏阿嬌）。詩寫的是哀怨，用的則是美人香草的比興手法。丘煒萲特別欣賞「一世」一聯，以為「包含無盡，極纏綿，極蘊藉。在無題詩中，端推此種為上乘」。他又說，如果援引黃任作〈楊花〉詩遂有「黃楊花」之稱，「即尊以『秋蘭』之號，固未為不可耳」（《五百石洞天揮麈》）。其四云：

> 理鬢薰衣出畫廊，珊珊愛上讀書牀；自抽翠鈿藏緗帙，暗解明璫結佩囊。蓮子有心生太苦，藕絲無力繫偏長。兒家已落桃花片，溪水流來誤阮郎。

頸聯暗嵌「憐」、「思」二字，寫美人遲暮之感，亦極蘊藉。黃任的〈無題〉詩，大抵形式上近李商隱，而內蘊則得之於陶淵明。傅玉露〈香草齋詩注序〉云：「古人善閑情者，無如靖節。香草齋詩得□形似，而或者以莘田〈無題〉諸作沉博絕麗，酷類義山，涪翁稱玉溪生之學老壯不在皮毛間，余謂香草齋之擬柴桑，寧復波瀾有二？」說到這裡，我們就可以推想黃任晚年將自己的詩集名由「秋江」改為「香草」的緣由了。

黃任的七古，傅玉露序以為「直欲躋韓碑、晉石而上之，獨有千古」。福州烏石山上有盤若臺，臺為唐大曆七年（772）著作郎兼監察御史李貢造，少監李陽冰篆於石壁。黃任〈李陽冰盤若臺篆字歌〉云：「海上夜黑風雨吼，鯨吞鰲擲蛟螭走。快劍斫斷生盤拏，掛上神峰大如斗……骨屈肉強無折波，長戈短刃屹相受。玉箸雙垂折釵腳，金鼎半沈露鐵鈕。何年飄忽鑱高青，牛鬼蛇神脫跟肘。天教斑駁南山阿，不作盤敦狎座右。我來捩眼苦畫肚，翻恨摩挲不及手。敲火礪角敢向邇，山鬼呵之野狐守……」據孟超然〈盤若臺篆字歌序〉，當時李陽冰所篆盤若臺在山崖間，無路徑可通，只能遠觀。故此詩云「摩挲不及手」。黃任此類詩磊磊塊塊，出入韓、蘇，驚風雨而泣鬼神，與溫麗芊綿的律絕風格迥異。至於〈棄婦詞〉等，則有樂府遺意。

余文儀〈黃莘田先生傳〉云：「出宰四會，至則以經術飾吏事，民咸安之。邑舊有堤，綿亙數十里，水淹至則潰不可支，公相度土宜，畚築厚且堅，民競趨其役，不匝月而蕆事。值歲饑，為粥以飼餓者，全活無算。有〈築基〉、〈賑粥〉二篇載集中。」〈築基行〉、〈賑粥行〉兩篇五古。前詩作於雍正五年（1727），時四會縣水決蒼峰、豐樂等圍基。不築基，則民受其害；奉上官之命限期築基，民也受其害：「築基本護田，賣田為築基。哀此眼前瘡，卻剜心肉醫。」「築基復築基，築完亦傷悲。今年筋力竭，歲修了無期。田園斥賣盡，安用築基為？」為築基而賣田，基築好了田也賣盡了，築基又有何用？次年，四會大飢，到了五月間，眼看就要登場了，但「十室濱九死」，再也無法堅持，在這緊急關節上，黃任「急令煮饘粥」，用自己的「兩歲祿」，「兼旬供食指」，救活很多饑民。次年，黃任出野寺，「見寺外村翁數輩，飢色可念，因話余去年賑粥存活之事。初不識余為舊吏也，寺僧相告，遂傴僂環拜泣下」（〈雜詩〉九首其五原注）。許廷鑅序將此二詩比作白居易的〈秦中吟〉，桑調元序比作元結的〈舂陵行〉，都是很有道理的。

袁枚《隨園詩話》卷九云：「詩有音節清脆，如雪竹冰絲，非人間凡響，皆由天性使然，非關學問。在唐則青蓮一人，而溫飛卿繼之。宋有楊誠齋，元有薩天錫，明有高青邱，本朝繼之者，其惟黃莘田乎？」袁枚「酷嗜」（《仿元遺山論詩》〈黃莘田〉）、「偏嗜」（《隨園詩論》卷四）黃任詩，故將其視為唐後「天性使然」的諸大家的後繼者。袁枚似偏愛於黃任的「清麗芊綿」的一面，而於其「取材宏富」、「寄託遙深」有所忽視，黃于岐〈香草齋詩注序〉云：「誦習者每以不通曉故實為恨。」何治運〈香草齋詩注序〉亦云：「樊川之鳳膠，樊南之獺祭，則急索解，人不得幽冥而莫知其原。」不必說學韓、蘇的那些七古，學李商隱的〈無題〉，即便是較流麗的《西湖雜詩》，黃任又何嘗沒有一點以學問為詩的味道？黃任詩一方面繼承清初王士禛、許遇講神韻、汰塵俗的特色（主要是七絕）；而在雍正、乾隆間，閩人力攻嚴羽詩非關學之非（代表人物是鄭方坤，詳本節五小節）的氛圍中，也難免於俗，以至後之誦者以難通其故實為恨。也可能是黃任清麗芊綿的七絕在當時影響太大了，所以掩蓋了事物的另一個方面。

黃任當時詩名甚著，沈德潛《清詩別裁集》不錄尚在世者詩，卻破例登錄黃任詩六首。丘煒萲《五百石洞天揮麈》云：「吾閩近代詩人之傑，斷推黃莘田、張亨甫二先生。」黃任是張際亮出現之前清代閩地最重要的詩人，在清初至清中葉的詩人中也是唯一詩集有注本傳世的閩詩人。他的詩流布臺灣，家弦戶誦，「迄今三臺詞苑，幾無不知有《香草箋》者」（李漁叔《千里齋隨筆》）。

四　畫家中二詩人：華嵒　黃慎

閩詩人能畫者，明有高瀔，其水墨山水畫居逸品。一次，「邑子宋生者，病虐。宗呂（高字）過之，酒酣潑墨，寫菊數本，復寫奇石修竹，寒香飄拂，涼風颯然，宋躍起視之，病霍然良已。」（《列朝詩集小傳》）丙集）一時傳為佳話。清初許遇，工松梅竹石，王士禛題其畫竹云：「許侯磊落負其氣，平生節目堅蒼篔。竹林手種竹萬個，興來自寫千篔簹。」高瀔、許遇都是詩人中的畫家。而康熙、乾隆間的華嵒和黃慎，他們都是中國繪畫史上卓有成就的畫家，他們雖然也都有詩集傳世，但詩名為其畫所掩，不甚受人重視。

華嵒（1682-1756），字秋岳，上杭人。取號新羅山人，有始終不忘桑梓之意（上杭舊屬汀州，汀州古稱新羅）。壯遊吳越，居揚州最久，晚居杭州。「畫山水、人物、花鳥、草蟲無不工，脫去時蹊，力追古法。有時過求超脫，然其率略處，愈不可及。」（《清史稿》〈藝術華嵒傳〉）工詩，書法脫俗，世稱「三絕」。有《新羅山人離垢集》。

楊鼐〈新羅山人離垢集題辭〉云：「慣及清泉澆磊塊，掃除俗氣入煙霞。吟來字字融渣滓，誦去篇篇沁齒牙。」華嵒一生絕意仕進，其集取名「離垢」，有脫離塵垢之意。詩集的內容，很大一部分是寫他超塵脫俗，吟賞清泉煙霞，遣興作詩、潑墨作畫的山人生活。其〈山人〉云：

> 自愛深山臥，常聽澗底泉。何如鼓湘瑟，妙響在無弦。落日數峰外，歸雲一鳥邊。未須慕莊列，此意已悠然。

上半即晉朝左思「山水有清音，何必絲與竹」(〈招隱〉) 之意，而寫得更委婉有味。而下半則說，有山水、落日、歸雲、飛鳥作伴，悠然自得，其實是不須去羨慕莊子和列子的，言外之意，莊子和列子又何嘗沒有憤世忌俗的情志？而自己是連這一點都沒有了。如果說〈山人〉一詩還側重於抒寫情志懷抱的話，〈幽居〉一詩對山居的生活描繪就更具體了：

> 白雲嶺上伐松杉，架起三間傍石岩。妨帽矮簷茅不翦，鉤衣苦竹筍常芟。廚穿活水供茶竈，壁畫鮮風送客船。自有小天容我樂，且攜杯酒對花銜。

「茅茨不翦」的小屋築在傍岩的嶺上，白雲飄浮其間，而山澗的活水卻可以直接引入廚房。三間草屋雖小，但壁上卻畫著江河風帆，別有天地，對花銜杯，自得其樂。山水之樂，有時也乘興吟詩作畫：「賴有山水情懷依然好，濯翠沐雲襟帶舒。有時遣興詩復畫，一水一山賦樵漁。以茲煙雲蕩胸臆，便如野鶴盤清虛。」(〈坐與高堂偶爾成詠〉) 至於〈畫墨龍〉一詩，則形象地將山人揮毫作畫的形象展現在讀者的眼前：「山人揮袂露兩肘，把筆一飲墨一斗。拂拭光箋驟雨傾，雷公打鼓蒼龍走。」羅嘉傑〈新羅山人離垢集題辭〉說山人「善繪尋丈大幅，筆力縱放」，真是名不虛傳，此詩所寫不是山人作畫的自我畫像嗎？

華喦《離垢集》中的作品，有將近一半是題畫詩。題畫詩又約略分為兩類，一是山水、花卉；另一類為人物、禽鳥動物。題山水畫詩，如：

何來一片月，清光淨如水。蕩入空翠中，松風吹不起。(〈題松月圖贈寧都魏山人〉)

半壁斜窺石罅開，冷雲流過樹梢來。茅庵結在雲深處，雲裡孤僧踏葉回。(〈題畫〉)

這些作品和山人吟詠幽居生活的詩作，無論是情趣還是風格基本上都是一致的，掃除俗氣，高尚煙霞，「如春空紫氣，層崖積雪，玉瑟彈秋，太阿出水，足稱神品」(徐逢吉〈離垢集題辭〉)。題人物畫詩，集中以題鍾馗為最佳，且有五首之多，僅錄其中二首：

殷雷走地驟雨傾，龍風四卷龍氣腥。高堂獨坐無所營，用力欲與神物爭。案有鵝溪一幅橫，灑筆急寫鍾馗形。雙瞳睒睗秋天星，五岳嵷巃掛眉稜。短衣渲染朝霞赬，寶劍出鞘驚寒冰。虬髯拂拂怒不平，便欲白日搏妖精。吁嗟山精木魅動成把，更願掃盡人間藍面者。(〈雨中畫鍾馗成即題其上〉)

老髯袒巨腹，啖興何其豪。欲盡世間鬼，行路無腥臊。(〈題鍾馗啖鬼圖〉)

如果我們不讀華嵒這些詩，可能會誤以為他是一個沒有愛憎，沒有是非，是一個避世避喧於山林的煙霞客。看來，詩人也是十分痛恨那些山精木魅以及世間之鬼、人間之藍面者的，於是他歌頌讚美「拂拂怒不平」的啖鬼者鍾馗，反覆為其畫像。前一詩還用「殷雷」、「驟雨」的作畫氛圍環境加以渲染，用「秋天星」來形容鍾馗的雙瞳，用「五岳」來比喻眉稜，用赬色的朝霞來描繪短衣，用「寒冰」來狀其寶劍，咄咄之勢，令天下鬼魅無可逃避。體現了華嵒詩的另一種風格。

至於〈題鵝〉、〈題畫冊〉十一首中的〈醉僧〉、〈奇鬼〉等詩，也都能形象地寫出鵝、僧、鬼的動作和神態來，令人遐想其畫之高妙。

《南奮瑣錄》云：「新羅山人畫境，意造神會，出古法之外而不背於古法。詩亦如之。所作多五言古體，力追大、小謝，得其幽遠之趣，絕俗離立，殆不食煙火人語。」（〔民國〕《福建通志》〈藝文志〉卷六十五引）華嵒詩無長篇巨製，亦無縱橫遒逸之作。

黃慎（1687-約1770），初名盛，字公懋，亦作躬懋，後改名慎，字恭壽，號癭瓢山人，寧化人。早孤，十四、五歲時便學畫，繼而苦讀學詩，壯年出遊吳楚，賣畫為生，曾寓居揚州，為「揚州八怪」之一。晚年回鄉家居。其畫「於古今人物、山川草木之情狀，著墨無多，生韻迥出，蓋蕭然於煙楮之外者」（王步青〈題黃山人畫冊〉）。黃慎有《蛟湖詩鈔》，詩集名「蛟湖」，亦有不忘鄉梓之意。蛟湖，今寧化湖村鄉張家灣村。

時有黃慎畫不如詩之說。黃慎的同鄉雷鋐〈癭瓢山人詩集序〉云[23]：「或謂山人畫與字可數百年物，詩且傳之不朽。」林翰又序云[24]：「癭瓢山人畫不如詩，雷翠庭嘗言之。顧其詩為畫掩，則以畫易流傳。」黃慎本人對自己的詩，卻較畫更看重，「顧山人漫不重惜其畫，而常自矜其字與詩」（許齊卓〈癭瓢山人小傳〉）。

《蛟湖詩鈔》中固有一些記敘描寫悠閑自適的作品，如〈山居〉云：「好風生水面，荒徑折溪灣。野鳥碧空下，高槐夕照閑。遣僮趁墟落，買酒到山間。醉臥一庭月，柴門夜不關。」然據考證，此詩係題於《寫生山水圖》冊中〈洪崖山小歇〉，不一定是黃慎本人真實的生活寫照。比起華嵒那些多少帶有理想主義、不食人間煙火的煙霞詩

23 雷鋐（1696-1759），字貫一，號翠庭，寧化人。雍正十一年（1733）進士，官至左副都御史，有《經笥堂文鈔》等。

24 林翰，字西園，光緒二十七年（1902）舉人，有《山與樓詩文集》。

篇來，黃慎寫他的生活經歷、生活狀況的作品，就顯得現實多了。〈感懷〉一詩回顧少年時代的家境云：「天地降以災，厄我靈椿傷。母也守殘痾，午夜歷冰霜。我年一十四，兩妹相繼殤。幼弟在襁褓，失乳兼絕糧。是時薪若桂，盜賊起年荒。」父死母病，沒有糧食，兩妹相繼夭亡。中年之後，黃慎以賣畫為生，東奔西走，一家人仍未免挨餓：「我徒執詩書，一家尚八口。兀兀以窮年，西馳復南走。豐年兒啼饑，道在形吾醜。」(〈田家〉) 就是到了晚年，他還是在風塵僕僕中奔波：「倏忽四十已五十，八尺侯贏空健軀。寒暑相侵氣苦易，風塵碌碌多居諸。茫茫驅馬出門去，五陵環轍遍三吳。」華喦一生絕意仕進，而黃慎仍希冀老有所遇：「可憐盛世成肥遁，孫弘六十之遇長欷歔！」(〈述懷〉) 公孫弘被漢武帝徵詔，時已六十，後為相，封平津侯。因此，黃慎常常感到人生的艱難，常常憤憤不平：「寒儒藜藿甘如飴，豪家粱肉賤似泥。世事紛紛空在眼，才高誰與相匡持？」「我今髮白齒牙落，股肱竭盡胡所為！」既然不能為世所用，「不如痛飲且為樂，莫待酒闌花落、行路風淒淒！」(〈行路難〉)

黃慎雖然自號山人，但是他並沒有遺忘世事。不過，他的詩直接反映和揭露社會矛盾的，並不多見。〈雜言〉云：「黃犢恃力，無以為糧。黑鼠何功？安享太倉。」這或許是集中最直接、最深刻的一首。詩人往往借助於懷古和憑弔來寄託他的興亡之感，批評社會風氣。集中直接以「懷古」和憑弔為題的詩比較多，有〈金陵懷古〉(五、七律各一首)、〈邗上懷古〉、〈維揚懷古〉、〈揚州懷古〉(六首)、〈姑蘇懷古〉、〈謝疊山祠故址〉、〈梅花嶺〉、〈弔古疾民〉、〈謝太傅祠〉、〈邗溝廟〉、〈佛狸廟〉等。黃慎生活在康熙、乾隆「盛世」，他遊金陵時看到的是一派豪華繁奢的氣象，而他想到的卻是歷史的興衰。〈水西曲〉云：「油油禾黍耕宮殿，王氣已消寶光見。遊女至今結彩航，猩紅上下光如電。虹霓長跨武定橋，岸邊遊俠氣雄豪。飛身走馬疑天路，青樓酒肆呼香醪，相望水閣誇丹漆，簾卷涼生風入室。小姑少婦倚雕欄，搔頭影落玉光寒。」〈公子行〉云：「石頭城外柳，曾記興亡否？春到自青青，往來雲不厚。金鐙公子略豪華，千金買笑不為奢。」我們知道，金陵是前明朱元璋開國建都之地。儘管黃慎是出生在明亡後四十餘年，但隱約仍有一種民族意識流露出來。黃慎的故鄉閩西，南明隆武帝就是在這裡被清兵俘獲的；清兵入閩，寧化等地首先遭殃。黃慎同鄉李世熊是很有骨氣的遺民，他去世時黃慎已經出生。上杭人劉坊（1658-1713），生在南明桂王之時，入清不仕，其父為永曆從亡死節之臣。劉坊也是詩人，有《天潮閣集》。黃慎耳濡目染，受到影響，民族意識的存在和流露也就不奇怪了。其〈弔艾東鄉先生〉一詩，說得更明白了：

> 一代文章伯，城危死國恩。乾坤留碧血，日月駐幽魂。劍水風猶怒，蓮峰淚尚存。只今聞野老，相與話中原。

艾東鄉，即艾南英，江西東鄉人。明天啟四年（1624）舉於鄉。明亡入閩，唐王授兵部主事，改御史。清兵入閩，殉節於延平。黃慎作此詩，距明亡已有百年時間。在清廷文字獄日益嚴酷的情況下，寫野老（包括詩人自己）對前朝的追思，膽子也是夠大的。

黃慎寓居揚州十餘年，而揚州是史可法抗清的據點，詩人不僅有〈梅花嶺〉詩憑弔史可法，而且有〈僑寓平山麓下李氏園〉詩追懷被清兵屠戮的揚州軍民：「甘泉城外景淒清，不逐繁華弔黃土。白骨如丘塚若鱗，那得幽魂都有主。蒼狐亂竄東又西，青磷夜冷散還聚。我持麥飯拜荒蓁，髏頭錯愕惟牧豎。一杯酹地綠羅春，目送行雲過淮浦。」平山以宋朝建平山堂而出名，詩人不寫平山堂這一名勝，也「不逐」揚州的繁華，卻將筆墨用在黃土、白骨、幽魂、青磷、髏頭這樣淒清之景上。原來，順治二年（1645），揚州破，清兵屠城十日，「揚州士民死者凡八十餘萬」（《南疆逸史》〈史可法傳〉）。此詩揭露了清兵的殘酷暴行，寄託對死難者的哀思。

《蛟湖詩鈔》中的題畫詩不多，如果把與有關繪事的詩也算上的話，不過十來首。大量的題畫詩見於《集外詩文》[25]。孫㮏《餘墨偶談》錄題畫二絕：

> 夜雨寒潮憶敝廬，人生只合老樵漁。五湖收拾看花眼，歸去青山好著書。

> 來往空勞白下船，秦樓楚館總堪憐。但餘一卷新詩草，聽雨江湖二十年。

前一詩見本集，題為〈憶蛟湖草堂〉；後一詩見〈集外詩文〉，係為〈江城煙雨圖〉題的詩。孫㮏評云：「語意高妙，如參禪悟道人，無一毫窒礙也。」這些詩的風格與華嵒山水畫題詩較相近。黃慎的題畫詩以七絕、五律為多。丘復評其七絕，以為「尤得晚唐神髓」(〈蛟湖詩集序〉)；馬祖榮評其五律，以為「尤清脫可喜」(〈送黃山人歸閩中序〉)，想來都是針對黃慎的題畫詩和山水行旅詩而言的。

《石遺室書錄》評《蛟湖詩鈔》云：「樂府、五七古兀傲不群，頗似傅青主、鄺海雪。」傅山，字青主；鄺露，字湛若，其讀書處曰海雪堂，人稱鄺海雪，都是明遺民。傅山亦工畫。《清詩紀事初編》卷二評鄺露詩云：「樂府古詩，多及時事，寄慨無窮。」黃慎〈擬古〉、〈水西曲〉、〈公子行〉等詩近之。傅山詩「語險語幽」(鄧漢儀《詩觀三集》)、「雄傑可喜」(沈濤《匏廬詩話》)，黃慎〈讀雷翠庭銀臺〈九瀧歌〉奉和寄呈〉、〈過邗上東園悼太原賀吳村〉、〈烏石山〉、〈邗江楊玉坡御臺陽苦次歌〉等近之。〈讀雷翠庭銀臺〈九瀧歌〉奉和寄呈〉寫的是沙溪上遊九個險灘，其寫前六瀧云：「一瀧長鯨勢莫

25 見《蛟湖詩鈔校注》，福州市：海峽文藝出版社，1989年。

比，磨牙吞舟噴沫涎。馬瀧浪激，雪山直走三門下，針穿隙竅擊深淵。篙師逆折劍鋒敵，巴子成之字鉤連。高岑寸碧黏天上，趹踼還疑坐鐵船。軀貜猰貐深藏影，山魈魍魅不敢前。大長波衝，恍然紫貝燃犀骨，纜解黃瀧騰踔飛。竹箭沛，舟瞬息，五霸天地皆昏黑。六瀧雷鼓瘦蛟爭，聲聞淒愴格鬥死。石迸秋雨破天驚，宛轉射潮三千弩。勇當三萬七千五百之洗兵，頃刻鴻門峽外峰磨天。」真是石破天驚，動人心魄。詩中一瀧、馬瀧、三門、大長、五霸、六瀧都是瀧名，也都在清流縣境內。九瀧的奇險，愈見篙師技藝的高超。張遠有一首〈清流船〉詩，自注：「閩船多清流人，號清流船。」經過九瀧磨練出來的篙師，駕舟行於他水，不就綽綽有餘了嗎？難怪閩船多清流人呢！

華喦和黃慎都是畫家中的詩人，他們還有不少共同點，如：都是閩西人，生活的年代差不多，長期寓居江浙，終身未仕，自號山人，且都有畫中有詩、詩中有畫之譽。古代的詩人不一定都是畫家，但畫家大多能詩，甚至本身就是詩人。當然，這與中國畫本身的特點有關，即畫常常有題畫詩。繪畫和詩歌固然屬於兩種不同的藝術門類，但就畫理和詩理而言，兩者又存在溝通的可能性，即畫家常常從詩境詩理中得到某種啟示或靈感；詩人也常常從畫境中得到某種啟示和靈感，更何況是集畫家與詩人於一身的文藝家。沈端〈新羅山人離垢集題辭〉云：「山人作畫如作詩，嘔心扶髓窮神奇；山人吟詩通畫理，造化為象心為師。」畫家而兼詩人，真是相得益彰。黃慎在談到他十四、五歲學畫而未有大突破時，以為是讀詩文不多之故，「於是折節發憤，取《毛詩》、《三禮》、《史》、《漢》、晉宋間文、杜韓五七言、及中晚李唐詩，熟讀精思，膏以繼晷」（許齊卓〈癭瓢山人小傳〉）。看來，華喦、黃慎都在一定程度上懂得畫理與詩理有某些相通處的。如果說唐代的王維詩中有畫、畫中有詩是不自覺或不夠自覺的話，那麼華喦、黃慎詩中有畫、畫中有詩就比較自覺了——儘管在中國詩歌史和繪畫史上，華、黃的地位都未必超乎王維之上。

五　陳壽祺等的學人之詩

乾隆、嘉慶時期，是清代學術發展的重要時期。這一時期的學術研究以儒家經典為中心，廣泛涉及古文字學、史學、地理學、目錄學、校勘輯佚學，甚至某些自然科學門類，並且取得了很大的成績。這時期的治學方法以考據為主，或稱樸學，故而形成所謂的乾嘉學派。至於乾嘉學派形成的原因，學術界一般認為有二：一、入清後大興文字獄，乾隆年間尤甚，不少士人因而力避現實而鑽到故紙堆中；二、乾隆帝本身的提倡，例如屢開特科，組織力量編書（最有名的是《四庫全書》）。在筆者看來，還有一個原因，即中國傳統學術自身的發展，經過了兩三千年甚至更長的時間，似已到了應該加以總結的時候。對以往學術的總結，也是對傳統學術的發展。例如阮元一方面對《十三經》作了校勘、整理，刻印了《十三經注疏》，流布海內；另一方面則編輯了包括時人所著在內的《皇清經解》，使儒家經典的研究達到一個新的階段。這些學有專長的文人學者，由於受到傳統文化教育的薰陶，多數亦能詩，因此形成了一種「其學皆深博無涯涘，詩亦從經術性情中流出」（符葆森《國朝正雅集》引《石溪舫詩話》評阮元語）的學人之詩。

在這種文化背景下，乾嘉時期福建也出現一批學者兼詩人，主要有龔景瀚、薩玉衡、謝震和陳壽祺等，而以陳壽祺為代表。他們的詩，均可稱學人之詩。

龔景瀚（1752-1802）[26]，字惟廣，一字海峰，閩縣人。乾隆三十六年（1771）進士，四十九年（1784）選授甘肅靖遠知縣，官至蘭州知府。有政聲，民口碑不絕。有《澹靜齋詩鈔》、《澹靜齋文集》。據

26 世界書局本《清代七百名人傳》篇目、正文將龔景瀚誤作翁景瀚。

林昌彝《射鷹樓詩話》卷十九，景瀚又有〈邶風說〉、〈祭儀考〉、〈離騷箋〉、〈孔志禘祫考〉等，「皆說經之圭臬也」。

張世法〈澹靜齋詩鈔序〉云：「《詩》、《書》，忠孝、禮樂、文章醞釀於胸懷，吞吐於喉舌，不可以聲色擬議求者。」秦金門〈跋〉云：「不事矯揉雕飾，性真激發，衝口成章，諸體畢備。」「蓋其敦行好修，學純守正，故發之於詩者，靄乎孝子、悌弟、義夫、順婦之容，倜倜乎忠臣、信友之概」，「深於性情之事，而非徒以素絲黃絹較其工絀者也。先生之詩曰：『天下文章在五倫。』。夫五倫之事，何一不由性情？覽是集者能於性情求先生之為人、而得先生所學之為何事，則可以言詩矣。」這也就是所謂學深博，從「經術性情中流出」的學人之詩。當然，龔景瀚長年為宦西北，面對著比較尖銳複雜的階級和民族矛盾，較為關心民瘼，「弔古憫時，善達民隱。尤與元道州為近」(《晚晴簃詩彙》卷九十四)。他並不是一位僅僅通經而遠離社會實際的詩人。

龔景瀚的古文，成就比詩高。他的古文我們將在下一節介紹。

《清史列傳》〈文苑薩玉衡傳〉評入清之後閩詩云：「黃任、伊秉綬諸人先後爭長壇坫[27]，玉衡頡頏其間，自闢途徑，足以震揚一代。」薩玉衡也是乾嘉間重要詩人。玉衡生於乾隆二十年（1755）前後，卒於嘉慶十八年（1813）之後[28]。字檀河，閩縣人。乾隆五十一年（1786）舉人。官陝西洵縣知縣，玉衡受牽連被免官後歸鄉。嘗著《經史彙考》、《小檀弓》、《傅子補遺》等，均毀於火。今傳《白華樓詩鈔》、《白華樓焚餘稿》。

27 伊秉綬（1754-1813），字組似，寧化人。乾隆五十四年（1789）進士，歷任惠州、揚州知府等。關心人民疾苦，時人比其詩為元結、鄭俠。有《留春草堂詩》。本節為了集中論述學人之詩，對伊秉綬的詩不再作深入探討。

28 陳壽祺〈白華樓詩鈔序〉：「薩子長余十餘歲。」按陳壽祺生於乾隆三十六年（1771）。何治遠〈白華樓詩鈔敘〉述「壬申癸酉（1812-1813）間，吾鄉詩事大盛」，其中有薩玉衡之名。

謝章鋌〈自怡堂偶存詩序〉云：「嘉道之間，吾閩猶多績學之士，雅材林立，陳恭甫、薩檀河、謝甸男諸公提倡於上。」王文勤本集《題跋》：「薩檀河先生淹貫經史，於書無所不讀，於學無所不窺，故其詩淵懿卓鑠，沈博絕麗。」林昌彝《射鷹樓詩話》卷十一指出，薩玉衡之詩，「學人之詩也；才足以副之，亦梅村（吳偉業）、竹垞（朱彝尊）之流亞也。」緊接著，林昌彝舉了〈九仙山〉、〈將入都別兄敬如〉、〈東阿懷曹子建〉、〈柴門〉、〈登北固山〉等十五詩為證。考察這十五首詩，我們可以發現，無一不是七律。林昌彝在同書卷七云：「諸體詩以七律為最難，如開強弓勁弩。劉吏部公勲謂古今開到十分滿者無幾人。」以為入清後閩人之外有顧炎武、吳偉業等六人，閩人有許友、謝震、薩玉衡、陳壽祺、林茂春五人[29]。閩籍以外詩人不論，謝震以下四人，都是學者兼詩人。我們是否可以說，七律是學者兼詩人比較喜歡、又比較擅長，並足以表現他們才學的一種形式？古體詩形式比較自由，又由於容量較大，更便於敘事。近體詩（除排律外）形式短小，而五、七絕、五律文字又嫌稍少，七律七言八句相對較有迴旋發揮的餘地。而七律中間二聯的對偶聲律一向又特別講究；偶句的用事更大有學問，或要求準確工巧，或追求獵奇翻新，甚至還有用事不使人覺的高妙，這對於作手不能不是一種考驗，而那些多讀書、多窮理的學人們在七律面前則無疑可以躊躇滿志、操起「刀」來而遊刃有餘了（先不說詩境、詩味如何）。

除了卷十一所舉的十五首是七律外，《射鷹樓詩話》卷七論「詠物詩妙在離貌取神、真取弗奪」，舉薩玉衡〈春燕〉，同卷舉〈初到溧陽登太白酒樓〉二首，卷十舉〈無定河〉，卷十七舉〈謁於忠肅祠〉，同卷「拜岳忠武王墓詩，朱竹垞長排外，以閩縣薩檀河大令七律四詩（按：即〈過岳忠武墳〉）為最高」，《海天琴思續錄》卷一舉〈弔彌

29 林茂春，字崇達，乾隆五十一年（1786）舉人。好讀書，視經史子集如性命。詩沈博宏肆。有《暢園詩鈔》。

衡墓〉等，也都是七律。〈過岳忠武墳〉其一云：

> 賀酒黃龍事竟空，淒涼一闋〈滿江紅〉。十年戰伐歸三字，五國羈魂泣兩宮。水咽西陵虛夜月，枝生南向怨秋風。將軍不受金牌詔，解甲丹庭死更忠。

林昌彝又評云：「薩詩佳處在氣格沈雄，用事典切，故能獨出冠時。」高啟「〈忠武王墓〉詩雖膾炙人口，不逮也。」

薩玉衡七絕也精於用事，《射鷹樓詩話》卷二十一，舉其〈題陳秋坪畫洛神〉、〈題鄭嵎津門詩注〉、〈閩宮詞〉等五十餘首，沒有一首不在用事上下功夫的。〈揚州絕句〉云：

> 竹西歌吹最繁華，燈火分明十萬家。獨有廣陵城上月，夜來孤照玉鉤斜。

竹西是廣陵（今揚州）的繁華地，玉鉤斜是隋葬宮女之處，詩以繁華反襯孤寂淒涼，以見歷代統治者的荒淫奢侈，所用又非僻典，故林昌彝稱這類絕句「隸事生新，鮮若霞綺」。薩玉衡才學繁富，有些絕句並非一般讀者所能讀懂，〈感馬、阮事，成二絕句〉其二云：「西湖蟋蟀美人憨，何似春燈夜半酣。度嶺南來無鄭尉，誰知別有木棉庵？」如果不知道馬士英斬於延平的典實，不知道阮大鋮為雷演冤報、過五顯嶺墜崖碎首而死的傳說，不知道阮大鋮作有《春燈謎》的傳奇，也不知道賈虎臣殺奸臣賈似道於木棉庵（在今漳州南）之事，這首七絕則不可解。

薩玉衡有一組〈海防〉詩，共五首。這組詩提出防海的重要：「從來防海甚防江。」當然，詩的作意，無疑是針對乾隆五十一年（1786）臺灣林爽文起義（次年失敗），六十年（1795）臺灣陳周全起義（旋敗）及嘉慶初海盜蔡牽出沒於閩臺、廣東沿海而發，但詩中又寫道：「牛皮圍地紅夷遠，鹿耳輸潮赤嵌收。」似又有前事不忘，後事之師意，提醒人們注意「外夷」在沿海的侵擾。〈過張忠愍墓〉、〈光餅歌〉，抒寫對抗倭英雄張經、戚繼光的緬懷。前詩有云：「戰績東南第一謨，生民百萬望吹枯。」後一詩寫戚繼光剿倭時製作的一種便於攜帶的餅。餅有孔如錢，閩人至今仍呼為「繼光餅」或「光餅」。詩有云：「當年擊走倭奴魂，不教庚癸呼公孫。帳下未看炊火起，海邊但見陣雲屯。士飽揮戈甘血戰，眼中個個將軍面。猶勝宿舂百里糧，何須射獵千夫膳。歸為將軍脫戰袍，凱歌聲擊滄波高。」如果聯繫嘉慶初外國兵船公然侵入東南沿海港口的事實，薩玉衡這些詩就顯得有深意了。

薩玉衡以才學為詩，有一定成就。陳壽祺評云：「其為詩駿偉廣博，譬諸快劍長戟之撞摐，黃鐘大呂之鏘洋，大瀛吹波，魚龍出沒，沃日蒸霞，萬象灇滉，建章神明，嶕嶢瑰麗，銅鳳金爵，照爛天表，美哉盛乎！」（〈白華樓詩鈔序〉）薩玉衡在學人中，其詩「瑰瑋矞皇，沈博絕麗，如鸞翔鳳舞，樂奏鈞天」（《射鷹樓詩話》卷十一），還是比較突出的。

謝震（1766-1805）[30]，字甸男，閩縣人。乾隆五十四年（1789）舉人，為順昌教官。「篤學耆古，熟《三禮》，治經齗齗，持漢學，好擊宋儒鑿空逃虛之說。」（陳壽祺〈謝震傳〉）有《禮案》、《四聖年譜》、《四書小箋》，及《櫻桃軒詩集》。

初，謝震銳意功名，而試禮部屢黜。久羈旅，往來河洛、關隴、荊益之間，匹馬踟躕，抑塞奔走，間挾牾時嫉俗之孤憤，寓之文章。方其壯時，志氣若不可一世，「然每風雨淒晦，煙月靚深，徘徊景光，欷歔欲絕，不知哀樂之何從也」（同上引）。謝震詩以七律最為突

30 陳壽祺〈謝震傳〉：「震長余六歲」，「卒年四十。」按：陳壽祺生於乾隆三十六年（1771），則謝震生於乾隆三十一年（1766），卒於嘉慶十年（1805）。

出，《射鷹樓詩話》卷十五云：「詩氣魄沈雄，格調高壯，音節嘹亮，神韻鏗鏘。初讀之，音若變宮變徵，而實律中黃鐘之宮；又如曉角秋笳，淒清入聽。七律高者直入浣花之室，次亦不落開、寶而下。」又云：「吾閩近今能為七言律詩者，首推謝甸男先生震，蓋其氣魄沈雄，風格高壯，足以雄視一代」；「視前明前後七子，有仙凡之別。」林昌彝選錄五十餘首之多，其中寫羈懷的有〈舟中感事呈陳大同年恭甫〉、〈旅感和恭甫作，兼懷李五同年秋潭〉等；行旅詩有〈邳州早行〉、〈青湖道中即事〉等；憑弔懷古之作有〈維揚〉、〈大散關〉（後一首昌彝未選）；托物言志的有〈秋燕〉、〈落花和吳三進士〉等；直抒胸臆的有〈蹉跎〉、〈自題〉、〈失題〉、〈無題〉等。〈自題〉云：

> 一卷殘魂手自編，他時誰與弔樊川？桐經半死仍孤賞，蟲號相思亦可憐。未免冬郎慚少作，已多秋樹感長年。西風翦紙招何處？破楚門東急暮蟬。

抑塞磊砢之氣溢於言表。〈聽鸝曲〉二首其一頷聯云：「湖中蓮子堪求藕，天上弧星只對狼。」狼，天狼星。林昌彝極欣賞此聯，以為「此借藉『藕』為『偶』，獵『狼』為『郎』。用假借字入詩，亦詩家之一體，深得《周易》、《毛詩》通假、譬喻之例」（《海天琴思錄》卷一）。其實，以「蓮」諧「憐」之音的用法，南朝民歌已經用得很廣泛，然而此聯三用諧音，且以「狼」（郎）對「藕」（偶）似是學人有意對六書假借的運用，故特別巧妙。

乾嘉間閩人樸學成就最高的，莫過於陳壽祺。壽祺（1771-1834），字恭甫，號左海，一號葦仁，晚號隱屛，閩縣人。嘉慶四年（1799）進士，改庶吉士，授編修，充廣東、河南鄉試副考官、會試同考官。年四十告歸。壽祺少能文，年十八，為臺灣林爽文之役，撰上福康安百韻詩並序，沉博絕麗，時稱為才子。壽祺會試，出著名學者朱珪、阮元之門，乃專為漢儒之學，與同年張惠言，王引之齊名。又及見錢大昕、段玉裁、王念孫、程瑤田諸人，故學益精博。解經得兩漢大義，每舉一義，輒有折衷。所著甚富，有《五經異義疏證》、《左海經辨》(以上二種阮元選入《皇清經解》)、《尚書大傳定本》、《洪範五行傳》等，以及《左海文集》、《左海駢文》、《絳跗草堂詩集》、《東越儒林文苑後傳》等。

吳嵩梁以為陳壽祺七律「隸事典切，結響沈雄」，直與吳梅村「抗衡」(〈左海詩鈔題詞〉)。反映林爽文之役的〈海外紀事詩〉八首，〈平定臺灣恭紀〉六首，多關臺灣故事，沉雄老到，同類作品，罕有其匹。如果說對待林爽文之役，陳壽祺只能站在清廷的立場上來看問題的話，那麼甲寅（1794）所作〈聞漳州大水後寄諸同人五首〉，對漳郡父老百姓的生計就寄以莫大的關切了。其一云:「窮黎誰抱空桑怨，羈客徒添泛梗憂。愁絕秋風杜陵屋，高歌長夜聽颼飀。」其四云:「芝岫已停秋徑屐，楓江空憶故園蓴。含情欲語湖中雁，迸入休文旅恨新。」自注:「謂沈履橋明經，吳江人，遊漳作〈芝山遊屐圖〉。」漳州大水，當然引不起沈履橋等文人雅士的遊興了；他們中的一些人，能不能多少關心點災民呢？陳壽祺的詠史詩，見識頗高，己巳（1809）所作〈書李密傳後和馬秋藥太常履泰〉二首其二云：

> 逐鹿中原感廢興，騎牛狂客竟憑陵。三秦已遣歸劉季，十策何曾納魏徵？天下英雄空虎視，山東部將沮龍騰。可憐北面羞降虜，比似田橫恨不勝。

林昌彝評云:「聲調激越，氣魄雄厚，平揖空同（李夢陽），可無愧色。」(《射鷹樓詩話》卷三）陳壽祺在朋輩中，與謝震最善。謝震年長陳六歲，兩人是同年舉人、同鄉。「海內論定定幾人？平生意氣向君真。非關蛩距行相負，自信龍泉合有神。」(〈旅感呈謝甸男震四首，時日短至〉其二）陳壽祺贈、和及詩題有謝震之名的七律有十餘首。同聲相應，同氣相求，〈題謝甸男震詩後二首〉其一云：「六籍笙簧供鼓吹，九霄河漢沃肝脾。石渠高議經師盛，惟遲匡來與說詩。」明確指出謝震之詩是學人之詩。其二云：「聽君〈秋柳〉他時曲，玉笛關山倍愴神。」稱讚謝震的〈秋柳用漁洋先生韻〉四首，謝詩其一有云：「玉笛關山殘月影，金笳塞隴曉霜痕。」〈南歸述懷呈謝甸男〉頷聯云：「日邊名士多於卿，江山歸心不為鱸。」林昌彝以為「隸事而有神韻」，陳子龍得意之作「禁苑起山名萬歲，復宮新戲號千秋。」王士禎〈襄陽懷古〉「豈有酖人羊叔子，更無悔過竇連波。」均不及陳壽祺「風韻綿遠」（《射鷹樓詩話》卷三）。學人之詩，有時免不了有賣弄才學之嫌，但也不可一概斥其有才學而無風韻。

自唐代文人仿作〈竹枝詞〉之後，歷代文人又仿〈竹枝詞〉而作〈柳枝詞〉和〈橘枝詞〉。福州盛產紅橘，陳壽祺〈橘枝詞十二首〉，或寫橘園的採摘果實，或寫橘鄉男女青年的相互愛慕，或寫與橘有關的風俗習慣，或寫由橘製成的蜜餞、藥品，尤可見一地的土風。試看其五、其八、其十：

> 洪江江水平如油，洪江女兒不解愁。一夜溪船載春去，無端明月夢蘇州。（原注：洪江之濱多產柑橘、橄欖之屬，土人歲貿估客販吳門。）

> 履端風景杵聲寒，擣盡瓊霜作粉丸。紅袖金釵圍燭影，先傳吉語上春盤。（原注：吾鄉冬至家作粉丸，先夜中堂出，謂之搓圓，旦煮供鬼神而後食之。鄉語「橘」與「吉」同音。）

> 撒荔傳柑故事賒，春星夜火萬人家。劇憐玉手纖懺素，翦出紅燈奪綺霞。（原注：元夕有製橘燈者，兒童或刳橘實，空其中為小燈。）

林昌彝以為有「劉夢得之遺音」，並評其一云：「不著一字，盡得風流。」（《射鷹樓詩話》卷三）這些詩完全得力於生活，完全沒有一點學究的酸腐味，新鮮風趣，一反學人之詩的凝重。七絕中，題畫詩也有顯得風神婉約的。〈題畫三首〉「水西雨泊」云：「橫塘細雨鷺斜飛，釣舫無多泊渚磯。隔岸人家溪市晚，綠蓑新買鱖魚歸。」如果說陳壽祺的七律以沉雄見稱，而七絕則以秀逸見長了。

在乾嘉閩籍學人中，陳壽祺的五、七古功力尤為深厚。《射鷹樓詩話》卷十九以為五古〈過楓嶺〉等十餘首，〈放歌行〉第二十餘首都足以傳世。卷十六評〈全使君木蘭扈蹕圖〉云：「排奡之極，加以音節尤覺激昂。」「黃榆葉落百草枯，海東青起千人呼」二句，「健筆橫空，精神坌湧，『飛電入水風蹄虛』，『虛』字一字千金。」評〈文信國琴歌〉云：「竹垞〈玉帶生歌〉一片神理，此其具體。」「夜雨青原一榻涼，風煙萬里鳴秋柝。君恩世慮兩沈吟，浮雲柳絮無住著」四句，「空中著想，詠嘆有神」。評〈暮秋出廣渠門送同年謝甸男震南歸〉云：「作者惆悵切情，意已盡於一起，竟體遒鬱頓挫。身宮磨碣之士，讀此益增感慨，高誦數遍，真氣淋漓，淚墨交集，此謂情生於文。」評〈大興朱尚書南崖夫子梅石觀生圖〉云：「此詩色色皆精，門門入勝，如聽如來說法，花雨繽紛。」陳壽祺〈何編修西泰觀海日圖〉描寫海上日出奇觀，略云：

> 初如火珠高百丈，上抱雲蓋紛棽麗。又如洪爐鑄地底，曙海磨遍青銅肌。三壺天際橫一發，金銀臺曉明金支。榑桑萬里搖空綠，片片散作千玻璃。欻然水日互舂擊，玉城雪嶺中崩隳。下臨貝闕恍可瞰，冰夷出舞騎蛟螭。

曲盡形容，曲盡變化。吳嵩梁評其七古，以為「造語奇麗，結體謹嚴，論事有斷制，下筆有鋒芒，跌宕頓挫，風力彌遒」（〈左海詩鈔題辭〉)。當與陳壽祺七古的實際相去不遠。

陳壽祺為薩玉衡《白華樓詩鈔》作序，引用了《滄浪詩話》〈詩辨〉的一段話：「詩有別才，非關書也；詩有別趣，非關理也。然非多讀書，多窮理，則不能極其至。」這段話緊接著還有「所謂不涉理路，不落言筌者，上也。」一般認為，嚴羽提出「別才」、「別趣」的觀點，是為了說明詩作為一種文學形式，不僅有別於散文，更與經學或理學的文章不同。詩人固然要多讀書、多窮理，但詩人的多讀書、多窮理與經學家的讀書、窮理不同。詩人的讀書、窮理並不是為了把詩寫成「涉理路」、「落言筌」的詩；恰恰相反，好的詩應當是「不涉理路，不落言筌」的。然而，陳壽祺卻把才、學、理三者等量齊觀了。他說：「才不盡則意凡，學不豐則詞儉，理不博則識偏。」他認為，詩人必須是「能具別才而兼學、識」者。這就不是嚴羽的本意了。其實，從〈白華樓詩鈔序〉的論證邏輯看，陳壽祺於三者只突出「學」。他認為薩玉衡詩之所以「駿偉廣博」、「美哉盛乎」，是由於薩「博聞強記，嘗著《經史彙考》、《小檀弓》……皆淹洽可傳」之故。如果說詩人之詩最看重的是詩人才氣的話，學人之詩無疑最強調其學了。「六經笙簧供鼓吹」(〈題謝甸男震詩後〉二首其一)，陳壽祺等學人雖然沒有把《六經》強調到是作詩的唯一源泉、多讀書是唯一門徑的地步，但至少是把《六經》當作十分重要的淵藪，認為多讀書是作詩極重要的手段。

早在雍正、乾隆間閩人鄭方坤、鄭方城弟兄就力攻嚴羽詩非關學之非。鄭方坤稱方城詩「根柢於學問」(《本朝名家詩鈔小傳》〈綠痕書屋〉)；鄭方城〈蔗尾詩集序〉疾呼「天下豈有不假於學之詩哉」！方坤、方城是「文人」而非「學人」，然而他們的理論卻被陳壽祺所繼承和發揚。陳壽祺是乾、嘉、道之際閩省的大儒，他主講泉州清源書院十年，福州鰲峰書院十一年，學生遍八閩，影響很大。《射鷹樓詩話》、《海天琴思錄、續錄》的作者林昌彝就是陳壽祺的學生，他發揮師說，以為滄浪詩非關學，非也；非關理，亦非也。他否定「考據之學與詞章相妨」的觀點，並說龔景瀚、謝震、陳壽祺既湛深於經，方精於詩。我們固不能說學人之詩學的都是宋詩，也不能說這些學者兼詩人都是宋詩派的詩人，但有一點是應該指出的，學人之詩的實踐及學者兼詩人的詩歌理論，對近代宋詩派興起的影響是不可言喻的。同光派閩派之所以在福建產生，如果將其創作實踐和理論根源追溯到乾嘉時期的學人之詩以及他們對嚴羽詩非關學的否定，該不會是沒有道理的吧。

《射鷹樓詩話》卷七云：「凡膾炙人口之詩，高青丘有〈拜岳忠武王墓詩〉，而閩縣薩檀河先生〈過岳王墓〉詩勝之；周櫟園有〈仙霞嶺〉詩，而閩縣陳恭甫先生〈過仙霞嶺〉詩勝之；王阮亭有〈秋柳〉詩，而侯官謝甸男先生〈和阮亭秋柳韻〉勝之，此前賢所以畏後生也。」陳壽祺等學人之詩有足以同高啟、周亮工、王士禛的名篇抗衡，足見其創作有著輝煌的一面，但不可否認，學人之詩確也有其不可避免的嚴重缺陷。閩人邱煒萲〈五百石洞天揮麈〉不客氣地指出：《絳跗草堂詩集》「終帶幾分考據習氣」。〈積古齋周遽仲觶詩為儀徵阮公壽〉詩有云：「餚核再觀距，體形乃審瀫。假借重弓取，輔戾二已失偏僻，八字中示別兩止下齊跡。在檠從丿乀，省韋訛點畫。」蹇礙凝滯，已無詩趣可言。嚴羽所批評的「以文字為詩，以才學為詩，以議論為詩」，正是這等詩。

陳壽祺過世在英國炮艦轟開中國大門的前五年。道光中期。乾嘉考據學派漸漸衰弱。隨著中國人民反抗帝國主義侵略序幕的拉開，一些原來對學人之詩十分景慕的詩人（例如陳壽祺的門生張際亮），則把更多的精力放在國家和民族的生死存亡上，慷慨激昂的詩篇取代了以才學文字見長的學人篇什。登上了道光中後期的詩壇。學人之詩，作為乾嘉時期文化背景的產物，在閩詩發展的進程中匆匆地結束了它的歷程。

第二節　古文與駢文

一　朱仕琇的古文

道光五年（1825），光澤高澍然在〈答陳恭甫先生書〉中論述清初至道光初閩省的古文云：「大抵昭代古文嫡系在吾閩，前有梅崖，今又得先生充其所，至固齊驅並駕。即友人張怡亭及拙著，亦思如驂之靳，未知先生肯容分壇坫作滕薛小侯否？」這裡提到了朱仕琇、陳壽祺並張紳以及高澍然自己，共四家。陳衍論歷代閩人古文，認為朱仕琇在明代王慎中之上，其次則為高澍然和張紳。

朱仕琇（1715-1780），字斐瞻，號梅崖，建寧人，十五歲補諸生。嘗代人作書求文於寧化雷鋐，雷得書驚嘆曰：「是書淳古沖淡，古大家手筆也，而他求文，何也？」（魯九皋〈朱梅崖先生行狀〉）既而雷鋐得知書出自仕琇，亟向人稱之，於是仕琇古文之名遂日著於鄉里。乾隆九年（1744），仕琇福建鄉試第一，十三年（1748）成進士，改翰林院庶吉士。居三年，散館出為山東夏津知縣。在任七年，改福寧府教授，以疾辭。主講福州鰲峰書院十一年。有《梅崖居士文集》。

朱仕琇論治古文云：

> 經浚其源，史核其情，諸子通其指，《文選》、辭賦博其趣，《左史》、《太史》勁其體，孟、荀、揚、韓正其義，柳、歐以下諸子參其同異，泛濫元、明近世以極其變，歸諸心得以保其真，要諸久遠以俟其化。如此學文之道，庶矣乎？（〈答黃臨皋書〉）

同書，朱仕琇又指出，「生平醉心韓、李」。他學古文，以韓愈為本，以李翺為輔，而上溯《左傳》、《史記》、《孟子》、《荀子》、揚雄，下及柳宗元、歐陽修、老蘇、曾鞏、王安石，以及元明諸家（特別是歸有光）。上溯，才能得學韓之「要領」；是為了「察其取於韓之異者」（〈復黃臨皋書〉）。另一方面，「韓、李文太高」，不易學，「得調劑於歐、曾、王三家可也」；又說，自己「頗有得力」於震川（〈答族弟和鳴書〉）。朱仕琇認為，學古文不能只拘泥於《經》、聖之書：「然一志《六經》，不讀非聖之書，此恐過泥。《莊子》書謂宜熟讀，其說理精處，吾儒不能過也，又條暢貫通，於俗情人事，以之處世最宜。」但《莊子》於古文家也有害，必須慎重：「文太疏快，久服傷人元氣；又當以《六經》、《荀》、《揚》、《左》、《國》重厚淳樸之意鎮壓之耳。」（〈復李郁齋書〉）朱仕琇於西漢文不喜司馬相如，以其「好靡」（〈與胡稚威書〉）。於宋不喜大、小蘇文：「二蘇氏於文似無不可解，其勸人熟讀《檀弓》、論文丑詆揚雄氏，皆大言為欺，不可信」；「無立誠之旨，故仕琇嘗謂古文道衰宋蘇軾氏。言頗取世駭，要當於深於此事共明之耳。」（〈答吳督學書〉）於清不喜魏禧及桐城派文，以為「魏冰叔文，仕琇三十年前已不願為，今老矣，乃欲叫號跳踉作此小兒態以娛諸公乎」（〈復魯絜非書〉）！至於方苞文，「蓋求真素而病膚淺」（〈答蔡蒼嶼明府書〉）。

朱仕琇對他的兒子文佑談了學古文，具體說是學韓的過程。這一過程並非一蹴而就所能到，而必須經過「漸進」才能「自得」。首先，要從韓、柳與人書及諸賦、碑、志入手，然後乃及序、記，次閱歐陽修《五代史》及《唐書》諸論、贊，又次其序、記，乃及曾鞏、王安石，「又復於韓」，這是一階段。又因韓而及李翺，又及柳，「見諸家異同」，並上及揚雄、劉向、董仲舒、司馬遷、司馬相如並宋玉、屈原、先秦諸子、《左傳》、《國語》，下及蘇老泉，「如此又數往復」，這又是一階段。乃及兩漢、唐諸雜家，宋元明及本朝作家，「又如是以復於唐宋」，這又是一階段。「又復於諸子、《六經》」，這又是一階段。「誠如是漸進而自得焉，而古文之道其亦不遠矣」(〈示子文佑書〉)。為了全力學古文，仕琇又教導文佑最好應該放棄學詩，切不可縈心於科名得失。朱仕琇自辭去福寧府學官後，便全心致力於古文，並成為清代閩人第一個卓有影響的古文家。

朱仕琇認為，古文家之文和理學家之文、詩人之文不同。理學家「大抵情僻氣矜，辭陳而指淺」；詩人則有「優柔之氣」(〈答雷憲副〉)。朱仕琇雖然也承認古文家如韓、柳、歐、蘇、王也是作詩高手，但是認定他們首先是古文家。古文家傳世者都是正人君子，而詩人無行者多：「古文之道，正大重厚，非學士大夫立心端慤者莫能習。詩歌之靡，則儇人佻士率往趨之，以故詩人之無行者不可勝數，而古文之傳皆正人君子也。」如果要學詩，當然也可以，那就是必須先立心正身，先治古文，「古文既立，其於詩蓋順而推之」(〈示子文佑書〉)。強調古文，卻把詩作為古文的附庸，不免偏頗；但作者的本意，卻是救時弊而不是否定作詩，仕琇本身也能詩，其兄仕玠詩比文突出，仕琇為其作序加以稱揚就是證據。朱仕琇進一步批評時弊，云：「近世古文道益蕪，作者營一句一調，誑惑聾瞽，絕不問古人所知言養氣者。或掇唐初齊梁之遺為博奧，或附宋人詩學，自詫明道，其薈萃古籍如佣抄，如坊刻集字。下者竄街市言之助語中，莊鑴大板自寵，世益迷，不知轅趾所向，各黨其好惡為是非。」(〈答吳督學書〉)

為了救時弊，朱仕琇在〈答吳督學書〉中提出「養氣」的命題。最先主張養氣的是孟子，韓愈把側重於個人修養的「養氣」引進到古文的寫作上來，認為作古文要以養氣為先，「氣盛則言之短長與聲之高下者皆宜」(〈答李翊書〉)。在具體治古文的過程中，善養氣者既不求其速成，又宜操節少作，仕琇批評黃臨皋所著文道：「力求峻潔而養氣未裕，則立言之義不得其安，而聲之高下長短，時有拂戾，此蓋望速成之蔽也。韓子曰：『毋望其速成。』又曰：『優悠者有餘。』」「氣宜清明和平，不過求緊健，既作之又宜息之」(〈復黃臨皋書〉)。

望其速成，就是不善養氣；多作，則易傷正氣。他批評得意門生魯九皋文道：「尊作日益富盛，自為美事，然亦宜操節少作，以深孕蓄。蓄輸寫過多，易傷正氣，莊周所云無用之用至大也。」（〈答魯絜非書〉）韓愈的〈答李翊書〉還談到「立言」的問題，朱仕琇闡發道：「大抵知言、養氣為立言之要。」養氣是一方面，知言又是一方面。「知言在積讀書而慎取之，得其正且至者」（〈復黃臨皋書〉）。「積讀書」，就是上文所提到的讀《左傳》、《史記》、孟子、荀子、揚雄、韓愈等。「慎取之」，就是對柳宗元以下諸家的同異進行取捨。知言，也是療治時弊的一個醫方。養氣也好，知言也好，都是為了立言。

一個人的文章，在社會上有了名氣之後，應酬多了，應酬的文字也免不了，主張文以載道的韓愈，其集墓誌銘、碑文佔了相當份量，明代的歸有光應酬文也不少。明清又有壽文一體，專為做壽者而作。從儒家的觀點看，壽文之義起禮，「以伸人子燕譽，其親之情而接之於道」（〈與同年林穆庵論作壽文書〉，下引同）。然而壽文常常是假人之手，「使之代眾人之言」。這些作手，文必須工，「不工者固不足以應世人之取」。這樣，問題就來了：「今合眾人之辭以祝一人，夫眾人之聲音笑貌，情誼勢分，豈有同者歟？不同面而同此，雖惠施、公孫龍之辯不能自伸也。」這樣的壽文，「無當於道」，與古文家的理論是相悖的。再說，壽文往往有一定的款式，內容也往往因襲相蹈，語言格式更難免於老一套，以至「被之眾人無不合者」。朱仕琇感嘆道：「此其言為何言乎？」他也寫過一些壽文，晚年不覺後悔，「前日偶循人請，至今悔之，自誓此後再犯當得罪於韓、歐諸君子。」因此，當友人林穆庵殷勤屬書請作時，他便斷然謝絕。壽文的流行，在清朝亦一大弊，儘管朱仕琇猛烈抨擊，自己不寫是可以的，要讓別人不作卻做不到。

「仕琇生平好唐韓氏之書，而師其志」（〈復雷憲副書〉）。他教導弟子學古文，「即舉韓子之所以教人者而綜其要，以立誠為本，以文從字順、各識職為旨歸，以中有自得而能自為為究竟」(魯九皋〈朱梅崖先生行狀〉)。朱仕琇在〈與胡稚威書〉中也曾說：「竊謂辭之要具李翱〈答朱載言〉，書辭之本具韓愈〈答尉遲生〉、〈李翊書〉。」〈答蔡蒼嶼明府書〉又說：「退之謂古於辭必己出。《六經》之文中貫精意，何有沿襲？」這樣的論述屢見不鮮。

古文的風格，朱仕琇所努力的目標是「平易誠見」(〈與筠園書〉)，所欣賞的是「淡樸淳潔之趣」(〈答黃臨皋書〉)。雷鋐〈梅崖先生全集序〉評其文章云：「不為炳炳烺烺以動人視聽，其變化離奇，皆以淳古沖淡出之。」綜觀梅崖全集，無論是仕琇所自述，還是雷鋐所評，都符合其實際。試看他的〈溪音序〉：

> 楊林溪水出百丈嶺，嶺界於南豐、建寧二邑。水初出，小泉也。南迤十里合眾流，溪石厄之，始怒轟豗，日夜作霹靂聲。人立溪上，恒惴慄。稍南益夷，臨溪，居人益眾。未至楊林數里許，水遂無聲，然溪道益迴多曲，里人名之曰巧洋——建寧方言，呼水曲曰洋。楊林在巧洋南三里，溪水三面抱村如環。筠園世居其地，村多楊木，故曰楊林。而溪上群山屬松櫧，雜他果卉，彌望鬱然。中夜風雨四至，水潦聲與群木聲相亂，悲越激壯，中雜希微，如鐘鼓既闋，而奏管弦絲竹之音。或時晨露淅瀝，居人未起，箨損沙頹，藨屑有無，緣溪獨游，其聽轉靜。至於春秋朝夕，蟲鳥之號平林，幽澗採樵之響，里巷謳吟和答，舂杵機杼，雞犬之鳴吠，遠近斷續，隨風高下。一切可喜可愕之音，咸會於溪。
>
> 筠園家溪上，授徒溪西之草堂，往來溪側，輒聞溪音，感而寫之於是，其詩愈富。筠園方壯時，以詩名天下，嘗遊太學，觀京師之鉅麗，所涉黃河、長江淤漫洶湧，駴耳蕩心，足以震發詩之意氣，顧以不得志困而歸。年幾五十，迴翔溪上，其誠有

> 所樂耶？昔之學藝者，患志不精乃竄之無人之地，以求其所為寂寞專一者，一旦得之，遂能役物以明其志。今溪之幽僻，而筠園樂之，意豈異此耶？
>
> 余嘗序筠園詩，以為得之高岸深谷之理。今讀所補〈琴操〉、〈古歌〉、益淵邃，正變備具，至《效陶》諸什，則無懷葛天之遺風猶有存者，其更世益深，日息其志，邁跡於古，殆將往而不可知也。其涵澹蕭瑟，亦得於溪之所助者多也。昔孔子教人學詩之旨，審於興觀群怨，而不遺夫名物。筠園詩益富，不自名，歸功於溪。集既成，以是名篇，故余詳得其原委云。

《溪音》，仕琇之兄仕玠著。仕玠，號筠園，前於《溪音》已有《筠園詩稿》，也是仕琇作的序。〈溪音序〉從楊林溪水的發源，由小泉匯成溪水寫起，引出楊林村，又引出筠園所居，重點描繪溪音，或悲越激壯，或如管弦絲竹，然後敘寫各種人為的和自然的「一切可喜可愕之音，咸會於溪」。溪音，本來是自然之音，而作者卻從中聽出了社會生活的或喜或愕之音來。第二段，說筠園壯時出遊，不得志又歸於溪上，而其詩愈進。第三段，稱筠園詩得於溪音之助，筠園將其集名為《溪音》，與孔子教人學詩不遺名物之旨正合。筠園詩「邁跡於古」，也符合「興觀群怨」之旨。如果僅僅有第一段溪音優美文字的描寫，而沒有第二、特別是第三段主題的「深化」，那麼也就不成為刻意學韓的古文，而未免失於膚淺了。如果僅有第三段的議論，而沒有第一、二段的描寫、鋪墊，也必然顯得興味索然而未見文字之工了。在行文的過程中，作者不僅沒有一處用的是偶句，而且力避文字的整齊，是完完全全的散文化。朱仕玠評此文，以為「司馬子長得意之作」。又云：「嘗讀《莊子》『大塊噫氣』一段，深移我情，竊嘆為天地間自然至文。此文與之相較，正何相讓焉！」

《梅崖居士文集》於朱仕琇文後多附有評語。評〈重修龍溪縣學碑記〉云：「文氣清健，不涉陳腐，固為南豐嗣音，愈於遵岩者。」評〈先考行狀〉云：「出入馬、韓，筆力橫絕，生氣洋洋溢行墨間。真天地大文字也，可配《瀧岡阡表》。」（按：此條雷鋐所評）評〈岵庵先生六十述〉云：「結體寬平，猶然韓、李之嫡派。」評〈太學生朱君墓誌銘〉云：「描寫生動，筆力兼韓、歐二公之勝，大旨皆出太史公。」評〈朱公墓表〉云：「幾能自鑄偉辭，不受馬、韓羈絡矣。章法、筆力、義蘊、風神無不備極，亦集中大文字也。」評〈屏峰集序〉云：「遙情勝慨，一往澹奇，鹿門先生所稱文章逸氣。司馬子長之後千餘年而得歐陽子，歐陽子後五百餘年而得茅子者也。」評〈與林穆庵書〉云：「慷慨淋漓，情辭悲壯，如聽高漸離擊筑、彌正平鼓漁陽三摻，令人激昂起舞不能已已。真得腐遷之神者矣。」舉不勝舉。雖不免推挹太過，亦可見仕琇古文確有過人者。「大興朱筠推其斬斬自成一家」（《清史列傳》〈朱仕琇〉）；桐城姚鼐稱「《梅崖集》果有逾人處」（〈復魯絜非書〉）。

姚鼐在〈復魯絜非書〉中說，古文有陰柔和陽剛之別，其〈海愚詩鈔序〉云：「文之雄偉而勁直者，必貴於溫深而徐婉。」他對陽剛之美是嚮往的，而他的古文卻偏於陰柔。閩人謝章鋌比較朱仕琇和姚鼐兩家文章的風格，以為「梅崖之強有力勝惜抱，惜抱之意度春容勝梅崖」。姚鼐文有陰柔之美，仕琇則有陽剛之美，「然皆文之正宗者也」（〈課餘續錄〉）。朱仕琇不滿桐城方苞的膚淺，不免矯枉過正，時或鄰於艱澀。

陳壽祺一方面肯定朱仕琇的「古文嫻於周秦、西漢諸子，及唐、宋、元、明諸作家，功候最深，至可以抗古人於千載之上而與之頡頏」，另一方面指出其不足在於「經、史均無所得，故雖有傑出數百年之才，而終不能籠罩群雄，為一代冠者」。因為經、史不精，故學識有所不足。陳壽祺舉了兩個例子，一是「梅崖數西京作者，乃不及相如」，並說相如好靡，這無非是將司馬相如與六朝等量齊觀。另一是「梅崖〈祭從子〉文云：『汝姑垂老，喪其長孫。』自古豈有稱太母為姑者哉？蓋《說文》：姑，夫母也」。陳壽祺是經學家，故不能容忍知識上的差錯[31]；陳壽祺又擅長駢文、賦，當然也不能容忍輕視司馬相如。陳壽祺對朱仕琇的批評，還有一點，那就是「用世之學未知其底蘊」(〈與陳石士書〉)，這與仕琇再傳弟子高澍然所批評的「經術疏而實用少」(〈答陳恭甫先生書〉) 意見是一致的。朱仕琇的古文多寫古文家品行的如何修養，多論古文家如何對前人所作的取捨，所敘的人和事受到自己視野的約束，又少與社會生活有緊密的聯繫，題材不廣，這一缺陷，就是後來的高澍然也難避免。謝章鋌論高澍然的古文云：「家居之日多，凡運會升降之故，山川偉麗之觀，微覺取資之未廣。又所紀多鄉里善人，無瑰絕奇特之行恣其發揮。足以引情耐思，而未足以驚心動魄。譬之水澄潭清泚，與長江大河萬怪惶惑者稍異矣。蓋自歸熙甫即有此憾。」(《抶快軒文鈔》卷首〈識語〉) 這一批評，對朱仕琇的古文也是適合的，因為仕琇古文的「實用」，比起高澍然來甚至還不及。仕琇文考據偶有疏失，不必引為口實，但「實用少」確是不能迴避的缺憾。

陳壽祺又云：「吾聞近日著作之盛，無過邵武朱梅崖之文、張亨甫之詩，皆足以雄視海內。」(〈答高雨農舍人書〉) 朱仕琇的古文在乾隆，以至嘉慶、道光百年來年間在省內外都有較大影響。魯九皋，原名仕驥，字絜非，江西新城人，乾隆三十六年 (1771) 進士。嘗至建寧謁仕琇，而受其為古文之法。有《山木居士集》。「新城古文之學，其源始於九皋」(《清史列傳》〈魯九皋傳〉)。朱仕琇的閩籍高足有龔景瀚等。

龔景瀚能詩，說詳上節。朱仕琇以為龔景瀚「超俊之才，練達之識，而又囊括古今」(〈答龔海峰書〉)。陳壽祺、林昌彝對龔海峰的古

31 朱仕琇〈示子文佑書〉：「詩自鮑昭至子美，僅百年。」所記也不準確，鮑照 (約414-466)，杜甫 (712-770)，自鮑照去世至杜甫出生，將近二百五十年。

文都極推崇，認為其「實用」見識在仕琇之上。陳壽祺認為「龔海峰之才幹器重則誠足為世用」；「其學識實在梅崖之上，它人莫能望其肩背，豈可繩尺文詞狃於所習而抑之！」(〈與陳石士書〉）林昌彝云：「龔海峰太守景瀚，留心政治，具經世之才，凡古今因革損益，無不窮源竟委」(《海天琴思錄》卷五)。其選《本朝十二家文鈔》黜仕琇而取景瀚。乾隆五十一年（1786），臺灣林爽文事起，龔景瀚說：「某家近海濱，情形事勢，素所周知。」作〈上福大學士論臺灣事宜書〉，一曰林爽文事完全是官府所逼：「(臺灣）地本膏腴，過海官吏又垂涎以為奇，貨出戶有數，溪壑無厭，二十年來，漸形拮据，有司必取盈無藝。誅求日甚一日，富者皆不聊生，以致激成事變。」建議網開一面，「諭以國家威德，貪吏必誅」，「凡有投戈者皆令復業」。一曰安撫「廣東、浙江、福建、江南沿海一帶居民」，甚至對「嘯聚山島」者也應「招之投誠」，也應分別授以「千把、游守職銜，使之各率所部，立功贖罪」。這一意見，有點類似明代李贄以為「海盜」林道乾應授以二千石，委以牧守之職。此外，還有由海道運糧、「宜開私渡」等建議。除了此文之外，「論甘肅鹽法歸地丁之得失，論甘肅省垣宜建於涼州，其議川楚軍事機宜，議剿議撫，堅壁清野，皆實事求是，控制合度」〔民國〕(《福建通志》〈藝文志〉卷六十四)。其中〈堅壁清野議〉一文還編入《皇清文穎》。

朱仕琇的閩籍弟子，重要的還有官崇。崇，侯官人，乾隆己亥（1779）舉人，有《官志齋文鈔》。李祥賡，字舜連，號古山，建寧人，有《李古山文集》。祥賡弱冠嘗以文贄朱仕琇，仕琇見其〈擬穎濱六國論〉，嘆曰：「此瑞人也。」仕琇「扶老步行數里，迎請先生以傳其諸孫，且遺令毋易他師」(張紳〈李古山先生行狀〉)。

張紳和高澍然，則為朱仕琇再傳弟子。詳下節。

二　朱仕琇再傳弟子張紳和高澍然

周凱〈抑快軒文鈔序〉云：「凱自知為古文，即求知天下之能為古文者。比入閩，知光澤高雨農、建寧張怡亭二君傳朱梅崖先生之學，求其文未能見。」作為朱仕琇的再傳弟子，張紳、高澍然之文早就為人所重。

張紳（？-1832），字怡亭，建寧人。諸生。道光二年（1822），授徒光澤，六年自建寧徙家焉；九年，應聘來福州修省志，居二年，為忌者中傷，遽謝去，入泰寧天成岩，遁跡無人之境以老，逾年竟濩落死，有《怡亭詩文集》。建寧乾隆後多才士，朱仕琇古文、李俊之詩，並名天下。後五十年張紳繼起，遂兼其美。李俊族子李祥賡受業仕琇，獨推張紳，「謂與二先正代興」。同宗張際亮有儁才，不可一世，獨帖帖弟子禮於張紳。桐城姚瑩工古文，亦謂張紳文「視太史（朱仕琇）猶習之（李翱）之於昌黎，其廣博不及，其易良隱厚故非韓所能囿也」（高澍然〈張怡亭先生行狀〉）。高澍然亦曾言：「四十六歲以前文，皆得怡亭刪定，自交怡亭而學益進。」（周凱〈抑快軒文鈔序〉引）澍然四十六歲，時嘉慶二十四年（1819），張紳離光澤往福州。

和朱仕琇一樣，張紳治古文亦重心志，但又略有不同。朱仕琇認為必須先高其志，使「吾心猶古人之心」，然後「以觀古人之言，猶吾言也，然後辨其是非焉，察其盈虧焉，究其誠偽焉，定其高下焉，如黑白之判於前矣」（《清史列傳》〈文苑朱仕琇傳〉）。即由志而心，由心而言。張紳則以為當從古人之行入手、由行而心，由心而意、而趣，才能效其詞，至其深微：「學古人之文者，則必學古人之行，不學其行焉，不能知其心；不知其心焉，不能達其意；不達其意焉，不能得其趣；不得其趣焉，則雖強效其詞，不能至於深微也。」（〈答友人書〉）張紳所言，似較仕琇明豁。張紳也沒有否定「志」，照他的理解，「志」是學古人之行，古人之文的毅力；「期到古人不難也，堅其志焉而已。夫志之於學猶車子有輪焉。學以利吾行也，志以強其學也。學不息則日進，車子功也；志不折則無阻，輪之固也。日進而無阻，追古人而比肩之，未見其不及也。」（〈答高生屺民書〉）

桐城姚瑩，其學源於從祖姚鼐，曾任平和和臺灣知縣。姚瑩「善持論，指陳時事利害，慷慨深切」（《清史列傳》〈姚瑩傳〉）。姚瑩兩次過光澤，張紳得以與之議論天下事。張紳又作〈與姚石甫書〉與之論「國家之大計」。文章形容姚瑩辯談之明快鋒利，云：「通達古今治體，朗若白晝，視物燦若赤火燎原，辨析是非於疑似之際，決擇利弊於得失之間。一切拘牽攣曲、幽暗隱伏，儒生不破之昏迷，不脫之轇轕，口談指畫，若疾雷震霆之搏擊，無有不中。」姚瑩能言善辯、分析事理入木三分的形象呼之欲出。張紳自己也有痛快之論：「今日大弊，患在當官者。養尊持祿，遇事上下推諉，巧作彌縫，冀幸旦夕過去，脫身自謀。廣田宅，樂妻子，出入吏卒擁衛，洋洋稱貴人。一有任事者，眾輒腹非目笑之，以為癡狂。甚則陽納陰拒，遏塞挫折，使不流不行，困而自走。以故觀望成風，皆樂苟且。」張紳長期生活在山區小縣，不曾有機會出仕，當然也不可能像龔景瀚那樣碰到比較複雜棘手的事讓他處理，所以這類文章也不可能提出比較具體的辦法意見，顯現不出為世所用的才幹能力，故份量不如龔景瀚；而比起朱仕琇，則較為關心世事。

張紳的古文，有些議論常常出人意外，而且精闢。其〈書滄浪集後〉略云：

> 《滄浪詩話》、《滄浪吟》不分卷。蓋國初大梁周氏亮工所刻。而此書凡四刻板。……夫滄浪之說詩，美矣。其自著，亦未可非也。然後之論滄浪者時有譏焉。何哉？原其故，大抵盛名難

> 居，由推之者眾，故毀者亦時時發也。然豈足輕滄浪哉！蓋自古著顯之士，其恒遭議莫不皆然。然終以不泯。滄浪在當時論不與眾同，不甚顯，今學詩之家無不知滄浪。由斯以談人，苟畏乎時論不本諸心，安詭隨以取一日之虛譽，雖當其身可以免議，而其久亦遂汶汶無復名矣。不其然哉，不其然哉！

文章分四層。此書已四刻，為後文「家無不知滄浪」伏筆，一層。集中詩不宜止此，蓋作者自己刪棄（上文未引），為下文「自著亦未可非」鋪墊，二層。滄浪詩時有獲譏，大抵盛名難居；自古著顯之士，莫不遭議，三層。如果文章寫到這裡就剎車收結，也算已有引申，提出觀點了。但是作者筆鋒再轉，進一步引申發揮，迎合時論的文章雖可免於遭議，但往往泯滅不能流傳；滄浪本諸心，論詩不與眾同，雖遭議，而終於不泯，今學詩家誰不知滄浪！二百多字的文章，層層遞進，層層深入，很能令人玩味。〈題藏書目錄手冊〉一文，說家舊無藏書，所有藏書都是在他手上購置的，從書上篆署可知「已數傳易」，張紳議論說，購者未必盡觀，「至夫子孫不能保以有，而歸他人；他人者，亦莫知終有也。使其人皆在，觀之，則其悲也可知矣。」寫到這裡，通常會沿著這一思路，就人事之變遷發一通感慨。然而作者卻將筆宕開，說自己無他好，所好唯讀書，並抒寫「或遇風日清美，而體暢神安；或雨夕雪晨，而靜謐可喜」的讀書之樂，然後引出讀書心得：「每欣然意得，輒忘夫萬物。」最後引出一通達的結論：「至若人事之變遷，蓋其理固然。雖身世、子孫、壯老、盛衰、先後不齊之可感，自達於理者觀之，亦未必置悲戚於懷也。」從書籍的數傳易，最後提出不必置悲戚於懷的議論，實在出人意料。文章的成功，關鍵在於唯好讀書、讀書充滿樂趣一段的過渡，故顯得自然，一點也不牽強。

古文曾得力於張紳的高澍然，其〈張怡亭先生行狀〉評張紳古文云：「其著淳古沖澹而孕奇氣，殆所謂寄至味於淡泊也。」淳古沖澹中有奇氣，淡泊中有意味，這大概就是張紳古文的「至味」吧！

高澍然（1774-1841），字時埜，號甘谷，晚號雨農，光澤人。父高騰，為諸生時，聞朱仕琇古文有重名，往福州鰲峰書院，得其窔奥以歸，舉乾隆四十二年（1777）鄉試，有《轂音初集》。澍然嘉慶六年（1801）舉人，為內閣中書，甫半載，以父卒而歸。與同里何長載、長詔兄弟以詩歌相應和[32]。曾主講光澤杭川、邵武樵川、廈門玉屏等書院。道光九年（1829），受總督孫爾準聘，修《福建通志》；十四年（1834），陳壽祺卒，澍然繼任總纂。澍然好治古文辭，既交建寧張紳，所學益進。著有《春秋釋經》、《詩音》、《韓文故》、《李習之文讀》、《抑快軒文集》等。

《抑快軒文集》全帙至今尚未刊行過。據澍然子高孝祚所撰〈行述〉，集凡七十四卷。謝章鋌曾兩次鈔錄《抑快軒文集》，一次是同治十年（1871），得三十卷，大抵皆中年之作。一次在光緒十三年（1887），謝章鋌從澍然孫處借得原稿，以十日為期，「招寫手，假巨宅，盡夜並力，八日而畢業，凡得乙集四十八卷，丙集十六卷，丁集九卷。後附遺文五篇，則舍人子孝敫所補錄，共成七十四卷，裒然大集也。」為什麼文集有乙、丙、丁而無甲集呢？謝章鋌解釋道：「舍人曾著《春秋釋經》、《詩音》、《論語私記》、《韓文故》、《李習之文讀》諸書，殆欲為甲集，故文集無甲也。」（《課餘續錄》）一九四三至一九四四年間，永安黃曾樾以未見《抑快軒文集》為憾[33]，盡力搜

32 何長載，字任君，號厚庵，光澤人。嘉慶三年（1798）舉人。溫雅淡仕進。以兄弟中排行第五，又號第五居士，因名其集為《第五居士文集》。長詔，字鳳丹，號金門，長載七弟。早歲有文名，無意科舉，終年未四十，有《敝帚齋詩集》。

33 黃曾樾（1898-1966），字蔭亭，永安人。法國里昂大學哲學博士，先後任北平女子師範大學教授、福建師範學院中文系教授，有《陳石遺先生談藝錄》、《埃及鉤沉》等。

集。時日軍飛機經常空襲，「每遇警報，則挾冊而趨，然終不敢廢置；或於山洞中對坐冥搜，蓋艱困如此。念世變日亟，文物保持尤不易，益堅其校印流布之心」（〈抑快軒文集目錄敘〉）。自己出資印行，凡得文二百篇。此時距高澍然去世已有一百零四年。《抑快軒文集》七十四卷本疑為陳寶琛所得，據陳衍〈抑快軒文鈔序〉：「陳弢庵太保出所藏《抑快軒文集》鈔本十數巨冊示余。」然此本今未見。而三十卷本原鈔本四冊，今存福建師大圖書館，上有謝章鋌「賭棋山莊」印記並手書題記：「此本舊存恭甫家，後為雪滄（楊浚）所得[34]，予從之轉寫。」陳衍根據陳寶琛所囑：「雨農存稿過多」，「過而存之，精光晻曖」，「君擇尤雅者刊以行世。」於丙辰（1906）選文三百三十餘篇，為《抑快軒文鈔》。然而這一選本遲至一九四八年才得於印行。《文鈔》雖比黃曾樾所輯多百餘篇，仍不是全帙，況且有些重要文章，黃輯本存，而《文鈔》未錄，如道光五年所作〈答陳恭甫先生書〉（《左海文集》卷四下〈答高雨農舍人書〉論治古文，即答澍然此書）等[35]。

朱仕琇治古文以韓愈為本，以李翺為輔。高澍然亦極推崇韓、李文。高澍然的好友張紳序其文集云：「尤嗜韓昌黎之文，必挾以行。在邵武時每見君於邸，朝夕案上皆韓文也。」高澍然評注《韓文故》十三卷。其序云：「澍然治韓文三十年，有得於心，就全集刪其偽竄者、用時式者、脫誤不可讀者、未醇者，存二百九十八首，評注焉。」又云：「公篤於倫達，於治屢斥而不奪所守。」「而發為文章，其體易良，其氣渾灝，又足以載焉。故雖尋常贈答之辭、題記、志、傳之作，按之，鮮不器於道。而論者但舉〈原道〉諸篇，指為貫道，豈得與於知言哉！是編所評，並發明斯旨。其注則有資論世。」在評注者看來，韓文器道者不僅是常見的〈原道〉那幾篇，差不多所有的

34 楊浚，字雪滄，一字健公，侯官人，原籍晉江。咸豐二年（1852）舉人，援例為內閣中書充國史方略兩館校對官。有《悔冠堂文鈔》、《詩詞鈔》、《島居隨錄》等。

35 〈答陳恭甫先生書〉最早見《左海文集》卷首。

文章都貫穿這一基本精神。其評、注、考證尤有心得，不失韓文之功臣。澍然又有《李習之文讀》十卷，與《韓文故》為姐妹編。其〈李習之文讀序〉云：「昌黎之文廣博易良」，「而習之先生其廣博稍遜，其易良則似有進焉。蓋昌黎取源《孟子》而匯其全，故廣博與易良並；先生取源《論語》而得其一，至故廣博雖不如，而易良亦非韓所有。」澍然此論，是對朱仕琇《與石君書》「李翱之文，溫靖隱厚」的發揮。澍然於李翱文尤有偏嗜，其序又云：「余於昌黎猶為公好，於先生若為私嗜。然每展卷如嚐異味，必求屬厭，又恐其難再得，不肯遽盡留以待再享。其愛惜之至如此，誠不自知其然也。」假如用「愛不釋手」一詞來形容之，猶不能盡其對李文的特殊情感。

高澍然頗自負，以為「治古文有年，頗能言其升降利病」。朱仕琇最不喜魏禧文，也批評過邵子湘和方苞，但不廢入清以來古文，而澍然則以為「國朝諸公」「皆非其至」：魏禧嚚，汪琬茶，方苞矜，劉大櫆放，惲敬野，「皆去古文之道，而冰叔（魏禧）尤甚」；侯方域、姜宸英、姚鼐「稍治氣格」，「而侯未醇，姜未固，姚亦未充」，真是鋒芒畢露。那麼，清一代古文的高手又是誰呢？高澍然說：「前有梅崖」——「梅崖上接震川，其昭代一人乎！」今又有陳壽祺「齊驅並駕」，此外便是張紳和他本人（詳〈答陳恭甫先生書〉）。

「其昭代一人乎」，評價不可謂不高。然而高澍然緊接著批評朱仕琇云：「然亦有歉於人心者，經術疏而實用少，志局於文而性不足於仁也。」（同上引）「志局於文而性不足於仁」，批評不可謂不重。仁，是儒家最基本、最為概括的道德範疇——愛人。朱仕琇論文也很講古文家的品行修養，「性不足於仁」是不是批評仕琇品行行為還沒有達到儒家這一「仁」的標準呢？儒家認為太上立德，其次立功，其次立言。高澍然認為德、功、言三者不應截然分開，可以「合」而論之。「合德與功見於言者」為陳壽祺；唯陳壽祺「足以補梅崖所未備」。朱仕琇立言方面，當然是昭然若揭的，值得討論的是德與功。

問題是，無論是陳壽祺還是高澍然本人，都是出仕後即辭歸的，這一點和朱仕琇並無二致；如果一定要分個高下，朱仕琇在夏津任上於「功」還是有所建樹的，以至民為之謠曰：「夏津清，我公能。」看來問題就出在「德」上。當然，澍然也不是說仕琇在德方面有什麼大問題，只是認為「仁」還做得不夠。仕琇的「仁」，有兩個參照對象，一是陳壽祺，一是高澍然自己。陳壽祺「心仁」（〈陳恭甫先生行狀〉），其具體表現則為：搜集刊行黃道周遺文，疏請黃道周從祀孔廟；表彰鄉先賢如孟超然、李祥賡等，使得從祀；「他如貢闈之建，東、西湖水利之興，復米廠施賑，敬節堂恤嫠，罔不瘁其心力焉」（〈陳恭甫先生墓誌銘〉）。至於高澍然，「其施人者德」，其子高孝祚所撰〈行述〉和〔民國〕《福建通志》〈文苑傳〉都舉不少例子來說明他「急人之困，行若自然」，及「處事當理而無私」，這就是其性足以仁者。從高澍然對朱仕琇不客氣的批評，對陳壽祺的推崇，以及自己的所做所為，可以看出，他比以往任何古文家更重視言與行的結合，更重視言之見於行。

高澍然的古文，也較注意表彰那些性足近仁的人物。集中有周凱之父〈周濂傳〉及母〈楊太淑人傳〉兩篇；又有記封公「一家仁」，〈敕封儒林郎累晉中議大夫周公傳〉有云：

> 其於里黨，心所欲為者必為之，不計己貲厚薄，亦不知有世知。富陽城臨江，乾隆戊申遂安水溺者蔽江下，封公率二弟募漁舟拯救，生者活之，死者棺斂之，東郊高氏之田纍纍者滿焉。棺不繼，撤屋板為之。……癸亥，邑大旱，飢，米商販遠，方賤入貴出，獲厚利，益居奇，價日增翔。封公令長子慎四出購米，如入價糶，欲得米者聚焉。諸商愕眙，不敢復高，估十日而平。乙亥春，再飢，斗米六百。有司方候符下發，常平城鄉，飢民充路。封公集坊富子議曰：「民病矣，請倡里糶

> 法。我先出，米減半價，充十日食。諸君分日接糶，庶其有濟。」眾富子咸曰：「願受署。」遂如法行城中，諸坊及鄉效之，故飢而不害。

謝章鋌認為此篇及〈誥封淑人周母楊太淑人傳〉等「皆極用意，俯仰掩抑，情摯神遠，可謂文載其質矣」(《抑快軒文鈔》卷首〈識語〉)。高澍然〈葉次幔先生傳論〉云[36]：「余聞先生疾篤，時時訊外米價，臨沒遺命賑敬節堂嫠婦粥米，無他語。殆性於仁者歟！《孟子》曰：舉斯心加諸彼曰善。推其所為，然則先生之為良吏，吾知異於飾治收聲者為之也。」性於仁者而不為聲名，或即澍然本人追求的境界。

上一小節，我們借用謝章鋌論澍然古文來論述朱仕琇，謝章鋌說高澍然囿於所見所聞，取材未廣，故「未足以驚心動魄」。謝章鋌生活在鴉片戰爭之後，目睹了國人所遭受的災難，對歸有光、朱仕琇、高澍然以平易沖淡為主要特色的古文不滿，實在情理之中。高澍然雖然受到生活圈子的侷限，「而留心當世之務，每有所聞，憂喜見於色」。〈行述〉舉二文為例。一為辛未（1811）〈上侍郎姚文僖公書〉，文章說，當今國家亟須人才，而人才匱乏則莫甚於今。今之學者大都志科第而無幹才，「取聲譽無補於治」。「逆夷屢寇海濱」之後所作的〈御噗夷八議〉，大抵議論的是抵禦英軍侵犯的策略辦法，「欲上軍府，議甫成而卒。常南陔觀察見其稿嘆曰：『忠忱碩畫，有本有用之言也。』錄之數十通」。可惜二文《文鈔》均失載。高澍然到過廈門，對沿海形勢比較了解。通常認為，臺灣是大陸沿海諸省的屏障，高澍然對此沒有疑議，但他又據鄭成功以廈門、金門二島「取臺灣於荷蘭」，及施琅以二島統一大清版圖，指出「二島又扼臺灣之要也」（〈廈金二島志序〉），亦為有見。此外，〈江蘇布政使梁公撫流民

36 葉申薌，字惟和，號次幔，閩縣人。葉觀國第四子，葉申薌兄。乾隆六十年（1795）舉人，知奉賢縣。有《蔭餘軒詩文集》。

記〉、〈臺灣鎮總兵官林亮傳〉、〈臺灣知府楊廷理傳〉、〈敕授武略騎尉龍岩營守備馬君墓誌銘〉、〈書蛤仔難紀略後〉等文也多關時務。和朱仕琇相比，高澍然的古文「實用」者多。

高澍然治古文反對負奇而貴平易。他首推歸有光而不滿王世貞、李攀龍。他的門生林樹梅是個「負奇士」，澍然反覆告誡他：「奇施諸詩可，施諸古文則不可。詩之途寬，隨所由皆可自名。雖奇如盧仝〈月蝕〉詩，韓子猶仿之。古文則曰唯其是爾，是者，道也。固至平至庸也。平，固充滿而不虧；庸，故和易而各足。飾則偽，執則離，過則不可常，何奇之足尚哉！」(〈贈林生樹梅序〉) 林樹梅在老師的教誨下，古文長進了，高澍然非常高興：「余往者去福州，留〈序〉別生，論文貴平不貴奇，以平者載道之器也。蓋隱以藹如之旨示生矣。今閱是鈔，多鳳山幕中作，樸實論事，真切說理，不事張皇，生氣不匱，殆有意異奇取平，而思進於藹如歟。」(〈歗雲山人文鈔序〉) 高澍然的古文就是以平易藹如為特色的，試看〈敘別贈呂西村〉：

> 余未至廈門，已與西村相知，以書問互質所得無虛月，蓋昌黎所謂不相見已相親也。今余別西村而歸，西村作贈別序，若大難為別。然余乃反其意開之曰：「吾二人未見已相親矣，其交以神不以形，固不繫夫見與不見也，況一再見又同居三閱月，雖茲別會合不可期，不猶愈於初未見時乎！且昔人云：『人之相知，貴相知心。』心固不可見也。不可見以心見之，千里有殊覿面乎！與其覿面而有所不見，何如千里而日日如見之乎！今夫有合必有離者，數也；有離不必更有合者，又勢也。格於數與勢，不獲見常，誠不如不見，而親百年猶一日，千里猶一室也。余與子師芸皋先生為兄弟交，其難為別，有非江文通所能賦者。然以余說通之，亦可釋然無遺憾於中心矣。嗟乎！孰知所釋然者非不釋然之尤者乎！」書以答西村，兼質先生焉。

陳善〈抑快軒文集原序〉評澍然古文云：「文不矜才，辯不尚奇，特所言皆平易近情，而清微淡遠之旨，淳茂淵雅之志，時流露於吐納噓噏之間。」觀〈敘別贈呂西村〉及《文鈔》中文字，覺得這一評價頗得澍然文心。如果說朱仕琇古文本於韓愈而輔於李翺，那麼高澍然則近韓少，近李多。

高澍然的古文頗見重當時，陳壽祺以為「嗣響梅崖不朽」，「冠時之俊也」（〈答高雨農舍人書〉）。《抑快軒文集》，作者身前不曾刊布，同治、光緒間謝章鋌兩次輾轉借抄，謝曾說三十歲以後可見之書不勝寫，唯寫此書。陳寶琛一直珍藏文集鈔本，民初開始策劃刊印。桐城派殿軍馬其昶序其文鈔云：「其味澹如泊如也。久之再讀，醰如也。其陳義高，其言不過物，其思穆，能使人愉，使人慄以栗，如窟而聞寥廓之鳴聲。其創意造言遜於朱（仕琇），該洽遜於陳（壽祺），要其天機清妙，高視塵壒之表，卓然能自樹立，非二家所可囿也。」陳衍序云：「吾鄉之號稱能文於當世者，至明始有一王遵岩，至清始有一朱梅崖，繼之者雨農。」而在陳衍看來，王慎中散體中往往參一段駢儷語，朱仕琇考據偶有不純，能繼歸有光者或即高澍然。

當然，高澍然的古文在省內影響大，在省外影響小，原因何在？鄭玉書〈抑快軒文集序〉指出：「家居僻左，位復不顯，既乏奇遇重事恣其發揮，而寫本固閟深藏，傳誦亦少，其不克與桐城、陽湖諸子齊名一代者，所遭所處囿之也。」澍然《抑快軒文集》在身後百年才得以部分刊布（《文鈔》也僅印百部），世人難見其文，如何給予評價宣傳？這是澍然的不幸，也是閩人的不幸。《韓文故》、《李習之文讀》雖然印行較早，前者之板不慎焚於火，連陳衍都嘆其「傳本絕少」（《石遺室書錄》），今天閩地已難尋覓。不知重印、重編《抑快軒文鈔》更在何日！

從朱仕琇到高澍然的弟子林樹梅，朱氏古文已三傳，歷時一百五十年。不僅朱仕琇、高澍然等人不能和桐城派主要古文家如方苞、姚鼐等齊名，朱氏的古文在文學史上也形成不了一個有影響的流派，其原因值得探討。

桐城派興起在康熙中，其時社會矛盾和民族矛盾都比較尖銳。方苞本人因涉戴名世（也是桐城人，桐城派奠基者之一）案被投入獄，其古文多反映社會現實，〈獄中雜記〉揭露清政府治獄的黑暗，〈渾河改歸故道議〉寫權臣結黨營私、巧取豪奪，〈逆旅小子〉指責官吏無視民生疾苦。朱仕琇等起於乾、嘉社會穩定時期。當然，更重要的是除了龔景瀚等直接面對較為激烈的社會矛盾和民族矛盾外，多數人都長期生活在閩西和閩西北的偏僻山村，「乏奇遇重事恣其發揮」，高澍然看到了朱仕琇「實用少」的缺憾，自己主觀上也試圖改觀，但力不從心。

朱仕琇等人活動範圍受到地域的限制，交遊也不廣。高澍然說，生平所交，逾四十有張紳，逾五十有桐城姚瑩，近六十有富陽興泉永兵備道周凱、仁和陳善等，如果加上陳壽祺，也不過數人。朱仕琇曾主鰲峰書院，弟子比較多，但多限於閩省。建寧地處閩西，江西籍魯九皋等曾前來學古文，但九皋又折心桐城姚鼐，「乃渡就訪，使諸甥受業」（姚瑩〈惜抱軒先生行狀〉）。《清史列傳》將魯九皋傳附於朱仕琇傳後，而《清史稿》則附姚鼐後。朱氏古文傳播畢竟有限。高澍然來往光澤、邵武二書院，在廈門玉屏書院也只有三個月，弟子來源也有所侷限。再加上朱仕琇、高澍然和他們的弟子「位復不顯」，缺乏號召力，造不成一種聲勢，與桐城派根本無法比擬。

在古文理論方面，朱仕琇等主要是對韓愈、李翺理論的闡述、發揮，其中不乏精闢之論，但從整體上沒有大的創建。朱仕琇不滿理學家的古文，而自己的古文「經術疏而實用少」，再傳弟子高澍然以及閩人陳壽祺等都早有指出。桐城派對古文理論有較系統和成功的建樹。義理、考據、辭章的提出，對理學家做了某些妥協，對經學家做了肯定。而在古文的具體做法的各個方面，例如語言、章法、境界、風格等也都有較深入的探討。桐城派的理論也就較易令人接受。朱仕琇古文以陽剛見長，姚鼐以陰柔勝，在風格上沒有高下之別，但朱鄰於艱澀，姚雅而不奧，似稍優。桐城派編選的古文選本，有方苞替和碩果親王編的《古文約選》和姚鼐的《古文辭類纂》，前者在乾隆初成了官方的古文教材，後者自問世後一直被視為很重要的古文選本。高澍然雖有《韓文故》、《李習之文讀》，一則印數少，流傳不廣，二則《韓文故》「眉詮旁注之側，則多染時藝家習氣」（謝章鋌語，《抑快軒文鈔》卷首〈識語〉），難有廣泛影響。

「天下文章，其出於桐城乎！」（姚鼐〈劉海峰先生八十壽序〉）雖未免誇大，但卻道出桐城派古文聲勢之浩大、影響之廣泛。朱氏古文難於與之比擬。但朱仕琇等本於韓、輔於李的古文，在福建文學發展史上仍不失比較有光焰的一頁，引起了世人的重視，有其比較成功和值得總結的經驗。特別是朱仕琇、李祥賡、張紳、高澍然等崛起於偏僻的山區建寧、光澤，他們的產生對山區文學的推動是不可言喻的。近代有影響的文學家張際亮，著名的輿地學家何秋濤[37]，分別是建寧人和光澤人，絕非偶然。「俗言閩人不善為名」（陳壽祺〈許元孟戶部詩序〉）。朱仕琇、高澍然治古文一向淡於為名。至於朱氏古文之所以難與桐城齊名，朱、高難與桐城名家齊名，則不是善不善為名的問題，而是關係到古文創作、古文理論、古文的教學、傳授以及著作刊行、流傳等等複雜的原因。

三　陳壽祺的古文和駢文

古文是相對駢文而言的，它強調了文章寫作的散句單行，反對對偶和句子的整齊。韓愈、柳宗元的古文，雖然打著文以載道的口號，

37 何秋濤（1824-1862），字願船，光澤人。道光二十四年（1844）進士，授刑部主事。官至員外郎、懋勤殿行走。有《北徼彙編》、《一燈精舍甲部稿》等。

但仍然是文學家的古文。唐宋八大家的宋代諸家，明代的秦漢派、唐宋派、清代的桐城派以及我們上文論述到的朱仕琇等人的古文，流派儘管不同，但都是文學家的古文，理學家之文，闡述心性，無異於哲學論文，這是理學家的古文，清初安溪李光地的古文就屬於此類。政治家、軍事家之文，有的放矢，以實用為先，針對性強，多為時政軍事之論，這是實用派的古文，清初漳浦藍鼎元的古文屬於此類。乾、嘉時期，講究漢學的經史學家蜂起，其文以考據為主，實為經學學術論文，這是經史學家的古文，江蘇儀徵阮元的古文屬於此類，陳壽祺的古文也屬於此類。當然，理學家之文有些也可能不是哲學論文，經史學家之文有些也可能不是學術論文，而與文學家的古文有相同和相通之處。陳壽祺的《左海文集》，「大半傳經之作」（高澍然〈陳恭甫先生墓誌銘〉），是學術論文，我們這一小節要討論的則是那「小半」非傳經之作的古文，即與文學家的古文有相同和相通之處的那些古文和他的古文理論。

朱仕琇說，他所好的是「荀、揚、莊、屈、《左》、《史》、韓、李八氏之文」（〈與石君書〉），而陳壽祺則認為治古文首先必須通經：「兩漢文人無不通經，故能尒疋深厚為百世宗，後世欲為古文，苟不通經，必不可輕下雌黃，援引失義，往往一啟吻而已為有識所嗤。」朱仕琇就是一個例子，他雖然「嫻於周秦、西漢諸子，及唐、宋、元、明諸作家」，但於「經史均無所得，故雖有傑出數百年之才，而終不能籠罩群雄、為一代冠者」（〈與陳石士書〉）。高澍然在〈答陳恭甫先生書〉中列舉了入清之後魏禧至朱仕琇十來位古文家，陳壽祺〈答高雨農舍人書〉則反問高：黃宗羲、全祖望、朱筠、張惠言等人的文章如何？魏禧等的古文是文學家的古文，黃宗羲等的古文是經史學家的古文，陳壽祺很看重黃宗羲等的古文：「梨洲、謝山長於史，其氣健；皋文長於經，其韻長；白雲長於子，其格高；笥河長於馬、班，其神逸，皆可以為大家，閣下或未盡見之耶？」「未盡見之」，多少流露出對文學家的古文的輕蔑。陳壽祺接著說：「竊以為治文詞而不原本經術，通史學，而究當世之務，則其言不足以立。」

在諸經中，陳壽祺最重視的是《禮記》一書。他認為《易》道陰陽，自為一體；《尚書》絕質奧；《詩經》專詠言，「皆非可學」。〈答高雨農舍人〉指出，獨《左傳》、《禮記》「於修詞宜然耳」，而《禮記》氣淳、詞精，尤為粹美：

> 人徒知左氏為文章鼻祖，不知左氏文多敘事，其詞多列國聘享、會盟、修好、專對之所施，否則戰陳、禦侮、取威、定霸之謀，不如《禮記》書各為篇，篇各為體。徵之在仁義、性命，質之在服食、器用，擴之在天地、民物，近之在倫紀、綱常，博之在三代之典章，遠之在百世之治亂。其旨遠，其辭文，其聲和以平，其氣淳以固。其言禮樂喪祭也，使人孝弟之心油然而生哀樂之感，浡然而不能自已，則文詞之精也。學者沈浸於是，苟得其一端，則抒而為文必無枝多遊屈之弊。蓋《禮記》多孔子及七十子之遺言，故粹美如是。壽祺常勸人熟讀《禮記》而玩索其味，以此也。

撇開《禮記》的仁義綱常不論，陳壽祺認為《禮記》的文章可學，一是單篇之文，與《左傳》不同，篇章可學；二是它的文學性，即辭、聲、氣、文均可學，值得玩味。平心而論，陳壽祺對《禮記》的見解很有獨到之處。

陳壽祺治古文，又非常強調「有用」，這一點和實用派古文有相通之處，其實他所說的有用，是通經致用，是以通經為前提的有用。〈答高雨農舍人〉一文在論述《禮記》後接著指出：「得於經者，上也」；「徒得於文以為文者，下也」。「要之，以立誠為本，以有用為歸。不誠，則蔑以徵信於天下；無用，則蔑以傳遠於後世。」立誠的提法，與朱仕琇大體相近；有用，則為朱氏古文所欠缺。陳壽祺歸鄉後，對家鄉的公益之事頗多留意。「文昌之祠，火神之廟，大成殿兩廡之築重垣，明倫堂右之辟通衢，敬節堂之恤嫠，米廠之施賑，莫不偕同志首倡其議，貢院校士之場，西湖、東湖、木蘭陂之水利，則當軸時與咨訪，上下議論，力贊其成。而於貢院，尤心瘁」（《隱屏山人傳》）。集中〈答陸萊臧縣尹論福州水利書〉、〈與孫宮保書〉、〈海塘志序〉十首、〈刻泉漳治法論序〉，都是事關實際的有用之文。〈正俗十戒為總督桐城汪尚書作〉一文，是文集的附錄，針對時弊而發，第一戒為戒鴉片：

> 鴉片來自外番，流行福、廣。海賈私販累箧盈船，冒禁藏奸，竟致巨富，遂臭之夫甘之若薺，久而銷鑠真精，耗竭元氣，壯者亦足喪其軀，富者亦足傾其產，十無一全，況弱與貧者乎！聞近日福州省會，漸染頗夥，幕客、官親、豪胥、驕僕煽誘如風，不可遏御。紈袴之子，或乳臭未乾，而嗜痂已篤；青衿之家，或風流相命，而鴆毒自安。聚偶邀朋，鳩貲結會，自謂極樂之世界，莫逆之心交，而不知其適納於陷阱而投於法網也。今宜上遵國憲，下恤身家，痛加割棄，視猶野葛鉤吻之殺人而後可。

這則文字先敘鴉片的由來，次指出其害，再次說目前流毒甚廣，最後奉勸吸毒者「痛加割棄」。陳壽祺去世在鴉片戰爭爆發前六、七年，此文寫作當更早。這是一篇很有眼光的「究當世之務」的有用之文。

上文我們引用了陳壽祺的兩段文章，第一段中「征之在仁義、性命」六句，第二段「紈袴之子」六句，文學家的古文沒有這種駢偶句法。朱仕琇歷數西京作者而不及司馬相如，以為相如好靡。陳壽祺以為：「治古文者恥言駢儷，排擯橫加，此未達乎西京揚、馬、鄒、枚之作。」他進一步指出，古文和駢文其實是同源：「四六之文與律賦異格，與古文同源，必明乎謀篇命意之塗，關鍵筋節之法，然後與古文出一機杼。」陳壽祺也是駢文家，他強調駢文和古文謀篇命意、關鍵筋節等方面並沒有根本區別，古文家和駢文家應「得其會通」(〈答高雨農舍人書〉)，不應相互排斥。他吸收了駢文的某些長處，偶然也用些較整齊的句子甚至駢偶句法，使文章更加精彩、生動，更具有文學色彩。

德清許宗彥盛稱陳壽祺「兼詞章經術而有之，且各極其精」,「深細古茂」。尤其欣賞其〈忠毅李公神道碑〉，以為「筆堅詞邃，有初唐人風格」(《左海文集》卷首)。李忠毅即李長庚（1751-1808）[38]，字超人，一字西岩，同安人。乾隆三十五年（1770）武舉人，次年成進士，官至浙江提督總兵。嘉慶十二年，李長庚追擊海盜蔡牽至廣東黑水洋，作者描寫李長庚戰死的場面並議論道：「公奮欲登者三，幾獲牽。俄風大起，水立舟中，皆傾眩。飛炮中咽及額，是日日昃殞。垂絕猶左手持刀，右執盾，目怒視如生時。公天性知兵，尤長水軍，衽颶濤，頮霜雹，袒鋒鏑，身大小百餘戰，所向風靡。賊私相戒曰：不畏千萬兵，但畏李長庚。其讋服如此。天下知與不知，皆以為今之頗、牧。」

「福建有清一代以文學名海內，最著者二家，曰朱梅崖，曰陳恭甫。」(李兆洛〈抑快軒文鈔原序〉) 這裡所說的「文學」，指古文。朱仕琇文本韓而輔以李，淳古沖淡，自成一家；陳壽祺「未嘗一規橅韓、歐，而輝麗萬有，自成先生一家之文。」朱仕琇文淡樸淳潔，其文多可玩味。陳壽祺謂「文者所以達其實，無實徒文弗貴，徒質亦弗尚」(高澍然〈陳恭甫先生墓誌銘〉)，其文多實用而有文采。

公正地說，陳壽祺批評朱仕琇文實用少，有其合理的一面，但進

---

38 李長庚卒於嘉慶十二年（1807）十二月十五日，西元已是一八〇八年一月。

而說「梅崖用世之學未知其底蘊」就未免過分了。不錯，龔海峰是有才幹器量，其文也多注意世用，但不能因此而說龔的學識「在梅崖上」，古文也在梅崖上。不錯，朱仕琇的經學確比不上陳壽祺，說他經學疏也不是不可以，但認為「其於經史均無所得」(〈與陳石士書〉)，未免過分，殊不知朱氏治古文也是十分強調「經浚其源，史核其情，諸子通其旨」(〈答黃臨皋書〉)的。陳壽祺誇張了朱仕琇考據的偶然疏失[39]，說明他對文學家的古文是不怎麼放在眼裡的。他在〈與友人書〉雖然說：「不須更論宗派所出，定一代嫡庶門庭。」但其心目中經學家的古文為嫡，文學家的古文為庶；「漢代經生多善屬文，文人鮮不通經，自伏生、韓嬰、賈誼、董仲舒……倫無不以經術文章垂光千禩；而入清之後，「汪堯峰，方望溪諸子乘其時，海內文壇莫執牛耳，然高自位置，天下震於其名，附聲逐影，群相引重，使坻阜幾與嵩、華齊高。由今核之，彼皆沾沾未解脫時藝氣。」了解這一點，再回頭看他對朱仕琇的批評也就不奇怪了，甚至還覺得比較有分寸呢。

陳壽祺的弟子林昌彝選《本朝十二家文鈔》，除了陳壽祺，則錄龔景瀚而黜朱仕琇，無疑受其師影響。

晚明閩人駢文家，以黃道周最有名。「漳浦黃石齋先生《駢枝集》，奇古盤鬱，沈博絕麗，為勝國之弁冕」(《海天琴思錄》卷一)。嘉、道間，陳壽祺的駢文自成一家，有《左海乙集》傳世。

陳壽祺少年時所交皆老成，文章成名很早，「十二歲文成奧博，見者莫名所出，已旁及駢體、詩歌，突入唐初四傑」(高澍然〈陳恭甫先生行狀〉)。康熙五十二年（1787），作者年十八，作〈平定臺

39 陳壽祺文也有偶然失考處。其〈律賦選序〉云：「……藉是以存鄉黨之遺佚，亦歐陽四門輯《泉山秀句》之意也。」按：《泉山秀句集》非歐陽詹輯，而出自黃滔手。陳壽祺〈東南嶠外詩文鈔序〉云：「黃滔締閩人詩，自武德盡天祐末，為《泉山秀句集》。」則不誤。

灣，代郭有堂參軍〈嘉勇公福大將軍百韻詩序〉。郭為陳壽祺母之族叔，福大將軍即福康安。這一年，福康安率軍赴臺，俘天地會領袖林爽文，臺灣平。林爽文起義是天地會發動的臺灣農民的一次大規模反清武裝鬥爭，聲勢較大，雖然最後被平定，清政府也付出了巨大的代價。陳壽祺當然是站在清廷的立場來看待這一事件的，但他又是站在歷史的高度對臺灣的問題作了回顧和分析：

> ……四荒撤幕，萬里懸旌。乃岐海之浮漚，有娑洋之聚窟。田橫逝後，幾換蠻花；徐福浮來，誰求仙藥？自隋代虎賁略地，未收五十嶼之全區；洎我朝龍節行師，遂奠二千年之荒徼。疏通水道，越裳喜息於揚波；區別方輿，交阯曾聞於立柱。蓋犁雲耕雨，盡托皇人；雖番舶蠻琛，胥沾帝渥。

臺灣自古是中國領土的一部分，但其地理條件又有特殊性，不僅它本身就是個大島，其周圍還有數不清的海島。隋代未收全區，中又經荷蘭侵占，明鄭割據，直到康熙間全臺才盡入清朝版圖。鑒於臺灣問題有著比較複雜的歷史背景，所以不能因為陳壽祺贊成並為平定林爽文加以頌揚，從而簡單否定該文。這篇駢文，有較高的藝術造詣，張惠言評云：「〈平臺詩序〉一篇，格律止是唐人，而其雄偉卓踐，若駿馬在銜，磬控如舞，擬之燕、許，何多讓焉。」(《左海乙集》卷首〈題詞〉) 楊鍾羲也稱其「沈博絕麗」(《雪橋詩話》)。

張惠言又評云：「同年陳恭甫作，清麗似梁人，溫潤條暢，質有其文。任彥升之儔，特古樸少遜之耳。」(同上引) 試看以下二例：

> 珠宮貝闕，橫鹿耳以揚舲；負嶠方壺，瞰雞籠而鎖印。屬以海童邀路，颶母翻船，南荒之管鑰相驚，東港之風濤不靖。目蝦腹蟹，多噴沫以飛涎；叔鮪王鱣，半揚鬐而掉尾。三茅港外，

> 極望蠻煙；八卦山前，無邊瘴霧……（〈代送徐郡伯之泉州序〉）

> 螺江驛口，訪戴何人；虎渡橋頭，依劉如昨。回憶刺桐圻綠，扶荔燒丹。晨登嚴武之牀，暮入郗超之帳。三君八俊，客來金馬之門；一笑千年，人認銅駝之陌。南皮雅宴，仲宣則猶介韶年；西邸朋遊，令楷則初參末席。一時〈吳趨〉妙曲，〈越絕〉妍詞，靡不霧集詩城，星馳墨海矣。（〈與漳州諸同人書〉）

確如張惠言所言。入清以後，駢文家很多，林昌彝《射鷹樓詩話》卷十二以為有胡天游、洪亮吉、孫星衍、孔廣森、阮元、張樹、張惠言、陳壽祺、湯儲璠、吳鼒、方履籛等十一家。其實，重要的駢文家至少還有陳維崧、吳兆騫、汪中、彭兆蓀等。高澍然云：「昭代言駢體者，故當推先生為第一。」（〈答陳恭甫先生書〉）言陳壽祺為入清閩人第一則可，泛言入清第一則不可；當然，陳壽祺在清人駢文中，成績還是比較突出的，有一定地位。

第三節　有關閩人閩事的小說

一　歷史小說《臺灣外記》

《臺灣外記》，三十卷[40]。江日昇著。據〈臺灣外記自序〉，自署「九閩珠浦東旭氏江日昇」，又云：「閩人說閩事」，江氏為閩人無疑[41]。日昇之父江美鰲，南明弘光帝時曾隸鄭氏家族永勝伯鄭彩翊部

40 《臺灣文獻叢刊》本（第60號）十卷。又有抄本，作《臺灣外志》五十卷。

41 〔民國〕《福建通志》〈藝文志〉卷五十一以為江日昇是漳浦人。同志卷十八：「《臺灣紀事本末》八卷，同安江日昇著。《課餘續錄》云：『少讀《臺灣外紀》，恨其溺

下，後又與彩翊同在福州事唐王，署龍驤將軍印。康熙十六年（1677）降清，任廣東連平州知州，日昇早歲從父宦遊粵東，後來又在廣西住過一段時間。《臺灣外記》作於康熙四十三年（1704），據陳祈永〈序〉，四十八年（1709）日昇尚在世。

這部歷史小說，著重描述明清易代之際，鄭芝龍、鄭成功、鄭經、鄭克塽四代人以臺灣為據點抗清復明的鬥爭以及康熙帝派大軍渡海將臺灣收入清朝版圖的過程，起於明天啟元年（1621），終於清康熙二十二年（1683），前後共六十三年。其中對顏思齊、鄭芝龍日本舉事、稱雄閩海，南明王朝抗清的失敗，鄭成功舉師北征，驅逐侵占臺灣的荷蘭殖民者，康熙帝平定臺灣，鄭克塽最後降清等歷史事件的描寫尤為詳細。

江日昇撰寫《臺灣外記》的目的，據其〈自序〉，原因有三：一是稱頌清帝順應天人，承繼大統，四海終必歸於大業。二是鄭氏一家四代忠於故明，鄭氏在臺灣的政權，實可視為明朝政權的某種延續。「成功髫年儒生，能痛哭知君而舍父，克守臣節，事未可泯。況有故明之裔寧靖王從容就義，五姬亦從之死；是臺灣成功之踞，實為寧靖王而踞，亦蜀漢之北地王然」。三是「誠閩人說閩事，以應纂修國史者採擇焉」。至於該書之所以取名「外記」，作者〈凡例〉指出：「是編以『外』名者，鄭氏未奉正朔，事是化外；臺灣未入版圖，地屬荒外。若以化外、荒外棄而弗志，恐史氏訾其缺陷。茲編而以『外』名之，一以示國家綏靖方略，修荒服於版圖之外；一以明鄭氏傾向真誠，沾朝廷於教化之內。別外以重內，法《春秋》之義也。」就是說，鄭氏踞臺，不是以一個朝代或一個國家的面目出現的；鄭氏踞臺時期，臺灣雖然未入清朝版圖，但仍是中國的一個組成部分，不能因為它的荒遠而棄而不志、棄而不顧。

沒於小說家，詞不雅馴。後得《臺灣紀事本末》鈔稿八卷，首行題閩珠浦江日昇著，柳江葉二涯刪定。……』今按：日昇康熙癸巳（1713）舉人。二涯者，葉茂遠也。」一作漳浦人，一作同安人，待考。

〈凡例〉云：「紀其（鄭氏）一時之事，或戰或敗，書其實也。」紀實，是這部歷史小說的主要特點。江日昇繼承作《史記》的實錄精神來記述明末清初發生在臺灣的這段歷史。江日昇說他著此書，根據他父親對鄭氏「始末，靡不周知，口傳耳授，不敢一字影揑」。所記都有根據。不僅事件和人物都是真實的，就是時間和地點也都一一有所據。記述以鄭氏為中心，凡與鄭氏有關的人事都加以記述，凡與鄭氏無關，則「不預說」。全書依時間發展為線索，涉及明季、南明、清初許多重大事件和人物，尤以對鄭氏踞臺的史實最詳盡，其中有不少史料是其他典籍所缺載的，因此向為史家所重，以記載南明史實著名的徐鼒的《小腆紀年》，援引了本書的許多史料。余世謙〈臺灣外記序〉評云：「據事直書而無猥談瑣語竄入其中，不致忠孝節烈、賢臣隱士，年久湮沒。」「實紀事之正，有益風化，自當垂其不朽。」

陳祈永〈臺灣外記序〉云：「今是編所記鄭氏，於其不忘故國也。」鄭氏不忘故國，鄭氏部將江美鰲雖然已降清，但其對鄭氏內情本來就相當熟悉，對鄭氏也有較深的感情。江美鰲對江日昇的影響是不言而喻的。在這部歷史小說中，作者對鄭成功及其將佐矢志不移的抗清鬥爭、忠於明朝的思想給以充分的肯定並大加頌揚，對他們的英雄氣概則竭力描寫，大加渲染。同時，作者對南明朝臣死節的壯烈情景，也同樣懷著崇敬心情加以載述，如對黃道周、張煌言等人慷慨就義場面的描寫，周詳感人，幾欲催人下淚。作者這樣描寫黃道周被囚、就義的經過：

> 道周至金陵，幽於禁城。既而改繫尚膳監，諸當道與故知者，悉承貝勒意勸降。周曰：「吾既至此，手無寸鐵，何曾不降？」勸者曰：「欲降，須薙髮。」周失驚曰：「君薙髮了！噫！幸是薙髮國打來，即薙髮，若穿心國打來，汝肯同他穿心

> 否？」勸者慚退。道周閉目。……洪承疇承貝勒命，親詣尚膳監請見。道周唱曰：「青天白日，何見鬼耶！松山不敗，承疇全軍覆沒，先帝曾設御奠十五壇，痛哭遙祭，死久矣！爾輩見鬼，吾肯見鬼麼？」遂閉目。有欲南回者，蔡、賴、趙、毛各有家報，請命道周。周不作書，但署蔡書皮：「蹈仁不死，履險若夷；有隕自天，舍命不渝。」又署賴書皮：「綱常萬古，性命千秋；天地知我，家人何憂！」又斷粒計十有四日……
>
> 貝勒諸王見道周抗節不屈，益重之，令人再勸。承疇亦遣門生往勸，道周書一聯：「史筆流芳，未能平虜總可法；洪恩浩蕩，不思報國反成仇（承疇）。」
> 粘疇署前，疇見笑曰：「庸儒不識時務，毋使彼沽名而反累我。」遂啟諸王，出道周於曹街。周從容自若，望南謝君恩，望東謝親恩，坐於舊紅氈，引頸受刑，乃壬子日也。

引文見第五卷「唐監國福州稱帝　黃道周南京盡節」。同卷還錄存了黃道周文數篇，詩十餘首。我們知道，黃道周詩文在清初至清中葉一直在被禁之列，江日昇不僅對黃道周的盡節大加表彰，而且錄存他這麼多的詩文，反映了作者對故明眷戀的一面。當時的士人（包括入清以後才出生的一批士人）心理是相當複雜的。一方面，隨著南明政權的覆滅，鄭氏在臺灣慘淡經營的告終，清朝的統治已穩如磐石，不可動搖，士人對這種大一統的局面是認同並擁護的；另一方面，他們又視滿清為「異族」，不太願意接受這種現實，懷念故明又成了他們心理上的一種寄託，《臺灣外記》作者的心理正是如此。

對南明政權，江日昇既哀其覆亡的不幸，又怒其不爭，《臺灣外記》在一定程度上揭露了南明政權的陰暗和腐敗。作者指出當時朝廷「誤用庸臣，重文輕武。門生同年互相表裡，只知市私恩，有家致富，那肯布公心，為國培元。朋黨凌爵，民不聊生」，「上下蒙蔽，有錢賄賂者，則保題之；當時有出粟賑濟者，則咸指他沽名市義，必有異志」，「適逢雨水不順，失於收成，富者遏糴，米價騰貴」。卷二還寫到明末粵、閩沿海「游擊、欽依把總諸官，悉承蔭襲，寬衣大袖，坐享君祿。其所轄軍士，亦應操點卯而已」。對於清朝的統治者，江日昇也本著「實錄」的精神，不放過其罪惡和暴行，加以揭露。卷十三，記載清廷為了防禦鄭氏而強行「遷界」，即在浙、閩、粵三省沿海地區約四十里的範圍內強迫所有居民遷往內地，並停止一切生產。「時守界弁兵最有威權，賄之者，縱出入不問；有睚眦，拖出界外殺之，官不問，民含冤莫訴。一時人民失業，號泣之聲載道，鄉井流離顛沛之慘非常，背夫棄子，失父離妻，老稚填於溝壑，骸骨白於荒野」。這一政策的實施，給沿海的經濟、文化帶來了空前的破壞，以至正史官書都諱言其事，私家亦多噤若寒蟬不敢言及，而這部小說卻詳細加以敘述。

作為一部歷史小說，《臺灣外記》在史料真實性、史實的選擇和處理等方面，沒有什麼可挑剔的，但在人物刻畫、場面描寫、語言的生動活潑方面，並不那麼成功。作者在〈凡例〉中說，這部小說「不似《水滸》傳某人某甲狀若何，戰數十合、數百合之類，點寫模樣，炫耀人目，以作雅觀」。就是說，小說只注重「書其實」，卻流於時時處處的過於坐實。名為章回體小說，卻缺乏《水滸傳》、《三國演義》等書扣人心弦的描寫，缺乏鮮明的人物性格的刻畫，缺乏活靈活現的語言表現能力。但這樣說，並非文學上就沒有絲毫的成就，例如鄭成功這個人物形象，就能給人留下比較深刻的印象。作者說鄭成功從小「儀容雄偉，聲音洪亮」，「實濟世雄才，非止科甲中人。性喜《春秋》，兼愛孫、吳，制藝之外，則舞劍馳射」。小說著重寫了鄭成功卓越的政治、軍事才能，並把他置於諸多重大歷史事件和激烈的矛盾鬥爭中來加以表現。為了實現復明大業，鄭成功「舉動威嚴，執法無私」，「雖期服之親，亦難宥之」。他踞守金門、廈門時，廣攬人才，整肅軍紀，與清軍展開拉鋸戰；他的善於用兵，連清軍將領也深為嘆服。他還主動出擊，督師北上，直抵金陵城下。是役失利後，便籌劃進取臺灣，「以連金、廈而撫諸島，然後廣通外國，訓練士卒。進則可戰，而復中原之地；退則可守，而無內顧之憂」。表現出深謀遠慮的智慧和策略上的靈活性。驅逐盤踞臺灣的荷蘭侵略軍之後，鄭成功認為治家治國須「以食為先」，主張「當效寓兵於農之法」，「農隙則訓以武事，有警則荷戈以戰，無警則負耒以耕」，鼓勵開墾，實行屯田，促進了臺灣的開發和經濟的發展，使臺灣成了比較堅固的抗清根據地。

小說中某些片斷的人物對話也還比較生動，鄭芝龍遣員向清進降表，鄭成功得知，堅決勸阻。第五卷載道：

> 成功勸曰：「吾父總握重權，以兒度閩、粵之地，不比北方，得任意驅馳。若憑高恃險，設伏以禦，雖有百萬，恐一旦亦難飛過。然後收拾人心，以固其本；大開海道，興販各港，以足其餉；選將練兵，號召天下，進取不難矣。」龍曰：「稚子妄談，不知天時時勢。夫以天塹之隔，四鎮雄兵，且不能拒敵，何況偏安一隅。倘畫虎不成，豈不類狗乎！」成功曰：「吾父所見者大概，未曾細料機宜，天時地利有不同耳！清朝兵馬雖盛，亦不能長驅而進。我朝委繫無人，文臣弄權，一旦冰裂瓦解，釀成煤山之慘。故得其天時排闥直入，剪除凶醜，以繼大統。迨至南都，非長江失恃，細察其故，君實非戡亂之君，臣多庸碌之臣，遂使天下英雄飲恨、天塹難憑也。吾父若籍其崎嶇，拒其險要，則地利尚存，人心可收也。」龍曰：「識時務為俊豪，今招我重我，就之必禮我。苟與爭鋒失利，一旦搖尾乞憐，那時追悔莫及。豎子渺視，慎毋多談。」成功見龍不從，牽其衣跪哭曰：「夫虎不可離山，魚不可脫淵。離山則失

> 其威，脫淵則登時困殺。吾父當三思而行。」龍見成功語繁厭聽，拂袖而起。

父子間的一席對話，寫出了鄭成功深明大義的品格和膽略卓識。書中某些細節的描寫，也很能表現鄭成功指揮若定的大將風範，第七卷海澄鎮遠寨一役寫道：「金礪督眾攻營壘，炮聲振天，城垣隨壞隨築。成功坐將臺，張蓋指揮，礪望見，令炮對臺齊攻。諸將見炮如雨點，勸功下臺。功曰：『炮得避吾，吾豈避炮？』又勸功去蓋，功亦不允。甘輝情急，親掖功下，甫離臺數層，而座已被炮碎矣。」使人有親臨其境之感。

江日昇這部歷史小說，形式上是有意摹仿傳統的章回小說的，第一卷「江夏侯驚夢保山　顏思齊敗謀日本」，其構思頗得力於《水滸傳》的「張天師祈禳瘟疫　洪太尉誤走妖魔」的寫法。回目的編制，與一般章回小說亦無二致。但由於作者寫作的動機是寫實，是「以應纂修國史者採擇」，其採用的又是編年體的記敘手法，又不時雜以「按」、「附記」對人物或事物加以詮釋和評論，所以保留了更多歷史著作的特點，從文學的角度來審視，作為小說不免失於粗糙——缺乏精彩細膩的描寫，少有諸如誇張、渲染、烘託、懸念、巧合等中國古典章回小說常用的技法，情節也不夠引人入勝。對長達六十多年的歷史資料，剪裁也不夠妥當，甚至有細大不捐之嫌，第五卷對黃道周詩文收錄不免過多，第十四卷的篇幅四篇奏疏佔去十之八九，成了文獻資料的匯編，大大沖淡了小說的文學性。

《臺灣外記》，作為歷史小說，是難於躋身於中國優秀小說之林的，但在福建文學發展史上，它的出現，卻是一次有益的嘗試；同時，它也從另一個角度提醒了福建的小說家，即使是歷史小說，也不應忘記文學性而將它寫成實錄或完全記實的歷史著作；《水滸傳》等中國優秀的章回小說，「傳某人某甲狀若河，戰數十合、數百合之類，點寫模樣，炫耀人目」，這一傳統不可丟棄。

二　鄉土小說《閩都別記》

《閩都別記》，四百零一回[42]，里人何求纂。里人，本里之人，即閩都福州人；何求，何必求，不必知道他是誰。編纂者故意將姓名隱去。《閩都別記》在敘述福州古蹟時常附以明以前的五七言詩，有時在最後又綴以拂如氏的詩。第七回拂如氏〈九仙山〉詩云：「吾宗伯仲九神仙，修煉斯山漢代年。」九仙山，傳說漢代有何氏兄弟九人在此成仙，故名。假如拂如氏就是作者自己，那麼作者也就是姓何。但拂如氏的詩只見於第二百零七回以前。第二百四十回〈萬國圖贈尋親歸舍　雙峰夢覺度眷登仙〉結云：「未幾，艷冰帶二妻遊雙峰，夢登岩俱不見。鐵麻姑帶雲程遊白龍江，去而不返矣。正是：情重度妻遊閬苑，恩深挈婿到龍宮。」第二百四十一回入手便云：「前文結雙峰夢全篇。」或以為本書原名《雙峰夢》，第二百四十一回以後為後人所續。從全書佈局風格看，二百四十回以前，二百四十一回以後，似非出自同一作者手筆，但前半部也可能經過續補者潤飾。如第二百零七回有云：「女名張紅橋，配林鴻，北遊不歸，女作鴻字韻詩百首寄之，詳在後本。拂如氏作〈紅橋芳跡詩〉云云。」紅橋事見第二百七十七回。「詳在後半」數字，疑後來作者所增飾，以求全書完整。即使第二百四十一回以後的一百六十回。續書者也可能不止一人，其中第二百七十八回至二百八十二回整個五回演繹明永樂至正德諸朝歷史，第三百二十六回寫李自成起義，第三百四十一、三百四十二回寫張獻忠，與閩都及閩人閩事無關，與前後各回宗旨異趣。藕根居士董執誼跋此書云：「書中章回，修短不一，自二百四十一回後，若別出

42　《閩都別記》目錄至第四百回，但第二百回有二回，共計四百零一回。

一手，殆編以講演，陸續成帙者。」這部一百二十萬字的小說的作者，當即編纂者所署「何求」——不必強求出於某一個有名有姓的人之意，大約最初出於福州說書藝人，不斷增補，先後參與整理編纂的也可能不止一人，次數也不止一次。最後於宣統三年（1911），由藕根居士董執誼整理，點正付梓。

傅依凌〈閩都別記前言〉（海峽文藝出版社，1987年版）云：「《閩都別記》的寫作時代，約在清乾嘉之際或者更後些。」最後的寫定時間，在乾嘉之際或者更後些，大體是不錯的。但前二百四十回最初的寫作時間，可能在清初。理由有二：一是引用前人的詩可考的止於明曹學佺（見第五十五回），而曹卒於南明弘光朝覆沒這一年（1645）；拂如氏的詩，書中沒有注明朝代，也可能是作者自己。如果成書在乾、嘉之後，入清後一些描寫地方風物的作品，例如上一章我們介紹過的許遇、葉觀國等人之詩必然被作者所注意。二是書中出現了懷安這一地名：「石岊山在懷安縣治江邊」（第一百零三回）。懷安，宋太平興國六年（981）置，明萬曆八年（1580）廢[43]，併入閩縣。第二百四十一回之後，仍舊襲用懷安縣名。第三百五十三回：「今懷安芋原驛江邊，是昔蛇所蟠踞之大石，名巴石。」第三百九十三回：「因見其人貌出眾，年只十五歲，問其閥閱，乃懷安許姓」。第三百九十七回：「天開答：『懷安遷閩，十六歲。』」如果初稿完成於乾、嘉或更晚，已距懷安撤縣二百年甚至三百年，懷安這個縣名對絕大多數讀者來說就生疏了，前兩條則不當稱懷安縣而應當稱閩縣。第二百四十一回之後的續作者，可能了解原作寫定的大體時間，為了和前半部接續，後半部的故事也只敘述到清初康熙間為止。

《閩都別記》是一部散發濃郁鄉土氣息的小說。小說以閩都福州以及福州府附近各縣羅源、連江、長樂、永泰、福清、古田各縣為故

---

43 據鄭祖庚纂《閩縣鄉土志》。

事生發的背景，以這一地區從唐末五代到清初的歷史為線索，講的是閩人閩事以及各種傳說軼聞，反映的是閩地人情習俗和民間信仰，並不時使用福州地區的方言俚語。

藕根居士〈跋〉云：「其書合於正史及別史載記者，各十之三，野說居其四焉。」《閩都別記》俱載了唐末五代至清初發生在福建、特別是福州的重大歷史事件，其中包括黃巢入閩、五代閩國的興亡、宋末蒲壽庚開泉州城降元、宋元對臺灣的開發、元代福建與中西亞的交通、明永樂間鄭和下西洋駐紮長樂、隆武帝在福建的活動和唐王在閩稱帝、鄭成功趕走荷蘭「紅毛」及鄭氏降清、清初耿精忠的反叛等。對福州城幾次的擴建、五代和宋福州寺塔的興建、元代萬壽橋和明代馬尾羅星塔的建造等，作品都加以記載。這些都是一個都市發展的大事。因此，這部小說具有講史性質。

這部小說還記載了許多歷史上著名的閩人（主要是福州一帶人）和流寓入閩著名人士的事蹟或故事。唐末五代，小說寫了入閩文學家周樸、羅隱，寫了閩王王審知、閩王王延鈞的皇后陳金鳳。宋末有與元朝勢不兩立的遺民鄭思肖。明代有閩中十才子和張紅橋[44]、平倭將軍張經、宰相葉向高、殉節的曹學佺，南明有鄭芝龍、鄭成功父子，清初有施琅和耿精忠等。小說對福州地區的許多名勝古蹟如屏山、烏山、九仙山、鼓山、釣龍臺、西湖、方廣岩、石竹山、雪峰寺、西禪寺、法海寺、開元寺等等都有詳細的描繪，並登錄了唐、宋、元、明許多詩人的有關佳篇。對於福州許多地名，作者也儘量交代名稱的由來和有關傳說。在某種意義上說，這部書還有一定的文獻價值。

《閩都別記》有不少有趣的民間傳說和神話傳說，這些傳說從一個側面反映了古代閩越種族的圖騰崇拜習俗。《說文解字》解釋「閩」字云：「閩，東南越，蛇種也。」第三百五十三回講述雌蛇化

44 該書閩中十子的名單同袁表、馬熒的《閩中十子詩》（見本書第五章第一節二小節）。

女擇婿，並生下一男嬰的故事，其大略云：「再說蛇之情，那永福方廣岩西北，有一大山，洞中有白牝蛇，不知修煉幾多年，能變為人。常隱不現，從未為祟，只日夜與山都（山魈）、木客（木精）吟風步月，釀酒烹茶。自名為繆隱仙，知書識禮，並無色欲之心，見人即隱，故無人知。」「隱仙於是欲訪才郎，先令山魈去盜金銀，惟盜富的，不盜窮的。」隱仙終於選中葉青選（小說中為葉向高堂侄），並與之結為夫妻。一日，隱仙飲雄黃酒，現出原形。「欲試夫之心情真假，變出原形，看其如何？如果情深不嫌異類，至死不改無二。」青選果然不嫌棄，隱仙又變為人，「自此妻益敬夫，夫倍愛妻，無半點疑異。」隱仙善良勤勞而情真，故事生動曲折，內容健康，正反映了閩人蛇崇拜的心理。第三十三回、第二百二十六回都記敘了上古閩越王無疆之妹與犬繁衍子孫的故事。二百二十六回〈述昔無疆徙閩建國　說古王妹生犬解圍〉，說無疆有一妹名嫺儀，「宮中有一犬，常蹲樓上，仰頭與王妹對視。犬被殺後，其皮飛入內樓，將嫺儀渾身包住。不久，嫺儀有孕，四個月後產下一雄犬，名猕鍾。在征戰南越蠻中，猕鍾立了大功，王封以大將軍，並以娥孀公主配之。公主一胎生下三子皆男，屬人體，即以各盛之物為姓，分作螺、盤、籃三姓。」第三十三回云：「現今北嶺三姓即是當年犬種也。」福建的畲族以犬為圖騰，拜犬的習俗至今猶存。本書的故事為我們提供了可資參考的材料。

小說刻畫的正面人物，多能施善除惡，造福於鄉梓。陳靖姑這個人物是貫穿上半部的重要線索，也是作者鍾愛的人物之一。陳靖姑最初出現於小說第二十一回，傳說是觀音彈指血化身投胎。第二十二、二十三回寫靖姑閭山學道。「真人愛之，盡將諸法傳授，召雷驅電、喚雨呼風、縮地騰雲、移山倒海、斬妖捉鬼、退病除瘟諸法皆學精熟。惟不學扶胎救產、保赤佑童」。以下數十回，敘陳靖姑回鄉後，先後收伏猴精丹霞大聖、虎婆奶江氏、石夾奶姊妹，並為福州人民除蜘蛛精、挨拔鬼、妖僧鐵頭和尚等。陳靖姑隨後與劉杞蓮成婚，並隨之來到羅源巡檢任上。劉在靖姑的協助下，斷案如神，連破十多個疑案。第八十二回〈陳夫人祈雨捉蛇首　長坑鬼抱恨害婦胎〉，回應第二十三回陳靖姑執意不學扶胎救產之法，真人囑咐道：「決意不學，至二十四歲不可動法器。切記忽忘！」靖姑二十四歲這年，福州大旱，田焦苗槁，為了救民於倒懸，她一不顧青人之勸，二不顧有孕在身，毅然挺身而出：

> 夫人獨至大橋白龍江布洋坪作法，緣身懷三月胎孕，將胎存於母家桶榁下方落洋坪。左手執龍角，右手執寶劍，渡片席於江中，舞劍吹角，步斗行罡，念真言，召動功曹，表達天庭，立時濃雲密布，大降甘霖。夫人不避風雨，猶在江中舞蹈不輟。……是日，(長坑) 鬼聞夫人來祈雨，有胎寄母家榁下，又在江中做法，遂同蛇首潛入下渡陳家，盜胎與蛇食之，仍至江中伏於水底偵害夫人。夫人祈降甘霖已足，忽腹中胎毀血崩，不勝疼痛。洋坪將沉，看見蛇首在水底拖墜，夫人知被暗算，奈神散體軟，聽之拖墜。忽天上降鴨三個，銜洋坪席浮起，夫人已墜在水復浮，因洗清淨，復整精神。那鬼與蛇頭見夫人仍能施法，即同逃走。夫人追之，鬼走無蹤，惟拿住白蛇首坐於胯下，騎回臨水宮。因墜胎落水，風寒侵入臟腹，未學救產之術，不能自救。

陳靖姑為了救民而獻出年輕的生命。靖姑羽化後，又從師學得救產扶胎之法，「凡有人間胎產，遠近呼之必到拯救」。天帝遂以陳靖姑為臨水夫人，閩王亦於古田臨水宮賜額「龍源廟」。當然，陳靖姑同他的姐妹縛磔了長坑之鬼，報仇雪恨，為民除害（第二十二回靖姑曾有他日成法，必收害民的長坑鬼之誓），詳八十三回。據明萬曆本《道藏》本《搜神記》和《晉安逸志》，陳靖姑為古田人。據〔民國〕《古田縣志》卷二十三載，古田城區祭祀臨水夫人的廟宇多達七座，福州地區及閩東一些縣也有臨水夫人的廟，至今有的仍香火不絕。前於《閩都別記》，對陳靖姑事蹟的載述都比較零散。小說的作者把這些故事加以集中、潤飾、加工，使這一故事的內容更加豐富生動，使陳靖姑這一人物形象變得更為豐滿、性格更為鮮明。《閩都別記》的作者把福州地區人民本來就比較熟悉的歷史人物或傳說中的人物大量寫入小說，並進行藝術加工，無疑迎合了這一地區讀者的心理。這也是這部篇幅巨大的小說長期以來在民間廣泛傳抄、流布，至今仍擁有相當多讀者的一個重要原因。

由於整部《閩都別記》是由大小各種各樣的故事聯綴而成的，所以小說也很難有一種統一的風格。大抵言情的故事纏綿悱惻，講史比較注重史實，嚴肅有餘而生動不足，文人故事風流儒雅，市井傳聞詼諧卻難免流於粗俗，神鬼故事變幻詭奇然而使人難於盡信。除了陳靖姑的故事，書中鐵麻姑也是讓讀者喜歡的人物，有關故事也很引人入勝，頗具可讀性。小說開頭幾回寫周啟文與吳青娘避亂於東山榴花洞。洞內環境有如仙境，兩人以石榴為食，吟詩作對，情趣高雅。他們雖然產生了相互愛慕之情，但仍以兄妹相稱，愈加脫俗，有種令人耳目一新之感。第二百八十回前後，寫明代鄭唐風流倜儻，為人喜戲謔，詼諧之狀可掬，又令人想起徐文長。

小說精彩片斷頗多。可惜沒有一兩個主要人物在書中起主導或核心作用，結構也顯得比較鬆散。其中明代一些講史回目，與閩地閩人閩事關係並不密切，徒占不少篇幅。小說的故事，最初或出於民間流傳，或出於說書人之口，為了迎合小市民的口胃，編纂者對一些粗俗的故事、細節也仍然津津樂道。迷信的思想，善有善報、惡有惡報的因果說教，在書中也隨處可見。

《閩都別記》用的是淺近的文言文，時或夾雜著福州方言俚諺，像「沉東京浮福建」、「看見枇杷葉，思量家母舅」、「潭貼牳」等，今天在民間還廣為流行，特別是小說講的是以福州地區為主，七百年間大家較熟悉的人和事（包括神話和民間傳說），所以很受這一地區讀者的喜愛。但是，對於不懂得福州方言的讀者，對於那些缺乏福州地區山川地理知識、對福州歷史很生疏的廣大讀者來說，語言和習俗卻成了閱讀時的障礙。《閩都別記》一書在閩江下游以及閩東一帶很受歡迎，但在有一定語言隔膜的閩南、閩西、閩北的反應相對冷漠。這樣，作為通俗文學樣式的小說，在全省範圍內就較難相互交流，一部小說的產生也不易於得到全省各地的認同。本省交流尚且不易，要引起各省讀者的重視更難。一部小說如果缺乏地方語言的色彩，它的鄉土特色就會受到影響；而具有濃厚鄉土特色的福建地方小說，它的傳布又往往受到一定限制，這是很難處理的一對矛盾——或許也是限制福建產生在全國有影響的小說的原因之一。這一矛盾，在使用北方方言的中原諸多省分並不存在，即使存在也不那麼突出。

第四節　區域文學總集和區域詩話

一　區域文學總集的纂輯

福建區域性的文學總集，始於晚唐五代黃滔編纂的《泉山秀句集》（今佚）。明代袁表、馬熒編了《閩中十子詩》，鄧原岳編了《閩中正聲》，徐熥編了《晉安風雅》，曹學佺編了《福建集》，上一章我們已有論述。清初至清中葉是福建區域文學總集纂輯最活躍的時期。

這一時期纂輯的區域文學總集大體可以分為三類：一、全省性的文學總集。二、一郡一縣的文學總集。三、一縣中某家族的文學總集。

全省性的文學總集，主要有：

（一）林從直的《明閩詩選》、《清閩詩選》

從直，字白雲，號古魚，侯官人。乾隆九年（1744）舉人，有《白雲稿》。〈明閩詩選自序〉：「先君子採集名人，留心先哲，已有餘稿，但未全備，余敬而輯之。」梁章鉅《退庵詩話》云：「（《清閩詩選》）自順治至乾隆之初，收四百餘人，計詩一千一百六十餘首。」（均引自〔民國〕《福建通志》〈藝文志〉卷七十一）《清閩詩選》網羅未廣，且「可已而不已者居其半」（《注韓居詩話》，《國朝全閩詩續錄》卷九），擇取未必精當，不免有陋略之譏。卷末又附以《白雲外集》一卷，更有蛇足之嫌。

（二）黄日紀《全閩詩俊》（海澄曹朝英校）

日紀，龍溪人。是編錄唐歐陽詹至清乾隆間三百廿七人詩。王圖選序以為歷來詩集「或錄其詩而略其人」，詩話「或記其人說遺其詩」。《全閩詩俊》則各人一傳，人錄一詩或數詩，「紀其人可以論其世也，錄其詩可以逆其志也」。「斯集表前哲之風流，為後學之宗法」。除了傳與詩，間採諸家評論附於後，例如曹學佺，作者採葉進卿、錢受之、《靜志居詩話》各一條。作者於清詩登錄多不當，漳州一地多達三分之二以上，他郡詩人不及三分之一，福州的陳夢雷、張遠，泉州的丁煒等等都失收，漳州很有名的藍鼎元也被遺漏。

（三）鄭傑《全閩詩錄》

鄭傑，字昌英，侯官人。嘉慶初錄唐至明代詩數千家，又錄清初至乾隆四朝詩五百餘家，卷帙浩繁。傑決定先將清初四朝詩名為《國朝全閩詩錄、續錄》付梓，工未及半而卒。其父及其友齊翀促成之。齊翀〈閩詩錄序〉云：「昌英語予曰：吾閩自有唐至今，代多風雅之士，吾恐其久而多所湮沒也，因旁搜遠採，輯為《全閩詩錄》若干卷，每人必詳考其生平出處，兼折衷眾論，時或附以己意，旁注其後，俾覽者有所稽考，庶幾知人論世之一助乎！」《國朝全閩詩錄》付梓時，作者尚在世，當是按作者稿本刊刻的。鄭傑去世後，自唐迄明稿本百餘冊，輾轉流落於同鄉郭柏蒼處[45]。柏蒼獨取明一代之稿刻之，於原稿多所訂正，又於詩人姓名爵里下附己所撰《柳湄詩傳》，並將書名易為《全閩明詩傳》，於光緒十五年（1889）刻印成書，多達五十五卷，二十八冊。其餘書稿又輾轉入陳衍手[46]。陳衍為其訂補，如宋代原輯僅百餘人，補至五百餘人；元代僅十餘人，補至百餘人，分為六集四十一卷，名為《閩詩錄》，於宣統三年（1911）刊行。郭柏蒼和陳衍都是《全閩詩錄》之功臣，鄭傑必無憾於九泉之下。唯《全閩明詩傳》和《閩詩錄》未能注明哪些為鄭稿原輯，哪些是補編者所增。按《國朝全閩詩錄、續錄》體例，時或附以作者所撰《注韓居詩話》，陳衍補《閩詩錄》也加以保留，而郭柏蒼補《全閩明詩傳》則刪削而益以《柳湄詩傳》，失去原貌。

《全閩詩錄》的編輯，仿朱彝尊《明詩綜》體例，編者除了引用各家評品外，所附《注韓居詩話》間存軼事，並有自己的評論。《注韓居詩話》對詩人的品評，多數準確明快。如評葉矯然詩云：「五古取法魏、晉，得力於陶尤多。」「七言亦饒有氣力。」（《初集》卷三）評林澍蕃詩云：「大抵一氣呵成而無摹擬之跡。五言勝於七言，古體勝於今體，揆其根柢蓋得力於唐以前者為多。」（《初集》卷十九）《注韓居詩話》論詩大抵不滿竟陵，其評藍漣《臨倪遷畫》詩云：「詩之空疏者必流於鄙俗，則高、李之後不必有竟陵。」（《初

---

45 郭柏蒼（1815-1890），字蒹秋，又字青郎，侯官人。道光二十年（1840）舉人，官內閣中書及主事，有《烏石山志》、《竹間十日話》、《萇柎草堂集》、《柳湄小榭詩》等十餘種。

46 陳衍（1856-1937），字叔伊，號石遺老人，侯官人。光緒八年（1882）舉人，曾入張之洞幕府，歷任北京大學、廈門大學教授。著有《石遺室詩集》、《石遺室文集》、《石遺室詩話》，輯有《近代詩鈔》、《元詩紀事》等。

集》卷六）又不滿明代閩中詩派：「前明……言詩非惑於嚴滄浪『詩有別才非關學』一語，即淪於高廷禮初、盛、中、晚之分，溺於所聞，毀所不見，數百年於茲矣，可勝嘆哉。」（《初集》卷十五）鄭傑對當時正在興起的「今日閩派」——宋詩派相當關注，其評鄭方坤云：「張惕庵先生歷舉諸先正而殿以先生，嘆其千匯萬狀，出入韓、蘇，蓋衍今日之閩派者也。」（《初集》卷十二）《注韓居詩話》對前人和時人的意見並不盲目信從，朱仕琇是入清後閩人古文大家，他認為古文之道與詩之道不同（詳第二節），鄭傑則云：「至於績學為經，精思為緯，始難終易，由淺入深，詩誠有之，文亦宜然，舉一廢一，尚未免一偏之見也。」（《初集》卷十五）

（四）梁章鉅《東南嶠外詩文鈔》、《閩詩鈔》

梁章鉅（1775-1849），字閎中，又字茝林，晚年自號退庵，長樂人。嘉慶七年（1802）進士，官至江蘇巡撫兼署兩江總督。一生著述多達數十種，主要有《藤花吟館詩鈔》、《退庵詩存》、《退庵隨筆》、《歸田瑣記》、《浪跡叢談、續談、三談》、《南浦詩話》、《東南嶠外詩話》、《閩川閨秀詩話》，《文選旁證》等。《退庵自訂年譜》：「己巳（嘉慶十四年，1809），三十五歲，仍赴南浦講席，輯《東南嶠外詩文鈔》若干卷，陳恭甫為之序。」[47]梁章鉅雖然活到道光二十九年（1849），因《東南嶠外詩文鈔》輯於嘉慶間，故仍放在本章論述。《民國福建通志》〈藝文志〉卷六十九所著錄有《東南嶠外詩鈔》和《全閩明詩鈔》，而無《東南嶠外詩文鈔》和《閩詩鈔》，並懷疑章鉅所輯或僅有詩而無文。梁章鉅《歸田瑣記》卷六《已刻未刻書目》

47 陳壽祺〈東南嶠外詩文鈔序〉篇首有「嘉慶壬申春」云云，壬申為嘉慶十七年（1812）。《東南嶠外詩文鈔》輯於己巳，陳序於壬申。章鉅為了敘述方便，將陳序附於此年。實際上，陳序稱章鉅為儀曹，時間當在甲戌（1814），詳《退庵自訂年譜》。

云：「《東南嶠外詩文鈔》三十卷，陳恭甫編修序，皆錄五代以前作，未刻。」又云：「《閩詩鈔》五十卷，皆錄宋以後至國朝各詩，未刻。」梁章鉅這兩部文學總集始終未刻，部分手稿先後輾轉至楊浚和謝章鋌之手，往後就不再見學者提起。陳壽祺〈東南嶠外詩文序〉評是書云：「由五代上溯三唐、六朝，捃摭殆備，又各具其爵里事蹟，於是嘆儀曹用心深至，俾學者誦讀古人詩書，有以知人論世而不迷於遠也。」又云：「今儀曹斯編博而能核，所以綿墜緒而振來葉，使古之立言賴以益不朽，視前人纂錄之勤，奚翅倍蓰耶？」梁章鉅對這兩部書也情有獨鍾，屢屢言及，或因卷帙過繁，不能付梓，實為閩省文獻一大憾事。

一郡一縣的文學總集以鄭王臣的《莆風清籟集》最重要。王臣，字慎人，一字蘭陔，莆田人。乾隆二十一年（1756）貢生，為蜀中州判，累遷蘭州府，卒時年四十餘。該書六十卷，專採莆田人詩，自唐迄清乾隆間，包括仕宦、方外、閨秀以及無名氏、石刻、讖語、雜謠諸作，五十四卷以下旁及仙遊縣。五十七卷為宦蹟，五十八卷為遊蹤，五十九卷補人，六十卷補詩，凡一千九百餘人。姓名下具載科第官階，間採前人詩評，綴以王臣所撰《蘭陔詩話》，「體例與吳孟舉之選宋詩、朱竹垞之選明詩大略相仿。亦一隅文獻之資也」（《注韓居詩話》，《國朝全閩詩錄初集》卷十六）。「莆田文物於閩中稱極盛」（《錢琦〈莆風清籟集序〉），宋明詩人輩出，可與會城比美。《莆風清籟集》雖經編者取捨，但從集中所選大略可以窺探莆田自唐迄清中葉詩歌的發展、詩風的衍變，為研究一郡一縣數代詩歌提供了方便。

《蘭陔詩話》和《注韓居詩話》一樣，沒有單刻本；《蘭陔詩話》從集中的輯出單獨刊行，也只能等待來日。《注韓居詩話》說《蘭陔詩話》「於詩首各附《詩話》一則」並不十分準確，鄭王臣有時除了「詩首」附一則《詩話》，又在具體作品下附一至二則，例如明萬曆進士林克俞，詩首已有一則，〈魏將軍歌〉後、〈南溪〉後又各附一則，共三則。鄭王臣論詩，也是力排竟陵，他於明崇禎中諸子黃標下云：「至隆、萬間，景陵邪說盛行，吾莆如宋比玉、姚園客諸君皆與鍾、譚定交而不為所染。厥後如頤社、紅琉璃社、遺老諸名流多降心從之，風雅漸替，故其遺集具在，所取特少。」（卷三十六）較之鄭傑的《注韓居詩話》，《蘭陔詩話》似更注意一地詩風的衍變，卷十明正統進士周瑩下云：「正統間，吾莆風雅凌替，鶴洲（周瑩之號）力追古調，與吳下劉欽謨相唱和，欽謨雅推重之。每奏一篇，人爭傳誦，莆詩為之一變，起衰之功偉矣。」卷四十三清康熙進士林麟焻下云：「明末竟陵邪說盛行，同安蔡敬夫率先從風，吾鄉諸多流多染其習，風雅淩替。及國初林澹亭兄弟與宋牧仲、葉井叔唱酬，玉巖（林麟焻之號）又從王阮亭學詩，歸來告諸鄉人，互相切劘，一洗從前之習。郭友日（鳳諧）贈詩所云『汝從早歲帝鄉歸，江左文章生面開。』是也。」鄭王臣是莆田人，故對本地的文獻掌故比較熟悉，其《詩話》訂正了前人的一些失誤。卷七元至正布衣郭完下，認為壺山文會為二十二人，並一一列其姓名，指出錢謙益所云十二人之誤。卷三十四。明宋珏下，指出《茉莉曲》為宋珏所作，而《列朝詩集》誤為王百穀。《蘭陔詩話》還詳細地記載了莆田歷代各種文會、詩社的參加者和活動情況，為詩人們的唱和提供了一些背景材料。卷三十九清順治諸生常澍條下還記載了詩社的一種特殊文具——牌的形質和功用：「莆中詩社多尚拈牌，牌凡六百扇，或牙或木為之，廣六分，厚一分，以一面刻字，一面空白。平聲三百字飾以朱，仄聲三百字飾以墨，人分百二十字集以成詩。雖欲因難見巧，然字有制限，殊難得合作也。」為其他詩話罕見。

當然，《莆風清籟集》也有缺陷。鄭王臣把仙遊別為三卷，未嘗不可，「然蔡襄、蔡京、蔡卞本為同里。襄以名流推重，遂收之莆田，京、卞以奸跡彰聞，遂推之仙遊。鄭樵夾漈草堂，今仙遊尚有遺蹟，而以其博洽，又移之莆田，則亦不符公論矣」（《四庫全書總目》

卷一九四)。莆田、仙遊二縣在唐屬泉州，泉州在唐可以包莆田，而宋興化軍不能包泉州，況且晉江始終屬泉州，故唐晉江人歐陽詹不宜入選。唐林寬為侯官人，翁承贊福清人，收入是集，均誤。而莆田人失收者，宋有陳易等十餘人，元有林以順數人。

前於《莆風清籟集》，明末清初莆田人周聞等已選編《莆陽風雅》一書，收「百七十人，得詩五百六十首」(《莆風清籟集》卷三十六)，至乾隆時鄭王臣已見不到該書。其他郡縣的文學總集，有龍溪姚作楫編的《漳儒文薈》，郭成序云：「輯郡中先進文，自唐周名第至清詹兼山，凡詩賦、疏表、書啟、序記……無弗收也。其編次以年代分先後，其首各係以小傳。」上杭周維慶《閩汀文選》，自序云：「吾汀唐始為郡，與中原並……考諸郡志，其著述所紀編不下百千卷，而得諸故家，訪之耆宿，斷簡殘編，百不獲一。因命諸子方偉旁搜遠攬，探名山之藏，訪故舊之遺，求諸衣冠華胄之家，凡經國之訏謨，敷奏之碩畫，詩歌、古文、辭賦、碑銘諸體，亦足以見何地無才也。」晉江尤天興編《溫陵先正文藏》，朱仕琇云：「由明成化至崇禎，凡九世，自蔡文莊公而下凡一百三十有二人，得文共二百七十有三篇……今編中於諸家皆取其散逸未經收拾者，其餘則廣搜旁輯，雖人所繫僅一二篇，亦闡幽之義也。」(均引自〔民國〕《福建通志》〈藝文志〉卷七十一)

家族性的文學總集，比較重要的有侯官許氏家集《篤敘堂詩集》，錄明許豸至清許良臣五世七人詩。以許氏有篤敘堂，董其昌題其額。因名。《垂露齋唱和集》，此集錄建安鄭方坤四女鏡蓉、雲蔭、青蘋、金鑾詩。《長林四世弓冶集》，侯官林其茂編，此集錄其茂曾祖林逸、祖秉中、父贊龍及己作，收集其家四世之詩。《東嵐謝氏明詩略》，長樂謝世南編，此集錄明代東嵐(在今平潭)謝氏九人(磐、士元、文著、廷秀、廷柱、杰、汝洋、汝韶、肇淛)詩。《江田梁氏詩存》，長樂梁章鉅編，此集錄長樂江田梁氏詩。

以上我們列舉的，只是入清之後閩人文學總集的一部分，但已可窺見這一時期閩人纂輯地方文學總集成就的一斑了。入清之後，全國各地編纂地方文學總集似成為一種風氣，例如汪森編《粵西詩載》、《粵西文載》，梁善長編《廣東詩粹》，宋弼編《山左明詩鈔》，吳定璋編《七十二峰足徵集》，王之珩編《東皋詩存》，孫翔編《崇川詩集》等等，都是以某一區域為對象的文學總集。國家對文獻的搜集整理的重視，也是促成閩人纂輯區域文學總集的重要因素。康熙間，康熙帝親自主持了多達九百卷的《全唐詩》、七十四卷的《全金詩》、三百一十二卷的《四朝詩》、四百八十六卷的《詠物詩選》的工作；乾隆間，則開展了全國性的徵書工作，編輯了卷帙浩繁、工程巨大的《四庫全書》。在這種情況下，閩人對纂輯地方文學總集表現出空前的興趣和熱情，也是完全可以理解的。

文集（包括別集和總集）的整理、搜集和刊行，是文學研究的第一步工作。南宋閩清的蕭德藻，他不僅是著名詞家姜夔之師，還被楊萬里稱為與范成大、尤袤、陸游齊名的詩人，由於其所著《千巖擇稿》已散佚，後人很難深入加以研究，文學史著作只能付其於闕如。明代鄭善夫的《少谷集》，至清乾隆，三百年間凡九刻，不僅《明史》對他有較高評價，海內談詩家也往往及之。陳壽祺十分明白這一道理，不僅校定了唐莆田林蘊的遺文和福清王棨的《麟角集》，還奏請朝廷同意刊刻黃道周集。如果說沒有其別集就無從對該作家進行研究的話，那麼離開區域性的文學總集也就無從對該區域的文學作深入的研究了，因為不是所有的作家都有集子，不是所有的集子都能傳世，乾隆之前《莆風清籟集》錄詩人一千九百餘人，能有集子傳世的充其量不超過百家，不少詩人的作品恐只能靠這部集子傳世，研究福建歷代文學、特別是莆田一地的文學也就離不開這部集子。乾嘉時期，一些有識之士一方面痛惜閩地文獻的嚴重散失：「考唐、宋《藝文志》，慨然於吾閩文獻之不足，然竊念零珪斷璧，猶可求什一於千百，惜世無有冥搜而博討之者，故湮沉彌甚。」一方面指出搜集文獻的刻不容緩：「痛故鄉藝文之散棄，遠者百年，近者不及數十年，大半煙銷露滅，即其子孫莫能守，何況千載以上。嗚呼！此誠鄉士大夫後起者之責也。」（陳壽祺〈東南嶠外詩文鈔序〉）

文集的整理、搜集和刊行，還能擴大福建區域文學的影響，讓全國都能了解福建文學和福建作家的成就，並對福建文學和作家作出客觀公正的評價。福建本來就遠離中原，其地理位置又比不上江浙，人們本來就了解不多，如果沒有足夠的文集讓人參考，這樣，想在全國的文壇上取得較重要的地位就很難了，齊弼〈國朝全閩詩錄序〉就指出了這一值得令人深思的問題：「予謂閩人不善為名，故文采風流不足爭衡上國，非獨地勢限之，亦緣無好事者流為之搜採，時為表章。」看來，文學作品的搜集、整理、結集出版對促進文學發展也是重要的一個環節，乾嘉時的作家能認識到這一點並付諸實踐，正表明了福建文學已經進入總結、提高的重要階段。

二　區域詩話的纂輯和編寫

清順治到道光中，閩人所著的詩話有十餘種。這一時期詩話的編寫，就數量來說，是南宋之後最多的。和宋代閩人詩話相較，清初至清中葉的詩話有三個顯著特點：一是篇幅擴大。宋代閩人的詩話，除劉克莊的《後村詩話》、魏慶之的《詩人玉屑》，篇幅都不太大，有的甚至難於獨立成書；清初至清中葉的詩話，像鄭方坤的《五代詩話》、《全閩詩話》，鄭王臣的《蘭陔詩話》都多達千條，其餘各種，至少規模沒有特別狹小的。二，十餘種詩話中，以區域為特徵的占半數以上，閩人論閩詩，為這一時期閩人詩話的重要特點。三，詩話的編者或作者，不少人都編過文學總集，見識頗廣，鄭傑著有《注韓居詩話》，編有《全閩詩錄》；鄭王臣著有《蘭陔詩話》，編有《莆風清籟集》，已如前一小節所述。編有《東南嶠外詩文鈔》的梁章鉅，則著有《東南嶠外詩話》、《南浦詩話》、《長樂詩話》和《閩川閨秀詩話》等。鄭方坤輯有《五代詩話》、《全閩詩話》，還編有《歷代文抄》、《本朝詩抄》，《嶺海文編》、《嶺海叢編》等。

葉矯然的《龍性堂詩話》是入清之後閩人的第一部重要詩話。矯然，字子肅，號思庵，閩縣人。順治九年（1652）進士，官工部主事。於書無所不讀，尤長於詩。《注韓居詩話》云：「思庵詩五古取法魏晉，得力於陶尤多。嘗自顏其軒曰『慕陶』。七言亦饒有氣力。所著《龍性堂詩話》，謂『作詩須生中有熟，熟中有生』。又謂『作詩高手首在煉意，而煉格次之』。又謂『予最喜昌黎、長吉、義山、子瞻四公詩，間有所得，輒標識於上』。觀此則其生平命意具可見矣。」（《國朝全閩詩錄初集》卷三）矯然論詩，於宋詩有所回護，於明閩中十子則有微詞，於明前後七子、竟陵、公安並不廢棄。《龍性堂詩話》有初集、續集，淹貫古今，並不專論閩詩，而引閩人詩話和論閩人、閩事者有二十餘條。其論唐人林寬〈寓興〉一律，以為「悲感情深」，並為「選本多不錄」而遺憾。李贄被衛道士們視為異端，葉矯然並不這樣認為，《詩話》記其交遊云：「李卓吾與公安二袁稱為知交，小修贈李詩云：『座中鸚鵡人如在，樓上元龍氣不除』，想見禿翁鬚眉。黃東厓〈過通州墓下〉云：『窮年墨汁翻青簡，到老霜刀送白頭』，讀之令人下淚。」曹學佺是明季閩中重要詩人，葉矯然對他是敬重的，但又指出：「曹能始入蜀以後詩，才力漸放，應酬日煩，率易頗多，都無持擇，失其少年面目。」不為尊者諱。像建陽明遺民黃瀓之詩，不見他家品評，而矯然則拈出表彰，云：「世人稱閩派者，真不知子都之姣也。」

鄭方坤的《全閩詩話》是第一部福建區域性詩話。鄭方坤，字則厚，號荔鄉，侯官人，寄籍建安。雍正元年（1723）進士，官至兗州府知府，平生銳意著述，除上文已提到的，還有《蔗尾詩集》、《本朝名家小傳》、《五代詩話》等。方坤之詩，「皆極熨貼，而縱筆所之，險韻奧語，層見疊出，百寶流蘇，龍象蹴踏，時溢奇怪，於古體之中，兼松陵、眉山之勝」（金德英〈蔗尾詩集序〉），「荔鄉一變，遂開生面」（鄭方城〈蔗尾詩集序〉）。由明十子之調、晉安之派，轉而學宋。方坤論詩，推崇韓、蘇，力攻嚴羽詩非關學之非。

《金閩詩話》十二卷，朱仕琇曾為之序[48]，而《四庫全書》本失收該序。《詩話》評論閩詩人及少數詩關閩地閩事的非閩籍詩人七百一十六家，據《四庫全書總目》卷一九六統計共採書四百三十八種，摭拾繁富，「上下千餘年間，一方文獻，犁然有徵，舊事遺文，多資考證，固亦談藝之淵藪矣」。此書都是採摭其他詩話、筆記、文集而成，沒有編者本人的評論和按語，是一部純資料性的詩話，可資研究歷代閩詩及福建文學發展者參考。

至於它的缺點，依筆者所見還不在於四庫館臣所言的「細大不捐」，而在於：一、體例欠純。體例方面有兩個問題，其一是詩話收不收詞、賦的評論。卷一黃滔條，錄了《容齋四筆》評黃滔賦二則[49]；卷二張元幹條，錄了《揮麈後錄》、《苕溪漁隱叢話》評張元幹詞各一條。如果這部詩話要兼收詞、賦的評論，自成體例，亦無不可，但這樣一來，全書失收的條目就很多，兩宋詞人且不論，就清初丁煒的《紫雲詞》、朱彝尊評論的就不少。其二是詩關閩地閩事的非閩籍詩人，唐五代之前，錄了郭璞、到溉、謝朓、江淹、李白等十數人，可謂詳備，而宋只錄元絳、程師孟數人，元以下幾乎不錄。眾所周知，宋、元以後入閩的詩人漸多，大家如陸游、薩都剌等等都在閩地寫下大量作品。二、詩人失載。《莆風清籟集》載歷代詩人一千九百餘家，全閩乾隆中以前的詩人，如果以莆田籍詩人一倍計，恐怕將近四千家。當然，不能要求《全閩詩話》搜羅無遺，但至少有些較重要的

---

48 見《梅崖居士文集》，卷十七。

49 鄭方坤《五代詩話》卷六黃滔條，不錄《容齋四筆》此二則。

詩人，《詩話》不應失載。例如元末明初的閩縣吳海，著有《聞過集》八卷，王偁曾編刻行世，並稱其為近時閩中巨擘。明初龍溪林弼有《林登州集》二十三卷（收入《四庫全書》），《閩中錄》稱其詩為十子先導之一。明初還有長樂陳全，著有《蒙庵集》，曹學佺《石倉十二代詩選》錄其詩數卷，朱彝尊《明詩綜》登錄其詩，《靜志居詩話》卷六也有評論。三，評論材料失收。以方回的《瀛奎律髓》為例，鄭方坤的《詩話》就失收卷四十六評林寬〈少年行〉一則（林寬亦失載）；失收卷四十七評黃滔〈遊東林寺〉一則[50]；楊億詩，失收卷三評〈漢武〉、〈明皇〉、〈成都〉、〈始皇〉各一則，卷六評〈書懷寄劉五〉二則，卷二十七評〈梨〉一則；失收卷四十二評楊時〈寄長沙簿孫明遠〉一則，等。我們指出這些，主要是為了求《全閩詩話》之「全」。薩玉衡曾補「全閩詩話」二卷，可惜書已散佚，不得其詳。

鄭方坤又有重編《五代詩話》一種。《五代詩話》，王士禛原編，方坤得其殘稿，乃採摭諸書，重為補正。原本六百四十二條，刪去二百一十六條，補入七百八十九條，共成一千二百一十五條，「凡所增入，仿宋庠《國語》補音、吳師道補正《戰國策》之例，各以一『補』字冠之，使不相混」；引書多達三百二十六種，「五代軼聞瑣事，幾於搜括無餘，較之士禛原書，則賅備多矣」（《四庫全書總目》卷一九六）。然體例也有不純處。《五代詩話》卷六為閩詩話，也屬區域詩話範疇。較之《全閩詩話》，《五代詩話》卷六多錄崔道融、陸希聲、陳誼、印粲、劉昌言五家；卷一國主、宗室詩話多錄閩王王審知、閩王王延羲二家，內容都有關閩人閩事。由於《全閩詩話》較晚出，採摭又較《五代詩話》完備，例如徐寅條，《全閩詩話》多採《十國春秋》二則。

如果說鄭方坤的區域詩話只是做些輯錄性工作的話，那麼，梁章鉅的詩話就有比較多自己的看法和意見。梁章鉅一生所著詩話，有

50 此則《五代詩話》亦失收。

《長樂詩話》（據《自訂年譜》作於嘉慶十一年，即一八〇六年，主講浦城南浦書院時），《東南嶠外詩話》（作年約與編《東南嶠外詩文鈔》同時，即嘉慶十四年），《南浦詩話》（作於嘉慶十五年），《三管詩話》（評廣西詩人詩，約作於道光十六年，即一八三六年撫廣西之後數年中），《閩川閨秀詩話》和《雁蕩詩話》（作於道光二十七年，即一八四七年，就養溫州署中）。除了後二種詩話，均作於鴉片戰爭之前。有意思的是，不論是有關福建的詩話，或者外省的詩話，都屬於區域詩話的範疇。

江淹〈別賦〉云：「春草碧色，春水綠波，送君南浦，傷如之何！」建溪支流南浦溪流經浦城，《南浦詩話》得名於此。全書八卷，前七卷錄唐至明浦城詩人九十四目，卷八為宦遊之作。其〈例言〉云：「或以人存詩，或以詩存人。其他名人投贈往來之什以次相附，並各注明所引之書。」「是編意在抱殘守缺，不專論詩，故零星掇拾，細大不捐，亦間有美聞軼事，弗忍捨置。及蒙識所及，足以訂志乘之誤者，雖於詩無取，仍附為按語於後，將以助一方之掌故。」這部詩話雖然僅限於收浦城一邑的詩人（另有宦遊一門乃與浦地浦事有關），然而這個縣僅兩宋就出過五十九位詩人，像楊億、真德秀、葉紹翁、謝翶、真山民等在宋代都是比較重要的詩人；元代的楊載，則是元詩四大家之一，故不得以一縣之詩話忽視之。此書採摭較豐富，又都註明出處。像寫過「滿園春色關不住」的葉紹翁，傳詩雖不多，但詩話除引《宋詩紀事》外，又廣徵《吳禮部詩話》、《詩人玉屑》、《前賢小集拾遺》、《宋藝圃集》等書，輯其詩及有關交遊評論資料。梁章鉅對葉紹翁的籍貫，則以按語的形式考證之。作者舉紹翁《四朝聞見錄》「高宗航海」、「浦城鄉校芝草之瑞」二條，證明紹翁實為浦人。以為《四朝聞見錄》自題為龍泉人，「而《浦城縣志》轉佚其名，是不知龍泉本為流寓」。《宋詩紀事》作建安人，「而建安可統浦城」。「吳充」條，則指出吳充登吳溱榜進士，在景祐五年，而

《三山志》誤作四年。《浦城縣志》〈吳充傳〉云登景祐五年進士，於選舉門則俱作寶元元年，「例欠畫一」。吳充傳詩及生平資料不多，梁章鉅從《王荊公詩自注》、《明道雜誌》、《至元嘉禾志》、《延祐四明志》鉤沉數則，又從宋人諸種別集中覓出諸家和吳充之詩數首，一則可以窺見吳充所寫詩的詩題，二則可探究其交遊之一斑，甚為難得。從《南浦詩話》中，我們還可以窺探一邑某旺族詩歌創作的興替及其家學。王明清《揮麈錄》載浦城章氏盡有諸元，說的是章氏科舉之事；梁章鉅則錄章德象以下一族十五人詩，以見浦城章氏一族家學之有自。又從《武夷新集》等書鉤沉六則以補《章氏譜》之缺。章鉅治區域文學嚴謹如此。

《東南嶠外詩話》十卷。《藝文類聚》卷五十五載江淹《自序傳》云：「（建平）王遂不悟，乃憑怒而黜之（指江淹），為建安吳興（今浦城）令。地在東南嶠外，閩越之舊境也。」詩話得名於此。章鉅另輯有《東南嶠外書畫錄》和《東南嶠外詩文鈔》，然今天所見《東南嶠外詩話》評閩詩，僅限於有明一代，起於藍仁、藍智，止於周益祥、顏廷榘，凡二百零三目。《詩話》以詩人立目。一目之下，先敘作者傳略，間或考證生平、討論集子版本，次輯諸家詩話評論，最後是章鉅本人的按語和意見。梁章鉅論詩，重雅輕俗。傅汝舟詩，《四庫全書總目》稱其「喜為荒誕詭譎之語」，梁章鉅鈔閩詩，僅允其「尤雅馴者」（卷四）。宋珏有〈荔枝詞〉長古一首[51]，《列朝詩集》載之，以為近古諷諭之遺，梁章鉅云：「今讀其詩，直攄胸臆，雜以方言，雖情景皆真，而殊遠風雅，故朱竹垞不之錄，余亦姑置之」（卷十）。他對「閩詩派」領袖人物林鴻、高棅僅抄錄四庫館臣評論而已，自己不置一詞。梁章鉅論詩反對刻意摹擬，以為刻意摹擬的作

51 宋珏，字比玉，明末莆田人。年三十，入太學，遊金陵，走吳越，後客死吳門。詩成，不留稿。

品終乏真情實感，所以對差堪與中原爭旗鼓的鄭善夫評價不高；相反，對徐熥，徐𤊹兄弟就相當欣賞，因為他們的詩不出摹擬，情辭兼至。同樣，作者亦不喜追隨「七子」的那些浮響之作，而愛好「伉爽之音」的篇什（卷九）。梁章鉅評詩，亦時有新見。《四庫全書總目》論陳第，以為韻書妙有神解，遂為古音之開山，詩則信筆而成，非擅長，又稱其古詩多涉論宗。梁章鉅則舉〈詠懷〉諸詩，云：「識解既超，議論復正，勝朝名集中似此結構恐不可復得」（卷六）。《四庫全書總目》稱許獬詩大抵應試之作[52]。梁章鉅承認「獬之詩誠不逮文，雜體文亦不逮制文」，而又舉其《碧雲》五律，認為獬詩「不全是試帖口氣也」（卷九）。諸如此類，不煩枚舉。卷七錄長樂謝杰（繹梅）奉使冊封琉球所作〈梅花開洋〉詩[53]，章鉅按：「本朝冊封琉球，使舟皆由五虎門開洋，而梅花、廣石之名不著，繹梅為吾邑江田里人，熟悉其地，故獨著於詩耳。」此則有關掌故。此詩雖專論明代閩人詩，然閩詩乃明詩一大宗，研治明詩者不可不睹。在梁章鉅諸種詩話中，此書亦最有價值。

梁章鉅的《閩川閨秀詩話》作於道光二十七年（1847）就養溫州之時，為了便於論述，仍放在本節。此書亦仿《明詩綜》例，鈔輯閩川閨秀之詩，紀其姓名閭里事蹟，綴以詩話。縱觀全書，理論上並無多大建樹，然可採者有四端。一是保留清初至道光間閩川閨秀不少詩作。光緒十七年（1891）本力鈞〈跋〉云：「所載曾祖姑詩，家藏《白水山人舊稿》，此篇已佚，可見閩川閨秀賴以傳者亦不少。」二是訂正他書之失。卷一「張宛玉」條云：「閩縣張宛玉……舊金陵朱豹章參軍（文炳），自號月鹿侍史，吾鄉人，所熟聞。而《隨園詩

52 許獬（1570-1606），字子遜，金門人。萬曆二十九年（1601）會元，官翰林院編修。有《八經類聚》、《許鍾斗集》等。

53 謝杰（1537-1604），字漢甫，長樂人。萬曆二年（1574）進士。曾出使琉球，官至南京戶部尚書、總督倉場。有《北窗吟稿》等。

話》以為黃莘田妻，與莘田同有硯癖，捕風捉影之談，隨園老人往往孟浪如此。」三是此書錄鄭方坤、黃任及梁章鉅三家女詩人尤多。其中鄭家十一人，梁家十五人，所收似有過濫之嫌，然而亦可資此而研究其家學。四是評點名章秀句，畫龍點睛，吉光片羽，亦不無可採者。然此書遺漏不少。較讎亦不精。光緒間，謝章鋌之高足閩縣丁芸有感於此，又輯《閩川閨秀詩話續編》一書，都一百三十餘人，採收三、四十種，體例一仍原書。

梁章鉅一生著述達七十餘種之多，近年他的雜著已開始引起人們的重視和興趣[54]，作為文學史上一個比較重要的作家，他正在逐漸被人們所認識、所了解。但是，學術界對梁章鉅區域文學研究的豐富成果和所取得的成就則至今尚未加以肯定。梁章鉅所編纂的文學總集已遺佚，可暫且不論，而他所著的區域詩話，無論是數量還是質量，在福建地方文學史的發展過程中都遠遠超過前人，就是在他去世後的百年間也沒有任何人可同他相比。

梁章鉅道光二十二年（1842）因疾歸田，二十九年（1849）去世。在歸田的前兩年，即道光二十年（1840），英國侵略軍以鴉片貿易為藉口，用炮艦轟開了中國的大門。從此，中國淪為半封建半殖民地社會。二十一年（1841）七月，梁章鉅接江蘇巡撫任，旋即帶兵前往上海防備英軍的侵略，與陳化成將軍協力練兵練炮，「自吳淞至寶山口，數十里刁斗森嚴，軍民安堵」（《退庵自訂年譜》）。章鉅歸田本擬回福州老家，但福州已被闢為通商口岸，英軍占據了烏石山積翠寺，「直是有家歸不得，三山雙塔隔斜暉」（《北東園日記詩》其一）。遂卜宅早年執教的浦城，名北東園。梁章鉅歸田後，著述不衰，著名的筆記《歸田瑣記》、《浪跡叢談》、《續談》、《三談》等都寫於這一時

54 近年點校或影印出版的就有《歸田錄》、《浪跡叢談》、《樞垣紀略》、《楹聯叢話》、《稱謂錄》和《古格言》等。

期。梁章鉅晚年的著述以及鴉片戰爭之後福建文學的發展，筆者擬在另一本著作──《福建近代文學發展史》加以論述。這裡只做一點簡單的勾勒。

福建地處東南沿海，它經受了中國近代史上一些重要歷史事件，例如鴉片戰爭和馬江海戰的洗禮，湧現一批傑出的人物，如上文提到的江蘇巡撫梁章鉅，被稱為中國放眼世界第一人的兩廣總督林則徐，為抗擊英國侵略軍而壯烈犧牲於吳淞炮臺的江南提督陳化成[55]，先任福建船政大臣、後為清廷籌建海軍的主要人物沈葆楨[56]，被稱為最早向西方尋求真理的先進中國人嚴復，大量翻譯和介紹外國文學的林紓，戊戌變法六君子之一、獻身時年僅二十四歲的林旭[57]，黃花岡七十二烈士之一、犧牲前寫下催人淚下〈與妻書〉的林覺民[58]……而這些傑出的人物中，不少還是文學家或詩人。

在中國近代歷史的舞臺上，占籍福建的人物扮演了不少重要的角色[59]；在中國近代文學史上，福建文學更有輝煌的成就和突出的地位。在福建文學發展史上，近代是繼南宋之後的又一個最重要的時期。近代，福建不僅產生了一批在全國有一定影響的、傳統意義上的文學家和詩人，還產生了以翻譯文學作品為主要成就、開一代風氣之先的文學家。在新與舊的交替中，以標榜宋詩為幟別的同光派聲勢浩大，詩人眾多，餘波甚至尚傳於「五四」運動之後相當長的一個時期。這期間出現了十餘部詩話，像《射鷹樓詩話》、《海天琴思錄、續

55 陳化成（1776-1842），字業章，號蓮峰，同安人。道光二十二年（1842）六月，反擊英軍入侵，戰死。

56 沈葆楨（1820-1879），字幼丹，侯官人，官至兩江總督。有《夜識齋剩稿》等。

57 林旭（1875-1898），字暾谷，官四品卿銜軍機章京。有《晚翠軒詩集》。

58 林覺民（1887-1911），字意洞。曾留學日本，廣州起義被捕，從容就義。

59 《清代七百名人傳》，占籍福建者三十人，在各省中是比較多的。而近代多達十六人，也可說明一定問題。

錄》、《五百石洞天揮麈》、《石遺室詩話》、《十朝詩乘》等[60]，在中國近代文學批評史上令人刮目相看。詞的創作和詞籍的整理也有新的收穫，葉申薌為閩詞的復興吶喊於前[61]，編輯了第一部閩詞總集《閩詞綜》；謝章鋌為推動近代閩詞的發展鼓動於後[62]，其《賭棋山莊詞話》折衷常州、浙西二派的理論，是晚近的重要詞話之一。傳世的詞集，則有《小庚詞》、《酒邊詞》等十數種之多。小說的創作，魏子安的《花月痕》[63]、林紓的《踐卓翁短篇小說》（後易名《畏廬漫錄》）和中、長篇小說《劍腥錄》（一名《京華碧血錄》）、《巾幗陽秋》（一名《官場新現形記》）等，在近代文學史上也有一席地位；同時也證明，閩人在小說創作方面，並非沒有才能。至於嚴復和林紓的古文，則被桐城派宿儒驍將稱賞不絕。

近代福建文學，有以下三個顯著特點：

首先，具有強烈的愛國主義精神。福建海岸線長，港灣多，海上交通方便，有利於發展海外的商貿關係；另一方面，也容易受到外來侵略者的騷擾，明代嘉靖後倭寇的侵擾、天啟間荷蘭的犯邊就是例子。福建人民有著抵禦和反抗外來侵略的優良傳統，鴉片戰爭之後這一優良傳統進一步發揚光大，形成了強烈的愛國主義精神。近代福建愛國主義文學，反映了福建人民堅決反抗外來侵略的可歌可泣事蹟，表現了抗擊侵略者必勝的信念，歌頌了自己的民族英雄，揭露侵略者的暴行，並在不同程度上表達了對腐敗無能的清政府的不滿。這一時

60 習慣上，文學史把《五百石洞天揮麈》、《十朝詩乘》這兩部書的作者邱煒萲和郭則澐列入現代作家，但前一書作於光緒末年；《十朝詩乘》作於辛亥（1911）、壬子（1912）之際，成於乙亥（1935），而所論又是清代十朝詩，所以又放在近代論述。

61 葉申薌（1780-1842），字維郁，號小庚，閩縣人。官至河南知府兼護河陝汝道。有《天籟軒五種》。

62 謝章鋌（1820-1903），字枚如，長樂人。主詩陝西同州，江西白鹿洞，福州致用書院。有《賭棋山莊全集》。

63 魏子安（1819-1874），字子安，曾主講成都芙蓉書院。有《陔南山館文錄、詩集》、《陔南山館詩話》。

期，形成了一個無形的愛國作家群體，其中包括禁煙領袖林則徐、歸田大臣梁章鉅、任臺灣教諭的劉家謀[64]、在廈門虎溪岩練兵抗英的林樹梅[65]、定海失陷後隨民避難的張際亮[66]以及其後湧現出來的一大批作家和詩人。就形式而言，林則徐用他的詩，劉家謀用他的詞，林樹梅用他的古文，梁章鉅用他的筆記，林昌彝、魏子安分別用自己的詩話[67]，謝章鋌用他的詞和詞話，嚴復用他的政論文，林紓用他的翻譯小說，總之，各種文體都可以用來表現愛國主義的思想。還需要提一筆的是，晉江吳魯用一百五十餘首紀事詩組成的〈百哀詩〉[68]，憤怒控訴八國聯軍入侵北京的罪行，充滿義憤，在近代詩史獨樹一幟。

其次，吸收外來思想、文化的影響。同治五年（1866），閩浙總督左宗棠在福州創辦福州船政學堂，這所學堂是我國最早開設外國語和西方自然科學課程的學校之一。光緒二年（1876），沈葆楨、李鴻章會奏選派船政學堂學生赴英、法各國留學，於是，嚴復、薩鎮冰等一大批福建學子被派往英國學習[69]。嚴復學的雖然是海軍，但他和當時只注重學習西方資本主義皮毛（如兵艦器械）的洋務派不同，而把目光放在進化論、資產階級古典經濟學和政治理論上，在思想、文化上有意識地向西方尋求真理，大開了眼界，以求改變中國落後的面貌。林紓不是船政學堂學生，但他與該學堂首期學生、曾留學法國的

64 劉家謀（1814-1853），字芑川，侯官人。有《芑川合集》。

65 林樹梅（1808-1851），字瘦雲，金門人。曾參林則徐幕。則徐卒，遂鬱鬱以歿，年未五十。有《獻雲山人詩文鈔》。

66 張際亮（1799-1843），字亨甫，曾號松寥山人，建寧人，一生潦倒。有《張亨甫全集》。

67 林昌彝（1803-1876），字蕙常，又字薌溪，侯官人，掌邵武、海門書院。有《衣讔山房文集》、《射鷹樓詩話》、《海天琴思錄、續錄》等。

68 吳魯（1845-1912），字肅堂，晉江人。光緒十六年（1890）狀元，官軍務處總辦。有《正氣研齋文集詩集》等。

69 薩鎮冰（1858-1952），名鼎銘，閩侯人。留學歸國後曾充天津水師學堂教官。入民國，曾任福建省省長。

魏瀚關係密切[70]。他是一位不懂外文的翻譯家，他的合譯者之一閩縣王壽昌，也是船政學堂學生，曾留學法國。林紓另一合譯者嚴復之子嚴璩也留學過英國。林紓接受西方先進思想、文化，嚴格說，是間接接受。十九世紀末二十世紀初，一些作家的活動範圍擴大到海外。八國聯軍侵犯北京時，曾用英文草〈尊王篇〉申言中華民族不可侮的同安辜鴻銘[71]，曾在日本講東方文化數年；撰寫過《五百石洞天揮麈》的海澄邱煒萲是新加坡華橋[72]，曾回國深造，後來成為在海外有很大影響的文學批評家。

再次，保守思想還占有一定勢力。講到近代福建文學，文學的保守思想，人們很容易聯想到同光派閩派。同光派閩派在晚近詩壇上，的確是一個影響廣泛、詩人眾多的詩派。但正因為這個詩派延續的時間長，人數多，更不可一概而論。標榜宋詩並不能算一種過失。在甲申中法馬江海戰至戊戌變法前後，一些詩人也寫下一些愛國詩篇，林旭當然也算得上是此派的中堅。辛亥革命以後，多數詩人趨於保守，跟不上時代的步伐[73]，個別人甚至走向反面。嚴復和林紓積極翻譯和介紹西方的哲學、經濟、政治思想和文學，晚近少有人能同他們比擬，但他們從開始翻譯介紹外國作品之日起，都始終用淵雅的古文來寫作，這故有嚴復所辯解的「吾譯正以待多讀中國古書之人」(〈與梁任公論所譯《原富》書〉)——使那些思想頑固落後者也能接受西方

70 魏瀚（1851-1929），字季渚，侯官人。同治六年（1867）入福建船政學堂學習，光緒三年（1877）留學法國。回國後在船政局任監製。

71 辜鴻銘（1857-1928），祖籍同安，出生在馬來西亞檳榔嶼。曾入張之洞幕府。《尊王篇》英文名為《Papers From a Viceroy's Yaman》。

72 邱煒萲（1874-1941），又名菽園，原名德馨，字萱娛，海澄（今屬龍海）人。六歲去新加坡，曾回國深造，二十歲中舉。有《五百石洞天揮麈》、《揮麈拾遺》、《嘯虹生詩鈔》等。

73 陳寶琛、何振岱等雖不贊成新的社會制度，但都具有愛國的民族氣節。曾為溥儀師的陳寶琛，堅決反對偽滿洲國；日軍占領福州，何振岱寧可挨餓受窮也不出來給日本人做事。

先進思想的動機，但其文學觀已經表露出保守的一面。到了「五四」運動前後，嚴復和林紓在提倡新道德、反對舊道德，提倡白話文、反對文言文的思想文化運動中，他們已經站到新文學的對立面。原先是拉車前進好身手的嚴復和林紓，晚年則試圖拉車屁股向後走，這或許是早先他們自己連想都不曾想到過的。

近代福建文學是相當豐富多姿的，展開探討、論述這一時期的福建文學，將有待於《福建近代文學發展史》這本書了。

附錄
陸游兩次宦閩的行蹤及其創作

陸游生於宋徽宗宣和七年（1125），次年，宋都汴京陷落，第三年，北宋亡。中原大亂，陸游父宰舉家自淮歸山陰。高宗建炎三年（1129），金兵渡江破建康、臨安，次年又破定海、明州，陸宰舉家到東陽避亂，直到紹興三年（1133），陸游才隨家人回到山陰，並於次年入鄉校，這時陸游快十歲了。陸游發憤為古學時，已將近二十歲了，其〈答劉主簿書〉云：「某才質愚下，又兒童之歲，遭罹多故，奔走避兵，得近文字最晚。年幾二十，始發憤為古學。然方是時，無師友淵源之益。凡古人用心處，無所質問，大率以意度。」紹興二十四年（1154），陸游二十九歲，赴鎖廳應試，「鎖廳薦送第一，秦檜孫塤適居其次，檜怒，至罪主司。明年，試禮部，主司復置游前列，檜顯黜之，由是為所嫉」（《宋史》本傳）。

社會動亂，奸臣秦檜的「怒」、「黜」、「嫉」，使得陸游步入仕途的時間推晚了。直到紹興二十八年（1158），陸游三十三歲時，才出為福州寧德縣主簿。據〔淳熙〕《三山志》卷三，寧德唐開成中為感德場，五代閩龍啟元年才升為縣，宋時為中縣。陸游取道浙江永嘉、瑞安、平陽，經過福建羅源的走馬嶺而至寧德。

陸游〈跋盤澗圖〉云：「紹興己卯（1159）庚辰（1160）間，予為福州決曹。」他在寧德的時間很短，旋即調福州。在福州的時間也不長，「福州正月把離杯」（〈東陽觀酴醾〉），不久也就順來時的原路北歸浙江了。

陸游北還至浙江永嘉括蒼後作有〈自來福州詩酒殆廢……〉詩，

可知陸游第一次宦閩寫的詩並不多，共有詩九首，詞一首，其中為寧德主簿時的作品僅存〈訪僧支提寺〉一首[1]；為福州決曹時寫的詩今存八首，詞一首。其〈度浮橋至南臺〉詩是陸游第一次宦閩時最重要的作品，詩云：

> 客中多病廢登臨，聞說南臺試一尋。九軌徐行怒濤上，千艘橫繫大江心。寺樓鐘鼓催昏曉，墟落雲横自古今。白髮未除豪氣在，醉吹橫笛坐榕陰。

《唐宋詩醇》評中二聯：「頷聯寫浮橋，語頗偉麗；五六雄渾中興象自遠，有涵蓋一切之氣。」這樣的藝術評價是準確的。尾聯則表現了陸游中年時期的豪氣。然而，這首詩的價值還在於：它為我們再現了南宋初年流過福州城南的閩江的雄闊氣象，而這種氣象如今已經看不到了。南臺在福州城南九里，又名釣龍臺，〔淳熙〕《三山志》卷三十三引《舊記》：「昔越王餘善於此釣得白龍，以為瑞，遂於所坐之處築為壇臺。」臺上宋時有釣龍院等寺廟。今天橫跨於閩江上的解放大橋，原名萬壽橋，始建於元代，屢經翻修。宋代時江上只有浮橋，而且那時江面比現在寬得多。關於宋代浮橋，〔淳熙〕《三山志》卷五記載頗詳：「有江廣三里，揚瀾浩渺，涉者病之。元祐以來，江沙頗合，港疏為二，中成楞嚴洲。八年癸酉（1093）七月，郡人王祕監祖道為守，相其南北，造舟為梁，北港五百尺，用舟二十，號合沙北橋。南港二千五百尺，用舟百號。南橋衡舟從梁，拔其上翼以扶欄。廣丈有二尺，中穹為二門，以便行舟。左右維以大藤纜，以挽直橋路。於南北中岸植石柱十有八而繫之，以備痴風漲水之患，縻金錢千萬，一出於施者。明年，紹聖元年甲戌（1094）十月成。」崇寧二年

1 中華書局《陸游集》附錄孔凡禮〈陸游佚著輯存〉。按：《放翁集外詩》原輯者謂：此詩為紹興二十八年陸游任寧德主簿時所作。

（1103），王復守福州，「是時港已分為三矣。北港舟十有六，中港七十有三，南港十有三，凡一百二隻」。今大橋僅存中、南二港。原北港南起今中亭街（中亭亦北宋所建），北至南臺，即今小橋一帶，現在都成了陸地。陸游當時所見到的閩江，比今天所見大概要寬闊三分之一。現今除非發大水，已經見不到「怒濤」滾滾的壯觀場面了。所謂「九軌」，就是形容橋面的寬闊有如通衢大道，〔淳熙〕《三山志》卷四：「州城九軌之途四，六軌之途三，四軌之途八，三軌之途七，其他率增減於二軌之道，」便是證據。車馬徐徐地行走在下有怒濤奔流的浮橋上，在宋代時是何等壯觀！

陸游在福州，曾外出郊遊，作有〈出縣〉詩；還曾乘船泛海，「東望流求國」（〈步出萬里橋門至江上〉詩自注），作〈航海〉及〈海中醉題時雷雨初霽天水相接〕詩；也曾到過福州北嶺，作〈青玉案〉〔與朱景參會北嶺〕詞，有云：「小槽紅酒，晚香丹荔，記取蠻江上。」紅酒丹荔，本郡物產；蠻江即閩江，本地風光。陸游還寫有一首〈雨晴遊洞宮山天慶觀坐間復雨〉。福州天慶觀有二處，一在閩縣，一在羅源，均見〔淳熙〕《三山志》卷三十八。「閩縣天慶觀州東七里，皇朝大中祥符六年置。先是後唐長興中，閩王建東華宮，大中祥符元年，詔以正月三日天書降，為天慶節，二年，令天下建天慶觀，五年，聖祖降，復令建殿，是歲正月，州乃以東華宮為之。」「羅源洞宮天慶觀，縣北六里，唐天寶七年五月十三日始建。朱梁時王氏尚佛，遂廢。皇朝建隆元年，邑人林瑞復創殿一間，大中祥符二年，詔置天慶觀，縣令和惲掛額於殿門，有叟余成請大建堂宇，至天聖七年乃備。」〔淳熙〕《三山志》體例，山附於寺觀之後，「洞宮山」條即附於「羅源洞宮山」條之後。《陸游年譜》[2]「又遊洞宮山天慶觀」，「洞宮山」失注，天慶觀則引乾隆《福州府志》卷十六：

2　《陸游年譜》（上海市：上海古籍出版社，1982年），增訂本。

「……州乃以東華宮為之。」則定為閩侯之天慶觀，實誤。陸游第一次宦閩期間，實曾踐履羅源，遊洞宮山天慶觀。歷代所修《羅源縣志》，均失收陸游此詩，不免遺憾。

離開福州北歸之後，陸游先後在樞密院、鎮江、夔州、南鄭、嘉州、成都等機構和地方任職。陸游在劍南所作詩篇，流傳都下，為孝宗所見。淳熙五年（1178）初，奉詔還臨安。秋，召對，除提舉福建常平茶鹽公事，任所在建安（今福建建甌）。冬，取道諸暨、衢州、江山、仙霞嶺、浦城、抵建安。次年秋，取道建陽、武夷山，經鉛山離開福建。

建安，為建州州治所在地。紹興三十二年（1162），以孝宗舊邸升為建寧府。早在治平三年（1066），已析建安地為甌寧縣。建安、甌寧二縣縣城緊緊相挨，甌寧在建安西北。陸游在建安任職時足跡所履、遊覽的就是這兩個縣的山水名勝，如開元寺、鳳凰山、復庵、南塔院、雙清堂、綠淨亭等。陸游在建安的行蹤，有兩處需要提出來討論：一是陸游詞〈好事近〉〔登梅仙山絕頂望海〕的問題，詞共二首，云：

揮袖上西峰，孤絕去天無尺。拄杖下臨鯨海，數煙帆歷歷。
貪看雲氣舞青鸞，歸路已將夕。多謝半山松吹，解殷勤留客。

小倦帶餘酲，澹澹數櫺斜日。驅退睡魔十萬，有雙龍蒼壁。
少年莫笑老人衰，風味似平昔。扶杖凍雲深處，探溪梅消息。

或以為梅仙山即梅山，並引陸游〈梅子真泉銘〉：「距會稽城東北七里有山，曰梅山。」〈湖山雜賦〉其四自注：「梅山寺，與敝廬南北相望無二十里。」以證之。那麼，陸游這兩首詞便作於山陰。然而詞題明言「梅仙山」而非「梅山」。明弘治《八閩通志》卷五：「梅仙山，距（建寧）府三里。《舊志》：『漢梅福煉丹於此，丹成驂鸞而去，是日有甘露降。』」《嘉靖建寧府志》卷三所引略同。《府志》又云：「宋淳熙中太守韓元吉建堂其上，榜曰『梅仙山』，後廢。嘉定間太守李沈復建，扁曰『梅仙』，又於山半創二亭，曰『驂鸞』、曰『虹光』。」南宋時流宦建安者遊梅仙山由此可見一斑。陸游遊此山也在情理之中。此一。詞中「青鸞」，暗用梅福驂鸞成仙事。北宋楊億〈墜馬洲〉（《府志》：「（梅福）所乘馬及鞭自空而墜，今山在甘露原，前有墜馬洲、驂鸞渡）云：「昔有驂鸞客，因名墜馬洲。」亦用此事。此二。詞又云：「驅退睡魔十萬，有雙龍蒼璧。」所用皆建茶事。蘇軾〈贈包安靜先生三首〉其二云：「建茶三十斤，不審味如何？奉贈包居士，僧房戰睡魔。」黃庭堅〈謝送碾壑源揀芽〉云：「矞雲從龍小蒼璧。」宋代的北苑貢茶即產於建安鳳凰山。《府志》卷三：「壑源山，在鳳凰山之南，高峙數百丈，所產茶為外焙冠。」遊梅仙山而品壑源佳茗，當然合情合理。此三。據此三證，陸游所登梅仙山在建寧府。這兩首詞還有一些問題需要說明。首先，「拄杖下臨鯨海，數煙帆歷歷。」寫的是「絕頂望海。」實際上，在梅仙山絕頂是望不到大海的。這是作者的設想之詞，如同陸游在福州海邊而望流求國一般，而且這種設想並非毫無根據，因為閩地東臨大海，即便是比梅仙山更處於內陸的武夷山，也可以稱為「海邊武夷山」（這是陸游作於建安的〈書懷〉詩中的句子）。其次，詞中說自己已經「老」、「衰」，是不是詞就作於晚年退居山陰之時？我們知道，陸游第二次宦閩時已經五十四、五歲，在當時，也可算是一位老人了。陸游在建安所作詩也一再稱自己老衰，其〈開元暮歸〉云：「白髮書生不自珍，天涯又作宦遊身。」〈建寧重五〉云：「病來一滴不飲酒，但嗅菖蒲作端午。人生忽忽東逝波，白頭奈此節物何！」〈白髮〉云：「白髮千莖綠鬢稀，臥看鵷鷺刺天飛。」〈夜坐偶書〉云：「衰髮蕭疏雪滿簪，暮年光景易駸駸。」〈風月〉云：「老來苦無伴，風月獨見知。」〈秋懷〉云：「暮年身世輕悠悠，又向天涯見早秋。」不一而足。再次，詞中有「探溪梅消息」之句，也可以從陸游建安詩得到印證。陸游到建安不久，就寫下〈梅花絕句〉十首，其八云：「探春歲歲在天涯，醉裡題詩字半斜。今日溪頭還小飲，冷官不禁看梅花。」寫的是溪頭看梅探春。〈雪晴至後園〉云：「病扶藤杖覓殘梅，牢落情懷怕酒盃。」則寫園中覓梅。最後，陸游出任福建常平茶鹽公事，心緒並不好，他在建安所作詩調子低沉的居多，這一點，下文我們還要討論，而這兩首〈好事近〉卻寫得比較灑脫，這固然有詞與詩本屬於兩種不同文體的原因，此外，陸游的建安詩也有較為灑脫的，例如〈園中雜書〉、〈夏日〉一類的休閑小詩。當然，最主要的則是詞寫「登梅仙山」，而梅山事關梅福羽化登仙，詞風就不能不有幾分飄逸了。陸游在建安寫了一首〈書懷〉的遊仙詩，則全然飄逸，頗不類於同一時期所作的其他作品。根據以上分析，〈好事近〉二詞寫於建安當無疑。

另一是陸游離開建安後，途經長汀驛的問題。陸游寫了一首〈長汀驛〉詩，另有〈別建安〉其二也寫到長汀驛，後詩云：

> 楚澤吳山已慣行，武夷從昔但聞名。北岩小寺長汀驛，且喜遊山第一程。

或以為詩中的長汀驛在今閩西長汀縣，那麼陸游北歸時的路線就不是循著建溪，從建安而建陽而武夷山，而是由建安西南行數百里到汀州，然後東北行數里百（往返千里）再折回距建安之北僅百餘里之遙的建陽，這在情理上是說不通的。再說，長汀縣的長汀驛創建在宋理宗嘉熙間（1237-1240），〔開慶〕《臨汀志》〈郵驛〉：「長汀驛，在縣東崇善坊。嘉熙間，宰任鄧創。」此時陸游已去世十至二十年了。除了上述二首提及長汀驛外，陸游的其他作品也無片言隻語寫到臨汀一帶。那麼，長汀驛究竟在何處？回答是：在甌寧西北。《八閩通志》卷十七：甌寧縣西北有長汀橋，宋時建。《嘉靖建寧府志》卷九：「長汀橋，在長汀鋪前，永樂二年重建」，在慈惠里。卷十：「慈惠里在縣西三十里。」卷八：急遞鋪二十九，長汀鋪為第七。宋代稱郵遞驛站為鋪，長汀鋪即長汀驛。陸游詩題有〈道中病瘍久不飲酒至魚梁小酌因賦長句〉、〈宿魚梁驛五鼓起行有感〉，魚梁驛在福建浦城，〔嘉靖〕《建寧府志》卷八急遞鋪也有魚梁鋪之名，便是旁證。宋時建寧府有兩北岩寺，一在建安東北永平鄉德勝坊，一在甌寧北安樂鄉西鄉里，陸游詩還有〈宿北岩院〉，他所宿的的當是甌寧之北岩，由甌寧之北岩而長汀驛，而建陽，而武夷，故〈別建安〉詩稱北岩長汀驛為遊武夷山的第一程。

現在我們可以來討論陸游第二次宦閩的創作了。陸游這次入閩所寫的詩有一百三十八首，詞二首。詩《劍南詩稿》卷十〈宿仙霞嶺下〉以下十六首，卷十一〈過建陽縣以雙鵝贈東觀道士為長生鵝觀俯大溪得其所矣武夷險絕處有仙船架崖……各賦一首〉以上一百二十首，另中華書局版《陸游集》〈放翁逸稿〉卷下〈大溪灘折舵〉二首。大溪，在崇安，《八閩通志》卷六：「在縣西四隅里」，「經武夷，納九曲溪及陳石二溪」，「由是下抵建陽，以達甌寧西溪。」大溪又名崇溪。上文提到的〈過建陽縣……〉詩題，已出現大溪之名。陸游有〈泛舟武夷九曲溪至六曲或云灘急難上遂回〉，而〈大溪灘折舵序〉云：「舟行至大溪而折舵中流」，詩云：「溪流亂石似牛毛，雨過狂瀾勢轉豪。」疑舟自六曲退回後而行入大溪，為先後而作。

關於陸游自蜀召還，不旋踵而又遣閩中，《陸游年譜》分析道：「殆仍與曾覿集團有關。」「務觀政治主張，一為抗金雪恥重振國威，一為罷黜權幸而統一事權，歷年來論奏、詩歌中所反映者，昭然若揭，此皆曾覿集團所熟知，乃雙方政治矛盾之癥結，故斷不肯使務觀立足朝廷。」這當然是不錯的，只可惜未能進一步深入探究。陸游在詩文中則隱約透露了其遭人毀謗中傷而被遣的消息，而這種謗傷，自己又無由辯解。其〈婕妤怨〉曲折地表達了作者「重謗傷」的隱痛：

> 妾昔初去家，鄰里持車箱，共祝善事主，門戶望寵光。一入未央宮，顧盼偶非常，稚齒不慮患，傾身保專房，燕婉承恩澤，但言日月長。豈知辭玉陛，翩若葉隕霜。永巷雖放棄，猶慮重謗傷。悔不侍宴時，一夕稱千觴。妾心剖如丹，妾骨朽亦香。後身作羽林，為國死封疆。

此詩自比班婕妤，而〈書怨〉則以明妃自喻：「楚客長號沽白璧，漢宮太息遣明妃。鑠金消骨從來事，老矣何心踐駭機。」眾口鑠金，積毀消骨。陸游認為，自己是一片愚忠，不期觸忤操持生殺大權的「至公」權貴，〈夜香〉云：「忤物雖至愚，許國猶孤忠。一念倘自欺，百年寧有終。上帝職造化，生殺操至公。」那麼，曾覿集團毀謗陸游些什麼呢？陸游〈福建謝史丞相啟〉云：

> 士于知已，寧無管鮑之情；人之多言，誣為牛李之黨。既逡巡而自引，因委棄而莫收。晚參戎幕之遊，始被邊州之寄。知者希則我貴矣，何嫌流俗之見排；加之罪其無詞乎，至以虛名而被劾。

〈上趙參政啟〉云：

> 迨從幕府之遊，始被邊州之寄。方漂流於萬里，望飽暖於一廛。豈圖下石之交，更起鑠金之謗。素無實用，以為頹放則不敢辭；橫得虛名，雖曰僥倖而非其罪。

「至公」毀謗陸游，罪狀有兩條，一是「頹放」，一是結黨。「頹放」不過是行為不夠檢點的過失而已，而結黨則為致命之罪。從「邊州」、「戎幕」、「幕府」這些字眼看，結黨當指陸游在梁州參王炎幕府事。當時王炎幕府中聚集了一批積極備戰的將士，志同道合，目標一致，因此被「至公」們指斥為結黨也就不奇怪了。王炎於乾道八年（1172）被解職，陸游東還時事情雖然過去六、七年了，而當孝宗三次召對時，「至公」們重新搬出梁州舊事，則對陸游起了致命中傷的作用，陸游留在朝廷也就不可能了，所以陸游特別氣憤，拒不接受這一罪名，並對毀謗者表示極大的蔑視：「我亦輕餘子。」（〈醉書〉）從軍南鄭八個月，是陸游一生中最光輝、也是他最難忘懷的時期，王炎當然也是陸游的知己，而陸游後來所寫的許多詩文只有對南鄭的回憶而不及王炎，或出於避結黨之嫌的緣故。

陸游是背著莫須有的罪名來到福建的，心情壓鬱，所作詩多數調子也比較低沉，其〈建寧重五〉云：「人生忽忽東逝波，白頭奈此節物何！去年已作歸州客，今年建州更愁絕。」〈建安遣興〉其一云：「建安酒薄客愁濃，除卻哦詩事事慵。不許今年頭不白，城樓殘角寺樓鐘。」建安雖然是出入閩的重鎮，但在整個南宋版圖中它的地位並不特別重要，也非處在交通要衝，與陸游交往的朋友非常少，在現存一百三十多首詩中，只有〈送錢仲耕修撰〉一詩直接記其在建安的交遊。陸游在建安時顯得特別孤獨，〈感懷〉云：「半年建安城，士友闕還往。出門每太息，還舍猶惝怳。有酒誰與傾，得句空自賞。」〈思歸〉云：「誰知建安城，觸目非夙昔。冥冥瘴霧細，瀲瀲蠻江碧。出門無交朋，嗚呼吾何適？」南宋建都臨安，福建距京城不算太遲，當時入閩的詩人大多不再像唐人視閩中為瘴癘地、蠻鄉了，陸游其時特別愁苦孤獨，偶爾遷怒於建安，這一點，閩人應加以體諒。總的說來，陸游這一時期情緒比較低落，或有出塵之想：「學道雖恨晚，養氣敢不勤！宦遊非本志，寄謝鶴與猿。」（〈遊武夷山〉）或有急流勇退之思：「急流勇退平生意，正要船從半道回。」（〈泛舟武夷九曲溪至六曲或云灘急難上遂回〉其二）甚至有「世事皆虛幻」（〈白髮〉）之嘆。

詩人在孤寂愁苦之時尤其需要尋追慰藉，或親朋，或紅袖，或佳山水，對於陸游來說山陰的家園便是他精神寄託所在，陸游第二次宦閩所作思念家山故園的詩特別多，並不乏佳篇秀句。〈思故山〉云：

> 千金不須買畫圖，聽我長歌歌鏡湖。湖山奇麗說不盡，且復為子陳吾廬。柳枯廟前魚作市，道士莊畔菱為租。一彎畫橋出林薄，兩岸紅蓼連菰蒲。陂南陂北鴉陣黑，舍西舍東楓葉赤。正當九月十月時，放翁艇子無時出。船頭一束書，船後一壺酒，新釣紫鱖魚，旋洗白蓮藕。從渠貴人食萬錢，放翁痴腹常便便。暮歸稚子迎我笑，遙指一抹西村煙。

前半寫所居煙水畫橋之美，後半設想自己放艇湖中的瀟散自得之趣。〈病中懷故廬〉風景如畫：「我家山陰道，湖山淡空濛，小屋如舴艋，出沒煙波中。天寒桔柚黃，霜落穲稏紅；祈蠶簫鼓鬧，賽雨雞豚空。」他不僅是在病中才想起故鄉，醉酒時也會想起故鄉，秋風送來荷香時會想起故鄉，聽到採蓮歌時也會想起故鄉。

陸游被遣發閩中，內心並不愉快，所以有時也將這種情緒發洩到建安山水，或稱其地為瘴鄉，或指其溪為蠻水。若綜觀陸游在建安時期所作詩詞，他對建安山水還是熱愛的，如前所述，他足踐了建寧府的不少名勝古蹟，並有詩詞記其遊。陸游的心情總的說來比較沉重，但也間有一些清新可愛的小詩，如〈園中雜書〉其三云：「筍生密密復疏疏，來看偏宜曉雨餘。乞與人間作圖畫，幅巾短褐小籃輿。」〈黃亭夜雨〉云：「未到名山夢已新，千峰拔地玉嶙峋。黃亭一夜風吹雨，似為遊人洗俗塵。」陸游對建安的北苑貢茶尤有偏愛，入閩前在山陰所作的〈適閩〉詩云：「春殘猶看少城花，雪裡來嘗北苑茶。」到了建安後，他的〈建安雪〉、〈遊鳳皇山〉、〈烹茶〉、〈試茶〉、〈晝臥聞碾茶〉等，都是詠茶詩。〈試茶〉云：

> 北窗高臥鼾如雷，誰遣香茶挽夢回？綠地毫甌雪花乳，不妨也道入閩來。

〈建安雪〉亦云：「建溪官茶天下絕，香味欲全須小雪。雪飛一片茶不憂，何況蔽空如舞鷗。銀瓶銅碾春風裡，不枉年來行萬里。」大有不飲建茶不算到了閩中之意。建茶或北苑茶，宋代詩人的作品中多有提及，寫得比較多比較深細的，除了北宋曾任福建轉運使的蔡襄外[3]，陸游的詩是較為突出的。對於陸游的這些詩，歷代方志均不注意摭取，研究建茶的專家注意也不夠。

陸游畢竟是個有血性的愛國詩人，他雖然遭到操持生殺大權的「至公」們的構陷而來到福建，雖然到福建後情緒較為低弱，但他抗金的愛國思想卻始終不渝。「夢斷梁州已七年」(〈園中雜書〉其二)，他離開南鄭抗金前線已經多年了，然而仍然念念不忘那一時期激動人心的軍旅生活，遠離西北的閩嶠，並沒能隔阻詩人那份對戰場嚮往的熱情：「綠沉金鎖少時狂，幾過秋風古戰場。夢裡都忘閩嶠遠，萬人鼓吹入平涼。」(〈建安遣興〉其五）乾道八年（1172），陸游初到南鄭前線，寫了〈山南行〉以記其對南鄭形勝、歷史的印象和感想，認為漢中是抗金收復失地的根本。在建安所寫的兩首〈憶山南〉則對其時豪壯的軍旅生活作具體生動的描述，可視為〈山南行》的續篇。〈憶山南〉云：

> 貂裘寶馬梁州日，盤槊橫戈一世雄。怒虎吼山爭雪刃，驚鴻出塞避雕弓。朝陪策畫清油裡，暮醉笙歌錦幄中。老去據鞍猶矍鑠，君王何日伐遼東。

> 醉墨淋漓酒百盃，轅門山色碧崔嵬。打球駿馬千金買，切玉名

3　蔡襄有〈北苑十詠〉，詳本書第三章第一節三小節。

刀萬里來。結客漁陽時遺簡，踏營渭北夜銜枚。十年一夢今誰記，閑置車中只自哀。

陸游強烈的抗金愛國思想，有時是借樂府歌行來表達的。〈出塞曲〉云：「褫魄胡兒作窮鼠，競裹胡頭改胡語。陣前乞降馬前舞，檄書夜入黃龍府。」設想金人乞降時的狼狽情景。〈大將軍歌〉云：「可汗垂泣小王號，不敢跳奔那敢戰。山川圖籍上有司，張掖酒泉開郡縣。」詩人多麼希望有那麼一位英勇善戰的將軍，率領大軍收復失地，統一國家的版圖。陸游第二次宦閩情緒較低落，一方面因是遭權貴謗傷，另一方面，詩人此時已經五十四、五歲了，報效國家於疆埸的日子恐怕已經無多，「壯士有心悲老大」(〈憶昔〉)；「頽然衰颯嗟誰識，俠氣當年蓋五陵」(〈倣裴〉)；「晚途忽墮塵埃裡，樂事渾疑夢寐間」(〈追感梁益舊遊有作〉)；「丈夫無成忽老大，箭羽凋零劍鋒澀。徘徊欲睡復起行，三更猶憑闌干立」(〈夏夜不寐有賦〉)，抒寫的就是一種老大而愛國事業無成的感慨。這一類詩，較之南鄭時期所作，豪壯中則添了幾分的悲愴。

陸游晚年還有一件事與福建有關，那就是紹熙元年（1190）至慶元四年（1198），提舉建寧府武夷山沖祐觀，陸游時六十六歲至七十四歲。但這一期間陸游是生活在家鄉山陰，而並不必親往山觀。奉祠是宋代對一些年老官員特殊照顧的一種政策，讓他們掛個空名，領取一定的薪俸，而不必管事。因事涉福建，所以附提一筆。

兩次宦閩，陸游在福建的創作比較豐富。尤其是後一次，陸游經過南鄭前線戰火的洗禮，雖然遭到挫折，但抗金的愛國思想仍毫不動搖；在詩歌藝術方面，他擺脫了早期受江西詩派的影響，形式和風格也較為多樣。總之，陸游入閩的活動、思想和創作是值得進一步研究和探討的。

作者簡介

陳慶元

福建金門人。一九八二年畢業於南京師範大學。現任福建師範大學散文研究中心主任，享受國務院特殊津貼專家。福建省教學名師。先後被聘為山東大學、復旦大學兼職教授、臺灣東吳大學、中央大學客座教授。兼中國韻文學會副會長、中國古代散文學會副會長、福建省文學學會會長。歷任福建師範大學古籍所所長、文學院院長兼中文系主任、協和學院院長。長期以中國古代文學、中國古代詩文、文獻學、地方文獻研究為主要研究方向。自一九八八年以來，研究成果獲得多種獎項。長期開設魏晉南北朝文學專題、福建文學發展史、古籍整理實踐等多門課程。專書著作二十餘種、論文百餘篇，並著有散文集《東吳手記》於臺灣出版。

本書簡介

本書試圖在整個中國文學發展史的大背景下來描述福建文學發生、發展的軌跡，探討它的發展規律和特點，並沿著文學發展的順序論述一些重要文學流派和作家、作品。本書時代下限止於一八四〇年，為了使讀者能夠對一八四〇年後的福建文學發展有所了解，書後有〈區域文學總集和區域詩話〉一節，對此後的福建文學作簡要的敘述。本書撰稿時，閱讀、蒐集了大量的資料，已反映在正文、注釋當中，是一本立足於史料，落實於史筆、具有史識的區域文學史研究的重要著作。

福建師範大學文學院百年學術論叢・第一輯 1702A07

福建文學發展史

作　者 陳慶元
總策畫 鄭家建 李建華

發行人 林慶彰
總經理 梁錦興
總編輯 張晏瑞
編輯所 萬卷樓圖書股份有限公司
臺北市羅斯福路二段 41 號 6 樓之 3
電話 (02)23216565
傳真 (02)23218698

發　行 萬卷樓圖書股份有限公司
臺北市羅斯福路二段 41 號 6 樓之 3
電話 (02)23216565
傳真 (02)23218698
電郵 SERVICE@WANJUAN.COM.TW
香港經銷 香港聯合書刊物流有限公司
電話 (852)21502100
傳真 (852)23560735

ISBN 978-986-478-201-7
2018 年 9 月再版
2015 年 1 月初版
定價：新臺幣 740 元

如何購買本書：
1. 劃撥購書，請透過以下郵政劃撥帳號：
帳號：15624015
戶名：萬卷樓圖書股份有限公司
2. 轉帳購書，請透過以下帳戶
合作金庫銀行 古亭分行
戶名：萬卷樓圖書股份有限公司
帳號：0877717092596
3. 網路購書，請透過萬卷樓網站
網址 WWW.WANJUAN.COM.TW
大量購書，請直接聯繫我們，將有專人為您服務。客服：(02)23216565 分機 610
如有缺頁、破損或裝訂錯誤，請寄回更換

國家圖書館出版品預行編目資料

福建文學發展史 / 陳慶元著.
-- 再版. -- 臺北市 : 萬卷樓, 2018.09
面 ; 公分. -- （福建師範大學文學院百年學術論叢・第一輯・第 7 冊）
ISBN 978-986-478-201-7（平裝）
1.中國文學史 2.福建省
820.8　107014289